Das Buch

Verborgen vor dem Blick der Menschen leben in Los Angeles sieben Vampir-Clans. Sie haben sich einem strengen Codex verschrieben, der es untersagt, Menschen zu töten. Nur so glauben die Geschöpfe der Nacht überleben zu können. Doch ein Clan-Chef, der schöne Daniel Gordon, hält sich nicht an die Regeln. Immer mehr Vampire erschafft er und schickt sie auf mörderische Jagd in die Stadt. Aufs Höchste alarmiert, entsendet der Rat der Vampire den Jäger Julius Lawhead, um die verwilderten Artgenossen zur Strecke zu bringen. Doch Julius jagt nicht allein. Auch der menschliche Vampirjäger Frederik Connan ist den Bluttrinkern auf den Fersen. Eines Tages stürzt er aus einem Fenster seiner Wohnung in den Tod. Selbstmord, meint die Polizei. Als Julius davon erfährt, macht er sich auf die Suche nach Frederiks Waffe, einem magischen Messer, das in der Hand eines Menschen zur tödlichen Gefahr für Vampire wird. Aber das Messer hat den Besitzer gewechselt. Und Frederiks schöne Schwester Amber ist nicht bereit, das Werk ihres Bruders fortzusetzen ...

Die Autorin

Rebekka Pax wurde 1978 in Mülheim geboren. Nach Abschluss eines Studiums der Skandinavistik und Archäologie war sie mehrere Jahre sowohl in Amerika als auch in Deutschland beim Film tätig. In ihren Romanen schreibt Rebekka Pax über ihre zweite Heimat Los Angeles. Heute lebt sie mit zwei Katzen in ihrer Geburtsstadt und arbeitet, wenn sie nicht gerade schreibt, als archäologische Zeichnerin.

Rebekka Pax

Septemberblut

Roman

Ullstein

Besuchen Sie uns im Internet:
www.ullstein-taschenbuch.de

Dieses Taschenbuch wurde auf FSC-zertifiziertem Papier gedruckt.
FSC (Forest Stewardship Council) ist eine nichtstaatliche, gemeinnützige
Organisation, die sich für eine ökologische und sozialverantwortliche
Nutzung der Wälder unserer Erde einsetzt.

Originalausgabe im Ullstein Taschenbuch
1. Auflage Januar 2011
© Ullstein Buchverlage GmbH, Berlin 2011
Umschlaggestaltung: HildenDesign, München
Titelabbildung: HildenDesign unter Verwendung von Motiven von
© Konrad Bak (Mann) und sheff (Stadt)/shutterstock
Satz: LVD GmbH
Gesetzt aus der Caslon
Papier: Pamo Super von Arctic Paper Mochenwangen GmbH
Druck und Bindearbeiten: CPI – Ebner & Spiegel, Ulm
Printed in Germany
ISBN 978-3-548-28248-0

Meinem Vater Rolf W. Pax. Ich wünschte,
wir hätten mehr Zeit gehabt.

KAPITEL 1

Ich kam zu spät.

Wie lange hatte ich nach Frederik Connan gesucht. Jetzt lag er verrenkt auf dem Gehweg vor seinem Wohnhaus, und sein Blut verzierte den Beton.

Es war September in Los Angeles. Der mit Abstand heißeste und smogreichste Monat des Jahres. Die Sonne war vor beinahe einer Stunde untergegangen, und der Asphalt brannte noch in Erinnerung an sie.

Das heiße Blut verbreitete seinen schweren Geruch nach Eiweiß und Eisen, während es in der warmen Nacht zu hässlichem Braun vertrocknete.

Ich ließ mich von den Schaulustigen gegen das Absperrband drücken, das die Cops um den Tatort gezogen hatten, und sah mich um.

Eine alte Frau jammerte in ihr Taschentuch.

Einige Jugendliche standen nicht weit entfernt und machten dumme Witze.

»So eine Scheiße«, fluchte ich vor mich hin, während ich daran dachte, wie viel komplizierter der Fall jetzt wurde. Alles sah nach Selbstmord aus, doch ich wusste es besser. Ich war Frederik bereits begegnet, und er war nicht der Typ dafür.

Er musste keinen anderen Ausweg gesehen haben als den Sprung aus dem Fenster. Freitod statt Folter, die Entscheidung war ihm nicht zu verdenken. Vielleicht hatten ihn seine Verfolger auch gestoßen, dafür sprach die dramatische Körperhaltung, in der er den Beton umarmte.

Das Messer, das ich im Auftrag meines Meisters von Frederik hätte stehlen sollen, war nun meilenweit entfernt. Während die Cops da waren, konnte ich die Wohnung unmöglich durchsuchen. Frederiks Mörder hatten das ohnehin schon getan. Mit Sicherheit.

Ich starrte die Fassade hinauf zu dem offenen Fenster im vierten Stock. Eine Gardine blähte sich kaum merklich im Wind. Ein Sprung aus der Höhe war ein sicheres Todesurteil, und Frederik hatte es gewusst.

Ein flaues Gefühl kroch durch meinen Unterleib und gemahnte mich daran, dass mein Meister über die Entwicklung, die der Fall genommen hatte, alles andere als glücklich sein würde.

Ich kehrte dem Tatort den Rücken, nahm im Gehen mein Handy aus der Tasche, zögerte einen Herzschlag lang, dann drückte ich die eingespeicherte Nummer.

Ich wartete in einer dunklen Gasse in meinem Revier in Hollywood, weit weg von den berühmten Boulevards und Touristenmeilen. Es war dunkel hier und still. Minuten streckten sich zu kleinen Ewigkeiten. Ich wurde immer nervöser. Unruhig wie ein gefangenes Tier maß ich die Breite der Gasse mit wenigen Schritten. Zupfte das Haargummi heraus, fuhr mir durch die widerspenstigen, braunen Locken und band sie gleich darauf wieder zu einem kurzen Zopf. Dann vernahm ich das leise Brummen einer wohlbekannten Limousine und verhielt in der Bewegung. Die Schultern gestrafft, aufrecht wie ein Gardesoldat, erwartete ich meinen Meister.

Scheinwerfer schnitten Kegel in die Dunkelheit und ließen mich geblendet blinzeln. Der Wagen hielt neben mir, und der Fahrer stieg aus. Als er die Hintertür öffnete, sank ich davor in die Knie. Ich sah Curtis nicht an, doch ich fühlte seinen Blick schwer auf mir ruhen.

Sobald der Meistervampir ausstieg, langte ich nach seiner Rechten, um ihn mit einem Kuss auf den Puls zu begrüßen. Ich ehrte das Blut in seinen Adern, das Blut, aus dem ich stammte, doch heute überwog Furcht über die Liebe, die ich für meinen Schöpfer empfand. Und Curtis konnte meine Angst riechen, ich stank förmlich danach.

»Was ist, Julius?« Seine Stimme war neutral, freundlich.

»Ich habe versagt. Frederik ist tot, ich konnte das Messer nicht finden. Gordons Männer waren vor mir dort.«

»Das ist nicht gut.«

Ich hob den Blick und sah Curtis zum ersten Mal direkt an. Er war schlank, für die heutige Zeit fast klein. Sein graues Haar und das hagere Gesicht verrieten, dass er sein sterbliches Leben erst mit über fünfzig Jahren beendet hatte. Er trug wie so oft einen Anzug und sah damit eher wie ein Geschäftsmann aus als wie der mächtige Unsterbliche, der er war. Einzig seine Augen entlarvten ihn. Seine Emotionen hatten sie blassblau werden lassen, und ich duckte mich unter der Gewalt seines Blickes.

»Steh auf, Julius.«

Ich erhob mich steifbeinig, als hätte ich schon viel länger gekniet.

»Noch hat Gordon das Messer nicht. Da Frederik tot ist, hat die Waffe ihren Träger verloren. Ich kann fühlen, dass die Klinge herrenlos ist. Du musst sie finden, bevor sie unseren Feinden in die Hände fällt. Wenn Gordon das Messer bekommt, kann er jedem Clan in LA und jedem Meistervampir des Rates gefährlich werden!«

»Ja, ich weiß.«

»Julius, wir beide, du und ich, haben gesehen, was Gordons Irrsinn anrichten kann. Die anderen Clanherren verstehen den Ernst der Lage nicht. In ihren Augen hat er noch nichts Gefährliches getan, doch er schafft nicht grundlos all die neuen Vampire. Er baut eine Armee auf, wie damals in Paris. Das Messer darf nicht in seine Hände fallen!«

Ich nickte, starrte auf meine Schuhe und verfluchte es, dass Curtis ausgerechnet mich gewählt hatte, um diesen Auftrag zu erfüllen. Es gab genug andere im Clan der Leonhardt. Andererseits wünschte ich mir nichts sehnlicher, als ihm dieses verdammte Messer zu besorgen, damit er stolz auf mich war und ich mich seines Vertrauens würdig erweisen konnte.

»Ich werde es finden«, sagte ich daher schnell.

»Steig zu mir in den Wagen.«

Sobald wir beide saßen, schloss der Fahrer die Tür und blieb draußen stehen. Weshalb wollte Curtis mit mir ungestört sein? Kam sie jetzt schon, die Strafe für meine Unfähigkeit?

»Julius, ich möchte, dass du herausfindest, wem Frederik das Messer gegeben hat. Immerhin war er Vampirjäger, er wusste, dass wir ihn beobachteten.«

»Du meinst, er hat Vorkehrungen getroffen?«

»Mit Sicherheit hat er das. Finde den Erben des Messers, und, Julius …«

Etwas in seiner Stimme verriet mir, dass nun der unangenehme Teil kam. Nach zweihundert gemeinsamen Jahren konnte er kaum noch etwas vor mir verbergen. »Was, Meister?«

»Sobald du den Träger gefunden hast, machst du ihn zu deinem Diener. Vielleicht gelingt es uns auf diese Weise, die Waffe zu kontrollieren.«

Erschrocken zuckte mein Blick zu dem wartenden Fahrer. Robert war Curtis Diener, er folgte ihm auf Schritt und

Tritt. Der Gedanke an einen menschlichen Schatten widerte mich an.

»Alles, nur das nicht!«

Curtis' Gesicht wurde mit einem Schlag leer. »Ich will es so, Julius. Muss ich deutlicher werden?« Seine Energie fasste wie eine eisige Hand an mein Herz, und mein Körper erstarrte alarmiert. Mein Schöpfer hatte die Macht, mich zu zerstören, einfach so. Eilig beugte ich mein Haupt in Demut.

»Ich finde den Träger des Messers, versprochen.«

Die Drohung verschwand, als hätte sie nie existiert, und der Meistervampir legte mir die Hand auf die Schulter. »Ich respektiere deinen Wunsch nach Einsamkeit, Julius. Wenn das Messer erst einmal in unserem Besitz ist, findet sich ein Weg, den Diener loszuwerden.«

Er dachte an Mord, und ich tat es auch.

KAPITEL 2

Amber saß auf der Rückbank und starrte an den Polizisten vorbei durch die Frontscheibe. Der Wagen bahnte sich seinen Weg durch die Straßen von LA.

Es war weit nach Mitternacht, fast schon wieder Morgen. Der Himmel lag in orangenem Grau und diente den übergroßen Reklametafeln des Sunset Boulevards als fade Kulisse.

Amber hatte keinen Blick dafür. Ihre Augen folgten einer Gruppe junger Männer, die gerade die *Bar Marmont* verließen und fröhlich die Straße hinuntertanzten. Frederik war im gleichen Alter gewesen, doch ihr Bruder würde nie wieder fröhlich sein, nie wieder lachen – er würde überhaupt nichts mehr, denn Frederik war tot.

Der Gedanke war sperrig und wollte einfach nicht in ihren Verstand passen. Tot! Der einzige, große Bruder. Der Beschützer aus Kindertagen hatte sich mit einem einzigen Sprung zugleich aus seinem und ihrem Leben katapultiert.

Frederik war immer für sie da gewesen, bis er vor wenigen Jahren angefangen hatte, sich zu verändern. Der Gedanke an glückliche Tage ließ Ambers Augen brennen. Häuser und Menschen verschwammen wie auf einem nassen Aquarell, doch Amber gelang es, die Tränen noch einmal hinunterzukämpfen. Sie hatte sich geschworen, stark zu sein, vor allem vor den Polizisten.

Als die beiden Männer vor wenigen Stunden an ihrer Haustür geklingelt und Amber und ihrer Mutter mitgeteilt hatten, dass Frederik vermutlich tot war, hatte etwas in ihr ausgesetzt.

Ihre Gefühle waren seitdem wie abgeschaltet, es kam ihr vor, als beobachte sie sich selber von einer hohen Warte aus. Alles war dumpf, wie in Watte gepackt und irgendwie fern. Diese seltsame Barriere hatte ihr geholfen, alles mit schmerzhafter Ruhe durchzustehen und nicht zusammenzubrechen wie ihre Mutter.

Deshalb war Amber an deren Stelle mit den Polizisten in die Gerichtsmedizin gefahren, um Frederik zu identifizieren.

Ein Arzt hatte sie bereits ungeduldig erwartet, ein fetter Mann Anfang fünfzig, kalt und glubschäugig wie ein Fisch. Er bot Amber einen Kaffee an und schaute dabei nicht einmal auf. Aber sie nahm es ihm nicht übel. Wahrscheinlich hatte jeder, der in der Gerichtsmedizin arbeitete, mehr Trauer gesehen, als für ein Menschenleben gut war.

Amber war dem Arzt in den Raum mit den Schubladen

gefolgt, der am Ende eines langen grauen Flures lag, in dessen Linoleumboden die Räder der Bahren Furchen gekerbt hatten. Mit jedem weiteren Schritt wurde der Geruch nach Chemie und etwas, das ihre Urinstinkte das Fürchten lehrte, intensiver. Es stank nach Tod. Muffig und pelzig schmiegte sich der Geruch in ihre Kehle und war seitdem geblieben.

Frederik, oder das, was der Sturz von ihm übrig gelassen hatte, lag nicht in einem der Fächer, sondern auf einem Metalltisch. Das Tuch, mit dem man ihn zugedeckt hatte, wies an vielen Stellen Blutflecken auf.

Im kalten Licht der Deckenbeleuchtung besaß das Rot einen grellen, unwirklichen Ton.

Für einen Augenblick wollte sich Ambers Verstand an die Vorstellung klammern, dass alles nur ein schlechter Scherz war, bis der Arzt plötzlich das Laken wegzog.

Amber taumelte einen Schritt zurück und prallte mit dem Rücken gegen den kleineren der beiden Polizisten. Beim Blick in sein gleichgültiges Gesicht fing sie sich wieder.

Das, was da mit zerschmetterten Gliedern vor ihr lag, war tatsächlich ihr Bruder. Andererseits war er es auch wieder nicht. Frederiks Haut war unnatürlich blass, und im Dreitagebart und dem rotblonden Haar klebte Blut. Die braunen Augen starrten aufgerissen ins Leere.

Amber streckte ohne zu überlegen die Hand nach ihm aus und verharrte dann kurz über seinem Körper. Die Haut strahlte keinerlei Wärme aus. Kalt, er war kalt.

Plötzlich ekelte Amber sich und schämte sich zugleich, dass sie nicht wagte, das tote Fleisch ihres Bruders zu berühren.

»Miss Connan, können Sie uns den Namen des Verstorbenen nennen?«, fragte der fischäugige Mediziner.

»Ja.«

Die Worte blieben ihr im Hals stecken, als würde das

schreckliche Unglück erst dann Realität, wenn sie es aussprach.

»Das ist mein Bruder, Frederik Connan«, flüsterte sie.

Der Arzt nickte zufrieden und zerrte das Laken zurück an seinen Platz. »Vielen Dank, dass Sie sich herbemüht haben. Die beiden Herren werden Sie nach Hause bringen.«

◆

Ich verneigte mich tief und versuchte die Nerven zu bewahren. Wir befanden uns im Gerichtssaal der Vampirclans von Los Angeles, der in einer gut gesicherten Villa in Malibu lag. Ich begleitete meinen Meister Curtis nicht oft zu Beratungen der sieben Clanherren, und noch seltener sprach ich vor ihnen.

Fürst Andrassy, der mächtigste und älteste Vampir von Los Angeles, hatte mich aufgefordert, von Frederiks Tod zu berichten.

Die Augen ehrfürchtig auf den schwarzen Marmorboden vor mir gesenkt, gab ich eine kurze Zusammenfassung von dem, was ich wusste. Frederik Connan, der in seinem bürgerlichen Leben als Computerdesigner gearbeitet und nachts Jagd auf unsereins gemacht hatte, war nicht mehr.

»Ich bin mir sicher, dass es kein Selbstmord war. Ich war am Tatort. Es roch nach Daniel Gordons Vampiren.«

»Ich glaube dir, Jäger«, sagte der Fürst ruhig.

Die schwarzen Augen des kleinen, breitschultrigen Ungarn musterten mich. Trotz seiner geringen Größe strahlte er so selbstverständlich Macht aus wie Eis die Kälte.

Er entließ mich mit einer raschen Geste und ich nahm wieder meinen Platz neben Curtis ein. Während die Clanherren diskutierten, wie mit der neuen Situation umzugehen sei, strich mir mein Meister mit dem Daumen über den Puls meines Handgelenkes. Die ruhige Bewegung besänftigte mein aufgeregtes Herz und ich atmete erleichtert auf.

»Wenn Gordon das Messer vor uns findet, wird eine Auseinandersetzung viel riskanter«, sagte Liliana Mereley und sah mit brennenden Augen in die Runde. »Greifen wir ihn jetzt an!«

Ein anderer Clanherr meldete sich zu Wort. »Ich bin dafür. Gordon rüstet sich, das weiß jeder. Es ist nur eine Frage der Zeit, bis er einen von uns attackiert. Ich will mein Revier nicht verlieren!«

»Nein!«, dröhnte Fürst Andrassys Bass. »Die Beweise reichen nicht aus, um das zu rechtfertigen. Wir haben Gesetze, und ich werde sie nicht für euch umschreiben!«

»Im letzten Monat gab es vier Morde an Sterblichen, die auf Gordons Vampire zurückzuführen sind, drei allein in meinem Revier«, klagte ein Meister aus North Hollywood. »Ich wollte Gordon informieren, aber er hat meinen Boten nicht einmal empfangen!«

»Genug, ich weiß das alles.« Fürst Andrassys Blick glitt von meinem Meister zu mir und wieder zurück.

»Curtis Leonhardt, du hattest schon in der alten Welt Streit mit Meister Gordon, und du bist der Hauptkläger in dieser Sache. Ich gebe deinem Jäger zehn Tage Zeit, um die Waffe zu finden. Wenn es nicht gelingt oder Gordon das Messer vor uns findet, berufe ich den Rat erneut ein.«

Ich schluckte. Zehn Tage, das war nichts. Andererseits war es eine kleine Ewigkeit, in der Gordon noch mehr Vampire und damit weitere Soldaten für seinen Krieg erschaffen konnte.

Ich wusste, warum Andrassy zögerte. Bislang hatte Gordon anderen Clanherren gegenüber keine Aggressionen gezeigt. Er schuf viele neue Vampire, aber das war kein Verbrechen. Die Jungen töteten Menschen, aber so etwas geschah hin und wieder und war in diesem frühen Alter durch den Clanherrn zu bestrafen. Niemand wusste, ob Gordon dieser Pflicht nachkam. Die einzelnen Vampirgruppen in dieser Stadt funktionierten wie kleine, in sich geschlossene Universen, die um ihre eigene Sonne, den Clanherrn, kreisten. Kaum jemand wusste, was bei seinen Nachbarn geschah.

Ich hörte andere Meister gegen Andrassys Entscheidung protestieren und meine Fähigkeiten in Frage stellen, doch erst als der Fürst selbst die Stimme erhob, wurde ich wirklich aufmerksam.

»Wenn wir das Messer haben, wird Gordon es nicht mehr wagen, anzugreifen.« Er war aufgestanden und stützte die Hände auf den Tisch. »Ein Kampf bedeutet Tote, Hunderte. Ein Blutbad, wie es LA noch nicht gesehen hat. Wenn ich Gordon verurteile, trifft es seinen gesamten Clan. Wollt ihr das wirklich?«

Die Stille war absolut. Ein Schauder erfasste mich, und ich bleckte die Zähne in Erinnerung an ein Grauen, das ich niemals aus meinem Verstand würde tilgen können.

»*Julius.*« Die dunkle Stimme meines Meisters flüsterte mahnend durch meine Gedanken. Ich senkte gehorsam den Blick.

Seine Augen waren hell geworden. Auch er erinnerte sich an das Gemetzel in Frankreich, an das Blut Schuldiger und Unschuldiger, das für immer an unseren Händen klebte.

»*So weit wird es nicht kommen*«, sagte er telepathisch. »*Du findest es, ich vertraue darauf.*«

—◆—

Der Polizeiwagen fuhr mittlerweile durch bekanntes Gebiet, und der Anblick vertrauter Häuser und Cafés gab Amber einen Teil ihrer Sicherheit zurück. Diesen Abschnitt des

Boulevards ging sie jeden Tag auf dem Weg zur Arbeit entlang. Es war immer noch der Sunset, doch im Stadtteil Silverlake hatte die berühmte Straße viel von ihrer Bedeutsamkeit eingebüßt.

Der Fahrer sah sich nach Amber um und bemühte ein Lächeln.

»Edgecliff Drive?«, fragte er und setzte gleichzeitig den Blinker. Nach etwas mehr als hundert Metern hielt der Wagen vor einem anderthalbgeschossigen Bungalow, den Amber gemeinsam mit ihrer Mutter bewohnte.

Im Wohnzimmer und auf der Veranda brannte noch Licht.

Amber brachte ein schwaches »Danke« über die Lippen, dann stieg sie aus und schlug die Tür zu. Das kleine Törchen, das den Vorgarten von den Gehwegplatten trennte, knarrte, als Amber sich hindurchzwängte.

Ihre Schritte wurden langsamer.

Sie wollte jetzt nicht ihrer Mutter begegnen.

Am liebsten hätte sie sich in irgendeinem dunklen Winkel verkrochen und so lange dort ausgeharrt, bis der bittere Schmerz nachließ und sie keine Angst mehr haben musste, bei jeder Beileidsbekundung in Tränen auszubrechen. Mit der Hand an der Klinke versuchte Amber sich zu sammeln und öffnete dann die Tür. Im Haus war es vollkommen ruhig. »Mama?«

Keine Antwort.

»Charly?«

Amber schluckte. Als die Stille unheimlich zu werden begann, vernahm sie leise Atemgeräusche. Ihre Mutter lag auf dem Sofa und schlief. Überall waren zerknüllte Taschentücher. Auf dem Couchtisch standen Medikamente. Amber nahm eines der Tablettenröhrchen in die Hand und las das Etikett. Tavor, ein Beruhigungsmittel. Eine zweite Packung entpuppte sich als Schlaftabletten. Charly würde selbst dann nicht wach werden, wenn Amber sie anschrie.

Es war nicht das erste Mal, dass Amber ihre Mutter so sah, aber heute machte sie es ihr ausnahmsweise nicht zum Vorwurf.

Charly nahm Tabletten, seit ihr Mann sie betrog und verließ und wiederkam und wieder betrog und wieder verschwand. Das Verhalten ihres Vaters hatte Amber misstrauisch und kalt gemacht. Er war schuld an Charlys Depressionen, und jetzt konnte er sich auch noch Frederiks Tod auf die Fahnen schreiben.

Amber schluckte an den bitteren Tränen vorbei, die darauf warteten, geweint zu werden, nahm eine Wolldecke vom Sessel und deckte ihre Mutter damit zu. Im Flur begegnete sie Bildern von Frederik und sich als Kind, aus einer Zeit, in der sie noch glücklich gewesen waren. Sie floh vor den Bildern, floh die Treppe hinauf in den oberen Stock. Zwei Zimmer unter der Dachschräge bildeten ihr kleines Reich. Sobald Amber einen Fuß hineinsetzte, war es mit ihrer Stärke vorbei.

Mit brennenden Augen schaltete sie die Stereoanlage ein, wankte auf weichen Knien zu ihrem Bett und und ließ sich fallen.

Zuerst war da nur Schmerz und ein schrecklicher, dumpfer Druck in ihrem Hals, der einfach nicht nachließ. Sie bekam kaum Luft, ihr Körper wollte nur noch einatmen mit jämmerlichen, erstickten Lauten. Von all dem Sauerstoff schien nichts in ihren Lungen anzukommen. Alles tat weh.

Amber rollte sich zusammen wie ein kleines, verwundetes Tier und presste die Hände auf den Mund, um nicht laut zu schreien. Sie trauerte stumm und für sich allein, wie sie es immer getan hatte. Früher hatte sie sich manchmal von Frederik in den Arm nehmen lassen, aber er war nicht da und er würde auch nie wieder kommen. Gegen ihren Willen zogen die letzten Jahre wie ein Film an ihr vorbei.

All der Streit, den es zwischen ihnen gegeben hatte, seitdem Frederik völlig verändert von einer Europareise zurückgekommen war. Sie hatten sich binnen Monaten auseinandergelebt, und so war es die ganzen letzten zwei Jahre geblieben. Frederik verkroch sich in der Welt seiner Fantasy-Spiele, und Amber versuchte sich einzureden, dass ihr Bruder nicht verrückt geworden war, sondern nur einen anderen Lebensstil pflegte. Einen, in dem er sich einbildete, ein Krieger oder so etwas zu sein, und gegen Untote kämpfte. Das erinnerte sie an etwas.

Amber war mit einem Schlag auf den Beinen. Vor nicht einmal drei Wochen hatte ihr Frederik einen Brief zukommen lassen. Hektisch durchwühlte Amber die Postablage auf ihrem Schreibtisch. Dann hielt sie den Umschlag in der Hand. Er war ungeöffnet. Sie wischte sich über die Augen und setzte sich. Auf der Rückseite stand in winziger, ordentlicher Druckschrift: *Du wirst wissen, wann du ihn öffnen musst.*

Amber schluckte.

Sie hatte den Brief für eine seiner Spinnereien gehalten.

Was, wenn es ein Hilferuf gewesen war? Was, wenn sie seinen Selbstmord hätte verhindern können?

Dafür war es jetzt zu spät. Ambers Finger zitterten, während sie den Umschlag aufriss. Sie zitterten noch mehr, als sie das Schriftstück auseinanderfaltete.

Liebe Schwester,

wenn du das liest, haben mich die Vampire aufgespürt und ich bin vermutlich tot oder wie sie. Meine Mission geht damit auf dich über, du musst sie jetzt bekämpfen. In den kommenden Tagen wirst du etwas von mir erhalten. Vertraue darauf. Trage es immer bei dir und höre auf seine Stimme. Es wird zu dir sprechen

und dich auf den Pfad des Kriegers führen, wie es auch mich ge-
leitet hat.

Hab acht, Schwesterlein, und nur Mut!
Frederik

»Ach verflucht, Freddy!«, schrie Amber wütend und
knüllte den Brief zusammen. Die verdammten Computer-
spiele hatten ihrem Bruder den Verstand geraubt. Nicht einmal seinen Abschiedsbrief hatte er vernünftig geschrieben.
Amber riss sich zusammen. Sie hob den Brief auf, strich ihn
glatt und legte ihn unter ihr Kopfkissen, dann überließ sie
sich wieder der Trauer.

KAPITEL 3

Nach einer Woche wurde Frederik Connans Leiche freigegeben.

Curtis' Diener Robert hatte tagsüber Nachforschungen
angestellt und mir eine Nachricht auf meiner Mailbox hinterlassen. Woher er die Information hatte, war mir gleich,
doch ich wusste, dass die Herren der Vampirclans auf ein
breites Netzwerk von Informanten zurückgreifen konnten.

Roberts Worte waren eindeutig. Jemand musste Zugang
zu den Polizeiakten bekommen haben. Und darin stand, dass
es in Frederiks Wohnung keine Anzeichen für einen Einbruch oder Kampf gegeben hatte. Die Obduktion war ebenso
ergebnislos verlaufen. Die Deutung blieb bei Selbstmord.

In den vergangenen Tagen hatte ich versucht, etwas über
Frederik herauszufinden. Ich war in seiner Wohnung gewesen und hatte sie erfolglos durchsucht, vom Messer fehlte
jede Spur. Es gab weder Verstecke noch irgendwelche Hin-

weise. Doch noch gab es Hoffnung. Curtis hätte fühlen können, wenn die Kraft der mittelalterlichen Waffe wieder zugenommen hätte. Unser Feind Gordon hatte sie nicht bekommen, noch nicht. Mit dem Mord an Frederik hatten sie sich selbst ins Aus manövriert.

Jetzt galt es die Waffe und den Erben zu finden, und was war besser dazu geeignet als Frederiks Beerdigung? Jeder, der ihm nahegestanden hatte, würde da sein, jeder der Gäste konnte mein potentielles Ziel sein.

Die Zeremonie fand am frühen Abend statt. Ich war auf dem Friedhof, sobald die Sonne mir erlaubte, mein Versteck zu verlassen, und beobachtete das Ankommen der Trauergäste.

Immer wieder prüfte ich den Wind, der als heißer Atem über die Grabsteine strich. Von Gordon oder seinen Vampiren roch ich nichts. Als ich sicher sein konnte, dass meine Gegner nicht da waren, ging ich näher zu den Menschen, die sich um das offene Grab versammelt hatten.

Ich fiel nicht weiter auf. Bis auf ein weinrotes Hemd trug ich dem Anlass entsprechend Schwarz. Es gab mehrere junge Leute in meinem Alter, oder genauer gesagt dem Alter, das mein Äußeres vorgaukelte. Ich hätte genauso gut einer von Frederiks Freunden sein können. Verwandte standen in kleinen Grüppchen zusammen und spendeten einander Trost. Ihre Unterhaltungen waren leise, geflüstert. Hin und wieder färbte ein Schluchzen die Luft.

Ich sah zu einer alten Weide. Zwischen den silbrigen Blättern schmetterte ein kleiner Vogel sein Liebeslied, seltsam schrill und genauso fehl am Platz wie das fröhliche Plätschern eines nahen Brunnens.

Als die Zeremonie begann, blieb ich auf Abstand und ließ mich von den monotonen Worten des Priesters berieseln. Von den umliegenden Gräbern stieg der Geruch von vergorenem Blumenwasser auf.

Ich wartete ab, bis der Geistliche seine Litanei heruntergebetet hatte, warf mein Häufchen Erde ins Grab und kondolierte der weinenden Mutter. Dann schlenderte ich davon.

Ich hatte mir jeden Gast genau angesehen, doch niemand schien mir die Energie oder die Willenskraft zu besitzen, um das Messer zu führen, geschweige denn von unserer Existenz zu wissen.

Versunken in Grübeleien übersah ich beinahe die junge Frau, die auf dem Boden saß und ihre Hände ins Gras krampfte. Sie hatte rotes, lockiges Haar. Lichtpunkte fielen durch das Blätterdach und brachten es zum Glänzen. Ihr schlanker Rücken erbebte in stummer Trauer.

Sie hörte meine Schritte und sah auf. Hohe Wangenknochen, Sommersprossen auf Nase und Stirn und eine leichte Bräune, wie sie nur die Natur zauberte. Ich kannte dieses Gesicht, hatte es auf einem Bild in Frederiks Wohnung gesehen. Sie musste seine Schwester sein. Meine Neugier war geweckt.

Ihr meergrüner Blick sagte deutlich, dass sie keine Gesellschaft wollte. Dennoch setzte ich mich neben sie, zerdrückte eine Ameise, die über meine Hose kroch, und schwieg. Ihr Haar roch nach Sonne und Orangen. Wie gerne wollte ich es berühren, doch stattdessen faltete ich meine Hände über den Knien.

»Warst du ein Freund von meinem Bruder?«, fragte sie und wischte hastig eine einzelne Träne von der Wange.

»Ich kannte ihn«, gab ich zurück.

Ihr Blick folgte den Trauergästen, die sich gemeinsam auf den Weg zum Parkplatz machten. Niemand schien auf sie zu warten.

»Frederik war ein Spinner, er mochte mich nicht, nur seine Computer und die blöden Spiele«, sagte sie bitter.

Ich zuckte ratlos mit den Schultern. Was sollte ich auch dazu sagen?

An meinem Daumen klebte ein Ameisenbein. Ich wischte die Finger an der Hose ab und stand auf.

»Komm, gehen wir.« Ich streckte die Hand aus, um ihr aufzuhelfen.

Die junge Frau ergriff sie und hielt sie einen Moment zu lange.

»Deine Finger sind kalt.«

»Das sind sie immer.«

Schweigend folgten wir den anderen. Ich wurde mit jedem Schritt zuversichtlicher. Amber schien mir die Richtige zu sein. Hinter der Trauer verbarg sich eine energische Frau. Kein anderer Mensch, dem ich an diesem Abend begegnet war, schien geeigneter als sie, und sie hatte Frederik am allerbesten gekannt. Ich durfte mir meine Chance nicht entgehen lassen. Selbst wenn sie das Messer nicht hatte, roch sie wahnsinnig gut. Ihr Blut rief nach mir und weckte meinen Hunger. »Mein Name ist Julius.«

»Amber.«

Sie reichte mir wieder die Hand, und der Anflug eines Lächelns streifte ihr Gesicht. »Als ich die Einladungen geschrieben habe, war dein Name nicht dabei.«

»Ich habe die Traueranzeige gelesen«, erwiderte ich schnell.

»Schlechte Antwort, es gab keine.«

Einen Moment war ich sprachlos. Ihre Nähe verwirrte mich. Das war seit Ewigkeiten keiner Frau mehr gelungen, besonders keiner sterblichen.

»Bist du einer von den Typen, die aus Spaß zu Beerdigungen gehen?«, fragte sie ungläubig.

»Nein! Ich kannte Frederik wirklich.«

Sie schwieg, und ich wusste nicht, was ich sagen sollte. Im Windhauch lag der Duft ihres Parfüms und salziger Trauer.

Ich fühlte ihre Nähe, fühlte ihren warmen Körper direkt neben mir. Wenn ich nicht nach ihnen jagte, kam ich Menschen selten derart nahe. Amber an meiner Seite zu spüren war ein Genuss. Der kurze Spaziergang im ruhigen Rhythmus unserer Schritte brauchte keine hastig gesetzten Worte. Doch wie schnell war das vorbei. Ambers Absätze schlugen leise auf den Asphalt des kleinen Parkplatzes, dann hielt sie inne und sah mit glasigem Blick zu mir auf.

»Wo steht dein Auto?«, fragte sie leise.

»Ich habe keins.«

»Kein Auto in LA?«

»Die Metro ist besser, als man denkt. Außerdem habe ich zwei Füße, auf die ich mich verlassen kann.«

Amber sah auf meine Schuhe. Auf dem blankpolierten Leder klebten Grashalme. Eine Strähne fiel ihr ins Gesicht.

»Ich komme nicht mit zur Trauerfeier, das ist eine Familiensache«, entschied ich schnell. Dort gab es zu viele Menschen, die Fragen stellten, zu viele Augen, die mich beobachten würden.

Hinter uns schlugen Autotüren zu, Motoren wurden gestartet. Ambers Mutter war nicht weit entfernt und sah zu uns herüber. Sie schwankte wie ein dürrer Baum auf weitem Feld, und Amber hatte ihren hilflosen Blick bemerkt.

»Ich muss los«, sagte sie zögernd.

Wenn sie jetzt ging, war meine Chance vertan. Ich musste schnell handeln, fing ihren Blick auf und benutzte ein klein wenig Magie.« Wenn du morgen Abend noch nichts vorhast, könnten wir essen gehen.«

Ihre Zweifel waren wie ausradiert. Sie errötete. »Wo?«

»*Toi on Sunset,* Hollywood. Kennst du das Restaurant?«

Sie nickte nur und wagte nicht noch einmal, mich anzusehen. Es war ihr wohl peinlich, über die Leiche ihres Bruders hinweg ein Date zu arrangieren. Amber schob mit der Fußspitze ein wenig Kies hin und her. Dann wandte sie sich zum Gehen. Ihre Hand streifte, absichtlich oder zufällig, die meine.

»Um acht?«

Sie nickte schnell, legte einen Arm um die bebenden Schultern ihrer Mutter und ging mit ihr zum Wagen.

Nach einigen Minuten, als ich schon ein gutes Stück gelaufen war, fuhren sie langsam an mir vorbei. Ambers Augen folgten mir. Ich sah sie an, bis das Dunkel ihre Konturen verwischte.

KAPITEL 4

Ein engelhaftes Wesen stand reglos am Fuß von Frederik Connans Grab und starrte in die nächtliche Finsternis des Friedhofs.

Der Meistervampir Daniel Gordon fuhr sich geistesabwesend durch sein lockiges, goldenes Haar und beobachtete die Männer beim Schaufeln. Sie gruben Frederiks Leiche aus. Er konnte die frische Lackierung des billigen Holzsargs bereits riechen.

Der Vampirjäger hatte es zwar geschafft zu sterben, bevor Gordons Männer ihm das Messer abgenommen hatten, aber entkommen konnte er ihm nicht, niemals. Der Meistervampir lächelte bei der Vorstellung, die Waffe bald in seinem Besitz zu haben. Sie war der Schlüssel zu seinem Aufstieg. Bald würde er nicht mehr nur einer von sieben Clanherrn in LA sein und sein Territorium nicht mehr nur aus South Central und anderen dreckigen Vierteln der Millionenmetropole bestehen.

Eine kleine, schlagkräftige Armee von Vampiren stand bereit.

Sie würde im mächtigen Schatten des Messers losstürmen und dann einen Clan nach dem anderen übernehmen. Erst würden die Clanherren und die anderen Meister fallen, durchbohrt von der Holzklinge, dann, wenn die Clans führerlos waren, würde er, Daniel Gordon, die Regentschaft übernehmen. Mit jedem Coup würde seine Armee wachsen und schließlich sogar groß genug sein, um dem mächtigsten Vampir der Stadt die Stirn zu bieten.

Wenn erst einmal der Fürst von LA vor ihm knien würde, dann, ja dann …

Wieder musterte Gordon den kleinen, hageren Voodoo-Hexer, der sich an seiner Tasche zu schaffen machte. Sie roch nach Tod und scharfen Kräutern. Der Vampir war nicht sicher, ob seinem seltsamen Komplizen zu trauen war. Aber bei der Höhe seines Lohns sorgte er besser dafür, dass alles glattlief, sonst würde er es mit der unangenehmen Seite des Vampirs zu tun bekommen.

Eine Schaufel stieß auf Holz, und wenig später hatten die Helfer den Sarg an die Oberfläche gewuchtet und lösten die Verschraubungen.

Der Hexer umkreiste den Sarg und begann mit seinen Beschwörungen.

Er bespuckte den lackierten Deckel mit Alkohol und Puder. Plötzlich schien die Magie von überall her zu kommen. Aus dem Boden, der Luft und aus dem Hexer selbst.

Ein Helfer brachte ein wild flatterndes Huhn, der andere stieß den Sargdeckel auf.

Gordon trat einen Schritt näher und beobachtete fasziniert, wie der Hexer mehrfach mit dem Vogel über die Leiche strich und ihm dann die Kehle durchschnitt. Blut spritzte und tränkte die Nacht mit seinem Duft.

Dann winkte der Hexer dem Vampir. »Meister, Meister, an meine Seite.«

Widerstrebend leistete Gordon der Anweisung Folge. Er hatte seit über zweihundert Jahren keinen Befehlen mehr gehorchen müssen, doch Gordon wusste, was jetzt nötig war. Das Ritual brauchte Blut, und kein anderes war so mächtig wie jenes, das in seinen eigenen Adern floss.

Er schob seinen Ärmel hoch und streckte dem Hexer unwillig das Handgelenk hin.

Der Voodoo-Zauberer ritzte ihn mit einem kleinen Messer, fing das Blut in einer goldenen Schale auf und ließ es dem Leichnam in den Mund laufen.

Dann verschwand die elektrisierende Magie, und das Ritual war beendet.

Der Tote schien unverändert.

Gordon versuchte seine Enttäuschung zu verbergen. »Und jetzt?«, fragte er und drückte den Schnitt in seiner Haut zusammen.

»Jetzt gehört Frederik Connan dir, Meister. Er wird in einigen Minuten erwachen.«

Der Vampir konnte es noch immer nicht ganz glauben. »Und dann ist er ein Zombie und tut alles, was ich sage?«

Das Gesicht des Hexers verzog sich missbilligend. »Er ist untot, kein Zombie. Er denkt und fühlt, aber sein Körper wird vergehen. Sobald er seine Aufgabe erfüllt hat, wird der Zerfall immer schneller voranschreiten. Ich kann den Prozess einige Wochen verzögern, aber nicht aufhalten.«

Der Voodoo-Priester gab ihm ein Amulett. »Hänge ihm das hier um, sobald er sich aufsetzt. Meine Aufgabe ist erfüllt.«

Gordon sah ihn ungläubig an. »Und wer beseitigt das alles hier?«

Die Helfer des Priesters schlugen bereits den Weg zum

Parkplatz ein, der Hexer selbst lächelte bösartig. »Du besitzt doch jetzt einen Untoten, Meister.«

In diesem Augenblick schlug Frederik Connan die Augen auf, sah den Vampir und schrie.

KAPITEL 5

»Keine Mutter sollte ihr Kind begraben müssen, das ist einfach nicht richtig!« Charly Connans Klage hallte von der stuckverzierten Decke des hohen Art-Deco-Zimmers wider.

Der Raum gehörte zum Büro eines Notars, zu dem Amber und ihre Mutter gerufen worden waren. Anscheinend hatte Frederik ein Testament hinterlassen.

Der Mann ließ sie warten.

Amber blickte unauffällig auf ihr Handy. Es war schon fast Viertel vor sieben. Mit einem mulmigen Gefühl dachte sie an ihre Verabredung mit dem Fremden vom Friedhof.

Seit Frederiks Tod war die bleierne Taubheit, die die Gedanken lähmte und den Körper schmerzen ließ, geblieben. Es war gut, sich hinter dieser schwammigen Wand verstecken zu können.

Amber hatte sich schon immer mit diesem Trick geschützt; früher, wenn sie in der Schule gehänselt worden war, und später auch auf der Arbeit, wenn sie Probleme hatte. Sie kapselte sich ab und lenkte ihre Gedanken auf etwas anderes.

Die Verabredung mit diesem Julius war ihr neuer Strohhalm, an den sie sich klammerte. Sie musste sich eingestehen, dass es diesem offensichtlich netten und zudem sehr attraktiven Mann gelungen war, eine Saite in ihr zum Klingen zu bringen. Sie erinnerte sich an den nahezu magischen

Moment, als er ihr auf dem Parkplatz in die Augen geschaut hatte. Sein Blick hatte etwas tief in ihr angesprochen. Eine geheime Sehnsucht. Vielleicht war dieser Julius doch mehr als eine Ablenkung. Vielleicht. Ausreichend groß und schlank, mit halblangem braunen Haar und hellen Augen entsprach er zugegebenermaßen fast schon ihren Vorstellungen von »perfekt«.

Aber wenn der Anwalt sie noch lange warten lassen würde, konnte sie ihre Verabredung vergessen.

Als Amber erkannte, was sie da gerade gedacht hatte, presste sie mit aller Kraft ihren Rücken gegen die harte Lehne. Der Schmerz tat gut. Sie war wütend und sie schämte sich. Ihr Bruder lag erst einen Tag unter der Erde, und sie dachte an nichts anderes als eine Verabredung. Der Stuhl schnitt in ihren Rücken, und das half, sich wieder auf das Wesentliche zu konzentrieren. Es ging um den letzten Willen ihres Bruders, und es würde so lange dauern, wie es dauerte.

Frederik hatte ihnen etwas mitzuteilen, was ihm wichtig gewesen war, und sie wollte es, verdammt noch mal, wissen!

Amber saß weiterhin steif und gerade, während ihre Mutter Charly zusammengesunken neben ihr hockte und sich Tränen von den Wangen wischte.

Amber wünschte sich weit weg von ihr. Immer wenn sie ihre Mutter weinen sah, fürchtete sie, dass auch ihre eigene Mauer brechen würde. Wenn dieser Damm riss, würde es kein Halten mehr geben, das wusste sie.

Charly hob den Kopf und sah sie aus geröteten Augen an.

»Wie kannst du nur so kalt sein?«, fragte sie und tupfte sich die tränenfeuchten Augen. »Trauerst du denn gar nicht um deinen Bruder?«

Das war genug. Amber sprang auf und ging einige hektische Schritte.

Sie rang nach Worten. Schließlich blieb sie vor einem Sideboard mit einigen Bilderrahmen stehen. Es waren Fotos einer glücklichen Familie, Momentaufnahmen aus einem fremden Leben, das ganz offensichtlich ungleich besser verlief als ihr eigenes.

»Amber, ich habe dich etwas gefragt.«

»Natürlich trauere ich, Mutter. Aber nicht jeder kann sich die Augen ausheulen wie du.« Amber bereute ihre Worte sofort. Im nächsten Augenblick kamen auch ihr die Tränen. »Oh Gott, wann kommt dieser Mensch endlich!« Plötzlich war Amber wütend auf diesen blonden Mittvierziger, der sie von den Fotos angrinste.

Die Wut half die Tränen zurückzudrängen. Amber stopfte die Trauer an eine Stelle in ihrem Herz, wo es nicht ganz so weh tat, und dachte krampfhaft an ihre Verabredung. Ablenken, nur ablenken, beschwor sie sich.

In einem der Rahmen konnte sie beobachten, wie ihr Spiegelbild zu einer Maske erstarrte. Amber wusste, dass sie auf andere Menschen oft kalt wirkte, aber das war ihr lieber, als sich so gehen zu lassen, wie es ihre Mutter Charly tat. Irgendwie würde sie die kommende Zeit schon durchstehen, irgendwie.

KAPITEL 6

Ich erwachte, noch ehe die Sonne im Meer versank.

Die Luft in meinem kleinen Reich war kühl und ein wenig feucht vom nahen See. Ich hatte mir die Gruft vor allem deshalb ausgesucht.

Der Tod saß noch in meinen Beinen, und ich wartete ungeduldig, bis die Taubheit auch dort nachließ und das Leben mich für die kurze Dauer einer Nacht wiederhatte. Diese Minuten waren die schlimmsten, die kurze Spanne, in der ich weder das eine noch das andere war. Sobald ich meine Mobilität gänzlich zurückerlangt hatte, stieg ich aus dem Sarg, strich Zudecke und Kopfkissen glatt und schob den Deckel zu. Vom Tischchen daneben lächelte mich ein blankpolierter Schädel an. Er hatte der vormaligen Bewohnerin dieses hübschen Plätzchens gehört, einem Filmstarlet aus den Zwanzigern, das sich totgesoffen hatte.

Im Kerzenlicht wusch ich mich, zog mich um und übertünchte den schwachen Erdgeruch meiner Haut mit etwas Parfum.

Bald war es so weit und ich würde Amber wiedersehen.

Der Gedanke ließ mich eilen. Schnelle Schritte trugen mich die Treppe hinauf. Oben blieb ich vor der verschlossenen Tür stehen. Erst nachdem ich mit all meinen Sinnen nach unliebsamen Beobachtern geforscht hatte, verließ ich mein Refugium.

Es war die magische Stunde, und der Friedhof gehörte mir ganz allein. Noch stand ein Rest Licht am Himmel und wärmte meine Haut fast unangenehm.

Lange Palmenschatten tanzten über das kurzgeschorene Gras, Kolibris schwirrten wie dicke Hummeln über den Rosenbüschen. Bei den Blumenrabatten pflückte ich für Amber rote und weiße Rosen, dann ging ich zum Tor.

Mein Friedhof, der den feinen Namen Hollywood Forever Cemetery trug, lag als grüne Oase zwischen heruntergekommenen Wohnhäusern und kleinen Autowerkstätten und grenzte mit dem Haupteingang an den vielbefahrenen Santa Monica Boulevard.

Ich trat durch das kleine Seitentor und schloss wieder ab.

Die Nebenstraße lag wie ausgestorben, nur in einer Werkstatt wurde noch im Lampenschein gearbeitet.

Meine Uhr zeigte eine knappe halbe Stunde bis acht, ich musste mich beeilen. Schnell zu laufen, ohne aufzufallen, erforderte meine ganze Konzentration. Im Zickzack schlängelte ich mich durch Nebenstraßen.

Bald stürzte der Lärm der La Brea Avenue auf mich ein. Dann erreichte ich den Sunset und überquerte an einer Ampel die Straße.

Weißes Neonlicht brachte die Buchstaben über dem *Toi on Sunset* zum Strahlen. Der Eingang klaffte wie eine finstere Höhle in der Häuserwand.

Ich war schnell gewesen und hatte noch fünf Minuten Zeit.

Vor der Tür des Ladens wartete ein Metalfreak mit bodenlanger schwarzer Schürze und einem Bart, der so lang war, dass er sich hin und wieder im nietenbesetzten Gürtel verfing.

Es war einer der Kellner. Er rauchte. Auf den ersten Blick würde hier kaum jemand das beste Thaifood der Stadt erwarten. Laute Rockmusik dröhnte aus dem Restaurant, und es duftete nach Kokosmilch und exotischen Gewürzen.

Amber verspätete sich. Als sie schließlich aus dem Taxi stieg, wirkte sie überrascht, dass ich überhaupt noch da war. Ich konnte nicht anders als zu lächeln, so sehr freute ich mich, sie zu sehen. Sie trug Schwarz. Eine enge Jeans, ein Shirt mit kleinen aufgedruckten Ornamenten und eine kurze Jacke mit glänzenden Knöpfen. Ihr lockiges Haar fiel frei über die Schultern, und ich nahm mir fest vor, noch heute Abend herauszufinden, ob es sich so weich anfühlte, wie es aussah.

»Schön, dass du da bist«, sagte ich erleichtert.

»Entschuldige die Verspätung.« Sie sah fertiger aus als bei

der Beerdigung. Die notdürftig ausgebesserte Schminke verriet, dass sie geweint hatte.

Ich überging ihre Traurigkeit und reichte ihr die Rosen. Die Geste zauberte ein Lächeln in ihr Gesicht, das auch die Augen erreichte.

Als der Kellner kam, drückte ich kurz ihre Hand, dann folgten wir ihm hinein.

Ich blinzelte beim Blick in eine helle Lampe über der Tür. Das Restaurant selbst lag in gemütlichem Halbdunkel.

Wir bekamen einen Tisch für zwei auf einem kleinen Podest direkt vor der Fensterscheibe. An der Decke über uns quietschte ein aus Eisenteilen geschweißter Drache.

Während sich Amber hinter der Speisekarte versteckte, ließ ich meinen Blick über die Wände streifen. Poster vergangener Rockglückseligkeit, zerschmetterte Gitarren, zerfetzte Trommelstöcke. In jedem Winkel des Raumes kleine Fernseher, die uns mit Musikvideos bestrahlten.

Amber tauchte wieder hinter ihrer Karte auf.

»Ich weiß nicht, was ich nehmen soll.« Ratlos legte sie das laminierte Blatt auf den Tisch.

Ich drehte es um und tippte mit dem Finger auf ein Gericht. »Das da, den scharfen Fisch, dazu braunen Reis, der ist eine Spezialität des Hauses.«

»Hört sich gut an. Nimmst du das Gleiche?«

Ich schluckte, jetzt kam der unangenehme Teil. »Ich habe schon gegessen«, erwiderte ich mit Unschuldsmiene.

Sie sah mich empört an. »Aber was machen wir dann hier? Hast du denn gar keinen Hunger?«

»Nein, aber ich sehe dir gerne zu«, antwortete ich grinsend.

Die Wahrheit war, ich hatte Hunger, sogar großen. Die Haut meiner Begleiterin duftete wunderbar. All die Menschen um mich herum tränkten die Luft mit Lebensenergie.

Der Gedanke an ein Blutbad war verführerisch, doch ich war zivilisiert, ich konnte warten.

Amber winkte den Kellner herbei, während ich aus dem Fenster starrte. Meine Zunge tastete nach den scharfen Zähnen. Ich schnitt mich und genoss für einen kleinen Moment den köstlichen Geschmack von Kupfer. Die Wunde schloss sich sofort, und ich lächelte Amber an wie eine Katze, die eine ahnungslose Maus betrachtete.

Wir bestellten. Der Kellner ging, und ich versuchte, die Stille zu füllen. »Wie geht es dir?«

»Ach, ich …«, stotterte sie.

Sofort füllten sich Ambers Augen mit Tränen. Sie brauchte eine Weile, um ihre Trauer herunterzukämpfen.

Ich wartete geduldig, übte mich in einem mitfühlenden Gesichtsausdruck und reichte ihr meine Stoffserviette als Taschentuch.

»Gerade waren wir bei einem Anwalt. Ich hätte nie gedacht, dass Frederik überhaupt weiß, was ein Anwalt ist.« Ihre Stimme klang rau. »Es ging um sein Erbe, so etwas Idiotisches. Mutter bekommt alles, was sie an Erinnerungsstücken aus der Wohnung behalten will, der Rest geht an seine Kumpels.«

Der Kellner kam und goss uns Wasser mit Eisstückchen in riesige Gläser, dann schlurfte er im Rhythmus der Musik davon. Amber starrte ihm hinterher.

»Und was hat dein Bruder für dich bestimmt?«

Als Amber schließlich antwortete, sah sie mich nicht an.

»Einen bescheuerten Brieföffner aus Holz.« Sie zerknüllte ihre Serviette und strich sie wieder glatt. »Was soll ich denn damit? Ich bekomme E-Mails, keine Briefe!«

Ich war alarmiert. »Hast du ihn dabei?«, fragte ich und versuchte, dabei so unaufgeregt wie möglich zu klingen.

Amber nickte mit zusammengepressten Lippen und hob

ihre Handtasche auf den Schoß. Einige Tränen bahnten sich den Weg durch ihre Wimpern und tropften auf das Leder.

»Hier, ich will ihn nicht.«

Sie reichte mir einen in ein Mickey-Mouse-Handtuch eingewickelten Gegenstand.

Ich rollte es auseinander, und dann lag es vor mir. Das Messer. Tod so vieler Vampire.

»Das ist kein Brieföffner.«

Meine Finger strichen vorsichtig über das feuergehärtete Holz und die alte lateinische Inschrift. Die bloße Berührung versetzte mein Fleisch in heilige Furcht.

Etwas in mir wollte davonrennen, so schnell und so weit wie nur irgend möglich.

Die Magie in dem Messer schlief nur. Wie eine lauernde Bestie wartete es auf den richtigen Augenblick, den richtigen Träger. Es wunderte mich, dass ich es überhaupt berühren konnte. Aber herrenlos, wie die Waffe war, hatte sie viel von ihrer Kraft eingebüßt.

Ich konnte kaum noch einen klaren Gedanken fassen. Sogar Ambers Gegenwart rückte in den Hintergrund. Das Messer war das Einzige, was zählte. In meinem Kopf tobten Warnungen, grauenhafte Berichte von Vampiren, die eine Begegnung überlebt hatten. Das Messer war das Schlimmste, was sich unsere Art vorstellen konnte. Hätte man mir die Wahl gelassen, hätte ich es vorgezogen, in der Sonne zu verbrennen. Ich ballte die Hände zu Fäusten, um Amber nicht sehen zu lassen, dass sie plötzlich zitterten.

»Julius, was ist es dann?«

»Ein Messer!«

»Aus Holz? Und ist es antik, irgendwie wertvoll oder so?«

»Nein«, wiegelte ich ab, »nichts dergleichen.«

Der Kellner brachte den frittierten Catfish sowie eine Schale mit haselnussbraunem Reis und riss Amber und mich aus der merkwürdigen Anspannung, die uns befallen hatte.

Meine Begleiterin wandte sich dem Essen zu. Sie benutzte die Holzstäbchen geschickt, um sich Reis und Fisch auf den Teller zu häufen, und schon nach den ersten Bissen bekam ihr Gesicht eine angenehme Röte.

Ich hätte Amber gerne meine ganze Aufmerksamkeit gewidmet, doch das Messer lag noch immer vor mir auf dem Tisch. Seine Nähe wurde mir mit jeder Minute unangenehmer. Wie konnte so ein kleiner Gegenstand nur so viel Macht besitzen? Das Messer schürte meine Angst, und noch schlimmer, es schien darauf zu reagieren. Je mehr ich mich fürchtete, desto schmerzhafter wurde seine Nähe. Mein Herz begann zu brennen, als sei Säure am Werk. Bald würde es zu spät sein und ich nur noch einen Gedanken kennen: Flucht!

Aber ich wollte hier sein, hier bei Amber, und ich wollte meinem Meister die Waffe bringen und ihn stolz auf mich machen. Mit letzter Kraft zwang ich mich zu handeln. Meine Hände wollten nicht, doch schließlich griff ich nach dem Messer und wickelte es wieder in das Handtuch. Dann schob ich es zu Amber hinüber. Der Schmerz ließ augenblicklich nach. Ich atmete auf.

Wenn Frederik seine Schwester zur Erbin bestimmt hatte, dann war sie mein Ziel. Der Gedanke an eine Dienerin erschien mir plötzlich gar nicht mehr so abwegig. Ambers Gesellschaft war mir angenehm, mehr als das. Ich genoss jede Sekunde mit ihr, und der Abend versprach noch besser zu werden. Ich würde von ihr trinken.

Bei dem Gedanken an ihr Blut krampfte sich mein Magen zusammen. Die kleine wilde Bestie war erwacht und biss wütend um sich, weil ich ihrem Willen nicht sofort nachkommen wollte. In einer selbstzerstörerischen Regung trank ich einen großen Schluck Wasser, der sich wie ein lähmendes Elixier in meinem Magen ausbreitete.

Wir verbrachten die restliche Zeit mit harmlosen Plaudereien über die anderen Gäste und den selbst für Los Angeles ungewöhnlich heißen Sommer. Schließlich war es Zeit zu gehen, und ich ließ die Rechnung bringen. Mit ihr kamen zwei Glückskekse, die wir uns gegenseitig vorlasen.

Ihr sonniges Gemüt lässt Sie schnell Freundschaft schließen, stand auf meinem.

Amber verzog ihren Mund zu einem schiefen Grinsen. »Sonniges Gemüt?«, scherzte sie und brach ihren Keks auf. *Ihre Zukunft beginnt jetzt.*

Das klang wie mein Startsignal. Ich sah sie an. Tauchte tief in ihre meergrünen Augen und ließ sie einen kleinen Teil von meiner Macht schauen. Energie strömte aus meiner Haut. Sie erschauerte und drehte verwirrt den Kopf zur Seite. »Was war das?«

Ich hätte alles sagen können in diesem Moment, ohne dass sie hätte fliehen können. Amber war mein. Sie stand unter meiner Kontrolle. Magie streichelte ihre Haut und hielt ihre Seele vorsichtig wie einen Schmetterling. Ich würde ihr nicht weh tun.

»Gehen wir?«, fragte ich und stand bereits.

Sie konnte den Blick nicht von meinen Augen wenden, ergriff meine dargebotene Hand, und ich führte sie vorbei an den vollbesetzten Tischen, an denen ahnungslose Menschen Nichtigkeiten austauschten.

KAPITEL 7

Vor der Tür empfing uns kühler Seewind. Palmen, die Blätter ins warme Licht der Reklameschilder getaucht, schwangen träge hin und her. Der Strom der Autos floss auch zu dieser fortgeschrittenen Stunde noch unverändert.

Amber überließ sich meiner Führung. Ihr Geist war wach, und doch konnte sie mir keine Bitte abschlagen. Magie hing zwischen uns wie ein unsichtbares Seil, verband uns, leitete.

Ich hatte nur die negativen Gefühle aus Ambers Gedanken verbannt. Sie war etwas Besonderes, mehr als eine hübsche Mahlzeit. Wenn sie meine Dienerin werden sollte, musste sie sich später an alles erinnern können.

Jagdlust tanzte mein Rückgrat auf und ab und ließ mich wohlig erschauern.

Ich lächelte siegesgewiss. Die Hand meiner Begleiterin lag warm und fest in meiner und ich würde sie so schnell nicht mehr loslassen. Ihre Finger ertasteten den Siegelring meines Vaters und spielten daran.

Schweigend schlenderten wir den Sunset Boulevard hinunter.

Außerhalb der Metropole war es jetzt völlig dunkel. Hier stießen Straßenlaternen und Reklametafeln mit ihren spitzen Lichtfingern nach der Finsternis und hielten die Nacht auf Abstand.

»Gehen wir dort hoch, noch ein wenig spazieren«, sagte ich und zog meine Begleiterin mit sanfter Gewalt in eine der kleinen Nebenstraßen, die sich nördlich bergauf schlängelten.

»Da ist es so finster«, protestierte sie halbherzig.

»Keine Angst, ich passe schon auf.«

Sie drückte sich dichter an mich, und ich legte den Arm um ihre Schultern. Schritt um Schritt entflohen wir so dem Boulevard und seinen Autos.

Der Straßenlärm wurde rasch leiser, und die rauschenden Wedel der alten Palmen übernahmen das Regiment. Wir schwiegen wieder und lauschten der Nacht. Fledermäuse huschten umher.

Hier zwischen den alten Holzhäusern schien die Welt noch in Ordnung zu sein. Ein kleiner Bungalow duckte sich hinter dichten Sträuchern. Die Farbe, die wohl einst Blau gewesen sein musste, war zum großen Teil abgeblättert und gab dem Bauwerk den Anschein, als sei es gerade dabei, sich zu häuten.

Ich drückte Ambers Hand. »Das Haus steht leer. Hast du Lust auf ein kleines Abenteuer?«

»Julius, ich mache nichts Illegales!«, protestierte sie.

»Nur eine kleine Besichtigung.« Meine Energie floss immer stärker und wischte ihre Bedenken fort wie lästige Insekten.

Wir bückten uns unter einigen Bananenstauden hindurch und schlichen über weichen, satten Rasen auf die Terrasse. Der Garten war verwildert. Gusseiserne Stühle und ein kleiner Tisch schauten nur noch zur Hälfte zwischen ausladenden Oleanderbüschen hervor.

Wir setzten uns auf eine alte Hollywoodschaukel, die unter unserem Gewicht bedrohlich knarrte. Ameisenheere bevölkerten die Terrasse, und die schwere Süße fauler Aprikosen tränkte die Luft. Beim Anblick der Insekten zog Amber die Beine hoch und schmiegte sich an mich.

»Es ist wunderschön hier«, sagte sie und sah zu mir auf.

Sobald ich in ihre Augen blickte, durchfuhr schmerzhaftes Verlangen meinen Körper.

In ihrem Atem, der mein Gesicht streifte, flüsterte das

Blut einen schnellen Rhythmus. Ich hatte zu lange gehungert. Die Beute war direkt vor mir.

Mein kaltes Herz erwachte, ich beugte mich vor und unsere Lippen berührten sich. Die Küsse waren vorsichtig, ihr Mund nicht mehr als ein seidiger Hauch, der meinen streifte. Ich wollte mehr, wollte sie spüren, ihre lebendige Wärme. Amber gab meinem sanften Drängen nach, öffnete ihre Lippen und gewährte mir Einlass. Bald kannte auch sie kein Zögern mehr, ihre Zunge drängte meiner entgegen, gierig, fordernd. Ich legte meine Hand in ihren Nacken und rieb mit dem Daumen sanft über ihren Puls. Der Rhythmus elektrisierte mich, wie es sonst nichts vermocht hätte.

Plötzlich ging eine Veränderung mit Amber vor. Ihre Schultern bebten, die Küsse wurden heftiger, verzweifelt. Ambers ganze aufgestaute Trauer brach sich Bahn. Als sie zu weinen begann, löste ich mich von ihren Lippen, doch sie zog mich wieder zu sich.

»Nicht aufhören, bitte«, hauchte sie.

Vorsichtig küsste ich die Tränen von ihren Wangen, schmeckte ihre Haut, das Salz, und darunter ihren ureigenen Geschmack. Wie magnetisch angezogen, näherte ich mich ihrer Kehle.

»Weine nicht«, flüsterte ich gegen ihren Puls, »weine nicht, alles wird gut.«

Meine Stimme war tief und heiser vor Begierde. Meine Augen, die sie nicht sehen konnte, waren jetzt heller und goldbraun wie Honig. Hunger sprach aus ihnen.

Ich fühlte die Veränderung.

Amber unterdrückte die Schluchzer und strich mir mit den Händen über den Rücken. Ihr Hals war nah, der Puls flatterte unter der Haut und wollte von mir befreit werden. Hunger galoppierte durch meinen Körper. Ich ließ die Zügel schießen, krallte meine Hand in ihr Haar und folgte nur noch der Sprache des Blutes, roch es durch ihre Haut und unter dem Parfum.

Doch als meine Zähne ihren Hals streiften, erfasste ihr Instinkt plötzlich meine Natur, und die uralte Angst der Beute vor dem Räuber erwachte.

Amber entglitt meinem Einfluss, riss den Kopf zurück und ihr Körper wurde steif in meinen Armen.

Ich hielt sie fest und wusste im gleichen Moment, dass ich ihr weh tat. Aber ich konnte sie nicht vollständig betäuben, dann wäre alles umsonst gewesen.

»Julius, nein, was tust du!« Sie schrie und versuchte, mich von sich zu stoßen. Doch es war zu spät. Ambers Herz raste und rief nach mir in wildem Trommelstakkato.

Beute, die sich wehrte, war so viel aufregender!

Kurzerhand erstickte ich ihren Schrei und hielt ihre Arme fest. Jetzt sah sie meine Raubtieraugen. Mit letzter Anstrengung bäumte sie sich noch einmal auf. Ihr Fuß zertrümmerte die morsche Armlehne der Bank und versetzte die Schaukel in unharmonische Schwingungen.

Amber konnte nicht fliehen. Ein kehliges Lachen entrang sich meiner Kehle.

Doch ein letzter Blick in ihre Augen ernüchterte mich. Sie hatte schreckliche Angst. Ihre Gedanken waren wie laute Schreie. »*Ich will nicht sterben. Bitte, bitte, ich will nicht sterben!*«

»Du wirst nicht sterben!« sagte ich, doch sie hörte nicht auf mich und kämpfte nur noch stärker.

»*Warum ist denn hier niemand? Warum?*«, hörte ich ihre Gedanken toben, während sie versuchte, mich in die Hand zu beißen.

Bilder rasten durch ihren Kopf: ihr toter Bruder, blutbedeckte Laken, ihre weinende Mutter, meine brennenden Augen.

Es hatte keinen Sinn, ihr zu erklären, was geschah, nicht jetzt! Wir hatten ohnehin keine Wahl, weder sie noch ich. Entschlossen bog ich Ambers Kopf zurück. Ihre Muskeln zitterten bei dem Versuch, mir Paroli zu bieten. Aber es kostete mich keinerlei Anstrengung, ihren Widerstand zu überwinden.

»Verzeih mir!«, sagte ich, dann sanken meine Zähne in ihr warmes, weiches Fleisch. Ich ritzte ihre Halsschlagader und trank. Trank in tiefen, langen Zügen die Sonne aus ihrer Haut.

Augenblicklich strömte meine Magie in ihren Körper und teilte meine Wonne mit ihr. Sie radierte die Angst vollständig aus Ambers Körper heraus und füllte ihn mit Hingabe und Lust.

Vampirmagie. Bei allen anderen Opfern hätte ich in diesem Moment auch die Erinnerung an den Biss, mein Aussehen und den Schmerz gelöscht. Nicht bei ihr. Ihr nahm ich nur den Schmerz.

Mit jedem Herzschlag ergoss sich mehr von Ambers traumhaftem Nektar in meine Kehle.

In einer uralten, wortlosen Sprache knüpfte ich ein unzerreißbares Band. Es war der erste Schritt auf dem Weg, die junge Frau zu meiner Dienerin zu machen.

Ambers Gegenwehr erstarb und meine Magie entfaltete volle Wirkung. Lust prickelte als warmes, wohliges Gefühl durch ihren Körper. Sie konnte nicht anders, als meine Nähe zu suchen, und drängte sich an mich.

Mit zitternden Fingern strich sie mir über den Rücken, spielte mit meinem Haar und flüsterte meinen Namen, wie etwas Kostbares, Heimliches.

Ich trank lange. Dann war es endlich genug und ich schluckte die letzten Tropfen hinunter. Ich wollte, durfte sie nicht töten.

Amber presste eine Hand auf die Wunde und sah mich an. Ihre Augen glichen denen eines erschrockenen Kindes, das erkennen muss, dass die Welt nicht immer fair spielt.

Ich starrte in ihre Ozeanaugen, leckte das Blut von meinen Lippen und fühlte mich auf eine seltsame Weise schuldig.

Noch immer tanzte Magie zwischen uns, und die geteilte Wonne wich nur langsam aus unseren Körpern. Mein Einfluss auf ihr Bewusstsein ließ nach und damit auch die Kraft, die mich für eine Weile unwiderstehlich gemacht hatte. Amber sah mich unverwandt an. Meine Augen bekamen unter ihrem Blick langsam ihre normale Farbe zurück.

Ich spürte Gedanken aufblitzen. »*Vampir!*«

»Ja, das bin ich!«

Angst brach durch und war im nächsten Moment wieder fort, weil ich es nicht wollte. Sie sollte mich nicht fürchten und sie konnte es nicht, wenn ich es verhinderte.

Amber öffnete kurz den Mund, dann verschluckte sie die Worte, die sie sagen wollte. Es war noch zu früh, ihre Gedanken ein wildes Durcheinander.

Verstört ließ sie sich gegen die hölzerne Lehne sinken. Wir saßen einfach nur da und schwiegen über all das, was wir voneinander erfahren hatten. Das Blut war wie eine Brücke gewesen. Während ich getrunken hatte, hatte ich ihre Gedanken geschaut, ihren Kummer, ihre Einsamkeit. Ich zog Amber in meine Arme, und sie zitterte.

Der Blutverlust ließ sie in der warmen Nacht frösteln. Die Hollywoodschaukel wiegte sanft hin und her und barg uns in einen süßen Alptraum.

»Du hast mein Blut getrunken, Julius«, flüsterte sie.

»Ja, das habe ich.«

»Dann, dann bist du …?« Sie brachte das Unglaubliche nicht über die Lippen. Ihr Verstand kämpfte mit aller Macht gegen das, was ihr das Erlebte weismachen wollte. Amber glaubte nicht an das Übernatürliche, so viel hatte ich in ihrem Geist aufgeschnappt.

»Ja, ich bin ein Vampir.«

Sie schüttelte den Kopf, und ihre Stimme überschlug sich. »Nein, das kann nicht sein, das ist Blödsinn, du wärst vielleicht gerne einer, aber du bist kein Vampir, du bist irgendein irrer Freak, du bist genauso durchgeknallt wie Frederik, du …«

»Scht!« Ich legte ihr einen Zeigefinger auf die Lippen. »Du weißt, dass es stimmt.«

»Nein, nein, ich …«

»Ich habe dein Blut getrunken.«

»Das ist kein Beweis. Du bist pervers oder hast irgendeinen verrückten Fetisch.«

»Ich bin, was ich bin«, sagte ich geduldig. »Erinnerst du dich daran, wie du hierhergekommen bist?«

»Ich … nicht richtig, ich … Nein, ich erinnere mich nicht! Vielleicht hast du mir etwas in mein Glas getan.«

»Solche billigen Tricksereien habe ich nicht nötig, Amber. Ich bin ein Vampir, und ich wollte, dass du mir folgst.« Zum Beweis rief ich meine Magie und griff Amber mit unsichtbarer Hand ans Herz.

Erschrocken berührte sie ihre Brust und sah mich an. »Wie hast du das gemacht?«

Ich blieb ihr die Antwort schuldig. Langsam reifte der Gedanke in ihrem Kopf.

»Also ist es wahr?« Mit der Erkenntnis formte sich eine andere Überlegung. »Dann hat mein Bruder die ganze Zeit über die Wahrheit gesagt? Und ich habe ihm nicht geglaubt! Ich habe immer gedacht, Frederik wäre verrückt.« Schmerz lag in ihren Worten und Fassungslosigkeit.

Sie stand noch immer unter meinem Bann, doch er war längst nicht mehr so stark. »Er hat immer an euch geglaubt.«

»Es gibt uns und es gab uns schon immer, Amber, so lange, wie es Menschen gibt.«

»Und ich habe Frederik ausgelacht, ich habe … Es war einer der Gründe, warum wir fast keinen Kontakt mehr hatten.«

Die junge Frau sah mich an, und ihr Blick wurde plötzlich seltsam unklar.

Der Blutverlust forderte endgültig seinen Tribut. Amber verlor das Bewusstsein und sackte zusammen. Ich hielt sie fest, bevor sie von der Bank rutschte, und zog ihren erschlafften Körper in meine Arme.

Jetzt, unbemerkt, küsste ich die Wunde an ihrem Hals und leckte sie sauber, bis nur noch vier dunkle Punkte blieben. Die beiden tieferen Einstiche von den Eckzähnen, die die Ader versehrt hatten, füllten sich erneut mit Blut, doch es floss jetzt langsam und würde bald verkleben.

Versonnen berührte ich mit den Fingerspitzen ihre Sommersprossen.

Ambers Gesicht sah so friedlich aus, so blass, so wunderschön. Doch ich vergaß mich. Es war Zeit für das Ritual.

Curtis hatte mir haargenau erklärt, wie ich vorgehen musste, um Amber zu meiner Dienerin zu machen. Bislang hatte ich es weder selbst durchgeführt noch dabei zugesehen. Würde es funktionieren? Unsicherheit trieb meinen Puls zur Eile. Ich atmete tief durch, zwang mich zur Ruhe und versuchte mich auf die Kraft zu konzentrieren, die meinen toten Körper ans Leben band, meine Magie. Sobald ich sie wie einen heißen kleinen Kern über meinem Herzen fühlte, wagte ich es.

Ich beugte mich über Amber, bis sich unsere Lippen beinahe berührten.

»Bei meinem unsterblichen Blut, Amber Connan«, flüsterte ich, »bei meinem Fleisch rufe ich dich zu mir. Zwei Leiber, zwei Herzen, geeint. Tag und Nacht, Leben und Tod.«

Ich beugte ihren Kopf zurück, biss mein Handgelenk auf und ließ das Blut vorsichtig auf ihre geöffneten Lippen tropfen. Magie erhob sich, wie auf Befehl. Es gelang also! Erleichtert vollendete ich den Schwur.

»Mein Blut, das Band zu binden, dich an mich, mich an dich. Schutz und Schirm für dein Leben.«

Amber schluckte, ohne zu erwachen.

Fasziniert beobachtete ich, wie sich der Biss an ihrem Hals schloss.

Sobald ich die letzten Worte gesprochen hatte, wuchs die Magie zu einem dichten Gewebe, floss wie ein kühler Strom aus meinem Arm und ergoss sich durch den Mund in ihren Körper. In mir fühlte ich etwas entstehen.

Es war das Siegel. Noch lag es verschlossen, wie eine kleine Pforte, und ich würde lernen müssen, damit umzugehen, um mit Amber in Kontakt zu treten, aber es war da!

Ich hatte es geschafft und der Adeptin mein unsichtbares Zeichen aufgedrückt, eines, das jeder andere Unsterbliche zu respektieren hatte. Sie war jetzt mein Geschöpf! Das Messer und seine Trägerin gehörten mir und damit meinem Meister, Curtis Leonhardt, und seinem Clan.

Der Auftrag war erfüllt, mein Herr würde stolz auf mich sein.

Die Erinnerung an Ambers Blut lag wie warmer Samt in meinem Mund. Meine Finger strichen ihre Wangen entlang und liebkosten die Brauen, in denen sich rote und braune Härchen mischten.

Ich glaube, in jenem Augenblick der Stille war es, als ich mich endgültig in sie verliebte.

Als Amber schließlich erwachte, stand der Mond bereits hoch am Himmel. Als Erstes tastete sie mit ihrer Hand nach der Wunde am Hals und fand nichts. Ihr ungläubiger Blick durchbohrte mich förmlich. Ich leckte nervös meine Lippen, als würde noch immer Blut daran kleben, fühlte mich nicht ganz wohl bei dem Gedanken daran, was ich ihr angetan hatte. Sie war jetzt Teil meiner Welt, wusste es nur noch nicht.

»Bin ich tot?« Sie setzte sich auf und sah mich an.

»Nein, keine Angst.«

Ich nahm ihre Hand und führte sie an meinen Mund, küsste die Knöchel.

Es war, als flösse ein schwacher elektrischer Strom zwischen uns. Nachwirkungen des Bluttausches. Mit einem Menschen hatte ich diese Erfahrung noch nie gemacht. Am liebsten hätte ich Amber ganz fest an mich gedrückt und sie nie wieder losgelassen.

Das Verlangen wurde so stark, dass ich mich zwingen musste, es nicht zu tun. Aber Amber hatte alles andere als Flucht im Sinn. Das Siegel wirkte auch in ihr und ließ sie meine Nähe suchen.

»Du siehst so anders aus«, hauchte sie verwundert und strich mir über die Wange. Mein Blut bewirkte, dass sie mich zum ersten Mal so sah, wie ich wirklich war. Weiße Porzellanhaut, die in starkem Kontrast zu meinem dunklen Haar stand, und brennende, hellbraune Augen.

Unsicher fuhr sie mit ihrem Zeigefinger über meinen Mund, teilte meine Lippen. Ich zeigte ihr, was sie sehen wollte: mein Raubtierlächeln. Lange, spitze Eckzähne und etwas kürzer die beiden äußeren Schneidezähne mit einwärts gebogenen Spitzen. Sie zuckte zurück.

»Fürchtest du, was du siehst?«, fragte ich neugierig, hielt ihre Hand fest und küsste sacht ihre Finger.

Sie zögerte, dann schüttelte sie kaum merklich den Kopf.

»Nein, ich ... ich weiß nicht warum, ... ich sollte Angst haben, aber ich habe keine.«

Natürlich, das Siegel hatte sie ihr genommen. Wie sollte Amber auch etwas fürchten, von dem sie ohne ihr Wissen ein Teil geworden war? Mein Blut floss in ihren Adern, sie war mein.

»Warum fürchte ich dich nicht, Julius? Irgendetwas stimmt mit mir nicht, irgendetwas ist seltsam.« Ihre Stimme wurde lauter.

Anscheinend hatte der Bluttausch noch etwas verändert, denn sie konnte plötzlich meinen Einfluss spüren. »Es ist, als fehle mir ein Teil meiner Gefühle, ausgelöscht, einfach weg«, sagte sie erschrocken. »Was hast du getan?«

»Nichts«, antwortete ich ausweichend. »Ich wollte nur nicht, dass du Angst vor mir hast.«

»Und dann lässt du einen Teil von mir Hokuspokus einfach so verschwinden?« Sie blitzte mich wütend an und unterstrich ihre Worte mit hektischen Gesten.

Sie gefiel mir auch jetzt, wenn sie wütend war. Ich lächelte versöhnlich.

»Ja, das habe ich. Hokuspokus, so wie du sagst. Es liegt in meiner Macht. Sei froh, dass du die Schmerzen nicht spüren musstest, als ich von dir getrunken habe.«

»Na großartig, vielen Dank. Warum hast du mich überhaupt gebissen?«

Nein, von dem Siegel würde sie jetzt noch nichts erfahren, und auch nicht vom Auftrag meines Meisters. Überhaupt lief diese Unterhaltung ganz anders, als ich es mir vorgestellt hatte. Warum hatte mich Curtis nicht davor gewarnt, was geschehen würde, wenn ich mit einem Menschen Blut tauschte?

Ich entschied mich für die einfachste der möglichen Antworten: »Ich habe von dir getrunken, weil ich hungrig war und weil du mir gefällst.«

»Und wenn dir eine Frau gefällt, verhext du sie und tust ihr weh? Ist das so üblich bei Vampiren?«

»Ich habe dir nicht weh getan, Amber, sag das nicht, bitte.« Ich nahm ihre Hand in meine. Sie versuchte sie wegzuziehen, doch dann ließ sie mich gewähren.

»Sieh mich an«, bat ich.

Sie hob den Kopf. Als sie mir in die Augen sah, wich die anfängliche Kälte, und ihr Blick wurde weicher.

»Du gefällst mir wirklich sehr, Amber, das habe ich nicht einfach so dahingesagt. Dein goldenes Haar, deine Sommersprossen. Du bist ein Sonnenkind, alles an dir ist Licht, alles ist hell, deine Haut duftet nach Sonne und ich vermisse den Tag so sehr.«

Amber hörte die Sehnsucht aus meinen Worten und fühlte wohl auch einen Teil meines Schmerzes durch das Siegel, das uns verband. Sie blickte zu Boden, errötete und drückte kurz meine Hand.

»Es tut mir leid, dass ich von dir genommen habe, Amber. Vergib mir.«

Sie nickte. War das ein Ja? Mehr würde ich in diesem Moment wohl nicht bekommen.

Nach Minuten des Schweigens fragte sie: »Und was wird jetzt? Sehen wir uns wieder, bin ich nun so eine Art unfreiwillige Blutbar für dich, oder was?«

»Du hast wirklich keine besonders schöne Art, dich auszudrücken, Amber Connan. Wie wäre es, wenn wir uns wie zwei normale Sterbliche verabreden und ins Kino gehen würden oder tanzen?«

Jetzt, da sie das Siegel trug, konnte ich es ruhiger angehen lassen. Sie musste mir vertrauen, außerdem wollte ich sie wirklich gerne kennenlernen. Sie hatte mich neugierig gemacht.

»Ins Kino?«, fragte sie ungläubig.

»Warum nicht? Wir können machen, was du willst, nur eben nach Sonnenuntergang.«

Sie schüttelte den Kopf und lehnte sich vor. Vorsichtig strich ich ihr über den Rücken, wieder und wieder, bis ich fühlte, wie die Anspannung aus ihrem Körper wich.

»Ich glaub das alles nicht«, murmelte sie, dann ließ sie zu, dass ich sie wieder in meine Arme zog. Erleichtert spürte ich ihren Herzschlag ruhiger werden.

Zwischenzeitlich war ich mir nicht mehr so sicher gewesen, ob Amber wirklich mein geworden war. Einen Menschen an sich zu binden war weitaus komplexer, als ihm in einem unbeobachteten Augenblick Blut einzuflößen, das verstand ich jetzt.

Aber im Moment war alles vergessen. Mein Magen war voll, ich saß an einem Plätzchen, das jeden Dichter vor Neid erblassen ließ, hatte eine Frau an meiner Seite, deren warme Haut köstlich duftete, und ich hatte den Auftrag meines Meisters erfüllt. Ich war voll und ganz mit mir zufrieden. Glücklich stieß ich uns mit den Füßen ab und genoss das sachte Schwingen der Hollywoodschaukel.

KAPITEL 8

Plötzlich waren sie da.

Eindringlinge in meinem Revier! Ich spürte die Totenmagie fremder Vampire. Es waren zwei, vielleicht drei.

Sie kamen näher, und sie waren auf der Jagd! Ihre Absicht zu töten hing wie ein unsichtbares Versprechen in der Luft.

Ich straffte meine Schultern und strengte meine Sinne an. Wer waren sie? Es konnte nur eine Antwort geben: Daniel

Gordons Clan! Sie waren auf der Suche nach dem Messer, doch ich war ihnen zuvorgekommen.

Ich schob Amber unsanft von mir und sprang auf.

Mit einer Hand griff ich nach ihrer Tasche, mit der anderen zog ich die junge Frau hinter mir her. »Komm, wir müssen verschwinden!«

Sie stolperte durch das Gras und spürte meine Furcht, als sei es ihre eigene. Das Siegel funktionierte, jetzt wusste ich es mit Sicherheit. Palmenblätter schlugen in unsere Gesichter, dann waren wir zurück auf der Straße vor dem Bungalow. Ich sah mich hektisch um.

Amber starrte mich erschrocken an, besonders meine Augen, die wieder von dunklem zu sehr hellem Braun gewechselt hatten. Ihr Körper spiegelte meine Gefühle. »Julius, was ist denn?«, brachte sie hervor.

»Andere Vampire, sie haben uns aufgespürt!«

Die Kraft des Messers pulsierte durch die Tasche, und meine Hand verkrampfte sich schmerzhaft. Das ging nicht mehr lange gut.

Die Vampire hatten uns den Rückweg zum Boulevard abgeschnitten.

Einen Verfolger konnte ich sogar noch aus dieser Entfernung ausmachen. Er stand unter dem Straßenschild Ecke Sunset. Ein Riese, schwarz in einer Korona aus Scheinwerferlicht. Autos rasten an ihm vorbei.

Ich drückte Amber die Tasche in die Hand. »Nimm das Messer und lass es auf keinen Fall los.«

Sie öffnete den Reißverschluss mit zitternden Fingern. Sobald Amber die Holzklinge in der Hand hielt, packte ich sie am Arm und hetzte los. Fort von hier, den Berg hinauf in die Dunkelheit.

Die Jäger hatten uns eingekreist und nur einen Fluchtweg gelassen.

Und wir rannten genau dorthin, wo sie uns haben wollten. Palmen flankierten die Straße. Endlose Reihen huschten an uns vorbei und trotzdem kam es mir vor, als bewegten wir uns kaum von der Stelle. Verfluchte menschliche Langsamkeit.

Ich war ein guter Kämpfer, doch drei Vampire waren eindeutig zu viel. Und der Meistervampir Gordon hatte sicherlich nicht seine schwächsten und jüngsten Kreaturen geschickt.

Wir überquerten eine verlassene Kreuzung. Amber stolperte über den Bordstein. Sie streifte ihre Schuhe ab und rannte jetzt barfuß, aber noch immer nicht schnell genug.

Wir mussten nur laufen, laufen, dann konnten wir es schaffen!

Ambers Atem ging immer schwerer und kam stoßweise. Ihre Schritte waren viel zu langsam. Ich hatte davon gehört, dass Vampire die Siegel dazu nutzen konnten, um ihrem menschlichen Diener Kraft zu schicken, doch ich wusste nicht wie! Reichte ein Siegel dafür aus oder mussten es alle fünf sein?

Ich zerrte Amber weiter, doch die Verfolger kamen unablässig näher. Ihre Blicke waren wie stechende Lichtfäden, die Präsenz der Vampire furchterregend. Einer von ihnen war sehr alt.

»Was … wollen … die von uns?«, keuchte Amber.

»Das Messer, sie wollen das verdammte Messer.«

»Warum?«

»Es ist mächtig.«

Amber hatte nicht mehr genug Atem, um weiterzusprechen. Ihre Kräfte würden bald versagen. Ich konnte sie zurücklassen, meine eigene Haut retten und vielleicht mit dem Messer fliehen. Das war es, was mein Meister von mir erwartete. Das Messer hatte Priorität. Adepten gab es viele.

Amber schrie auf, als plötzlich wie aus dem Nichts ein

riesiger Vampir in Rockerkluft vor uns auftauchte. Weiß-
blondes langes Haar hing ihm in Strähnen über eine abge-
wetzte Lederweste, unter der Haut spielten Muskeln. Eine
Mauer aus Beton hätte uns nicht besser stoppen können als
sein schierer Anblick.

»Julius Lawhead!«

Ich schnellte herum und fauchte. Zwei weitere Vampire
waren hinter uns erschienen, einer sah aus wie ein älterer
Banker, der andere wie ein schlaksiger Junge. Ich kannte den
Banker, es war Tristan, Meister Gordons rechte Hand, ich
hatte ihn nie anders als in einem Anzug gesehen.

Er war mindestens dreihundert Jahre alt, und seine Energie raste wie ein eisiger Sturm über meine Haut. Ich straffte
den Rücken, wollte nicht zeigen, dass mich seine kleine Demonstration beeindruckt hatte.

Amber drückte sich panisch an mich, ihre Finger klam-
merten sich um den Holzgriff der Waffe.

»Gib das Messer heraus, Lawhead, und deinem kleinen
Mädchen passiert nichts!« Wieder war es Tristan, der sprach.

»Niemals!«, erwiderte ich und taxierte unsere Umgebung.
Wir waren auf dem Hof einer kleinen Autowerkstatt, stan-
den zwischen ausgeschlachteten Karosserien und einer alten
Hebebühne. In der Luft hing der zähe Gestank von Motor-
öl. Keine Menschenseele war da, um uns zu helfen. In dieser
Gegend ließ man die Jalousien runter und verriegelte die
Tür, wenn jemand um Hilfe schrie.

»Einer gegen drei. Willst du unbedingt sterben?«, drohte
der Rocker.

»Was machen wir nur?« Der Anblick der drei war für
Amber mehr als überzeugend.

»Kämpfen!«

»Okay«, sagte sie, bloß »okay«. Ich hoffte, es bedeutete,
dass sie nicht einfach so aufgeben würde.

Die Vampire umkreisten uns wie hungrige Schakale, kamen näher und näher. Tristan hielt sich raus. Er glich einem adeligen Heerführer aus alter Zeit, der seine Armeen wie Schachfiguren lenkte, während er vom nächsten Hügel aus bei einer Tasse Tee zusah, wie sie einander abschlachteten.

Der Weißblonde schlug seine Fäuste zusammen, dass sie klirrten. Er trug Schlagringe! Sie glänzten im Licht einer fernen Laterne. Der Vampir zuckte mit der Oberlippe wie ein tollwütiger Köter, dann rannte er auf uns zu.

Amber schrie und wich zurück.

Der Angriff kam wie eine Lawine. Ich duckte mich unter den ersten Schlag des Hünen, aber dem zweiten war ich schutzlos ausgeliefert. Seine stahlverstärkte Linke bohrte sich in meine Seite, zertrümmerte Rippen und schickte ein Blitzlichtgewitter aus Schmerzen durch meinen Körper.

Ich taumelte zurück, wich einigen Schlägen aus und fing andere ab.

Der Vampir war jung, doch auch als Mensch musste er bereits enorme Kräfte besessen haben. So konnte es nicht weitergehen. Es musste etwas geschehen, wenn dies hier nicht in einem Desaster enden sollte.

Erneut erwischte mich die Eisenfaust des Rockers, diesmal traf sie meinen Arm. Mein Gegner sonnte sich in seiner Überlegenheit, glaubte mit mir spielen zu können. Doch Julius Lawhead war kein Spielzeug!

Ich täuschte ein Ausweichen an, schnellte vor und schlug ihm mit aller Kraft auf die Kehle.

Der Vampir röchelte und seine Augen traten aus den Höhlen. Aber plötzlich schlossen sich seine Arme wie ein Schraubstock um meine Schultern. Ich saß fest, versuchte ihn zu treten, blieb erfolglos.

Tristan gab dem jüngeren Vampir ein Zeichen, dass ich ausgeschaltet war und er sich das Messer holen sollte.

»Amber!« Sie musste endlich anfangen, sich zu verteidigen! Stattdessen wich sie immer weiter zurück und hatte sich womöglich schon aufgegeben.

Der Vampir presste alle Luft aus meinen Lungen. Die gebrochenen Rippen gaben nach, sangen einen Choral aus Schmerzen, immer schneller, immer schriller.

Mir wurde schwarz vor Augen.

Die langen weißen Haare des Fleischberges klebten in meinem Gesicht.

Er schwitzte und grunzte vor Anstrengung. Ich zweifelte nicht daran, dass seine Bemühungen, mich zu zerquetschen, nicht lange erfolglos sein würden.

Jetzt blieb mir nur noch eine Möglichkeit.

Der Riese schrie auf. Ich zerfetzte seine Schulter, biss durch Muskeln und Sehnen.

Lass los, betete ich, lass los, verdammt!

Die Schreie steigerten sich zu erbärmlichem Jaulen. Angstgeruch stieg aus seinen Poren, dann, nach schier endloser Zeit, lockerte er seinen Griff.

Ich bekam eine Hand frei, fasste in sein Haar und zog seinen Kopf nach unten, näher zu mir. Seine Kehle kam in meine Reichweite, und ich biss erneut zu, riss meine Beute wie ein Löwe. Blut spritzte in meine Augen und blendete mich. Im letzten Moment erahnte ich eine Bewegung, dann traf mich sein Faustschlag mit der Gewalt eines Zuges.

Ein Knall, ein hölzernes, knöchernes Krachen. Mein Gesicht explodierte in Schmerz. Gleißende Helligkeit, dann Schwärze. Die Beine gehorchten mir nicht mehr. Ich sank, fiel unendlich tief und krachte doch schon im nächsten Augenblick auf den Betonboden.

Alles drehte sich, ich war das Zentrum eines irren Karussells.

Als der Nebel endlich lichter wurde, sah ich, dass auch

der Hüne schwankte. Ich spuckte ihm ein Stück Ader vor die Füße und würgte Blut. »Das gehört dir, du widerlicher Bastard!«

Die Hände des Vampirs ruderten hilflos in der Luft, dann presste er sie auf seine Kehle und versuchte das heraussprudelnde Blut aufzuhalten.

Zu spät. Ein alter Vampir hätte die Wunde heilen können, doch nicht er. Der Vampir öffnete den Mund zu einem lautlosen Schrei und brach in die Knie.

Meinen Gegner fallen zu sehen gab mir Kraft. Ich kam schwankend auf die Beine und sah mich um. Die beiden anderen hatten es auf Amber abgesehen. Sie stand mit dem Rücken gegen einen rostigen Ford gepresst und fuchtelte ziellos mit dem Messer. In ihren Augen stand blankes Entsetzen. »Julius!«

»Amber, du musst das Messer benutzen! Töte sie!«, krächzte ich und wiederholte meine Worte in ihren Gedanken, doch sie verstand mich nicht.

Im gleichen Moment schloss sich die Eisenfaust des sterbenden Vampirs um meinen Knöchel. Verzweifelt trat ich auf das Handgelenk meines Widersachers und zerrte ihn ein Stückchen hinter mir her. Ohne Erfolg.

Ich konnte Amber nicht helfen. Ich hätte jeden Finger einzeln lösen müssen, doch das dauerte zu lange.

Ich musste Amber beistehen, und zwar jetzt, irgendwie, sonst war alles verloren. Ich ließ meine Befreiungsversuche sein. Es gab nur eine Lösung. Ich musste das Siegel benutzen. Aber ich wusste nicht wie! Der Versuch, mich zu konzentrieren, scheiterte fast an meinen Schmerzen.

Ich presste eine Hand auf die Rippen und suchte noch einmal nach Ambers Bewusstsein. Eine Mauer aus Angst stieß mich ab. So ging es nicht! Und uns rannte die Zeit davon.

Die Pforte in mir, das war der richtige Weg. Wieder versuchte ich es, spürte das Siegel wie einen kleinen Widerstand nachgeben und fühlte erleichtert, dass ich endlich Zugang zu ihrem fremden, warmen Körper bekam. Irgendwie bemerkte sie mich, und ihr Blick flackerte in meine Richtung.

Der junge Vampir ließ sich die Chance nicht entgehen. Er stieß Amber zur Seite, haschte nach dem Messer und griff ins Leere.

»Stich zu!«, schrie ich und versuchte ihre Bewegung zu lenken.

Ambers Hand schnellte vor, und das Messer ritzte den Arm des Vampirs. Er schrie, als habe er in heißes Öl gefasst, die Haut an seinem Arm färbte sich augenblicklich schwarz.

Die Macht der Waffe flammte auf. Das Messer hatte seine Trägerin gefunden. Uralte Magie floss durch Ambers Arm. Ich wurde mit einem Schlag aus ihrem Geist geschleudert, und die neu erwachte Kraft der Waffe brandete als riesige Druckwelle durch die Nacht und ließ mein unsterbliches Herz schmerzen.

Was hatte ich nur getan?

Gefesselt an die starre Hand des sterbenden Vampirs musste ich mit ansehen, wie sich Amber vom schüchternen Mädchen in das Werkzeug des Messers verwandelte. Wie eine Furie stürzte sie sich auf den jungen Vampir und rammte ihm wieder und wieder die Klinge in den Leib.

»Dafür werdet ihr büßen!«, schrie Tristan außer sich.

Von seiner Magie war nicht viel geblieben. Panik ließ seine Stimme brechen, und er rannte davon, schnell wie ein Schatten. Dann war der Spuk auf einmal vorbei.

Amber hielt sich mit einer Hand an dem Autowrack fest und schwankte. Ihr Atem ging schwer und rasselnd. Die ganze Haut ihres Gegners wurde schwarz, als hätte sie ihn mit kochender Tinte übergossen. Der Vampir schrie, während er zu einem zuckenden Stückchen Nacht wurde und sich dann langsam in dampfende Schwaden auflöste.

Ich starrte Amber an, das Monster, das ich geschaffen hatte.

Der blonde Vampir hauchte seinen letzten Atem aus und gab meinen Fuß endlich frei.

Amber hob ihren Blick. Ihre Rechte krampfte sich um das Messer. Ihre Knöchel traten weiß hervor.

Ich starrte in ihre Augen, dann auf ihre Hand und das Messer, denn plötzlich galt ihre Aufmerksamkeit mir.

»Julius.« Ihre Stimme bebte.

Ich bekam Angst. Sollte ich davonlaufen oder bleiben? Das Messer schrie nach meinem Blut. Ambers Augen riefen nach mir. Sie erkannte sich selbst nicht wieder. »Julius, was habe ich getan?«

»Du hast ihn getötet«, sagte ich trocken. Zu mehr war ich nicht fähig.

Die Luft war getränkt vom Geruch nach Blut. Blut war es auch, was mein Shirt verklebte und auf meinem Gesicht zu einer krümeligen Haut trocknete.

Mein Gott, was musste ich für einen Anblick abgeben? An Ambers Stelle hätte ich nicht gezögert. Herrgott, sie hatte gesehen, wie ich einem riesigen Kerl die Kehle zerfetzt hatte!

Die junge Frau tat einen Schritt auf mich zu, und das Messer in ihrer Hand zitterte begierig.

Es stieß mich ab und zog mich an. Ich war in seinem Bann gefangen wie Wild im Licht der Scheinwerfer. »Nein, Amber«, bettelte ich und zitterte am ganzen Körper. Sollte das mein Ende sein? Sollte es so einfach enden?

Es war nicht richtig, dass ein menschlicher Diener seinen Herrn tötete.

Nicht richtig, verdammt!

»Lauf nicht weg.« Ihre Stimme war kalt.

Ich hätte es nicht einmal gekonnt, wenn ich gewollt hätte. Sie spielte die ganze Macht der Klinge aus. Wie hatte sie nur so schnell gelernt? Das Messer musste seinen eigenen Willen haben. Hatte das denn niemand gewusst?

Meine Beine waren bleiern und wie verwachsen mit dem Betonboden, auf dem ich stand. Ich konnte mich nicht rühren. Dann war Amber bei mir.

Mit allen Sinnen spürte ich die warme Lebendigkeit ihres Körpers und die schreckliche Angst, die ich vor ihr hatte.

Ich hielt es nicht mehr aus und schloss die Augen.

Dann brannte mein Brustkorb. Hatte sie schon zugestochen? Nein.

Aber die Spitze des Messers saß direkt über meinem Herzen. Höllenqualen.

Berührte die Klinge mich nur oder steckte sie bereits in meinem Fleisch?

Ich konnte es nicht spüren. Es waren Schmerzen, wie ich sie weder als Mensch noch als Vampir je erlitten hatte. Eiskalte Spinnenfäden strahlten von der Spitze aus und fuhren tastend durch meinen Körper.

Ich zitterte haltlos und konnte mich doch nicht rühren. Meine Zähne schlugen klappernd aufeinander.

»Julius, öffne die Augen und sieh mich an.«

Es war schwer, sich zu konzentrieren, so unendlich schwer. Ich wollte einfach nur, dass es vorbei war.

»Julius!« Amber schrie meinen Namen.

Langsam, fast widerwillig hob ich meine Lider und sah sie an.

Amber war auch jetzt noch wunderschön. Das warme Licht der Großstadtnacht spielte mit ihren Zügen. Sie hob die Hand und ich zuckte zurück, doch sie tat mir nichts. Leicht wie Schmetterlingsflügel berührten die Finger ihrer

Linken meine Schläfe. Mein Blick verharrte auf dem Messer, den lateinischen Inschriften.

»Ich will, dass du mich ansiehst, Julius, nicht das Messer. Hier bin ich.«

Ich presste meine Zähne aufeinander, zwang mich, nicht zu zittern, und dachte, wenn ihre Augen das Letzte sind, was ich sehe, ist das in Ordnung. Ich begegnete ihrem Blick und erwartete mein Ende, doch dann nahm die Macht des Messers mit einem Mal ab.

Meine Brust war wieder frei, und ich rang nach Luft wie ein Ertrinkender, der die Wasseroberfläche durchstößt.

»Bist du noch da? Der Julius aus dem vergessenen Garten? Der mir Rosen geschenkt hat?«, fragte sie unsicher.

Ich räusperte mich. »Ja.«

»Hast du all das nur getan, um das Messer zu bekommen? Hast du mich benutzt?«

Ich konnte nicht die ganze Wahrheit preisgeben, nicht ohne das Falsche zu sagen. »Meine Gefühle für dich sind wahr, Amber. Seit wir uns begegnet sind, denke ich nur noch an dich. Aber es war das Messer, das mich zu dir geführt hat.«

»Versprich mir eines«, sagte sie und strich über meine Hand. »Wage es nie wieder, in meine Gedanken zu kriechen, nie wieder!«

»Nicht, wenn du es nicht willst«, antwortete ich erleichtert, und Amber ließ die Waffe endgültig sinken. Wie soll ich das meinem Meister Curtis erklären?, fragte ich mich. Doch das war im Moment unwichtig.

Ich lebte!

Amber steckte das Messer ein. »Gib mir ein paar Minuten, Julius. Ich muss einen klaren Kopf bekommen.«

»Natürlich. Ich bin hier.«

Mit müden Schritten lief sie zurück zur Straße und setzte sich in Sichtweite auf den Bordstein.

Mir war nur recht, dass sie nicht hier war. Es gab noch etwas zu erledigen.

Ich sah mich suchend um und ärgerte mich zugleich darüber, dass ich keine meiner Waffen mitgenommen hatte. Ein Messer hätte diese Konfrontation wesentlich einfacher gemacht. Auf dem Boden neben der schwarzen Brühe, die einmal ein Vampir gewesen war, fand ich, was ich suchte.

Eine Klinge, nicht viel länger als eine Handspanne, dafür mit Silberlegierung. Silber nahm einem Vampir die besondere Kraft der Unsterblichen.

Nach einem kurzen Blick zu Amber, die mir noch immer den Rücken zudrehte, ging ich zu dem, was von dem blonden Vampir übrig war. Ich wollte ein für alle Mal sichergehen, dass mir der Hüne nicht noch einmal das Leben schwermachen würde, denn wenn sein Meister früh genug hier eintraf, würde er ihn eventuell noch retten können.

Extremer Blutverlust war für junge Vampire zumeist tödlich, aber eben nicht immer.

In all den Jahren, die ich auf der Erde verbracht hatte, war ich genug Stehaufmännchen begegnet, um hundertprozentig sicher sein zu wollen. Ich kniete mich neben den reglosen Körper, setzte das Messer unter den Rippen an und rammte es ohne mit der Wimper zu zucken bis zum Heft hinein. Das Herz war durchbohrt. Der Vampir hatte sich nicht geregt. Ich ließ das Messer stecken und zerrte den Leichnam in den Schatten einiger Büsche. Er hinterließ eine breite Blutspur, doch die ersten Sonnenstrahlen würden sie zu Asche vergehen lassen.

Der Tote selbst würde nur langsam und schwelend verbrennen. Darauf wollte ich es nicht ankommen lassen und tippte eine kurze Nachricht in mein Handy. Die Clans hatten Leute dafür.

KAPITEL 9

Amber hockte auf dem Bordstein. Mit den Armen umklammerte sie ihre Knie. Sie hatte gesehen, wie Julius sich über den Toten gebeugt hatte, und auch die Klinge. Ein kurzes Aufblitzen von Metall, bevor sie mit einem dumpfen Geräusch in dem Körper verschwunden war. Er war routiniert vorgegangen, wie ein professioneller Mörder, und doch ließ es sie auf eine seltsame Weise kalt.

»Oh Gott, bitte lass das alles nicht wahr sein!«, seufzte sie leise und rieb sich die Augen.

Ihr Blick fiel wieder auf das Messer, das merkwürdige hölzerne Ding. Es lag neben ihr auf dem Bordstein. Kein Zweifel, das war die Waffe, auf die sich Frederiks geheimnisvoller Brief bezog. Die Stimme, die darin erwähnt wurde, hatte sie deutlich gehört. Töten! Sie sollte den Vampir töten, und genau das hatte sie getan.

Amber sah auf ihre Hände. Jetzt waren es Mörderhände, und doch sahen sie aus wie vorher. Kein Spritzer Blut klebte daran. Andererseits hatte sie sich doch nur verteidigt, oder? Sie beide hatten es getan.

Was auch immer Frederik sich dabei gedacht hatte, ihr das Messer zu vererben, sie konnte es nicht benutzen. Wenn sie daran dachte, wie der junge Vampir geschrien hatte, als ihn das Messer berührte, und wie die Waffe dann plötzlich Ambers Arm geführt und immer wieder auf den Mann eingestochen hatte … Nein, um nichts in der Welt würde sie das ein zweites Mal tun!

Ihren Körper durchlief ein Zittern. Heiß und kalt im Wechsel. Die Hoffnung, dass dies ein Alptraum war und sie einfach daraus erwachen würde, hatte sie schon längst aufgegeben.

Als sie sich umsah, waren Julius und auch der Tote verschwunden. Mit einem Sprung war sie auf den Beinen. Amber wollte jetzt nicht alleine sein. Selbst wenn ihre einzige Gesellschaft aus einem blutrünstigen Vampir bestand.

Sie hob das Messer auf, steckte es in ihre Handtasche und ging einige Schritte über den Hof. »Julius?«

Da war er. Er beugte sich mit nacktem Oberkörper über eine Regentonne und wusch sich Gesicht und Hals. Seine Bewegungen waren steif, als hätte er Schmerzen. Amber trat näher und entdeckte große Blutergüsse auf der bleichen Haut. Einer hatte die deutliche Form des Schlagrings. Sie erinnerte sich wieder an den Kampf mit dem Rocker.

Kein normaler Mensch hätte die Prügel überlebt, die Julius eingesteckt hatte.

Kein Zweifel, wenn diese Männer sie alleine aufgespürt hätten, wäre sie jetzt tot. Sie war dem Vampir dankbar, und gleichzeitig fürchtete sie ihn.

Julius rieb sich mit den Händen über das Gesicht, fuhr sich durchs Haar und trocknete sich dann mit einem sauberen Stück seines T-Shirts ab. In Armen und Schultern des Mannes bewegten sich Muskeln, die nicht danach aussahen, als seien sie in einem Fitnessstudio antrainiert. Zweifellos war das nicht Julius' erster Kampf gewesen. Wider jede Vernunft wollte Amber mehr über diesen Fremden wissen.

Als er sich zu ihr umdrehte, schrak sie dennoch zurück. Sein ebenmäßiges Gesicht, das sie schon bei ihrer ersten Begegnung verzaubert hatte, war kaum noch wiederzuerkennen, das rechte Auge begann zuzuschwellen, über die Wange zog sich ein verkrusteter Riss. Sie unterdrückte den Wunsch, Julius zu berühren und ihm irgendwie Linderung zu verschaffen, und presste stattdessen die Handtasche mit dem Messer an ihren Körper.

Julius' Augen ruhten kurz auf ihren verkrampften Händen, dann nahm er sein Sakko von einem Autowrack und zog es im Gehen über.

»Ich muss heim, Amber.«

—

Als wir aufbrachen, war die Nacht schon weit fortgeschritten. Ich wünschte mir nichts sehnlicher, als dass Amber mich begleitete, und sie erfüllte mir diesen Wunsch ohne ein einziges gesprochenes Wort.

Der Kampf und vor allem das Messer hatten mich geschwächt. Ich lief gebeugt und presste eine Hand auf die Rippen. Die Verletzungen taten weh, doch umbringen würden sie mich nicht. Ich hatte schon viel Schlimmeres erlebt. Ein oder zwei Tage Schlaf, ein Schluck von Ambers Blut, das sie mir nicht geben würde, und ich wäre wieder der Alte.

Ich erahnte die Fragen, die in Ambers Kopf tobten, doch es sollte ihr überlassen sein, wann sie sie stellte. Mein Blut in ihren Adern machte es nun schwieriger für mich oder einen anderen Vampir, ihre Gedanken zu lesen.

Dafür hatten wir jetzt das Siegel. Aber wenn ich es benutzte, würde sie es merken, dessen war ich mir sicher.

»Die Männer«, begann Amber zögernd, »warum wollten sie das Messer?«

Ich erzählte ihr von Gordon, seinem Hunger nach Macht und neuen Revieren.

»Und dafür braucht er das Messer?«

»Ja. Es ist eine starke Waffe, wie du selbst gesehen hast.«

Ich gab einen Moment nicht acht, stolperte über eine hochstehende Betonplatte und fing meinen Sturz gerade noch an einem der Alleebäume ab. Amber blieb neben mir stehen, die Hand um die Tasche mit dem Messer geklammert, während ich darauf wartete, dass der Schmerz in meinen Rippen wieder nachließ.

»Und wofür willst du das Messer haben?«

»Ich nicht. Mein Meister, Curtis Leonhardt, hat mir den Auftrag erteilt, es zu holen.«

»Dein Meister, Clans. Julius, ich verstehe kein Wort. Ist er dein Boss?«

»Ja, auch das. Er ist mein Schöpfer und Beschützer, mein Vater, mein Herr. Er befiehlt, ich führe aus.«

Amber sah mich skeptisch an. War es denn so unglaublich, was ich sagte?

»Julius, wir leben im 21. Jahrhundert!« Ihre Lippen kräuselten sich spöttisch.

Der herablassende Gesichtsausdruck, mit dem sie mich ansah, verärgerte mich. »Ich bin kein Mensch, sondern ein Vampir. Du verstehst das nicht«, antwortete ich ein wenig zu scharf.

»Ja, da hast du recht, das verstehe ich wirklich nicht.«

In der Hecke neben uns schlug ein Vogel an und mahnte zum Aufbruch. Um alles in der Welt wollte ich es vermeiden, mich mit bloßen Händen in irgendeinem Vorgarten eingraben zu müssen.

»Wir sollten weitergehen, Amber, der Morgen ist nicht mehr fern.«

Jeder Schritt tat weh. Der Hüne hatte wirklich ganze Arbeit geleistet. Mein Schädel dröhnte, und wenn ich die Zähne fest aufeinanderbiss, knirschte es in meiner Wange. Doch das war nichts im Vergleich zu den Schmerzen, die das Messer durch seine bloße Berührung ausgelöst hatte. Sie würden mich sicher noch in meinen Träumen heimsuchen.

Ich konnte es noch immer spüren, auch wenn es wieder verborgen in Ambers Handtasche lag.

Ich war schwach und die Sonne kam. Immer wieder stolperte ich über die Betonplatten, die die Wurzeln der alten Bäume angehoben hatten.

Amber hielt erst Abstand zu mir, dann aber, nachdem ich zum zweiten Mal fast gefallen war, stützte sie mich. Ihre Berührung tat unendlich gut. Der Kampf hatte meinen Herzschlag ins Stocken gebracht, doch sie ließ ihn wieder aufleben. Das musste das Siegel sein.

Wie ein betrunkenes Liebespaar torkelten wir die Gower Street entlang.

Seit fast zehn Minuten hatte Amber kein Wort mehr gesagt.

Verstohlen betrachtete ich sie von der Seite. Ihr Gesicht war neutral wie das eines Vampirs nach langer Übung. Ihr Körper sprach eine widersprüchliche Sprache. Sie mochte mich, das war einfach zu erraten. Immer wenn sie glaubte, ich sähe es nicht, blickte sie mich an, und ihr Herzschlag wurde im gleichen Augenblick schneller. Im Kontrast dazu entströmte ihrer Haut noch immer der Duft von Angst.

Ich überlegte, Amber nach ihren Gefühlen zu fragen, doch das nahende Tageslicht kroch bereits durch die Straßen und färbte die Schatten blau. Es war keine Zeit mehr. In den Baumwipfeln über uns lärmten bereits die Papageien.

»Wir müssen uns beeilen, bitte«, drängte ich und sah mit Erleichterung die Spitze des Watchorn-Obelisken zwischen Palmwipfeln auftauchen. Das Monument war Teil des Hollywood Forever Cemetery. Morgenröte glänzte auf seiner Spitze.

Vor dem Seiteneingang blieben wir stehen. Ich kramte den Schlüssel für das Tor aus meiner Hosentasche.

Amber sah mich ungläubig an. »Hier wohnst du? Das ist kein Scherz?«

»Ja«, antwortete ich betreten. Plötzlich war es mir peinlich, dieser jungen, modernen Frau gestehen zu müssen, dass wir jegliches Klischee erfüllten und auf Friedhöfen schliefen.

Amber verschluckte ihre Antwort und sah mich fragend an. »Was passiert jetzt mit mir, was ist mit dem Messer?«

»Du behältst es natürlich. Es ist dein Erbstück.«

Ich fasste eine ihrer rotgoldenen Strähnen und drehte das weiche Haar zwischen den Fingern. »Komm heute Abend um acht wieder her, ja? Ich möchte dich gerne wiedersehen.«

Sie sah sich kurz in der verlassenen, dreckigen Seitenstraße um, schien hin und her gerissen. Das, was Amber heute Nacht mit mir erlebt hatte, sprach deutlich gegen mich.

»Ich schwöre, dass dir nichts geschehen wird. Sag ja!«

»Ich weiß nicht, Julius. Ich sollte ablehnen, das wäre das einzig Vernünftige.«

»Du willst mich doch auch wiedersehen, Amber. Bitte.«

Nervös sah ich nach Osten. Der Himmel war hell, verdammt hell, und meine Beine wurden schwer wie Blei. Bald würde ich zu schwach sein, um den Weg zu meinem Mausoleum zurückzulegen. Kurzerhand umarmte ich Amber, barg ihr Gesicht in meinen Händen und sah aus nächster Nähe in ihre schönen, grünen Augen. »Bis heute Abend also.«

Dann hielt mich nichts mehr. Der Morgen machte mir plötzlich schreckliche Angst. Mit zitternden Fingern öffnete ich das Tor und rannte los.

Die Rasensprenkler zischten wie wütende Schlangen, während mich die rasch aufgehende Sonne zu meinem Mausoleum trieb. Ich sprang mit einem Satz die drei Stufen hinauf und öffnete die alte Eisentür.

Kühle Luft schlug mir entgegen. Die Treppe in die Gruft war steil. Ich musste mich an den Wänden abstützen, um nicht zu fallen. Der kurze Abstieg erschien mir heute unendlich lang.

Mit schwindender Kraft schob ich den Sargdeckel zur Seite, stieg hinein und sank tief in die Kissen, dann lähmte die Sonne meine letzten Bewegungen.

KAPITEL 10

Amber saß auf der Terrasse und starrte in die Sonne. In ihrem Schoß lag das Messer.

Ihre Augen schmerzten, doch sie zwang sich, die Lider weit aufzureißen, bis die Tränen kamen. Nachdem Julius sie einfach hatte stehenlassen, war sie so schnell sie ihre Füße trugen zum Santa Monica Boulevard gerannt. Ein Taxi hatte sie wenig später sicher vor der Haustür abgesetzt.

Zu Hause. Das war Silverlake.

Viele mexikanische Einwanderer lebten hier, aber auch Künstler, Musiker und Studenten. Der Sunset Boulevard war in dieser Gegend schmaler, gewundener und gesäumt von kleinen Läden und Cafés.

Amber konnte sich nicht vorstellen, woanders zu wohnen.

Ihre Verbundenheit war einer der Gründe, weshalb Amber noch immer bei ihrer Mutter lebte, doch es gab noch zwei weitere, die weitaus praktischerer Natur waren. Das Haus war groß genug, um sich aus dem Weg zu gehen, und Ambers Gehalt, das sie als Vergolderin verdiente, zu klein, um bei den hohen Mieten in Los Angeles anständig leben zu können.

Jetzt, am späten Vormittag, brannte die Sonne von einem bleiernen Himmel. Amber hatte Mühe, die Erinnerungen an die vergangene Nacht auf Abstand zu halten. Ihr Leben war zu einem Alptraum mutiert.

Sie rieb ihre schmerzenden Augen. Zwischen ihren Schulterblättern breitete sich wieder dieses Brennen aus, das gemeinsam mit dem Druck in ihrer Magengrube eine Panikattacke ankündigte, die es zu unterdrücken galt. Amber zwang sich, ruhiger zu atmen.

Julius. Was faszinierte sie nur so an diesem Mann? Sie hatte sich dabei ertappt, einer erneuten Begegnung mit ihm entgegenzufiebern, und das, obwohl sie pausenlos die Erinnerung an sein blutverschmiertes Gesicht heimsuchte. Sie rieb sich mit den Händen über die Stirn und drückte die Handgelenke auf die geschlossenen Augen, bis weiße und rote Punkte durch die Schwärze tanzten.

Er hat mein Blut getrunken, sagte sie sich immer wieder. Er ist ein Perverser, ein Kannibale. Und doch, er war etwas anderes als das, und Amber wusste es genau. War es vielleicht diese Mischung aus Raubtier und beinahe kindlichem Mann, die sie so über die Maßen faszinierte?

Kein Zweifel, Julius war gefährlich. Das Monster in ihm lebte dicht unter der Oberfläche und lechzte nach ihrem Blut. Sie konnte es fühlen. In seiner Gegenwart schrie jede Faser ihres Körpers von Gefahr, von Flucht. Doch etwas hinderte sie. Die Macht, die Wildtiere vor ihrem Häscher erstarren ließ – und noch mehr.

Der Ausdruck in Julius' Bernsteinaugen war es, der sie wirklich an ihn denken ließ. Die Einsamkeit darin und die Verletzlichkeit.

Schon jetzt sehnte Amber den Abend herbei, wenn sie seine seidig kühle Haut streicheln und jede Berührung mit ihm dieses seltsam magische Gefühl auslösen würde, das sie Verstand und Vernunft vergessen ließ. Als habe man eine schnurrende Raubkatze zum Freund, wild, unberechenbar und berauschend wie ein Traum. Amber wusste, was passiert war.

Sie hatte sich verliebt. So heftig, wie seit langem nicht mehr, oder eigentlich wie noch nie. Ihr Herz begann auf eine wunderbare Weise schneller zu klopfen, wenn sie an ihn dachte. Und sie dachte eigentlich ständig an Julius. Ob es ihm wohl gutging, da, wo er war?

Sie erinnerte sich an seinen Duft. Die herbe Schwere seines Parfums und darunter verborgen der erdige Herbstgeruch der Haut. Frisch wie das Versprechen von Schnee an einem kalten Wintertag.

Sie rief sich den Moment vor dem Restaurant ins Gedächtnis, als sie ihn durch das Taxifenster gesehen hatte. Schlank und groß und unbeweglich hatte er dort gestanden, in der Hand den Blumenstrauß. Er sah so verdammt gut aus! Und dann das erleichterte Lächeln, als sie ausstieg.

Plötzlich veränderte sich das Bild. Julius ließ die Rosen fallen und brach gleich darauf zusammen. Seine Haut floss, kochte schwarz.

Er schrie!

Das Messer manipulierte ihre Gedanken! Eine Stimme! Da war eine Stimme! *Vernichte ihn, du weißt, wo er sich versteckt. Er schläft, jetzt ist es einfach, tu es, sofort! Vernichte den Dämon, vernichte ihn, vernichte ihn!*

Amber stieß die Waffe mit einem Aufschrei von sich. Das Messer polterte auf den verblichenen Holzboden der Terrasse und schien sie von dort aus anzustarren. Dieses Ding, Frederiks Erbe, hatte sie zur Mörderin werden lassen, und es wollte, dass sie es wieder tat!

Doch Amber war weder bereit fortzuführen, was anscheinend das Leben ihres Bruders bestimmt hatte, noch willens, sich für eine unheimliche Waffe in Lebensgefahr zu begeben. Sie starrte krampfhaft in die sacht schwingenden Wedel einer Bananenstaude, bis die schrecklichen Bilder vergingen.

Obwohl die Sonne unvermindert vom Himmel brannte,

war Amber plötzlich kalt. Sie rieb sich über die schweißfeuchten Arme und fühlte, wie ihr die Kälte in die Knochen kroch.

Das Messer lag noch immer auf dem Boden. Sie brauchte einen Moment, um sich zu überwinden, dann beugte sie sich vor und hob es auf. Sie erwartete die unheimliche Stimme wieder zu hören, doch diesmal blieb die Waffe stumm.

Die Klinge war fast schwarz und die Maserung so fein, dass sie kaum mit bloßem Auge zu erkennen war. Silberne Muster wanden sich um den Griff und verstärkten den Rücken der Klinge. Der Griff war hohl und ließ sich mit etwas Mühe aufschrauben. Er enthielt Stückchen von mindestens drei verschiedenen Knochen, menschliche Haare, Holz, Silber und Gold, davon allerdings so wenig, dass es kaum von Wert war, sowie ein dünnes Pergamentröllchen, das wahrscheinlich mit einem lateinischen Gebet beschrieben war.

Amber drehte das Messer nachdenklich in der Hand und ließ die Sonne daraufscheinen. Das Ding war der Grund dafür, dass Frederik sich so verändert hatte. Ob er in den vergangenen Jahren überhaupt noch einen klaren Gedanken hatte fassen können? Wie viel von Frederik war überhaupt noch er gewesen? Seine Hände waren wahrscheinlich genauso an der Waffe festgeklebt wie ihre, als sie in der vergangenen Nacht den jungen Mann ermordet hatte.

War »ermorden« das richtige Wort, wenn es sich um einen Untoten handelte?

Untot, mein Gott, das galt auch für Julius!

Waren Vampire Wesen des Teufels?

Amber sträubte sich dagegen, überhaupt an einen Teufel zu glauben, erst recht an Vampire. Sie trug ein kleines Silberkreuz am Hals, doch es war mehr Schmuck und Erinnerung an ihre viel zu früh verstorbene Großmutter als ein Glaubenssymbol. Plötzlich hatte sie das Bedürfnis, es zu berühren.

Amber zog an der Kette unter ihrem Shirt, bis sie das kleine Kreuz in den Händen hielt. Glatt und lebendig fühlte es sich an. Wenn sie sich an die Zeit erinnerte, die sie bei der Großmutter verbracht hatte, und an die gemeinsamen Gebete vor dem Schlafengehen, breitete sich ein Gefühl von Wärme und Geborgenheit in ihr aus.

»Hast du etwas gesagt, Schatz?«

Amber fuhr erschrocken herum und schob die Kette zurück. Ihre Mutter trat auf die Terrasse. Sie war blass und hatte wohl gerade wieder geweint. Amber sah zu ihr auf, nahm ihre Hand und drückte sie kurz.

»Nein, es ist nichts«, sagte sie und starrte in den Garten. Sie wollte ihre Mutter nicht schon wieder weinen sehen.

»Wir müssen bald los«, sagte diese.

»Ja, ich weiß.«

»Ich war seit Jahren nicht mehr in seiner Wohnung.«

Auch Amber hatte Frederik nur selten besucht. Doch es war fast Monatsende und die Wohnung musste in den nächsten Tagen geräumt sein. Amber scheute diesen Gang nicht weniger als ihre Mutter. Im Moment begrüßte sie allerdings sogar diese makabre Ablenkung.

Wenig später saß Amber am Steuer von Frederiks uraltem Ford Mustang. Das Lenkrad war mit Fell überzogen. Es war ekelhaft speckig. Ambers Mutter saß zusammengekauert auf dem Beifahrersitz.

Nachdem sie sich scheinbar endlos durch verstopfte Straßen gequält hatten, erreichten sie Frederiks Wohnung in Echo Park.

Auf dem Gehweg vor dem Haus war nichts mehr zu sehen. Dennoch machten Mutter und Tochter einen Bogen um die Stelle, an der vor etwas mehr als einer Woche ein riesiger Blutfleck gewesen war.

Wie schnell die Stadt doch vergisst, dachte Amber, während sie aus der grellen Mittagssonne in den düsteren Hausflur trat und ihre Sonnenbrille in die Stirn schob.

Das Treppenhaus war muffig, dunkel, der bittere Geruch von altem Erbrochenem reizte die Nase. Im zweiten Stock angekommen, durchtrennte Amber das Klebeband, mit dem die Polizei die Tür versiegelt hatte, und schloss auf. Sie hatte den Reserveschlüssel in all den Jahren nicht ein Mal benutzt.

Die kleine Wohnung war ein einziges Chaos. Die Spurensicherung war nicht pfleglich mit dem Inventar umgegangen, doch wahrscheinlich hatte es vorher auch nicht viel besser ausgesehen. Wände und Möbel waren grau gesprenkelt, es sah aus, als wäre ein Staubsaugerbeutel explodiert.

»Mein Gott, was ist das?« Ambers Mutter riss erschrocken die Hand vor den Mund.

»Sie haben nach Fingerabdrücken gesucht, das kennst du doch aus dem Fernsehen«, antwortete Amber und ärgerte sich im gleichen Moment über ihre unfreundlichen Worte.

Entschlossen zog sie eine Rolle schwarzer Müllsäcke aus ihrem Rucksack und riss einen davon ab. Während Charly liebevoll Frederiks Zeichnungen von den Wänden nahm und in einer Mappe verstaute, ging Amber ins Schlafzimmer.

Hier sah es aus, als wäre Frederik nur mal eben für das Frühstück einkaufen gegangen. Auf dem Nachttisch stand ein halbvolles Glas Wasser, das Bett war ungemacht, und davor lagen Socken und ein schmutziges Shirt.

Amber drehte Bett und Nachttisch entschlossen den Rücken zu und öffnete die Schränke.

»Nicht weinen«, ermutigte sie sich leise und begann den Inhalt des Kleiderschranks für die Heilsarmee in Säcke zu verpacken.

Für eine Weile füllte sie die monotone Arbeit vollkommen aus. Als sie am Boden des Schranks ankam, war es damit allerdings schlagartig vorbei.

Unter Bergen miefender Turnschuhe lag eine flache Holzkiste, die anscheinend absichtlich dort verborgen worden war. Mit einem Mal klopfte Ambers Herz wie wild. Was hatte Frederik dort versteckt? Der bloße Anblick der Kiste jagte Gänsehaut über ihre Arme. Eine Weile starrte sie die Kiste unschlüssig an.

Erst jetzt merkte sie, wie still es eigentlich war. Außer dem ewigen Straßenlärm war es in der Wohnung vollkommen ruhig.

Amber stützte sich mit den Händen am Boden ab, stand auf und blickte vorsichtig ins Wohnzimmer. Ihre Mutter stand reglos am Fenster und sah in den aschgrauen Himmel. Ihre zitternden Finger umklammerten den Rahmen. Es war das Fenster, aus dem Frederik in den Tod gesprungen war.

Amber schloss leise die Tür und setzte sich mit der flachen Kiste auf das Bett. Eine Weile glitten ihre Finger unschlüssig über das glattpolierte Holz, dann fand sie genug Mut und drückte auf die kleinen Hebel auf der Vorderseite. Zwei schlichte Metallverschlüsse schnappten geräuschvoll auf und der Deckel hob sich ein wenig. Amber stieß ihn mit spitzen Fingern zurück und riss die Augen auf.

»Oh mein Gott, Frederik!«, entfuhr es ihr.

Eingebettet in roten Samt lag eine moderne Armbrust, daneben Dutzende Pfeile. In einem gesonderten Fach stieß sie auf Pflöcke, so spitz und kunstvoll gearbeitet, dass sie eher hölzernen Dolchen mit dreieckigem Querschnitt glichen.

Das Messer war augenscheinlich nicht die einzige Waffe, die Frederik sein Eigen nannte. Er hatte sein komplettes Leben auf die Jagd nach Vampiren ausgerichtet, als hätte er es gerne getan. Diese Erkenntnis tat mehr weh als alles andere, und sie veränderte etwas in ihr.

Amber schloss eilig den Deckel, verstaute die Kiste in ihrem Rucksack und warf ihn auf das Bett. Plötzlich war sie schrecklich wütend.

Wütend auf ihren Bruder, der nicht nur sein, sondern auch ihr altes Leben beendet hatte, und wütend auf Julius, der ihre Gefühle völlig auf den Kopf stellte, und auf sich selbst, weil sie so verdammt hilflos war!

Warum hatte sie Frederik in der Vergangenheit nicht wenigstens ein einziges Mal zugehört! Dann wüsste sie jetzt womöglich, warum er sterben musste und warum er ihr, und nicht irgendjemand anderem, das Messer vererbt hatte. Er war schuld daran, dass sie plötzlich von Vampiren zum Essen ausgeführt wurde, während andere Untote ihr nach dem Leben trachteten. Ob Julius das nicht auch tat, würde sie bald herausfinden dürfen.

Mittlerweile war ihr klar, dass sie ihm und dem, was das Schicksal für sie vorgesehen hatte, nicht so einfach davonlaufen konnte. Julius nicht und auch nicht dem Messer.

Sie brauchte dringend Antworten, und der Vampir kannte sie, davon war Amber überzeugt. Warum sonst war er bei Frederiks Beerdigung gewesen, warum sonst hatte er ihre Nähe gesucht? Julius musste wissen, was es mit all dem auf sich hatte!

Amber ballte wütend die Fäuste. Während sie vor sich hin grübelte, verschlief Julius den Tag auf dem Friedhof in seinem Sarg.

In seinem Sarg!

Am Vorabend war alles zu neu gewesen. Julius war ihr ausgewichen, doch diesmal würde es genug Zeit für alle Fragen geben, und sie würde das Messer mitnehmen.

So oder so, sie würde sich ihre Antworten holen!

KAPITEL 11

Feuer.

Jede Faser meines Körpers brannte.

Ich träumte von dem Messer, litt Höllenqualen und war gefangen in einem Alptraum, der so lange währte, wie die Sonne am Himmel stand.

Als die Schatten länger wurden und ich endlich, endlich erwachte, fühlte ich mich schwächer als am Morgen zuvor.

Mit dem Untergang der Sonne kroch der Tod aus meinem Körper und nahm die Lähmung mit, die ihn befallen hatte. Ängstlich erwartete ich wie jeden Abend den schmerzhaften ersten Herzschlag. Er kam und ging wie ein Erdbeben, dann konnte ich mich wieder bewegen.

Meine ganze Kraft war nötig, um den Marmordeckel meines steinernen Sargs zur Seite zu schieben.

Es war stockfinster, doch sobald ich mich aufsetzte, wusste ich, dass sie da war. Amber.

Sie war irgendwo da oben, sie und das Messer, und sie war voller Zorn. Das war kein guter Anfang. Amber war fast zwei Stunden zu früh.

Ich starrte in die weiche, tröstende Dunkelheit und wäre am liebsten liegen geblieben, doch der Durst würde mich früher oder später an die Oberfläche treiben, direkt in ihre Arme. Ich tastete nach den Streichhölzern und der Kerze auf dem Tischchen neben dem Sarg.

Schwefelgeruch kitzelte meine Nase, und bald tauchten zuckende Flammen die Kammer in freundliches Zwielicht.

Ich wusch mir das Gesicht mit kaltem Wasser, das aus einem porösen Kupferrohr in ein altes Weihwasserbecken in der Ecke tropfte. Das Behältnis gab der Flüssigkeit keine besondere Kraft, und selbst wenn es richtiges Weihwasser gewesen wäre, hätte mich mein eigener Unglaube vor unangenehmen Konsequenzen geschützt.

Amber ging dort oben unruhig auf und ab. Ich konnte sie fühlen. Ohne das Siegel hätte ich sie wie jeden anderen Menschen als warmen Schatten gespürt, aber unsere neue Bindung gab mir Gewissheit.

Zum Glück wusste sie nicht genau, wo ich schlief.

Ich ließ mir Zeit. Sollte sie sich erst einmal beruhigen.

Sorgfältig wählte ich meine Garderobe aus. Ich wollte ihr gefallen. Schwarze Hose, weißes Hemd, Sakko, klassisch elegant und zeitlos. Ein Blick in den Spiegel zeigte, dass die Schwellungen und Blutergüsse in meinem Gesicht verschwunden waren. Eine dünne Kruste zog sich durch meine Augenbraue, und nur der Wangenknochen und die Rippen schmerzten noch ein wenig. Morgen würden auch die restlichen Spuren des Kampfes verschwunden sein.

Als ich schließlich den Weg nach oben antrat, fühlte ich durch das Siegel, dass Amber ruhiger geworden war. Ich öffnete vorsichtig die Tür und spähte hinaus.

Sie saß mit dem Rücken zu mir auf dem Rasen und schaute zum Teich, auf dessen schattenblauem Wasser Seerosen trieben.

Leise trat ich in die noch junge Nacht. Die Tür schloss geräuschlos, das häufige Ölen der Scharniere war die Mühe wert gewesen. Ich ging die drei Marmorstufen hinunter und brachte einige Schritte Abstand zwischen mich und mein Mausoleum, um ihre Aufmerksamkeit nicht auf das Versteck zu lenken.

»Guten Abend, Amber«, sagte ich schon aus einiger Entfernung, um sie vorzuwarnen. Sie zuckte dennoch wie vom Blitz getroffen zusammen und war im nächsten Augenblick auf den Beinen.

»Julius!«

»Keine Angst, ich will dich nicht fressen«, sagte ich und hob beschwichtigend die Hände.

»Schlechter Scherz.«

»Ich weiß, sorry. Du machst mich nervös.«

Ambers Gesicht war wie versteinert. Sie hatte sich die Haare streng nach hinten gebunden, trug enge Jeans und ein Top, beides schwarz. In ihrem Gürtel steckte das Messer, wütend und selbstbewusst, als sei es bereits zu einem Teil von ihr geworden.

»Darf ich näherkommen?«, fragte ich und hörte in meinen Worten die eigene Unsicherheit mitschwingen.

»Ich weiß nicht, Julius.« Amber schien hin- und hergerissen.

Würde sie mich umbringen wie gestern den anderen Vampir? Meine Instinkte schrillten Alarm und übernahmen für einen Augenblick die Oberhand.

»Gut, dann gehe ich lieber«, sagte ich. Sollte sich Curtis doch selber mit ihr herumschlagen. Das Experiment war missglückt. Kein Vampir konnte durch seinen Diener das Messer führen. Die Waffe war dafür einfach zu stark. Sie fraß unsere Magie auf und uns gleich mit.

Ich wollte nicht gehen, aber meine Füße wählten die Richtung von alleine.

»Bleib, bitte.« Ihre Stimme klang von hinten an mein Ohr.

»Versprich mir, dass du das Messer aus dem Spiel lässt, und ich schwöre, dir nichts zu tun«, sagte ich vorsichtig.

»Ich verspreche es. Solange du nichts machst, was ich nicht will.«

»Okay«, sagte ich ruhig und versuchte so menschlich wie möglich zu wirken. Ich wollte ihr keine Angst machen, ganz im Gegenteil.

Amber nickte erleichtert. Die Anspannung verließ ihren Körper, und mit einem Mal kehrte das Leben in sie zurück. Das war wieder sie, zumindest ein bisschen. Das Messer hatte seinen Einfluss verloren.

Ich tat den ersten Schritt, dann gingen wir aufeinander zu, bis wir direkt voreinander standen, so nah, dass sich unser Atem mischte.

»Schön, dass du gekommen bist«, sagte ich leise.

Sie schwieg und musterte mich, mein Gesicht, meine Augen.

Ich wünschte, ich hätte die Zeit zurückdrehen können. Ich wünschte, wir hätten uns unter anderen Umständen kennengelernt.

Wie gerne hätte ich jetzt ihre Sommersprossen geküsst, jede einzelne, und meine Lunge bis zum letzten Winkel mit dem Duft ihrer Haut gefüllt.

»Du bist zu früh.« Das war alles, was ich herausbrachte.

»Ich habe es einfach nicht mehr ausgehalten. Das ganze Haus ist voller Leute, die meisten kenne ich noch nicht einmal! Und jeder will mit mir reden. Aber ich mag das nicht, ich kann das nicht. Nicht so. Ich halte es einfach nicht aus, ich … ich …« Sie rang nach Atem.

»Amber.«

»Und dann noch das Messer. Das ist alles zu viel für mich, Julius. Du, deine Art, deine ganze Welt. Verdammt!«

»Ich weiß, dass es schwer ist.«

»Nichts weißt du. Du machst mir Angst.«

Bestürzt blickte ich in ihre Augen. Sie sprach die Wahrheit, sie fürchtete sich beinahe zu Tode. Aus ihrer Haut stieg der verführerische Duft von Beute.

Irritiert kämpfte ich meinen Jagdtrieb hinunter und nutzte das Geschenk meiner Gattung, auch wenn ich versprochen hatte, es nicht zu tun. Wie selbstverständlich erhob sich ein kalter Hauch in mir. Eine Kraft, die ich seit dem Beginn meiner Existenz geschult hatte. Sie war in der Lage, meine Beute zu betäuben und ihr Vergessen zu schenken.

Jetzt konzentrierte ich sie auf Amber. Wie ein feiner Regen perlte die Magie auf ihre Haut, wusch die Angst davon und weckte Begehren in ihr. Ambers Schultern entkrampften sich. Sie seufzte erleichtert.

Ich wusste, dass ich es so weit treiben konnte, dass sie sich mir lusttrunken hingab, gleich hier und jetzt auf dem Friedhof. Doch nichts lag mir ferner als das. Wie ein Sog verschluckte mein Körper den Energiefluss und Amber schwankte vorwärts, als fehlte ihr plötzlich eine Stütze.

»Ich habe den ganzen Tag an nichts anderes denken können als an dich«, gestand sie.

Ich streifte mit meinen Fingern über den zarten Rücken ihrer Hand.

Sie zuckte zurück und sah dann zu mir auf. »Nicht … Vielleicht später.«

Ich schob meine Hände in die Hosentaschen und ließ meinen Blick schweifen, um sie nicht anzustarren und den Hunger noch weiter zu steigern. Mein Körper verlangte nach Blut, um sich zu heilen, dringend.

»Was nun?«, fragte Amber.

»Vielleicht ist es besser, wenn wir uns in zwei Stunden woanders treffen, dann können wir über alles reden«, antwortete ich ausweichend.

»Warum nicht jetzt?«

»Weil …« Konnte ich es wirklich sagen? »Weil ich noch nicht getrunken habe, deshalb.«

Ambers Blick grub sich in meinen. »Und?«

»Und ich habe Hunger.«

Amber sah sich um, als läge die Antwort irgendwo zwischen Rosen und Palmen verborgen oder tief in einem der Mausoleen. Unsicher, flatterhaft, tastete ihre Hand nach dem Messer.

Nicht!, wollte ich schreien.

Ihr Blick bekam etwas Traumwandlerisches. Es war fast schon zu spät.

»Amber!«

»Ja, ich …« Worte wie aus weiter Ferne.

»Du kontrollierst das Messer und nicht umgekehrt.«

Sie straffte ihren Rücken und atmete tief ein. Die Aura des Messers verschwand, und Amber legte ihre warme, lebendige Hand in die meine.

Mein kleiner Finger glitt wie von selbst auf die weiche Unterseite ihres Handgelenks und fühlte den aufregenden Rhythmus des Blutes durch ihre Adern rauschen. »Du brauchst mich nicht zu fürchten. Ich habe versprochen, dir nichts zu tun.«

»Es ist nur … deine Augen, sie sahen gerade so merkwürdig aus.«

Ich verfluchte meinen Raubtierblick. »Das macht der Hunger, die Augen sind sein Fenster in die Welt. Es tut mir leid, wenn sie dir Angst gemacht haben. Sie bedeuten nichts. Der Durst ist kontrollierbar, wie du das Messer kontrollierst. Alles okay?«

»Ja, ist wieder gut.«

»Dann komm mit da hinüber.« Ich führte sie zu meinem Lieblingsplatz, einer kleinen Marmorbank direkt am Seerosenteich. Sie stand unter einem fast hundert Jahre alten Wacholderbaum. Die dichten, dunklen Zweige verströmten wohlige Düfte, und mehr als einmal hatte ich hier ein kleines Käuzchen beobachtet, dessen klagender Ruf so perfekt meine Einsamkeit spiegelte.

Die Bank war schmal und kurz und so kam es, dass sich unsere Körper berührten. Ich hoffte, dass mein erst vor kurzem erwachter Leib nicht zu kalt war. Bewusst nutzte ich all meine Energie, um meinen Körper lebendiger und wärmer zu machen. Mein Herz schlug schnell und ich atmete tief und gleichmäßig.

Amber starrte auf den Teich. Sie beobachtete die riesigen Kois, die als träge, farbige Schatten durch das Wasser glitten.

Der Duft ihrer Haut erregte mich wider Willen und weckte erneut den Hunger. Ich verschloss meine Gier in einem Käfig, undurchdringlich wie eine Kammer aus Blei, und zwang mich, nicht auf die zarte Ader zu schauen, die an ihrer blassen Schläfe schlug.

Wenn wir uns besser gekannt hätten, hätte ich sie gebeten, meinen Finger auf eine der kostbaren Stellen legen zu dürfen, unter denen eine große Ader verlief.

Amber hielt noch immer meine Hand. Gedankenverloren ließ sie ihren Daumen in meiner Handfläche kreisen.

»Woher hatte mein Bruder das Messer?«, fragte sie schließlich.

»Ich weiß es nicht«, antwortete ich ehrlich. »Vor fast vier Jahren wurde es zum ersten Mal hier in der Stadt benutzt, und es war von Anfang an im Besitz Frederik Connans.«

Amber setzte zu einer weiteren Frage an, dann stockte sie und sah mich an.

»Was geschieht jetzt? Hast du vor, mir das Messer wegzunehmen?«

»Das entscheidet mein Meister. Er weiß, dass ich dich und die Waffe gefunden habe.«

»Da ist es schon wieder. Meister!«, sagte Amber. Aus ihrem Mund klang es fast wie eine Anklage. »Entscheidest du auch manchmal für dich selbst?«

»Natürlich!«

»Und wenn dir dieser Meister zum Beispiel verbieten würde, mich zu treffen?«

»Das würde er nicht, das ist meine Privatsache.«

»Aber wenn?«

»Ich würde ihn bitten, es noch einmal zu überdenken.«

»Julius!« Sie sah mich ernst an. »Könnte er es?«

Ich blickte beschämt auf meine Knie. »Ja.«

»Aber wieso?«, fragte sie verständnislos.

Ich schwieg. Wie sollte ich ihr erklären, was es bedeutete, in einem Vampirclan zu leben?

Curtis Leonhardt war mein Meister, durch sein Blut hatte ich meine Kraft und mein unsterbliches Leben erlangt. Wie sollte ich ihm dafür nicht dankbar sein können? Er hatte mich geschaffen und besaß damit ein grundlegendes Recht auf meinen Gehorsam.

Amber strich mir mit der Hand über den Rücken und riss mich damit aus meinen Grübeleien. »Es ist schon in Ordnung, wenn du nicht darüber reden willst, Julius«, sagte sie, und ich beließ es dabei.

Sie ist jetzt meine Dienerin, erinnerte ich mich. Allein schon das Wort würde ihr nicht gefallen. Aber es bedeutete auch, dass ich mir Zeit lassen konnte. Amber würde schon noch früh genug erfahren, was wichtig war. Erst einmal musste ich ihr Vertrauen gewinnen.

Ich sah ihr in die Augen, lächelte und merkte erstaunt, dass mein Herz plötzlich schneller klopfte.

Aus Ambers Gesicht wich die Traurigkeit, als könne sie diese genauso gut wegsperren wie ich meinen Hunger. Sie lächelte zurück.

Ich hatte eine Idee. »Was machen wir jetzt?«

Sie zuckte mit den Schultern.

»Gehen wir in einen Club?«, schlug ich vor. »Du suchst aus.«

Amber lachte frisch und befreiend. »Ja, richtig, Kino oder tanzen. Aber du solltest wissen, dass ich nicht in normale Clubs gehe.«

»Ich auch nicht«, gab ich zurück, grinste breit und ließ sie meine Reißzähne sehen.

»Es ist zwar noch ein wenig früh, aber dann los. Ab zur Freakshow!«

Ein Hauch von Bitterkeit lag in ihren Worten. Sie griff meine Hand fester und lief einfach los. Es war anscheinend ihre Art, mit Trauer umzugehen, und es war vielleicht auch nicht unbedingt die falsche.

Scheinbar willenlos ließ ich mich von ihr davonziehen und taumelte wie ein verliebter Falter in ihrer Duftspur.

Unser Ziel war das wohl hässlichste Auto, das ich je gesehen hatte. Der alte Mustang parkte direkt neben dem Seiteneingang des Friedhofs. Er war übersät mit Beulen und Rostflecken und seine Farbe glich der eines faulen roten Apfels.

Ich konnte nicht anders, als laut loszulachen. »Das ist dein Auto?! Du meinst, damit kommen wir noch irgendwo hin?«

Amber drehte sich um. Sie lachte nicht. »Es ist Frederiks Auto.«

»Entschuldige.«

»Nicht schlimm, es ist wirklich hässlich.«

Wir stiegen ein, der Motor erwachte hustend zum Leben, und schon waren wir unterwegs. Die Gower Street zog vorbei. Amber setzte den Blinker. Ich lehnte mich in dem stinkenden Sitz zurück und sah aus dem Fenster, während wir langsam den Santa Monica Boulevard hinunterfuhren. Zum ersten Mal seit langer Zeit war ich wieder glücklich.

»Ich bin froh, dass ich dich getroffen habe.«

Amber sah mich überrascht an, doch ich starrte nur stur geradeaus und erwartete keine Antwort. Drei Straßen weiter bekam ich sie dennoch.

»Ich bin auch froh darüber, Julius.«

Amber schwieg die ganze restliche Fahrt über. Ich gab mir Mühe, sie nicht zu stören. Aus dem Radio dröhnte Musik von *Diary of Dreams*. Der Song *Play God!* schien Amber besonders zu gefallen, denn sie spielte das Stück gleich drei Mal hintereinander.

Ich beobachtete ihr Mienenspiel im Licht der Laternen, bis wir schließlich auf einem Parkplatz in einer kleinen Nebenstraße des Wilshire Boulevard parkten. Als Amber ausstieg, sah sie ratlos an sich hinab. Das Messer steckte mehr als auffällig in ihrem Gürtel. »Ich sollte es wohl nicht im Wagen lassen.«

Ich schüttelte energisch den Kopf. »Auf keinen Fall!«

Amber hatte noch eine dünne schwarze Spitzenbluse auf der Rückbank liegen, doch auch nachdem sie diese übergezogen hatte, zeichnete sich der Griff noch deutlich ab. »So komme ich unmöglich rein.«

»Solange du nicht abgetastet wirst, wird es niemand bemerken. Ich kümmere mich um die Türsteher, sie werden dich wie Luft behandeln.«

Sie schenkte mir einen überraschten Blick und zog eine Braue hoch.

Ich zuckte mit den Schultern. Ehe sie sich wehren konnte, drückte ich einen Kuss auf ihre Stirn, und wir machten uns auf den Weg.

Ich hatte Amber die Wahl des Clubs überlassen, und sie hatte sich wie erhofft für eine Gothic-Disco entschieden. Nirgendwo sonst konnte sich unsereins derart frei bewegen. Ich brauchte mir nicht einmal die Mühe zu machen, meine Reißzähne und die blasse Haut zu verbergen.

Das *Malediction Society* gefiel mir besonders. Es hatte Stil, besaß viele dunkle Winkel, und sogar die Musikauswahl war gut. Der Club lag in der oberen Etage eines Art-Deco-Hauses direkt am Wilshire Boulevard.

Schweigend warteten wir darauf, dass die Fußgänger-
ampel umsprang.

Meine Hand ruhte auf Ambers Schulter und drehte rote
Locken zwischen den Fingern.

Sie sah zu mir auf. »Ist deine Haut immer so kalt?«

Ich erstarrte, zog hastig den Arm fort und ging auf Abstand. »Entschuldigung.« In diesem Moment verfluchte ich
mein kaltes Herz. Zornig hämmerte ich mit der Faust auf
den Ampelknopf.

Amber sah mich überrascht an. »Habe ich etwas Falsches
gesagt, Julius?«

Mein Gesicht schien Bände zu sprechen.

Amber griff nach meinem Arm und legte ihn entschlossen zurück auf ihre Schulter. Ich ließ ihn dort.

Endlich wurde es Grün und ich konnte diesem scheuß-
lichen Gespräch entfliehen. Mehr und mehr schwarz geklei-
dete Gestalten fanden mit uns den Weg zu dem Hinterein-
gang, durch den man den Club betrat.

Ein bulliger Türsteher kontrollierte unsere Führerscheine
auf das Alter, und ich ließ mich von ihm betatschen. Ohne
Probleme verschaffte ich mir Zugang zu seinen Gedanken,
stiftete ein wenig Chaos und zog Amber an ihm vorbei. Er
würdigte sie keines Blickes.

Ich folgte Amber, die zielstrebig die Treppen bis ins
Dachgeschoss hinaufstieg. Erst auf den letzten Metern, die
durch einen Holzgang im Freien zur Kasse führten, holte ich
sie ein. Wir stellen uns ans Ende der Schlange.

Der Wind pfiff angenehm kühl durch die Holzbretter des
Laufgangs und trug einen Hauch von Meeresluft mit sich.
Ich schloss schnuppernd die Augen und konzentrierte mich
ganz auf meine Sinne. Ambers Körper strahlte Wärme ab
wie ein kleines Kraftwerk. Der Duft ihrer Haut und dessen,
was darunter lag, war verführerisch. Mein Körper reagierte

mit erhöhtem Puls und einem flauen, fast schmerzhaften Gefühl in der Magengegend.

»Kennst du den Laden?«, fragte Amber plötzlich.

Ich öffnete die Augen und sah sie an. Meine Pupillen waren jetzt wieder bernsteingelb und brennend, doch die Farbe würde rasch verblassen und dunkler werden, sobald ich den Hunger wieder in seine Schranken verwiesen hatte.

Ablenkend zupfte ich Amber das Haargummi aus dem Zopf. »Ja, ich kenne den Club. Ich war hier schon öfter …«

Wieder ihr entsetzter, unschuldiger Blick. Wie ich das genoss. Ich konnte es nicht lassen, mit zwei Fingern über ihren Hals zu fahren. Die Ader klopfte verheißungsvoll unter meiner Berührung.

Amber legte eine Hand auf das Messer, und ich zuckte wie von der Tarantel gestochen zurück. Sobald sie die Waffe berührt und an deren Wirkung gedacht hatte, hatte es nach meinem Herzen gegriffen. Aber als Amber mein schmerzverzerrtes Gesicht sah, nahm sie die Hand sofort weg.

»Verdammt, warum hast du das gemacht?«, fluchte ich.

»Du weißt, warum.«

Einige Gäste sahen uns irritiert an. Ich riss mich zusammen und stellte mich wieder neben sie. Amber lehnte sich zu mir und sprach jetzt leiser.

»Ich hab nicht geahnt, dass es so schlimm ist. Aber du solltest ein bisschen vorsichtiger sein mit dem, was du sagst und tust.«

Ich atmete tief durch und versuchte das Messer zu vergessen.

Endlich waren wir an der Reihe, und ich zahlte.

An der Bar bestellte ich für Amber einen Rotwein, dann schlenderten wir gemeinsam durch den kleinen Club. Über der Tanzfläche hingen riesige alte Kristallleuchter zwischen einem Geflecht feiner Wurzeln, die blau beleuchtet waren. In meinem Mausoleum rückte ich jeder Wurzel mit der Zange zu Leibe, aber bitte.

So früh am Abend bewegten sich nur wenige Tänzer über den Metallboden der rechteckigen Tanzfläche. Die meisten Gäste saßen noch in einer der halbrunden Ledersitzecken, die sich darum gruppierten.

Wir beendeten unsere kleine Erkundungstour, blieben in der Nähe der Tanzfläche stehen, mit der Bar im Rücken. Von hier aus hatte ich einen guten Blick auf die ankommenden Gäste. Frauen in weiten Röcken, geschminkte Männer mit toupierten Strähnen, andere ganz in Lack oder behängt mit Ketten. Ich sah den Menschen nach, verfolgte einzelne eine Weile mit den Augen und erwählte keinen.

»Komm tanzen«, sagte ich, ergriff Ambers Hand und zog sie, ohne eine Antwort abzuwarten, hinter mir her. Meine Begleiterin folgte mir widerwillig, doch schon bald wurden ihre Bewegungen flüssiger und ihre Anspannung verschwand. Es war ein Genuss, ihr zuzusehen. Amber schloss die Augen und überließ sich den langsamen Rhythmen und dem getragenen Gesang.

Es wurde jetzt wirklich Zeit für mich. Ich sah mich um, mit allen Sinnen. Die Lust auf Blut, die ich bislang so erfolgreich unterdrückt hatte, versetzte meinen Körper in höchste Erregung.

Nicht weit entfernt tanzte eine junge Frau und flirtete ganz offensichtlich mit mir. Sie hatte für meinen Geschmack etwas zu viel Schminke aufgetragen, war aber dennoch hübsch anzusehen. Ihren Bewegungen nach zu urteilen, floss eine nicht unerhebliche Menge Alkohol in ihren Adern.

Die Fremde strich sich durch das lange, schwarz gefärbte Haar und tanzte aufreizend auf mich zu. Sie war es.

KAPITEL 12

Ich ließ Amber zwischen den anderen Tänzern zurück und bahnte mir meinen Weg zum Rand. Wie von einem unsichtbaren Band gezogen, folgte mir meine Beute nach. Ich musste mich nicht umsehen, ich konnte es spüren. Mittlerweile war der Club gut gefüllt.

Ich steuerte einen dunklen Winkel an. Ein Stehtisch und eine Säule würden das Discolicht von uns abschirmen.

Selbst wenn jemand sah, wie ich zubiss, was höchst unwahrscheinlich war, würde er uns für Freaks halten und uns nicht weiter beachten.

Angezogen wie eine Motte vom Licht, taumelte die junge Frau auf mich zu.

»Hi«, sagte sie und starrte gebannt in meine Augen.

»Hi«, sagte auch ich.

Sie zu berühren, ihr warmes Fleisch zu streicheln, kam mir für den Bruchteil einer Sekunde wie Betrug vor. Amber war meine Erwählte, die Schwarzhaarige nicht mehr als Nahrung. Dennoch musste ich mir ein wenig Zeit für sie nehmen.

Wie ein heißer Regen wusch meine Energie alle Barrieren aus ihrem Körper.

»Wie heißt du?«, fragte ich.

»Julia«, hauchte sie.

»Ein schöner Name.«

Während wir Belanglosigkeiten austauschten, grub ich mich durch ihre Gedanken und überlegte, womit ich die recht auffällige Verletzung erklären konnte, die sie bald haben würde. Ich konnte ihre Wunde mit meinem eigenen Blut verschließen, doch das tat ich nur ungern. Vampirblut war etwas Besonderes, ein Geschenk, das man nicht leichtfertig an Wildfremde vergab.

Ich nahm Julia in den Arm und strich ihr durchs Haar, während ich Amber beobachtete. Meine Beute schmiegte sich an mich, legte ihren Kopf in den Nacken und wartete vergeblich. Ich wollte sie nicht küssen.

Als ihr Geist vollends mir gehörte, schob ich sie bis zur Wand in den dunkelsten Winkel und führte ihre Hand zu meinem Mund.

Statt zuzubeißen, riss ich die Haut mit einem Eckzahn auf. Das Blut floss langsam, und das Trinken bereitete mir Mühe. Bei einem zweiten Versuch gab der Daumenballen mehr her und mein Magen füllte sich.

Julia bekam von alldem nichts mit.

Ihr Körper lehnte schwer gegen meinen, und ich hielt sie mühelos mit einem Arm. Sie war wach und starrte wie hypnotisiert in die tanzenden Lichtpunkte der Discokugel. Mit den Fingern ihrer Linken berührte sie hin und wieder meinen Nacken, strich sanft über meine Brust oder wühlte in meinem Haar. Sie war gefangen in einer weißen Leere, wo ihr weder Schmerz noch Angst etwas anhaben konnten.

Ihr Blut schmeckte schmutzig und ein wenig fad, dennoch empfand ich unendliche Erleichterung und Glück, als es durch meine Kehle ran.

Mein Körper wuchs an dem fremden Leben, der gestohlenen Energie. Bis in die Fingerspitzen rauschte das wunderbare goldene Gefühl, während ihr Herz ruhig gegen meinen Brustkorb trommelte.

Ich seufzte erleichtert zwischen zwei Zügen und schloss die Augen.

Das war ein Fehler.

Amber! Sie beobachtete mich, sie und das Messer. Plötzlich fühlte sich das Blut in meiner Kehle an, als versuchte ich Steine zu schlucken. Doch ich hatte noch nicht genug, um meinen angeschlagenen Körper zu heilen, und ich wollte nicht noch ein zweites Mal jagen müssen.

Angst kroch mir mit eisigen Fingern den Rücken hinauf. Ich hielt den Mund noch immer auf Julias Hand gepresst und drehte mich langsam um.

Da war sie!

Amber stand keine zwei Meter entfernt an der Säule und ihre grünen Augen sprühten Funken. Sie hätte das nicht sehen dürfen.

Julia regte sich in meinen Armen und wimmerte leise. Der Ton holte mich schlagartig zurück. Ich musste mich jetzt auf meine unfreiwillige Wohltäterin konzentrieren, durfte die Gewalt über ihren Geist nicht verlieren, sonst gab es eine Katastrophe. Welch ein Schauspiel, wenn sie plötzlich aufwachte und den Club zusammenschrie. Ich webte meine Magie wieder ein wenig dichter, doch dann erzwang meine Angst erneut den Fokus auf Amber.

Das Messer, es war dort!

Immer wieder bohrte es sich in meine Gedanken, und irgendwie schien es auch meine Magie zu schwächen. Eile war geboten. Mit angestrengtem Saugen erleichterte ich mein Opfer um einige weitere Quäntchen Blut und war endlich gesättigt.

Früher, vor mehr als hundert Jahren, hatte ich immer bis zum Ende getrunken. Es gab nichts Berauschenderes, als das Leben eines anderen zur Gänze in sich aufzunehmen.

Amber beobachtete mich. Der Einfluss des Messers wuchs mit jeder Sekunde. Es streckte seine gierigen Feuerfinger nach mir aus und tat mir weh.

Ich fauchte, doch dann besann ich mich. Demonstrativ leckte ich die letzten Tropfen von meinen Lippen und musste mich mit aller Kraft zusammennehmen, um nicht vor Angst und Schmerz zu zittern.

Julias Hand blutete kaum noch. Ich kroch in ihren Verstand und weckte sie, dann musste alles ganz schnell gehen. Ich gab ihr einen sanften Stoß, und sie machte mehrere unsichere Schritte. Als sie schließlich gegen einen Tisch taumelte, hatte sie mich bereits vergessen. Noch war sie wackelig auf den Beinen, und es geschah genau das, was ich gehofft hatte. Sie stützte sich ab, einige Gläser kippten um und gingen klirrend zu Bruch.

Ein Kellner sah das Unglück und eilte hinzu.

»Oh Gott, ich habe mich geschnitten!«, war das Erste, was Julia über die Lippen brachte.

Wieder mal eine perfekte Inszenierung, dachte ich nicht ohne Stolz, und endlich ließ die Kraft des Messers nach.

Während die ahnungslose Julia ein Taschentuch für ihre Hand gereicht bekam, ging ich zu Amber. Ungläubig beobachtete sie, wie sich mein Opfer etwas geschwächt, aber wohlauf, zu ihren Freundinnen gesellte.

Amber schüttelte den Kopf und ging davon. Ihre Schritte waren energisch, die Haltung steif. Kein Zweifel, was sie beobachtet hatte, machte sie wütend.

»Amber warte! Bleib stehen, bitte!«

Ich holte sie ein und legte eine Hand auf ihre Schulter. Sie fuhr herum und starrte mich an. Ihre Augen funkelten gefährlich.

»Das ist es, was ich bin, Amber! Ich kann es nicht ändern!«

»Und das machst du jede Nacht? Jede Nacht eine andere Frau?«

Ich wusste nicht, was ich sagen sollte, denn genauso war es. »Ich kann nicht anders existieren, es gibt keine Alternative.«

Sie presste die Lippen zu einem dünnen Strich zusammen. »Und ich habe dich geküsst.«

Ihr Blick war verletzend. Seit langem hatte keine Frau meine Gefühle so durcheinandergebracht wie sie. Wir kannten uns erst zwei Tage, dennoch beherrschte sie mich wie eine märchenhafte Hexenkönigin.

Ich wollte sie lieben, ihr gefallen und sie auf keinen Fall verlieren, niemals. Es gab kein Leben ohne sie.

Aber Amber war die Herrin des Messers. Ich spielte mit dem Feuer, hatte mich bereits einmal verbrannt und nichts daraus gelernt.

»Du hast Blut an der Unterlippe.«

Ich errötete und wischte mir hastig über den Mund.

»Ich brauche jetzt was zu trinken«, sagte Amber schließlich trocken.

Ich folgte ihr zur Bar, wo sie einen Rotwein bestellte. Zu ihrer Überraschung orderte ich ebenfalls ein Glas. Wir stießen an, ohne einander in die Augen zu sehen. Amber trank einen Schluck. Ich ließ den schweren Syrah durch meinen Mund fließen, spülte den Blutgeschmack fort und spuckte den Rest unauffällig zurück ins Glas.

Amber beobachtete mich und schwieg. Ihr Körper sandte ein verwirrendes Durcheinander von Gefühlen aus, da waren Wut, Angst und Unsicherheit, aber auch Lust.

Wir schlenderten zurück zur Tanzfläche. Ich zögerte. Gerne hätte ich Amber in den Arm genommen, doch dafür war es noch zu früh.

Dann spürte ich plötzlich die Gegenwart eines anderen Vampirs. Ich wusste sofort, wer es war. Der schwule Steven. Es war nicht nett, ihn so zu nennen, doch der Name war irgendwie hängengeblieben. Hin und wieder jagte auch er hier. Er war viel jünger als ich, aber genauso vorsichtig, daher ließ ich ihn gewähren. Ich hätte den Club auch für mich beanspruchen können, doch das war meiner Meinung nach altmodischer Unsinn.

Amber sah mich fragend an. Das Messer hatte sie gewarnt.

»Er ist von meinem Clan. Er wird dir nichts tun«, flüsterte ich in ihr Ohr.

»Wo ist er?«

»Ich glaube, er jagt auf der Terrasse, ich weiß es nicht genau.«

Ambers Herz schlug heftig vor Furcht, und das, so wusste ich mittlerweile, konnte gefährlich werden. Ich stand hinter ihr und legte die Arme um ihre Mitte. Sie ließ es zu.

»Hab keine Angst. Er fürchtet dich mehr als du ihn.«

Sie kämpfte gegen die Macht des Messers an, bis es aufgab und verstummte. Ich beugte mich vor und lehnte meinen Kopf gegen den ihren. Ihr Haar roch so gut, war so weich. Ich drückte die Wange daran.

Julias Blut hatte mir Kraft gegeben und meine Haut warm und lebendig gemacht. Ich war satt, dennoch strichen meine Lippen über Ambers seidige Wange und glitten hinab zu ihrem Hals.

Amber erzitterte unter meinen Lippen.

Nein, ich würde sie nicht beißen. Vielleicht hatte ich mein Spiel vor der Kasse ein Stückchen zu weit getrieben, aber diesmal ließ ich es nicht aus dem Ruder laufen.

Ich barg ihre Wange in meiner Hand, beugte mich vor und unsere Münder fanden sich. Ich genoss den weichen Duft ihrer Haut. Wein färbte ihren Atem süß. Ambers Zunge huschte über meine leicht geöffneten Lippen und begehrte zögernd Einlass. Neugierig ertastete sie meine Eckzähne.

»Vorsicht, die sind scharf«, hauchte ich, dann presste ich meine Lippen auf ihre. Sie waren weich, nicht zu voll, nicht zu schmal, genau richtig.

Ambers Zunge drängte erneut in meinen Mund und ihre Wärme erfüllte mich.

Ich zog sie in meine Arme, wollte, dass sich unsere Körper berührten. Die letzte Anspannung wich aus ihren Schultern. Wir küssten uns lange. Erkundeten Münder und Lippen.

Wir waren eins. Ein echtes Paar. Ich hoffte nichts sehnlicher, als dass sie meine Gefühle teilte, denn ich liebte diese sterbliche Frau mit all meinen Sinnen. Um sie zu erobern, waren die besonderen Verführungskünste eines Vampirs wirkungslos, und das war richtig so. Ich wollte Amber, und sie sollte nur mich bekommen, den Rest des Menschen, der ich vor all der Zeit gewesen war, mich, nicht das Monster.

Ich war davon überzeugt, dass wir füreinander bestimmt waren. Selten war ich mir einer Sache so sicher gewesen.

Ich schwelgte in den Gefühlen, die Amber in mir auslöste, bis ich das elektrisierende Prickeln in meinem Nacken nicht mehr missachten konnte.

Stevens Präsenz breitete sich aus und steigerte sich, je näher er kam.

Unwillig löste ich mich von Ambers Lippen und wandte mich um.

Da stand er, keine drei Schritte entfernt. Jungenhaft schlank, blond und stupsnasig.

Hätte sein sterbliches Alter noch gezählt, hätte er diesen Club nicht einmal betreten dürfen, doch wie wir alle besaß auch Steven einen gefälschten Führerschein.

Ich konnte mich noch genau daran erinnern, wie es war, als Curtis Steven zum ersten Mal sah.

Es war in einer lauen Frühjahrsnacht gewesen, wie es sie in LA nur selten gibt. Curtis und ich waren gerade zur Jagd aufgebrochen, als wir Steven und einen anderen jungen Mann aus einem Haus kommen sahen. Curtis blieb wie vom Donner gerührt stehen. Der Sterbliche sah seinem eigenen Sohn, den er vor vielen hundert Jahren bei einer Pestepidemie in Europa verloren hatte, zum Verwechseln ähnlich. Der Meister hatte den Verlust nie überwunden. Ich betörte Stevens Freund, während er unter den Bann des Meisters fiel. Curtis verbrachte Stunden damit, ihn einfach nur anzusehen.

Curtis wollte Steven verwandeln, ihn für die Ewigkeit bewahren, und er machte es zu meiner Aufgabe, das Vertrauen des jungen Mannes zu gewinnen. Steven war schnell bereit, sein kaum gelebtes Leben aufzugeben und sich in das Abenteuer zu stürzen, das er vor sich zu haben glaubte.

Aber ich weigerte mich, Steven zu verwandeln. Curtis war zu mächtig, um es noch selbst zu tun, und bestimmte deshalb den Vampir Manolo zum Schöpfer.

Ich sah zu, wie Steven starb und wiedergeboren wurde, und stand als Zeuge an seiner Seite, während er Curtis die Treue schwor und sich unter dessen Stärke beugte.

Leider enttäuschte Steven die Erwartungen, die Curtis an ihn stellte. Der neugeborene Vampir sah vielleicht aus wie sein Sohn, aber er war es nicht, würde es nie sein.

Curtis hatte es nie laut gesagt, aber ich wusste, dass er Steven seine sexuellen Neigungen zum Vorwurf machte.

Ich schüttelte die Erinnerungen ab und sah auf. Steven legte fragend seinen hübschen Kopf schief.

Ohne ein Wort zu verlieren, lud ich ihn ein, näherzukommen. Ich spürte, dass auch er gesättigt war. Er verzog seinen sinnlichen Mund zu einem nervösen Lächeln.

Amber hatte ihn ebenfalls entdeckt. Sie drehte sich in meinen Armen und drückte auf der Suche nach Geborgenheit den Rücken an meine Brust.

Steven spürte die Gewalt des Messers. Er fürchtete sich. Der unstete Blick verriet ihn, er blinzelte zu oft.

»*Komm ruhig*«, rief ich telepathisch.

Der Vampir schlich näher wie ein ängstlicher Welpe und

reichte Amber die Hand. »Steven«, stellte er sich vor. Seine Stimme war leise und weich.

»Amber.«

»Hallo, Julius.«

Ich lächelte und schwieg. Stevens Nasenflügel blähten sich unmerklich. Er roch mein Blut in ihren Adern, das unsichtbare Siegel.

»*Sie gehört dir?*«, fragte er tonlos.

»*Wie du siehst.*« Stolz strich ich durch Ambers Haar. Besitzergreifend verharrte meine Rechte über dem Puls an ihrem Hals.

»*Wer hat das Messer, du oder sie?*«

»*Sie.*«

Amber spürte, dass da etwas vor sich ging, von dem sie ausgeschlossen wurde. Sie sah erst Steven an, dann mich.

»Ich habe gehört, dass Gordon zwei der Seinen verloren hat«, sagte der junge Vampir, diesmal laut.

»Sie haben uns angegriffen«, erwiderte Amber entschlossen.

»Gut so, zwei weniger.« Stevens Worte besaßen eine Grimmigkeit, die man seiner sanften Miene nicht zugetraut hätte. Dann wechselte er wieder in tonlose Sprache. »*Vater will dich sprechen, noch heute, und du sollst die Frau mitbringen.*«

Ich nickte, das war zu erwarten gewesen. Steven war der Einzige, der unser Oberhaupt Vater nannte, und das, obwohl er nicht aus dessen Blut stammte. Ich dagegen schon.

»Unser Meister Curtis Leonhardt will dich kennenlernen«, sagte ich zu Amber.

»Ist das gut oder schlecht?«, fragte sie unsicher.

Ich konnte deutlich spüren, wie das Messer auf ihre Verunsicherung reagierte.

Ein kalter Schmerz fuhr in meinen Körper. Der mächtigen Energieschub ließ Steven zurückweichen und die Zähne blecken.

»Wie du siehst, behagt ihr die Vorstellung nicht!«, lachte ich verkrampft und versuchte, mich von meinem eigenen Schrecken zu erholen.

»Keine Angst. Niemand wird dir etwas tun. Ich verspreche es«, versuchte ich sie zu beruhigen und drückte ihr einen Kuss ins Haar.

»Du musst ihr das Messer wegnehmen!«, schrie Steven lautlos. *»Sie wird uns alle töten!«*

Er fasste meine Angst in Worte. *»Versuch es, wenn du es wagst«*, antwortete ich.

Steven schüttelte den Kopf. Er würde mit Sicherheit nicht derjenige sein, der mit Amber um das Messer rang, dafür war er zu jung, zu schwach.

»Was ist?«, fragte Amber.

»Nichts.«

Ich dachte an die Begegnung, die uns bevorstand, und konnte mir nicht vorstellen, wie das gutgehen sollte.

Steven verabschiedete sich, um zum Meister zurückzukehren.

Amber und ich ließen es langsamer angehen. Ich wollte die romantische Gesellschaft mit ihr nicht gegen Diskussionen über Kampfstrategien und Vermutungen über Gordon tauschen, aber ich musste.

Als Amber ihr Weinglas geleert hatte, wurde es endgültig Zeit. Curtis duldete keine Säumnis.

»Julius, warte.«

Ambers Hand glitt aus meiner. Sie war stehengeblieben. Ich ging zurück und fühlte das Messer eine pulsierende Energie ausstrahlen. »Ich möchte nicht mit.«

»Was?« Ich traute meinen Ohren nicht.

»Ich habe darüber nachgedacht, Julius. Ich will das Messer nicht. Du kannst es haben. Bring es deinem Boss, und dann treffen wir uns später wieder.«

Ich schüttelte den Kopf. »Das geht nicht.«

Curtis' Befehl war eindeutig, er wollte Messer und Adeptin, die Waffe allein nutzte uns nichts. Für Amber würde das Argument allerdings nicht zählen.

Ich brauchte etwas, das sie überzeugte. Sollte ich sie mit Geschichten über ihren toten Bruder locken? Nein, das wäre unfair und würde die gerade entstandene Nähe zwischen uns zerstören. Notfalls blieb mir immer noch meine Magie. Ich konnte sie betören oder in eine Art Schlaf versetzen, aber auch das kam mir falsch vor.

Ich legte ihr die Hände auf die Schultern. »Komm mit mir, Amber, bitte. Dir wird nichts geschehen. Ich schwöre, dass ich das nie zulassen würde.«

»Warum? Du kennst mich doch gar nicht.«

»Deshalb.« Ich versiegelte ihre Lippen mit einem Kuss. Amber erwiderte ihn mit wachsender Leidenschaft, zog mich an sich, als wollte sie mich nie wieder loslassen. Ganz vorsichtig öffnete ich das Siegel und wollte mit aller Kraft, dass sie wusste, was ich für sie empfand, dass ich mich in sie verliebt hatte.

Amber wurde plötzlich ganz still in meinen Armen. Sie neigte den Kopf nach hinten, um mich anzusehen, die grünen Augen glänzten ungläubig und glücklich.

Ja, sie hatte mich verstanden, auch ohne Worte.

KAPITEL 13

Der Wilshire Boulevard war auch zu dieser Uhrzeit noch voller Autos.

»Steven ist noch ein halbes Kind«, sagte Amber plötzlich.

»Er war fast neunzehn, als er sich für unsere Art des Daseins entschieden hat, jetzt ist er noch keine dreißig. Ja, er ist sehr jung.«

»Er hat sich dafür entschieden?«, fragte Amber verwundert.

»Ja. Curtis hält nichts davon, Menschen einfach so zu verwandeln«, sagte ich und dachte daran, wie oft ich mir gewünscht hatte, niemals ja gesagt zu haben.

Amber sah mich ernst an und verstärkte ihren Griff an meinem Arm. »Dann würdest du mich niemals verwandeln, wenn ich es nicht will?«

»Nein«, antwortete ich im Brustton der Überzeugung und legte meine Hand auf ihre. Ich war mir sicher, dass ich selber niemanden zu einem Leben in ewiger Finsternis verdammen würde.

Aber die Medaille hatte, wie immer, zwei Seiten. Was, wenn Amber sterbend in meinen Armen läge? Würde ich mein Versprechen dann noch halten können, oder wäre ich egoistisch und würde ihre Sterblichkeit gegen die Angst vor meiner eigenen Einsamkeit tauschen?

Und war es nicht auch tabu, Menschen gegen ihren Willen zu Dienern zu machen? Hatte ich nicht genau das getan? Ihr Leben mit Blut und Magie an meines gekettet, so eng, dass ich nicht einmal ehrlich sagen konnte, ob unsere Gefühle füreinander aus dem Siegel resultierten oder aus echter Liebe?

Zumindest daran konnte ich Curtis die volle Schuld geben. Er hatte mir befohlen, Amber mit dem Blutgeschenk zu zeichnen.

Amber und ich verließen den Gehweg.

Die Parkplatzeinfahrt öffnete sich wie ein Tor in eine andere Welt. Bäume reckten ihre Äste über die schlafenden Karossen und unter unseren Schritten knirschte Kies. Auf einmal blieb Amber stehen.

»Wie alt bist du, Julius?«

Ich sah sie an. Diese Frage hatte ich erst viel später erwartet.

Ich war ein Kind der Romantik. Das erste Mal war ich 1789 geboren worden, das zweite Mal fast auf den Tag genau dreißig Jahre später. Ich war schon verdammt lange auf der Erde. Wie ich die Zeit überstanden hatte, wusste ich selbst nicht genau. Manchmal war sie wie im Flug vergangen, an manche Abschnitte meines Daseins wollte oder konnte ich mich gar nicht mehr erinnern. Und dann waren da noch die die dunklen Jahre. Zeiten, in denen ich mir den Tod gewünscht, aber nicht gewagt hatte, es wirklich zu tun.

Der Freitod eines Vampirs bedeutete Feuer oder brennende Sonne.

Es gab kein Einschlafen für uns, keinen schönen Tod. Nur Schmerzen.

Ich war ein Feigling gewesen, hatte es nicht gewagt.

Ich trat einen Schritt aus dem Lichtkegel der Laterne, hinein in die Dunkelheit.

Amber starrte mich ungläubig an, die großen grünen Augen weit aufgerissen.

»Das sind über zweihundert Jahre!«

»Mehr als drei Menschenalter, ja.«

»Aber …?«

Ich fasste Amber bei den Händen. »Komm, komm bitte. Curtis wartet nicht gern.«

Amber folgte mir zögernd zum Wagen. Sie war aufgewühlt. Immer wieder sah sie mich von der Seite an und suchte nach irgendetwas, das mein Alter verriet.

»Du musst mir die Schlüssel geben, ich fahre«, sagte ich und hielt meine Hand auf. »Und wir müssen dir die Augen verbinden.«

»Bitte was?« Sie war entrüstet.

»Du darfst den Weg zu ihrem Schlafplatz nicht sehen. Sie haben Angst, dass du tagsüber wiederkommst, um sie zu töten. Du musst verstehen, wie gefährlich du für uns bist.«

»Julius, ich ...«

»Stell dir vor, du wärst die Hälfte deines Lebens ohnmächtig, völlig schutzlos. Jeder könnte in dein Haus schleichen, neben dir stehen, dich anstarren, dich sogar berühren, ohne dass du dich wehren kannst. Du bist wie erstarrt, gefangen in deinem Körper, umgeben von einem Kokon aus Stein. Und dann gibt es da ein Ding, das dir nach dem Leben trachtet, und diejenige, die es besitzt, hat weder ihre Loyalität bewiesen noch weiß sie, ob sie stark genug ist, es zu beherrschen.«

Amber setzte mehrfach an, etwas zu sagen. Schließlich stieß sie einen Seufzer aus. »Ich muss total verrückt geworden sein!«

»Vertrau mir, bitte.«

Leise klimpernd fielen die Schlüssel in meine Hand.

»Los, mach, bevor ich es mir anders überlege.«

Ich verband ihre Augen mit dem abgetrennten Ärmel eines Shirts, das wir aus dem Chaos des Kofferraumes gefischt hatten. Es war eines von Frederiks alten Kleidungsstücken, die Amber zur Heilsarmee geben wollte.

»Ich sehe bestimmt total bescheuert aus«, sagte sie, nachdem sie unsicher auf dem Beifahrersitz Platz genommen hatte. Ich griff nach ihrer Hand und hauchte Küsse über die Knöchel, bis sie wohlig seufzte. Noch ein flinker Kuss auf den Puls ihres Handgelenks, und ich startete den Wagen.

Wir folgten dem Wilshire Boulevard nach Westen, und bereits nach einigen hundert Metern merkte ich, dass es mir überraschend große Freude bereitete, die alte Rostlaube durch die Straßen zu jagen. Ich kurbelte die Fenster hinunter und ließ mir vom Wind das Haar zerzausen.

Der Atem der Nacht war warm und salzig.

»Mutter und ich waren heute in Frederiks Wohnung«, begann Amber plötzlich. Trauer färbte ihre Stimme dunkel. »Es ist schrecklich. Als hätte ich meinen Bruder nie richtig gekannt. Erst jetzt hab ich herausgefunden, wofür er sich interessierte, was er in seiner Freizeit getan hat.«

Er hat Vampire getötet, schrie meine innere Stimme.

»Er hat das Design von Computerspielen gemacht, richtig?«, war das, was ich tatsächlich sagte.

»Ja, das war sein Job. Seine Entwürfe sind wunderschön.«

Ich bog auf den Highway ein und trat das Gaspedal bis zum Boden durch. Amber schrie gegen den Lärm an. »Ich habe eine Armbrust in seinem Schrank gefunden.«

Ich sah kurz zu ihr hinüber.

»Dein Bruder war ein Jäger, Amber, er hat Leute wie mich getötet, und zwar nicht nur mit dem Messer. Er hat uns gehasst. Wenn er einen von uns aufgespürt hatte, verfolgte er ihn bis zu seinem Ruheplatz und erstach ihn im Schlaf.«

Zu gerne hätte ich jetzt ihren Blick gesehen.

»Es hat vor allem junge und Einzelgänger getroffen.«

»Bringst du mich deshalb dorthin? Wollt ihr Rache?« Der Wind zerfetzte ihre Worte. Ich musste die Fenster schließen.

»Nein. Niemand will sich an dir rächen. Außerdem stehst du unter meinem Schutz.«

Ich setzte den Blinker. Sie schwieg, während ich den Highway verließ und den Wagen weiter durch Santa Monica steuerte.

»Was habt ihr für eine Feindschaft mit diesem Gordon?«

»Das ist eine alte Geschichte.«

»Ich würde sie gerne hören.«

»Amber, ich …«

Die Erinnerungen kamen mit einem Schlag.

»Es war in Frankreich im Jahr 1882. Curtis, Kathryn, drei andere Unsterbliche und ich hatten endlich ein Heim gefunden. Seit meiner Verwandlung waren wir ruhelos durch Europa gestreift. In keinem Ort, der noch von Vampiren unbesetzt war, konnten wir lange bleiben. Nur die großen Städte, in denen die Fabriken wie Geschwüre wuchsen, boten genug Leben, um uns auf Dauer zu ernähren.

Curtis erkaufte sich unseren Platz an dieser gut gedeckten Tafel, indem er seinen Kopf erneut vor einem mächtigen Meister beugte, etwas, das er sich geschworen hatte nie wieder zu tun.

Wir nahmen Wohnung auf einem kleinen Friedhof in Paris. Schon nach kurzer Zeit wurde uns klar, warum die Clans der Metropole so erpicht darauf waren, ihre Reihen mit neuen Vampiren zu füllen. Es drohte Krieg. Noch wagte niemand, laut darüber zu sprechen, aber Unsterbliche verschwanden und Meister wurden vergiftet.

Es war Gordon. Schon damals, als er noch ein junger Clanherr war, kannte er kein Halten. Er raubte Vampire, tötete andere auf feige Art und eignete sich auf diese Weise immer mehr Land an. Es dauerte Jahre, bis der Rat von Paris beschloss, gegen ihn vorzugehen, und selbst dann schlossen sich nicht alle Clans dem Vorhaben an.

Wir waren Teil derjenigen, die den Kampf wagten. Gordon wurde vernichtend geschlagen, wir töteten Vampire und Diener ohne Unterschied. Es war ein Gemetzel. Die Hälfte unseres Clans fiel. Kathryn, der Meister und ich waren die Einzigen, die noch von den Leonhardt übrig waren, als Gordon endlich französischen Boden verlassen hatte. Dezimiert auf drei, waren wir nicht mehr stark genug, um nach Paris zurückzukehren. Damals wurden kleine Clans oft angegriffen und zerstört. Es war eine einfache Art, ältere Vampire zu erbeuten und mit ihnen die eigene Macht zu verstärken.

Damit wir nicht dieses Schicksal teilten, zogen wir weiter nach Nordwesten.

In Belgien nahmen wir ein Schiff in die neue Welt.

Was für ein Schrecken war es, nach Jahren des Umherziehens ausgerechnet an der Westküste auf Gordon zu treffen! Aber er schien aus der Vergangenheit gelernt zu haben und verhielt sich wie ein Ehrenmann, bis seine Gier vor wenigen Jahren wieder die Führung übernahm. Seitdem scheint er an einer neuen Armee zu arbeiten. Niemand weiß genau, wie viele Vampire er in seinem Clan hat, aber es sind viele, schrecklich viele, und es werden ständig mehr. Von den Jungen scheint sich keiner mehr an die Codices zu halten, die wir uns selbst auferlegt haben. Sie achten weder das Leben der Menschen, von denen sie trinken, noch das oberste Gebot: Heimlichkeit! Niemand darf von unserer Existenz erfahren. Der Fürst hat mittlerweile sogar mehrere Vampire damit beauftragt, nach getöteten Opfern Ausschau zu halten und diese notfalls verschwinden zu lassen, bevor die Polizei sie findet. Das Messer könnte Gordon wieder in die Schranken weisen.«

Amber schwieg, dann seufzte sie. »Gut, dass er es nicht bekommen hat.«

Ich kurbelte das Beifahrerfenster wieder herunter. Kühle Nachtluft wehte herein. Ich hätte endlos so weiterfahren können.

Bald verließen wir den Pacific Boulevard und tauchten ein in alte, enge Seitenstraßen. Die Häuser leuchteten in bunten Farben und spiegelten die Seelen ihrer Bewohner, die in den wilden Sechzigern hergekommen waren. Verlassene Schaukelstühle auf den Terrassen. Windspiele, mal dunkel und hölzern, mal glockenhell, sangen der Nacht ihr Lied.

Da vorne stand sie, unsere Zuflucht. Das Lafayette war ein altes Kino, das zufällig auf einem längst vergessenen Indianerfriedhof erbaut worden war.

Ich hielt direkt vor dem Eingang und ließ den Motor laufen. Altmodische dicke Glühbirnen erleuchteten einen morschen Baldachin. Die Schaufenster waren blind und teils mit Brettern vernagelt. Alles an dem Gebäude war abweisend und tot. Dennoch überkam mich ein wohliges Gefühl von Heimat und Geborgenheit.

Curtis hatte das Gebäude vor fast sechzig Jahren gekauft. Seitdem war es kein Kino mehr, sondern ein Wohnhaus. Allerdings beherbergte es außer den sechs menschlichen Bewohnern zwölf Vampire, deren unterirdische Kammern sich über mehrere Ebenen erstreckten. Das Gebäude war nur die Spitze des Eisbergs.

»Wir sind da«, sagte ich feierlich und half Amber auszusteigen.

Steven stand in der Tür. An seinem Hals prangte eine frische Bisswunde. Curtis hatte es also vorgezogen, von Steven zu trinken, anstatt selbst auf die Jagd zu gehen. Der arme Junge. Niemals hätte er sich Curtis' Wunsch entziehen können, nicht einmal ich wagte das.

Ich legte Amber einen Arm um die Schulter und spürte ihren aufgeregten Herzschlag. Sie kämpfte tapfer gegen ihre Angst und die Macht des Messers, das auf ihre starken Gefühle reagierte und mit wütender Stimme erwachte.

Im Entree wurden wir bereits erwartet.

Kathryn schritt wie eine Diva die Stufen hinauf zu uns. Ihr paillettenbesticktes Kleid schleifte über den alten roten Teppich. Die Unsterbliche war eine klassische Schönheit, das Gesicht eben wie Porzellan, die grauen Augen tief und leuchtend. Ihr lockiges schwarzes Haar trug sie heute kunstvoll hochgesteckt. Kathryn gesellte sich zu ihrer Freundin Dava, dem ersten Geschöpf aus ihrer eigenen Blutlinie.

Ich konnte Kathryn nicht leiden. Sie war nur zwei Jahre

jünger als ich und stammte ebenfalls direkt von Curtis. Fast mein ganzes unsterbliches Leben hatte ich mit ihr und ihrer Eifersucht verbringen müssen. Sie neidete mir Curtis' Gunst, der mich höher schätzte und zu seinem Stellvertreter gemacht hatte, obwohl ich selber noch nicht Meister war.

Kathryn war es seit einigen Jahren, doch das wog nichts. Wie jeder im Clan wusste auch sie, dass ich den Meisterstatus jederzeit für mich fordern konnte, aber ich wollte nicht noch tiefer in die politischen Ränke unserer Welt miteinbezogen werden.

Ich schenkte Kathryn einen warnenden Blick und zog Amber dichter an mich. Wenn für meine menschliche Begleiterin überhaupt Gefahr bestand, dann ging sie von meiner ewigen Konkurrentin aus.

Ich sah mich um. Manolo war da, ein Vampir, der nicht aus Curtis' Linie stammte, ebenso der Indianer Brandon, seine menschliche Dienerin Christina und die Vampirin Eivi. Sie alle hielten Abstand und beobachteten uns. Jeder Einzelne fürchtete das Messer. Niemals hatte eine Jägerin das Lafayette betreten, nie hatten unreine Sterbliche diesen Ort entweiht.

Curtis war nicht gekommen. Der Meister wartete in seinem Büro, wie er die Werkräume unter der Bühne nannte.

»Julius, kann ich die Augenbinde jetzt endlich abnehmen?«, fragte Amber unruhig.

»Einen Moment noch, ja?«, antwortete Steven für mich.

Irritiert sah ich zu, wie er mit nervösen Händen etwas aus seiner Hosentasche fischte. Es waren Handschellen.

»Nein, das nicht!«, entfuhr es mir.

»Was ist denn, was passiert da?« Amber drückte sich unsicher an mich.

»*Es ist ein Befehl von Curtis, willst du dich dem Meister widersetzen?*«, echote Stevens Stimme in meinem Kopf. Ich wusste, dass er die Wahrheit sprach. Curtis würde die Sicherheit seiner Vampire nicht für ein paar Höflichkeiten opfern.

»Na los, Julius«, forderte Steven mit seinem Unschuldsblick. »*Ihr passiert nichts. Ich passe auf sie auf.*«

Ich hatte keine Wahl. Ich konnte mich Curtis' Befehl nicht widersetzen, doch Amber würde mir das niemals verzeihen.

»Reich mir deine Hände«, sagte ich mit bittersüßer Stimme.

Ahnungslos legte Amber ihre Hände in meine. Ich hielt sie fest.

Steven reagierte blitzschnell. Es klackte, und im nächsten Augenblick hatten sich die Fesseln um Ambers Gelenke geschlossen. Für eine Sekunde erstarrte sie und wandte den Kopf fragend in meine Richtung.

»Es tut mir leid«, sagte ich mit bebender Stimme. »Dir wird nichts geschehen, ich schwöre es.«

Amber schrie auf und begann zu toben. Mit so einer Gegenwehr hatte keiner von uns gerechnet. Steven hielt ihre Hände fest, während ich ihren Körper umklammerte. Mit Leichtigkeit hätten wir ihr die Knochen brechen können.

»Tu ihr nicht weh, Steven!«, schrie ich. »Bitte!«

Ich riss die Augenbinde von ihrem Kopf. »Amber, Amber, beruhige dich!«

Keine Chance. Das Messer, das in ihrem Gürtel steckte, sandte Morddrohungen in alle Richtungen. Stevens Gesicht war schmerzverzerrt.

Dava, die nicht viel älter war als er, rannte in Panik davon. Auch ich hatte das Gefühl zu verbrennen. Ambers Körper strahlte heiß wie glühende Kohlen.

Ich bot meinen ganzen Willen auf und riss das Messer aus ihrem Gürtel.

Sobald ich es berührte, zerrte ein heftiger Sog fast alle Lebensenergie aus meinem Leib. Es fühlte sich an, als hätte jemand meine Nervenbahnen gepackt und mit einem Ruck aus den Gliedern gerissen.

Ich schrie gepeinigt auf, ließ die Waffe fallen und taumelte auf weichen Knien zur Seite.

Meine Hand brannte wie Feuer. Ich wagte kaum, sie anzuschauen. Sah im Geiste verkohlte Stümpfe anstelle der Finger, dachte an den sterbenden Vampir, den das Messer getroffen hatte. Doch es war nichts passiert.

Amber hörte auf zu schreien. Ihr Brustkorb bebte.

Jetzt war sie unsere Gefangene und starrte wie ein in die Enge getriebenes Tier in die Runde. Doch Amber besaß Kampfgeist, und sie war noch lange nicht bereit, aufzugeben.

Plötzlich ließ sie sich auf den Boden fallen und warf sich mit aller Kraft in Richtung Messer.

Steven wurde vorwärtsgerissen, doch zum Glück hielt er die Handschellen gut fest. Als sie merkte, dass sie gegen ihn nicht ankam, gab Amber endlich auf und blieb liegen.

Ich stützte mich gegen die Wand und atmete schwer.

Die verlorene Energie kehrte nicht zurück. Mein Körper war ausgelaugt wie nach einer mehrwöchigen Fastenkur. Ich blinzelte immer wieder, doch der Raum wollte einfach nicht stillstehen. Amber schien sich auf dem Boden zu krümmen und doch wieder nicht, der Teppich unter ihr kreiste und verwischte die Muster zu verschwommenen Flächen.

Für einen Augenblick herrschte gespenstische Ruhe.

Brandon, der indianische Vampir, war hinter seine Dienerin getreten, als hätte sie ihn vor dem Messer beschützen können. Er starrte die Waffe auf dem Boden an, als würde sie jeden Moment zum Leben erwachen.

Eivi und Manolo hatten sich sogar bis in den Eingang unseres Versammlungsraumes zurückgezogen. Alle schienen auf etwas zu warten, und sie erwarteten es offensichtlich von mir.

Scharfe Schritte von Highheels durchbrachen die Stille. Kathryn kehrte mit einer hölzernen Schachtel und einem Pullover in der Hand zurück. Abwartend hielt sie ihn mir hin. Das Messer war nicht ihr Problem, sondern meines.

»Mach schon, Julius«, sagte sie schneidend. Sie hatte mir nichts zu befehlen, doch ich wusste, dass die Order von Curtis kam.

Erschöpft stieß ich mich von der Wand ab, wickelte mir den dicken Wollstoff um die Hand, hob das Messer auf, ohne das mir etwas geschah, und legte es vorsichtig in die Holzkiste.

Sobald Kathryn den Deckel geschlossen hatte, machte sich Erleichterung breit. Die Spannung, die alle Vampire in den letzten Minuten befallen hatte, ließ nach.

Mit zähen Schritten durchquerte ich den Raum. Jede Bewegung schien eine zu viel. Amber saß noch immer auf dem Boden. Ihre Hände waren durch den Druck der Handschellen blau angelaufen. Sie rang nach Atem und starrte enttäuscht zu mir hinauf. Ihr Blick war verletzend. Wie sollte ich das je wieder ungeschehen machen? Es war unmöglich.

Ich wollte Amber aufhelfen, doch sie schüttelte meine Hand ab. Ihre Augen blitzten wütend. Ich hatte ihr Vertrauen schändlich gebrochen, das wusste ich. Doch es war nicht meine Entscheidung gewesen.

»Amber, es tut mir leid, aber es ging nicht anders«, sagte ich kleinlaut.

Sie ignorierte mich und sah dorthin, wo Kathryn mit dem Messer verschwunden war.

Mir wurde immer deutlicher bewusst, wie viel mich die Berührung der Waffe gekostet hatte. Meine Energie war aufgefressen, die Nerven lagen blank, und ich zitterte am ganzen Leib.

Noch einmal streckte ich Amber die Hand hin, und als sie sie wieder ausschlug, griff ich ihr unsanft unter die Arme und stellte sie auf ihre Füße.

Ich fiel fast nach vorn und konnte mich gerade noch abfangen.

Amber war viel schwerer als erwartet, oder nein, ich war viel schwächer als sonst. Das Messer hatte auch meine Schmerzen zurückgebracht und meine Rippen taten höllisch weh. Ich musste mich wieder an die Wand lehnen.

Ambers Blick folgte mir wütend, doch ich war zu schwach, um mich noch um sie zu kümmern. Die Konturen meiner Welt verschwammen, ich befand mich am Rande einer Ohnmacht.

Aber ich sah noch, dass der Meister das Entrée betrat.

Ich hatte seine Präsenz schon früh wahrgenommen. Er beobachtete uns schon seit einer ganzen Weile. Ich musste einen furchtbaren Anblick bieten, das sagte mir Curtis' eisäugiger Blick.

Energie wusch tröstend über meinen Körper und ich fühlte mich augenblicklich besser. So gut, dass ich einige Schritte auf Amber zuging und an ihrer Seite stehenblieb.

Alles an dem Meistervampir strahlte Macht und Würde aus.

Amber starrte ihn an, als sei er ein Wesen von einem anderen Stern, und Curtis genoss seinen Auftritt.

Seine Bewegungen waren weich und fließend wie die einer großen Katze. Er glitt auf uns zu und ich war mir sicher, dass es Amber vorkam, als schwebe er. Seine Aura war für Unsterbliche wie Sterbliche gleichermaßen anziehend und gefährlich. Ich liebte ihn mit all meinen Sinnen.

»Schön, dich zu sehen, Julius«, sagte er mit einem warmen Lächeln.

Sofort vergaß ich meinen Zorn darüber, dass er Amber Handschellen hatte anlegen lassen und damit dieses ganze Unglück hervorgerufen hatte. Ich erkannte, dass er Magie verwendete, doch als mir das bewusst wurde, war es bereits zu spät und mein Zorn verflogen.

»Curtis Leonhardt«, stellte ich ihn vor.

Curtis deutete eine Verbeugung an. Eine kurze Beugung des Oberkörpers, eine elegante Bewegung des Kopfes. Eine Gestik, die in Jahrhunderten perfektioniert worden war.

Amber blieb unbeeindruckt und starrte wütend zurück.

»Das ist Amber Connan.«

»Frederiks kleine Schwester. Willkommen in meinem Haus.« Curtis' Stimme klang dunkel wie aus Grabestiefen.

»Sag ihm, dass er sofort aus meinem Kopf verschwinden soll!«, fauchte Amber und drückte sich trotz ihrer Wut an mich.

»Ich wollte Ihnen nichts Böses, Miss Connan.«

Curtis hob beschwichtigend die Hände. Amber ließ sich nicht von seiner Fassade blenden und stierte ihn an.

Der Meister verlor das Interesse. »Bring sie fort, Steven. Julius, du kommst mit mir.«

Das war ein klarer Befehl, und Steven ließ sich nicht lange bitten. Ehe ich michs versah, zerrte er meine Geliebte davon.

»Steven, nein! Lass mich los, verdammt! Julius!« Amber kämpfte gegen Stevens Griff, doch natürlich war sie dem Vampir unterlegen.

Sie so verzweifelt zu sehen, tat mir weh, aber ich konnte jetzt nicht bei ihr bleiben, ich musste mit Curtis gehen. »Hab keine Angst, dir passiert nichts.«

Sie versuchte mich über ihre Schulter hinweg anzusehen, während Steven sie immer weiter wegzog.

»Bitte, Julius, hilf mir!«, schrie sie mit Tränen in den Augen.

Für einen kurzen Augenblick fühlte ich ihre Angst, als sei sie meine eigene. Mit ihrem Hilfeschrei hatte sie unbewusst das Siegel geöffnet, das uns verband. Ich wollte zu ihr, doch Curtis' Magie hielt mich fest.

»*Hab keine Angst, ich bin gleich bei dir, hab keine Angst!*«, rief ich ihr durch unsere Bindung zu, dann fühlte ich sie nicht mehr.

Curtis hatte den Kontakt unterbrochen. Hin- und hergerissen zwischen Curtis' Befehl und meinen Gefühlen für Amber sah ich noch einmal dorthin, wo Steven und sie verschwunden waren.

»Komm jetzt, Junge. Ihr wird nichts geschehen.«

»Ich kann sie doch nicht einfach so alleine lassen!«

»Doch, du kannst.«

»Hast du denn nicht ihre Angst gerochen?«

Mein Meister wurde ungeduldig, und das konnte schnell unangenehm für mich werden. Die anderen Vampire spürten es ebenfalls und beobachteten uns mit Interesse, allen voran Kathryn. Sie schien sich auf eine Konfrontation zu freuen.

»*Bitte*«, flehte ich noch einmal, doch mein Meister schüttelte den Kopf.

Er fasste mich kurzerhand am Arm und führte mich davon, tief in das Innere des alten Kinos hinein. Seine Energie rauschte betörend über meine Haut und nahm mir bald jeden Zweifel.

KAPITEL 14

Amber ließ sich vor der Treppe auf die Knie fallen. Steven, der damit nicht gerechnet hatte, strauchelte und griff hastig nach dem Geländer, um seinen eigenen Sturz abzufangen.

Für einige Sekunden schien die Zeit langsamer zu fließen. Amber spürte, dass Stevens Griff an den Handschellen stärker wurde anstatt schwächer und das, obwohl er sie nur noch mit einer Hand hielt.

Sie konnte nicht mehr. Seit das Messer fort war, fühlte sie sich nur noch elend. Die Waffe hatte ihr Sicherheit gegeben, ihre Stärke war auf sie übergegangen. In der kurzen Zeitspanne eines einzigen Tages hatte sie sich auf erschreckende Weise daran gewöhnt.

Als sie den kalten Stahl der Handschellen auf der Haut gespürt hatte, war etwas in ihr ausgerastet. Das Messer hatte all ihre Gefühle aufgesogen, und dann hatte sie nur noch Aggression gekannt und den Wunsch zu töten. In jenem Moment hätte sie das Messer ohne Unterschied jedem Vampir in die Brust gerammt, der ihr zu nahe kam. Jedem, auch Julius.

Amber sackte in sich zusammen und kam sich so schrecklich hilflos vor. Am liebsten hätte sie geweint und einfach nur ihre eigene Dummheit verflucht.

Warum hatte sie Julius nur vertraut?!

»Amber, komm bitte mit«, sagte Steven zögerlich.

Sie sah auf. Der junge Vampir schien von der Situation beinahe überfordert zu sein. Trotzdem wurde er nicht nachlässig. Seine Hand hielt ihre Fesseln noch immer sicher fest, und wo er sie berührte, spürte sie die Eiseskälte seiner Haut.

»Steh auf, Amber, bitte.«

Sie schüttelte nur den Kopf, ihr Hals war wie zugeschnürt. Stevens Blick änderte sich, die Augen wurden heller, der volle Mund bekam plötzlich einen harschen Zug. »Ich will dir nicht weh tun, aber ich werde es, wenn es sein muss«, drohte er und bleckte kurz die Zähne.

Amber zuckte zurück. Der fröhliche High-School-Junge war nicht mehr. Steven offenbarte seine Raubtiernatur, und sie zweifelte nicht mehr an seiner Entschlossenheit. Er würde alles tun, um den Befehl seines Meisters auszuführen, alles.

Amber erhob sich steifbeinig und stapfte hinter Steven die Treppe hinauf. Nach wenigen Stufen kamen die ersten Tränen.

✦

Ich stolperte hinter meinem Meister her, als sei mir der Weg völlig unbekannt. Er führte mich durch dunkle Gänge, spärlich erleuchtet von alten goldenen Wandlampen. Bilderrahmen warfen mein mattes Spiegelbild zurück.

Ich sah hin und erschrak.

Die Wunden, die mir der weißhaarige Vampir in der vergangenen Nacht geschlagen hatte, waren wieder da und bluteten. Meine Haut schimmerte transparent, nahezu durchsichtig. Adern leuchteten bläulich. Die Kraft des Messers hatte mich fast aufgezehrt.

Curtis öffnete schweigend eine holzverkleidete Stahltür.

Seine kalte Hand hielt noch immer mein Gelenk, und ich verdankte es einzig dem stetigen Energiefluss, der von Curtis ausging, dass ich die Kraft fand, einen Fuß vor den anderen zu setzen.

Erdgeruch umfing uns, als wir die lange Treppe zu seinen Gemächern hinabstiegen. Zu beiden Seiten, hinter der Wand, lagen die alten Indianergräber, Dutzende davon, oft in mehreren Schichten übereinander. Eine weitere Tür aus feuerfestem grauen Stahl, und wir waren da.

Feuer prasselte im Kamin und tauchte Wände und Möbel in goldenes Licht. Die Sehnsucht, meine kalten Glieder zu wärmen, wurde beinahe schmerzhaft.

Curtis lebte in seiner eigenen Welt, einer Welt, die bereits seit Jahrhunderten untergegangen war. Die Kalksteinwände seiner Kammer waren übersät mit Fresken. Tristan und Isolde in Grün- und Blautönen. Mittelalterliche Gemälde, die im Gegensatz zu den Originalen im Südtiroler Schloss Runkelstein erschreckende Lebendigkeit besaßen.

In der Nähe des Kamins stand ein Steinsarkophag. Aus seinem Deckel war ein liegender Ritter herausgemeißelt, der seine Füße auf zwei Löwen bettete.

Die Berührungen unzähliger Hände hatten den Granit glattgeschliffen und schwarz poliert.

An den Wänden standen Regale voller Bücher: moderne Taschenbücher neben alten, ledergebundenen Folianten und einer Erstausgabe von Miltons *Paradise Lost*.

Curtis hieß mich auf dem Sofa Platz zu nehmen. Er selbst kniete sich vor mich.

Ich war so schrecklich müde, war das alles so leid. Die Nähe des Meisters ließ mich erst recht meiner Schwäche bewusst werden.

»Diese Aufgabe frisst dich auf«, sagte er leise. »Wenn du willst, entbinde ich dich davon.«

Ich schwieg.

Curtis strich mir die Locken aus der Stirn und musterte mich.

»Mein Diener Robert könnte den Platz des Adepten einnehmen.«

Davon wollte ich nichts hören. Ich konnte meine Aufgabe erfüllen, Amber konnte ihre Aufgabe erfüllen.

»Nein, Amber ist dazu bestimmt.«

»Ich will nicht zusehen, wie du dich zerstörst. Julius, du bist mir wichtig.«

Ich hob die Augen und sah meinen Meister an. Alles an Curtis, jede Geste und jede Regung, sprachen von seiner Zuneigung zu mir. Wir waren Freunde, Vater und Sohn,

Herr und Knecht, Meister und Schüler, je nachdem, was die Situation oder die Zeiten von uns verlangten.

»Ich verstehe, dass du diese junge Frau nicht verlieren willst. Mach sie zu einer vollwertigen Dienerin, du hast meine Erlaubnis. Mach sie zu einer von uns, wenn es sein muss, und ich nehme sie im Clan auf.«

»Nein. Sie bleibt, was sie ist.«

Curtis nickte.

Wir schwiegen eine Weile.

Er setzte sich neben mich, und ich legte mit geschlossenen Augen den Kopf in seinen Schoß wie ein kleiner Junge. Kräftige Finger fuhren durch mein Haar und liebkosten meine Schläfen. Die Hände des Meisters waren weich und doch uralt und stark wie Eisen. Curtis' Hunger erwachte, als er das Blut meiner Wunden abwischte und von den Fingern leckte.

Magie prickelte wie tausend winzige Ameisen über meine Haut. Ich wusste, was er wollte, und ergab mich hilflos in mein Schicksal.

Mit schweren Gliedern setzte ich mich auf und lehnte mich zurück. Wie sollte ich nur die Nacht überstehen, wenn er mir auch noch das letzte bisschen Kraft aus dem Körper sog? Ein kalter Schauder fuhr über meinen Rücken.

Ich konnte nichts anderes tun, als mich zu öffnen und Curtis' Geschenk zu empfangen. Wie ein lauer Strom floss die Magie aus seinen Poren und bündelte sich zu einem lichten Punkt direkt über meinem Herzen.

Ich ließ mich fallen und badete in dieser Wärme, die mir die Schmerzen nehmen würde. Meine Muskeln entspannten sich, während Curtis die obersten Knöpfe meines Hemds öffnete und den Kragen zur Seite schob. Alles in mir sehnte sich plötzlich nach seinem Biss, nach seinem Hunger.

Als die Zähne endlich über meine Halsbeuge kratzten, hielt ich es kaum noch aus. Die Haut leistete kurz Widerstand, dann bohrten sich seine Fänge in mein Fleisch. Brennende Nadelstiche, nicht mehr.

Curtis schluckte laut und genussvoll.

Ich hingegen zitterte und wurde schwächer. Als ich meinen Meister endlich wegstoßen wollte, um mich zu retten, konnte ich meine Arme nicht mehr heben.

Es war zu spät.

Was hatte ich getan? Hatte ich Curtis so enttäuscht, dass er beschlossen hatte, mir das Leben zu nehmen? Das konnte nicht sein, das würde er nicht tun!

Plötzlich schloss sich eine starke Hand um meinen Hinterkopf. »*Trink tief und träume, wachse an meiner Stärke.*« Bestimmend drückte der Meistervampir meinen Mund an seinen Hals. Ich konnte mein Glück kaum fassen und biss mit letzter Kraft zu.

Sein mächtiges Blut schoss aus der Wunde und füllte meine Kehle mit flüssigem Gold. Ich glaubte eine wundersame Melodie zu hören, starrte mit aufgerissenen Augen und verlor mich in den Fresken an der Wand.

Curtis trank mein Blut und ich das seine, wir waren verbunden in einem glühenden Kreislauf aus Licht. Nie zuvor hatte ich von ihm mehr als einen kleinen Schluck erhalten und noch niemals gleichzeitig mit ihm getrunken.

Heiße Schauder wechselten mit kalten, während der Lebenssaft kam und ging. Ich fühlte, wie mich seine uralte Macht erfüllte, wusste, dass ich für kurze Zeit fast so stark war wie er.

Tranken wir Stunden, eine Ewigkeit oder Augenblicke? Ich wusste es nicht, nur dass der Bluttausch fast vollkommen war.

Curtis' Leben floss langsam, kalt und stetig in meinen Adern. Von meinen Verletzungen spürte ich längst nichts mehr, und diesmal würde sie nicht einmal das Messer zurückbringen können.

»Genug, Julius!«

Curtis' Magie zog sich mit einem Schlag aus mir zurück, wie eine Pflanze, die mitsamt den Wurzeln ausgerissen wird.

Ernüchtert glitten meine Zähne aus seinem Fleisch.

Unsere Wunden schlossen sich beinahe augenblicklich. Curtis sog die letzten Tropfen von meinem Hals, bis darunter unversehrte Haut zum Vorschein kam. Berauscht lehnten wir uns zurück in die Kissen.

Hätte ich mit einer Frau Blut getauscht, hätten wir uns jetzt geliebt, doch Curtis war ein Mann und mein Meister. So genossen wir einfach nur das fremde Blut und die berauschende Energie des Rituals.

Curtis hielt die Augen geschlossen. Er sah glücklich und gelöst aus, wie ein argloser Mensch im Schlaf. Mit einem leisen, genießerischen Seufzen rückte er in eine bequemere Position und reckte die Beine in Richtung Kamin.

Ich räkelte mich wie eine Katze in der Sonne und kehrte langsam in die reale Welt zurück.

»Danke, Curtis«, flüsterte ich, »danke.«

Curtis brummte zustimmend. Kurz flammte seine Magie auf und strich wie ein großes, freundliches Tier durch meinen Körper.

Ich schmiegte mein Gesicht in die weichen Felle und genoss die prasselnde Wärme des Kamins. Das neue Blut in meinen Adern war kalt, so kalt und so mächtig. Es hatte jeden Gedanken an Amber verdrängt. Träumend erinnerte ich mich daran, wie ich Curtis kennengelernt hatte.

London, 1818. Ich stand in der Blüte meiner Jahre, war allerdings nicht unbedingt in bester Verfassung. Meine Frau Mariann zog es vor, die Nächte mit einem jungen Komponisten zu verbringen, und ich hatte nichts Besseres zu tun gehabt, als sie dabei zu überraschen.

Meine Arbeit als Fernhändler langweilte mich, der Traum, eines Tages mit einem unserer Schiffe nach China oder Afrika zu fahren, war längst gestorben. Ich hatte alles auf die Ehe mit einer Frau gesetzt, die ich nicht mehr liebte. Ich entfloh der Tristesse meines Lebens und tauchte ein in die Welt der Literatur und Rauchsalons. In einem der angesagtesten Londoner Clubs traf ich dann auf ihn, auf Curtis.

Ich saß in einem schummerigen Winkel, eingehüllt in den Nebel exotischen Pfeifentabaks, als sich die Stimmung im Raum schlagartig veränderte. Ein vornehmer Gentleman war hereingekommen und ließ sich von einem livrierten Diener Hut und Mantel abnehmen. Seine Augen, es waren seine Augen, die mich vom ersten Moment an faszinierten.

Fast widerwillig wandte ich mich erneut meinen pseudo-intellektuellen Saufkumpanen zu, mit denen ich gerade die von mir geliebten Werke Lord Byrons diskutierte. Ich versuchte mich auf das Gespräch zu konzentrieren, als Curtis plötzlich neben unserem Tisch stand und höflich darum bat, sich zu uns setzen zu dürfen. Den Rest der Nacht hing ich an seinen Lippen. Er sprach von Kunst und Literatur, als seien sie die Luft, die er atmete. Schon damals handelte er mit Gemälden. Er war als Mäzen bekannt, und seine Meinung war hoch geschätzt.

Curtis trank von mir, in jener Nacht und in vielen Nächten darauf. Ich erfuhr nichts davon, sondern glaubte nur, dass ich in ihm einen Freund gefunden hatte, jemanden, den ich grenzenlos bewunderte. Er war ein Gott, ein *gentilhomme* der alten Schule, wie sie sonst nur in meinen Büchern existierten. Wir besuchten Opernaufführungen, Konzerte und Kunstausstellungen, vor allem aber redeten wir.

Meist während eines Spaziergangs. Die damals so modernen Spazierstöcke gaben den Takt vor, wenn wir den Hyde Park besuchten oder im Mondlicht das Themse-Ufer entlangstreiften.

Es waren Nächte voller Zauber. Laue Sommernächte und später auch bitterkalte, wenn im Winter der Flussnebel zu feinen Eiskristallen gefror.

Curtis' betörende Stimme trug mich tiefer und tiefer in fremde Welten, entführte mich in alte Sagen, erzählte Mythen von Unsterblichkeit und zitierte Shelley und Byron, Gedicht um Gedicht. Bis mein Kopf angefüllt war von Gespenstern, Spukgestalten und Vampiren, ja Vampiren.

Ein halbes Jahr nach unserem ersten Treffen schien für Curtis die Zeit gekommen zu sein. Er ließ die Magie fallen, die sein Aussehen maskierte, und offenbarte mir seine wahre Natur.

Ich kann mich an jedes Detail erinnern, als sei es erst gestern gewesen. Meine Angst verflog schnell. Und dann stellte er mich vor die Wahl.

»Du weißt nun, was ich bin. Heute Nacht siehst du mich entweder zum letzten Mal, oder du kommst mit mir, und zwar als einer von uns. Ich frage dich nur ein einziges Mal, Julius Lawhead. Willst du werden wie ich, willst du dich von Blut ernähren, ewig jung sein und ewig in der Nacht leben?« Das waren seine Worte.

Ich überlegte nicht lang, flehte ihn förmlich an, es zu tun.

Curtis bewegte sich schrecklich schnell. Er riss mich an sich, biss zu und trank und trank. Ich zwang mich, nicht zu schreien, und als es ans Sterben ging, konnte ich es auch nicht mehr. Ich erinnere mich an heftigen Schmerz, ein Licht, und dann sein Blut, das köstlichste, dass ich je getrunken habe. Es zog mich von dem Licht fort, hinein in ewige Dunkelheit.

»Julius?« Curtis' Samtstimme weckte mich aus den Erinnerungen.

Ich öffnete die Augen und setzte mich auf.

Das Zimmer lag in weichem Dunkel. Die Kerzen waren herabgebrannt. Im sterbenden Licht hatten die Fresken ihre Farbe verloren, doch die glühenden Kohlen im Kamin schenkten noch immer mehr als genug Licht für Vampiraugen.

Curtis' männliche Züge waren jetzt weich, fast feminin, doch seine kalten Augen strahlten vor brutaler Kraft wie ehedem.

Ich merkte sofort, dass es mit unserer Vertrautheit vorbei war. Curtis verschloss sich, und auch ich verkroch mich wieder hinter den Schutzschilden, die meine Gefühle vor anderen Vampiren abschirmten.

Sofort kehrte die Erinnerung an Amber zurück und damit auch die Angst um sie. Ich erkannte erschrocken, dass Curtis meine Gedanken manipuliert hatte. Er hatte mich sie fast vergessen lassen. Wie schrecklich musste Amber sich fühlen, von mir betrogen und alleingelassen, wehrlos unter Raubtieren!

Ich sprang auf, musste zu ihr, sofort!

Curtis streifte meine Hand. Eine letzte Geste der Verbundenheit, doch der Zauber war endgültig vorbei.

»Nimm es nicht so schwer, was immer auch mit ihr geschieht.«

»Du darfst sie nicht töten!«, flehte ich erschrocken.

Curtis starrte mich an, dann nickte er langsam. Er entließ mich mit einer herablassenden Geste. Die Audienz war beendet.

Noch immer berauscht von meiner neuen Stärke, verließ ich die Gemächer des Meisters und trat eilig den Rückweg an.

Wie viel leichter waren meine Schritte jetzt. Ich meinte, fliegen zu können!

Ich fühlte die Eifersucht der anderen Vampire. Sie hatten gespürt, dass Curtis mir seine Gunst gewährt hatte. Ein starker Magiefluss wie dieser blieb nie lange unbemerkt. Plötzlich scheute ich mich davor, in ihre Gesichter zu schauen, in ihre neidverzerrten Fratzen.

Doch ich musste nach oben, Amber wartete.

Jeder Schritt brachte mich näher.

Wir alle buhlten um Curtis' Gunst. Dieses ständige Anbiedern war einer der Gründe, weshalb ich es vorzog, alleine auf dem Hollywood Forever Cemetery zu hausen und nicht hier mit all den anderen.

Mein Körper war noch immer im Magierausch gefangen. Es kostete Kraft, mich auf das Wesentliche zu konzentrieren und mich nicht treiben zu lassen. Ich musste zu Amber, sie brauchte mich!

Wieder begegnete ich meinem Spiegelbild im Glas des bildergeschmückten Ganges.

Ich blieb kurz stehen und blickte in das Gesicht eines blassen jungen Mannes. Makellose Haut spannte sich über prägnante Wangenknochen, die ich meiner russischen Mutter verdankte. Die Brauen waren breite, klare Pinselstriche, eine perfekte Kontur für die hellen Augen. Ich lächelte mein Spiegelbild an, und es strahlte zurück. Als Sterblicher hätte ich nicht lebendiger aussehen können.

Ich eilte weiter.

Es gab nur einen Ort, wohin Steven Amber gebracht haben konnte.

Der ehemalige Vorführraum des Kinos war klein und schallisoliert. Wenn dort jemand um Hilfe rief, hörte das niemand. Noch nicht einmal Handys funktionierten da drin.

Sobald ich die Treppe betrat, die zu ihm führte, witterte ich Ambers Angst.

Von plötzlicher Schuld getrieben, rannte ich die Stufen hinauf, nahm zwei oder drei auf einmal. Je näher ich kam, desto stärker spürte ich sie, roch meine sterbliche Geliebte, meine Dienerin. Wie hatte ich Amber nur hier alleinlassen können?

KAPITEL 15

Ich stürzte durch die Tür und blieb wie angewurzelt stehen.

Amber sah elend aus. Sie hatte die Hände mit den Handschellen ineinander gekrampft. Das Haar hing ihr ins Gesicht.

Steven saß ihr am Tisch gegenüber, aufmerksam wie ein Wachhund und zugleich ratlos, wie er ihr Los erleichtern konnte.

Als ich eintrat, las ich die Überraschung in seinem Gesicht. Er war anscheinend zu jung, um den Austausch gespürt zu haben. Jetzt sog er schnuppernd die Luft ein. Steven konnte Curtis' Blut in meinem Körper riechen, viel davon.

Er stand auf und strich mir zögernd über die Schulter. Curtis' Macht strahlte durch meinen gesamten Körper. Die Augen des jungen Vampirs kündeten von Unschuld und Hunger. Er neidete mir meine Erfahrung und wusste es nicht besser, als von mir stumm das Gleiche zu erflehen.

»Bald, nicht heute«, versprach ich.

Ich würde einen kleinen Teil meiner neuen Macht an ihn

weitergeben. Natürlich war es ein großer Unterschied, ob er das Geschenk von mir oder von Curtis erhielt. Dennoch, das Blut eines zweihundert Jahre alten Vampirs war mehr, als ein Junge wie er erhoffen konnte.

Ich blickte Steven in die Augen. »Versprochen«, bekräftige ich. »Jetzt lass mich bitte mit ihr allein.«

Er grinste breit und bleckte seine Zähne. Ich schloss hinter ihm die Tür.

In seinem Glück hatte der junge Vampir nicht bemerkt, dass ich ihm die Schlüssel aus der Tasche gestohlen hatte.

Amber sah mich an und schwieg noch immer. Sie war tief enttäuscht von meinem Verrat. Und sie hatte Angst, fürchtete den anderen, unbekannten Julius, das untote Monster mit dem hübschen Gesicht.

Ich schloss Ambers Handschellen auf und legte sie auf den Tisch. Seit ich ihr das Messer abgenommen hatte, stellte sie keine Gefahr mehr da, und ich war mir sicher, in Curtis' Einvernehmen zu handeln.

Geplagt von Schuldgefühlen setzte ich mich zu ihr, liebkoste Ambers zitternde Hände und streichelte die geröteten Gelenke.

Sie reagierte nicht, sah mich nicht einmal an.

»Dir wird nichts geschehen, meine Liebe, Liebste«, beschwor ich sie.

Amber glaubte mir nicht. Willenlos ließ sie meine Berührungen über sich ergehen. Ich hob ihr Kinn, um in ihr Gesicht zu schauen.

Sie hatte aufgegeben. Ihre Augen waren gerötet von Tränen und Müdigkeit.

Ich hätte sie betören können. Die Begabung meiner Gattung nutzen, um ihr jede Angst zu nehmen. Doch das war falsch, verlogen. Ich wollte keine hirnlose Puppe, ich wollte sie, Amber, das traurige Mädchen in Schwarz. Das Mädchen mit den Sommersprossen, das nach Licht und Orangen roch.

»Ich konnte es nicht verhindern, Amber.«

Sie rückte ein Stückchen von mir ab und schwieg.

»Du hast mich gefragt, ob ich einem direkten Befehl meines Meisters widerstehen könne. Die Wahrheit ist nein, ich kann es nicht. Es ist schwierig zu erklären. Als wir hergekommen sind, habe ich nicht gewusst, was sie vorhatten. Ich war so dumm, nicht daran zu denken, dass Curtis sichergehen würde, dass du das Messer nicht benutzen kannst. Niemand will dir weh tun, ich nicht, und auch nicht die anderen Vampire«, redete ich auf sie ein. »Du bist hier sicher, hier bei mir. Dir wird nichts geschehen.«

Amber wich meinem Blick noch immer aus, aber ihre Körperhaltung war ein kleines bisschen weniger abweisend.

Wie sollte ich ihr nur erklären, was geschah, wie?

»Schau mich an, Amber. Bitte.«

Langsam, ganz langsam hob sie den Blick und sah mir direkt in die Seele.

Ich legte alles offen vor sie hin, mein Herz, meine Gefühle für die anderen und für sie. Nie in meinem Leben hatte jemand das gedurft, mich derart wund und schutzlos anzusehen. Außer vielleicht Curtis im Augenblick meiner Wandlung.

Amber hob die Hand und strich mir über die Wange. Einmal, zweimal. Die Kälte meiner Haut erschreckte sie nicht.

»Ich glaube dir.« Ihre Stimme war leise und rau.

Ich war schrecklich erleichtert, hielt ihre Hände.

»Was ist nur mit dir geschehen, Julius? Du hast dich verändert, ich kann es irgendwie … fühlen.«

Ich erzählte ihr, wie mich das Messer geschwächt hatte und von dem Bluttausch mit Curtis, der mich geheilt hatte und zugleich ein kostbares Geschenk war, das ein Clanherr nur äußerst selten gewährte. Amber hörte aufmerksam zu.

»Aber ich dachte, Vampire trinken nur menschliches Blut.«

»Es befriedigt unseren Hunger. Das Blut anderer Unsterblicher ist viel mächtiger, und im Gegensatz zu ihnen besitzen die meisten Menschen keine Magie.«

Noch immer berührte Amber meine Hand und spürte der Kraft nach. Jedes Mal, wenn sie ihre Finger wegzog und mich danach wieder anfasste, erhaschte sie eine Ahnung davon.

»Könnt ihr eigentlich keine Blutkonserven trinken? Das wäre weniger …«, sie stockte und sah auf ihre Hände, »weniger eklig.«

»Totes Blut?« Jetzt war es an mir, ein angewidertes Gesicht zu machen. Allein bei der Vorstellung drehte sich mir der Magen um. »Wir trinken auch die Lebensenergie. Es ist die Kraft, die ein Wesen lebendig macht, der göttliche Funke. Im alten Testament steht ›Blut ist Leben‹, und das stimmt«, erklärte ich. Dann gingen uns beiden die Worte aus.

Amber gähnte und rutschte auf dem unbequemen Stuhl herum. »Wie lange müssen wir denn noch warten?«

Ich legte einen Arm um ihre Schultern und küsste sie auf die Stirn. »Nicht mehr lang.«

So saßen wir schweigend und beobachteten, wie sich der Zeiger der kleinen Uhr an der Wand langsam der Vier näherte.

In meinen Ohren rauschte noch immer das Blut des Meistervampirs, es summte gleichmäßig und allgegenwärtig wie ferne Meereswellen.

Ein kurzes Zucken ihrer Hand, dann kippte Ambers Kopf nach vorne und ruckte sofort wieder hoch.

»Entschuldige«, murmelte sie und rieb sich die Schläfen.

»Möchtest du etwas? Soll dir jemand etwas bringen, Essen oder was zu Trinken?«

»Einen Kaffee vielleicht.«

Es machte mir keine große Mühe, Steven ausfindig zu machen. Ich konzentrierte mich kurz und schickte ihm meine Bitte.

Wenig später trat er mit einem schiefen Grinsen durch die Tür und balancierte eine dampfende Tasse sowie Milch und Zucker auf einem kleinen Tablett.

Er stellte das Tablett vor Amber ab und lächelte ihr aufmunternd zu.

»Danke«, sagte sie knapp und zog die Tasse zu sich heran.

Steven wedelte sich den aufsteigenden Kaffeeduft ins Gesicht und seufzte genießerisch. »Gut riecht das Zeug ja allemal. Früher war ich ein richtiger Kaffeejunkie, das kannst du mir glauben. Heiß, stark und schön süß musste er sein.«

Ich sah ihn warnend an. Ich kannte Stevens ungebremsten Redefluss nur zu gut, und er wollte gerade richtig loslegen. »Steven!«

»Schon gut, ich kapier schon. Ihr wollt alleine sein.« Er machte beleidigt auf dem Absatz kehrt und ließ die Tür unsanft ins Schloss fallen.

Amber rührte mehrere Löffel Zucker in den Kaffee und verwandelte ihn damit in eine flüssige Mahlzeit. Ich sah ihr schweigend dabei zu.

Sobald sie den ersten Schluck genommen hatte, schien es ihr besser zu gehen.

Endlich fühlte ich, dass mein Meister seine Gemächer verlassen hatte. Das kürzlich empfangene Blutgeschenk machte mich besonders empfänglich für seine Energie. »Curtis kommt.«

Amber griff nach meiner Hand und ließ sie sofort wieder los. Tapferes Mädchen.

Schritte auf der Treppe.

Die Tür ging auf und Curtis' Präsenz traf Amber wie ein Hammerschlag.

Der Meister streckte ihr freundlich lächelnd die Hand entgegen.

»Vergessen wir, was unten geschehen ist, und versuchen es noch einmal. Amber Connan? Curtis Leonhardt.«

Er hatte Amber kalt erwischt. Völlig verdattert reichte sie ihm die Hand und erlag seinem Charme. Selbst ich konnte mich dessen Wirkung nicht ganz entziehen.

»Es tut mir leid, wie Sie hier empfangen wurden, aber ich konnte nicht davon ausgehen, dass die mysteriöse Waffe, die sich in Ihrem Besitz befindet, nicht die Kontrolle über Sie erlangt hat.«

Amber überraschte mich. Sie nickte und schwieg. Wartete auf Erklärungen.

»Ich weiß nicht, wo ich anfangen soll«, sprach Curtis und drehte die Handflächen nach oben. »Also werde ich dort beginnen, wo es für Sie wichtig wird: bei Ihrem Bruder und den Vampirclans von Los Angeles.«

Curtis zog sich einen Stuhl heran und setzte sich.

Er sah aus wie ein normaler Mensch. Der Meistervampir hatte die Maske der Macht fallenlassen, die er üblicherweise in Gegenwart anderer Unsterblicher trug, und Amber ließ sich täuschen. Ich hörte ihren Herzschlag langsamer werden, ihr Atem ging ruhiger. Sie begann dem Mann auf der anderen Seite des Tisches zu vertrauen.

Curtis räusperte sich. »Niemand von uns weiß, wie Frederik an das Messer kam, und das kann er uns leider auch nicht mehr beantworten.

Alte Aufzeichnungen sprechen davon, dass die Holzmesser von der Heiligen Inquisition geschaffen wurden. Es sollen einstmals zwölf existiert haben, so viele, wie es Apostel gab. Heute weiß man von dreien, die die Zeiten überdauert haben. Unseres hier ist das Paulusmesser, eines existiert in Südamerika, wo es unter Verschluss gehalten wird, das dritte gehört dem Vatikan und reist noch heute mit der Inquisition durch die Welt.«

Der Meister hielt kurz inne und sah Amber an. »Ihr Bruder Frederik war nicht mehr Herr seiner selbst. Das Messer hatte ihn in seiner Gewalt. Es lenkte seine Schritte, zwang ihn dazu, jede Nacht loszuziehen und uns zu jagen wie seltenes Wild.«

»Es tut mir leid«, sagte Amber schnell.

»Das muss es nicht«, beruhigte Curtis sie. »Jäger und Gejagte. Es ist der Lauf der Welt. Das versteht wohl keiner besser als wir.«

Amber zuckte mit den Schultern, wusste nicht, was sie antworten sollte.

»Seit es uns gibt, sind es Blut und Tod, die Menschen und Vampire verbinden. Jahrhundertelang haben wir euch getötet, um zu existieren. Die Sterblichen wiederum haben uns vernichtet, wo sie uns fanden. Natur, wenn man so will. Ein ewiger Kreislauf.«

»Den wir durchbrechen wollen«, warf ich ein.

»Richtig. Mein Clan und einige andere haben vor fast einem Jahrhundert einen neuen Weg eingeschlagen, dem heute fast alle Unsterblichen folgen. Wir leben jetzt nach anderen Regeln. Die Vampire haben sich vom Töten abgekehrt, wenngleich das Blut geblieben ist. Es gibt keine andere Möglichkeit. Wer kann dem Löwen verbieten zu jagen? Niemand kann und darf seine Natur verleugnen. Täten wir es, gingen wir zugrunde.«

»Und was habe ich damit zu tun?« Amber starrte unentwegt in Curtis' graue Augen, doch ich konnte spüren, dass der Meister keine Magie anwandte.

»Eine berechtigte Frage. Sie werden das tun, wozu Sie bestimmt sind.«

Curtis setzte eine Pause, um den nachfolgenden Worten Gewicht zu verleihen. »Ihr Bruder Frederik hat Ihnen das Messer vererbt. Er hat an Sie geglaubt, und deshalb sollten Sie seinen Wunsch respektieren und Ihr Schicksal erfüllen. Sie werden Vampire töten!«

Amber sprang entsetzt auf. Ihre aufgerissenen Augen zuckten von Curtis zu mir und wieder zurück. »Niemals!«, spie sie uns entgegen. »Nie wieder! Sind denn hier alle völlig übergeschnappt?«

»Bitte setz dich.« Ich stand auf und ging zu ihr. »Bitte Amber, sei vernünftig, man kann doch über alles reden.«

Sie schüttelte den Kopf und stieß mich zornig zur Seite. »Nein, darüber nicht.«

»Miss Connan.« Curtis war wie immer ruhig geblieben. Er saß am Tisch, als sei nichts geschehen.

Amber und ich standen uns noch immer gegenüber und waren beide unsicher, was zu tun war.

»*Setz dich, Julius, sofort!*« Curtis' innere Stimme ließ mich herumschnellen.

Ich neigte den Kopf und kam seinem Befehl nach.

»Bitte, Miss Connan.«

Wie auf ein Wunder folgte Amber Curtis' Bitte und setzte sich mit demonstrativ verschränkten Armen neben mich.

»Ich höre zu, aber ich werde es trotzdem nicht machen! Ich bin keine Mörderin und bringe weder Menschen noch Vampire um, und böte man mir alles Geld der Welt.«

»Es gibt Vampire, die sich nicht an die Regeln halten. Sie töten, ermorden ihre Opfer auf bestialische Weise. Ein ganzer Clan droht sich abzuspalten und dem alten Weg zu folgen. Auf drei dieser Vampire sind Sie vorige Nacht gestoßen.«

Die Erinnerung an den Kampf beschleunigte meinen Puls. Es ging um viel, um alles vielleicht.

»Sie bringen uns in Gefahr! Die Polizei kennt heute Wege und Mittel, die vor hundert Jahren noch undenkbar waren. Es darf nicht zu einem Kreuzzug kommen! Wir müssen unsere Existenz um jeden Preis geheimhalten.«

Amber starrte uns an. »Dann sucht euch einen anderen Killer.«

Curtis' Eisaugen streiften mich kurz. »*Du hast es ihr nicht gesagt?*«

Ich sah ihn erschrocken an. Ich war mir sicher, dass Amber mich nicht mehr wollen würde, wenn sie es erfuhr. Deshalb hatte ich es verschwiegen.

»*Curtis, nicht, bitte!*«

Mein Meister kannte kein Erbarmen. »Es gibt bereits jemanden, der verwilderte Vampire tötet. Es ist Julius. Er vollstreckt seit Jahrzehnten die Urteile des Rates. Deshalb habe ich ihn auch ausgesucht, um Sie und das Messer zu finden.«

Jetzt war es raus. Warum hatte mein Meister mir das angetan? Ich wünschte mich weit fort.

»Julius, was bedeutet das?«, fragte meine Geliebte zögernd, doch ich hörte bereits die Gewissheit aus ihrer Stimme.

Mir wurde heiß und kalt zugleich. Ich würde Amber verlieren, und das, wo ich sie gerade erst gefunden hatte. Alles, was ich sagte, konnte es nur schlimmer machen. »Ich, ich …«

Gnadenlos sprach Curtis aus, was ich nicht konnte. »Es bedeutet genau das, was ich gesagt habe. Julius vollstreckt Urteile, die nach unseren Gesetzen gefällt wurden. Er jagt und findet die Täter, und dann tötet er sie.«

Amber starrte mich an. Sie war sprachlos.

Warum tat die Wahrheit nur so weh, wenn man sie aus dem Gesicht eines Geliebten las?

»Julius, ist das wirklich wahr?«

»Ja«, brachte ich heraus, »ja, das ist es.« Jetzt, da es ohnehin zu spät war, konnte sie auch alles wissen. »Curtis hatte mich beauftragt, Messer und Träger zu finden, damit wir in Zukunft gemeinsam agieren können. Als unschlagbares Team, sozusagen.«

»Amber, Sie können sich Ihrer Verantwortung nicht entziehen. Frederik hat Sie zur neuen Trägerin bestimmt. Und Julius hat ...«

»*Nein*!« Das durfte er nicht sagen! Nicht das auch noch! »*Später, Curtis, bitte, ich erkläre es ihr später!*«

Curtis schüttelte kaum merklich den Kopf. »Julius hat Sie mit seinem Zeichen versehen. Sein Blut fließt in Ihren Adern. Sie sind jetzt sein und tragen das erste Siegel einer menschlichen Dienerin.«

Ich vergrub den Kopf in den Händen. Meine Welt brach in Trümmer. Ich wollte weg, nur weg, und niemals wieder in ihre Augen sehen müssen.

»Julius, was bedeutet das?«

»*Curtis, geh! Lass uns allein, bitte*«, schrie ich stumm. Er hatte alles ruiniert!

»Wie du willst.«

Ich hörte, wie er aufstand und an mir vorbeiging.

Curtis ließ seine feste Hand einen Moment auf meiner Schulter ruhen.

»Bald geht die Sonne auf. Ihr habt nicht mehr viel Zeit. Auf Wiedersehen, Miss Connan. Ich wünschte, wir hätten uns unter anderen Umständen kennengelernt.«

Amber schwieg, bis mein Meister endgültig fort war. Als seine Schritte auf der Treppe verklangen, war die Stille zum Greifen nah.

Ich ertrug es nicht länger und sah auf.

»Was hast du mir angetan, Julius?« Ihre Stimme bebte. »Was?!«

»Nachdem ich von dir getrunken habe, gestern, wurdest du ohnmächtig. Ich hielt dich in den Armen, und …«

»Und?«

»Und ich ließ mein Blut auf deine Lippen tropfen. Du hast es nicht bemerkt. Es ist das erste von fünf Siegeln, das du empfangen hast. Fünf Siegel, das bedeutet fünf Blutgeschenke, dann ist der Mensch zum Diener eines Vampirs geworden.«

»Zu einem Sklaven?«

»Nein, nein. Anders und mehr als das, viel mehr. Der Diener lebt genauso lange wie sein Herr, er wird nie krank, nie alt. Du siehst also, es gibt Vorteile.«

»Was hast du mir da angetan, Julius?«

»Sieh es als ein Geschenk. Du und ich, wir sind eins. Du kannst meine Gedanken hören, und ich sehe durch deine Augen.«

»Und wenn ich es, verdammt noch mal, nicht will?«

»Dann tut es mir leid.«

»Kannst du es rückgängig machen?«

»Nein. Einzig der Tod kann die Verbindung trennen.«

Schweigen.

»*Julius, ihr müsst los!*« Curtis' Stimme dröhnte in meinem Kopf.

Die nächsten Worte sagte ich mit zugeschnürter Kehle. »Wir fahren zurück und du wirst mich nie wiedersehen.«

Amber nickte wütend. »Gut so. Ich will auch nicht, dass ein Mörder in meinem Kopf ein und aus geht. Und das verdammte Messer könnt ihr behalten und euch damit gegenseitig massakrieren!«

Es gab nichts mehr zu sagen. In mir war alles kalt. Leer. Ich hatte sie verloren, war wieder allein. Amber ließ sich von mir die Augen verbinden, dann führte ich sie die Treppe hinunter.

Auf der Straße vor dem Kino wartete bereits der alte Mustang mit rasselndem Motor. Ein Diener hatte ihn vorgefahren.

Ich trat auf das Gas und verließ diesen Ort, der für mich fortan Heimat einer schrecklichen Erinnerung sein würde.

Als wir den Freeway erreichten, zeichnete sich der erwachende Morgen bereits als heller Pastellstreifen am wolkenlosen Himmel ab.

Schließlich bog ich in die Gower Street ein, und Amber hatte noch immer kein einziges Wort gesprochen.

Ich hielt an, ließ den Schlüssel stecken und lief davon. Ihre Augen waren noch immer verbunden, aber ich floh. Floh vor ihrem anklagenden Meergrün. Ich weiß nicht, ob sie die Binde abnahm und mir nachsah, wollte es gar nicht wissen.

Ich versteckte mich hinter der Trauerhalle und wartete, bis sie davonfuhr. Wütend eilte ich zu meinem Mausoleum, stieg die Stufen hoch und schloss mit zitternden Fingern die Tür auf.

In meinem unterirdischen Verlies verkroch ich mich in meinem Sarg und weinte, bis die Sonne meine Augen zu Milchglas gefror.

—◆—

Amber raste den Sunset Boulevard hinunter. Der Ford dröhnte durch die Häuserschluchten.

Sie war wütend, so schrecklich wütend auf sich selbst. Wie hatte sie ihm nur vertrauen können? Es geschah ihr recht.

Julius hatte sie betrogen.

Von Anfang an, seit ihrer ersten Begegnung vor nicht mal zwei Tagen, hatte er sie belogen und benutzt.

Amber hämmerte wütend auf das Lenkrad, während sich die Sonne als brennende rote Kugel über den Horizont schob.

Nie wieder, schwor sie sich, nie wieder!

In wenigen hundert Metern musste sie abbiegen, doch Amber dachte nicht einmal daran, ihre Fahrt zu verlangsamen.

Sie riss das Lenkrad herum, und der alte Ford rutschte mit quietschenden Reifen in die Kurve. Um ein Haar hätte sie einen nagelneuen BMW gerammt, der am gegenüberliegenden Straßenrand stand. Der Beinahe-Unfall rief Amber zur Räson, und sie fuhr die letzten Meter im Schneckentempo. Als sie geparkt hatte, legte sie den Kopf auf das Lenkrad und fühlte sich auf einmal zu schwach, um sich zu rühren.

KAPITEL 16

Die folgenden Nächte verbrachte ich wie in Trance. Streifte durch mein Revier, versuchte nicht an Amber zu denken und tat es doch die ganze Zeit.

Was sie wohl machte? Hasste sie mich?

Ich verbot mir, in ihre Gedanken zu schauen, und tat es tatsächlich nicht ein einziges Mal. Häufig zog es mich in die Nähe der Zuflucht. Ich lief barfuß über den Strand von Santa Monica und Venice, versuchte das Leben zu spüren, nach dem ich mich so sehr sehnte.

Ich dachte, ich hätte sie gefunden. Mein Licht, meine Flamme, an der ich mich wärmen und in deren Schein ich die Welt mit glücklicheren Augen betrachten konnte. Doch Amber war mir wieder genommen worden. Und das Schlimmste war, ich konnte verstehen, warum sie mich verabscheute.

Wenn ich nicht nachdenken wollte, rannte ich.

Rannte, so schnell ich konnte, bis mein Herz beinahe zersprang und ich mit schmerzenden Gliedern zusammenbrach. Aber auch der Schmerz gab mir mein Leben nicht zurück, wie sonst manchmal. Nichts half.

Der Pazifik spiegelte die Leere meiner Seele. Grauer Himmel, graue Wellen, dunkelgraue Trennlinie dazwischen. Ich hasste mich.

Hin und wieder, wenn mich der Hunger packte, ernährte ich mich von stinkenden Obdachlosen, die im Schutz der Rettungshütten schliefen, oder dem ein oder anderen späten Jogger.

Ein Hund folgte mir, als suche er den Tod. Er war ein Streuner wie ich. Seine braunen Augen sprachen von Verlust. Jemand hatte ihn hier zurückgelassen und einfach vergessen. Jetzt ernährte er sich von dem, was die Menschen ihm zuwarfen. Er kam zu mir, als ich schon eine Weile reglos im Sand gesessen hatte. Legte sich ganz dicht neben mich, so dass sein struppiges, gelbes Fell meine Finger streifte.

Für einen Augenblick war er glücklich, dann traf ihn meine Magie und er schlief ein, um nicht mehr aufzuwachen. Das Hundeblut war bitter, und es steckte so wenig in dem kleinen, mageren Leib. Ich trank und ekelte mich, trank und ekelte mich, doch ich hörte nicht auf.

Als sein Herz schließlich das letzte Mal müde zuckte, wartete ich auf den besonderen Kick. Er kam nicht.

Nicht einmal der Rausch des letzten Herzschlags war mir vergönnt.

Als ich den toten Hund betrachtete, der so vertrauensvoll zu mir gekommen war, ekelte ich mich vor mir selbst. Amber hatte recht. Ich hatte sie nicht verdient, ich war ein Monstrum. Ich zerstörte jene, die mir Vertrauen schenkten, und betörte sie, wenn sie nicht freiwillig kamen, um mir zu geben, wonach ich verlangte.

Jemand wie ich hatte keine Liebe verdient, sondern nur Abscheu, den Tod. Doch zu sterben war nicht leicht nach all den vielen Jahren, und jede weitere Minute machte es noch schwerer.

Meine Reue ließ das Tier nicht lebendig werden. Stundenlang saß ich mit dem kleinen Körper im Schatten eines weißen Holzturms der Küstenwache und grub meine Hände in das struppige Fell, bis ihn der Wind genauso kalt gemacht hatte wie mich.

Meine Gedanken gingen auf Wanderschaft, zu der letzten Frau, die ich geliebt hatte und der die Liebe zu mir den Tod gebracht hatte.

Marie. So viele Jahre, und ich hatte sie noch immer nicht vergessen. Ihr Haar war so rot gewesen wie Ambers, doch ihre Haut war weiß, wirklich weiß, wie sie es nur nach Jahrzehnten ohne Sonnenlicht werden kann.

Wir hatten uns kurz nach meiner Ankunft in Paris auf einem Ball kennengelernt. Sie war mit ihrem Meister dort, dem sie auch in Liebesdingen gehorchen musste, ich mit Curtis, der als junger Clanherr nach Verbündeten suchte. Es war Liebe auf den ersten Blick, wie bei Amber. Nichts im Vergleich mit den spröden Gefühlen für meine sterbliche Ehefrau im alten London. Mit der Vampirin verstand ich zum ersten Mal, wovon Poesie wirklich sprach, was das Leuchten bedeutete, das manche Paare in den Augen und im Herzen trugen.

Wir trafen uns heimlich. Erst einmal die Woche, schließlich konnten wir keinen Tag mehr ohne einander sein. Ich war so glücklich mit ihr. Marie schien kein Problem damit zu haben, dass ich schwach und beinahe einhundert Jahre jünger war als sie. Wir hielten uns für so clever, unsere Stelldicheins waren so perfekt geplant.

Curtis hat von uns gewusst, von Anfang an. Er kontrollierte mich völlig, trank von mir und las meine Gedanken, ohne dass ich es merkte. Wie hätte er den lauten Chor, der in mir sang, überhören sollen.

Eines Abends erschien Marie nicht zu unserem verabredeten Treffen. Sie hatte mich noch nie versetzt, kam immer pünktlich. Ich war krank vor Sorge und lief in der kleinen Gasse auf und ab, die auf der Grenze der Territorien von Curtis und ihrem Meister lag.

Kurz nach Mitternacht erschien eine gekrümmte Figur unter dem Torbogen. Es war Marie. Ihr Meister hatte von uns erfahren. Seine Eifersucht hatte sich Bahn gebrochen. Er hatte sie halb tot geschlagen und gegen ihren Willen ins Bett gezwungen.

Unser Entschluss fiel binnen Sekunden. Wir wollten davonlaufen, so verzweifelt und dumm waren wir.

Eine Kutsche brachte uns fort aus Paris. Der Kutscher trieb die Pferde bis zur völligen Erschöpfung. Schließlich erreichten wir ein kleines Dorf. Die Tiere konnten keinen einzigen Schritt mehr tun. In einem alten Keller suchten wir uns ein Versteck, um den Tag zu verschlafen. Das Erwachen war bitter.

Curtis und Maries Meister hatten ihre Diener nach uns ausgeschickt. Sie fanden uns, weil unsere Schöpfer uns fühlen konnten.

Die Männer gruben uns aus, während wir schliefen, und fesselten uns. Als die Sonne unterging, waren wir wieder in Paris. Ich werde niemals Curtis' Gesicht vergessen, als er mich, seinen ausgerissenen Erstgeborenen, in Empfang nahm.

Weder schlug er mich noch nutzte er seine Magie, um mich für meine Untreue zu bestrafen.

Marie und mich erwartete ein schlimmeres Schicksal: der Vampirrat von Paris. Er verurteilte mich zu Dunkelheit und

Hunger. Vor Maries Augen prügelten sie mich in einen steinernen Sarg und mauerten ihn ein.

Der Hunger war unerträglich, die Enge noch schlimmer, doch die Stille war es, die mich endgültig in den Wahnsinn trieb.

Die ganze Zeit über kreisten meine Gedanken um Marie. Was war mit ihr, was hatten sie ihr angetan? Und dann kamen die Schuldgefühle. Ich hatte schrecklich unüberlegt gehandelt und bereute meinen Verrat an Curtis, bereute zutiefst.

Anfangs zählte ich noch die Tage, dann wurden die Bedürfnisse meines Körpers so unerträglich, dass ich den Verstand verlor. Irgendwann gewöhnte ich mich an das Leid, mein Bewusstsein kehrte zurück, aber das Gefühl für Zeit blieb fort. Mein Körper verdorrte, mumifizierte. Ich konnte mich nicht mehr bewegen, nicht einmal blinzeln, und mein Herz schlug schon seit einer kleinen Ewigkeit nicht mehr.

Als ich eines Abends erwachte, spürte ich sofort, dass etwas anders war.

Es waren Vampire in der Nähe. Nach all der Zeit des Eingemauertseins hörte ich plötzlich wieder Stimmen, fühlte Herzen schlagen.

Mein Hunger erwachte brüllend zum Leben und mobilisierte meine letzten Kräfte. Mit allem, was ich noch hatte, stieß ich gegen den steinernen Sargdeckel. Er zersplitterte mit lautem Krachen, und ich fand mich in dem unterirdischen Verlies wieder.

Die Herzen, die ich hatte schlagen hören, gehörten Marie und dem einzigen Vampir, den sie bislang geschaffen hatte. Beide hatten furchtbare Angst. Damals, im Wahn, erkannte ich sie nicht einmal. Meine Sicht war verschwommen, ein roter Nebel, in dem die blutgefüllten Leiber gleich Pulsaren aufleuchteten und nach mir riefen.

Ich stürzte mich auf sie. Hörte weder Schreie noch fühlte ich ihre Gegenwehr. Ich tötete beide auf bestialische Weise. Sog sie leer, und als die Adern nichts mehr hergaben, zerriss ich die Körper auf der Suche nach mehr Blut. Als ich endlich aus meinem Wahn erwachte, hielt ich noch Maries zitterndes Herz in der Hand und leckte die letzten Tropfen ab.

Zwei Tage lang habe ich geklagt und geschrien und mich selbst verflucht.

Irgendwann war es nicht mehr Maries Name, den ich wiederholte, sondern der meines Meisters. Curtis, immer nur Curtis. Meine Geliebte war nicht mehr. Mein Schöpfer sollte mich aus diesem Alptraum erlösen.

Während des dritten Tages legte man mich in Ketten. Ich wurde wieder dem Rat vorgeführt. Sie erkannten erstaunt, dass mein Geist das halbe Jahr im Sarg überstanden hatte. Ich flehte um Vergebung, und erst dann brachten sie mich heim, heim zu Curtis.

Mein Meister hatte nicht gewusst, wie meine Strafe ausfallen würde. Ich glaubte seinen erschütterten Worten, wonach er fast täglich um meine Freilassung ersucht hatte. Ich warf mich ihm zu Füßen, flehte und bettelte um seine Güte. Seitdem hatte er nie wieder ein Vergehen vor den Rat gebracht, und ich hatte nie wieder gewagt, gegen ihn aufzubegehren.

Die Flut kam als schwarzes Rauschen.

Als die Nacht am dunkelsten war, trug ich den kleinen Leichnam tief hinein ins Meer. Mit aller Kraft kämpfte ich gegen die Wogen an. Sie rissen mich wieder und wieder von den Beinen. Ich erhob mich immer aufs Neue, bis ich nicht mehr stehen konnte. Dann schwamm ich.

Als ich den Hund schließlich nicht mehr halten konnte, war ich bereits weit draußen. Ich ließ mich mit dem toten Tier im Wasser treiben. Tauchte unter, kam wieder hoch – es war mir gleichgültig.

Delfine zogen neugierig ihre Kreise, als mein Körper gegen die muschelübersäten Pfeiler der Pier schlug. Meine Haut hing in Fetzen, aber ich spürte nichts.

Kurz vor Sonnenaufgang trieb ich endgültig zurück an den Strand. Ich grub mich im Schatten der Pier in den Schlick, um zwischen Muscheln, Würmern und Krebsen den Tag zu verschlafen.

Schließlich fand Curtis mich. Es war kurz vor der Morgendämmerung und ich war die ganze Strecke vom Strand bis zu meinem Friedhof gelaufen.

Ich hatte meine Gedanken vor meinem Meister verschlossen und seine Anrufe ignoriert, bis er aufgab – das hatte ich jedenfalls gehofft.

Jetzt, zehn Tage später, saß er morgens auf den Stufen des Mausoleums.

Ich erreichte Hollywood Forever völlig durchnässt, meine Haut verklebt mit Salz und Sand. Den Tag zuvor hatte ich mich wie fast jeden anderen am Strand vergraben und dort geschlafen. Die Sonne hatte den Boden zum Kochen gebracht und mich durch eine Feuerhölle von Alpträumen geschickt.

Curtis saß einfach da und blinzelte in die heraufziehende Dämmerung.

Er vertrug viel Licht, doch nicht so viel. Er hatte alles genau geplant. Es blieb nicht genug Zeit für ihn, zur Zuflucht zurückzukehren, und ich würde ihn wohl oder übel in mein Heim bitten müssen.

Da saß er nun und sah mich an mit seinen leuchtenden

Augen. Im erwachenden Tag schimmerte seine Haut wie Alabaster.

»Schön hast du es hier«, war alles, was er sagte. »Wunderschön.«

Er stand auf, seine Bewegungen fließend wie Schatten, und trat zur Seite, damit ich aufschließen konnte. Das Wasser tropfte von meiner zerfetzten Kleidung und malte dunkle Seen auf die weißen Marmorstufen. Die Schuhe hatte ich längst verloren und meine Füße waren schwarz und wund vom Dreck der Straße.

Curtis folgte mir hinein ins Dunkel der Gruft. Er atmete nicht. Das tat er nur, wenn Sterbliche in der Nähe waren.

Ich war nicht auf Besuch vorbereitet. In meiner geräumigen Kammer angelangt, entzündete ich einige Kerzen und wies auf eine Eisentür. Dahinter verbargen sich mehrere Särge, die ich bei meinem Einzug dorthin verbannt hatte.

Schweigend machten wir uns ans Werk, entfernten die beiden Kindersärge, die zuoberst lagen, und zogen einen schlichten Marmorsarg heraus, in dem er bequem würde liegen können. Curtis bog die Eisenklammern mit den bloßen Händen auf. Seine Kraft war für ihn eine Selbstverständlichkeit, die mich immer wieder verblüffte.

Der Tote war längst vergangen. Freilich nicht zu Staub.

Curtis sammelte die Knochen auf und deponierte sie respektvoll in einem der Kindersärge.

Zurück blieb ein Leichenschatten aus Moder und Erde. Der Tod riecht nicht schlecht, dachte ich kurz, ein bisschen wie morsches Holz und alte Bücher. Vorsichtig hoben wir das brüchige Leinen heraus und ließen die braunen Reste zu den Knochen gleiten.

Als letzten Akt fegte ich Generationen kleiner Käfer mit einem Handfeger zusammen. Die meisten waren tot, doch einige krabbelten noch matt umher.

Curtis beobachtete mich. Er versuchte, sich nichts anmerken zu lassen, doch ich ahnte, wie sehr ihn mein Anblick entsetzte. Immer wieder glitt sein eisäugiger Blick über meinen mageren Körper, die zerrissene Kleidung und meine dreckigen Hände und Füße. Aber wenn er schwieg, so würde auch ich es tun.

Die Sonne kratzte am Horizont und brachte ihre grausamen Geschenke.

Ich fühlte, wie die Lähmung in meinen Körper kroch, teilte eilig meine Decken mit Curtis und ließ mich in meinen Sarg sinken.

»Ich mache zu, wenn du eingeschlafen bist«, sagte er milde.

Das hatte er früher oft getan. Er saß bei mir, strich mir über die Stirn und das salzverkrustete Haar, bis ich nichts mehr spürte und das Augenlicht verlor. An diesem Tag schlief ich seit langem wieder ohne Alpträume.

Als ich am Abend aufwachte, saß Curtis schon wieder auf der steinernen Kante meines Sargs.

Während ich langsam zu mir kam, entzündete er die Kerzen in den Wandhalterungen und sah sich in meinem kleinen Reich um.

Meine unterirdische Kammer war nichts im Vergleich mit seinen Gemächern unter dem Lafayette, aber dennoch mehr als eine Gruft mit einem Sarg.

Die Wände waren mit weißem Marmor verkleidet, so wie auf diesem Friedhof vieles weiß war und mich die Melancholie des Ortes vergessen ließ.

Ich besaß sogar Möbel. Zwei wunderschöne Truhen, verziert mit schweren Schnitzereien und nur wenig jünger als ich. An den Wänden stapelten sich Bücher, hingen meine Kleider. Es gab ein Tischchen, einen gemütlichen Sessel und einen großen Spiegel.

Curtis lächelte über den Schädel neben meinem Sarg und klopfte mit den Fingernägeln darauf. Es gab ein hohles, trockenes Geräusch.

»Eigentlich bist du zu alt dafür. Das ist Kinderkram.«

Als ich aufstand, rieselte Sand aus meiner immer noch klammen Kleidung. Weiße Salzränder zierten jede Falte im Stoff. Mein Haar war verklebt und ich roch wie ein Hafenbecken.

Während ich mich auszog und wusch, suchte mir Curtis wie eine fürsorgliche Mutter Kleidung heraus.

»Steven vermisst dich, er fragt oft nach dir«, sagte er, während ich mir meinen Kopf über dem Weihwasserbecken einseifte. »Anscheinend hast du ihm etwas versprochen. Warum willst du das tun?«

Er spielte auf den Bluttausch an.

»Warum hast du mich beschenkt?«, gab ich zurück. »Ich mag ihn und er verdient es.«

»Das ist etwas anderes. Du weißt, was du mir bedeutest. Außerdem hattest du eine Aufgabe für mich erfüllt, an der andere zugrunde gegangen wären. Du hattest es dir mehr als verdient.«

Ich trocknete mich ab und zog mich an. Ich vermied jeden Gedanken an Amber, aber diese Frage musste ich stellen. »Was ist mit dem Messer?«

»Ich habe ein paar Tage gewartet. An deiner Reaktion konnte ich ablesen, dass die junge Frau nicht wiedergekehrt ist. Robert hat das Messer in Verwahrung, doch er weigert sich, es zu benutzen.«

»Du könntest es ihm befehlen.«

»Sicher.«

»Aber?«

Curtis sah mich nachdenklich an. »Ich dachte, das hättest du von Miss Connan gelernt. Es ist immer besser, wenn

Vampir und Diener in die gleiche Richtung blicken. Freier Wille ist der Schlüssel zur vollen Wirkung der Siegel.«

»Du hast es mir nie erklärt«, sagte ich und spürte den Zorn in mir erwachen.

Curtis lehnte sich mit dem Rücken gegen die Wand. »All die Jahre in meiner Gegenwart und du willst mir sagen, dass du nichts gelernt hast? Das glaube ich dir nicht. Du hast Augen und Ohren und einen klaren Verstand, das sollte eigentlich reichen, um zu sehen, dass mich mit Robert eine tiefe Freundschaft verbindet. Manchmal befehle ich in kleinen Dingen, aber ich schätze Rat und Hilfe höher.«

Selten hatte Curtis so offen mit mir gesprochen.

»Hat er je um die Gabe gebeten?«, fragte ich.

»Darum, dass ich ihn zu einem von uns mache? Nein, nie. Robert liebt den Tag zu sehr, um ein Wesen der Nacht zu werden.«

Ich nickte, dachte an Amber. Sie hätte mein Tag sein können.

»In den nächsten Wochen sollten wir einen Adepten finden. Das Messer braucht einen freien Geist als Träger. Deine Amber wäre eine gute Wahl gewesen.«

»Ich habe alles falsch gemacht, Curtis.«

»Vielleicht braucht sie nur Zeit.«

»Ohne das Messer wäre es vielleicht so. Aber dafür ist es jetzt zu spät. Es hat alles zerstört. Amber ist nicht wie wir. Der Tod ist nicht Teil ihres Daseins.«

Curtis stieß sich von der Wand ab und kam auf mich zu. »Aber sie ist die Trägerin. Sie ist Frederiks Erbin. Er hat ihr das Messer hinterlassen, damit sie fortsetzt, was er begonnen hat.«

Ich schüttelte den Kopf.

»Julius, lass dich nicht von deinen Gefühlen blenden, das Siegel verstärkt sie auf unnatürliche Weise. Du kennst das Mädchen doch kaum!«

»Ich liebe sie, Curtis.«

»Das ist Unsinn. Überlege doch mal …«

»Ich möchte nicht darüber reden, Meister. Bitte.«

»Wie du willst.«

In dieser Nacht streiften wir gemeinsam durch mein Revier. Unser Weg führte durch die belebten Viertel, vorbei an Restaurants und Bars, über neonbeleuchtete Boulevards und palmengesäumte Alleen.

Schließlich wurden wir der Menschen müde und wandten uns nach Norden. Es ging stetig bergauf. Kojoten huschten durch die Schatten der Hinterhöfe. Schließlich verließen wir die geteerten Wege endgültig und tauchten in Waldesdunkel.

Der Mond stand als breite Sichel am aschgrauen Himmel. Heiße Santa-Ana-Winde rauschten in den Wipfeln der hartblättrigen Eichen. Wir stiegen staubige Wege hinauf und setzten uns unter eine Kiefer. Der warme Wind bog die Gräser. Am Berg rechts hinter uns zeichnete sich der Hollywood-Schriftzug ab, vor uns lag die Stadt, leuchtend, irisierend. Der viele Staub in der Luft trog das Auge und ließ die Lichter funkelten wie Juwelen.

Ich zog die Beine an, stützte das Kinn aufs Knie und starrte auf endlos aneinandergereihte Schachbretter aus Licht, deren Linien sich in den Hügeln verloren.

Curtis saß neben mir und hatte zu seiner Reglosigkeit zurückgefunden. Sein Blick ging in die Ferne, doch ich ahnte, dass mir der Meister etwas zu sagen hatte.

»Gestern ist der Rat zusammengetreten«, begann er.

Sofort schnürte sich mein Hals zu. Ich schluckte, doch der Druck blieb. Ich wusste, was seine Worte bedeuteten.

»Gordon? Ich dachte, jetzt, da wir das Messer haben …«

»Nein. Er macht einfach weiter, als sei nichts geschehen.

Wir beobachten ihn. Seine Armee wächst. Fast täglich tauchen neue Vampire auf. Sie jagen mittlerweile auch in fremden Territorien, doch leider sind sie uns bislang immer entwischt.

In den letzten Tagen gab es mehrere Morde in Beverly Hills, in der Nähe des Robertson Boulevards. Da alle Clanherren ihre Reviere besonders aufmerksam bewachen, wurden die Leichen zum Glück früh genug entdeckt. Die Hinweise konnten bislang kaschiert werden.«

»Es gibt also ein Urteil?«, fragte ich mit belegter Stimme.

»Ja.«

Ich nickte und ließ mir durch den Kopf gehen, was ich gerade gehört hatte. Die Bedrohung durch Gordon war nicht geringer geworden, sondern wuchs, und ich sollte wieder einmal meiner Aufgabe als Jäger nachkommen. Hätte Amber zugesagt, wäre das unser erster gemeinsamer Auftrag gewesen. Jetzt musste ich es alleine tun, wie seit ehedem.

Mit jedem neuen Toten verschwand ein weiteres Stückchen meiner kostbaren Menschlichkeit. Ein Teil von mir verabscheute, was geschah, doch der Jäger in mir genoss jede Sekunde der Hatz.

Die Angst des Opfers, der Rausch des Tötens. Was wir uns bei Menschen seit langem versagten, kostete ich auf der Jagd nach meinesgleichen voll und ganz aus.

Und doch, all dies Töten hätte nicht sein müssen, wenn nicht gedankenlos so viele neue Unsterbliche geschaffen worden wären. Die Revolution frisst ihre Kinder, und die Vampire standen ihr in nichts nach.

Traurig.

Traurig, wer neue Unsterbliche schuf und sie nicht die Regeln lehrte.

Die Neuen verwilderten, verloren den Verstand und töteten im Blutrausch wie Bestien. War es erst einmal so weit

148

gekommen, brachte sie nichts mehr zurück auf den rechten Pfad. Sie wurden zu einer Gefahr. Und die meisten dieser Seelenlosen, wie wir sie nannten, stammten aus der Linie des Meistervampirs Gordon.

»Das Urteil ist seit gestern rechtskräftig.« Curtis reichte mir ein versiegeltes Stück Papier.

»Gibt es einen Namen? Weißt du, wer es ist?«

»Nein, und ich glaube, er weiß es selber nicht. Wahrscheinlich ist er schon ein halbes Tier.«

»Ich werde ihn finden«, seufzte ich.

»Natürlich wirst du das, Julius.« Curtis hatte wieder den Samt in der Stimme.

Ich lehnte mich an ihn und sehnte mich plötzlich erneut nach seinem mächtigen Blut.

Curtis spürte es sofort. »Du wirst unverschämt.«

Ich hielt die Augen geschlossen und hoffte, denn ich hatte das Lächeln in der Stimme meines Meisters gehört. Sein Blut wisperte verheißungsvoll.

»Dann nimm, was du so sehr begehrst.«

In dieser Nacht genoss ich noch einmal den heiligen Trank.

Ich nahm nur wenig und brauchte diesmal auch keine Ermahnung, um aufzuhören. Curtis manipulierte meine Gefühle, und ich ließ es geschehen. Sein Blut heilte meine Seele. Heilte sie so weit, dass die Erinnerung an Amber zu einem dunklen, schmerzhaften Schatten wurde.

Ein Schatten, der nicht ganz verschwand, aber eben nur ein Schatten war, keine endlose schwarze Tiefe mehr, die mich mit sich riss.

Ich konnte wieder atmen, funktionieren und tun, was Curtis und der Rat von mir erwarteten: einem jungen Vampir zu seinem Ende zu verhelfen.

KAPITEL 17

Daniel Gordon lief auf und ab. Er konnte dieses dumme Gesicht nicht mehr ertragen, diese milchigen Augen, die jeden Schritt von ihm mit hündischem Eifer verfolgten. Er wartete darauf, dass der untote Vampirjäger endlich zur Sache kam, damit er ihn fortschicken konnte und sein Fäulnisgestank mit ihm verschwinden würde.

»Du warst also bei deiner Schwester«, versuchte er ihm auf die Sprünge zu helfen.

»Ja, ich war bei Amber, aber es ist nicht in Silverlake, sie hat es nicht bei sich, und auf ihrer Arbeit ist es auch nicht.«

Daniel Gordon war ratlos. Er war sich so sicher gewesen, dass Amber Connan die neue Adeptin war, aber weder Frederik noch einer seiner Vampire hatte die junge Frau noch einmal mit der Waffe gesehen. Es schien auch kein Kontakt zwischen ihr und dem Clan der Leonhardt mehr zu bestehen.

Alter Hass wallte an die Oberfläche und weckte in Gordon den Wunsch, etwas zu zerstören. Sein unsteter Blick fiel auf Frederik. Nein, den würde er später noch brauchen.

Es gab nur einen Ort, wo das Messer sein konnte: in der Zuflucht der Leonhardt. Tristans Aussage über den Kampf in Hollywood war zu glauben. Der Jäger Julius Lawhead hatte das Messer zuerst gefunden, und wo hätte er es hinbringen sollen, wenn nicht zu seinem Meister. Das Lafayette war selbst mit der kleinen Armee von Vampiren und Menschen, die Gordon gehorchte, nahezu uneinnehmbar. Sein ganzer schöner Plan war dahin. Er schlug mit der Faust auf die Fensterbank, und der Stein zersplitterte wie Glas.

»Ich will dieses verdammte Messer!«, schrie er.

Frederik zuckte unter seinem Schrei zusammen. Gordon

hatte ihn fast vergessen, doch jetzt entstand eine neue Idee in seinem Kopf.

Warum sollte er nicht auch ohne die Waffe mit seinem Plan fortfahren?

»Ich habe eine Aufgabe für dich.«

Der Untote straffte die Schultern. »Womit kann ich dienen, Meister?«

Amber versuchte ihre Gefühle mit Arbeit zu verdrängen. Seit zwei Tagen fuhr sie wieder in die kleine Vergolderwerkstatt. Es gab immer viel zu tun, doch in den letzten Tagen ertranken sie fast in Aufträgen, und das war aus Ambers Sicht geradezu perfekt.

Um sich ganz ihrer Aufgabe zu widmen, hatte sie sich in einen kleinen Werkraum zurückgezogen, in dem sie ungestört war. Ihre Kollegen ließen sie sogar in der Mittagspause in Ruhe. Als sie zum ersten Mal seit Frederiks Tod gekommen war, hatte sie gleich darum gebeten, sie in ihrem Kummer alleine zu lassen, und ihre Kollegen, die Amber seit Jahren kannten, akzeptierten das.

Sie streckte ihren Rücken durch. Viel zu lange hatte sie über den Tisch gebeugt verbracht und mit einem kleinen Stück Schleifpapier die Verzierungen eines antiken Rahmens gereinigt. Die Zeit hatte ihm arg zugesetzt. Das Gold war bis auf die rote Schelllackschicht darunter abgerieben, und an den unteren Ecken fehlten große Stücke des Dekors.

Durch ein kleines verstaubtes Fenster fiel trübes Licht in die Werkstatt. Alles in dem Raum lag unter einer feinen Staubschicht. Weiß wie Schnee lag er auf Regalen, auf Brettern und Dosen, Kisten und Werkzeugen.

Amber löste durch einige gekonnte Drehungen eine besonders hartnäckige Verkrustung und blies die Reste fort.

Sie hatte viel nachgedacht. Leider, wie sie meinte. Zum ersten Mal hatte Amber ihren Job dafür gehasst, dass er so viel Raum für eigene Gedanken ließ. Während die Hände mit Feinarbeit beschäftigt waren, konnte der Geist auf Reisen gehen, und derzeit kannte er nur zwei Ziele: Frederik oder Julius.

In den vergangenen Tagen war sie noch mehrfach in Frederiks Wohnung gewesen und mittlerweile war diese vollständig geräumt.

Sie hatte noch andere Verstecke gefunden. Zwischen Bett und Wand hatte eine Mappe mit Zeichnungen gelegen. Zuerst hatte sich Amber gewundert, warum Frederik sie überhaupt verborgen hatte, doch als sie sie öffnete, wurde es ihr klar. Sie sah überaus gelungene Porträts von Männern und Frauen verschiedenen Alters, doch zu jedem Bild existierte ein zweites, ungleich schrecklicheres.

Anscheinend waren all diese Menschen Vampire gewesen, und Frederik hatte sie getötet. Die zweiten Bilder zeigten Gemetzel, Blutbäder und gekrümmte Gestalten, deren Haut sich schwarz und brodelnd auflöste. Die Bilder waren detailreich und drastisch, als hätte Frederik den Anblick der leidenden Kreaturen genossen. Auf jedem Bild war neben dem Datum eine kurze Beschreibung der Jagd notiert, manchmal auch der Name des Ermordeten.

Amber hatte alles, was auf Frederiks geheime Tätigkeit hinwies, verbrannt. Nicht nur die Zeichnungen, sondern auch die Pflöcke und Frederiks Tagebuch.

Flammen reinigten, und in die Flammen zu schauen, die all dies vernichteten, tat gut.

Sie wollte nur schöne Erinnerungen erhalten. Frederik als mordlüsterner Vampirjäger würde nach und nach verblassen. Seine ganze Fantasywelt würde verschwinden und damit, so hoffte Amber, auch Julius.

Nachdenklich ging sie zu einem kleinen Kühlschrank und nahm eine Schale mit Kalkmasse heraus. Das Material war vergangene Woche hergestellt worden und verbreitete einen muffigen Geruch.

In der Werkstatt wurde noch nach alten Herstellungsverfahren gearbeitet, und das bedeutete unter anderem, dass sie Leim aus Tierknochen verwendeten. Dem Rahmen war es herzlich egal, dass die Kalkmasse schlecht roch. Amber rümpfte kurz die Nase, bedauerte, dass ihre Hände vermutlich den ganzen Abend stinken würden, und machte sich an die Arbeit.

Während sie Schicht für Schicht Schnecken und florale Muster ergänzte, wanderten ihre Gedanken zu Julius. Amber wollte nicht an ihn denken, doch Julius ließ sich nicht so einfach vergessen, dazu hatte sich Amber viel zu schnell in ihn verliebt.

Immer wieder ertappte sie sich dabei, wie sie sich seine Stimme ins Gedächtnis rief, seinen sonderbaren, aber schönen Geruch und die Berührung seiner kalten, weichen Hände.

Amber wusste, dass sie vor dem Schmerz um Frederiks Tod in seine Arme geflohen war. Selten hatte sie sich jemandem so vollständig hingegeben wie dem Vampir, doch aus der Flucht ins Paradies war ein Alptraum geworden.

Julius Lawhead hat mich benutzt und betrogen, wiederholte sie immer wieder, während sie die aufmodellierten Kalkverzierungen mit Wasser und einem kleinen Spachtel glättete.

Es konnte doch nicht so schwer sein, von ihm loszukommen! Amber verstand es nicht. Sie hatten sich doch nur zwei Tage gekannt … Manchmal hatte sie sogar das Gefühl, den Vampir spüren zu können.

War das etwa die Wirkung dieses seltsamen Siegels, von dem sein Meister Curtis Leonhardt gesprochen hatte?

Immer wieder musste Amber an Julius' Augen denken, an sein Entsetzen, als Curtis die Bombe platzen ließ. Es war Schmerz in seinem Blick gewesen und Angst. Er hatte Angst vor der Einsamkeit, das wusste sie, obwohl sie nie darüber gesprochen hatten.

Amber konnte sich einfach nicht mit dem Gedanken abfinden, dass Julius alles, was er getan und gesagt hatte, nur als Marionette seines Meisters gemacht hatte. Da war mehr gewesen.

Seine Gefühle für sie waren echt, oder nicht?

Amber stellte die restliche Kalkmasse zurück in den Kühlschrank und wusch sich die Hände.

Irgendwann würde sie Julius vergessen können, vielleicht noch nicht bald, denn noch sehnte sie sich mit jeder Faser ihres Körpers nach ihm, aber in einigen Wochen oder Monaten.

Noch hielt sie abends nach ihm Ausschau und hoffte, ihn in einer überfüllten Bar, einem Bus oder einfach am Straßenrand stehen zu sehen, und war doch froh, wenn er nicht da war.

Denn sie war sich nicht sicher, was sie getan hätte, wenn sie ihm begegnet wäre.

Die Tür wurde geöffnet, und Amber fuhr erschrocken herum.

Es war ihr Chef, ein bärtiger Mann Anfang sechzig, dessen gemütliche Figur sich unter einem Kittel verbarg, wie ihn auch Amber trug. Sein wirres Haar war von einem dichten Film aus Kalkstaub bedeckt, ebenso die Gläser seiner Brille, die er jetzt abnahm und an seinem Ärmel sauberwischte.

»Es ist nach sechs, Amber. Willst du nicht auch langsam nach Hause gehen? Die anderen sind schon weg.«

»Ja, sicher«, antwortete sie und rang sich ein falsches Lächeln ab. »Ich bin gleich so weit.«

Amber sah ein letztes Mal prüfend auf den Rahmen, dann hängte sie ihren Kittel an einen Haken. Ein weiterer Abend zu Hause erwartete sie. Schmerzhaftes Schweigen oder genauso schmerzhafte Gespräche mit ihrer Mutter.

KAPITEL 18

Als ich am Abend den Santa Monica Boulevard erreichte, fuhr mein Bus, der 704, gerade an mir vorbei. Ich sprintete los und holte ihn noch vor der Bushaltestelle ein.

Ich stieg ein, nickte dem dicken schwarzen Busfahrer zu und steckte einen Dollar und 25 Cent in die Maschine. Einfache Fahrt. Den Rückweg würde ich laufen, dann hätte ich mehr Zeit.

Der Bus setzte sich ächzend und stöhnend in Bewegung.

Es war noch immer Hauptverkehrszeit und der Bus brechend voll. Die marode Klimaanlage gab ihr Bestes, kam gegen die schwitzenden Leiber aber nicht an.

Ich versuchte das Elend mit Ruhe zu ertragen, aber jede Kurve, jedes Bremsen ließ die Menschen schwanken. Immer wieder klebte ich an verschwitzten Armen fest. Manche Vampire mochten in so einer Situation an einen reich gedeckten Tisch denken, ich ekelte mich.

Je näher wir Beverly Hills kamen, desto freier konnte ich atmen. Der Bus leerte sich, und ich konnte endlich den Arm, den ich schützend über mein Schwert gehalten hatte, zur Seite nehmen.

Es war eine besondere Klinge, die sich unter meiner leichten Jacke versteckte: fünfzig Zentimeter feinster Stahl verborgen in einem um einige Zentimeter längeren Ebenholzgriff.

Es war eine Spezialanfertigung und mein Markenzeichen als Jäger. Auf den ersten Blick sah es wohl nicht anders aus als ein elegant geschwungener Holzstock. Der kleine Hebel, der die Mechanik auslöste, war gut versteckt. Etwas Druck in die richtige Richtung, und die Klinge und zwei kurze Parierstangen sprangen hervor.

Heute Nacht sollte das Schwert wieder im Blut eines Vampirs baden, und die Silberlegierung würde dafür sorgen, dass dessen Begegnung mit der Waffe endgültig war.

Silber war ein Symbol des Mondes, des Gestirns der Tageszeit, in der wir zu leben gezwungen waren. Die Nacht beherrschte unser Dasein, das Silber unsere Kraft.

»La Cienega«, krakeelte es aus den Lautsprechern.

Draußen flatterten Regenbogenfahnen. Halbnackte Transvestiten demonstrierten für die Homosexuellenehe.

Der Bus hielt, spie einen Haufen Passagiere in die Nacht und nahm wieder Fahrt auf. Ich beugte mich zum Fenster und zog an der verklebten gelben Schnur, die dem Fahrer das Signal gab anzuhalten. Die nächste Haltestelle war meine.

»San Vicente.«

Ich stieg aus, wischte mir die Hände an der Hose ab und überquerte die Straße. Robertson Boulevard, hatte Curtis gesagt. Der Vampir hatte sein kleines Revier mit höchster Wahrscheinlichkeit nicht verlassen.

Ich durfte nicht säumen, sonst gab ich ihm die Gelegenheit, ein weiteres Opfer zu töten. Niemand konnte garantieren, dass wir die Leiche vor der Polizei finden und die Spuren rechtzeitig verwischen konnten. Verwilderte Vampire waren nicht unbedingt für ihre Diskretion bekannt.

Ich schob die Hände in die Taschen und beschleunigte meinen Schritt. Ich lief bis zur Kreuzung Robertson und Olympic. Dann suchte ich die innere Leere, den Punkt in mir, der mich ruhig werden ließ. Ich senkte meine Schilde, die mich sonst wie eine zweite Aura umgaben. Sie schützten mich davor, beständig andere Vampire zu spüren oder von ihnen wahrgenommen zu werden. Mit den Schilden schlug mein Körper erst Alarm, wenn die Distanz eine kritische Nähe erreichte. Jetzt allerdings lauschte ich. Tastete mit unsichtbaren Fingern über den Boden, durch Häuser und über Hinterhöfe.

Ich fand vielerlei Leben, menschliches und tierisches. Fernab erwachte ein Vampir im Keller eines Mietshauses, doch er war nicht mehr ganz jung und nicht der, den ich suchte.

Noch war es nicht so weit. Meine Beute schlief. Ich hatte das ungefähre Herz seines Reviers erreicht, suchte mir eine Bank, und das Warten begann.

Ein letzter Rest Licht stand am Himmel, doch bald musste er aufwachen. Der Vampir war noch jung und schlief daher lange. Aber wenn er sich erst einmal aus seiner Starre gelöst hatte, musste ich schnell sein.

Der Hunger machte ihn zur reißenden Bestie.

Ich rieb mir die Schläfen und konzentrierte mich wieder darauf, nach den Gedanken meiner Beute zu fahnden.

Immer noch nichts.

Nach und nach gingen die Lichter in den Wohnungen an, Gitter rasselten vor Schaufensterscheiben hinunter, Türen wurden abgeschlossen. Ich lehnte mich auf der beschmierten Bank zurück und versuchte, im Gewirr der Krakelei Buchstaben auszumachen.

Zwei junge Frauen musterten mich.

Sie tuschelten. Die Brünette sah sich nach mir um und errötete. Ich verzog den Mund zu einem Lächeln. Sie zögerte und ihre Schritte kamen ins Stocken. Ich merkte, dass mein Hunger für mich gesprochen hatte und sah demonstrativ in die andere Richtung.

Ihre Enttäuschung war offensichtlich. Ich ließ meine Mahlzeit ohne Bedauern ziehen, denn heute sollte ich etwas Besseres bekommen, und dafür lohnte sich das Warten.

Plötzlich schrillten meine Sinne Alarm.

Ich fühlte einen anderen Vampir, und er war noch sehr jung. Ich konzentrierte mich, fischte nach seinen Gedanken und fand nichts, nur Hunger und vage Bilder. Eine Straße von Bäumen überschattet, orientalische Lebensmittelgeschäfte, ein Kebab-Restaurant.

Ich sprang auf.

Sein chaotisches Bewusstsein verriet ihn. Er war es, mein Ziel, doch er hielt sich viel weiter südlich auf. Ich hastete über die Straße, provozierte ein wildes Hupkonzert und lief den Robertson hinunter. Vorbei an einem Rabbi auf dem Weg zum Gebet, vorbei am Kabbalazentrum.

Hoffentlich war es noch nicht zu spät! Hoffentlich erwischte ich ihn, bevor er sein nächstes Opfer fand. Mein Kopf war erfüllt von seinen tierhaften Gedanken, seinem Hunger. Sogar den faden Geschmack in seinem Mund teilte er mit mir. Muffiges, altes Blut.

Er durfte mich auf keinen Fall zu früh bemerken.

Einen Block, vielleicht noch zwei, dann hatte ich ihn eingeholt. Die Luft begann nach ihm zu schmecken. Mein Herz hämmerte. Die Spur des Vampirs wurde immer frischer. Der dumpfe Geruch von Blut, Tod und schmutziger Kleidung war eine deutliche Fährte.

Ich erreichte den Gemüseladen, den ich in seinen Gedanken gesehen hatte. Bilder stürzten unablässig auf mich ein.

In mir tobte das Monster, der Jäger. Doch im Gegensatz zu meiner Beute kontrollierte ich das Biest.

Lautlos überquerte ich einen Parkplatz und verschwand im Gewirr der Nebenstraßen. Sie waren gerade breit genug für ein Auto und führten zu Hinterhöfen und Einfahrten.

Rissiger Beton, Mülltonnen, Trostlosigkeit. Keine Menschenseele weit und breit.

Ich verlangsamte meinen Schritt und sah mich um. Meine Lunge schwieg. Kein Geräusch sollte mich verraten. Ich strengte mich an und lauschte.

In einem der Häuser stritt ein Ehepaar, Fernseher liefen, Geschirr klapperte.

Vor meinem inneren Auge sah ich Bilder all dieser fremden Leben aufsteigen, menschliche Leben, die nur eine Mauerstärke von mir entfernt waren.

Plötzlich wurde die Hinterhofstille vom kurzen Schrei einer Frau zerrissen.

Es war ein Todesschrei. Ich hatte mich ablenken lassen. Jetzt war es geschehen, und ich kam zu spät!

Die Euphorie des jungen Vampirs stürzte wie eine Lawine auf mich ein und riss mich für einen Augenblick davon. Ich teilte den Rausch, den er empfand, während das Blut seines Opfers durch seine Kehle strömte. Mein Magen zog sich schmerzhaft zusammen und neidete dem Fremden das Mahl. Hunger. Dann fing ich mich wieder und riss meine Schilde hoch.

Es war zu spät. Er hatte mich bemerkt.

Der Vampir musste ganz in der Nähe sein. Im Bruchteil einer Sekunde erfasste er mein Alter und den Grund, weshalb ich gekommen war. Noch war er hin- und hergerissen zwischen seinem Durst und der Angst vor mir.

Mir blieben wenige Sekunden, die alles entscheiden konnten. Ich rannte los.

Ich lief so schnell ich konnte, lugte in jede Einfahrt. Der dumpfe Aufschlag eines Körpers auf Beton wies mir die Richtung. Neben einem Metallzaun kam ich zum Stehen.

Eine Tür schlug zu, Schritte entfernten sich. Die Geräusche kamen aus dem Hinterhof.

Mit einem Sprung setzte ich über den Zaun, und da lag sie!

Eine Frau Anfang vierzig vielleicht. Ihre Glieder zuckten, die Hände fuhren ziellos über den ausgewaschenen Beton.

Mit ihr ging es zu Ende. Sie hatte nicht mehr viel Leben im Leib. Neben der Sterbenden lag der aufgeplatzte Müllbeutel, der sie im Dunkeln auf den Hof geführt hatte.

Ich ging neben ihr in die Knie. Als sie mich sah, flackerte Hoffnung in ihren Augen. Doch ich war kein Retter, ich war der endgültige Tod!

Für sie kam jede Hilfe zu spät, ich würde ihr Ende nur beschleunigen. Es bestand kein Zweifel darüber, was zu tun war, und mir graute davor wie jedes Mal.

Ich bin über die Jahre verweichlicht, schalt ich mich und biss die Zähne zusammen.

Am Hals der Frau klaffte der Biss. Die Haut war zerfleischt und die ertragreichen Adern zerrissen. So trank kein Vampir, das war das Werk eines Tieres. Unter dem Körper wuchs eine Blutlache. Der Atem der Frau ging schwer und stoßweise. Sie wollte etwas sagen, doch ihrem Mund entwich nur ein heiseres Zischen.

»Sie werden nichts spüren, keine Angst«, flüsterte ich, strich über ihre schweißnasse Stirn und zog ein Messer, das ich in einer Schiene am Unterarm getragen hatte. Als sie die Klinge sah, begann sie hektisch zu blinzeln, zu mehr war sie nicht in der Lage.

»Keine Angst, keine Angst«, wisperte ich und benutzte die Macht meiner Stimme.

Mühelos betrat ich ihren Geist und betäubte sie. Ihre Züge entspannten sich augenblicklich, der rasselnde Atem ging ruhiger, und ihre Hände hörten auf zu zittern.

Sie spürte nichts mehr, und in diesem Leben würde sie auch nicht wieder aufwachen. Mit einer einzigen raschen

Bewegung schnitt ich ihr die Kehle auf und zog die Klinge wieder und wieder durch ihre Haut, bis von der ursprünglichen Wunde nichts mehr zu sehen war. Ihr Körper bäumte sich ein letztes Mal auf, dann lag sie still.

»Verzeihen Sie mir«, flüsterte ich.

Mit zitternden Fingern schloss ich ihre Augen und stand auf. Ich würde dafür sorgen, dass sie sein letztes Opfer war, heute Nacht noch.

Ich atmete tief durch und starrte auf die verstümmelte Leiche hinab. Nein, hier würde niemand an den Tod durch einen Biss denken. Unsere Existenz blieb geheim. Ich straffte den Rücken und sah mich um.

Der Vampir hatte den Hof durch ein kleines Tor verlassen. Sein Vorsprung war recht groß, doch ich würde ihn einholen.

Ich sah ein letztes Mal zurück auf die Tote, dann rannte ich lautlos in die Nacht. Angst pulsierte durch meinen Körper. Es war die Angst des fremden Vampirs. Er spürte meine Macht und meine Absicht, ihn zu vernichten. Seine Furcht war eine deutliche Fährte.

Ich überließ mich jetzt ganz meinen Instinkten. Wie eine lästige Hülle streifte ich alles Menschliche ab und wurde zum Jäger, zum Raubtier.

Mein Herz hämmerte euphorisch, und ich fühlte mich so lebendig wie lange nicht mehr. Ich hetzte an einem Mann vorbei, der vor Schreck seinen Einkauf fallen ließ. Ich lief viel zu schnell für einen Sterblichen.

Hastig wirbelte ich seine Gedanken durcheinander und ließ ihn mit einem starken Schwindel zurück. Er würde sich nicht mehr an mich erinnern.

Weiter, nur weiter.

Blutdurst schrie wie ein wildes Tier nach dem Tod des anderen. Hunger tobte mit Klauen und Zähnen durch meinen Unterleib.

Vampirblut, heute Nacht würde ich Vampirblut trinken! Sein letzter Herzschlag war mein!

Da, ich hörte Schritte. Jemand rannte um sein Leben. War ich schon so nah oder hallten sie in meinen Gedanken? Die Sinneseindrücke des anderen Vampirs überlappten meine, mal war ich in seiner, mal in meiner Welt.

Dann passten die Bilder plötzlich zusammen.

Der junge Vampir sah das gleiche Gebäude wie ich: eine alte Autowäscherei.

Ich setzte über ein parkendes Fahrzeug und trieb ihn weiter darauf zu.

Meine Energie schoss aus mir heraus und schnitt ihm den Weg ab. Ich lenkte ihn wie zwischen unsichtbaren Wänden, bis ihm nur noch die Zufahrt der Wäscherei als Fluchtweg blieb.

Und da war er! Endlich konnte ich ihn mit eigenen Augen sehen. Ein dunkler Schatten, nicht mehr, dafür war der Vampir noch zu weit weg. Er zerschlug das Tor und verschwand im Gebäude.

KAPITEL 19

Ich sah mich um.

Die Straße war verlassen. In der Nähe standen nur andere Industriegebäude. Manche leer, andere geschlossen hinter rostigen Eisengittern. Keine Wohnhäuser. Keine Bars. Keine Menschen, nur Dutzende Vögel, Stare, die aufgereiht auf einer Stromleitung saßen und verstummten, sobald sie mich bemerkten.

Meine Beute und ich waren allein. Für das, was geschehen würde, ja musste, konnte ich keine Zeugen gebrauchen.

Ich sah mich ein letztes Mal um, dann stieg ich aufs Äußerste gespannt durch das zerbeulte Blechtor. Das Licht einer Straßenlaterne fiel durch die schmutzigen Fenster und tauchte das Innere der großen Halle in diffuses Grau.

Da stand er, schwankend wie ein in die Enge getriebener Bär.

Der Vampir hatte nichts Menschliches mehr an sich. Seine zerrissene Kleidung war verkrustet von altem Blut, der Mund mit den spitzen Zähnen schnappte nach Luft. Niemand hatte ihm gesagt, dass er nicht atmen musste.

Dieser junge Vampir hatte nie einen Mentor gehabt, nicht einmal für die ersten Wochen. Es war nicht seine Schuld, dass er zum Monster geworden war, doch das scherte den Jäger in mir nicht. Frisches Rot troff vom Kinn meines Gegenübers und seine Augen glühten.

Er steckte in einer Sackgasse. Der Weg zu dem einzigen Ausgang führte an mir vorbei, und ich war der sichere Tod, das wusste er. Ich hatte Verurteilte erlebt, die bei meinem Anblick weinten oder um Gnade flehten, dieser hatte beschlossen zu kämpfen. Das sollte interessant werden.

Mein Gegner fauchte und bleckte seine blutverschmierten Zähne.

Halblange Haare hingen ihm ins Gesicht und verstärkten den Eindruck, dass er schon eine Weile auf der Straße verbracht hatte. Wie viele Menschen mochte er getötet haben, bevor die ersten Opfer gefunden worden waren? In den Tagen oder Wochen seit seiner Erweckung konnte viel geschehen sein.

Seine hellgrünen Augen tasteten hektisch den Boden ab, die Hände öffneten und schlossen sich. Er war unschlüssig.

Plötzlich bückte er sich in einer Geschwindigkeit, die ich

ihm nicht zugetraut hätte, dann teilte eine Stahlstange die Luft.

Ich wich mühelos aus, und das Eisen zischte an mir vorbei. Ich hätte mit meinem Schwert parieren können, doch dafür war mir die Waffe zu schade.

Der Vampir umklammerte das Metall und knurrte.

»Wolltest du etwas sagen?«, fragte ich lachend.

Die Antwort war so tierhaft wie die erste. Ich versuchte Worte zu erkennen, doch der Vampir hatte die Fähigkeit zur Sprache längst verloren. Ohne einen Meister, ohne jemanden, der ihn durch die erste Zeit führte, hatte er alles Menschliche vergessen.

Wir umkreisten einander, lauerten, warteten darauf, dass der andere einen Fehler beging. Meine Sinne waren gespannt, alles erregte jetzt meine Aufmerksamkeit. Irgendwo schaukelte eine Metallkette im Wind, ein alter Playboy-Kalender hing schief an der Wand, und draußen hatten die Stare wieder zu singen begonnen.

Auf einmal sprang der Vampir auf mich zu.

Ich duckte mich unter dem Schlag, der meinen Kopf zertrümmern sollte, und rammte ihm meinen Ellenbogen in die Rippen. Knochen splitterten, gefolgt von einem dumpfen Schrei. Die erste Runde ging an mich.

Mein Gegner keuchte. Seine Hände krampften sich um die Waffe, bis die Knöchel weiß hervortraten. Für einen Augenblick fiel seine Deckung. Ich schoss vor und hämmerte meine Fäuste erst in sein Gesicht und dann in seinen Unterleib.

Er sackte zusammen und würgte. Ein Schwall frisches Blut klatschte auf den Boden. Ich trat zurück und musterte den Vampir wie ein exotisches Spielzeug.

Doch mein Gegner überraschte mich. Er war keinesfalls dazu bereit aufzugeben. Mit dem Mut der Verzweiflung ließ er die Eisenstange in meine Richtung sausen und verfehlte mich nur knapp.

Ich versuchte sie ihm aus der Hand zu reißen, doch meine Rechte glitt an dem erbrochenen Blut ab.

Der nächste Hieb bohrte sich in meinen Bauch und schickte mich zu Boden. Überrascht sah ich die Welt plötzlich von unten. Für einen Moment war alles taub, meine Sicht verschwommen.

Mein Gegner hätte seine Chance nutzen sollen. Stattdessen ließ er die Metallstange fallen. Er wollte mich nicht töten, er wollte fliehen. Das war ein riesiger Fehler. Es gab für ihn keine Schonung, spürte er das denn nicht?

Er lief an mir vorbei zum Tor, aber ich war schneller.

Ich zog eine kleine Armbrust und nagelte ihm einen Pfeil in die Wade.

Der Vampir kreischte wie ein wütendes Tier, doch er rannte weiter. Blitzschnell verstärkte ich meinen Griff an der Waffe mit der Linken, dann riss mich der Ruck vorwärts. Der Vampir schlug der Länge nach hin und schrie ohrenbetäubend.

Der Pfeil war aus silberlegiertem Stahl. Scharfe Widerhaken hielten ihn im Fleisch, ein dünner, aber starker Metallfaden verband ihn mit der Armbrust.

Ich kam auf die Beine und verkeilte die Waffe in einem Haufen Eisenschrott.

Der Vampir riss an dem Faden und zerschnitt sich die Handflächen am Draht, doch seine verzweifelten Bemühungen blieben ohne Erfolg. Er war gefangen wie ein Fisch am Haken.

Der Geruch seiner Panik berauschte mich. Mein schmerzender Unterleib war längst vergessen.

Als mein Gegner merkte, dass er sich nicht losmachen konnte, sprang er auf und stürzte sich auf mich. Er kratzte und biss. Seine dreckigen Nägel zerfetzten mir Hals und Gesicht, ehe ich Abstand gewinnen konnte.

Wieder schlug er mit gekrümmten Fingern nach meinen Augen.

Ich wich zurück, weiter und weiter in die Halle hinein, bis er mir nicht mehr folgen konnte. Der Metallfaden spannte sich und riss an dem Pfeil in seinem Bein. Er heulte wütend auf und blieb stehen.

Ich wusste, dass ich das nicht tun durfte, dass ich mit dem Verurteilten nicht spielen sollte. Doch es war niemand hier, um mich zu richten, niemand, um mich aufzuhalten.

Nach der Hölle, durch die mich Ambers Zurückweisung geschickt hatte, genoss ich es, meine Wunden zu spüren, und genoss es auch, einen anderen stellvertretend für mich leiden zu sehen. Lebendigkeit durch Schmerz, das war die magische Formel für diese Nacht.

Blut lief mir von der Stirn in die Augen und tauchte meine Welt in Purpur.

Ein letztes Mal sammelte der Todgeweihte seine Kräfte, stürzte mit einem verzweifelten Aufschrei vorwärts und wurde wieder zu Boden gerissen.

Er keuchte, rang nach Luft wie ein Ertrinkender.

Plötzlich verlor ich den Gefallen an diesem Spiel. Mit einem Schlag verrauchte die Erregung, und der Anblick des anderen war nur noch erbärmlich. Ich musste es jetzt zu Ende bringen.

Kälte breitete sich in mir aus und eine Stille, die sich meiner immer bemächtigte, wenn ich kurz davor stand zu töten.

Mühsam kam der Vampir auf die Beine. Ich trat vor, begab mich mit voller Absicht in seine Reichweite und ließ ihn kommen. Ahnungslos wie ein Stier in der Arena rannte der Junge in seinen Untergang.

Ich fing seine verzweifelten Schläge mühelos ab, dann ergriff ich seine Rechte und drehte sie ihm auf den Rücken.

Er wand sich hilflos. Seine Zähne schnappten nach meiner Schulter, bis ich mit meiner freien Hand seine Stirn umfasste und den Kopf mit roher Gewalt nach hinten bog.

Der Vampir wimmerte Unverständliches. Ich roch die Furcht in seinem Atem. Ein Geruch, der für mich stärker war als der Gestank von altem Blut.

Es war vorbei. Er wusste es, ich wusste es. Sein Herz schlug verzweifelt gegen meine Brust und ich starrte fasziniert auf den hüpfenden Puls seiner Schlagader.

»Du hättest nicht töten sollen«, flüsterte ich, die Lippen schon gegen seine Haut gepresst. Ein letzter Blick in seine hellen Augen, dann bog ich seinen Kopf weiter zurück, bis sich die Haut spannte.

Seine freie Hand trommelte gegen meinen Oberkörper.

Dann gab er seinen Kampf endgültig auf.

Ich betäubte ihn nicht. Er verdiente keine Gnade und ich wollte mir den Genuss nicht schmälern. Heute nicht. Die Welt um uns schien zu verschwimmen, und es gab nur noch mich und mein Opfer.

Als ich die Zähne in sein Fleisch schlug, zitterte er, doch nicht allzu sehr.

Ich war dankbar für seine Gabe, selbst wenn ich sie von ihm raubte. Seinen Körper gegen meinen gepresst, bewegte ich die Fänge in der Wunde hin und her, um sie offen zu halten. Jedes Mal schoss frisches Blut in meine Kehle.

Ich trank und trank.

Was ich bei Menschen nicht durfte, feierte ich hier in einem obszönen Rausch. Der Vampir wimmerte leise. Ich fühlte, wie er schwächer wurde, lauschte erwartungsvoll, wie sein Herz langsamer und langsamer schlug.

Ich trank, wie ich mich seit langem nicht mehr sattgetrunken hatte.

Sein Blut war gewürzt mit Angst, kalt und weich, süß wie der Morgen.

Wir standen in dieser heruntergekommenen Blechhalle, zwischen verrosteten Maschinen und Schutt, und ich glaubte mich im Paradies.

Die Beine meines Opfers sackten weg, doch ich hielt den Vampir umarmt wie einen Geliebten und trank, bis seine Adern kollabierten, auch das letzte Tröpfchen Blut herausgesaugt war und sein unsterbliches Herz endlich den letzten Schlag tat.

Der Rausch traf mich mit voller Wucht.

Achtlos ließ ich den Körper zu Boden gleiten und lehnte mich gegen die Wand. Es war wunderbar. Die Magie des letzten Herzschlags, gepaart mit der Energie, die ihn am Leben gehalten hatte. All seine Kraft, all sein Leben gehörte jetzt mir. Mit weichen Knien wartete ich darauf, dass sich meine Sinne wieder klärten.

Der Vampir lag zusammengekrümmt auf der Seite. Ich beugte mich zu ihm, drehte ihn auf den Rücken, streckte seine Beine aus und schmiegte die leblosen Arme an den Körper. Er starrte mich aus aufgerissenen Augen an.

Ich hatte sämtliche Gefühle aus mir verbannt.

Hätte Amber in diesem Moment in meine Augen geblickt, hätte sie das Monster gesehen, das ich in Wirklichkeit war.

Ich zog das Todesurteil aus der Innentasche meiner Jacke, platzierte es auf der ausgemergelten Brust des Vampirs und beschwerte es mit einem Stück Schrott.

Sein Blick suchte das Papier zu fassen. Er verstand noch immer nicht, was da geschah. Niemand hatte ihm gesagt, was mit Unsterblichen passierte, die mit dem Codex brachen. Sicherlich wusste er noch nicht einmal, dass es einen Codex gab.

Ich löste den Pfeil mit einer gekonnten Drehung aus seinem Bein und verstaute ihn samt der Armbrust, erst dann zog ich mein Schwert.

Wurde ich beobachtet? Für kurze Zeit fühlte es sich so an. Ich blickte durch das Loch in der Tür, doch draußen wartete nur die orange Dunkelheit der Großstadt. Entschlossen kehrte ich zu meinem Opfer zurück.

Die Klinge sprang aus dem langen Holzschaft und brach das fahle Laternenlicht, das durch die verdreckten Fenster fiel. Die Lippen des Vampirs zuckten ein letztes Mal, als ich mit der Henkerswaffe neben ihm Aufstellung nahm.

Mit einem sauberen Schlag trennte ich Kopf von Körper und fühlte – nichts.

Routiniert reinigte ich die Klinge an der verschmutzten Kleidung des Toten und bettete den abgeschlagenen Kopf in seinem Schoß. Seine Haare waren fettig, als ich hineingriff, und das alte Blut in seinem Shirt stank erbärmlich. Plötzlich ekelte ich mich vor dem Toten.

Ich wollte nur noch weg von diesem trostlosen Ort.

Aber es galt ohnehin, sich zu beeilen. Ein Meistervampir spürte immer, wenn einem seiner Kinder etwas zustieß. Gordon würde vielleicht jemanden schicken, um nachzusehen. Besser, wenn ich bis dahin weit, weit weg war. Dass der junge Vampir aus seiner Linie kam, hatte mir der Geschmack seines Blutes verraten.

Es gab nur sieben große Clans in Los Angeles, beinahe ein jeder hatte verwilderte Vampire hervorgebracht, deren Blut ich getrunken hatte. Ich war mir sicher, dass dieser von Gordon stammte. Natürlich nicht von ihm direkt, sondern von jemandem, der ihm Bluteide geleistet hatte, aber das reichte mir und auch dem Rat.

Ich zog mein Handy aus der Tasche und wählte eine gespeicherte Nummer. Der automatische Ansagetext einer Mailbox erklang. Ich machte eine möglichst genaue Angabe, wo der tote Vampir zu finden war, und hoffte, dass Claire Steen die Nachricht noch vor Sonnenaufgang erhielt. Die Unsterbliche war vom Vampirrat dazu auserkoren worden, die Körper der Hingerichteten zu beseitigen und die Spuren zu verwischen. Die Leiche war hier bis dahin gut aufgehoben und konnte im Notfall bis Sonnenaufgang liegenbleiben. Sie würde sich zwar nicht sofort entzünden, aber nach einer Weile einen Schwelbrand auslösen.

Ich legte den Kopf in den Nacken. Ja, es gab Dachfenster, wenn auch schmutzige, doch sie würden reichen.

Ich brachte meine Kleidung in Ordnung und verbarg die Waffen. Immerhin würde ich mich wieder unter Menschen begeben müssen. In der Hosentasche fand ich ein Tütchen mit einem Erfrischungstuch. Ich riss die Packung auf und wischte mir das Gesicht sauber. Der Alkohol und das Zitronenaroma brannten noch in meiner Nase, als ich ins Freie trat.

Niemand zu sehen. Ich war allein – oder nicht?

Wieder beschlich mich diese seltsame Nervosität. Die kalte, frische Lebenskraft des Vampirs rann wie Wasser über meine Haut. Vielleicht war ich nach der Jagd übersensibel.

Meine Augen suchten nach Ungewöhnlichem und fanden nichts.

Die abgeblätterte Farbe des Zauns, eine Ratte, die im Müll wühlte, allgegenwärtige Kakerlaken und eine dünne Mondsichel am Himmel.

Ich beschleunigte meinen Schritt und schlug den Weg zur nächsten größeren Straße ein, wo ich ein Taxi anhalten wollte. Ich hatte mich gegen den Fußweg entschieden und wollte lieber zu Hause den Nachklang meines Festmahls genießen.

Die Straßen waren menschenleer und still, dennoch wurde ich das Gefühl nicht los, verfolgt zu werden. Kurz glaubte ich jemanden von Gordons Clan zu wittern. Ich blieb stehen, konzentrierte mich. Der Wind trug den Geruch von altem Blut heran, doch das elektrisierende Gefühl, das die Nähe eines anderen Unsterblichen üblicherweise mit sich brachte, blieb aus. Ich musste mich also geirrt haben.

Vielleicht haftete noch etwas Blut des Verurteilten an meiner Kleidung. Ich sah an mir hinab, fand aber nichts und ging weiter. Meine Schritte hallten schwer über das Pflaster und das üppige Mahl machte mich träge. Ich sah mich immer wieder um und schimpfte mich gleich darauf paranoid. So schnell konnte Gordon niemanden schicken.

Ich wollte Curtis Bescheid geben. Telepathie zu benutzen hätte meine anderen Sinne eingeschränkt, daher zog ich erneut mein Handy aus der Tasche. Curtis meldete sich sofort. Anscheinend hatte er meinen Anruf erwartet.

»Das Urteil ist vollstreckt«, berichtete ich, leckte mir die Mundwinkel sauber und hatte den Geschmack von Plastik und Zitrusaroma auf der Zunge. Großartig! Ich spuckte aus, doch die Chemie des Erfrischungstuchs hatte den guten Nachgeschmack gründlich verdorben.

»Hat er Probleme gemacht?«, fragte Curtis.

»Nein. Aber ich konnte nicht verhindern, dass er noch einmal jagt.«

»Und das Opfer?«

»Wird niemand als solches erkennen. Der Vampir stammte von Gordons Brut, wie du vermutet hast. Er war nicht älter als ein paar Wochen, vielleicht auch nur Tage.«

»Gut gemacht, mein Junge.«

»Wir sehen uns.«

Ich ließ das Telefon zuschnappen. In der Ferne rauschte der Verkehr. Der Olympic Boulevard war nicht mehr weit.

Ich blieb stehen und sah in ein Schaufenster. Die Scheibe reflektierte mein Spiegelbild. Von den Kratzern im Gesicht war nichts mehr zu sehen.

Ich grinste zufrieden wie eine satte Katze, die von der Sahne genascht hat, und setzte meinen Weg fort.

Mit trägen Schritten erreichte ich schließlich den Boulevard und blieb zwischen einigen Zeitungsboxen stehen. Nicht weit entfernt schlief ein Obdachloser in einem Gebüsch. Selbst im Schlaf hielten seine Hände das Rad eines Einkaufswagens umklammert, in dem sein Besitz untergebracht war.

Ich drehte dem Mann den Rücken zu und trat auf die Straße.

LA war nicht New York, und es glich einem Abenteuer, ein Taxi heranzuwinken. Nach einigen Versuchen hielt schließlich ein fröhlicher Inder an, und ich stieg ein.

Während ich mich anschnallte, kehrte das deutliche Gefühl zurück, verfolgt zu werden. Leise Panik machte sich breit. Ich drehte mich im Sitz, starrte aus dem Fenster in die Nacht. Und dann sah ich ihn: Frederik!

Wie konnte das sein?

Ich hatte mit eigenen Augen die Leiche des Mannes gesehen, war bei seiner Beerdigung gewesen. Ehe ich michs versah, trat der Inder aufs Gas und katapultierte das Taxi in einem waghalsigen Manöver auf die Straße hinaus. Ein Hupkonzert bestätigte, dass er sich erfolgreich in den Verkehr gezwängt hatte. Dann ging es nur noch im Schritttempo weiter. Ich sah durch das Rückfenster. Nein, es war keine Einbildung gewesen.

Da stand er noch immer, Frederik. Eine lebende Leiche!

Mein Herz schlug bis zum Hals. Der Gedanke an den Vampirjäger ließ mich nicht mehr los. Hatte er beobachtet, wie ich das Urteil vollstreckte? Und wenn er unsterblich war, warum konnte ich ihn dann nicht spüren?

Von ihm war der Geruch nach altem Vampirblut gekommen, den ich die ganze Zeit über wahrgenommen hatte. Gordons Blut klebte an ihm. Und es war nicht das irgendeines Vasallen, es stammte von dem Meister selbst.

Ich starrte ungläubig hinaus. Frederik trug einen schwarzen Anzug, womöglich den, in dem er beerdigt worden war. Sein Gesicht war ohne Mimik und erschien im Licht der Laternen beinahe grünlich. Das war eindeutig ein Toter und kein Vampir.

Das Taxi nahm Fahrt auf, und bald konnte ich den Mann nicht mehr sehen. Was hatte Gordon jetzt wieder ausgeheckt? Was bezweckte der Meister aus Downtown damit? Und vor allem, wie hatte er es gemacht?

Während ich grübelte, ohne zu einem Ergebnis zu kommen, plauderte der Taxifahrer fröhlich vor sich hin. Die Sprache war weder Englisch noch Hindi, sondern eine obskure Mischung aus beidem. Es kümmerte ihn nicht, dass ich nicht zuhörte.

Bis wir Gower Street, Ecke Sunset erreichten, war ich völlig hypnotisiert von dem rosa Ganesha mit Blinklichtern auf dem Armaturenbrett.

Ich bezahlte, wünschte noch eine schöne Nacht und wartete, bis der Wagen hinter der nächsten Straßenecke verschwunden war.

Erst nachdem ich mich versichert hatte, dass mich wirklich niemand beobachtete, kramte ich meinen Schlüssel für das Tor heraus und schloss auf.

Sobald ich den Friedhof betrat, meldeten die Pfaue lautstark meine Ankunft. Die bunten Vögel, die tagsüber über die Gräber stolzierten, verbrachten die Nächte in einem Holzverschlag. Ich hatte sie nie frei gesehen.

Während ich meine Schritte über die breiten Straßen des Friedhofs lenkte, beschloss ich, meinen Meister anzurufen und von dem untoten Vampirjäger zu berichten. Ich schlurfte durch das dicke Gras, ging an meinem Mausoleum vorbei und setzte mich schließlich auf meinen Lieblingsplatz: die Steinbank unter dem alten Wacholder.

Curtis meldete sich nicht. Beim zweiten Versuch war der Empfang gestört. Wahrscheinlich hatte er sich wieder in seine Gemächer zurückgezogen, tief unter der Erde, unerreichbar für Feinde und Handys.

Ich war mir selber nicht darüber im Klaren, was ich denken sollte. Vielleicht versuchte ich deshalb nicht, telepathisch Kontakt aufzunehmen.

Ich starrte auf den Teich mit seinen riesigen Kois, die als schlafende Schatten unter der Wasseroberfläche trieben. Genau hier hatte ich auch mit Amber gesessen.

Wir hatten geredet und uns an den Händen gehalten. Vor zwei Wochen hatte ich noch geglaubt, dass sich meine Welt ändern würde, dass ich zu den Lebenden zurückkehren konnte.

Amber hätte mein Tor in die normale Welt sein können, doch das war vorbei. Ich hatte mir meine Chance zerstört.

Meine Welt war nicht die ihre, und sie hatte sich ihr gleich von der schlimmsten Seite gezeigt, von ihrer tödlichen.

Damit, dass Amber mich verlassen hatte, war auch meine Chance auf eine Dienerin dahin. Ohne die Möglichkeit, das Siegel zurückzunehmen, würde sie auch nicht wiederkehren, solange Amber lebte. Ich konnte keinen weiteren Menschen an mich binden. Es blieben nur zwei Möglichkeiten: Ambers Tod oder die Verwandlung gegen ihren Willen, Curtis hatte es selbst vorgeschlagen. Aber nichts und niemand würde mich dazu bringen, so etwas zu tun.

Ich liebte sie noch immer, und wie!

Gerade deshalb war es vielleicht besser, wenn sie sich von mir fernhielt.

Meine Welt war gefährlich, und ich war es ebenfalls.

Ich war ein Jäger und ich würde es immer sein, so viel war mir heute Abend wieder klargeworden. Julius Lawhead war ein Henker im Namen des Rates. Ein Mörder, der nur deshalb weitermachen durfte, weil auch der Vampirrat jemanden brauchte, der für ihn die Drecksarbeit erledigte.

Und jetzt war ich bei meinem blutigen Handwerk beobachtet worden. Einen Menschen hätte ich gespürt, einen Vampir ebenfalls, doch Frederik nicht.

Warum nicht? Was war er, wenn kein Vampir?

Ich grübelte und wurde doch nicht schlauer aus meinen Überlegungen. Stunden flossen dahin, und erst als sich der Hollywood-Schriftzug auf den Hügeln rosa färbte, verkroch ich mich in meiner Zuflucht.

Zum ersten Mal seit Wochen galt mein letzter Gedanke nicht Amber, sondern Frederik, ihrem Bruder.

KAPITEL 20

Am nächsten Abend tat ich, was ich vielleicht nicht hätte tun sollen. Ich fuhr nach Silverlake, zu Amber. Mit klopfendem Herzen stand ich kurz nach Sonnenuntergang vor dem kleinen Bungalow.

Nach unentschlossenen Minuten öffnete ich das Gartentörchen, ging zwei Stufen zur Veranda hinauf und klingelte. Der Ton summte durchs Haus.

Ich hörte Schritte eine Treppe hinunterkommen, doch das war nicht Amber. Als die Tür geöffnet wurde, stand ich ihrer Mutter gegenüber.

»Ja?«, fragte sie, weder unfreundlich noch abweisend.

»Ist Amber da?«

Sie trug einen viel zu warmen Pulli und einen Rock, beides in schwarz. Die Trauerkleidung stand ihr nicht, ganz im Gegensatz zu ihrer Tochter.

»Sie sind doch der junge Mann, der auf der Beerdigung war, nicht? Ein Freund von meinem Frederik.« Freude und Bitterkeit mischten sich in ihre Stimme. »Amber ist noch arbeiten, aber sie kommt sicher bald nach Hause. Möchten Sie so lange warten?«

»Gerne. Darf ich eintreten?« Ich musste fragen, denn kein Vampir konnte das Haus eines Sterblichen ohne Einladung betreten.

»Natürlich, kommen Sie rein, bitte.«

Ich ging an ihr vorbei ins Haus.

Hier also wohnte Amber. Neugierig nahm ich jedes Detail in mich auf.

Der Bungalow war lange nicht mehr renoviert worden. Auf dem Boden wellte sich billiges Linoleum. Auf den Fensterbänken bleichten Nippes und Plastikblumen um die Wette. Direkt gegenüber dem Eingang im Wohnzimmer führte eine Tür in den Garten. Der verschwommene Blick durch das Fliegengitter machte Hoffnung auf etwas Grün. Mrs Connan folgte meinem Blick.

»Möchten Sie im Garten warten? Ich bringe Ihnen eine Limonade.«

»Gerne.« Ich lächelte. Nur zu gerne. Hier drin roch alles nach Amber und brachte mich völlig durcheinander. Sie war überall. An der Garderobe hing ihre Jacke, ihr Gesicht sah mich aus unzähligen Bilderrahmen an. Ich blickte auf ein Foto von Frederik und ihr. Ja, jetzt war ich mir sicher. Ihn hatte ich am Olympic Boulevard gesehen.

»Gehen Sie ruhig schon einmal vor.«

Ich durchquerte das enge Wohnzimmer, in dem eine etwas schäbige, braune Sofagarnitur stand, trat hinaus und entdeckte ein kleines Paradies.

Lilien dufteten in die hereinbrechende Nacht. Ich streifte meine Schuhe ab, nahm sie in die Hand und vergrub meine Zehen im dichten Grasteppich. Meine Schritte führten mich zu einer kleinen Terrasse, über der ein Orangenbaum seine schweren Arme reckte. Blüten schimmerten in einem grünen Himmel, Äste bogen sich unter den Früchten.

Ich setzte mich in einen der ehemals weißen Metallstühle, legte den Kopf in den Nacken und schloss für einen Moment die Augen.

Jetzt wusste ich, woher Amber ihren Orangenduft hatte.

Winzige Kolibris flitzten im letzten Licht von Blüte zu Blüte.

Viel zu schnell ging die Tür auf und zerstörte die Idylle. Mrs Connan brachte mir das versprochene Glas Limonade. Ihre Schritte waren schwer. In ihren geröteten Augen glitzerten Tränen.

Ich nahm ihr das beschlagene Glas ab, drehte es in der Hand und genoss seine Kühle.

Sie sah mich erwartungsvoll an. »Möchten Sie nicht probieren? Amber macht die Limonade selber.«

Ich seufzte schicksalsergeben. Anscheinend blieb mir keine Wahl. Vorsichtig trank ich einen kleinen Schluck.

Die Magenschmerzen kamen prompt, und ich musste mich anstrengen, trotzdem zu lächeln. »Sehr gut, danke«, brachte ich heraus.

»Schön. Ich lasse Sie dann wieder allein.«

Ich wartete, und mit jeder Minute wuchs meine Nervosität.

Was um alles in der Welt tat ich hier? Ich versuchte meine Gefühle auszuschalten, Ruhe zu finden, als plötzlich das charakteristische Dröhnen des alten Ford ertönte. Der Wagen quälte sich die steile Straße hinauf, dann erstarb der Motor.

Ambers Schritte erklangen auf dem Weg zum Hauseingang, das Törchen quietschte, und dann klingelte sie auch schon. Ihre Mutter öffnete. Augenblicke später stand sie in der Tür zum Garten.

Mir wurde abwechselnd heiß und kalt. Diese Frau war schön, so unendlich schön.

Ich stellte mein Glas ab und stand auf, unfähig, etwas zu sagen.

Amber ging unter den wachsamen Augen ihrer Mutter auf mich zu. Ihre Schritte waren steif.

»Verdammt noch mal, was machst du hier?«, presste sie hervor, sobald wir alleine waren. Ihre Augen funkelten wütend, aber irgendwie auch froh. Eine seltsame Mischung.

»Es tut mir leid, aber ich muss dringend mit dir sprechen.«

»Wehe, wenn es nicht wirklich wichtig ist.«

Amber ging zu einem Stuhl und setzte sich. Ich tat es ihr nach.

»Versprich mir, dass dies dein letzter Besuch ist, versprich es mir. Du lässt Mutter und mich in Frieden, ist das klar?«

»Ich verspreche es.« Meine Stimme hätte versagt, wenn ich sie angesehen hätte, also starrte ich auf meine nackten Zehen und grub sie ins Gras.

»Was also ist so wichtig?«

»Ich habe Frederik gesehen.«

»Was? Das ist nicht dein Ernst.« Sie starrte mich an. »Mein Bruder ist tot! Erzählst du das, um mir weh zu tun? Julius, bist du völlig durchgedreht?« Amber sprang auf, lief hin und her. »Ich möchte, dass du gehst. Sofort!«

»Aber es ist die Wahrheit! Er war da, Amber, er hat mich beobachtet!«

»Na fein, vielleicht will er dir ja einen Pflock ins Herz rammen. Aber wie soll das laufen, bitte schön? Mein Bruder ist tot, tot und begraben!«

»Das bin ich auch, Amber!«

»Verdammt! Er ist mein Bruder, Herrgott, ich habe seine Leiche identifiziert, ich war auf seiner Beerdigung, du doch auch!«

Ich stand auf, wollte sie beruhigen. Meine Hände flatterten sinnlos in der Luft. »Ich verstehe es doch selber nicht«, entgegnete ich ratlos.

Amber blieb plötzlich stehen und sah mir zum ersten Mal in die Augen. »Ist er jetzt wie du, Julius? Ist er ein Vampir geworden?«

Ich schüttelte den Kopf.

»Nein? Was dann?« Ihre Stimme wurde unangenehm hoch und schrill.

»Leise, denk an deine Mutter«, warnte ich.

»Sag du mir nicht, was ich tun soll!«

»Okay, okay. Aber ich weiß nur, was Frederik nicht ist. Er ist kein Vampir, er ist kein Mensch und auch kein Geist. Er stinkt nach Gordons Blut, und er geht nachts umher. So etwas wie ihn habe ich noch nie gesehen.«

»Wer hat ihm das angetan?«, fragte sie erschüttert. »Dieser Gordon?«

»Ja. Ich verstehe nur nicht, warum. Und wie, aber wir finden es heraus.«

Ich legte meine Hände auf ihre Schultern und sie ließ mich gewähren. Wie gerne hätte ich Amber jetzt umarmt. »Aber wenn er hier auftauchen sollte …«

»Oh Gott!«

»Amber, hör mir zu! Wenn er hier auftaucht und du Hilfe brauchst, komme ich. Du kannst mich rufen. Das Siegel verbindet uns. Ich höre dich, wenn du es nur willst.«

Sie biss sich auf die Lippen und nickte, berührte flüchtig meine Hand.

Ihr Körper sprach eine eindeutige Sprache. Sie sehnte sich

nach mir und war zugleich so wütend auf mich. »Danke, Julius, ich weiß deine Sorge zu schätzen.«

Ich sog ihren Geruch ein und versuchte, sie an mich zu ziehen, doch Amber stieß mich fort. »Geh jetzt bitte.«

Es schmerzte. Doch ich hatte gespürt, wie ihr Herz vor Aufregung klopfte, und das machte mich glücklich.

»Du darfst Frederik nicht weh tun, Julius. Egal was passiert. Versprich es mir!«

»Versprochen«, sagte ich schnell, nur um den Zeitpunkt des Gehens etwas hinauszuzögern.

Amber wies mir den Weg an der Garage vorbei zur Vorderseite des Hauses. Als wir zwischen einigen hohen Büschen hindurchgingen, blieb ich stehen und hielt sie am Arm fest. Sie drehte sich zu mir um. Ihr Gesichtsausdruck wurde weich.

»Verzeihst du mir?«

»Vielleicht irgendwann.« Amber holte Luft und sah zu mir auf. »Weißt du, es liegt nicht an dem, was du bist oder was du machst. Aber du hättest ehrlich mit mir sein sollen.«

Vielleicht hätte ich das, vielleicht wäre dann alles besser verlaufen, aber dafür war es jetzt zu spät.

»Du fehlst mir«, sagte ich leise. Und als sie nicht antwortete: »Ich liebe dich.«

Sie schwieg und sah zu Boden.

Ihre Gefühle für mich waren noch da, irgendwo vergraben unter den Erlebnissen im Lafayette. Vorsichtig strich ich ihr mit einem Finger über die Wange. Ihre Lippen bebten, während ihr Körper in Reglosigkeit verharrte. Ich konzentrierte mich auf das Siegel. Da war es, die kleine Verbindung zu ihr. Vorsichtig schickte ich ihr meine Gefühle. Wie sehr ich sie vermisste und wie sehr ich sie mir zurückwünschte.

Amber schmiegte einen Augenblick lang ihre Wange in meine Hand.

»Bitte geh jetzt, Julius.«

Ich nickte schicksalsergeben und wandte mich um. Es war wohl noch zu früh, aber durch das Siegel spürte ich auch, wie schwer es ihr fiel, meine Berührung nicht zu erwidern. Das zu wissen, gab mir die Kraft, von ihr wegzugehen. Sie sah mir nach, ich konnte ihren Blick fühlen, doch sobald ich mich nach ihr umsah und zögernd die Hand hob, ging sie zurück in den Garten.

Erleichtert füllte ich meine Lungen mit dem Duft des üppigen Grüns und überlegte, welcher Bus mich am schnellsten zur Zuflucht bringen würde. Doch dann entschied ich mich spontan für die bequemere Lösung. Steven musste mich abholen!

Ich ging ihm entgegen. Es dauerte nur eine Viertelstunde, bis sein Wagen auf dem Sunset mit quietschenden Reifen wendete und neben mir zum Stehen kam.

Der junge Vampir versuchte erst gar nicht, seine schlechte Laune zu verbergen. »Guten Abend, Sir, wohin darf ich Sie bringen?«

Ich stieg ein und wuschelte ihm durch seinen blonden Lockenkopf.

»Du bist ein Idiot, Julius!«, schimpfte er und fuhr sich mit den Fingern ordnend durchs Haar.

»Bring mich ins Lafayette, ja?«

»Ich hab noch nicht gejagt!«, antwortete er beleidigt. »Können wir vorher noch irgendwo anhalten?«

»Nein. Fahr erstmal. Ich überlege mir etwas.«

Steven nickte niedergeschlagen und trat das Gaspedal durch.

Wir rasten durch die Nacht. Musik dröhnte aus den offenen Fenstern. Steven hatte die teure Anlage voll aufgedreht und die Red Hot Chilly Peppers sangen der Stadt ihre Hymnen.

Die Hände des jungen Vampirs umklammerten das Lenkrad, er wippte unruhig mit dem Bein. Sein Hunger war fast greifbar. Immer wieder sah er mich an und wartete darauf, dass ich doch noch einlenkte. Aber ich hatte etwas Besseres für ihn vorgesehen. Heute Nacht würde ich mein Versprechen einlösen.

»Wir fahren noch an den Strand«, befahl ich schließlich, als wir nur noch wenige Minuten vom Lafayette entfernt waren.

Steven begann etwas zu ahnen. »Du meinst, ich darf …?«

»Das habe ich nicht gesagt, oder?«, antwortete ich grinsend, hob eine Braue und rieb mir wie zufällig über das Handgelenk.

Steven riss augenblicklich das Lenkrad herum und bog mit quietschenden Reifen ab.

Schweigend liefen wir zu dem Strand hinunter, an dem ich noch vor wenigen Tagen Wasserleiche gespielt hatte. Der junge Vampir folgte mir wie ein treuer Hund quer über den Ocean Front Walk bis zum Wasser. Unruhig sah er zu, wie ich meine Schuhe auszog, sie an den Schnürsenkeln zusammenband und mir über die Schultern hängte.

Die Pier lag in Sichtweite.

Einige Sprayer werkelten auch um diese Uhrzeit noch an ihren Bildern. Sie hatten Strahler aufgestellt und hörten ihre seltsame, wütende Musik, die aus einem Auto auf dem nahen Parkplatz schallte.

Alte Plastiktüten raschelten im Wind. Hier und da tupften faulende Orangen den Sand mit Farbe.

»Hier?«

»Nein, Steven, wir gehen noch ein bisschen.«

Der junge Vampir verschränkte seine Arme vor dem schmerzenden Magen und taumelte neben mir her.

»Du musst lernen, deinen Hunger zu kontrollieren«, sagte ich schulmeisterlich.

»Du bist ein Sadist, Julius.«

»Ich weiß.« Ich genoss es, Steven noch ein bisschen zappeln zu lassen.

Nachdem wir die halbe Strecke nach Venice zurückgelegt hatten, setzten wir uns in den klammen Sand.

Ich sah auf das Meer hinaus, das sich als schwarze Unendlichkeit vor uns ausbreitete. Es war Neumond. Die dünne Sichel, die am Himmel stand, besaß kaum genügend Kraft, um den sommerlichen Smog zu durchdringen.

»Bitte, Julius!« Stevens Hunger bereitete ihm jetzt körperliche Schmerzen.

Ich starrte noch ein paar Löcher in die Luft, dann reckte ich ihm gönnerhaft den Arm hin und drehte die Pulsadern nach oben. »Aber sei vorsichtig.«

Steven ließ sich kein zweites Mal bitten.

Nach einem letzten schnellen Blick, ob auch wirklich keine unliebsamen Beobachter in der Nähe waren, schlug er seine Zähne in meinen Arm.

»Au, verdammt!« Mir war das Grinsen mit einem Mal vergangen. Steven war zu schwach, um mir den Schmerz zu nehmen, sein Geschick reichte gerade eben für seine menschlichen Opfer.

Ich ließ ihn eine Weile trinken. Mein Blut summte durch seinen Hals. Ein Teil seines Glücksgefühls übertrug sich auf mich, doch nicht genug, um die Gabe zu einer auch nur halbwegs angenehmen Prozedur zu machen.

Dann spürte ich plötzlich, wie er mich schwächte.

»Es reicht«, sagte ich möglichst ruhig, doch er hörte mich nicht. »Steven, hör auf!«

Jetzt tat es wirklich weh!

Ich griff ihm ins Haar und riss ihn von meinem Arm los. Blut schoss aus seinem offenen Mund in den Sand. Seine Augen glühten.

»Das war ein ordentlicher Sprung auf der Karriereleiter«, sagte ich nüchtern und presste die Hand auf meinen brennenden Arm.

»Was?« Steven war noch ganz in seinem Rausch gefangen. Seit seiner Geburt in die Nacht hatte er nie wieder von einem anderen Unsterblichen trinken dürfen. Nach einer Weile stand er auf und wusch sich den verschmierten Mund mit Meerwasser, dann ließ er sich wieder neben mich in den Sand fallen.

»Damit hast du Dava überholt.«

»Ja?«

Ich lachte, dachte an Kathryns dummes, neidisches Gesicht und lachte noch mehr. Jetzt war ihr Zögling die Schwächste, und das würde in den nächsten Jahrzehnten auch so bleiben, selbst wenn sie Dava wiederholt von sich trinken ließe. Steven hatte nicht nur etwas von meiner Kraft bekommen, sondern auch von dem, was Curtis mir geschenkt hatte.

»Was ist so lustig, Julius? Was?«

Ich sprang auf, wusch auch mir das Blut ab, dann gingen wir Arm in Arm zurück. Ich lachte noch immer.

»Ich fühle mich, als könnte ich Bäume ausreißen.« Steven hüpfte aufgeregt an meiner Seite. »Wenn du was brauchst, für dich mache ich alles«, sagte er mit erwachendem Ernst.

»Ich werde vielleicht darauf zurückkommen, mein Kleiner«, antwortete ich und brachte wieder Unordnung in sein Haar. »Ich hoffe nur, dass Curtis nicht eifersüchtig wird.«

Er sah mich erschrocken an. Steven war durch die Blutgabe enger an mich gebunden worden als an sonst einen Vampir neben dem Meister. Und wenn ich irgendwann einmal doch auf die Idee kommen sollte, eine eigene Camarilla zu gründen, würde ich ihn vielleicht mitnehmen. Vorausgesetzt, Curtis erlaubte es mir. Es war teuer, einen Unsterblichen aus dem Einfluss seines Meisters freizukaufen, doch ich war mir sicher, dass Curtis mit sich reden ließe. Er hatte es mir sogar wiederholt angeboten. Das letzte Mal vor nicht mehr als drei Monaten.

»Gründe eine eigene Camarilla«, hatte er gesagt. »Du bleibst unter meinem Schutz und im Clan, und wenn du keine eigenen Vampire schaffen willst, bitte mich um einen und ich entscheide, ob ich ihn dir gewähre.«

Curtis' Überlegungen waren nicht so selbstlos, wie es auf den ersten Blick schien. Wenn ich nicht mehr als normaler Vampir, sondern als Meister in seinem Clan war, bedeutete es einen gewaltigen Machtzuwachs für ihn, und nicht nur das. Mit mir als Meister aus seiner eigenen Linie stellte er unter Beweis, was für mächtiges Blut er besaß. Bislang hatte er nur Kathryn, aber das lag einzig an meiner Weigerung.

KAPITEL 21

Amber lag in ihrem Bett und starrte vor sich hin. Die CD war schon lange zu Ende. Jetzt war es sehr still im Haus.

Wie ein fernes Rauschen konnte sie den Verkehr des Sunset Boulevard hören. Die Straßen waren die Lebensadern der Stadt, der Verkehr ihr nie verstummender Herzschlag.

Das Fenster stand offen und kühle Nachtluft strömte hinein. Obwohl ihre zwei Zimmer direkt unter dem Dach lagen und im Sommer unerträglich heiß wurden, schaltete Amber die Klimaanlage so selten wie möglich ein.

Das monotone Brummen und der seltsame Geschmack der gekühlten Luft behagten ihr nicht. Jetzt blähte Wind die Vorhänge.

Seit Stunden schon versuchte sie einzuschlafen. Je öfter sie sich ermahnte, dass sie morgen wieder früh rausmusste, desto unmöglicher wurde es ihr, Ruhe zu finden. Ihre Gedanken jagten wild durcheinander.

Julius' Auftauchen hatte sie völlig aus der Bahn geworfen.

Sie konnte noch immer nicht glauben, was er gesagt hatte. Frederik lebte! Oder zumindest lief er durch die Gegend und stellte Julius nach. Das war so unglaublich, dass es eigentlich nur wahr sein konnte.

Oder hatte Julius sich das alles nur ausgedacht, um einen Vorwand zu haben, sie wiederzusehen?

Sie musste sich eingestehen, dass es schön gewesen war, den Vampir zu treffen. Sehnsüchtig rief sie sich ihre Begegnung noch einmal ins Gedächtnis.

Er stand im Garten und sah ganz verloren aus. Barfuß im Gras unter ihrem Lieblingsbaum, mit einem Glas Limonade in der Hand, von dem er offensichtlich sogar hatte trinken müssen, um vor Charly den Schein zu wahren.

Wütend schlug sie mit der Hand auf die Matratze. Sie wollte es nicht und konnte trotzdem nicht verhindern, plötzlich Julius' Lächeln vor sich zu sehen. Es war schön und gefährlich. Vier strahlendweiße, spitze Zähne, zwei lang, zwei fast so kurz wie normale Schneidezähne. Das Lächeln eines Vampirs.

Seit Amber unfreiwillig Blut mit ihm getauscht hatte, waren sie eins, hatte Julius gesagt, und das Siegel scherte sich nicht darum, ob sie den Vampir hasste oder liebte.

Ich will ihn nicht, es hat sowieso keinen Sinn!, versuchte sie sich zu überzeugen.

Als er wie hingezaubert in ihrem Garten stand, hätte Amber Julius am liebsten sofort umarmt, geküsst und sich so lange an ihn gedrückt, bis sich der Duft ihrer Haut vermischte.

Aber sie war stark geblieben. Sie hatte noch nie einem Mann eine zweite Chance gegeben. Wozu auch? Wer einmal betrog, tat es wieder, und wer ihr Vertrauen brach, den würde sie nie wieder so lieben können wie zuvor. Wozu also eine zweite Chance?

Es ist nur vertane Zeit auf der Suche nach dem Richtigen, dachte sie trotzig.

Doch dann schlichen sich wieder Julius' Augen in ihre Gedanken, seine schönen braunen Augen, in denen es noch so viel zu entdecken gab.

Ambers Blick huschte zu ihrem Nachttisch, wo das Display ihres Handys verlockend leuchtete. Es war schon nach zwei, aber die Nacht war Julius' Tag. Sie konnte ihn anrufen und darum bitten, sich mit ihr zu treffen. Er würde sicher kommen. Der Vampir vermisste sie, das war nicht zu übersehen gewesen.

Außerdem würde sie ihn nach Frederik fragen können. Seine Worte hatten Hoffnung geweckt.

Erneut huschte Ambers Blick zum Telefon. Nein, sie durfte nichts übereilen.

—◆—

Im Lafayette erlebte Steven die gleiche Show wie ich, als ich von Curtis getrunken hatte.

Kathryn brannte vor Eifersucht. Mich wagte sie nicht herauszufordern, weil ich klar über ihr stand. Was ihr blieb, waren Sticheleien und schlecht über mich zu reden, beides Dinge, die mich nicht allzu sehr berührten.

Bei Steven sah die Sache anders aus. Als Ältere konnte sie ihm Befehle erteilen, und sie würde sich sicherlich einige unangenehme Dinge einfallen lassen, um ihn zu schikanieren.

Der Meister sagte nichts zu unserem kleinen Wettstreit.

Er kannte die Zwistigkeiten, seit er Kathryn und mich vor langer Zeit geschaffen hatte.

Curtis hörte sich meine Ausführungen zu Frederiks Auftauchen an, doch auch ihm blieb die Geschichte ein Rätsel.

Wir überlegten, was Gordon damit bezwecken konnte. Besonders stutzig machte mich, dass Ambers Bruder kein Vampir war. Was dann? Vielleicht war er auch so schwach, dass ich seine Energie einfach nicht wahrgenommen hatte.

Aber auch das ergab keinen Sinn.

Ich hatte Frederik damals gesehen. Er hatte mindestens eine halbe Stunde tot auf der Straße gelegen und war dann in die Pathologie gebracht worden. Niemand, der so lange tot war, konnte als Vampir wiederauferstehen.

In meiner langen Zeit an Curtis' Seite hatte ich bei einigen Erweckungen zugesehen oder assistiert. Wenn der Sterbliche nicht Minuten nach dem letzten Herzschlag das Blut des Schöpfers eingeflößt bekam, dann war es zu spät. Aus und vorbei, endgültig tot.

Zwei Erweckungen waren in all der Zeit schiefgelaufen. Bei der ersten war zu spät und zu wenig Blut gegeben worden, bei der anderen hatte die Formel gefehlt. Der erste Vampir war einfach nicht erwacht, der zweite war ohne Verstand zurückgekommen und ich hatte ihn töten müssen, bevor er sich auch nur das erste Mal erheben konnte.

Was also war aus Frederik geworden? Mittlerweile begann ich an meiner eigenen Erinnerung zu zweifeln. Vielleicht hatte ich ihn ja auch schlichtweg verwechselt?

Ich verließ die Zuflucht, ohne Antworten gefunden zu haben. Steven brachte mich zurück nach Hollywood und wollte am liebsten bei mir bleiben. Er fürchtete sich davor, in der Zuflucht auf Kathryn zu treffen.

Ich wusste, dass sie einem das Leben zur Hölle machen

konnte. Sie war einer der Gründe, weshalb ich das Lafayette verlassen hatte und alleine lebte.

Der Sarkophag, den Curtis verwendet hatte, stand noch immer neben meinem, und so ließ ich zu, dass Steven bei mir blieb.

Sobald die Sonne den Horizont berührte, war es für den jungen Vampir so weit. Er hatte sich schon eine Weile vorher hingelegt, als sei seine Ruhestätte kein Sarg, sondern ein kuscheliges Bett.

Ich saß auf der steinernen Kante und unterhielt mich mit ihm. Wie konnte er sich nur so kindlich wohlfühlen in diesem engen Gefängnis? Aber auch für mich war ein Sarg einmal der sicherste Ort der Welt gewesen. Bis ich das halbe Jahr darin eingesperrt worden war. Seitdem ängstigte mich auch nur der Gedanke daran. Ich verdrängte die Erinnerung, die unweigerlich daran gekettet war: Maries Tod.

Steven wurde ruhig. Es begann.

Diesmal war ich derjenige, der dem anderen beim Einschlafen zusah, wenn man dieses Erstarren und In-sich-Zusammensinken denn so nennen will.

Die Lähmung kroch seine Füße aufwärts, bis auch sein Mund in halboffener Stellung erfror. Er lächelte wie eine Mumie. Mir grauste vor dem Anblick.

Wenn ich mir vorstellte, dass das Gleiche mit mir geschah! Dass auch meine Haut einfiel und verhärtete wie altes Wachs.

Hastig schob ich den Deckel auf Stevens Sarg. Ich konnte seinen Anblick keine Sekunde länger ertragen. In plötzlicher Wut über meine verdammenswerte Existenz nahm ich den Schädel vom Tisch neben meinem Sarg und schleuderte ihn gegen die Wand. Er zersprang.

Die Trümmer lagen überall auf dem Boden. Der Anblick war ernüchternd. Ich sammelte die Knochenstückchen auf, fegte den Rest zusammen und warf alles in einen der ungenutzten Särge in der Kammer.

Meine Zeit war noch immer nicht gekommen. Rastlos ging ich in dem Raum auf und ab. Nichts würde mich dazu bringen, mich verfrüht in den Sarg zu legen, wirklich gar nichts.

Immer wieder dachte ich an Stevens verzerrtes Gesicht und ertappte mich dabei, mir den kurzen Tod des Tages herbeizuwünschen. Manchmal erschien es mir wie ein Fluch, dass meine Nächte mit dem Alter immer länger wurden.

Ich streifte am Sarg vorbei und zupfte die Decken zurecht.

Schließlich zog ich mich um und las noch ein wenig, bis die Beine endlich schwer wurden. Erst dann blies ich die Kerze aus und schob den Deckel zu.

KAPITEL 22

Meine Seele wurde mit aller Gewalt in den Körper zurückgerissen.

Draußen war jemand!

Draußen war jemand und die Sonne stand am Himmel!

Draußen war jemand und ich konnte mich nicht bewegen! Ich war in meinem reglosen Körper gefangen. Unter größter Kraftanstrengung öffnete ich die Augen.

Alles war schwarz. Natürlich war es das, der Sargdeckel war zu. Und doch hörte ich jemanden oben am Eingang meines Mausoleums. Ich war jetzt bei vollem Bewusstsein, wach, wie Menschen das wohl genannt hätten, doch ich hatte keine Kontrolle über meinen Körper.

Kurz trieb mich die Enge in meinem totenstarren Leib zur Panik, dann rief ich mich zur Vernunft und tastete nach dem Eindringling. Meterdicke feuchte Erde trennte mich von der Oberfläche, von Mausoleen, Gräbern, Palmen und sonnenbeschienenem Rasen.

Ich musste herausfinden, was dort oben los war. Ein Obdachloser, der im Schatten meines Mausoleums den Tag verschlafen wollte, hätte mir die geringsten Sorgen bereitet.

Ich bündelte meine Magie. Menschen waren einfach zu finden. Ihre Energie leuchtete hell wie eine Korona aus Licht. Doch sosehr ich mich anstrengte, sah und spürte ich nichts Vergleichbares. Wie Feuerfunken tanzten die Energiekerne kleiner Vögel durch die Bäume und selbst die trägen Fische warfen einen matten Schein.

Das Wesen, das nun deutlich hörbar am Schloss meiner Tür zu Werke ging, fand ich nicht. Verzweifelt versuchte ich es noch einmal. Vielleicht hatte ich mich ablenken lassen? Nein! Ich wurde von etwas zurückgestoßen. Die Kreatur da oben musste tot sein, das war die einzige Möglichkeit. Magie umgab sie wie eine zweite Haut.

Was, verdammt, versuchte da einzubrechen?

Ich bekam Angst. Meine Gedanken stolperten wild durcheinander. Hatte ich am Abend überhaupt die zweite Tür verriegelt? Ich wusste es nicht mehr.

»Julius Lawhead? Bist du da unten, du verdammter Blutsauger? Julius?«

Ich kannte diese Stimme, kannte sie von früher. Ein kurzes Überlegen, dann war plötzlich der Name in meinem Kopf. Frederik! Natürlich Frederik! Wer sonst? Seine Stimme hörte sich seltsam an. Er war tot, ein laufender Leichnam.

Plötzlich erklang ein hohes Geräusch. Metall kreischte.

Frederik bohrte das Schloss auf. Oh Gott, warum kam denn niemand? Wo waren die ganzen Spaziergänger, Touristen und Friedhofswärter, wenn man sie brauchte? Es war doch helllichter Tag!

»*Hilfe!*« Mein Blick tastete durch die absolute Schwärze des Sargs, während meine innere Stimme tobte. »*Hilfe, verdammt nochmal!*«

Ich konnte nicht einmal meinen kleinen Finger krümmen. Wütend schrie ich in Gedanken, rief nach Curtis, nach Kathryn, der blöden Kuh, sogar nach Dava.

In meine Hilferufe mischte sich Stevens Stimme, ängstlicher gar als meine. Erst jetzt fiel mir wieder ein, dass der Junge ja mit mir in der Gruft lag.

Eine Erschütterung. Die obere Tür war auf, nur noch eine trennte den untoten Vampirjäger von uns! Das würde Frederik auf jeden Fall vor dem Sonnenuntergang schaffen!

»*Julius, du musst deine Dienerin rufen*«, wisperte Steven.

Er hatte recht. Wir hatten zwar erst ein Siegel geteilt, doch die Bindung musste einfach reichen. Ich rief mit aller Macht nach Amber, während ihr Bruder lachend den Bohrer an das zweite Schloss setzte.

Sie hörte mich.

»*Verschwinde aus meinem Kopf, Julius!*« Ja, es hatte geklappt.

Ich flehte sie an zu kommen, bettelte. »*Frederik will mich töten. Komm schnell, halt ihn auf, bitte!*«

Die Sterblichen im Lafayette waren in Aufruhr. Curtis hatte sie alarmiert und schickte mir unentwegt Bilder. Sein Diener Robert bewaffnete sich mit einer Schrotflinte. Er würde zu meiner Rettung eilen. Die anderen Menschen verwandelten das alte Kino in eine Festung.

Vielleicht war der Angriff auf meine Gruft nur der Anfang. Vielleicht würde jemand versuchen, den gesamten Clan der Leonhardt zu vernichten. Möglich war alles.

Der Bohrer schrillte unablässig.

Curtis schickte mir weitere Bilder. Sicher wollte er mich beruhigen oder ablenken, oder beides. Ich sah Robert, der ins Auto sprang und davonraste. Doch der Weg von Santa Monica hierher war weit. Er würde es nicht rechtzeitig schaffen.

Zu spät! Der Bohrer sang in den höchsten Tönen, dann brach er durch. Frederik ließ das Werkzeug achtlos auf den Steinboden fallen. Die dicke Holztür zitterte unter seinen Tritten, dann riss sie aus den Angeln. Jetzt war er hier, hier drin bei uns!

Steven kreischte in seinem steinernen Gefängnis.

Frederiks Schritte knirschten über den Boden. Er klopfte auf die Deckel der Särge und lachte. »Julius, Julius, ich dachte du wärst alleine. Dabei hast du dir ja eine kleine Freundin gemacht.«

Seine Stimme klang schrill, fast hysterisch.

Ich versuchte Frederiks Geist zu fassen, doch es funktionierte nicht. Ich rutschte ab wie an glattem Metall.

»Vergiss es, Julius. Du darfst gerne zuschauen, aber reagieren darfst du nicht!«

Sobald Frederik das gesagt hatte, sprang ein Teil meines Bewusstseins in seinen Kopf. Für einen Augenblick hoffte ich, die Kontrolle übernehmen zu können. Aber Frederik war kein Mensch mehr. Er hatte mir nur ein kleines Fenster geöffnet, und es reichte gerade aus, um zu sehen, was er sah. Seine Gedanken und Pläne blieben mir verschlossen.

Hilflos musste ich durch die Augen des Untoten mitansehen, wie er mein kleines Reich zerstörte.

Da Frederik die Türen aufgebrochen hatte, fiel Licht auf die schmale Treppe. Es beleuchtete eine Orgie der Zerstörung.

Der Untote zerschmetterte meinen Spiegel mit einem Kerzenleuchter, pinkelte auf meine Bücher und meine Kleidung und schien sich dabei köstlich zu amüsieren. Mein

Horror wich der Hoffnung, dass er sich damit so lange aufhalten würde, bis Robert hier war und ihm eine ordentliche
Ladung Schrot in den Kopf jagen konnte.

Meine beiden Truhen waren bald das Einzige, das noch
stand. Frederik hatte es sogar geschafft, das Weihwasserbecken von seinem Sockel zu reißen.

»Einen schönen Gruß von Gordon«, rief er und hob den
Kerzenständer über den Kopf.

Mit lautem Krachen ging die erste meiner Truhen zu
Bruch. Sie war fast so alt gewesen wie ich. Löwenfüße, Ran-
ken und wunderschöne Schnitzereien, alles dahin, doch der
Inhalt bedeutete mir noch mehr. Sie enthielt kostbare Erinnerungen aus zwei Jahrhunderten, Briefe, Bücher, alles, was
ich in meinem langen Dasein für aufhebenswert erachtet
hatte.

Zu sehen, wie Frederik meine Schätze vernichtete, tat mir
in der Seele weh. »*Du verdammter Irrer!*«, fluchte ich.

»Warte ab, es wird noch besser!« Frederik trat den Deckel
der anderen Truhe auf und fand meine Waffen. »Oh, was
haben wir denn da?« Sein Lachen steigerte sich zu hysteri-
schem Glucksen. Das Schwert, die Armbrust, Messer und
einiges andere waren jetzt in seiner Hand.

Meine Furcht wuchs.

Frederik hüpfte um unsere Särge herum wie der tanzende
Schnitter auf spätmittelalterlichen Gemälden.

Dann war er bei meinem Sarg. Ich hatte nicht aufgepasst.

Der Untote wuchtete den Marmordeckel zur Seite, und
dann sah ich mich selbst durch Frederiks Augen. Ein regloses blasses Wesen, das seine schlanken, fast dürren Hände
über der Brust gefaltet hatte. Meine Haare lagen als dunkler
Lockenwust auf dem Kopfkissen. Angsthelle Augen waren
das einzig Bewegliche in dem toten Gesicht.

Ich spürte einen Abglanz von Frederiks diabolischer

Freude, als er mich so wehrlos vor sich liegen sah. Seine Gefühle schürten meine Angst ins Unerträgliche. Er würde mich umbringen, mit dem Vorsatz war er hergekommen, und es gab nichts und niemanden, der ihn davon abbringen konnte.

Ich schrie. Schrie lautlos meine Angst in die Welt, und nur Vampire konnten mich hören. Vampire und Frederik, der Untote.

»Schrei nur, Julius, schrei. Es ist Musik in meinen Ohren!«

Als er sich rittlings auf mich kniete, verstummte ich schlagartig.

»Verdammte Blutsauger, Teufelsbrut! Ihr gehört von der Erde getilgt, vernichtet!«, fauchte er mir entgegen.

Jemand hatte Frederiks Seele zurück in den Körper geholt und dort eingesperrt. Anscheinend verfiel er, aber sein Geist war vorhanden und seine Einstellung zu uns hatte sich nicht geändert.

Das war absurd, gehörte er doch jetzt selber irgendwie zu uns.

»*Frederik, du bist eine Leiche, eine wandelnde Leiche!*«, sagte ich und versuchte meine Angst zu überspielen. »*Du hast die Seite gewechselt, kapierst du das denn nicht?*«

Er lachte und zog mich wie ein ungezogenes Kind an den Haaren. Ich hatte mich wohl geirrt, anscheinend hatte doch nicht sein gesamter Verstand die Reise mitgemacht, oder er war schon immer so gewesen.

Seit seinem Tod sah ich ihn zum ersten Mal aus der Nähe. Er trug noch den schwarzen Anzug, in dem er bestattet worden war. Seine Haut war grau und wächsern. Doch das täuschte. Es war viel Flüssigkeit in seinem toten Körper, und sie strebte nach unten.

An seinem Hals prangten schwarze Leichenflecken, auch

die nackten Füße waren aufgequollen und schwarz. Er musste irgendwo seine Schuhe verloren haben.

»Was starrst du mich so an?«

»*Warum hasst du mich, Frederik? Warum bringst du nicht die um, die dir das angetan haben?*«, fragte ich und versuchte meinen Worten etwas Beiläufiges zu geben. Auf keinen Fall wollte ich ihn noch mehr reizen.

Frederiks gelbliche Finger huschten zu einem Amulett, das ich bislang nicht bemerkt hatte. Sie zögerten kurz darüber, anscheinend konnte er es nicht anfassen. Das Amulett hing genau auf Höhe seines Herzens. Fellstückchen, Haare und Knochen baumelten mit einem kleinen Beutel an einer Schnur.

Ich nahm wieder den feinen Geruch von altem Vampirblut wahr, Gordons Blut.

Das war die Magie, die ihn am Leben hielt! Es war eine Art Voodoo-Talisman. Gordon hatte seine Hilfe von weit her kommen lassen.

»Ich kann nicht. Ich kann den Meister nicht umbringen«, zischte Frederik. »Aber dich, Jäger, dich kann ich töten, für ihn.«

»*Du musst es nicht tun!*«

»Was weißt du von dem, was ich muss oder nicht, Lawhead? Es ist richtig, in meinem alten Leben hätte ich dich nicht vernichtet. Ein Vampir, der seinesgleichen umbringt, ist ein Segen für die Menschheit. Ich hätte dich für einen besonderen Anlass aufgehoben, aber jetzt entscheidet Gordon, und ich werde seinen Auftrag so ausführen, wie ich es mir für dich immer vorgestellt habe. Wir lassen uns Zeit, Jäger. Nur du und ich und der Tod.«

»*Du musst nicht tun, was er sagt, Frederik.*«

»Schweig, Blutsauger!«, schrie er plötzlich und spuckte mir ins Gesicht.

Der Speichel stank erbärmlich.

Ich konnte die eklige Flüssigkeit nicht abwischen. Sie lief mir die Wange hinunter. Ich wollte mich übergeben, doch auch darin gehorchte mir mein Körper nicht.

Steven spürte, dass etwas vor sich ging, und rief nach mir, doch ich konnte ihm nicht antworten. Nicht jetzt!

Stattdessen starrte ich unseren Peiniger wütend an. Seine Augen sahen vertrocknet aus. Ich hatte nie zuvor einen Untoten gesehen, hatte sie immer für Ammenmärchen gehalten.

Frederik lachte sein irres Lachen und trommelte mit den Fäusten auf meine Brust. Rigor mortis hatte meinen Körper fest im Griff, es war hoffnungslos.

Wann ging endlich die verdammte Sonne unter?

Frederik hielt inne, dann stand er auf, packte mich und zog meinen Oberkörper ein Stück aus dem Sarg. »So, jetzt kannst du besser sehen, was mit dem anderen Blutsauger passiert.«

Er nahm Anlauf und trat gegen Stevens Sarg. Der steinerne Deckel flog hinunter und zerbrach mit einem dumpfen Knacken.

»*Steven!*«

»Ach, es ist gar keine Freundin. Aber ich hoffe, du magst ihn. Denn du wirst zusehen, wie er stirbt!«

Stevens Stimme hatte alles Menschliche verloren, er schrie und schrie, und doch kam kein einziger Ton über seine Lippen.

Ich bewegte meine Augen langsam zur Seite, bis ich ihn sehen konnte.

Der dünne Lichtstreifen, der durch den Treppenschacht in die Gruft fiel, gab mehr als genug Licht. Zum Glück berührte er uns nicht, doch er meißelte Stevens jungenhaftes Profil in klare Linien.

Steven war nicht einmal in der Lage, seine Augen zu öffnen, geschweige denn, sie in meine Richtung zu wenden.

Frederik huschte wie ein Dämon durch die Gruft und sammelte Kerzen vom Boden auf, die er zuvor durch die Gegend geworfen hatte.

Dann entzündete er eine nach der anderen und platzierte sie gefährlich nah an Stevens Kopf. Jedes heruntergebrannte Streichholz ließ er auf den jungen Vampir fallen. Steven schrie, sobald die Flammen seine Haut berührten, doch zum Glück verloschen sie schnell.

»Sei tapfer, Steven, gib ihm nicht die Genugtuung«, beschwor ich ihn. Es waren kleine Schmerzen, es gab Schlimmeres. Doch es waren nicht die Verbrennungen, die ihn schreien ließen, es war die Angst vor den Flammen. Vampire fürchten nichts mehr als Feuer und Sonnenlicht, und Frederik wusste das. Verdammt, er wusste so ziemlich alles über uns!

Der Untote lachte höhnisch und versengte Stevens goldene Locken.

»Niemand hört dich schreien. Sie laufen dort oben vorbei und niemand hört dich.«

Der junge Vampir verstummte, während Frederik eine Kerzenflamme über seine Finger tanzen ließ. Eine stumme Träne rollte aus dem geschlossenen Auge über Stevens Pergamenthaut.

Sein Peiniger ließ von ihm ab und stand auf.

War ich jetzt dran? Nein. Frederik nahm eine große Armbrust aus meiner Truhe und richtete sie auf Steven. »Mal sehen, wie gut ich noch schießen kann.«

»Nein. Bitte, Frederik, hab Erbarmen!«

Natürlich hörte er nicht auf mein Flehen, es machte ihm nur noch mehr Freude. Diese Art zu sterben war in meiner Vorstellung immer die schlimmste gewesen. Hilflos zu sein und nichts, aber auch gar nichts tun zu können. Jeder noch so aussichtslose Kampf war mir lieber.

Als Frederik seinen Griff mit der Linken verstärkte und Anstalten machte, abzudrücken, rief ich noch einmal um Hilfe. »*Er tötet Steven!*«

Curtis, Curtis hörte mich. Der Meister tröstete Steven und versprach, dass bald Hilfe kommen würde, doch es war zu spät, viel zu spät. Frederik zielte.

»Gleich ist er hin«, lachte er höhnisch.

Klack. Die Sehne schnellte vor. Der Bolzen rammte sich in Stevens Bauch, so tief, dass nur noch die schmalen Metallfedern hinausragten.

Sein Schrei war stumm und doch unerträglich laut in meinem Kopf.

Ich krümmte meine Finger mit größter Willensanstrengung, aber ich konnte ihm nicht helfen, und schon spannte Frederik die Armbrust erneut.

Doch, einen Weg gab es.

Stevens Geist taumelte in einer Wolke aus Schmerz. Ich verschaffte mir Einlass. Beruhigte ihn, schläferte ihn ein, wie ich es sonst bei meinen menschlichen Opfern tat. Er würde nichts mehr spüren, egal was dieser Mistkerl ihm jetzt noch antat.

Klack, wieder der Bolzen, aber diesmal hatte der Untote auf mich gezielt. Mein Bein explodierte in Schmerz.

Aus dem Augenwinkel sah ich den Schaft, der aus meinem Oberschenkel ragte, und fluchte. Sofort tränkte zähflüssiges dunkles Blut den Hosenstoff.

»Ups, daneben. Tut das weh, Julius?«

»*Nein, das ist schön, Arschloch!*«

Steven wachte wieder auf. Ich konnte mich nicht mehr konzentrieren, die Schmerzen hinderten mich. Frederik ließ die Armbrust fallen, dann bückte er sich nach einem der

Trümmer des Sargdeckels und ging zu Steven. Was kam jetzt? Wollte er damit auf ihn einschlagen?

»Ende Akt eins!«

Mit theatralischer Geste zog der Untote einen grob geschnitzten Holzpflock aus der Innentasche seiner Jacke und setzte ihn auf Stevens Brust. Nein! Das durfte er nicht!

Ein Zittern lief durch den steifen Körper. Der junge Vampir blieb stumm. Seine Todesangst tränkte den Raum.

»*Bitte*«, flehte ich, »*er hat noch nie getötet, er ist gut, bitte!*«

Frederik drehte mir den Kopf zu, ganz langsam, und grinste mich an. Ich sah in eine Fratze aus Boshaftigkeit. Ohne hinzusehen hob er den Stein … und schlug zu! Als der Pflock den Brustkorb durchstieß, erklang ein Geräusch wie von morschem Holz. Ich hatte es schon viel zu oft gehört. Verzweifelt schloss ich die Augen, doch es half nichts. Der Schall wurde von den glatten, hohen Mauern zurückgeworfen.

Ein Schlag und noch einer, dann war der Pflock ganz in Stevens Brust verschwunden.

Ohnmächtige Wut tobte durch meinen Körper. Oh, wenn ich doch nur …! Aber ich konnte nicht!

Frederik lachte und ließ den Steinbrocken fallen. Er tätschelte Stevens Leiche die Wangen. »Ein kleiner Blutsauger weniger.«

Diese Bestie!

Ich mochte gar nicht hinsehen, doch wenn ich gedacht hatte, Frederik hätte mich vergessen, so irrte ich gewaltig. Der Untote legte die wenigen Meter, die die Särge trennten, mit erstaunlicher Geschwindigkeit zurück und beugte sich über mich, bis sein hässlicher Kopf fast mein gesamtes Gesichtsfeld ausfüllte. »Keine Angst, Julius, für dich lasse ich mir mehr Zeit, darum hat mich Meister Gordon eindringlich gebeten. Du hast genügend seiner Kinder getötet, um die volle Aufmerksamkeit zu bekommen.«

»*Sie wurden verurteilt und sind nach Recht und Gesetz gestorben.*«

»Das Messer würde sagen, du wirst es auch.«

»*Das Mittelalter ist vorbei, Frederik.*«

Frederik wandte sich von mir ab und wanderte auf der Suche nach weiteren Waffen durch den Raum. »Nicht weglaufen, Julius«, spottete er.

Ich machte mich auf das Schlimmste gefasst. Wenn ich nur lang genug aushielt, bekam ich vielleicht die Chance, ihn umzubringen. Die Sonne konnte nicht ewig am Himmel stehen.

Ich spähte zu dem Lichtstreifen, der jetzt wie Honig über die Treppe floss. Der goldene Schein rundete auch die scharfen Splitter der Holztür. Die Farbe ließ mich hoffen. Die Sonne stand tief. Nicht mehr allzu lange, und mein Körper würde erwachen.

Ich kann es schaffen, beschwor ich mich, ich werde es schaffen!

Frederik wühlte in der Truhe, die er noch nicht zertrümmert hatte. Metall klirrte. Anscheinend suchte er meine Messer zusammen.

Ich schielte zu Steven. Seine innere Stimme war verstummt, der Körper leblos. »*Es tut mir so leid*«, flüsterte ich.

Der Untote kam mit den Messern zurück und legte sie auf meinem wehrlosen Körper aus.

Ich blickte auf die Klingen, die ich mir einst hatte anfertigen lassen. Stahl mit hohem Silberanteil, Griffe aus Ebenholz, geätzte florale Muster, die wie schlanke Tiere über die Klingen krochen.

»Was magst du lieber? Deine Finger oder deine Zehen?« Frederik bleckte die Zähne und lachte.

Er ließ die Klinge vor meinen Augen tanzen und zog sie über meine Wangen, ohne mich zu schneiden. Dann zerrte er meinen steifen Arm aus seiner alten Position. Er stand hoch, als gehöre er nicht zu mir, rigor mortis, die Finger zu Klauen gekrümmt.

Frederik streifte jeden Finger mit der Klinge. Erstes Blut und scharfer Schmerz. Ich versuchte ruhig zu bleiben, ihm nicht die Genugtuung zu geben, sich an meiner Angst zu weiden. Verzweifelt beschwor ich die weiße Leere hinauf, die ich meinen Opfern beim Trinken bescherte. Ich verdrängte meine Gedanken und schloss die Augen.

Frederik berührte alle Finger nacheinander mit der Klinge und schnitt jedes Mal tiefer. Es ging nicht! Ich konnte mich nicht selbst betäuben.

»*Curtis, bitte!*«, schrie ich, als der Stahl erneut in meine Haut biss. Mein Schöpfer war weit weg, doch er hörte mich. Wie ein kühler Wind floss seine Energie in den Raum und durch meinen Körper.

Frederik zögerte. »Was war das?«

»*Mein Meister*«, hauchte ich und ergab mich seiner Macht, die mich wie ein kleines Kind in Watte bettete. Plötzlich wusste ich, dass Curtis weinte.

Er lag weit weg in seinem Sarg unter dem Lafayette und weinte, vergoss Tränen um meinetwillen.

Tiefer und tiefer fiel ich in die Dunkelheit seiner Magie, und meine Panik wich stumpfer Gleichgültigkeit. Ich schwamm schwerelos in einem See aus Taubheit. Totenmagie wirkte besser als jedes Betäubungsmittel.

Als Frederik mir schließlich den kleinen Finger abhackte, spürte ich nichts. Ich war zu weit weg von meinem Körper. Ein warmes Brummen erklang und wurde langsam lauter. Was war das?

Ich blinzelte und versuchte mich zu konzentrieren, doch die Zauberkraft meines Meisters hatte mich Meilen und Welten weit weg gerissen.

Curtis übertrieb. Das war ein sicheres Zeichen dafür, dass er an meiner Rettung zweifelte. Er sandte mir seine Erinnerung an goldenen Sonnenschein. Seine Sonne, die vor fast sechshundert Jahren zum letzten Mal aufgegangen war. Licht und Wärme streichelten meine Haut und ich hatte das Gefühl, dass selbst meine dunkle Gruft ein wenig heller wurde.

Das Brummen wurde lauter und riss mich mit einem Schlag aus der Illusion. Der alte Ford! Das war meine Rettung. »*Amber!*«

KAPITEL 23

»Amber?«, fragte Frederik ungläubig. »Meine Schwester? Was hast du mit ihr zu schaffen?«

Er ließ die Messer fallen, sprang auf, durchwühlte hektisch meine Kisten und nahm prüfend Holzstücke in die Hand, die aus meinen Möbeln gebrochen waren. Ich wusste genau, wonach er suchte: einem Pflock. Er wollte es unbedingt zu Ende bringen, bevor seine Schwester ihn aufhalten konnte.

Draußen erstarb der Motor und eine Autotür schlug zu.

»*Amber, Vorsicht, er ist hier unten, er ist bewaffnet!*«

»Julius!« Sie rief meinen Namen, leise und von Ferne, aber sie war da!

Frederik zerrte an dem Pflock in Stevens Brust, doch der saß fest.

Dann bekam er einen der Armbrustbolzen zu fassen, aber seine Hände zitterten, und er ließ ihn fallen. Hatte er Angst, dass Amber ihn so sah? Steckte etwa doch noch ein Rest von Gefühl in ihm?

»Julius, bist du hier drin?«

Ambers eilige Schritte erklangen auf den Stufen.

Frederik duckte sich hinter die eingeschlagene Tür.

Dann war sie da, meine Retterin. Sie lief direkt am Versteck ihres Bruders vorbei zu Steven, dann zu mir.

»*Er ist hinter dir!*«, schrie ich.

Amber schnellte herum. Sobald sie Frederik entdeckte, lief er los.

Die Treppen hinauf ins Freie.

Amber verharrte einen Augenblick wie erstarrt, als brauchte sie Zeit, um zu verstehen, was ihre Augen ihr weismachen wollten, dann rannte sie ihrem Bruder hinterher. »Frederik? Freddy, warte!«

»*Amber, nicht! Das ist zu gefährlich.*«

Aus meiner unglücklichen Lage heraus konnte ich sie nicht sehen. Sie lief die Stufen hinauf. Ihre Schritte auf dem Gras wurden leiser, dann hörte ich nichts mehr, nur die Abendgesänge der Vögel und das flüsternde Plätschern eines Brunnens. Ich war wieder allein, allein mit der Leiche meines jungen Freundes.

Dann bahnten sich erneut Schritte den Weg in mein zerstörtes unterirdisches Reich.

»Er ist fort, ich habe ihn verloren«, sagte Amber leise. Ihr Atem ging schnell, während sie sich zum ersten Mal wirklich umsah. Sie war von der Situation völlig überfordert.

»Das war mein Bruder, das war wirklich Frederik. Aber das kann nicht … das darf nicht …«

Sie rang nach Luft, drehte sich hilflos im Kreis und fuhr sich immer wieder durch das Haar.

»*Ich bin so froh, dass du hier bist.*«

»Das kann nicht sein«, wiederholte sie. »War das wirklich Frederik?«

»*Ja. Und er macht da weiter, wo er vor seinem Tod aufgehört hat. Er ist hier eingebrochen und hat Steven ermordet.*«

»Julius?«

Ihr Blick zuckte von den Wänden der Gruft zu den Särgen, zu mir, dann wieder zur Treppe, wo Frederik verschwunden war.

»*Amber, bitte ...*«

»Ich kann das alles nicht glauben. Du lebst hier, hier in
diesem Loch, in diesem Sarg?« Ihre Stimme überschlug
sich. »Bist du das wirklich, Julius?«

»*Ich habe dir doch gesagt, was ich bin, ich habe dir nichts ver-
heimlicht.*«

»Es ist nur so ...«

Ich fürchtete, dass sie jeden Moment weglaufen würde.
»*Geh nicht, bitte. Ich brauche dich.*«

Amber ballte ihre Fäuste und focht ihre aufkeimende
Angst hinunter. Schließlich trat sie mit zähen Schritten an
meinen Sarg. Sie scheute meinen Anblick.

Jetzt, da Curtis mich nicht mehr schützte, kehrten die
Schmerzen in meiner Hand zurück. Es fühlte sich brennend
an und nass, etwas fehlte. Meine starre Hand war außerhalb
meines Blickwinkels. »*Bitte lass mich sehen, was er getan hat,
Amber.*«

»Was hast du vor?«

»*Ich möchte durch deine Augen schauen. Bitte!*«

Vorsichtig verschaffte ich mir Zugang in ihren Geist und
sah. Der Boden, die Kissen im Sarg und meine Kleidung waren blutgetränkt. Meine Hand war zerschnitten, der kleine
Finger fehlte. Er war einfach nicht mehr da. In meinem
Oberschenkel stak der Pfeil und Steven, ja Steven war tot.

Als sähe Amber erst jetzt den ganzen Schaden, fühlte ich,
wie sich Entsetzen und Bestürzung in ihr breitmachten. Ich
verließ eilends ihre Gedanken.

»Oh Gott, Julius, war das Frederik? Was hat er dir nur
angetan?«, fragte sie mit bebender Stimme. Amber sank ne-

ben meinem Sarg in die Knie und legte ihre warme, lebendige Hand auf meine Stirn. Das tat so unendlich gut.

Plötzlich ging eine Veränderung mit ihr vor. Sie atmete tief durch, straffte ihre Schultern, und ihre Angst war wie weggeblasen. »Was soll ich tun?«

»*Bleib einfach bei mir*«, bat ich. »*Bald wird Hilfe kommen. Sie sind schon unterwegs.*«

Ambers Blick ging zu Steven, und ihre streichelnde Hand auf meiner Stirn erstarrte mitten in der Bewegung.

»Was ist mit ihm?«

»*Tot.*« Ich konnte es selber kaum fassen. Mir schwindelte. Der Schmerz kreiste um mein Bein, meine Hand. Ein verrückter roter Strudel. Die Energie floss ungebremst aus mir heraus.

»Dann stimmt das mit dem Holzpflock durchs Herz?«

»*Ja, ja, wie du siehst. Kannst du doch etwas für mich tun?*«

»Was soll ich machen?«

»*Ich glaube, Frederik hat die Arterie in meinem Bein erwischt. Ich verliere zu viel Blut.*«

Amber stand auf, zerriss eines der herumliegenden Hemden, das der Untote nicht beschmutzt hatte, und kam zurück. Vorsichtig band sie mir das Bein ab, dann bandagierte sie meine Hand. »Er hat …«

»*Ja …*« Ja, hatte er. Ich wagte nicht, den Satz zu Ende zu denken. Die letzten beiden Glieder meines kleinen Fingers waren fort.

»Ich kann nicht glauben, dass Frederik so etwas tut. Das ist nicht er, Julius. Ich kenne ihn schon mein ganzes Leben. Er ist immer so lieb gewesen, er hat auf mich aufgepasst, er konnte keiner Fliege etwas zuleide tun.«

»*Vielleicht hat ihn das Messer so werden lassen.*«

»Ganz bestimmt sogar. Anders … anders geht es nicht.«

Ich schwieg und genoss ihre Nähe.

Wir warteten.

Bald würde die Sonne untergehen und mir mein Leben zurückgeben. Der Lichtstreifen auf der Treppe wurde immer blasser. Wir hatten nur die Kerzen, die Frederik hatte brennen lassen.

Ich merkte, dass Amber mich musterte. Vorsichtig legte sie eine Hand auf meine Schulter, und ihre Finger ertasteten meine verhärteten Muskeln.

»*Du hättest mich niemals so sehen dürfen, niemals*«, sagte ich.

Amber antwortete nicht.

Ich begann wieder zu hassen, was ich war. Ihre Lebendigkeit an meiner Seite und ihre großen, erschrockenen Augen taten mehr weh als die Wunden, die Frederik mir geschlagen hatte.

»*Danke*«, flüsterte ich.

Amber weinte stumm. Sie rückte näher und blickte tief in meine Augen.

»Wie lange bist du so?«, fragte sie schließlich und strich mir wieder über den Arm.

»*Von Sonnenaufgang bis Sonnenuntergang. Normalerweise verlässt meine Seele den Körper, sobald die Sonne aufgeht, nur wenn Gefahr droht, kehrt sie zurück.*«

»Und wo bist du dann, tagsüber?«

»*Ich weiß es nicht. Ich träume und es ist hell dort. Was glaubst du, wohin gehen die Seelen von Vampiren?*«

Amber zuckte mit den Schultern und zog leise die Nase hoch. »Keine Ahnung. Ich weiß ja noch nicht mal, wohin meine geht, wenn ich nicht mehr bin.«

Schnelle Schritte ertönten.

»*Das ist Robert.*« Ich hatte das Auto gar nicht kommen hören.

Mit der Schrotflinte unter dem Arm stürmte er in die Gruft.

Amber sprang erschrocken auf.

Als Robert sah, dass keine Gefahr mehr drohte, legte er die Waffe weg.

Er ging erst zu Steven, dann kam er zu mir. Ich war unglaublich erleichtert, ihn zu sehen und kurz den festen Druck seiner Linken auf meiner Schulter zu spüren. Er blickte mir in die Augen.

»Julius, der Meister kommt, sobald es ihm möglich ist. Glaubst du, der Killer kehrt zurück?«

»Nicht, solange Amber hier ist. Sie ist seine Schwester. Er ist geflohen, als sie kam.«

»Dann will ich hoffen, dass Sie noch eine Weile bei uns bleiben. Ich bin Robert.« Er gab ihr die Hand. Amber ergriff sie zögernd.

Curtis' Diener hatte eine große Tasche mit allerlei medizinischem Gerät mitgebracht.

»Ihr seht beide ganz schön scheiße aus, wenn ich das so sagen darf.«

Robert beugte sich dicht über meinen toten Freund und betastete die Haut neben dem Pflock. »Steven wird mindestens zwei Wochen brauchen, um sich halbwegs zu erholen.«

Was sagte er da? *»Er lebt?«*

»Ja. Wenn das ein Profi war, fresse ich einen Besen. Er hat das Herz verfehlt.«

Ich konnte mein Glück kaum fassen. Steven lebte! Auch Amber trat jetzt näher und beugte sich über den jungen Vampir.

»Julius, ich kümmere mich erst einmal um dich. Ich ziehe den Pflock nicht, bevor der Meister da ist.«

Ich konnte schon wieder blinzeln. Sah zu, wie Robert mein fehlendes Stück Finger auf dem Boden suchte und fand. Er reinigte es und sterilisierte auch meine Hand.

»Haben Sie das schon öfter gemacht?«, fragte Amber unsicher.

»Ich habe schon so einiges gesehen, glauben Sie mir.«

Als Robert Nadel, Faden und Messer zurechtlegte, setzte sich Amber zu mir und kehrte dem Diener den Rücken zu.

Mit aller Willensanstrengung drehte ich meinen Kopf und sah sie an. Meine schöne Amber. In ihrem roten Haar glitzerte es.

»Du bist ein Engel. Es ist Gold in deinem Haar.«

Amber berührte ihre Strähnen. Sofort regneten funkelnde Sterne hinaus und taumelten langsam zu Boden. »Als du mich gerufen hast, war ich bei der Arbeit. Ich bin Vergolderin, Julius. Ich streife mir mit dem Pinsel durch das Haar, bevor ich neues Gold aufnehme. Hin und wieder bleiben Flitter hängen.«

»Das hast du mir nie erzählt.«

Plötzlich erbebte mein ganzer Körper. Ein Seufzen entwich meiner Kehle, ohne dass ich es verhindern konnte. Amber erschrak.

Robert nähte. Als ich zu zittern begann, hielt er fluchend inne.

»Oh Gott, Julius, was hast du?«

Robert beruhigte sie. »Das ist ein ganz normaler Prozess bei einem Vampir. Das Leben kehrt in seinen Körper zurück. Der Vorgang setzt ein, wenn die Sonne untergeht. Bei Alten eher, bei Jungen später«, referierte er.

»Robert, ich bin keine exotische Spezies.«

»Doch, genau das bist du!« Er lächelte und wandte sich dann wieder Amber zu, die mich neugierig musterte. »Wenn Sie Julius wirklich helfen wollen, schenken Sie ihm Blut, sobald er wach ist.«

»Das muss sie nicht, Robert.«

»Okay, dann nicht. Es ist eure Sache.«

Er nähte schweigend weiter, während Amber mit Grauen und Faszination zusah, wie meine wächserne Haut wieder menschlich und weich wurde.

Als mein Herz den ersten schmerzhaften Schlag tat, bäumte ich mich auf. Dann wurde es besser. Luft füllte meine Lungen.

»Amber ...«, flüsterte ich. Ihr Name war das erste Wort, das ich sprach, und mit dem Blick in ihre meergrünen Augen begann der erste Tag meines restlichen Lebens.

Mit ihrer Hilfe setzte ich mich auf.

»Julius, du wirst jetzt nicht aufstehen.« Robert drückte mich energisch zurück in meine blutgetränkten Kissen und begann meine Hose um den Pfeil herum aufzuschneiden.

Amber zögerte, dann legte sie mir von hinten die Arme um die Brust und schmiegte ihren Kopf an meinen. Ich rieb mich an ihrer seidigen Wange.

Curtis' Diener schloss seine Hand um den Pfeil, und ich biss die Zähne zusammen. Es tat jetzt schon ordentlich weh.

»Achtung!« Robert drehte das Geschoss langsam heraus.

Ich unterdrückte einen Schrei und schlug mit meiner gesunden Hand auf den steinernen Rand des Sargs.

Dann war es vorbei. Mit einem satten Geräusch glitt die silberne Spitze aus meinem Fleisch. Im gleichen Moment sank ich in Ohnmacht. Es müssen nur Sekunden gewesen sein. Als ich wieder aufwachte, rann kalter Schweiß von meiner Stirn.

Robert riss mein Hosenbein weiter auf, wischte das Blut mit einem Stück Stoff von der Haut und legte einen Verband an.

Amber beobachtete ihn kritisch.

»Muss das nicht desinfiziert werden?«, fragte sie, doch Robert schüttelte nur den Kopf. Er antwortete ohne aufzusehen: »Vampire bekommen keine Infektionen, Viren und Bakterien überleben nicht in einem Körper wie dem ihren.«

»Das wusste ich nicht.«

»Natürlich nicht. Woher sollten Sie auch.« Robert sah auf

und grinste. »Julius ist das Mitglied der Leonhardt, das ich mit Abstand am häufigsten zusammengeflickt habe.«

»Ja, ja«, maulte ich schwach. »Aber ich bin nicht schuld daran, das liegt an meinem Job.«

»Und daran, dass du dich gerne auf Kämpfe einlässt, Julius.«

»Ich will Steven sehen«, forderte ich und ignorierte seine letzten Worte.

Beide halfen mir auf und stützen mich auf dem kurzen Weg zu dem anderen Sarg. Der Körper des jungen Vampirs hatte sich nicht zurückverwandelt.

Er war noch immer wächsern und steif, als stünde die Sonne hoch am Himmel. Das Blut lief in dünnen Fäden aus den beiden Wunden in seinem Oberkörper, dem Pfeil in seinem Bauch und dem Pflock neben dem Herzen. Stevens Gesicht war auf der linken Seite verrußt, Ohr und Haare angebrannt.

Wütend stieß ich die erloschenen Kerzen zu Boden. »Verdammt, wie konnte er nur!«

Amber zuckte unter meinem Schrei zusammen.

Ich suchte nach Stevens Geist und fand nur öde Leere. Niedergeschlagen ließ ich mich auf die Kante seines Sargs sinken. »Er müsste längst wach sein.«

»Nein, du irrst dich. Solange der Pflock in seiner Brust steckt, bleibt er in diesem Zustand«, beruhigte Robert mich. »Der Meister ist gleich da. Fragen wir ihn, aber ich denke, es ist besser, wenn wir den Jungen in die Zuflucht bringen. Er wird viel Blut brauchen, wenn ich den Pflock ziehe. Der ganze Clan muss helfen, damit er überlebt.«

Reifen summten über Asphalt. Ein Auto hielt nicht weit entfernt auf einem Parkplatz. Der Motor wurde abgestellt, und mehrere Personen stiegen aus. Als sie näherkamen, verschluckte der Rasen ihre Schritte.

»Das wird er sein«, sagte ich und ließ mir von Amber aufhelfen.

Curtis sollte mich nicht derart schwach sehen.

Ich fühlte meinen Schöpfer näherkommen, als sei die
Luft plötzlich dichter geworden. Magie umgab ihn wie eine
unsichtbare Wolke.

Curtis eilte die Treppe hinunter und stieg über die zersplitterte Tür.

Ich hatte unseren Meister selten so aufgewühlt gesehen.
Einen Moment blieb er stehen und versuchte die ganze Zerstörung der Gruft zu fassen, dann eilte er auf mich zu. Seine
eisblauen Augen sagten alles.

Curtis nahm mein Gesicht in seine Hände und küsste
mich auf die Stirn, dann tat er das Gleiche bei der überraschten Amber.

»Ihnen gilt mein tiefer Dank, Miss Connan. Danke, dass
Sie Julius gerettet haben.«

Dann ging Curtis neben Steven in die Knie und legte ihm
die Hand auf die Brust. Bestürzt untersuchte er die Wunde
und strich ihm über das verbrannte Haar. Als der Meister
schließlich sprach, war seine Stimme völlig emotionslos.

»Brandon und Christina sind oben. Sie werden sich um
deine Gruft kümmern, Julius. Du kannst nicht hierbleiben.
Für ein paar Tage kommst du mit zu uns. Ich weiß nicht,
wieso ich dich überhaupt alleine und ohne Wächter habe
schlafen lassen.«

Ich nickte nur. Hier konnte und wollte ich wirklich nicht
bleiben. Es stank nach Urin, Blut und Tod. Die Türen waren
aufgebrochen, mein Heim zerstört und verschmutzt. Bis auf
eine Truhe und meinen Sarg stand nichts mehr.

Ich würde ins Lafayette ziehen, keine Frage. Im Augenblick gefiel mir der Gedanke, bei den anderen zu sein, sogar
recht gut. Das alte Kino war hervorragend bewacht. Nie-

mand konnte dort so einfach einbrechen und einen Vampir vernichten.

»Kommst du mit, Amber?«

Sie sah zweifelnd von mir zu Curtis und dachte wohl an ihre erste grauenhafte Zeit im Lafayette. »Ich gehe mal kurz Luft schnappen.«

War das ein Ja oder ein Nein?

Amber strebte zur Treppe.

Ich setzte mich wieder auf die Kante von Stevens Sarg, nahm seine Hand in meine und rieb mit dem Daumen über das kalte, harte Fleisch.

»Sie hat uns gerettet«, sagte ich leise.

Curtis begann saubere Kleidung und meine Waffen in die heile Truhe zu packen. Ich war zu schwach, um ihm dabei zu helfen.

Silber und Holz waren teuflisches Zeug.

Das Blut verließ meinen Körper noch immer. Der Verband an meinem Oberschenkel fühlte sich bereits nass an und war bis zur Hälfte dunkel verfärbt. Mir wurde schwarz vor Augen. Ich schwankte, dann verlor ich den Halt.

KAPITEL 24

Als ich erwachte, lag ich auf dem Boden. Die Welt drehte sich wie verrückt und mein Bein tat höllisch weh. Anscheinend war ich daraufgefallen.

»Julius, das geht so nicht!« Curtis war zu mir geeilt und half mir in eine aufrechte Position.

Ich umklammerte den Sargrand mit meiner gesunden Hand und zog mich ein Stück hoch. Doch alles, was ich berührte, begann zu fließen, wurde schwammig. Ich rutschte wieder hinab.

Dann erklangen Brandons und Christinas leise Schritte auf der Treppe.

Curtis musste sie gerufen haben.

Mein Clanbruder war nicht so blass wie andere Unsterbliche. Seine Haut besaß einen leichten Bronzeton, den ihm sein Vater, ein Navajo, vererbt hatte. Mit seinem rabenschwarzen, langen Haar und der muskulösen, großen Statur wirkte er wie das Idealbild eines Indianers.

Auch Brandon überraschte das Ausmaß der Zerstörung. Er stieg über Kleidung und Trümmer hinweg und baute sich vor mir auf. »Mann, Julius, der hat euch ja wirklich fertig gemacht!«

Neben ihm stand seine Dienerin, Christina. Sie war eine Latina und eine der schönsten Frauen, die ich je gesehen hatte.

Im Moment freilich sah ich beide nur verschwommen. Ihre Körper flossen ineinander wie Traumgebilde. Ich konnte Brandon nicht antworten, öffnete meinen Mund, ohne einen Ton hervorzubringen, und bekam nicht einmal die eigenen Gedanken zu fassen.

»Du siehst, wie schwach er ist«, sagte Curtis erklärend.

Brandons wabernder Umriss legte besitzergreifend einen Arm um die kleine Christina und zog sie an sich. Ich fühlte einen ständigen Energiestrom zwischen ihnen fließen, sie waren eins, Vampir und Dienerin, ein Wesen mit zwei Herzen. Brandon war wütend und sein Zorn übertrug sich auf sie.

»Er soll von ihr trinken? Warum fragst du mich? Soll es doch die da oben machen!«

Curtis' Stimme wurde leise und drohend. »Ich habe dich nicht gerufen, um zu diskutieren, Brandon Flying Crow!«

»Ja, so ist es immer mit euch Weißen, wenn ihr etwas

wollt, nehmt ihr es euch! Unsere Meinung schert euch einen Dreck.«

»Keine Geschichtsstunde, Brandon. Wage es nicht!«, sagte Curtis kalt.

Brandon gab ein wütendes Zischen von sich, dann neigte er den Kopf. Seine Fäuste zitterten, so sehr musste er sich beherrschen. Er konnte seinem Clanführer nicht den Gehorsam verweigern.

»Christina?« Curtis brauchte ihr Einverständnis.

Brandon konnte er befehlen, aber nicht ihr, wenngleich es eigentlich keine Bedeutung hatte, da sie Brandon diente.

»Ja, Meister.« Ihre Stimme bebte, als sie antwortete.

In der Hoffnung auf Blut klärten sich meine Sinne ein wenig.

Brandon war wütend, doch er fügte sich. Ich war erleichtert. Der Indianer ergriff das Handgelenk seiner Dienerin und zog sie unsanft zu mir.

Christina kniete sich neben mich wie ein Opferlamm am Altar. Ich spürte ihre Angst und ihren Zorn.

Es galt als ungeheurer Frevel, das Blut eines Menschen zu trinken, der die Zeichen eines anderen Vampirs trug. Es war ein Schlag ins Gesicht, eine Herausforderung. Und ich würde es ausgerechnet bei Brandons Dienerin tun müssen, wo Brandon so viel auf Ehre und Regeln hielt.

Der dunkle Blick des Indianers flog vom Meister zu mir. *»Wenn du sie berührst, Julius, bringe ich dich um!«*

Ich fühlte seine Macht ansteigen, als er den Geist seiner Dienerin auf die Schmerzen vorbereitete.

Christina wurde ruhig und nahm die Magie ihres Vampirs an wie ein Geschenk. Dann schlitzten seine Zähne ihre Pulsader.

Ich riss den Mund auf. Ein warmer Strahl ergoss sich in meine Kehle.

Brandon hielt Christinas Arm hoch über meinen Kopf. Viele Tropfen trafen meine Wangen anstelle meines Mundes. Die Möglichkeit, dass ich Christinas Haut berührte, bestand niemals.

Mit jedem Schluck fühlte ich mich besser, doch der Segen hatte schon bald ein Ende. Enttäuscht wischte ich mir mit dem Ärmel das Gesicht sauber.

Brandon funkelte mich noch immer wütend an, während er sich selbst eine kleine Wunde beibrachte und sein Blut in die Verletzung seiner Dienerin rieb. Die Haut schloss sich fast augenblicklich. Christina küsste Brandons Hand und stand auf.

In ihrem Blick stand tiefe Enttäuschung, und ohne sich noch einmal umzusehen, rannte sie hinaus.

Ich wusste, dass Brandon mir diese Sache noch lange nachtragen würde. Wenn es nach ihm ging, hätte ich ablehnen sollen. Brandon hätte es an meiner Stelle getan, da war ich mir sicher. Ich war da praktischer veranlagt.

Ausgerechnet jetzt, in dieser feindseligen Atmosphäre, kam Amber zurück.

Brandon hob wortlos meine Truhe auf, um sie zum Auto zu bringen. Im Vorbeigehen spuckte er Amber vor die Füße. Sie sah ihm fassungslos hinterher. Er trat gegen die schief in den Angeln hängende Tür. Sie zersplitterte wie Pappmaché.

»Brandon! Treib es nicht zu weit!«, rief Curtis warnend, doch der Indianer war schon fort.

»Lass ihn, bitte.«

»Er hat zu gehorchen, Julius.« Curtis seufzte, schluckte seinen Zorn herunter und strich Steven über die wächserne Stirn. »Bringen wir den Jungen hier weg«, sagte er leise.

Gemeinsam mit Robert, der kurz nach Amber zurückgekommen war, hob Curtis den ohnmächtigen Vampir hoch und trug ihn hinaus.

Christinas Blut hatte mir gutgetan, und ich kam auf die Beine.

Amber starrte noch immer dorthin, wo Brandon gerade verschwunden war, und machte keine Anstalten mir beizuspringen.

»Was sollte das denn?«, flüsterte sie entrüstet.

»Hilf mir erst einmal, bitte«, sagte ich und streckte schwankend die Hand nach ihr aus. Amber stütze mich, und wir schafften es tatsächlich bis zur Treppe.

Ich erklärte ihr in hastigen Worten, was geschehen war.

»Aber was hat das denn mit mir zu tun?«

»Es ist Unrecht, Frevel. Brandon denkt, es sei deine Aufgabe gewesen.«

Wieder zwei Stufen, erneuter Schwindel und Ambers Sommersprossen tanzten Ringelreihen.

»Und deshalb hat mir dieser Vampir …«

»Brandon Flying Crow.«

»Wie auch immer. Deshalb hat er mir vor die Füße gespuckt?«

»Er ist schrecklich wütend. Seiner Meinung nach hätte ich ablehnen müssen.«

»Und warum hast du nicht?«

»Weil ich Blut brauchte.«

Robert hatte den umgebauten Dodge nah an mein Mausoleum gefahren.

Ich humpelte an Ambers Seite die wenigen Schritte zum Wagen.

Brandon und Christina hielten sich ein Stück entfernt und beobachteten uns. Ich konnte den Halbindianer zwar nicht genau erkennen, aber ich fühlte seine wütenden Blicke und Christinas Empörung. Noch war die Dienerin menschlich, doch schon bald würde sie zu einer von uns werden. Sie hatte bereits offiziell um die Verwandlung gebeten und Curtis hatte versprochen, sie in den Clan aufzunehmen.

Mein Meister öffnete die Tür und half mir hinein. Ich hätte mich keinen Moment länger auf den Beinen halten können und sank erschöpft auf die lederbezogene Rückbank. Amber setzte sich zu mir.

Während der Fahrt wurde ich immer wieder ohnmächtig. Aber Amber war da, um mich zu halten, und der Duft ihrer Haare und ihrer Haut ließ nicht zu, dass die Erinnerungen an Schmerz und Folter überhandnahmen. Niemand hielt es für nötig, ihr die Augen zu verbinden. Vielleicht hatten sie es auch einfach vergessen.

Als wir schließlich hinter dem alten Kino hielten, half mir Amber beim Aussteigen. Im Entree hatten sich sämtliche Bewohner der Zuflucht versammelt. Schweigend und misstrauisch beobachteten sie, wie ich mit Amber ein Sofa ansteuerte. Der Verband an meiner Hand war wieder blutgetränkt.

Curtis und Robert trugen Steven in den Versammlungsraum. Die anderen Vampire folgten ihnen in einer schweigenden Prozession. Ich wusste nicht, was ich machen sollte und blieb einfach sitzen.

Es war schrecklich leer in dem hohen Raum. Amber sah sich unsicher um. Ihr Blick huschte über die alten Bilderrahmen, in denen Filmplakate der Dreißiger vor sich hin bleichten, doch sie war zu nervös, um sie wirklich anzusehen.

Curtis kam noch einmal zurück. Er reichte Amber frisches Verbandszeug und drückte mir ein paar Schlüssel in die Hand. Es waren die Schlüssel zu seinen Gemächern.

»Geht runter. Dort unten bist du sicher, Julius. Ich kümmere mich jetzt um Steven.«

»Und er kommt wirklich durch?« Ich konnte es mir nicht so recht vorstellen. Steven war so jung, seine Magie noch so schwach. Doch Curtis war zuversichtlich. »Mach dir keine Sorgen. Liliana Mereley kommt auch noch. Die Kraft zweier Clanmeister sollte reichen, um den Jungen zurückzuholen.«

Ich nickte. Wenn Liliana kam, würden sie wirklich mehr als genug Magie zur Verfügung haben. Die Vampirin leitete einen kleinen, aber mächtigen Clan, der mit unserem seit Jahrzehnten freundschaftlich verbunden war.

Amber half mir auf.

Curtis wartete, bis sie stand, dann fasste er ihr Kinn und zwang sie, ihn anzusehen. »Wenn du mein Vertrauen brichst, muss ich dich töten. Und mir ist egal, was Julius dazu sagt!«, drohte er. Das war Curtis' besonderer Charme.

Amber nickte mit zusammengepressten Lippen.

»Geh runter und ruhe dich aus.« Der Meistervampir strich mir durchs Haar, dann ging er zurück in den Versammlungs-raum.

Amber sah mich an, wartete auf einen Kommentar, doch ich wies nur auf den schmalen Gang, der zu den unterirdi-schen Kammern führte.

Endlich konnte ich mich tief unter der Erde auf das Sofa vor dem Kamin sinken lassen. Amber hingegen lief rastlos hin und her und beobachtete die Fresken, als würden sie jeden Moment zum Leben erwachen.

»Die sind unheimlich.«

»Es ist eine Liebesgeschichte«, erwiderte ich. »Komm her zu mir.«

Amber setzte sich gehorsam und starrte in die Flammen des Kamins.

Ich fragte mich, ob sie den Pflock bereits aus Stevens Körper entfernt hatten. Hoffentlich wurde der Junge wieder gesund.

»Ich bin schuld, dass Steven jetzt da oben liegt.«

Amber sah mich fragend an. Ihr Gesicht glühte von der Wärme des Feuers.

Zögernd berichtete ich von meinem Auftrag, den verwilderten Vampir zu töten, und der darauffolgenden Begegnung mit Frederik. Dass er zu meinem Schlafplatz gekommen war, war eindeutig ein Racheakt. Und hätte Steven nicht bei mir geruht, dann wäre er gesund und ich vermutlich tot.

»Aber der Vampir, den du hingerichtet hast, wurde doch von diesem Rat der Clans rechtmäßig verurteilt?«

»Ja, und Gordon hätte Urteil und Vollstreckung akzeptieren müssen.«

»Bist du der Einzige, der …?«

»Nein, es gibt noch einen Jäger für die Außenbezirke.«

Amber zog die Stirn kraus. »Dann wusste dieser Gordon genau, dass du kommen würdest, wenn er einen Vampir macht, der Menschen ermordet? Und mein … mein Bruder konnte dir einfach folgen?«

Verdammt. Dass ich darauf nicht selbst gekommen war. »Du meinst, er hat den verwilderten Vampir womöglich nur geschaffen, um meinen Schlafplatz zu finden?«

»Wenn du noch mehr von seinen Freunden umgebracht hast, hat er doch allen Grund, dich aus dem Weg zu räumen!«

Ein tropfendes Geräusch ließ uns beide gleichzeitig zu meiner Hand schauen. Der Verband war nass. Erste Flecken sprenkelten bereits den Boden. Amber nahm wortlos das Verbandszeug vom Tisch.

»Eigentlich habe ich immer gedacht, ich könnte kein Blut sehen.« Ein Lächeln umspielte ihren Mund, doch als sich mein kleiner Finger aus dem Stoff schälte, verschwand es mit einem Schlag.

Grobe Nähte hielten das abgetrennte Stück am Platz, und ständig sickerte Blut heraus. Auch die anderen Finger sahen schlimm aus. An den meisten waren eine oder mehrere Sehnen durchtrennt.

»Und das heilt wieder? Bist du dir sicher?«

War ich nicht. Ich brauchte frisches menschliches Blut. »Eigentlich heilen wir etwas besser. Ich sollte jagen ...«

Amber sah mich skeptisch an. »Du bist zu schwach. Du kannst doch nicht mal alleine laufen.«

Ihre Augen waren tief und unergründlich. Mittlerweile wusste ich, dass sie dunkler wurden, wenn sie unsicher oder traurig war.

Vorsichtig tupfte sie meine Hand sauber und legte einen neuen Verband an.

Ich stand auf, warf den dreckigen Stofffetzen ins Feuer, schwankte und musste mich sofort wieder setzen.

Amber schmiegte sich in meinen Arm. Ich küsste ihre Stirn und schloss die Augen.

In Gedanken kehrte ich in mein längst vergangenes sterbliches Leben zurück. Das alte London, an irgendeinem verregneten Novembertag.

Ich sah mein Anwesen vor mir, als hätte ich es gerade erst verlassen. Den Rauchsalon und meine kleine Bibliothek. Das Arbeitszimmer, in dem ich halbherzig den Überseehandel meines Vaters betreute, der ohne mich genauso gut oder besser gelaufen wäre. Der große Globus meines Urgroßvaters, auf dem die Länder noch andere Grenzen besaßen und Kontinente aus weißen Flecken bestanden. Damals hatte ich davon geträumt, die Welt zu bereisen. Vielleicht irgendwann, dachte ich. Vielleicht ...

»Würde dir mein Blut helfen?«

Ich riss die Augen auf. Die Traumbilder waren verschwunden.

»Ich habe dir etwas versprochen und ich frage nicht, Liebes«, antwortete ich.

»Gut.« Sie legte die Beine hoch und rückte zufrieden näher, küsste mein Kinn. Ich erwiderte ihren Kuss, doch die Schwäche nahm mir die Leidenschaft.

Mir wurde wieder schwindelig. Ich blinzelte, versuchte mich zu konzentrieren.

»Und wenn ich es dir schenke?«

Ich sah sie ungläubig an. »Dann nehme ich deine Gabe an, mit großer Freude. Aber du musst nicht.«

Sie biss die Zähne zusammen und sagte schließlich zögernd: »Es war mein Bruder, der dir das angetan hat. Wenn ich es ein kleines bisschen wiedergutmachen kann …«

»Nein, nicht aus Schuldgefühlen für deinen Bruder.«

»Ich will es so.«

Es war ihr ernst. Ihr Körper ließ daran keinen Zweifel. Ich konnte es spüren. »Du überraschst mich immer wieder.«

Der Hunger, den ich fast vergessen hatte, kehrte mit Macht zurück. Meine Augen waren mit einem Schlag hellbraun. Ich schluckte trocken, strich über ihre Brauen, Lippen und das Haar. Streifte ihre Brust, wie zufällig.

Amber zitterte und sah auf. »Mach schnell, sonst überlege ich es mir doch noch anders.«

Ich nickte, durstig, gierig. Jetzt gab es kein Zurück mehr.

»Wo?«, fragte sie mit großen Augen.

Ich hielt ihr Haar zurück und ließ meine Nägel über die Haut ihrer Halsbeuge gleiten. »Hier.«

Zart und blau wie ein ferner Fluss zeichnete sich die Schlagader ab. Ich konnte kaum noch klar denken und schob alle Zweifel zur Seite.

»Vielleicht tut es weh, diesmal«, warnte ich.

Eigentlich war ich mir sicher, dass es das würde. Ich war zu schwach für irgendwelche Zaubertricks. Vielleicht konnte ich ihr zumindest einen Teil der Schmerzen nehmen, vielleicht auch nicht. Der Durst, dieser blutrünstige Dämon, wusch all meine Bedenken und Sorgen davon. Amber hatte etwas, das mir gehörte, sie hatte etwas, das ich brauchte. Mein Herz pochte wie wild, und Ambers Haut duftete köstlich nach ihrer Angst.

»Mach schon, Julius, ich will es!«, presste sie hervor und kniff die Augen zusammen.

Jetzt gab es kein Halten mehr! Ich strengte mich an, ihr den Schmerz zu nehmen, doch meine Kraft reichte nicht.

Auf einmal stöhnte Amber und krallte ihre Hände in meinen Rücken. Ihr Schluchzen ging in meinen lauten Schluckgeräuschen unter. Ich vergaß alles um mich herum. Amber wehrte sich wohl, doch ich nahm es nicht wirklich wahr. Als sie schließlich die Hände gegen meine Brust stemmte, ließ ich nicht ab, sondern wusste nur, dass es noch nicht genug war.

Doch dann begann die Energie ihr Werk. Meine Wunden wurden heiß, begannen zu heilen, und Amber hielt endlich wieder still. Ihre Tränen nässten meine Schulter und langsam, ganz langsam fand ich zurück in diese Welt.

Aus einer seltsamen Melodie wurde eine Stimme, Ambers Stimme. »Bitte hör auf, Julius! Es tut so weh, ich ertrage es nicht mehr!«

Wie oft hatte sie das schon gesagt? Wie oft?

Ich ließ ab und strich ihr mit der Hand beruhigend über die Haare. Was hatte ich getan? Was hatte ich nur getan! »Das wollte ich nicht.«

Ihr Gesicht war tränenüberströmt.

Wie konnte etwas, das mir solche Wonne bereitete, ihr zugleich so weh tun? Fast mochte ich mit ihr weinen und drückte mich an sie wie ein verängstigtes Kind. »Verzeih mir, verzeih«, stammelte ich.

Amber saß starr neben mir und presste eine Hand auf den Hals.

Ich fürchtete, alles zerstört zu haben. »Bitte verlass mich jetzt nicht. Ich hätte es nicht tun dürfen, ich ...«

Amber rückte von mir ab und zwang mich, sie anzusehen. »Du hast getan, was ich dir erlaubt habe«, sagte sie.

Was sollte ich machen? Wie konnte ich sie um Verzeihung bitten?

»Möchtest du das zweite Siegel?« Die Frage klang wie eine Bitte: Nimm mein Geschenk an, es ist doch alles, was ich geben kann!

»Was bedeutet das?«, fragte sie. Noch immer rannen Tränen über ihre Wangen.

Ich hatte neue Hoffnung. »Eine engere Verbindung, Gesundheit, ein längeres Leben ... Es tut nicht mehr weh ... dann.«

»Vielleicht«, sagte sie unsicher und wischte sich die Tränen ab.

Blut sickerte aus ihrer Wunde. Ich hätte es zu gerne getrunken, mit langen Zügen von ihrer seidigen Haut geleckt, die Zunge in die Wunde gepresst, doch ich bezähmte mein Verlangen. Sie hätte es nicht verstanden, niemand hätte es verstanden, außer einem Vampir, einem Monster wie mir.

Amber will das zweite Siegel, redete ich mir ein. Sie will es!

Ich stand auf und hinkte auf der Suche nach einem Gefäß durch den Raum.

»Du kannst wieder alleine stehen«, sagte Amber erstaunt.

»Das verdanke ich dir.« Ich schenkte ihr ein Lächeln blutiger Zähne.

Sie wandte erschrocken die Augen ab.

Ich ging zu der Vitrine, in der Curtis' antike Pokale standen. Er sammelte sie. Kurzentschlossen wählte ich einen goldenen mit gefassten Bergkristallen.

»Julius, was machst du da?«

Ich schnellte herum und hätte das kostbare Gefäß beinahe fallen lassen.

Mein Blick fiel auf einen kleinen, gravierten Dolch, der anscheinend zu einem der Pokale gehörte, und ich entschied mich um. Wir brauchten keinen Kelch. Blut schmeckte kalt und seelenlos, wenn es nicht frisch war, wenn die Lippen nicht die Haut berührten. Freilich war ich mir nicht sicher, ob Menschen überhaupt einen Unterschied schmecken konnten.

Ich setzte mich zu ihr, öffnete Ambers Hand und legte ihr das Messer wie einen Schatz hinein.

»Was soll ich damit, Julius?«, fragte sie überrascht.

Ich wies auf meinen Hals. »Du trinkst von mir. Schneide hier, aber nicht zu tief.«

Sie riss entsetzt die Augen auf. »Ich kann dich nicht verletzen! Das mache ich nicht.«

Ich nahm ihr das Messer ab und tastete nach der richtigen Stelle.

Im letzten Moment hielt sie meine Hand fest. »Nein, warte, Julius. Diesmal läuft das nicht einfach so. Was bedeutet es wirklich? Diese ganze Geschichte mit den Siegeln und Dienern, meine ich.«

Ich seufzte. Es wäre auch zu einfach gewesen.

»Wie du weißt, dreht sich unsere Welt vor allem um eins«, begann ich. »Blut, Lebensenergie. Wenn wir Bindungen eingehen, bekräftigen wir unsere Schwüre damit, und unsere Magie wohnt und spricht im Blut. Die Siegel sind eine magische Verbindung.«

»Zauberei?«

»Wenn du es so nennen willst. Ich trinke dein Blut und du nimmt das Geschenk von mir, dadurch werden wir enger aneinander gebunden. Es soll wunderschön und erfüllend sein ...«

»Moment, und dann bin ich deine Dienerin und muss dir gehorchen?«

Ich legte eine Hand auf Ambers Arm. »Nein, im Gegenteil. Mein Einfluss auf dich wird schwächer und zugleich wachsen wir zusammen. So wurde es mir zumindest gesagt.«

Sie zog die Brauen hoch. »Du hast es noch nie gemacht?«

»Nein, noch nie. Aber ich wünsche es mir sehr.«

»Warum ich?«

»Ich kann mir nichts Schöneres vorstellen, Amber.«

Sie sah mir tief und forschend in die Augen. »Du willst das wirklich, oder?«

»Kannst du das nicht sehen?«

Sie sah es, doch sie war unsicher. »Ich kann mich doch jetzt nicht für den Rest meines Lebens entscheiden, Julius. Wir kennen uns kaum. Was erwartest du denn von mir?«

»Erst das fünfte Siegel ist endgültig, Amber. Erst dann lebst du genauso lange wie ich. Vorher kannst du dich immer noch dagegen entscheiden.«

»Und du würdest es zulassen, dass ich einfach so davongehe und dich vielleicht nie wiedersehen will? Das glaube ich dir nicht. Was passiert dann mit den Siegeln?«

»Ich würde deinen Willen respektieren, das verspreche ich. Ich müsste die Siegel schließen. Das ist möglich, aber ich könnte bis zu deinem Tod keinen anderen Menschen an mich binden. Ich riskiere es. Ich teile meine Lebensenergie gerne mit dir.«

Amber schluckte und schüttelte ungläubig den Kopf. »Und was hast du davon? Irgendwas musst du doch davon haben?«

»Natürlich. Durch dich kann ich wieder den Tag erleben. Du bist mein Tor in die Welt der Sterblichen. Ich teile meine Kraft mit dir, und du gibst mir auch von deiner Lebensenergie. Wir werden beide stärker, lebendiger.«

»Dann ist Diener das falsche Wort.«

»Vielleicht. Aber in der alten Zeit war nur der Leibdiener seinem Herrn derart nah. Natürlich tut der menschliche Diener vieles für den Vampir, was dieser aufgrund seiner Konstitution nicht selber kann.«

Amber nickte und starrte in den Kamin.

Abwartend spielte ich mit dem kleinen Dolch in meiner Hand. Alles, was ich sagen konnte, war gesagt. Jetzt kam es auf Ambers Entscheidung an.

»Weißt du, mit dir zusammen zu sein ist komisch, Julius. Ich fühle mich, als würde ich dich schon mein ganzes Leben lang kennen, und dabei weiß ich fast nichts von dir.« Sie sah mich an.

»Mir geht es nicht anders. Meinst du nicht, dass das die beste Grundlage für das zweite Siegel ist?«

»Und ich kann es wirklich rückgängig machen?«

»Ja, versprochen. Erst das fünfte ist endgültig.«

Ich lehnte mich zurück, knöpfte den Kragen meines Hemdes auf und streckte einladend die Hand nach ihr aus. »Komm zu mir, Amber.«

Amber atmete tief durch, dann rutschte sie vorsichtig näher. Mit klopfendem Herzen kuschelte sie sich in meine Armbeuge.

»Bereit?«, flüsterte ich in ihr Haar und drückte einen Kuss auf ihre Stirn.

»Ja.«

»Nicht erschrecken, es kann sich etwas komisch anfühlen.«

Amber lächelte. Sie war so weit.

Ich rief meine Magie herauf, befreite sie aus meinem Inneren, wo sie seit meiner Erschaffung wohnte und langsam wuchs. Es war, als hätte die Luft plötzlich eine andere Dichte bekommen. Die Magie fuhr tastend über Ambers Körper, dann öffnete ich das erste Siegel, und meine Geliebte wurde von einem fremden Wesen zu einem Teil von mir.

Unsere Herzen schlugen im Gleichtakt. Die Magie erkannte meine Geliebte und begrüßte sie wie eine Freundin.

Amber fühlte, wie die fremde Kraft durch ihre Glieder kroch. »Das ist, das …«

Ich brachte sie mit einem kurzen Kopfschütteln zum Schweigen. »Nicht.«

Nicht jetzt.

Ich hob das Messer an meinen Hals und schnitt schnell und kurz. Dann zog ich Ambers Kopf zu mir, bis ihre Lippen meine Haut berührten. »Trink von mir, wie ich von dir getrunken habe, Amber Connan. Meine Kraft für deine.«

Zögernd öffnete sie ihren Mund, und schon die Berührung ihrer Zungenspitze ließ mich schaudern. Vorsichtig leckte sie einen Blutstropfen auf. Sofort war die Magie da und schloss die Bindung.

Den kleinen Schmerz des Schnittes hatte ich längst vergessen. Die nächsten Tropfen flossen und Amber wurde weniger zögerlich.

Die Energie rauschte durch uns und knüpfte ein zweites Band, öffnete ein zweites Tor in unseren Herzen.

Ich zog meine Geliebte an mich, wollte mit ihr verschmelzen, mit ihr und diesem wunderbaren Gefühl. Ambers Lippen schlossen sich zum Kuss um die Wunde, und sie begann zu saugen. Es war ein verrücktes Gefühl, erotisch und nicht von dieser Welt. Meine Haut prickelte und brannte wie nach einem nackten Lauf durch ein Brennnesselfeld.

Es war die Verschmelzung von Lust und Hunger. Ich wollte sie lieben und dabei ihre durstigen Küsse empfangen. Es hätte ewig so weitergehen können, doch dann schob ich ihren Kopf sanft von mir. Zwei tiefe Schlucke, das war genug Vampirblut für eine Sterbliche.

Amber lehnte sich zurück und berührte erstaunt ihre brennenden Lippen.

Sie musste nichts sagen. Ich wusste, was sie gerade erlebt hatte. Die Wunde an ihrem Hals schloss sich langsam, während sie seltsam entrückt in die Ferne blickte und die Magie wie eine leiser werdende Melodie verklang.

Ich ergriff die Hand meiner Liebsten und verschränkte meine Finger mit ihren. Ambers Herz klopfte wild und ihr Atem ging tief und stoßweise wie nach gutem Sex.

Wir sahen eine Weile in die Flammen des Kamins. Zwei Verlorene in einer fremden Welt. Ich lauschte ihrem Blut und meinem, spielte mit ihrem Haar und fühlte, wie ihr Körper dem Schlaf entgegentaumelte.

Amber kuschelte sich an mich. Ich war erleichtert. Anscheinend hatte sie mir verziehen und das zweite Siegel genauso genossen wie ich.

Bald schlief sie tief und fest in meinen Armen.

Ich hingegen machte mir Gedanken. Über sie und mich, über Steven. Wie ging es ihm wohl?

Dank Ambers Gabe war ich wieder stark genug, um nachzusehen. Im Geiste rief ich nach Curtis. Er ließ mich ein, und durch seine Augen sah ich, was im Versammlungsraum vor sich ging.

Steven lag auf dem großen ovalen Tisch aus poliertem Redwood-Holz. Wie die Tafelritter standen die anderen um ihn herum. Mein Platz war leer, ebenso der von Brandon.

Unser Versammlungsraum war im ehemaligen Kinosaal untergebracht. Die Stuhlreihen waren längst entfernt worden. Alte Kristalllüster spendeten Licht. Schwere, geraffte Vorhänge bedeckten fast jede Wand und vermittelten das Gefühl, im Inneren eines riesigen roten Wasserfalls zu stehen.

Curtis hatte immer schon Sinn für das Dramatische besessen. Er liebte es, sich selbst zu inszenieren. Jetzt schritt er energisch und zielstrebig durch den Raum, und alle Blicke waren auf ihn gerichtet.

Robert hatte seine Arbeit erledigt und wusch sich die Hände in einer Schale. Auf einem Tuch lag der riesige Holzpflock, blutig und obszön, und daneben der Pfeil aus meiner eigenen Armbrust. Er hatte beides erfolgreich entfernen können.

Steven war schrecklich bleich und sein Oberkörper weiß wie ein Laken. Die Eintrittsstelle des Pflocks klaffte tief, die Haut darum war schwärzlich verfärbt.

Ich spürte, wie Curtis Magie heraufbeschwor und mit einer Leichtigkeit bündelte, dass es mir den Atem raubte. Von seiner Meisterschaft war ich noch Jahrhunderte entfernt.

Robert reichte seinem Herrn ein kleines, schlichtes Skalpell. Curtis schnitt sich in den Daumenballen, trat an den Tisch und ließ etwas von seinem mächtigen Blut in die Wunde tropfen.

Als öffnete sich die Schleuse eines Staudamms, stürzte die Magie in den jungen Körper. Stevens Leib zitterte wie von heftigen Schlägen. Curtis rief seine Seele zurück, und sie kam, sie kam! Stevens Körper wurde wieder weich. Tränen rannen aus seinen geschlossenen Augen.

Liliana Mereley hielt seinen Kopf umfasst, erleichterte ihm die Schmerzen und wirkte wie eine Statue. Eine blasse keltische Gottheit, die Haut geziert mit blauen Linien und heiligen Mustern. Das lange schwarze Haar hing ihr bis über die Hüften.

Ich hatte genug gesehen. Steven würde durchkommen. Die Vampire halfen ihm, alle. Manche freiwillig, andere, weil Curtis es verlangte, doch sie halfen.

Erleichtert kehrte ich zurück in meinen Körper.

Wohlig gewärmt von Amber und der Nähe des Kaminfeuers, schlief auch ich ein, mit dem guten Gefühl, sicher und behütet zu sein.

KAPITEL 25

Es war früh am Morgen, als jemand an die Tür klopfte. Ich schrak auf.

Auch Amber war mit einem Schlag wach. Ich erhob mich steifbeinig, hinkte zur Tür und schloss auf. Es waren Robert und ein anderer Diener. Sie trugen einen wunderschönen Sarg herein, den ich nie zuvor gesehen hatte. Er war schwarz lackiert, bemalt mit Efeuranken und blassen Nachtblumen aus Perlmutt.

»Curtis hat gesagt, dass du den Tag hier verbringen darfst«, erklärte Robert.

»Das ehrt mich«, entgegnete ich.

Amber war auf dem Sofa sitzen geblieben, verschränkte fröstelnd die Arme und beobachtete die Szene. Ich ließ den Sarg neben Curtis' steinernem abstellen.

Der andere Diener verließ die Kammer, aber Robert blieb und hob den Deckel. »Es ist eine Spezialanfertigung, aber das ahnst du sicher.«

Neugierig besah ich mein neues Quartier für den Tag. Die Innenseite war mit Seide ausgeschlagen und rot wie ein aufgerissener Rachen. Es gab auch seidene Kissen und Decken. Ich fuhr mit der Hand über den feinen Stoff.

Draußen verblasste die Nacht mit jeder Minute ein wenig mehr, ich konnte es spüren. Bald wurde es Zeit.

Ich richtete mich auf und sah in Ambers Gesicht. Sie wusste nicht, was sie denken sollte, das konnte ich ihr ansehen.

»Komm, Julius, ich zeige dir, was es damit auf sich hat.« Robert bückte sich neben den Sarg. »Eisenverstärkt, in den Wänden sind schwere Bolzen, du kannst ihn von innen verriegeln.« Er wies auf eine unauffällige Mechanik, die sich hinter den Polstern verbarg.

»Danke«, entgegnete ich knapp. Es war mir schrecklich unangenehm, vor Amber über die Vorzüge von Särgen zu sprechen wie sterbliche Männer über Wasserbetten oder Sportwagen.

»Du musst jetzt gehen, Mädchen«, sagte Robert dann. »Ich schließe die Tür ab, bis Curtis kommt.«

»Lass sie noch hierbleiben. Sie bringt die Schlüssel hoch, wenn sie geht.«

Robert nickte. Er wandte sich an Amber. »Wenn du hochkommst, rufe im Entree nach mir. Öffne keine Türen.«

Sie nickte und gähnte hinter vorgehaltener Hand.

Robert verließ uns, und ich setzte mich wieder neben meine Geliebte auf das Sofa. Eine halbe Stunde blieb uns noch.

»Wer oder was genau ist dieser Robert eigentlich?«

Ich zog Amber in meine Arme. »Robert ist ein netter Kerl, der Oberste der Diener«, begann ich. »Während des Tages hat er im Lafayette das Sagen. Er ist menschliches Auge und Ohr des Clanherren und eine Art Vater für die anderen Sterblichen. Später, wenn wir Abschied genommen haben, wird er dir Küche und Bad zeigen.«

»Ist er schon lange Curtis' Diener?«

»Seit über siebzig Jahren, ja.«

»Er hat also alle fünf Siegel? Und hat er es je bereut?«

»Das weiß ich nicht, das musst du ihn fragen.«

»Und was bin *ich* jetzt für dich, Julius? Eine Dienerin?«

»Ich weiß, dass dir das Wort nicht gefällt. Du bist meine Freundin, meine Geliebte, ein Teil von mir.«

Ambers Blick blieb an den Särgen haften. Sie schien wie hypnotisiert von dem lackschwarzen Sarg. »Müsst ihr denn unbedingt in diesen Dingern schlafen, Julius? Das ist gruselig.«

»Nun, es gibt Regeln in dieser Welt, denen wir uns unterwerfen müssen. Ich kann mich auch in Erde eingraben oder in Sand, nur unterirdisch muss es sein. Auf jeden Fall ist es nicht schön, Augen und Mund voll Dreck zu haben.

Für die Welt sind wir gestorben, deshalb die Särge. Vampire leben von geborgter Zeit und fremdem Leben. Wir sind tot, und sind es doch nicht.

Sind auf eine Art sogar lebendiger als ihr Sterblichen, gesünder, stärker, und unsere Sinne sind schärfer. Aber doch sind wir auch tot und ruhen, wirklich ruhen und erholen geht nur im Sarg, besser noch umgeben von Toten.

Hier im Lafayette ist der Schlaf tief und friedlich. Das Kino wurde auf einem längst vergessenen heiligen Ort der Ureinwohner erbaut. Andere Vampire können uns auf einem Friedhof wie diesem nicht ausmachen.« Ich wies auf die Wände und zur Decke. »Über uns und um uns herum, überall Gräber und heilige Gegenstände.«

Amber fröstelte.

»Nichts, wovor du Angst haben müsstest.« Ich schloss sie lange in die Arme, drückte ihren Kopf an meine Brust und vergrub die Nase in ihren Locken.

Langsam wurden mir die Beine schwer. Die Sonne ging auf.

»Es tut mir leid, aber jetzt musst du wirklich gehen.«

Hand in Hand liefen wir die wenigen Meter zur Tür.

Der lange, enge Treppenaufgang klaffte wie ein Tunnel in der Dunkelheit. Amber sah in meine Augen und gab mir einen Abschiedskuss, dann trat sie hinaus und zog die Tür zu.

❦

Mit dem Schlüssel in der Hand lief Amber den schmalen Gang hinunter, der zurück ins Entree führte. Durch zwei Fenster, die auf den Hinterhof hinausschauten, war bereits die Morgendämmerung zu sehen.

Amber sah sich im ehemaligen Eingangsbereich des Kinos um. Der hohe Raum mit dem Kassenhäuschen war gespenstisch leer und es roch muffig und alt. Wo waren all die Menschen, die angeblich im Lafayette lebten?

»Robert?«, rief Amber zögernd und dann noch einmal lauter. »Robert!«

Aus einem anderen Gang erklangen eilige Schritte. Es war Robert, direkt gefolgt von Curtis, dem Meistervampir.

Er überholte seinen Diener auf den letzten Metern und blieb dicht vor Amber stehen. »Guten Morgen, Amber Connan«, sagte er mit seiner dunklen Stimme.

»Guten Morgen«, erwiderte sie zögernd. Wie sollte sie den Vampir anreden? Julius sprach immer von »Curtis« oder seinem »Meister«. Aber darauf, dass sie ihn »Meister« nannte, würde er lange warten können. Sie mochte es nicht, wie Curtis sie mit seinen kalten Augen musterte und sich seine Nasenflügel blähten.

Amber erinnerte sich an Julius' Worte. Vampire konnten die Siegel riechen, und genau danach schnupperte Curtis anscheinend gerade.

»Meine Schlüssel, bitte.« Curtis' Blick huschte zu dem heller werdenden Lichtstreifen, der durch die Fenster fiel.

Amber gab sie ihm.

Der Vampir lächelte dankend, doch es wirkte falsch. Die Augen blieben kühl.

Er blickte Robert an, und die beiden Männer schienen wortlos Zwiesprache zu halten.

Schließlich nickte Robert, und Curtis verschwand ohne ein weiteres Wort in dem Flur, der zur Treppe zu seinen Gemächern führte.

Amber sah ihm nach, bis Robert sie an der Schulter berührte. Erschrocken fuhr sie zusammen.

»Du musst müde sein.«

»Es geht. Ich habe ein bisschen geschlafen.«

Der Diener schenkte ihr ein warmes Lächeln. Seine dunklen Augen blitzten freundlich und gaben ihr augenblicklich ein Gefühl von Geborgenheit.

Er glich in keiner Weise seinem Meister. »Du kannst dich oben noch ein wenig hinlegen. Oder magst du lieber frühstücken?«

»Frühstück klingt gut«, Amber sah auf die große Standuhr neben dem Kassenhäuschen, »aber ich habe wohl keine Zeit mehr dafür. Ich muss zur Arbeit. Kann ich mich irgendwo frisch machen?«

»Sicher, komm.«

Robert führte sie zu einem großen Bad im Erdgeschoss und öffnete die Tür.

»Handtücher, Duschgel und Seife sind im Regal. Wenn etwas fehlt, schau einfach in die Schränke. Es gibt vier Badezimmer im Lafayette. Dies hier, dann eines unten für die Vampire und zwei weitere oben bei uns.«

Warum erzählte er ihr das? Ob er dachte, dass sie jetzt zu den anderen Dienern ins Obergeschoss ziehen würde? Mit Sicherheit nicht!

»Ich rufe dir ein Taxi. Dein Auto steht ja noch am Friedhof.«

»Danke.« Sie wollte schon die Tür schließen, da gewann ihre Neugier doch die Oberhand. »Robert, hast du mit ihm gerade über mich gesprochen?«

Der Diener drehte sich im Gehen um und lächelte. »War das so offensichtlich, ja? Keine Sorge, der Meister hat mich nur gebeten, es dir an nichts fehlen zu lassen. Curtis ist dir sehr dankbar. Es ist wirklich schön, dass du hier bist«, setzte er noch hinzu, dann eilte er eine enge Wendeltreppe hinauf und ließ Amber überrascht zurück.

KAPITEL 26

Gordons Diener Nate ließ eilends die Jalousien hinunter, um den erwachenden Morgen auszusperren. Der Meister nahm seine unruhige Wanderung durch das Zimmer wieder auf.

»Willst du dich nicht doch lieber zurückziehen?«

»Nein!«, fauchte der Vampir. »Es wird nicht lange dauern.«

Ein zögerndes Klopfen an der Tür ließ beide innehalten. Der Gestank, der durch den Türschlitz kam, ließ keinen Zweifel daran, wer da um Einlass bat.

»Komm rein!«

Frederik schlich in den Raum. Noch ehe er die halbe Strecke zu Gordon zurückgelegt hatte, stand dieser plötzlich mit glühenden Augen vor ihm und schlug zu. Die Faust traf ihn an der Schläfe und katapultierte ihn in den Winkel neben der Tür.

Während Frederik keuchend liegenblieb, wischte sich Gordon angeekelt die Hand ab. »Du bist so unglaublich unfähig!«, donnerte er.

»Verzeih mir, Meister«, wimmerte Frederik und hob sein graues Gesicht. »Ich werde es wiedergutmachen, ich finde Lawhead, ganz bestimmt.«

»Nate, gib ihm die Schlüssel.«

Gordons Diener ließ einen Autoschlüssel und einen Stadtplan vor dem Untoten auf den Boden fallen.

»Du hast nur einen Versuch. Enttäuschst du mich wieder, filetiere ich dich eigenhändig, und wenn ich dabei das Kotzen kriege, hast du verstanden?!«

Frederik presste die Stirn auf den Boden. »Ja, Meister.«

Gordon stürmte an ihm vorbei. Es war höchste Zeit für ihn, in seinem Sarg zu verschwinden.

—◆—

Ich war wieder da. Gefangen in den schwarzen Spinnenfäden eines Alptraums. In meiner Gruft auf dem Hollywood Forever. Frederik schnitt mir einen Finger nach dem anderen ab. Alles war voller Blut, es durchtränkte meine Kleidung und die Kissen unter mir.

Ich schrie, laut, durchdringend, aber ohne meinen Mund zu öffnen. Es war alles so schrecklich real.

Der Alptraum endete erst, als ich Amber hörte, die ängstlich meinen Namen rief. Meine Panik hatte sich auf sie übertragen.

Sie war da, meine Retterin. Ihre Stimme zog mich wie auf einem Lichtpfad hinaus aus der Hölle meiner Träume.

Geborgen lag ich in meinem verriegelten Sarg in Curtis' Gemächern. An mein Ohr drang das leise Knacken des Kaminfeuers. Mühsam schlug ich die schweren Augenlider auf.

Es war pechschwarz, natürlich. Die Enge beinahe unerträglich, gefangen in dieser Kiste und meinem eigenen Körper.

»Julius? Julius, was ist mit dir? Ist er wieder da?«, hörte ich Ambers ängstliche Stimme in meinem Kopf. Ich hatte ihr noch nicht geantwortet.

Ihre Gedanken waren ein wildes Durcheinander. Sie konnte sie noch nicht zu Sätzen formen, die so klar und verständlich waren wie gesprochene Sprache, aber unsere Verbindung war gewachsen nach dem zweiten Siegel.

»Ich hatte einen Alptraum«, beruhigte ich sie. *»Darf ich durch deine Augen blicken?«*

237

Sie stimmte zu, und ich trat ein.

Wir standen an einer kleinen Werkbank. Vor uns lag ein weißer Bilderrahmen, den Ambers Hände mit einem Stück Schleifpapier bearbeiteten.

»*Wo bist du?*«, fragte ich.

»*In unserer Werkstatt*«, antwortete sie. Auf einem alten Herd kochte Leim in einem großen Topf, der von einem jungen Mann stetig umgerührt wurde. In einem Gestell lagerten Holzrahmen. Ein älterer Mann, offensichtlich Ambers Lehrmeister, polierte einen Goldrahmen mit einem Achatstein.

»*Alles wie früher*«, sagte ich.

Vor bald vierzig Jahren hatte ich einmal den Fuß in das Geschäft eines Rahmenmachers gesetzt. Ich erinnerte mich genau an den Geruch nach Leim, Holz und Kalk, daran, wie sich die Kautschukmodelle anfühlten, aus denen ich die Verzierung für den Rahmen auswählte.

Nach und nach verflog Ambers Anspannung.

Sie unterhielt sich wieder ganz normal mit ihren Kollegen, und ich dämmerte in ihrem Kopf vor mich hin. Hier, bei ihr, war ich sicher vor Alpträumen. Das monotone Schleifgeräusch lullte mich ein, und der Schlaf hatte mich wieder.

Endlich war der quälend lange Tag vorüber. Die Sonne war untergegangen, und ich begann mich aus meiner Totenstarre zu lösen.

Goodbye, rigor mortis, dachte ich grimmig und öffnete meine Augen.

Mein Herz tat einige heftige, schmerzhafte Schläge, als wollte es sich überzeugen, dass es auch heute noch funktionierte. Das Blut begann zu fließen und weckte meinen Körper. Die Muskeln zitterten. Vorsichtig beugte ich meine Finger. Der kleine machte die Bewegung noch nicht mit, aber er war wieder angewachsen.

Mein Oberschenkel schmerzte dumpf.

Hätte mich anstelle des Pfeils eine Pistolenkugel getroffen, wäre davon heute kaum noch etwas zu spüren. Aber der Pfeil war aus Holz gewesen.

Es gab unter Vampiren unzählige Theorien darüber, warum Holz auf uns eine solche Wirkung hatte. Die Alten führten es darauf zurück, dass Christi Kreuz aus Holz war. Aber ich sah mich nicht als Kind des Teufels, meistens nicht. Wenn ich allerdings meine schwarze Phase hatte, wenn ich in Depressionen versank, dann schimpfte ich mich noch Schlimmeres.

Stein kratzte über Stein. Ein Sarg wurde geöffnet. Ich hörte Curtis' leise, für einen Menschen kaum wahrnehmbare Schritte.

Er räusperte sich. Mit einem elektronischen Knacken erwachte die Stereoanlage, und bald erklangen die sanften Töne einer Schubertsonate. Curtis legte Holz nach, und ich stellte mir vor, wie Asche und Glut aufstoben. Es knisterte.

Curtis kam zu mir und blieb stehen. Er strich mit der Hand über meinen Sarg, und ich bildete mir ein, seine Berührung auf der Haut spüren zu können.

»Julius«, flüsterte er.

Nur Amber hätte mich liebevoller wecken können.

Ich tastete mit den Fingern nach dem Hebel und fand ihn unter dem dicken Polster. Die Verriegelung schnappte beinahe geräuschlos auf. Curtis öffnete den Deckel für mich, und ich blickte in sein gütiges Gesicht.

»Guten Abend, mein Sohn.« Er kniete sich neben mich, und sein sorgender Blick glitt an meinem Körper auf und ab.

»Guten Abend, Curtis.«

»Es geht dir besser?«

»Ja. Ich spüre, dass es heilt.«

»Schön zu hören.«

Ich lächelte. »Du könntest mir einen Gefallen tun.«

»Was?«

»Lass mir ein schönes englisches Frühstück bringen. Spiegeleier mit Toast, Würstchen, Tee und frischen Orangensaft.«

Curtis' Blick verklärte sich bei der Erinnerung an richtiges Essen. Dann bekam sein Mund einen bitteren Zug. Er schüttelte den Kopf. Wir würden nie wieder essen können.

Ich seufzte, setzte mich auf und strich über die Außenwand des Sargs. Meine Finger glitten über Perlmuttintarsien und Malerei und fanden im Lack nicht die geringste Unebenheit. Der Sarg selbst war etwas breiter als gewöhnlich und ließ mich die Enge kaum spüren.

»Ich schenke ihn dir«, sagte Curtis mit sanfter Stimme.

»Das ist nicht dein Ernst!«

»Ich habe ihn extra für dich anfertigen lassen. Er wartet schon eine ganze Weile auf dich.«

Ich war überrascht von seiner Großzügigkeit. »Danke, er ist wunderschön.«

Im Hintergrund sangen Schuberts traurige Geigen. »Weißt du noch, als wir bei dem Konzert waren, Curtis?«

Er stand auf. »Ja«, antwortete er knapp.

»Wann war das noch mal?«

»1839 im Gewandhaus in Leipzig. Wir haben Deutschland und Polen bereist. Du warst noch ganz grün hinter den Ohren.«

Ich lächelte bei dem Gedanken an die längst vergangene Zeit. Meine glücklichen Jahre. Alles war so neu und wunderbar gewesen, damals. Ich hatte London zum ersten Mal verlassen, und Curtis erfüllte mir den Wunsch einer Europareise. Staunend entdeckte ich all die Länder und Orte, in die ich mich in meinem sterblichen Leben geträumt hatte. Den

Finger auf dem Globus und die Augen verloren in Reise-
romanen. Mit Curtis reiste ich wirklich.

Immer war mein Gefährte an meiner Seite, um mir die
schönsten Plätze zu zeigen und die besten Jagdreviere, in denen wir uns gewissenlos satt tranken. Wir suchten uns unsere Beute in der besseren Gesellschaft, auf Bällen und bei
Ausstellungen. Ich spürte keine Reue, wenn ich meine toten
Opfer aus der Kutsche in einen Graben stieß. So war der
Lauf der Welt.

Es war Natur.

»Ich wünschte, ich könnte noch einmal dorthin zurückkehren«, sagte ich sehnsuchtsvoll.

»Ich auch, aber Vergangenes ist vergangen und umkehren
können wir nicht. Die Gegenwart ist es, die mir Sorgen bereitet.
Heute Morgen ist etwas geschehen, hast du es auch gefühlt?«

Ich stand auf, spürte die Unruhe meines väterlichen
Freundes. »Nein, nichts.«

Curtis ging auf und ab, seine blauen Augen lagen in
dunklen Schatten. Ich wusste, dass ich ihn jetzt nicht stören
durfte. Er schloss mich bewusst aus seinen Gedanken aus.
Im Geiste sprach er bereits mit anderen Clanführern.

Ich verließ die unterirdischen Gemächer.

Als ich das Entrée erreichte, brachen Kathryn und Dava
gerade zur Jagd auf. Sie würdigten mich keines Blickes.
Hätte ich nur ein bisschen weniger Stolz besessen, hätte ich
mich ihnen angeschlossen.

In mir rumorte der Hunger. Mein Körper brauchte frische Lebensenergie, um mich zu heilen. Vielleicht würde es
mir später gelingen, allein vor dem alten Kino Beute zu machen, wenngleich Curtis streng verboten hatte, so nahe an
der Zuflucht zu jagen.

Doch erst einmal führten mich meine Schritte zu Steven.

Er war aus seinem Sarg gehoben und in ein schlichtes Bett gelegt worden. Es war sein Schöpfer Manolo gewesen, der Geruch des Vampirs hing noch in der Luft. Mein Clanbruder hatte Steven bereits von sich trinken lassen.

Ich setzte mich zu Steven und betrachtete sein regloses, wächsernes Gesicht. Um die Augen und an den Mundwinkeln gruben sich feine Falten in die Haut, die ich früher nicht bemerkt hatte.

Er schlief tief und fest. Seine Gedanken wandelten auf Pfaden, die ich nicht erreichen konnte. Alles war nur geschehen, weil er bei mir geruht hatte.

Plötzlich stand Brandon in der Tür.

Ich wusste es, ohne mich umzusehen. Er war noch immer wütend und unterdrückte mühsam seinen Zorn.

»Komm mit, Curtis will, dass wir zusammen jagen.« Er zog mich unsanft auf die Beine.

Na großartig! Der Meister hätte sich keinen Besseren einfallen lassen können. Ich humpelte neben dem Halbindianer zur Tür, wo sein Wagen stand.

Brandon hielt nicht viel von Unauffälligkeit. Er fuhr einen mattschwarzen 77er Pontiac Firebird mit einer riesigen Krähe auf der Motorhaube.

Brandon startete den Motor und wartete, bis ich mich in den tiefen Sitz gequält hatte. Ich sah ihn ratlos an. Seine dunklen, fast schwarzen Augen gaben mir Rätsel auf.

»Also, wohin willst du?«, fragte er seufzend.

Ich hasste es, so hilflos zu sein, und zuckte mit den Schultern.

»Ein Club ist wohl nichts, in deinem Zustand. Huren? Wie wäre es damit?«

»Nicht nach meinem Geschmack, ist aber vielleicht besser«, erwiderte ich niedergeschlagen.

Brandon trat aufs Gas. Er starrte auf die Straße und vermied den Blick in meine Richtung.

Ich war noch nie mit ihm gefahren. Im Leder des Beifahrersitzes nahm ich den schwachen Geruch Christinas wahr. Vom Spiegel baumelten eine Adlerfeder und ein zerrissenes indianisches Türkisarmband. Ob sich Brandon nach der Zugehörigkeit zu einem Stamm sehnte? Ich wusste, dass ihm sein Vater nie von seiner Herkunft erzählt hatte und der Vampir erst nach dem Tod seines alten Meisters auf die Suche nach seinen Ahnen und der Geschichte seiner Familie gegangen war.

Wir hatten den Freeway schweigend hinter uns gebracht und fuhren jetzt durch Nebenstraßen.

»Mann, der Kerl hat euch gestern aber richtig fertiggemacht«, sagte Brandon plötzlich, ohne mich anzusehen. »Ich habe euch schreien gehört und dachte, er bringt euch alle der Reihe nach um.«

»Das dachte ich auch«, brummte ich.

»Man sagt, es war ein Racheakt, du hast wieder eins von Gordons Kindern kaltgemacht.«

»Eigentlich drei.«

»Drei?« Brandon pfiff anerkennend durch die Zähne.

Am Straßenrand tauchten die ersten Prostituierten auf, und wir drosselten das Tempo.

Abgerissene Gestalten starrten uns an, fette Schenkel in viel zu kurzen Röcken reckten sich uns entgegen. Alte, Junge, Hässliche, jede versuchte uns zu locken.

Brandon bleckte angewidert die Zähne und spuckte aus dem Fenster. »Du suchst aus.«

Ich musterte das miserable Angebot. »Such du. Ich bin nicht so fit.«

Brandons Augen verengten sich zu Schlitzen. Seine Wahl fiel auf zwei junge Prostituierte, halbe Kinder noch. Der Wagen hielt neben ihnen, und Brandon ließ den Charme eines Unsterblichen spielen. Die Magie hätte er sich hier eigentlich sparen können.

Die Huren staksten heran. Unter ihren kurzen Röcken blitzte billige Unterwäsche hervor.

Ich hatte selten in so unglückliche Augen gesehen. Die Mädchen stiegen ein und nannten uns eine billige Absteige. Brandon gab Gas. Wir wollten es beide so schnell wie möglich hinter uns bringen.

KAPITEL 27

Ich wischte mir über den Mund, obwohl längst kein Blut mehr daran klebte. Brandon rieb die Hände an der Hose, und es war nicht zu übersehen, dass er das Ekelgefühl mit mir teilte. Wir verließen die Absteige, zu der uns die Prostituierten begleitet hatten. Ich wäre das letzte Stück zum Wagen am liebsten gerannt, so sehr wünschte ich mich von diesem abstoßenden Ort fort.

Brandon schwieg auch auf der Rückfahrt. Hin und wieder sah er mich aus dem Augenwinkel an. Blicke, die ich nicht recht zu deuten wusste.

Die roten Leuchtziffern der Uhr im Armaturenbrett zogen meine Aufmerksamkeit auf sich.

»Beeile dich, Amber ist gleich da«, sagte ich gedankenlos.

Als ich Brandons Miene sah, bereute ich meine Worte sofort.

Er trat schweigend aufs Gas. Die nächste Ampel flog mit orangenem Licht an uns vorbei. Brandons Finger umklammerten das Lenkrad, während er sich durch den dichter werdenden Verkehr schlängelte.

Wenn es so weiterging, würden wir das Lafayette mehr als rechtzeitig erreichen. Meine Vorfreude, Amber wiederzusehen, war groß. Unwillkürlich musste ich lächeln.

»Hör auf, so idiotisch zu grinsen!« Brandon starrte mich an. Seine Wut war zurück. »Ich weiß genau, dass du letzte Nacht noch von ihr getrunken hast. Und warum ging das vorher nicht? Warum musstest du Christina entehren?«

Die Knöchel seiner Hände traten weiß hervor. Seine Schultern waren so angespannt, dass es mir vom Zusehen weh tat.

»So einfach ist das nicht.«

»Was ist daran so kompliziert, dass du es mir nicht erklären kannst? Hältst du Indianer für so dumm?«

Ich gab mir Mühe. »Nein, natürlich nicht. Aber Amber hat das erste Siegel nicht gewollt, sie war ohnmächtig, als sie es bekam …«

»Was?!«, rief Brandon ungläubig. »Man gibt sein unsterbliches Blut nicht an jemanden, der es nicht will, das verbietet der Codex!«

»Es war die einzige Möglichkeit, Brandon. Wir kannten uns ja noch nicht einmal!«

Der Indianer starrte mich mit aufgerissenen Augen an, bis ich kurz davor war, ihn zu ermahnen, auf die Straße zu sehen.

»Du kannst doch keine Wildfremde, die noch nicht einmal weiß, wer, geschweige denn was du bist, für die Ewigkeit an dich binden!«

»Es war Curtis' Befehl«, rechtfertigte ich mich. »Nachdem sie es herausgefunden hatte, habe ich ihr versprechen müssen, nie wieder von ihr zu trinken.«

»Und wieso trug sie dann bitte heute Morgen das zweite Siegel? Du redest dich um Kopf und Kragen, Julius!«

»Vielleicht hat sie es sich anders überlegt. Als sie später gesehen hat, wie schwach ich war, wollte sie mir helfen.«

»So einfach ist das?«

»Ja, so einfach!«

Wir hielten vor dem Lafayette. Als wir ausgestiegen waren, rief Brandon wutentbrannt: »Weißt du was, Julius? Wenn das so einfach ist, dann will sie mich ja vielleicht auch!« Er stürmte an mir vorbei und verschwand im Gebäude.

Ich war einen Augenblick sprachlos, dann lief ich hinterher, humpelte so schnell ich konnte. »Wage es nicht!«, schrie ich. »Wage es nicht, oder ich bringe dich um!«

Mein Bein brannte. Ich presste meine Hand auf die Wunde. Brandon war verschwunden, dafür starrte mich Dava an, als sei ich der Teufel persönlich.

»Es ist nichts«, wiegelte ich ab, zügelte meine Wut und betrat die kleine Kammer, in der die Truhe mit meinen Sachen stand. Ich suchte mir frische Kleidung heraus und ging duschen.

KAPITEL 28

»Wie geht es dir?«, fragte Amber.

Sie hatte das Lafayette kurz nach acht erreicht. Menschen, die sie nicht kannte, hatten sie hereingelassen. Julius sei jagen, würde aber bald zurückkommen, hatten sie gesagt. Amber hatte darum gebeten, zu Steven geführt zu werden.

Er lag in einem Bett in einem kleinen, unterirdischen Raum. Es gab zwar keine Fenster, aber Bilder an den Wänden, eine Kommode und Schränke. Auf dem Boden lag ein dicker cremefarbener Teppich.

Der junge Mann hatte geschlafen, als sie eintrat. Sein

Oberkörper war nackt. Ein Verband bedeckte die Stelle, wo ihn der Pfeil getroffen hatte. In Stevens Brust, direkt neben dem Herzen, klaffte ein schwarzes Loch. Es blutete weder, noch hatte sich eine Kruste gebildet.

Amber tat der Vampir leid, dem die Nähe zu Julius zum Verhängnis geworden war. Sie nahm Stevens Hand in ihre, wie sie es bei jedem Kranken getan hätte. Die Haut des schlafenden Vampirs war kalt, zäh und lederartig, die Finger seltsam starr.

»Wie geht es dir?«, fragte sie noch einmal, doch Steven bewegte nur kurz die Augenlider.

Die Stille machte sie nachdenklich. Den ganzen Tag lang hatte Amber Julius' Präsenz gespürt, und oft war es ihr sogar angenehm gewesen, dieses kleine Geheimnis in ihrem Herzen zu tragen.

In anderen Momenten hatte sie es als quälend und beängstigend empfunden.

Heute hatte sie es ihm erlaubt, aber sie musste es einschränken, wenn sie weiterhin ein Privatleben haben wollte, das diese Bezeichnung auch verdiente.

Trotzdem, Amber fühlte sich dem Vampir näher als je zuvor.

Ob es wohl daran lag, dass sie erneut Blut getauscht hatten? Waren sie jetzt so etwas wie Blutsbrüder? Wohl mehr als das. Sie erinnerte sich an den vergangenen Abend, als Julius in der Gruft aufgewacht war und trotz der Schmerzen immer wieder ihren Namen wisperte.

Da hatte sie plötzlich gewusst, wie sehr sein Verlust sie schmerzen würde.

Gegen ihren Willen liebte sie diesen Mann, der ihren Körper mit einer Kraft beherrschte, die wohl dem Teufel selbst zu eigen war. Julius Lawhead, ein Vampir.

»Na? Wie geht es unserem Patienten?«

Amber wäre vor Schreck beinahe vom Stuhl gefallen.

»Oh mein Gott!«, keuchte sie.

Sie fuhr herum und sah in die brennenden Augen eines Vampirs. Es war Brandon Flying Crow, der Indianer, der ihr am Vorabend vor die Füße gespuckt hatte. Jetzt lag Genugtuung in seinem Blick. Sein Auftritt hatte die erwünschte Wirkung nicht verfehlt. Ambers Herz raste. Sie fühlte sich wie ein Tier in der Falle.

Der Vampir lehnte lässig am Türrahmen. Er trug eine geschnürte Lederhose und ein hellblaues, weites Hemd. Sein Haar schimmerte wie Ebenholz. Er sah unglaublich lebendig aus. Seine Schönheit war betörend.

Amber ertappte sich dabei, seine Makellosigkeit zu bewundern. Doch dann zog der Vampir plötzlich die Oberlippe hoch und entblößte rasiermesserscharfe Fänge.

Amber sprang auf und war kurz davor zu schreien. Sie erinnerte sich an Julius' Worte, dass er diesen Unsterblichen schwer beleidigt hatte, und zum ersten Mal wünschte sich Amber das Messer herbei.

»Komm nicht näher«, flehte Amber. »Bitte!«

Ihre Worte bewirkten das Gegenteil. Brandon genoss seinen Auftritt. In einem Moment strich er noch sein Hemd glatt, im nächsten stand er bereits neben ihr am Krankenbett.

Sein Blick bohrte sich in ihren.

Ehe Amber wegschauen konnte, stand sie unter dem Bann des Vampirs und erstarrte, zur Reglosigkeit verdammt.

Brandon ging um sie herum und musterte sie abschätzig.

»Du bist wirklich schön, auf deine Weise«, hauchte er ihr ins Gesicht. Schwerer Blutgeruch lag in seinem Atem.

»Weißt du, was dein liebster Julius gerade getan hat?«, fragte Brandon höhnisch.

Er strich ihr über den Kopf, legte seine Hand auf ihre

Schulter und berührte mit dem Daumen den Puls an ihrem Hals. Eine Drohung, der Amber nichts entgegenzusetzen hatte.

Das darf er nicht, dachte sie schwach, dann fiel sie vollends unter seinen Bann. Puls und Atem wurden ruhig, fast träge, und Brandon erschien ihr mit einem Mal unendlich schön.

Mit seinen hohen Wangenknochen, dem maskulinen Kinn und dunklen Mandelaugen glich er den würdevollen Indianerporträts aus der Anfangszeit der Fotografie.

Ambers Blick hing an seinen sinnlichen Lippen. Seine Sprache hatte eine besondere Melodie. Im Gegensatz zu Curtis und Steven wurde seine Stimme nicht tiefer, wenn er seine Kraft benutzte, sondern klar und weich.

»Julius und ich waren gerade in Hollywood und haben uns zwei hübsche Huren gesucht. Es waren noch halbe Kinder.«

Er schickte Amber Gedankenbilder von ihrem Geliebten, wie er sich über eine junge blonde Frau beugte. Die Prostituierte lag auf einem dreckstarrenden Bett und hielt die Beine weit gespreizt. Es sah aus, als küsse er die Fremde leidenschaftlich. Amber war sich sicher, dass er trank, dennoch tat ihr weh, was sie sah.

Amber hasste Brandon dafür, dass er ihr die Bilder zeigte. Auch wenn sie wusste, dass Julius Blut trinken musste, um zu existieren, regte sich Eifersucht in ihr.

»Siehst du?«, hauchte der Vampir. »Julius ist nicht treu. Du musst es auch nicht sein. Was hat er, das ich dir nicht geben kann? Du könntest meine Gefährtin werden. Unsterblichkeit, das ewige Leben, willst du das?«

Brandon kam ihr so nahe, dass sein muskulöser Oberkörper ihre Brust berührte, und Amber konnte noch immer nichts anderes tun, als in seinen schwarzen Augen zu ertrinken.

»Kinder der Dunkelheit, Blumen der Nacht – wenn du willst, kann ich dir gerne den ganzen Kitsch herunterbeten, auf den er so steht.«

Der Vampir beugte sich vor und küsste ihren Hals. Amber zitterte am ganzen Körper, sie war ohnmächtig vor Wut. Unter seinen weichen Lippen spürte sie seine Zähne. Brandons Raubtiergebiss kratzte über ihre Haut. Noch spielte er mit ihr, aber gleich würde er zubeißen.

Warum kam Julius nicht endlich, um ihr zu helfen?

»Lass sie in Ruhe, Brandon.«

Stevens Stimme war schwach, und die Worte kamen abgehackt. »Sie gehört dir nicht.«

Der Halbindianer riss den Kopf herum. »Halt dich da raus, Steven, das ist eine Sache zwischen Julius und mir.«

Endlich erlangte Amber die Kontrolle über ihren Körper zurück. Ohne zu zögern rammte sie dem Vampir ihr Knie zwischen die Beine.

Der Stoß traf ihn völlig unvorbereitet. Er taumelte keuchend rückwärts und stieß einen kleinen Tisch um. Verbandszeug und ein Kerzenständer fielen polternd zu Boden.

Amber rannte aus dem Zimmer, so schnell sie ihre Füße trugen.

―

Als ich das Bad verließ, stieß ich fast mit Amber zusammen. Sie war völlig aufgebracht. In kurzen Sätzen berichtete sie mir, was gerade vorgefallen war.

»Dieser verdammte Mistkerl!«, stieß ich hervor. Ich hätte ahnen müssen, dass er so etwas tun würde. Doch in meinen Augen waren die Hierarchien im Clan klar, und ich hatte angenommen, dass er es bei seinen üblichen Sticheleien belassen würde.

Nicht im Traum hätte ich mir vorgestellt, dass ausgerechnet Brandon die Regeln derart mit Füßen treten würde.

Der Indianer stand Stufen unter mir. Er war zu weit gegangen, viel zu weit. Den Diener eines anderen Vampirs zu bedrohen, war ein großer Affront.

Ich wollte ihn sofort zur Rede stellen.

»Lass gut sein, Julius! Das bringt nichts«, sagte Amber ruhig.

Ich konnte Brandons Geruch auf ihrer Haut wittern, er hatte sie berührt!

»Er nimmt sich zu viel heraus«, presste ich hervor.

»Wenn du dir anmerken lässt, dass er dich getroffen hat, dann hat er sein Ziel erreicht.«

»Ich werde ihm zeigen, mit wem er sich anlegt!« Die Bestie in mir strich wütend auf und ab und wartete nur noch auf meinen Fingerzeig, um loszuschlagen.

»Bitte, Julius.«

Amber stellte sich mir in den Weg und legte ihre Hände auf meine Brust. Vielleicht hatte sie recht. Ich bezwang meinen Zorn. Der Blick in ihre grünen Augen trieb das Monster zurück in seinen Käfig.

»Er hat nicht dich bedroht, sondern mich, und ich möchte nicht, dass du deshalb Streit anfängst.«

»Du musst auf jeden Fall lernen, dich vor dem Einfluss anderer Vampire zu schützen«, erwiderte ich ernst.

Amber nickte und legte mir einen Arm um die Hüfte. Sie war bei mir, und meine Wut und meine Sorgen lösten sich allmählich auf.

Amber gelang es, meine ewige innere Unruhe zum Schweigen zu bringen. Sie zog mich aus dem rasenden Sog der Zeit. Sie, eine Frau, die ich kaum und doch schon mein Leben lang zu kennen glaubte. Ihr gelang es, meiner Seele Frieden zu schenken.

Geborgen in ihrer Wärme und ihrem Duft gingen wir

Arm in Arm zum Versammlungsraum. Plötzlich kannte ich nichts anderes mehr als den Wunsch, mit meiner Geliebten alleine zu sein.

KAPITEL 29

Als wir das Entree passierten, wurde die Eingangstür des Lafayette aufgerissen. Die Wucht ließ sie gegen die Wand schlagen.

Ich fuhr blitzschnell herum und stieß Amber schützend hinter mich.

Eine große, schlanke Unsterbliche stürzte herein. Lange, schwarze Haare hingen ihr wirr ins Gesicht.

Mein rasender Puls beruhigte sich. Kein Angriff, keine Gefahr.

Die Fremde war niemand anderes als die Meisterin Liliana Mereley, die noch am Vorabend Steven geholfen hatte. Sie starrte uns mit geröteten Augen an. Tränen rannen über ihre Wangen, ihre Hände waren zu Fäusten geballt. Die Energie, die sie verströmte, war kalt und bitter. Der Schmerz, der darin lag, ließ mich nach Atem ringen.

Unabsichtlich flossen meine Empfindungen durch die Siegel zu Amber und sie stöhnte entsetzt.

»Geh«, flüsterte ich, »geh und lass uns allein.«

Ich brauchte es ihr kein zweites Mal zu sagen. Amber war froh, diesen schrecklichen Gefühlen zu entfliehen, und brachte sich in einem der Gänge in Sicherheit.

»Julius!« Liliana schrie meinen Namen mit all ihrer Verzweiflung.

Ich eilte zu ihr, schloss sie in meine Arme und hielt ihren

bebenden Körper. Liliana klammerte sich an mich, als sei ich das einzig Feste in einer sich auflösenden Welt.

Ihre Energie floss ungebremst in meine und überwältigte mich mit ihrem Schmerz. Sie hatte jegliche Barrieren fallen gelassen. Mit zitternden Fingern streichelte ich ihr langes Haar.

»Was ist nur geschehen, Liliana, was?«, flüsterte ich und weinte, ohne zu wissen warum.

Die Meisterin rang nach Worten. »Sie haben ihn getötet!«, schluchzte sie. »Diese Bestien haben ihn umgebracht!«

Ihre Worte schnürten mir die Kehle zu. Allmählich ahnte ich, was passiert war.

»Komm, komm mit und setz dich.«

Liliana ließ sich von mir in den Versammlungsraum führen. Ihre Dienerin Merle, ebenfalls völlig aufgelöst, blieb draußen.

»Wer hat wen getötet?«, fragte ich, sobald wir alleine waren.

»Adrien … mein Blut, mein Erstgeborener, mein Geliebter!«

Meine Ahnung stimmte. Adrien war der zweite Jäger, der die Urteile des Rates vollstreckte. Wir kannten einander schon lange. Sehr gute Freunde waren wir nie gewesen, aber wir hatten viel geteilt. Die Leidenschaft für die Jagd und natürlich die Verachtung, die uns die anderen Vampire deshalb entgegenbrachten.

»Sie haben ihn hingerichtet, Julius, sie haben ihn zerstückelt! Meinen Adrien.«

Ich wusste, wie sehr sie ihn geliebt hatte. Sie waren Gefährten gewesen, seit langer Zeit. Sie, die Clanherrin der Mereleys, und ihr Jäger.

Es gab keinen Vampir außer Curtis, den ich mehr verehrte als sie. Liliana besaß alles, was unsere Art ausmachte, in

Vollkommenheit: Weisheit, Stärke und betörende Schönheit. Sie maß Jahrhunderte. Aber all die durchlebte Zeit konnte auch Vampire nicht vor Kummer schützen. Es war schrecklich, Liliana derart verzweifelt zu sehen.

»Schau«, wimmerte sie, »schau nur, Julius!«

Ehe ich es verhindern konnte, stürzten Bilder auf mich ein, die sie mit all der Macht, die ihr gegeben war, in mein Bewusstsein presste.

Es tat weh und ich schrie. Kala, Adriens Dienerin, lag in einem schwarzen See aus Blut, ihr Gesicht war bis zur Unkenntlichkeit zertrümmert.

Die Leiche der Frau war nichts gegen die Szenerie im Keller. Überall war Blut, an den Wänden, auf dem Boden und sogar an der Decke.

Als hätte jemand eimerweise Farbe verschüttet. Lackrot. Rubin. Purpur, an den Rändern braun, trocken, aufgeplatzt wie vertrocknete Flussbetten.

Adriens Gesicht starrte mich von einem Kerzenständer aus an. Der Mörder hatte seinen Kopf aufgespießt. Der Körper lag zerhackt im Sarg, blutige Fetzen auf dem Teppich davor.

Mein Magen rebellierte.

Die Bilder wechselten, und ich sah die letzten Sekunden von Adriens Leben durch seine Augen. Anscheinend hatte er seine Herrin im letzten Moment um Hilfe angefleht. Es war dunkel, dann wurde sein Sarg aufgerissen und im grellen Licht erschien ein Mann. Es war Frederik. Er hielt Adriens Schwert hoch über seinen Kopf. Er lachte, genauso irrsinnig wie bei mir, und dann schlug er zu. Wieder und wieder, und Adrien schrie tonlos, bis sein Blick verschwamm und dann brach.

Liliana bebte in meinen Armen. Sie schlug mir mit der Faust gegen den Oberkörper und schrie. Verzweifelt versuchte ich mich von ihrem Einfluss freizumachen, doch sie war zu stark, zu mächtig.

Neue Bilder stürzten auf mich ein, und ich wimmerte haltlos, während ich mit ansah, wie sie Adriens abgeschlagenen Kopf an sich nahm und seine verzerrten, toten Lippen küsste.

Ihr Griff, mit dem sie mich umklammerte, war unnachgiebig. Ihr Schmerz schnürte mir die Kehle zu und stach wie tausend Messer auf mich ein. Es wurde unerträglich.

»Liliana! Du tust mir weh!«

Plötzlich war ich wieder frei. Die Meisterin hatte mich von sich gestoßen.

Ich taumelte zur Seite und erbrach Blut und bittere Galle.

Es war Frederik gewesen! Dieser verfluchte Sadist!

Ich öffnete die Siegel und griff nach der Lebensenergie meiner Dienerin. Ich brauchte Kraft.

Amber spürte sofort, dass etwas nicht stimmte. Augenblicke später war sie bei mir und hielt mich. Mir war noch immer übel, doch Ambers warme Berührung tröstete mich.

Liliana hatte sich unterdessen auf einen Stuhl fallen lassen. Ihre verzweifelten Schreie war einem stummen Zittern gewichen. »Verzeih mir, Julius, das habe ich nicht gewollt«, stammelte sie.

Ich schüttelte den Kopf. Es gab nichts zu verzeihen, sie hatte es nicht absichtlich getan.

»Wir werden ihn finden«, versprach ich ihr heiser, »und er wird sich wünschen, niemals gelebt zu haben!«

Der Groll kam aus meinem tiefsten Herzen und ich meinte jedes Wort, das ich sagte. Ich würde ihn leiden lassen, wie noch nie jemand unter meinen Händen gelitten hatte!

Während ich sprach, tropfte dunkelrotes Blut von meinen Lippen.

Amber legte mir beruhigend die Hand auf den Arm, doch ich ignorierte es.

»Komm, Julius«, drängte sie und verstärkte ihren Griff.

Aber ich war noch nicht bereit zu gehen, ich war zu aufgewühlt.

»Ich bringe ihn um!«, schrie ich, als könnten meine Worte Lilianas Schmerz lindern oder Adrien wieder zurückholen. »Dieses verdammte Monster! Ich bringe ihn um!«

Amber senkte den Blick unter dem Feuer in meinen Augen.

Sie funkelte Liliana böse an und zog mich endgültig fort, hinaus in den Flur.

»Was ist passiert, Julius? Was hat sie dir angetan?«

Langsam fand ich wieder zu mir zurück und versuchte zu erklären, was gerade geschehen war.

Amber erbleichte. »Du musst nicht mehr sagen, Julius.« Sie wusste genau, was ich verschwieg: Ihr Bruder hatte das getan.

Jetzt gab es keine Rettung mehr für ihn. Ich würde ihn jagen wie eine tollwütige Bestie und nicht eher ruhen, bis das zurückgezahlt war, was er uns angetan hatte. Steven, mir und vor allem Adrien.

Mein leichtfertiges Versprechen, dass ich Amber noch vor wenigen Tagen in ihrem Heim gegeben hatte, galt nicht mehr. Ich konnte ihren Bruder nicht schonen, nicht einmal um ihretwillen.

Als wir in den Versammlungsraum zurückkehrten, war Curtis bei Liliana und sprach leise auf sie ein. Sie sahen auf. »Julius, komm her«, befahl mein Meister knapp.

Ich ließ Amber stehen und ging neben Liliana in die Knie.

»War das Frederik, Julius?«, fragte Curtis.

Ich nickte. »Ich habe ihn in Adriens Erinnerungen gesehen. Es war eindeutig er.«

»Und du bist dir sicher, Gordons Blut an ihm gerochen zu haben?«, fragte Liliana mit leerer Stimme.

»Ganz sicher.«

Mein Meister tauschte einen Blick mit der trauernden Herrin. »Das sind selbst für Fürst Andrassy ausreichende Beweise. Ich denke, wir sollten …«

»… den Rat einberufen«, ergänzte sie, sah mich plötzlich mit wachen Augen an und ergriff meine Hände. »Julius, du wirst vor dem Rat sprechen und bezeugen, dass dieser Mörder zu Gordon gehört.«

Ich nickte und schluckte.

Liliana stand auf, und ich erhob mich mit ihr. »Ich fahre jetzt gleich zum Fürsten. Morgen Nacht treffen wir uns dann mit den anderen.«

Curtis begleitete Liliana hinaus.

Ich blieb zurück und sah ihnen hinterher. Nur langsam wurde mir die Bedeutung dieses Gesprächs bewusst. Frederiks Angriff hatte den schwärenden Konflikt auf eine neue, nicht mehr zu ignorierende Stufe gehoben. Eigentlich hatten wir darauf gehofft. Der Rat würde endlich gezwungen sein zu handeln. Gordon musste aufgehalten werden, bevor er zu mächtig wurde. Es würde Krieg zwischen den Clans geben.

Mit grimmiger Entschlossenheit bleckte ich die Zähne.

Schritte erklangen auf dem Holzboden. Amber kam auf mich zu. Hastig drehte ich mich weg, damit sie das Feuer in meinen Augen nicht sah.

Als Liliana Mereley das Lafayette verlassen hatte, bestellte Curtis Amber und mich zu sich in sein Büro.

»Lass mich nicht mit ihm alleine«, flüsterte meine Geliebte und verschränkte ihre Finger mit meinen. Unsere Herzen schlugen im Gleichtakt, als wir den großen, dunklen Raum unter der Bühne betraten.

Ich schaltete mehr Licht an, um es für meine menschliche Begleiterin angenehmer zu machen, und schloss hinter uns die Tür. Im Schein der Wandlampen schälten sich Seile und Ketten aus dem diffusen Grau. Die alten Mechaniken, die einst Vorhänge und Leinwände bewegt hatten, waren noch immer in gepflegtem Zustand. Zwischen ihnen hingen wertvolle Gemälde. Eine ständig wechselnde Sammlung, die den Grundstock von Curtis' Tätigkeit als Kunsthändler bildete.

Ein antiker Schreibtisch, der aussah, als sei er für einen Riesen entworfen worden, beherrschte den Raum.

Curtis war noch nicht da.

Amber sah sich um und strich mit den Fingern über die Ketten und das matt polierte Holz. Auf dem Tisch des Meisters standen verblichene Photos in oxidierten Silberrahmen neben altmodischen Schreibfedern und Siegelwachs. Der Laptop wirkte da wie ein Fremdkörper.

Irgendwann hatte Amber ihre Neugier befriedigt und kam zurück zu mir. Ich hatte sie keinen Moment aus den Augen gelassen. Sie war wunderschön. Ich hätte sie stundenlang einfach nur so ansehen können. Die leichte Sonnenbräune auf ihren nackten Armen, das Grübchen in ihrer Kehle und immer wieder ihre Augen. Wenn ich sie sah, verlor alles andere seine Relevanz. Für den Moment vergaß ich sogar Liliana, Steven und den untoten Schlächter, der irgendwo durch die Straßen von LA streifte.

Ich war froh, dass Amber den Zauber nicht zerstörte.

Mit ihr konnte ich schweigen.

Meine Geliebte schmiegte ihren warmen Körper an mich. Ich hielt sie fest und lauschte ihrem Atem.

Die Umarmung war bald nicht mehr genug.

Amber reckte mir ihr Gesicht entgegen, ihre weichen Lippen zupften an meinen und der Kuss gewann an Intensität.

Was machen wir hier?, fragte ich mich. Ich wollte jetzt nicht mit Curtis sprechen! Ich wollte etwas ganz anderes.

Fordernd ließ ich meine Hände unter ihr Shirt gleiten, streichelte ihren Rücken und streifte mit der anderen ihre kleinen, festen Brüste.

Gänsehaut tanzte mein Rückgrat hinauf. »Ich will dich«, hauchte ich Amber ins Ohr und fuhr mit dem spitzen Finger von dem Grübchen an ihrem Hals über Dekolleté und Bauch bis hinab in ihren Hosenbund. Ich griff zu und zog sie energisch zu mir.

Sie legte ihre Hände auf meinen Hintern und presste unsere Körper aneinander, bis sie mich hart und bereit fühlte. Die leiseste Bewegung ihres Beckens ließ mich nach Luft schnappen. Hitze flutete von meinen Lenden durch den Körper. Meine Hände fanden erneut den Weg unter ihre Kleidung – dann ließ ich enttäuscht von ihr ab.

Aus dem Hinterzimmer erklangen Schritte, ausgerechnet jetzt.

Immerhin war Curtis so nett, sein Kommen anzukündigen. Er musste etwas geahnt haben, denn üblicherweise bewegte er sich fast lautlos.

Amber hörte ihn ebenfalls und drehte sich vor mir weg. Sie strich sich fröstelnd über die Arme. Es war kalt hier unten. Die alten Heizkörper waren viel zu schwach, um den großen, hohen Raum zu wärmen.

Ich erinnerte mich an meine gute Erziehung, zog mein Sakko aus und legte es Amber um die Schultern. Sie dankte mir mit einem warmen Blick und schob ihre Hand in meine.

Curtis zelebrierte seinen Auftritt diesmal weit weniger prachtvoll als bei seiner ersten Begegnung mit Amber. Die Nacht hatte uns alle nicht unberührt gelassen.

»Entschuldigt, dass ihr warten musstet«, sagte er und sah uns kaum an.

»Kein Problem, Curtis.« Ich schob Amber ein Stück vor. Zögernd trat sie an meiner Seite vor den Schreibtisch.

Curtis trug ein mir wohlbekanntes Holzkästchen in den Händen. Die Kiefermuskeln traten deutlich unter seiner Haut hervor, und sein Blick war unstet. Seine Anspannung wich erst, als er das Kästchen auf dem Schreibtisch abgestellt hatte. Er wies auf die Stühle vor uns. »Setzt euch, bitte.«

»Danke.« Ich rückte Amber einen der barocken Stühle heran und nahm dann selber Platz. Meine Hände ruhten auf den Armlehnen, die in geschnitzten Fabeltieren endeten.

»Ich bin froh, dass du dich für Julius entschieden hast, Amber«, begann Curtis und ließ seinen Eisblick von ihr zu mir gleiten.

Amber sagte nichts, aber ich spürte ihre Ablehnung.

Der Meister setzte sein freundliches Gesicht auf: glatt, harmlos, ganz der nette Mann von nebenan. Doch seine bleiche, fast durchscheinende Haut gab seiner Miene etwas Verschlagenes.

»Leider lernst du uns in einer schwierigen Zeit kennen«, fuhr er fort. »Ich wünschte, es wäre anders. Wie du dir sicher denken kannst, können wir den Mord an Adrien Mory und den Mordversuch an Julius und Steven nicht ungesühnt lassen.«

Ambers Blick huschte zu mir. Was hat das alles mit mir, mit uns zu tun?, schien sie zu fragen. In Wirklichkeit kannte sie die Antwort bereits genau.

Der Meister seufzte, lehnte sich in seinem ledernen Ohrensessel zurück und verschränkte die sehnigen Arme vor der Brust.

»Es wird zum Krieg der Clans kommen«, sagte er müde. »Jahrzehntelang hat sich der Rat bemüht, Meister Gordon zur Vernunft zu bringen, doch er schlägt alle Kompromissangebote aus, bricht den Codex, und jetzt greift er uns sogar offen an. Dazu bedient er sich eines Untoten, dessen Erschaffungsart uns bislang unklar ist. Ich habe keine Kenntnis von Hexenmagie oder Voodoo. Niemand im Clan Leonhardt beschäftigt sich mit den geheimen Künsten.«

Curtis setzte eine kunstvolle Pause und fixierte Amber. »Der Mensch, den sie für ihr Vorhaben erwählt haben, ist uns hingegen wohlbekannt. Es ist der ehemalige Jäger Frederik Connan, dein Bruder.«

Amber schluckt laut und zog ihre Hand aus meiner. Die Wahrheit tat weh, auch wenn sie sie längst kannte.

Die Stille im Raum war beinahe körperlich spürbar. Curtis sprach die entscheidenden Worte. »Amber Connan, ich frage dich: Wie stehst du zu uns?«

Sie starrte ihn an.

Ich konnte ihr bei dieser Entscheidung nicht helfen. Jedes meiner Worte würde falsch sein, also schwieg ich.

»Julius?« Ihre Stimme war flehend.

Ich schüttelte den Kopf, sah auf meine Hände und zupfte an dem Verband. Nein, ich konnte ihr in dieser Situation nicht helfen.

»Frederik ist wirklich tot?«, fragte sie unsicher.

Ich nickte.

Amber war verzweifelt. »Aber ihr seid es doch auch, oder nicht?«

Curtis hatte endlich Erbarmen mit ihr. Mit einem Mal hellte sich seine Miene auf, als habe jemand eine Kerze angezündet. »Anders, meine Liebe, anders«, sagte er lächelnd und gab seiner Stimme einen weichen Ton.

Als er sich vorbeugte und Amber ansah, hatte sein Gesicht jegliche Härte verloren. »Ich bin alt, drei Mal so alt wie der Mann an deiner Seite, und wenn ich Glück habe, so kann ich auch noch viele weitere Menschenleben existieren. Das Herz in meiner Brust schlägt vielleicht nicht immer, mein Kind, aber dafür habe ich andere Talente.

Ich kann Gedanken lesen und mit meinem Blut einem

Sterbenden das Leben retten. Vampire haben eine Art zu existieren gegen eine andere getauscht, doch wir lieben und hassen, trauern und freuen uns, gerade so wie ihr Menschen. Sieh deinen Julius an, sieh ihn wirklich an und sage mir, ob er für dich tot ist.«

Amber wendete den Kopf und versenkte ihren Blick in meinem.

Wie in Zeitlupe löste sich eine Träne, rollte über ihre Wange und floss zu ihrer zitternden Unterlippe, wo sie hängenblieb.

»Nein, Julius ist nicht tot«, hauchte sie schließlich und legte ihre Hand in meine.

Sie hätte nichts Schöneres sagen können.

Curtis nickte zufrieden. Eine Stufe war genommen, doch der Weg war noch weit.

Ich ließ meinen Daumen beruhigend in Ambers Handfläche kreisen.

Schon setzte Curtis zum nächsten Schlag an. »Im Gegensatz zu uns ist dein Bruder wirklich tot. Ich weiß nicht, welcher unheilige Zauber ihn aus dem Grab befreit hat, aber es gibt Hinweise, dass sein Körper weiter verfällt …«

»Was?!« Amber starrte ihn entsetzt an.

»Nicht, Curtis«, mischte ich mich ein und wollte ihr die Details ersparen. Doch der Meister kannte keine Gnade. »Ich denke, er ist das geworden, was man hinlänglich einen Untoten nennt, Amber. Irgendetwas muss Macht über seinen Körper haben, und im Gegensatz zu einem Zombie auch über seine Seele.«

»Und das hat dieser Vampir Gordon gemacht?«, fragte Amber und sah mich an.

»Ja, aber dein Bruder hat Vampire gehasst. Glaubst du, er hätte nach seinem Tod Unsterblichen dienen wollen? Die meisten, die er umgebracht hat, waren aus Gordons Clan.

Frederik hat sich aus dem Fenster gestürzt, um ihnen nicht in die Hände zu fallen und um das Messer zu retten«, drängte ich.

Amber starrte mich an und nickte dann langsam. Sie verstand, worauf ich hinauswollte.

»Wie stehst du zu uns, Amber?«, wiederholte Curtis seine Frage und schob das Kästchen über den Schreibtisch in ihre Richtung.

Sie ließ den Kopf hängen. Eine Flut roter Haare schob sich über ihr Gesicht.

»*Wir haben sie*«, hörte ich Curtis tonlos sagen.

Amber rieb mit den Händen über ihre Wangen, holte einmal tief Luft und setzte sich auf. Ihr erster Blick galt mir.

Curtis zog eine Kette aus der Tasche, an der ein kleiner Schlüssel hing, und warf ihn mir zu. Ich hängte sie mir um den Hals und schob den Schlüssel unter den Kragen. Das Metall war kalt auf meiner Haut.

»Mein Bruder wäre lieber tot, als diesem Gordon zu dienen«, sagte Amber mit fester Stimme.

Damit war es beschlossene Sache. Sie würde zu uns stehen, gegen Gordon und damit gegen ihren Bruder.

Curtis stand auf, ging um den Schreibtisch herum und reichte Amber lächelnd die Hand. »Willkommen.«

Sie sah ihn irritiert an und stand ebenfalls auf.

Der Meistervampir wiederholte seine Worte. »Willkommen, Amber Connan. Ich gewähre dir Schutz und Schirm.«

Sie blickte mich fragend an, doch Curtis erläuterte seine Worte selbst.

»Du trägst jetzt zwei Siegel, Amber, das bedeutet, dass du bis zu einem gewissen Maß Teil des Clans geworden bist. Du hast Rechte in deiner Position. Als Julius' Meister gewähre ich dir meinen Schutz und den meiner Vampire. Das Haus Lafayette steht dir fortan jederzeit offen. Die Vampire des Clans der Leonhardt sind verpflichtet, für dich einzustehen, und niemand wird dir ein Leid antun.«

Curtis sah mich an. »*Du gibst ihr das dritte Siegel. Noch heute*«, bestimmte er, ohne die Lippen zu bewegen, dann lächelte er zufrieden.

»Es wurde bereits ein Zimmer für euch hergerichtet. Solange Gordon sein Unwesen treibt, bleibt ihr hier.«

Mit diesen Worten ließ er uns zurück.

Curtis duldete keinen Widerspruch, deshalb brauchte er auch nicht zu warten, ob wir seiner Entscheidung etwas entgegenzusetzen hatten.

Amber starrte auf die Tür, hinter der er verschwunden war. Sie stand unschlüssig vor mir, ihr Blick wanderte zum Schreibtisch. »Was ist in der Kiste, Julius?«

»Das weißt du genau.«

»Ich habe nicht gesagt, dass ich das Messer benutzen würde.«

»Du hast dich für eine Seite entschieden. Für unsere.«

Sie wusste, dass ich recht hatte.

»Ich glaube, dein Bruder würde deine Entscheidung gutheißen. Wenn wir Gordon besiegen, kannst du ihn vielleicht befreien, Amber. Ich weiß noch nicht wie, aber irgendwie werden wir die Seele deines Bruders von diesem Leid erlösen.«

Amber nickte. Der Gedanke schien sie zu beruhigen.

Dass ich freilich ganz anderes mit Frederik vorhatte, sollte er mir vorher in die Hände fallen, musste sie nicht wissen.

Ich hoffte, dass meine Geliebte stark genug war. Es würde dreckig werden in den nächsten Tagen. Wenn es wirklich zum Krieg kam, hieß das, Gordon und seinen gesamten Clan zu vernichten, jeden einzelnen Vampir, jeden Diener. Es würde ein Blutbad werden wie damals in Frankreich.

Das meiste hatte ich verdrängt, jetzt kam nach und nach

alles wieder hoch und krallte sich wie eine Faust in meine Eingeweide. Wir hatten niemanden, dessen wir habhaft geworden waren, am Leben gelassen. Nicht einen Vampir, nicht einen Diener. Welch ein Rausch, welch ein Morden, und wie schrecklich war die Reue danach gewesen. Damals hatte ich eine Axt benutzt. Mein Schwert, das ich jetzt führte, war nicht weniger effektiv.

»Julius, was ist?«

Ich zuckte zusammen. »Nichts, gar nichts«, erwiderte ich mit belegter Stimme und wandte mich ab.

»Gehen wir.«

Ich griff nach dem Kästchen. Sobald ich das Holz berührte, brannten meine Muskeln wie Feuer. Ich drückte es ihr eilig in die Hand und schüttelte meinen schmerzenden Arm. »Nimm du es.«

KAPITEL 30

Wir verließen den Raum unter der Bühne. Ich löschte das Licht und schloss die Tür hinter mir.

Robert stand draußen und erwartete uns. Er führte uns zu dem Zimmer, das für die nächsten Tage unser gemeinsames Heim sein sollte.

Es lag fast zehn Meter unter der Erde. Wie in allen Gebäuden, in denen Vampire hausten, schützten auch im Lafayette Stahltüren die Räume der Vampire vor Feuer und unliebsamen Besuchern. Meine Kammer war wie Curtis' Gemächer sogar mit doppelten Türen gesichert. Mein neuer Sarg stand bereits auf einem kleinen Podest, der mit einem dunkelblauen Teppich belegt war.

An der Wand dahinter rankten Efeu und Lilien. Die Wandmalereien passten genau zu dem Muster des Sargs. Dieser Bereich konnte mit einem schweren Vorhang vom Rest des Zimmers abgetrennt werden.

Anscheinend hatte Curtis den Raum schon lange für mich auserkoren. Er kannte meinen Geschmack genau: Jugendstil. Das hier war alles andere als eine Gruft.

Direkt neben der Tür stand ein verschnörkeltes Eisenbett mit altmodischer weißer Spitzenbettwäsche. Es duftete nach Lilien und Lavendel. Die weißen Blüten entdeckte ich in einer Vase neben dem Sarg, der Lavendelgeruch stieg aus den Kissen.

Wir hielten uns an den Händen und sahen uns um wie ein frisch verliebtes Paar auf Wohnungssuche.

»Ein anderes Zimmer gibt es leider nicht«, sagte Robert amüsiert und händigte Amber und mir je ein Paar Schlüssel aus. Auf einem Tischchen stand ein Korb mit Obst, daneben Gebäck und Tee auf einem Stövchen.

»Amber, wende dich an mich, wenn du noch Fragen hast. Die Küche und die Zimmer der Diener sind im ersten Stock. Meistens essen wir gemeinsam gegen sechs. Wenn du Probleme damit hast …«, sein Blick glitt zu meinem Sarg, »dann stellen wir dir das Bett nach oben. Für kurze Zeit findet sich sicher jemand, der den Raum mit dir teilt.«

»Nein, das ist schon okay. Danke, Robert.«

»Gut.« Der Diener zog die Tür zu. »Eine schöne Nacht wünsche ich euch beiden«, hörte ich ihn noch rufen, dann eilte er die Stufen hinauf.

Plötzlich war es ganz still.

Der Blick aus Ambers Ozeanaugen ließ Schauer über meinen Rücken jagen. Ich brauchte ihre Gedanken nicht zu lesen, um zu wissen, was sie wollte. Was wir beide seit dem Moment wollten, als wir uns dort unten bei Curtis geküsst hatten.

Sie trat einen Schritt näher. Ihre Hände glitten über meine Brust und mein Puls raste, schon jetzt. Nacheinander öffnete sie meine Hemdknöpfe, und ich stand einfach nur da und sah ihr zu.

Wir ließen uns Zeit. Zelebrierten unser erstes Mal wie ein heiliges Ritual.

Ich streifte ihr Shirt über den Kopf, und unsere Lippen fanden sich, während ich ihre kleinen, weißen Brüste berührte. Vorsichtig, als seien sie zerbrechlich, hob ich sie aus dem BH und küsste die rosigen Warzen.

Amber. Sie sollte mir gehören, mir ganz allein, bis in alle Ewigkeit.

Ich wollte nicht daran denken, ob sie mich auf die gleiche Weise begehrte, ob sie mich wollte, mich, der ihr nichts bieten konnte: kein normales Leben, kein Häuschen im Grünen, keine Kinder. Nur Zeit. Doch was nützte Zeit, wenn man nicht glücklich war?

Ich hob Amber hoch und hielt sie eine Weile in den Armen. Ich trug sie durch den Raum, drehte mich mit ihr. Sie zog mich in einen hungrigen Kuss, und wir sanken auf das Bett. Es quietschte, die alte Matratze hing durch wie eine Hängematte, doch das war egal.

Amber lächelte, strahlte, und verwandelte meine Welt in einen Palast. Die Frau meiner Träume lag dort vor mir wie das kostbarste Geschenk.

Ich stand noch einmal auf, schloss die Tür ab, entzündete ein paar Kerzen und löschte das Licht.

Ich konnte Ambers Begehren spüren, es legte sich wie ein dichter Schleier über uns.

Hitze floss durch meinen Körper. Ich trieb mein Herz noch an und atmete, wollte so lebendig und menschlich sein wie möglich für sie.

Ihr hungriger Blick lag warm und liebevoll auf meinem

bloßen Oberkörper und den Bewegungen meiner Arme, und ich genoss die Art, wie sie mich ansah. Doch plötzlich flackerte Unsicherheit in ihrem Blick, und sie starrte wie hypnotisiert an mir vorbei.

Ich sah mich irritiert um.

Kerzenlicht zuckte über den Sarg und funkelte auf dem Lack und den Intarsienarbeiten aus Perlmutt. Dieses verdammte Ding!

Energisch zog ich den Vorhang zu, doch das Unheil war angerichtet.

Das Begehren, das vor kurzem noch den Raum erfüllt hatte, wich dem bitteren Geruch von Furcht. Doch es war nicht nur das. Das Messer antwortete fein und brennend auf die Stimmung seiner Trägerin und reckte seine dünnen, schmerzhaften Finger nach meinem Herzen.

Ich keuchte, griff mir an die Brust und ging vor dem Bett in die Knie. Mit meinem Körper versperrte ich ihr die Sicht auf den Sarg und zwang sie damit, mich anzusehen. Ich durfte sie nicht verlieren, nicht jetzt! Ich rief meine Magie und sie tanzte über Ambers Haut.

»Julius, ich glaube, ich kann das nicht.« Ihre Stimme zitterte, als sie sich gegen meinen Einfluss wehrte.

Nur ein flehentliches Wort kam über meine Lippen. »Bitte.«

Sie streckte ihre Hand aus, berührte meine Wange und zuckte zurück wie nach einem Stromschlag.

»Du bist kalt!«, sagte sie entsetzt und rieb sich die Finger.

Oh nein, ich hatte die Kontrolle verloren! Es fehlte nicht mehr viel, und sie würde schreiend davonlaufen. Vor mir, einem wandelnden Leichnam!

Ich nahm ihre Hand und schmiegte mein Gesicht hinein. Diesmal war meine Haut warm und lebendig, doch ihr angewiderter Blick hatte etwas in mir zerrissen.

In diesem Moment hasste ich Curtis. Er hatte mir vor all den Jahren nicht die ganze Wahrheit gesagt, mir die Schattenseiten unseres Daseins verschwiegen. Bis zu meiner Verwandlung hatte er alles in den schönsten Farben gemalt. Warum hatte er mir das angetan? Warum hatte er ausgerechnet mich gewählt? Vielleicht hätte ich damals noch ein glückliches sterbliches Leben führen können, mit einer neuen Frau, mit Kindern. Ich war doch noch so jung gewesen, damals.

»Julius, nicht.« Amber strich mir über den Kopf und grub ihre schlanken Finger in mein Haar. »Ich kann dich nicht weinen sehen.«

Ich sah auf und wünschte mir in diesem Moment nichts sehnlicher, als sterbliche Augen zu haben anstelle dieses Raubtierblicks.

Amber lehnte sich vor, küsste mir die Tränen von den Wangen, und ihre Lippen glitten wie ein Treueversprechen über meine Haut.

»Komm zu mir«, wisperte sie und hob die Decke an. Ich gab meinem Herzen einen gleichmäßigen Rhythmus, atmete und versuchte, mit allen Fasern meines Körpers lebendig zu sein. Dann kroch ich ins Bett.

Wir schauten uns lange an, und ich überließ es Amber zu entscheiden, wann sie genug gesehen hatte. Doch ich hatte Angst. Angst, dass sie nicht fand, was sie suchte, Angst, dass sie mehr fand, als gut war.

Ihre Augen hielten mich im Bann.

Auch hier, im Dämmerlicht der Kerzen, konnte ich die feinen goldenen Sprenkel ausmachen, die die grüne Iris tupften. Ich liebte Amber dafür – so wie ich fast alles an ihr liebte.

Die Zeit kam mir endlos vor und ich wagte nicht, mich zu bewegen. Meine Hand lag wie festgefroren in ihrer. Was ging jetzt wohl in ihrem Kopf vor? Wog sie ab, ob es richtig war, einen Vampir zu lieben? Dachte Amber darüber nach, ob ich wirklich tot war, oder vielleicht nur auf eine andere Art lebendig?

War nicht auch das menschliche Leben nur eine Reihe mechanischer Prozesse, die erst durch Magie oder eine Seele zu dem wurden, was sie tatsächlich waren, nämlich ein Wunder? Und war nicht auch meine Existenz etwas Wundersames? All die Jahre, ohne dass der Körper alterte …

Meine Seele allerdings trug schwerer und schwerer an all den Erinnerungen, guten wie schlechten. Machte mich die lange Zeit nicht sogar menschlicher und lebendiger, als es Sterbliche mit ihren wenigen Jahren je werden konnten?

Oder betrog ich mich selbst und war in Wirklichkeit ein verdammenswertes Wesen, das zum Wohle aller von der Erde getilgt gehörte?

Amber lächelte. Es war nicht mehr als eine winzige Bewegung ihrer Mundwinkel. Und sie drückte meine Hand. Ganz fest.

Sie legte den Kopf auf meine Brust und lauschte meinem Herzschlag.

Vor Aufregung vergaß ich beinahe zu atmen.

Sie seufzte, als ich sie zögernd in meine Arme nahm und mein Gesicht in ihren Haaren barg. Ihre seidigen Strähnen auf meiner Haut zu spüren war wie eine Befreiung. Ich konnte die Sonne darin riechen. Wie ich das Gestirn hasste und mich doch so sehr danach sehnte!

Jetzt war Amber meine Sonne, und für sie kannte ich nur Liebe. Für sie würde ich leben und für sie würde ich auch sterben können, wurde mir plötzlich klar.

»Ich liebe dich«, wisperte ich in ihren Nacken und presste mich an sie. »Mit dir habe ich keine Angst mehr.«

»Ich weiß, Julius, ich weiß«, flüsterte sie und rieb ihre

Wange über meine Brust. Wir genossen einfach nur die Nähe des anderen. Nach einer Weile jedoch ließ ich meine Hände vorsichtig ihren Rücken auf und ab gleiten.

Als meine Fingerspitzen über Ambers Hüfte strichen, seufzte sie genießerisch und drehte sich auf den Rücken. Das war eine Einladung, der ich ohne Zögern Folge leistete. Hungrig bedeckte ich ihre Kehle mit Küssen und erkundete aufs Neue ihren wunderbaren Körper.

Ich zog die Decke zurück, um sie zu betrachten. Amber schloss die Augen und ließ mir meinen Willen. Ihre Haut hatte einen rosigen Schimmer.

Das Kerzenlicht schmeichelte den Konturen und spielte mit ihren Rundungen. Die feinen Härchen auf ihrem Bauch flossen golden zum Nabel und wiesen mir den Weg. Ich wollte jeden einzelnen Millimeter Haut mit Händen und Lippen erkunden.

Mit grenzenlosem Entzücken fand ich überall Sommersprossen, sogar auf den Knien. Ich küsste sie alle.

Amber seufzte leise, während ich mich mit sanften Bissen ihre Schenkel hinaufarbeitete, berauscht von ihrem Duft, ihrem Geschmack und den dünnen, pulsierenden Äderchen unter der Haut.

Die gestärkte Spitzenbettwäsche raschelte unter unseren Bewegungen. Ich vergrub mein Gesicht in ihrem Schoß und entlockte meiner Geliebten kleine, hohe Laute der Lust. Ambers Beine lagen auf meinen Schultern und ich knetete ihre Schenkel, während sie sich unter mir wand.

Ich war so versessen auf dieses Spiel, dass ich erst aufhörte, als sie ihre Hände in mein Haar grub und mich mit sanfter Gewalt nach oben zog.

Ambers Augen sprühten vor Lust. Mein feines Gehör lauschte ihrem wild klopfenden Herzen, und sein Rhythmus entfachte ein Feuer in mir.

»Amber, Amber«, flüsterte ich lächelnd, »das hält mich auch nicht mehr.«

Ich packte das feine Silberkreuz, das zwischen ihren Brüsten ruhte, mit den Zähnen, und ließ es an der Kette hinter ihren Rücken fallen.

Amber küsste mich verlangend und unvorsichtig. Es war so schnell geschehen. Sie zuckte kurz, dann füllte warmer Kupfergeschmack unsere Münder. Sie hatte sich an meinen Reißzähnen geschnitten.

»Entschuldige.«

»Nicht schlimm.«

Es war ein Missgeschick und sie wusste es, doch das Blut weckte Wünsche in mir. Die Verbindung von Durst und Leidenschaft ist das Höchste für jeden Unsterblichen, ein doppelter Rausch. Ich kämpfte den Hunger hinunter.

Ich durfte nicht. Nein!

Amber küsste mich ebenso leidenschaftlich wie ahnungslos, während ich mit meinen Dämonen rang und sich unsere Hüften immer schneller und gieriger aneinander rieben.

Meine Geliebte umklammerte mich mit den Schenkeln – und hielt dann plötzlich inne.

Ich atmete meinen Hunger in ihren Nacken, bis ihre Hände meinen Kopf aus seinem Versteck lenkten und ich sie ansehen musste. Meine Augen leuchteten golden, und es entsetzte sie nicht.

Ambers Wangen waren gerötet wie von Fieber, doch neben Lust las ich auch Sorge in ihrem Blick. »Brauchen wir Kondome, Julius? Ich habe keine dabei.«

Ich lächelte überrascht und küsste sie auf die Nasenspitze. Daran hatte ich nicht gedacht. »Nein«, antwortete ich. »Weder für das eine noch das andere.«

»Gut.« Amber schloss die Augen und presste ihr Becken gegen meines.

In einer einzigen, heftigen Bewegung glitt ich in sie. Meine Geliebte bäumte sich auf und unterdrückte einen Schrei. Sobald sie ihren Atem wiedergefunden hatte, bewegte ich meine Hüfte langsam von ihr weg, bis wir uns kaum noch berührten, dann stieß ich erneut vor und meine Geliebte stöhnte, während ich mit gebleckten Zähnen in ihr seltsam entrücktes Gesicht starrte.

Amber krallte ihre Nägel in meinen Rücken und diktierte den Rhythmus.

Ich ließ mich führen und sah sie an, sah immer nur in ihre blaugrünen Augen. Blut rötete ihren Mund, ich küsste es weg. Vielleicht konnte ich meinen Durst mit diesen kleinen Gaben besänftigen, vielleicht.

Die Lust öffnete die Siegel, die uns verbanden.

Wir verschmolzen miteinander, wurden eins. Wie durch zwei große Fenster erlebte ich ihre Empfindungen, fühlte zugleich meinen Körper und ihren, mich in ihr und sie um mich herum. Ich unterdrückte einen Schrei, als sich die Magie ankündigte. Der Durst hatte sie gerufen, der Duft von Blut und Schweiß und Lust. Wie ein feines elektrisches Prickeln erwachte sie in mir, die Kraft, die meinen toten Leib am Leben hielt. Pure, uralte Magie, und ich konnte und wollte sie nicht aufhalten.

Amber stöhnte und flüsterte meinen Namen, als die Macht die offenen Siegel nutzte und unversehens auf sie übersprang.

»Oh Gott, was ist das?«, hauchte sie zwischen zwei schnellen Atemzügen.

»Unsterblichkeit«, flüsterte ich und ritt meinen Rausch wie eine Droge.

Amber krallte ihre Hände in das Metallgestell des Bettes, presste sich gegen mich und erreichte in einem letzten Aufbäumen den Höhepunkt.

Lust tränkte die Luft. Ich war noch nicht gekommen und meine Hüften bewegten sich weiter, schneller.

Ambers Hände lagen auf meinem Oberkörper, und unter ihren Berührungen zuckten meine Muskeln. Sie hielt die Augen geschlossen. Ihre Brust glänzte feucht, Blut rauschte in meinem Kopf und pochte in ihren Adern.

Ich roch es durch ihre Haut, hörte ihren wilden Herzschlag und wusste plötzlich nicht mehr, was ich tat. Meine Lippen fanden von ganz alleine zu ihrem Hals. In einer schnellen Folge von Küssen ertastete ich ihre Schlagader, dann ertränkte ich ihren Geist in Lust und biss zu.

Ich hatte gegen meinen Dämon verloren, und ich genoss meine Niederlage.

Mein Kiefer arbeitete, trieb die Zähne tiefer als je zuvor in Ambers Fleisch, und ich trank ihr köstliches Leben im langsamen Rhythmus meiner Hüften.

Zweierlei Rausch trug mich davon. Magie tobte durch meinen Körper und zerrte an Kehle und Lenden gleichermaßen. Ich schluckte Ambers sattes Gold, während sich unsere Körper im Takt der Ekstase näherten.

Endlich war mein Durst gestillt, und ich wurde wieder Herr meiner selbst. Meine Zunge ertastete zerrissene Haut. Was hatte ich nur getan? Die Lust war noch immer da, aber jetzt kamen auch die Schuldgefühle. Ohne meine Lippen von ihrem Hals zu lösen, schnitt ich mir die Zunge auf und presste sie in ihr Fleisch. Mein Blut heilte den Biss sekundenschnell.

Ambers Finger wühlten in meinem Haar, die andere Hand zog meine Lenden an sie. Sie hatte es nicht gemerkt, und ich vergaß mein schlechtes Gewissen im nächsten Moment.

Unsere verschwitzten Körper rieben aneinander, und ich stieß tiefer und schneller in sie hinein. Das Metallbett quietschte in den höchsten Tönen, doch es war mir egal. Sollten sie uns ruhig alle hören!

Magie umfloss uns noch immer wie ein Kokon aus Licht.

In diesem Augenblick gehörte die Kraft, die mich am Leben hielt, uns beiden, und ich wusste, dass ich sie teilen wollte.

Amber hatte ihr Gesicht in meiner Halsbeuge vergraben. Zwischen leisen Seufzern biss und küsste sie meine Schulter. Ich stützte mich auf die Ellenbogen und betrachtete sie. Ambers Augen glänzten, sie atmete durch halb geöffnete Lippen und blickte mir bis in die Seele.

»Nimm mich an«, flüsterte ich, »nimm mein Geschenk an.«

»Ja«, stöhnte Amber ahnungslos und schloss die Augen.

Meine Hüften pumpten langsamer, ich musste mich zurückhalten, den Moment bis zum Letzten auskosten. Ich streifte ihr Haar zurück, barg ihren Kopf in meinen Händen und bedeckte ihre seidigen Wangen mit Küssen. Dann presste ich meine Lippen auf ihre.

Die wilde Magie zwischen uns unterwarf sich meinem Willen und floss mit meinem Blut in Ambers Mund. Es war viel. Amber bäumte sich auf und versuchte sich wegzudrehen, doch meine Hände hielten ihren Kopf mit sanfter Gewalt. Ich hätte ihn mühelos zerquetschen können.

»*Nimm mich an*«, flüsterte ich diesmal wortlos. Sie gab ihre Gegenwehr auf und trank mein unsterbliches Blut. Wenige Schlucke, jeder ein Rausch.

Ich keuchte, stieß zu, presste sie an mich und kam gleichzeitig mit ihr.

Mein Kopf war ein Feuerwerk und die abklingende Lust in den Lenden fast schmerzhaft. Amber flüsterte meinen Namen mit blutigen Lippen.

Ich küsste sie sauber, verlor meine Beherrschung und

leckte die rote Flüssigkeit von ihren Wangen, dann ließ ich mich neben sie fallen.

Wir hielten einander an der Hand und starrten zur Decke. Das karge Zimmer glomm im Kerzenschein.

Die Magie floss jetzt ruhiger und verband unsere Körper durch ein drittes, ungleich stärkeres Band.

Ambers Atem ging schwer, und ich passte mich an. Meine Geliebte hielt ihre Augen geschlossen, die Pupillen zuckten unter den dünnen Lidern. Ihre Linke ruhte auf ihrem schweißnassen Bauch, die Finger zitterten noch in Erinnerung an die erlebte Wonne.

Ich löste mich von ihr, rieb das Blut von meinem Gesicht und genoss die Nähe ihres heißen Körpers. Ambers Zungenspitze leckte über ihre purpurnen Lippen. Sie sah mich an und ihre Augen spiegelten den Raum wie Glas.

»Wieder Blut?«, fragte sie, doch es lag kein Vorwurf darin.

Ich zog Amber an mich und hielt sie ganz fest.

Das dritte Siegel ohne ihre Zustimmung! Ich hatte mich in eine schwierige Situation manövriert. Doch das waren Dinge, über die ich jetzt nicht nachdenken wollte. Stattdessen vergrub ich meine Nase in ihrem Haar und genoss den Duft.

»Das war wunderschön«, sagte sie.

»Ja, das war es.«

Ich war erschöpft und angenehm müde. Dennoch hatte ich das Gefühl, dass all meine Sinne geklärt waren, wie die Luft von LA nach einem Sommerregen.

Ich sah mich im Zimmer um, während Amber in meinen Armen ruhiger wurde. Angetrieben vom Kerzenschein huschten Schatten über die Wände. In einem kleinen Regal, dem ich zuvor keine Beachtung geschenkt hatte, entdeckte ich meine Bücher. Jemand hatte sie aus meinem Mausoleum hierhergebracht und sorgfältig aufgereiht. Ich musste über Curtis' Bemühungen schmunzeln. Ich würde trotzdem nicht hierbleiben, unter keinen Umständen.

Satte Nuancen von Karamell, Honig und Vanille tränkten die Luft.

Ich wunderte mich, dass ich sie erst jetzt bemerkte. Der Duft entströmte den Keksen auf dem Tischchen. Er war dicht und weich wie ein Bett aus Watte. Darüber schwebte die säuerliche Frische der Früchte aus der Obstschale.

Ich sog die Luft ein und seufzte.

Plötzlich sehnte ich mich nach dem Geschmack der Früchte, nach dem Gefühl knuspriger Kekse in meinem Mund, nach Schokolade, die auf der Zunge schmolz.

Richtiges Essen. Kauen, kosten, schlucken. Das war so lange her. Je mehr ich darüber nachdachte, desto intensiver wurde das Verlangen, bis es schließlich regelrecht weh tat.

Ich stützte mich auf einen Arm, griff durch die Stangen des Metallbettes und langte nach Erdbeeren und Trauben.

»Was machst du?« Amber sah mich überrascht an und gähnte. »Willst du das etwa essen?«

»Nein … nein, will ich nicht. Das heißt, eigentlich schon«, sagte ich zögerlich, und mir wurde bewusst, wie unverständlich es für sie sein musste.

Nein, ich konnte nicht essen, nicht wie sie. Früher, in meinem sterblichen Leben, hatte ich Erdbeeren geliebt.

Ich ließ die glänzenden Früchte über meine Handfläche rollen und ertastete Körner und feine Härchen. Als ich die Stiele abzupfte, explodierte der Duft und brachte mich beinahe um den Verstand. Amber beobachtete mich aufmerksam. Ihr entging meine Sehnsucht nicht.

»Was würde passieren, wenn du es trotzdem tätest?«

Ich verzog angewidert meinen Mund. Die ersten Jahre nach meiner Verwandlung hatte ich es immer mal wieder versucht. Teilweise hatte ich ganze Portionen in mich hineingezwungen. Schon bei der Erinnerung daran wurde mir schlecht. Ich zog die Stirn kraus.

»Ich muss mich übergeben. Die Schmerzen kannst du dir nicht vorstellen. Das erste Mal dachte ich, ich müsste sterben. Unsere Körper sind einfach nicht dafür gemacht, Amber. Vampire können nur Blut verdauen, sogar Tierblut bereitet uns schon Schwierigkeiten. Sobald ich auch nur ein Stück menschliche Nahrung im Magen habe, bricht die Hölle los. So krank hast du noch keinen Menschen gesehen, wie einen Vampir nach einem Drei-Gänge-Menü«, lachte ich trocken. »Hin und wieder gönne ich mir einen winzigen Schluck Wein, aber auch das ist eine Gratwanderung.«

»Darf ich?« Amber nahm die Erdbeere aus meiner Hand und steckte sie in den Mund. Während sie kaute, legte ich das Ohr an ihre Wange.

Ich lauschte, stellte mir vor, wie der Saft auf der Zunge zerging und die winzigen Körnchen zwischen den Zähnen knackten. Mit geschlossenen Augen überließ ich mich meiner Fantasie und merkte erst gar nicht, dass Amber ihre Lippen auf meine drückte. Erdbeeratem streichelte meine Sinne, und ich hob überrascht die Lider.

Ehe ich michs versah, teilte ihre Zungenspitze meine Lippen, und dann waren sie plötzlich da: Erdbeeren! Sauer, süß, unvergleichlich!

Unwillkürlich verzog sich mein Mund zu einem breiten Grinsen.

Ihre Küsse schmeckten bald nach Feigen, bald nach Weintrauben und Kirschen. Ich war im Paradies. Mein Magen hingegen rebellierte.

Amber aß für mich, bis sie keinen Bissen mehr runterbekam. Nach und nach wurden ihre Augen schwer.

»Schlaf, Liebes«, sagte ich, zog sie in meine Arme und

legte mich ganz dicht hinter sie. Morpheus entführte ihren Geist, während meine Hand auf ihrem Körper ruhte.

Es war zwei Uhr nachts. Sie war müde, sie war sterblich.

Ich war wach und der Morgen noch viele Stunden entfernt.

Statt zu den anderen hinaufzugehen, blieb ich liegen und lauschte ihrem Atem. Unsere Körper waren sich so nahe, dass ihr Puls in meiner Brust wie ein dumpfer Trommelschlag widerhallte. Ich liebte sie für ihre Lebendigkeit. Wie ich alle Menschen, auch die hässlichsten, stinkendsten und widerwärtigsten, dafür liebte.

Sie waren der Grund, warum ich zum Mörder an meiner eigenen Art geworden war. Zu dem Scharfrichter, zu dem Curtis mich bestimmt hatte.

Curtis, der insgeheim hoffte, dass ich einmal die Führung einer eigenen Camarilla übernehmen würde. Stark genug war ich, doch nichts in der Welt würde mich dazu bringen, eine Camarilla zu leiten oder Menschen zu verwandeln.

Ich war ein Einzelgänger. Ich wollte keine Verantwortung über andere, und vor allem wollte ich keine neuen Vampire schaffen, niemals. Wir waren ein Fluch, eine Seuche, Kreaturen des Teufels. Ja, wenn ich nur genügend an Gott glauben würde, wäre ich das wohl, ein Teufel, ein Seelentrinker.

Nein, ich konnte jetzt nicht nach oben gehen. Nicht in die kalten Raubtieraugen der anderen Vampire schauen.

Mein Blick fiel auf die Kiste mit dem Messer. Amber musste sich vorbereiten. Ich hätte sie trainieren sollen, ihr zeigen, wie man ein Messer am effektivsten einsetzte.

Schon morgen würde der Rat zusammentreffen. Doch die Entscheidung stand eigentlich schon fest: Gordon und seine unheilige Brut sollten vernichtet werden. An einem Krieg kamen wir kaum noch vorbei. Niemand wusste, wie viele

Vampire er geschafften hatte. Dutzende, vielleicht sogar Hunderte Unsterbliche.

Und wir waren so wenige Kämpfer. Die Jüngsten würden zu Hause bleiben. Das machte siebzehn von Curtis' Clan, elf davon aus dem Lafayette, der Rest Einzelgänger, fünf von Liliana Mereley, sowie Amber und einige weitere Diener. Ich wollte sie nicht gefährden. Ich wünschte, jemand anderes würde das Messer führen. Doch Amber war dazu bestimmt, und sie hatte ihr Schicksal angenommen. Es gab kein Zurück mehr.

Ich würde meinen Teil tun. Wenige töteten so effizient wie ich. Wenige hatten so viel Übung.

Ich lächelte bitter.

Ich war der Scharfrichter, und ich würde Gordon ins Jenseits befördern, wenn es das für Vampire gab. In die Hölle oder das Nichts, das Ende auf Erden in jedem Fall.

KAPITEL 31

Amber erwachte.

Im ersten Augenblick war sie orientierungslos. Es war stockfinster. In der Luft hing der kalte Qualm von Kerzen. Amber erinnerte sich. Sie war noch immer in dem unterirdischen Raum im Lafayette. »Julius?«

Er antwortete nicht.

Amber tastete mit der Hand in Richtung Tisch. Sie glaubte, sich an eine kleine Lampe neben dem Bett zu erinnern, und fand den Schalter.

Die Leuchte warf einen scharfen Lichtkegel. Amber sah sich unsicher um.

Es war so still, nichts bewegte sich. Der Platz neben ihr im Bett war kalt und leer. Julius musste schon vor einer ganzen Weile verschwunden sein. Amber sah blinzelnd auf ihre Armbanduhr. Sie zeigte bereits ein Uhr Mittag.

Als sie sich aufsetzte, erinnerte sie ihr Körper an die vergangene Nacht. Sie hatten sich geliebt, und die Erfahrung mit dem Vampir war wunderschön gewesen.

Plötzlich wurde Amber klar, wo Julius war: in seinem Sarg!

Wie ein Magnet wurde ihr Blick von dem dunkelblauen Vorhang angezogen. Sie musste es sehen, um wirklich begreifen zu können.

Amber erhob sich langsam und zog den schweren Stoffvorhang zur Seite. Und da stand er, der Sarg. Ein schwarzes Monstrum aus Holz, Lack und Metall.

Unwillkürlich tastete Amber nach dem Silberkreuz an ihrem Hals. Riskierte sie durch die Verbindung mit dem Vampir womöglich ihre Seele? War die Wirkung des Messers mit den Reliquien im Griff nicht schon allein Beweis genug dafür, dass es falsch war, was sie tat? Mit zitternden Händen kniete sie nieder und hob den Sargdeckel ein Stückchen an. Julius hatte die Verriegelung nicht benutzt.

Durch den Spalt erahnte Amber blasse Haut. Entschlossen öffnete sie den Deckel zur Gänze. Kalt und reglos lag Julius vor ihr. Er hatte seine Augen geschlossen und die Wangen waren eingefallen. Seine dürren Hände ruhten gefaltet auf dem nackten Oberkörper, unter dessen milchweißer Haut sich Muskeln wie knotiges Wurzelholz abzeichneten.

Obwohl er nicht atmete, war sein Anblick nicht erschreckend, sondern auf eine seltsame Weise schön. Er erinnerte sie an zugefrorene Seen. Starr, kalt und malerisch in einem.

Wie sich der Körper des Vampirs jetzt wohl anfühlte?

In Ambers Bauch breitete sich ein ungutes Gefühl aus, ihre Schultern waren angespannt. Konnte sie es wagen?

Sie schloss kurz die Augen. Sie musste es wissen, sie musste wissen, wie er sich anfühlte!

Auf einmal rief das Messer nach ihr. Wusste es, dass vor ihr ein wehrloser Vampir lag?

Frederik hatte viele seiner Opfer getötet, während sie schliefen, erinnerte sie sich.

An einer dünnen Kette um Julius' Hals hing der Schlüssel. Amber streckte vorsichtig eine Hand aus und hielt inne. Der Körper ihres Freundes strahlte keinerlei Wärme ab. Entschlossen legte sie zwei Finger auf die Stelle über Julius' Herz. Er war tatsächlich kalt wie Stein, die Haut fühlte sich an wie Leder, und es war kein Herzschlag zu spüren.

Es war unwirklich und irritierend. Ihre Unsicherheit schien das Messer anzuspornen. Ein Brennen breitete sich in ihrem Arm aus. So hatte es sich angefühlt, als sie den jungen Vampir erstochen hatte, genauso! Vor ihrem inneren Auge sah sie auf einmal Julius an dessen Stelle. Starrte in das gemarterte Gesicht ihres Geliebten, während sich sein Körper auflöste!

»*Nein!*« Ein stummer Schrei explodierte in ihrem Kopf. Etwas stieß sie unsanft zurück. Amber taumelte, fiel hin und setzte sich sofort wieder auf. Was war das?

Alles verschwamm und drehte sich um sie.

Amber presste die Augenlider zusammen, um den Eindruck zu vertreiben, doch in ihrem Kopf hämmerte es wie bei einer heftigen Migräneattacke.

Julius. Es musste Julius sein! Seine verzweifelten Schreie hallten in ihrem Kopf.

Amber rutschte weiter von dem Sarg fort. Sobald sie Abstand nahm, verloren die Schreie ihre Intensität.

Eilige Schritte erklangen auf der Treppe.

»Amber, was ist da los?«

Es war Robert. Der Diener schlug mit der Faust gegen die Tür. Aber Amber konnte sich nicht bewegen. Alles drehte sich, ihre Knie waren weich.

Ein Schlüssel wurde ins Schloss gesteckt, dann stürzte Robert mit einer Pistole in der Hand herein. Christina stand an seiner Seite, in ihrer Hand blitzte ein Messer.

»Was ist passiert, Amber?!«, schrie Robert und sah sich mit wildem Blick um.

Christina beugte sich über den Sarg und berührte den schlafenden Vampir. »Alles in Ordnung.«

Die Schreie waren verstummt.

»Julius, wir sind hier. Dir geschieht nichts. Alles wird gut.« Die Latina strich dem starren Körper über den Kopf.

Amber saß noch immer auf dem Boden und starrte in den Lauf der Pistole. »Ich, ich habe nichts getan.« Ihre Stimme bebte. »Ich wollte ihn nur ansehen.«

Robert steckte die Waffe in seinen Hosenbund und schloss den Sargdeckel, dann hielt er Amber die Hand hin. »Komm, steh auf.«

Amber sah ihn grimmig an, stieß sich vom Boden ab und kam ohne seine Hilfe auf die Beine. »Ich wollte ihn nur ansehen, mehr nicht. Mehr nicht, verdammt!«

Christina schnitt ihr das Wort ab. »Julius hatte Angst um sein Leben. Und bestimmt nicht nur, weil du ihn angesehen hast!«

Noch immer auf der Suche nach einer Bedrohung tasteten ihre dunklen Augen den Raum ab.

Amber war es unangenehm, dass sie das zerwühlte Bett und die verstreut auf dem Boden liegende Kleidung sah. Auf einmal lächelte Christina. Sie wusste genau, was sie getan hatten.

»Vielleicht hatte Julius nur einen Alptraum? Vampire träumen doch, oder?«, meinte Amber.

An den Blicken der anderen merkte sie, dass sie nicht an einen Alptraum glaubten.

Erst jetzt wurde Amber klar, dass sie nur eine Unterhose und ein dünnes Hemdchen trug, und sie errötete.

»Ja, sie träumen«, sagte Christina und legte Amber eine Hand auf die Schulter. »Du musst nicht hier unten warten, bis Julius wieder aufwacht. Zieh dir rasch etwas an und dann komm hoch in die Küche.

Hier im Lafayette ticken die Uhren etwas anders. Robert und ich waren gerade beim Frühstück. Du musst auch die anderen Diener kennenlernen.« Christina steckte ihr Messer in den Gürtel. »Keine Angst, es wird dich so schnell keiner massakrieren.«

Robert nickte. Seine Züge glätteten sich und wurden freundlicher. »Seit dem Überfall sind wir alle etwas übersensibel, Menschen wie Unsterbliche.«

»Kein Problem«, entgegnete Amber schüchtern und langte nach ihrer Hose. »Wirklich nicht.«

Nach einem letzten Blick auf den perlmuttverzierten Sarg verließ Robert den Raum.

Christina zögerte. »Es ist sicher schwer für dich. Aber scheue dich nicht zu fragen, dazu sind wir hier.«

»Okay, danke. Ich komme gleich nach.«

»Du nimmst die Treppe im Entree. Die Küche ist oben links.« Brandons Dienerin wandte sich zum Gehen.

»Christina, warte.« Amber suchte nach den richtigen Worten. »Wegen der Sache auf dem Friedhof … Curtis hätte dich nicht dazu zwingen sollen, Julius Blut zu geben.«

Christinas Gesichtsausdruck wurde kalt. Sie musterte Amber.

»Ich weiß, dass ihr alle denkt, es sei meine Aufgabe gewesen. Aber Julius und ich hatten uns gestritten. Ich habe gesagt, ich würde ihm nie wieder etwas geben.«

»Ist schon gut, Amber.«

»Es tut mir wirklich leid. War es sehr schlimm für dich?«

»Was passiert ist, ist passiert. Ich weiß selbst, wie das ist, am Anfang.« Christina lächelte ihr aufmunternd zu und legte die Hand auf die Klinke. »Bis gleich.«

Als Amber alleine war, setzte sie sich aufs Bett. Plötzlich war ihr elend zumute. Sie zog die Knie an den Körper, starrte auf den Sarg und wippte wie ein unglückliches Kleinkind hin und her.

Sie verstand selbst nicht, was gerade geschehen war. Irgendwie hatte das Messer ihre eigenen Gefühle gegen sie ausgespielt. Julius die Holzklinge in die Brust zu rammen war ihr plötzlich ganz selbstverständlich vorgekommen, als sei es der einzig mögliche Weg.

Sie fragte sich, ob sie es wirklich getan hätte. Hätte sie den Schlüssel genommen und das Messer auf Julius' Brust gesetzt, über sein Herz, dorthin, wo ihre Finger gelegen hatten? Sie wusste es nicht. Sie wusste nicht, ob sie ihren Geliebten getötet hätte!

Der Schreck über diese Erkenntnis ging tief.

Amber rieb sich die Augen. Sie brauchte dringend Antworten. Sie schlüpfte in ihre Hose und zog Julius' Hemd über, in dessen Kragen noch der Duft seines Parfums hing. Vielleicht konnte der Geruch die bösen Geister vertreiben.

Eilig brachte sie das Bett in Ordnung, sammelte die Kleidung auf und zog den Vorhang vor den Sarg. Jetzt sah es wirklich aus wie eine kleine, freundliche Wohnung. Auf dem Stövchen stand noch der Tee, der sich mittlerweile in eine oxidierte, schwarze Brühe verwandelt hatte.

Vor dem kleinen Waschbecken und dem Spiegel band Amber ihr Haar zu einem Zopf und wusch sich das Gesicht mit kaltem Wasser.

Wenig später schloss sie die Stahltür hinter sich ab und machte sich mit der leeren Teekanne auf den Weg nach oben.

Das Lafayette roch nach Staub und Erinnerungen.

Abgetretene Dielen quietschten unter ihren Füßen. Wie viele Menschen mussten hier langgelaufen sein, um sich in Zelluloidwelten entführen zu lassen. Alte und junge, Paare, Freunde, Familien. Von den Plakaten an den Wänden strahlten längst vergessene Stars und Sternchen. Fast meinte Amber den Geruch von Popcorn wahrzunehmen und das leise Summen unzähliger Stimmen.

Im Eingangsbereich blieb sie einen Augenblick unschlüssig stehen, dann nahm sie die Treppe in die obere Etage. Die Stufen knarrten bei jedem Schritt.

Staub tanzte vor einem großen Fenster über der Treppe. Die Stufen mündeten in einen kleinen Ruhebereich mit hohen Bücherregalen und altmodischen Sofas. Auf beiden Seiten zweigten Flure ab.

Klapperndes Geschirr, leise Stimmen und der Duft von Kaffee wiesen Amber die Richtung. Auch hier waren die Wände bedeckt mit Bildern. Durch eine offene Tür fiel Sonnenlicht.

»Bist du wirklich bereit, das alles aufzugeben?«, hörte sie Robert fragen. »Du hast noch so viel Zeit. Brandons Kraft schützt dich, Christina. Du musst nicht sterben, um bei ihm zu sein.«

»Vielleicht hast du recht.«

Amber blieb stehen, um den beiden zu lauschen.

»Natürlich habe ich das«, erwiderte Robert. »Du trägst alle fünf Siegel.

Als Brandons Dienerin kannst du in beiden Welten zu Hause sein, und warum solltest du freiwillig auf eine verzichten? Die Zeit kann dir auch jetzt schon nichts anhaben. Überlege es dir gut, Chris.«

Amber wartete auf Christinas Antwort, doch sie blieb aus.

»Komm ruhig rein, Amber!«

Sie zuckte zusammen. Sie hatten sie also bemerkt. Unsicher betrat Amber die Küche.

»Tut mir leid«, sagte sie und errötete.

Die beiden Diener sahen sie gutgelaunt an.

»Es ist schwierig, hier jemanden zu überraschen. Unsere Herren teilen ihre besonderen Talente mit uns«, sagte Robert freundlich.

»Wir sehen und hören alles«, ergänzte Brandons Dienerin mit einem Lächeln.

Sie saßen an einem schlichten, blankpolierten Holztisch und tranken Kaffee. An der Spüle stand eine dunkelblonde Frau und wusch ab. Wortlos nahm sie Amber die Teekanne aus der Hand und tauchte sie in das Spülbecken.

»Setz dich doch.« Christina wies auf einen Stuhl.

Auf dem Tisch stand bereits ein frisches Gedeck. Jeder schien sich Mühe zu geben, damit es ihr hier gefiel. Christinas dunkle Augen strahlten wie Edelsteine, während sie Amber Kaffee und Orangensaft einschenkte.

»Trotzdem, ich hätte euch nicht belauschen dürfen«, sagte Amber kleinlaut, während sie Platz nahm.

»Wir haben hier keine Geheimnisse voreinander«, sagte Robert und reichte ihr den Brotkorb. »Im Lafayette sind wir wie eine große Familie. Anders geht es nicht, wir müssen immerhin Jahrzehnte, manchmal Jahrhunderte miteinander auskommen.«

Die Blonde lachte leise, aber schrill, ohne sich umzudrehen.

»Das ist Janette, sie gehört zu Kathryn«, erklärte Christina und verzog ihr Gesicht.

Ganz so harmonisch schien das Zusammenleben doch nicht zu sein. »Christopher hast du leider verpasst, er ist Manolos Diener, und Kyle war gerade auch noch hier.«

Amber nickte. Die Namen sagten ihr nichts. Sie schmierte Frischkäse auf einen Bagel, biss ein Stück ab und kaute unlustig darauf herum.

Robert sah sie besorgt an. Ohne ein Wort streckte er die Hand aus und schob Ambers Zopf über dem Hals zurück. Sie zuckte zusammen. »Was soll das?«

»Wenn das so weitergeht …« Robert schüttelte den Kopf.

»Wenn was wie weitergeht?«, fragte sie unwirsch.

»Julius darf nicht jede Nacht von dir trinken, Amber, das bringt dich über kurz oder lang um«, erklärte er.

»Er hat was?«, fragte sie erschrocken und starrte von einem zum anderen.

»Na großartig«, sagte Christina, »das dritte Siegel ohne deine Zustimmung. Julius hat wirklich ein seltenes Talent, sich in ein Unglück nach dem anderen zu manövrieren.«

Amber wurde blass. Sie ließ den Bagel auf den Teller fallen und fühlte nach der Bissstelle. »Ich habe im Spiegel gar nichts bemerkt.«

»Unsichtbar für ein menschliches Auge. Für einen Mann im Dienste eines Meistervampirs hingegen leicht zu erkennen«, erklärte Robert brummig.

»Robert, mach ihr keine Angst.« Christina stand auf und strich Amber über den Rücken. »Mach dir keine Sorgen, der alte Griesgram übertreibt. Noch ist ja nichts passiert.«

Brandons Dienerin ging zu einem Hängeschrank. Als sie zurückkam, legte sie Amber einige Pillen neben den Teller.

»Vitamine und Mineralien. Das hilft deinem Körper, das Defizit wieder auszugleichen. Und wenn Julius das nächste Mal der Magen knurrt, schlägst du ihm auf die Finger, ja?

Mindestens vier Wochen Pause.« Sie lachte warm und setzte sich wieder an den Tisch.

Amber sah sie schockiert an. Das alles schien für Christina das Normalste der Welt zu sein.

Ihr selbst war der Appetit allerdings gründlich vergangen.

Julius hatte es wieder getan, und wieder ohne sie zu fragen! Sicher, wenn sie jetzt darüber nachdachte, setzten sich die bruchstückhaften Bilder der vergangenen Nacht langsam zu einem Ganzen zusammen. Deutlich kehrte die Erinnerung zurück an Julius' berauschenden Kuss und das Blut in ihrem Mund.

Amber errötete, als sie merkte, wie sehr sie sich danach sehnte, die Erfahrung zu wiederholen, und war froh, dass niemand ihre Gedanken lesen konnte.

Es war mehr als Sex gewesen. Julius und sie waren miteinander verschmolzen, ganz und gar, mehr, als es einem menschlichen Paar je möglich gewesen wäre.

Als Amber bemerkte, dass Christina sie beobachtete, lächelte sie schuldbewusst und blickte auf ihren Teller. Ja, die Latina wusste wohl, was sie mit ihrem unsterblichen Liebhaber geteilt hatte.

Robert hingegen schien von der stummen Zwiesprache der Frauen nichts zu ahnen. Er trank den letzten Schluck Kaffee und stellte sein Geschirr zusammen. »Amber, du begleitest Christina«, sagte er dann nüchtern. »Geh nicht alleine raus, es ist gefährlich.«

»Am helllichten Tag?«

»Es gibt weit Schlimmeres da draußen als Vampire.« Robert verließ die Küche, und die Dienerin Janette folgte ihm wortlos nach.

Amber betrachtete Christina, die verträumt aus dem Fenster schaute. Die großen, dunklen Augen und der volle, energische Mund gaben der kleinen Frau etwas Verwegenes.

Die lockigen, braunschwarzen Haare hatte sie stramm zurückgebunden, so dass sie wie Lack glänzten.

Christina war eine ebenso exotische Schönheit wie Brandon. Welch ein furchterregendes Paar, sollte sie auch erst einmal unsterblich sein, dachte Amber und wandte ihren Blick ab. Doch Christina hatte ihre Neugier bemerkt. »Was ist?«

»Nichts.« Amber zögerte. Andererseits hatte die Dienerin ihr angeboten, alle Fragen zu beantworten. »Liebst du Brandon?«

Christina sah sie über den Rand ihrer Kaffeetasse hinweg an. »Warum willst du das wissen?«

Amber war sich selbst nicht ganz sicher und schob sich den letzten Bissen des Bagels in den Mund.

»Ja, ich liebe ihn.« Christinas Blick bekam etwas Träumerisches. »Wir haben uns an der California State University kennengelernt. Er hat Abendkurse über die First Nation People besucht, ich hatte Geschichte im Nebenfach.«

»Und dann?«, hakte Amber nach und griff noch einmal in den Brotkorb.

»Ich wusste, dass er mich beobachtete, und dennoch wich er mir aus. Er war der totale Einzelgänger. Schließlich habe ich ihn angesprochen.«

Christina grinste breit. »Das ist jetzt zehn Jahre her. Nach vieren habe ich Curtis und den Clan kennengelernt. Dann hat Brandon mir von den Siegeln erzählt und was es damit auf sich hat. Wir haben die Rituale in nur wenigen Tagen vollzogen. Als er mir vor zwei Jahren angeboten hat, die Ewigkeit mit ihm zu teilen, habe ich keinen Augenblick gezögert.«

Robert klopfte an den Türrahmen, um sich bemerkbar zu machen. Die Frauen zuckten zusammen und lachten dann über ihre Reaktion.

Robert lächelte. »Störe ich?«

Christina schüttelte den Kopf.

»Gut, denn Curtis hat eine Aufgabe für euch. Chris, du warst schon mal bei Tom. Ihr fahrt zusammen nach San Fernando Valley. Amber braucht eine Pistole.«

Sie glaubte ihren Ohren nicht zu trauen.

»Es ist mit Julius abgesprochen.«

»Das ist mir egal. Ich will keine Pistole!«

»Du darfst dich nicht nur auf das Messer verlassen. In diesem Punkt kennt der Meister kein Nein. Und für heute Abend brauchst du etwas anderes zum Anziehen, Amber. Der Rat ist konservativ.«

Robert griff in seine Hosentasche und förderte eine Kreditkarte zutage. Als er sie auf den Tisch legte, sah Amber, dass sie Julius gehörte.

»Zu dir nach Hause kannst du leider nicht. Aber ihr dürft einkaufen gehen. Das machen Frauen doch gerne«, sagte Robert grinsend.

Amber und Christina sahen ihn zornig an, und seine Miene wurde sofort wieder nüchtern.

KAPITEL 32

Als Amber und Christina die Hintertür des Lafayette öffneten, schlug ihnen die Hitze wie eine Wand entgegen. Sofort bildete sich ein feiner Schweißfilm auf Ambers Haut.

Die Sonne brannte aus einem bleiernen Smoghimmel, und auf dem kleinen Parkplatz flirrte die Luft.

Amber folgte Christina die wenigen Stufen hinunter zu Brandons mattschwarzem Sportwagen. Aus den Türen schlug ihnen Backofenglut entgegen.

»Ich hasse den Sommer«, fluchte Christina und schob ihre große Sonnenbrille höher. Aus ihrem Hosenbund ragte eine 9-Millimeter. Sie ließ sich in den Sitz gleiten und drehte den Zündschlüssel. Die Klimaanlage begann ihren Kampf.

»Komm, steig ein, sonst verkoche ich noch.«

Amber ließ sich in den glühenden Sitz fallen und schlug die Tür zu.

Christina stieß rückwärts in die kleine Seitenstraße und raste dann mit röhrendem Motor los.

Genervt lehnte Amber ihren Hinterkopf gegen das Leder und schloss die Augen. Wenn Christina sie unbedingt zu Tode fahren wollte, dann musste sie dabei nicht auch noch zusehen.

»Erst Klamotten?«, fragte Christina und steuerte bereits auf den Parkplatz von Macy's zu.

Amber war nicht nach Shoppen zumute, doch Robert hatte recht. Sie konnte nicht nach Hause, um sich frische Kleidung zu holen. Sie wollte ihre Mutter auf keinen Fall in Gefahr bringen.

Unschlüssig folgte sie Christina in das Kaufhaus und streifte mit den Händen über die Kleidung auf den Tischen.

Irritiert bemerkte sie einen Mann, der ihnen durch die Frauenabteilung zu folgen schien. Etwas an ihm war seltsam.

Als er bei den Dessous stehen blieb und die Auslagen musterte, schimpfte sich Amber paranoid. Nicht jeder Mann, der für seine Partnerin nach schöner Wäsche Ausschau hielt, war gefährlich.

Lustlos entschied sie sich für eine Hose, einen Gürtel mit großer Silberschnalle und ein Shirt mit V-Ausschnitt, alles in Schwarz.

Auf dem Weg zur Kasse fiel ihr Blick auf einen schlichten, halblangen Ledermantel aus der neuen Winterkollektion.

»Gefällt er dir?« Christina nahm ihr die Kleidungsstücke ab, damit sie ihn anprobieren konnte. Er passte perfekt.

Amber drehte sich lächelnd vor dem Spiegel.

»Draußen hat es dreißig Grad, und außerdem ist er schwarz!«, sagte Christina, es klang beinahe vorwurfsvoll.

»Meinst du, er gefällt Julius nicht?«

»Doch sicher. Sein Farbgeschmack ist ja auch eher …«

»Düster?«

»Monochrom. Ihr habt euch wirklich gesucht und gefunden!«

»Stell dir vor, wir sind jahrelang in die gleichen Clubs gegangen, und ich habe ihn nie getroffen. Jemanden wie ihn hätte ich sicherlich nicht übersehen!«

»Ein Vampir muss wollen, dass du dich an ihn erinnerst, Amber«, erklärte Christina flüsternd. »Sie sind für normale Menschen fast unsichtbar, dafür brauchen sie noch nicht einmal Magie.«

»Aber jetzt bin ich kein normaler Mensch mehr«, überlegte Amber ernst.

»Nein, jetzt gehörst du zu beiden Welten. Willst du die Klamotten, oder nicht?« Die Latina schob ihre neue Freundin weiter zu Kasse.

Amber weigerte sich, Julius' Kreditkarte zu benutzen und zahlte selbst.

Auf dem Weg zum Ausgang kamen sie erneut an dem Mann vorbei, der ihr schon zu Anfang aufgefallen war. Er begegnete ihrem Blick und ging dann eilig davon. Amber sah sich kurz nach ihm um, doch dann schenkte sie ihm keine Beachtung mehr.

»Warum hast du selbst gezahlt?«, fragte Christina, während sie die Plastiktüten auf den Rücksitz des Pontiac warf.

»Ich verdiene mein eigenes Geld«, erwiderte Amber trotzig.

Christina steuerte den Wagen vom Parkplatz. Ein Dodge folgte ihnen, aber Amber beschloss, das als Zufall abzutun.

»Weißt du überhaupt, wie reich dein unsterblicher Freund ist?«, schrie Christina gegen den Lärm der Lüftung an, die auf der höchsten Stufe lief.

»Es wäre vielleicht etwas anderes gewesen, wenn Julius dabei gewesen wäre, aber so ...«

»Du hättest ihn doch rufen können. Mit dem dritten Siegel kannst du das auch bei Tag.«

Amber sah ihre Begleiterin niedergeschlagen an. »Ich weiß ehrlich gesagt nicht genau, wie es geht. Bislang war es immer Julius, der diese Siegel benutzt hat.«

Christina drehte die Lüftung herunter und stieß ungehalten ihren Atem aus. »Wenn du mich fragst: Dein Vampir ist ein Idiot.«

»Er hat mir nichts erklärt, gar nichts«, gab Amber zu.

Der Wagen kroch im Schritttempo über den Santa Monica Boulevard.

»Sobald wir zurück im Lafayette sind, zeige ich dir alles, was du wissen musst, und den einen oder anderen Trick noch dazu«, grinste Christina.

Sie brauchten fast eine Stunde, bis sie San Fernando Valley erreichten. Die Sonne senkte sich bereits über die Berge und ließ die Smogschicht über der Stadt sichtbar werden. Heiße Santa-Ana-Winde schlossen die Feuchtigkeit des nahen Ozeans im Tal ein wie in einem Treibhaus.

Schließlich parkte Christina in einer der Seitenstraßen des Topanga Canyon Boulevard.

»Muss das wirklich sein?«, fragte Amber, während sie Christina über den zerrissenen Beton folgte. »Ich brauche keine Pistole.«

Christina blieb wie angewurzelt stehen.

Ein Mann war aus dem Schatten eines Alleebaumes getreten und versperrte den Frauen den Weg. Seine Hand hing lässig an seiner Seite. Amber war sofort klar, dass er bewaffnet war.

»Scheiße!«, fluchte Christina und hielt mit einem Mal ihre Pistole in der Hand. »Ein Diener.«

An Christinas Seite ging sie langsam zurück, bis sie eine Mauer hinter sich hatten. Ambers Herz raste. Aber diesmal würde sie sich ihrer Panik nicht hingeben. Sie zwang sich, ruhig zu atmen. Ich kann kämpfen, sagte sie sich. Sie würde ihr Leben nicht so einfach aufgeben.

»Lass die Waffe fallen, Mädchen!«

Die Stimme war von der anderen Seite gekommen. Christina schnellte herum. Dort stand der Mann aus dem Kaufhaus, und in seiner Hand blitzte der Lauf einer Pistole. Beide Männer kamen näher.

»Ich übernehme den Diener, du den Blonden«, wisperte Christina und visierte ihren Gegner an.

Amber war vor Schreck wie gelähmt. Wie sollten sie das schaffen? Die Männer hatten Pistolen, Amber hingegen hatte nichts außer ihren Händen.

»Wenn sie uns erwischen, ist es aus«, sagte Christina leise.

Der Blonde war jetzt nicht mehr weit entfernt. Drei Schritte, vielleicht vier. Unerträglich nah und doch viel zu weit für gezielte Tritte.

Amber hoffte, dass Christina wusste, was sie tat. Sie sah sich zu ihr um. Die Latina schloss für einen Moment die Augen und ihre Lider flatterten.

»Nein!« Der Diener schnellte vor, schlug Christina die Pistole aus der Hand und presste ihr den Lauf seiner eigenen an die Schläfe. Entwaffnet, so einfach.

Amber hob die Hände.

Der Mann aus dem Kaufhaus überragte sie um anderthalb Kopf. Sein Gesicht war wettergegerbt, die Augen klein und hinterhältig, das kurze Haar schmutzigblond. Er stieß Amber schmerzhaft den Lauf seiner Waffe in die Rippen.

»Umdrehen, Hände an die Wand«, knurrte er.

Der Diener hielt Christina noch immer die Pistole an den Kopf und tastete sie ab. Er war weniger muskulös als sein Partner. Seine Bewegungen waren geschmeidiger, katzenhaft, beinahe wie die eines Vampirs. Alles an ihm sprach von Gewalt.

Amber presste ihre Lippen zusammen, als der blonde Mann seine Hände über ihre Brüste gleiten ließ. Als er ihre Beine abtastete, ging sein Atem schwerer.

»Wo ist das Messer, Schätzchen?«

»Ich weiß nicht, wovon Sie sprechen«, stieß Amber wütend hervor. »Wenn Sie nicht sofort Ihre dreckigen Finger da wegnehmen, dann …«

»Dann was? Ich kann noch ganz anders.« Er stieß seine Hand unter ihr Shirt und krallte seine Finger in ihre Brust. »Das gefällt dir, was?«

Amber unterdrückte einen Aufschrei. Ihr Blick flackerte zu Christina. Diese starrte sie an. In den Augen der Latina brannte ein fremdes Feuer, das sie unwillkürlich an Brandon denken ließ. Hatte sie Kontakt zu ihrem Vampir aufgenommen? Wie sollte er ihr beistehen? Es war helllichter Tag und das Lafayette zig Meilen von San Fernando Valley entfernt.

Um Christinas Beine abzutasten, musste der Diener die Pistole von ihrem Kopf nehmen.

Amber war sich nicht sicher: Hatte Christina gerade genickt, war das ein Zeichen, sich zu wehren?

Der Blonde war Amber viel zu nah. Er drängte seinen schwitzenden Körper an den ihren und presste ihr die Pistole in die Rippen, so fest, dass sie sicherlich einen blauen Fleck davontragen würde. Sie spürte die Erektion des Fremden. Er rieb sich an ihrem Oberschenkel.

Das war genug! Es war, als wäre ein Schalter in ihr umgelegt worden. Sie schrie auf, packte die Pistole mit beiden Händen, schlug sie gegen die Wand, ging blitzschnell in die Knie und rammte dem überraschten Blonden mit aller Wucht den Ellenbogen zwischen die Beine.

Ein Schuss löste sich und schlug in die Mauer. Ziegelstückchen und Staub flogen durch die Luft. Amber spürte einen scharfen Schmerz an der Wange, dann war er auch schon vergessen. Die Pistole fiel zu Boden.

Aus dem Augenwinkel erkannte sie, dass Christina ebenfalls kämpfte. Ihre Bewegungen waren schnell, viel zu schnell, um noch natürlich zu sein. Der Diener ließ nicht locker, doch er musste viel einstecken.

Amber zögerte nicht lange. Als sich der Blonde nach der Waffe bückte, rammte sie ihm ihr Knie wieder und wieder in den Unterleib und stieß ihn dann mit dem Kopf gegen die Mauer. Der Mann ging endgültig zu Boden.

Seine Hände lagen gefährlich nahe bei der Pistole. Amber zögerte, trat ihm noch einmal vor die Kehle und hob die Waffe auf.

Das ferne Geheul von Polizeisirenen erklang.

Christina und der Diener rangen miteinander, beide umklammerten seine Pistole. Christinas Glutblick bohrte sich in die zu Schlitzen verengten Augen des Mannes. Er versuchte, ihrem Blick auszuweichen und sie kraft seiner Muskeln zu bezwingen.

»Pistole fallen lassen«, sagte Christina mit einer Stimme, die Amber noch nie von ihr gehört hatte.

Amber bemerkte, dass der Mann von einem Schauder erfasst wurde, doch noch war er nicht bereit aufzugeben. Seine

Knie zitterten, und er lehnte sich mit letzter Kraft gegen Christina.

Das Sirenengeheul nahm zu. Amber umklammerte die Pistole und presste sie dem Diener gegen die Schläfe. »Gib ihr die Waffe!«

Der Mann zögerte kurz, dann folgte er dem Befehl. Christina reagierte blitzschnell, trat ihm in den Unterleib und schlug ihm dann mit voller Wucht den Knauf auf den Hinterkopf. Er brach zusammen.

Christina ergriff die Pistole mit beiden Händen und zielte auf seinen Kopf.

Amber wusste sofort, dass sie schießen wollte. »Tu es nicht, Christina, er ist k. o.«

Der Atem der Latina ging schwer.

Amber berührte sie an der Schulter, und sie zuckte zusammen. »Komm, Christina, lass uns verschwinden.«

Endlich reagierte sie, sicherte die Waffe und hob ihre eigene auf.

Amber betrachtete die Pistole in ihrer Hand mit plötzlichem Abscheu. Hastig rieb sie ihre Fingerabdrücke mit einem Zipfel ihres T-Shirts ab, ließ die Waffe fallen und folgte Christina die Straße hinunter.

Die Frauen waren gerade auf den Boulevard getreten, als zwei Polizeiwagen mit quietschenden Reifen in die Gasse einbogen.

»Glück gehabt«, lächelte Christina und wischte sich den Schweiß von der Stirn.

Ambers Atem ging noch immer wie nach einem Hundertmetersprint. Ihre Lunge schmerzte. Passanten schienen sie anzustarren. Christina blieb im Schatten einer Palme stehen, zog ein Taschentuch hervor und reichte es ihr.

»Was soll ich damit?«

Christina deutete auf ihr Gesicht. Erst jetzt bemerkte

Amber, dass ihr etwas die Wange hinunterlief. Blut! Von dem Steinsplitter, der sich bei dem Schuss gelöst hatte. Hastig wischte sie das dünne Rinnsal fort und presste das Taschentuch auf die Wunde.

»Komm, es ist nicht mehr weit bis zu Tom.« Christina zupfte Amber eine Strähne in die Stirn. So würde kaum jemand die Wunde bemerken.

»In dir steckt mehr, als ich gedacht habe«, sagte sie anerkennend.

»Ich hätte nie gedacht, dass ich das mal benutzen müsste. Mein Bruder wollte immer, dass ich Selbstverteidigung lerne. Er hat nicht aufgegeben, bis ich mich für einen Kurs eingeschrieben habe.« Amber blieb stehen. »Was war gerade mit dir los, Christina? Du hättest den Kerl fast erschossen.«

»Das wäre vielleicht auch besser gewesen. Den haben wir sicher nicht zum letzten Mal gesehen. Sie gehörten zu Gordon.«

»Aber das kann doch nicht dein Ernst sein. Der Mann war bewusstlos!«

Christina blickte sich nervös um. Einige Leute schauten neugierig in ihre Richtung, als erwarteten sie einen Streit.

»Komm.« Sie fasste Amber am Arm und zog sie weiter.

Amber folgte ihr unwillig.

Kurze Zeit später blieb sie vor einer Stahltür stehen und schellte an der unbeschrifteten Klingel.

Schritte näherten sich.

»Ich bin es, Christina Reyes.«

»Hey, Chris«, tönte eine raue Männerstimme.

Schlüssel klirrten. Mehrere Schlösser sprangen auf, dann wurde die Tür aufgestoßen. Der schmale Flur dahinter war dunkel und gerade breit genug für die Schultern des kleinen glatzköpfigen Mannes, der sie begrüßte.

Er reichte Amber die Hand. Unzählige Tätowierungen tanzten auf seinem Arm, und sein schmutziges Unterhemd ließ erkennen, dass auch auf der Brust kaum noch ein Stückchen blanker Haut war.

»Tom, das ist Amber«, sagte Christina. »Sie gehört Julius.«

»Ah, die Freundin des Killers, ist mir ein Vergnügen.« Er musterte sie unverhohlen.

»Ich gehöre niemandem, Chris!« Amber funkelte ihre Begleiterin wütend an.

»Wie du willst.«

Tom schloss sorgfältig die Tür ab, und Amber folgte Christina durch den Flur. Mit dem Kopf stieß sie gegen eine defekte Glühbirne, die an einem langen Kabel von der Decke baumelte.

»Habt ihr Ärger, Mädels?«

»Nein«, antwortete Christina und warf Amber einen Blick zu, der sie ihre Antwort unterdrücken ließ.

»Na, dann mal rein in die gute Stube. Chris, du kennst den Weg.«

Stockflecken prangten an der Wand, der Putz schlug Wellen. Amber folgte Christina und versuchte, ihre Gefühle herunterzuschlucken. Als sie in eine fensterlose Halle traten, hatte sie sich wieder völlig im Griff.

Die Betonwände waren unverputzt, nur hier und da mit verblichenen Postern nackter Schönheiten dekoriert.

Am fernen Ende der Halle hingen Zielscheiben, manche in menschlicher Form. Ein Witzbold hatte den Figuren Vampirzähne aufgemalt.

Amber war sich sicher, dass sich dort ihr Gastgeber künstlerisch betätigt hatte. Doch nun zog ein Tisch ihre Aufmerksamkeit auf sich, auf dem Schusswaffen verschiedenster Art aufgereiht waren, von kleinen Revolvern bis hin zu Maschinengewehren.

Sieht aus wie im Waffenlager der Mafia, dachte Amber und konnte ihren Blick nicht abwenden.

»Ich habe heute Morgen noch mit eurem Boss gesprochen, er sagte, dass was Übles im Busch sei.« Tom stemmte seine muskelbepackten Arme in die Seiten. Abwartend sah er Christina an, doch sie schwieg. »Du willst mich also nicht in euer kleines Geheimnis einweihen?«

»Nichts gegen dich, Tom, aber wenn Curtis dir nichts gesagt hat, hatte er seine Gründe.«

»Ich kann schweigen wie ein Grab!«

»Aber deine Gedanken nicht, Tom. Du kannst dich nicht vor einem Meistervampir schützen, der liest dich wie ein Buch.«

»Hast recht. Verdammte Blutsauger.« Die letzten Worte sagte er mit einem breiten Grinsen und wandte sich wie ein routinierter Verkäufer seiner Ware zu. »Julius' Mäuschen braucht also eine Kanone.«

Amber wollte ihn zurechtweisen, doch da hielt er ihr bereits zwei Pistolen hin. Sie zögerte. »Ich habe noch nie geschossen, und eigentlich …«

»Diese Diskussion hatten wir schon«, wurde sie von Christina unterbrochen. »Denk daran, was mit deinem Bruder passiert ist. Hier geht es nicht um Fairplay!«

Amber seufzte und griff nach der Waffe, die ihr optisch mehr zusagte.

Tom lächelte. »Smith & Wesson Kaliber 45. Automatik, leicht zu bedienen. Ist doch einfacher als Schuhe kaufen, was?«

KAPITEL 33

Amber schloss die Tür auf und schaltete das Licht an.

Es war erst halb fünf, doch hier, tief unter der Erde, schien Zeit keine Bedeutung zu haben. Amber machte einen Bogen um den dunklen Samtvorhang, hinter dem der Sarg stand.

»Keine Panik, Julius, ich bin's nur«, sagte sie leise und kam sich dabei töricht vor.

Die Tüten mit ihren neuen Kleidern und die Pistole samt Munition fanden ihren Platz in einer Ecke neben dem Waschbecken.

Amber hatte es eilig. Christina hatte versprochen, ihr zu zeigen, wie sie sich gegen Julius' Besuche in ihrem Kopf schützen konnte, und die Chance würde sie wahrnehmen.

Sie zog sich um, band ihre Haare zusammen und eilte hinauf zu den Räumlichkeiten der Diener.

»Ich bin hier, Amber«, schallte es aus der Küche.

Christina werkelte in der Gemeinschaftsküche und hatte bereits ein Tablett mit Tassen, Teekanne, Zucker und Keksen beladen. Jetzt drückte sie gerade die tropfenden Beutel über der Kanne aus. Die Latina lächelte. »Gleich geht es los.«

Amber folgte ihr in ein großes Wohnzimmer. An seinem Ende führte eine schmale Wendeltreppe weiter hinauf. »Da oben wohne ich. Es ist schön, du wirst sehen.«

Amber kletterte die schmalen Stufen hinauf, die unversehens vor einer Tür endeten. Sie öffnete und kam in einen lichtdurchfluteten Raum, der durch einen großen Durchbruch in einen zweiten mündete. Es gab nur wenige Möbel, alles war offen und hell.

»Meine Zimmer werde ich wohl am meisten vermissen,

wenn ich verwandelt bin«, sagte Christina leichthin, stellte das Tablett auf einem Glastisch ab und goss Tee in zwei Gläser.

»Wo wirst du dann wohnen?«

»Unten bei Brandon und den anderen natürlich. Vampire haben hier oben nichts zu suchen.«

»Sie dürfen nicht hierherkommen?«, fragte Amber erstaunt.

»Das ist unser Reich. Natürlich besucht Brandon mich, aber dann hole ich ihn ab.«

Amber bewunderte Christinas kleines Paradies. Auf einer Kommode standen Fotografien, die die junge Frau und ihren unsterblichen Freund zeigten, mal zu zweit, mal mit einer Familie, offensichtlich Christinas Eltern.

»Du könntest die Zimmer dann haben. Es ist fast wie eine eigene Wohnung.«

»Nein danke, Christina, das ist lieb, aber ich habe nicht vor, hier einzuziehen.«

Christina sah Amber zweifelnd an. Diese trat an eines der großen Fenster und sah hinaus. Das Kino war höher als die umliegenden Häuser, und über die flachen Dächer hinweg ließ sich ein Streifen Blau erahnen: das Meer.

»Kommen wir zu dem Grund deines Besuchs«, sagte Christina.

Sie holte zwei dünne Matten aus einer Ecke und breitete sie auf dem Parkett aus. »Wichtig ist, dass du dich halbwegs lösen kannst. Sobald du die Technik beherrschst, geht der Rest mit ein paar Tricks wie von allein.«

Christina setzte sich und klopfte auf die Matte neben sich. »Fangen wir an, die Herren werden schließlich bald wach.«

Amber setzte sich im Lotussitz und lächelte. »Kann losgehen.«

Es dauerte eine Weile, bis Amber tatsächlich ihre innere Ruhe fand. Zu viele Gedanken schwirrten ihr im Kopf herum: Frederik, Julius, und nicht zuletzt der Kampf wenige Stunden zuvor, der beinahe schlecht ausgegangen war.

Schließlich gelang es ihr doch.

Die Sonne schien durch die großen Fenster, wärmte und tauchte Amber in wohltuendes Licht.

Unter Christinas Führung spürte sie ihrer Lebensenergie nach und fühlte diese als warme Kraft durch ihren Körper rinnen. Es war ein einziges Summen und Fließen, das stärker wurde, je mehr sie sich darauf konzentrierte, und als warmer Kern in ihrer Mitte zusammenlief. Als Christina sie dann anregte, der Energie aus ihrem Körper hinauszufolgen, hatte sie auf einmal das Gefühl, sie könne ihre Aura wie eine dünne, feine Hülle erahnen.

»Bleib einfach so, wie du bist, ich zapfe jetzt Brandons Magie an. Erschrick dich nicht«, sagte Christina ruhig.

Amber hielt weiterhin die Augen geschlossen und konzentrierte sich auf ihren eigenen Körper. Plötzlich spürte sie etwas.

Totenmagie.

Wie ein kalter Wind streifte sie durch das Zimmer und ließ sie frösteln. Das war die Kraft, die sie auch in Julius gespürt hatte, die Kraft, die Vampire erweckte.

»Ich werde dir zeigen, wie du deine Aura sehen kannst. Es ist völlig ungefährlich. Vorsicht, ich berühre dich jetzt.«

Amber hatte noch immer keine Ahnung, was Christina vorhatte, doch plötzlich schien es ihr, als würde die Luft dichter werden. Vor ihrem inneren Auge geschah etwas Sonderbares. Wie ein elektrisches Funkeln antwortete eine dünne Hülle, offensichtlich ihre Aura, auf die Berührung durch Christina. Leben und Tod rieben sich aneinander.

»Siehst du sie?«, fragte Christina.

»Ja«, flüsterte Amber ehrfürchtig.

Die Energie des Vampirs berührte nun nicht mehr nur eine Stelle der Aura, sondern breitete sich wie ein Flächenbrand aus. Ehe sie sichs versah, saß Amber in einem funkelnden Kokon aus Licht, der sich schwach gegen die fremde Kraft stemmte.

»Du musst versuchen sie zu stärken, wie eine Wand.«

Amber stellte sich vor, wie Goldflitter von überallher auf sie zuflogen und sich an ihre Aura legten, bis sie in einem goldenen Kokon saß, der so fein war, dass die Sonne das dünne Metall immer noch durchdrang. Sie fühlte sich wohl und geborgen wie lange nicht mehr, als plötzlich ein Riss erschien und eine kalte Kraft einließ, und mit ihr kam Dunkelheit. »Nein!«

»Amber, was ist passiert? Ich habe nur ein wenig stärker gedrückt! Du musst dir etwas Festes vorstellen, damit du dich schützen kannst.«

Es dauerte eine Weile, bis Amber den richtigen Ansatz fand, doch dann gelang es ihr besser und besser, Christinas fingierten Angriffen zu widerstehen.

Schließlich saßen die beiden Frauen erschöpft auf dem Sofa und tranken Tee. Die Sonne stand bereits tief und ließ die Flachdächer in warmen Tönen glänzen. Hupen und schwacher Verkehrslärm drangen bis in das Zimmer hinauf.

»Ich glaube, es wird dir nicht schwerfallen«, sagte Christina. »Bald musst du gar nicht mehr darüber nachdenken, wie du dich schützen und eine Mauer um deine Gedanken aufbauen kannst.«

Amber nippte an ihrem Tee und lehnte sich in die weichen Kissen zurück. »Ich habe diese Siegel zum ersten Mal gespürt.«

»Julius muss dir zeigen, wie man sie benutzt. Das ist seine

Pflicht. Die Verbindung zwischen mir und Brandon steht immer ein wenig offen, ich kann jederzeit auf seine Kraft zurückgreifen und er auf meine. So sollte es auch sein.«

Amber nickte. Ja, Julius schuldete ihr mehr als nur eine Antwort. Mit seiner Hilfe hätte sie sich besser gegen die Angreifer wehren können. Mit der Erinnerung an die Angst, die sie ausgestanden hatte, kehrte mit einem Mal auch die Wut zurück.

KAPITEL 34

Mit weit aufgerissenen Augen starrte ich in tintenschwarzes Nichts und konnte kaum erwarten, dass die Lähmung endlich aus meinen Händen wich. Die Beine zuckten bereits wie bei Schüttelfrost. Seide raschelte unter meinen ersten unkontrollierten Bewegungen, und ich wusste, sie war blutrot. Ungeduld zerrte an meinen Nerven.

Ich hasste die letzten Minuten im Sarg, ich hasste sie! Warum konnte nicht jemand den verdammten Deckel aufmachen?

Während ich auf das quälend langsame Erwachen meines Körpers wartete, kehrte die Erinnerung an einen Alptraum zurück. Oder war es Wirklichkeit gewesen? Ich erinnerte mich an das Messer, Amber hatte es auf meinen Brustkorb gesetzt und schien bereit, jeden Moment zuzustechen.

Oder war es doch nur ihre Hand gewesen und die Waffe hatte durch sie gewirkt? Ich wusste es nicht. Es musste ein Traum gewesen sein. Amber hätte mir so etwas niemals angetan.

Ich konnte meine Freundin spüren. Sie war dort oben bei

den anderen Menschen. Ich tastete nach ihr und fühlte ihre Energie ruhig fließen, es ging ihr gut.

Das Zittern erreichte meine Finger, und endlich war ich zurück. Der Sargdeckel flog auf. Sobald ich die Zimmerdecke sah, fühlte ich mich besser. Jetzt konnte ich auch noch einen Moment liegen bleiben und mich an Ambers Geruch berauschen, der im Zimmer hing.

Sie musste noch vor kurzem hier gewesen sein, sie hatte mir die Nachttischlampe angelassen.

Ich lächelte. Ein warmer Halbmond aus Licht teilte die Zimmerdecke in hell und dunkel, Tag und Nacht. Das purpurrote Seidenfutter des Sargs warf tiefschwarze Falten.

Wie jeden Abend aufs Neue lernten meine Hände zu leben und liebkosten den feinen Stoff. Alle Vampire liebten Seide und ich kannte keinen, der seinen Sarg nicht damit ausstattete.

Mein Blick verfolgte den mattgrünen Stängel einer Lilie, die die Wand verzierte, während die besondere Gabe des Sehens zurückkehrte. Nach und nach erkannte ich die Pinselstriche des Malers, dann die Grundierung und die feinen Linien der Vorzeichnung, die für menschliche Augen unsichtbar waren.

Als mein Blick scharf und auch die letzte Taubheit verschwunden war, stand ich auf und kleidete mich eilig an. Curtis würde so kurz vor dem Clantreffen keine Säumnis dulden.

Tatsächlich erwartete mich der Meister bereits am Treppenaufgang.

In der Luft schwebte der köstliche Duft von jungem Blut. Er entströmte Curtis' Körper. Der Meister hatte getrunken, viel sogar, und seine Porzellanhaut schimmerte rosig von all dem geborgten Leben.

Wie ein fernes Pochen konnte ich sein Herz schlagen hören, stark und gleichmäßig. Es mischte sich mit dem Takt der großen Standuhr neben dem alten Kassenhäuschen, auf die der Meister demonstrativ seinen Blick lenkte.

Curtis stand still wie eine Marmorskulptur. Er gab sich keine Mühe, menschlich zu wirken. »Jage so rasch wie möglich, Julius. Zwei Straßen westlich ist eine Gartenparty. Du wirst die Musik hören. Pass auf dich auf und kehre schnell zurück.«

Mein Blick ging zur Treppe, die in die obere Etage führte. Ich wusste, dass Amber dort oben war, ich konnte sie fühlen.

Curtis erriet meine Gedanken. Er vertrat mir den Weg.

»Nein, Julius. Deine Dienerin läuft dir nicht weg, du wirst sie noch früh genug sehen.«

Ich wollte etwas erwidern, doch dann schloss ich meinen Mund. Mein Meister hatte mir einen klaren Befehl erteilt. Ich schritt an der Treppe vorbei zur Tür.

Draußen schlug mir Straßenlärm entgegen. Menschen hetzten vorbei. Jeder hatte Feierabend und wollte so schnell wie möglich nach Hause. Ich fiel nicht weiter auf.

Nie zuvor hatten wir so nah an der Zuflucht jagen dürfen.

Der Himmel war im Westen noch immer hellblau. Es war verdammt früh. Alles roch nach Tag und Sonne und längst vergangenen Kindheitserinnerungen.

Ich hielt mich im Schutz der Häuser. Zum Glück waren die Schatten lang. Als ich eine kleine Straße überqueren musste, war ich für einen Augenblick dem Licht ausgesetzt, der schwache Schein brannte wie Feuer auf meiner Haut.

Während ich lief, wickelte ich den Verband von meiner Hand und warf ihn in einen Mülleimer. Mein Hinken war verschwunden, aber der dumpfe Schmerz im Oberschenkel würde mich noch eine Weile an Frederiks Überfall erinnern. Wenn alles lief wie geplant, sollte ich bald Gelegenheit zur Revanche haben, und diesmal würde ich wach sein und kampfbereit. Ich schwor mir, die Rache mit allen Sinnen auszukosten. Irgendwie musste es mir gelingen, Frederik habhaft zu werden, ohne dass Amber davon erfuhr.

Ein Luftballon rollte über die Straße, und das verheißungsvolle Lachen junger Menschen erklang. Ein selbst gemaltes Schild mit kindlicher Schrift baumelte an einer Laterne und wies den Weg zu Shellys sechzehntem Geburtstag. Ich folgte dem Hinweis wie Curtis vor mir und wie es wahrscheinlich der Rest des Clans im Laufe der nächsten Stunde tun würde.

Ein reich gedeckter Tisch erwartete uns. Bässe wummerten aus einem lampiongeschmückten Garten. Warmes Licht versah die Baumkronen mit einem goldenen Heiligenschein. Das Tor in den Hof stand einladend offen, doch ich ging nicht hinein.

Meine Augen waren bereits fündig geworden. Im Schatten eines Hauseingangs stand ein knutschendes Pärchen. Warum nicht?, überlegte ich übermütig und mein Magen knurrte bei der bloßen Idee an eine doppelte Mahlzeit.

Kurze Zeit später tauchte Brandon auf, streifte am Gartenzaun entlang und lockte ein junges Mädchen heraus. Manolo war auch nicht weit.

Die Lebensenergie der Teenager war genau richtig für das, was uns bevorstand. Für einen Kampf mit Gordons Clan mussten wir stark sein, und junges Blut barg mit Abstand die meiste Kraft.

Sobald ich mich sattgetrunken hatte, trat ich den Rückweg an.

Es war mittlerweile fast völlig dunkel. Ich beschleunigte meinen Schritt. Gleich würde ich Amber wiedersehen.

Die alten Lampen des Kinos warfen eine gelbliche Korona in die Nacht. Im spärlichen Licht des Baldachins stand Brandon und rauchte. Er war wirklich schnell gewesen.

»Gut gejagt?«, fragte er und sog an seinem Zigarillo.

»Ja.« Ich zuckte mit den Schultern und sah den Autos nach. Eines nach dem anderen bliesen sie ihre Abgase in die junge Nacht.

»Weißt du schon von dem kleinen Abenteuer unserer Mädchen?«, fragte Brandon plötzlich. »Sie sind von Gordons Leuten angegriffen worden, aber das hast du wohl völlig verschlafen. Amber hat eine ordentliche Schramme, ich habe direkt Appetit bekommen, als ich es gesehen habe.«

Ich starrte in seine schwarzen Augen. Konnte das wahr sein? Brandon grinste zufrieden. Er hatte mich kalt erwischt. Warum hatte ich nichts gespürt? Ich stieß Brandon zur Seite, lief hinein und hörte noch, wie er mir folgte.

Ich hetzte die Treppe hinauf und nahm mehrere Stufen auf einmal, bis ich Stimmen hörte. Eine davon gehörte Amber. Ich war erleichtert.

Alle Diener bis auf Robert waren in der Küche versammelt. Sie waren zu fünft, drei Frauen und zwei Männer. Ich klopfte, und Amber strahlte, als sie mich sah.

»Guten Abend«, sagte ich höflich, wissend, dass ich mir mal wieder einen Fauxpas geleistet hatte, der mir in meinem Alter und meiner Position nicht hätte passieren sollen. Ich bemühte mich Haltung zu bewahren und zog mich eilig in den Flur zurück.

Es war peinlich, wenn ein Vampir derart nach seiner Dienerin verlangte. Die oberen Stockwerke gehörten den Menschen und nur ihnen. Wir Unsterblichen hatten die Gabe bekommen, uns wortlos mitzuteilen, und sollten unsere Diener so zu uns rufen, anstatt ihnen hinterherzulaufen.

Amber war mir gefolgt. Ich schloss sie in meine Arme.

Sie lehnte ihren Kopf an meine Schulter. »Gut, dass du da bist, Julius.«

»Du hast mir gefehlt«, sagte ich leise. Ich roch altes Blut an ihr. »Sieh mich an.«

Unsere Blicke trafen sich. Vorsichtig berührte ich den Schnitt auf ihrer Wange. Sie zuckte zurück. »Tut es sehr weh?«

»Es geht.«

Ich führte meinen Zeigefinger zum Mund, fügte mir einen winzigen Schnitt zu und strich den austretenden Blutstropfen auf ihre Wunde. »Schon erledigt.« Ich lächelte und wurde dann ernst. »Warum hast du mich nicht gerufen?«

»Woher hätte ich wissen sollen, wie das geht, Julius? Du hast mir nichts erklärt«, sagte Amber, und ich war überrascht von der Bitterkeit in ihrer Stimme.

»Sie ist ganz gut alleine klargekommen.«

Ich schnellte herum. Es war Christina. Sie stand in der Tür und beobachtete uns. »Aber du solltest ihr trotzdem sagen, wie sie deine Kraft für sich nutzen kann. Schließlich profitierst du auch von ihr.«

Was nahm sie sich heraus? »Ich muss mich nicht von einer Sterblichen belehren lassen, Christina«, erwiderte ich scharf.

Die Latina funkelte mich wütend an und ging davon. Ihre Absätze knallten laut über die alten Holzdielen.

In diesem Moment hörte ich Curtis' stummen Ruf: Wir würden in einer halben Stunde aufbrechen.

Hektik brach aus. In der Küche wurden Stühle gerückt. Amber und ich eilten die Treppe hinunter, hinab in unser kleines Reich. Ich erkannte meine Begleiterin kaum wieder. Heute Nachmittag war etwas geschehen, und es hatte nichts mit dem Messer zu tun.

Schweigend bereiteten wir uns vor. Während ich mir einen dunkelroten Seidenschal zu einem altmodischen Plastron band, befestigte sie ein Pistolenhalfter an ihrem Gürtel. Kurz blitzte der Lauf einer Waffe auf.

»Kannst du damit umgehen, Amber?«, fragte ich.

»Jetzt schon«, gab sie trotzig zurück und zupfte ihr Shirt unter den Gurten gerade. Ihr Kreuz baumelte über dem schwarzen Stoff, als sei sie auf einem Rachefeldzug.

»Silberkugeln?«

»Ja, natürlich.« Ihr Gesicht blieb kalt.

Verwirrt wandte ich mich ab, zog ein schwarzes Sakko über und glättete meinen Schal.

Amber hantierte mit einer Messerscheide für ihren Arm, die sie aus einer Plastiktüte gefischt hatte, aber der Schließmechanismus bereitete ihr Mühe.

»Hilfst du mir?«, fragte sie nach mehreren Versuchen gereizt.

Ich trat zu ihr und wartete darauf, dass sie mich ansah. Als sie es nicht tat, tastete ich nach ihren Gedanken und fand stattdessen eine golden leuchtende Mauer. Energie stieß mich ab. Ich sog überrascht die Luft ein. Ich konnte gewaltsam eintreten oder die Siegel öffnen, doch für beides gab es keinen Anlass. Meine Freundin nicht zu verstehen war kein Grund, meine Kräfte zu benutzen. Sie hatte mich kalt erwischt.

Aber wie hatte Amber so schnell gelernt, einen Schild gegen mich aufzubauen? Es gab nur eine Person, der ich es zutraute: Christina. Und Amber hatte den ganzen Tag mit ihr verbracht. Brandons Dienerin, verdammt sei sie!

»Was ist mit dir los?«, fragte ich.

»Was los ist?! Wir sind heute von zwei üblen Kerlen angegriffen worden. Sie wollten uns umbringen! Du hast gewusst, dass Gordons Leute weiterhin versuchen würden, das Messer zu bekommen, und trotzdem hast du es nicht einmal für nötig befunden, mir zu sagen, was ich mit den Siegeln alles kann. Die kleine Christina hat im Armdrücken gegen einen Muskelprotz gewonnen, weil Brandon ihr geholfen hat, und mich hätten sie beinahe massakriert!«

»Amber, es tut mir …«

»Nein, Julius. Du entschuldigst dich immer, *nachdem* irgendetwas schiefgelaufen ist, *nachdem* ich etwas herausgefunden habe. Wie wäre es, wenn du mir zur Abwechslung mal etwas sagen würdest, *bevor* das Kind in den Brunnen gefallen ist!« Ambers Augen blitzten vor Wut und Enttäuschung. Mir fehlten für einen Augenblick die Worte.

»Und dann noch das dritte Siegel. Verdammt, Julius, ich habe dir vertraut!«

Sie ging hektisch auf und ab, während sie Luft holte. »Wenn du mich zum dritten Mal beißt, ohne mich zu fragen, dann hast du auch die verdammte Pflicht, mir zu erklären, was ich davon habe!«

Sie war vor mir stehengeblieben und starrte mich wütend an. Auf ihrem Gesicht sprossen rote Flecken.

Ich seufzte. Die Welt wurde immer komplizierter. »Es tut mir leid! Ich erkläre dir …«

»Das brauchst du nicht, Julius, das haben bereits andere für dich getan!«

Amber drückte mir die Messerscheide in die Hand und streckte ihren linken Arm aus. Wut stand in der Luft wie elektrische Spannung. Ich mied ihren Blick, als könnte jede weitere Regung Blitze entfachen. Geübt schlang ich die Riemen um ihre Gelenke und schloss sie, vielleicht etwas zu fest. »Fertig, bitte sehr!«

»Julius?« Ambers Stimme klang plötzlich gar nicht mehr wütend.

Ich schwieg. Ich wollte nicht mehr mit ihr reden und mied ihren Blick. Als ich mich abwandte, griff Amber nach meiner Hand und hielt sie fest.

»Was?«, fauchte ich und riss mich los.

»Wenn das alles vorbei ist, fangen wir dann noch mal von vorne an?« Ihre Stimme zitterte.

Ich konnte ihr nicht länger böse sein, drehte mich um und legte ihr die Hände auf die Schultern. »Ja, natürlich.«

Meine Lippen streiften ihre Stirn. Ambers Nähe hatte immer noch die gleiche verstörende Wirkung auf mich. Ich wollte sie ganz fest an mich drücken, sie spüren, sie riechen und ihr kostbares Leben in meinen Armen halten. Ihre Wärme war es, die mich aus meiner ewigen Nacht retten konnte, ihre Gefühle für mich. Meine Geliebte lehnte den Kopf an meine Schulter und ihr Herz pochte gegen meinen Oberkörper, so faszinierend lebendig und so zerbrechlich.

»Versprich mir, heute Nacht auf meine Stimme zu hören«, beschwor ich sie. »Christina hat dir gezeigt, wie du mich aussperren kannst. Versuch die Mauer aufrecht zu halten, aber lass ein Türchen für mich offen. Und wenn du mich rufst, dann tu es nicht mit meinem Namen, sondern wähle eine gemeinsame Erinnerung oder ein Gefühl.«

»Ich weiß, hat sie mir schon gesagt.«

Ich verzog missbilligend den Mund.

Amber lächelte, fuhr mir mit den Fingern durchs Haar und reckte sich, um mich zu küssen.

Überrascht kostete ich ihre samtweichen Lippen. Ihre Hand glitt unter mein Hemd, über meinen Bauch und verfolgte kurz die Linie aus Haaren, die unter dem Gürtel in der Hose verschwand. Erregt überlegte ich, ob noch ausreichend Zeit war, sie schnell und hungrig zu lieben.

Doch zu meiner Enttäuschung wanderten ihre Finger wieder höher. Dann merkte ich mit plötzlicher Ernüchterung, dass sie an der Kette mit dem Schlüssel zupfte. Er klirrte leise.

»Gib ihn mir, Julius.«

Erst jetzt wurde mir klar, dass sie das Messer mitnehmen würde. Gänsehaut überlief mich. Ernst blickte ich meiner Freundin in ihre grünen Augen, während leise Furcht in meinen Eingeweiden Einzug hielt. Ich kämpfte die Angst nieder, so gut es ging.

»Kannst du es kontrollieren, Amber?«

»Ich denke schon«, entgegnete sie.

Ich hatte da so meine Befürchtungen. Sie wusste nicht, mit wem sie es zu tun bekommen würde. »Die Alten werden vielleicht versuchen, dich einzuschüchtern, sie werden dich testen. Du darfst es unter keinen Umständen ziehen.«

»Aber was mache ich, wenn sie mir drohen?«

»Ich beschütze dich, Curtis schützt dich. Herrgott, der ganze Clan wird es tun, wenn es sein muss.«

»Mich und das Messer?« Sie klang nicht überzeugt.

»Ja. Durch die Siegel bist du Teil der Leonhardt.«

»Wie ein Vampir?«

»In etwa. Mehr als das. Deine Stellung richtet sich nach meiner. Du stehst über den meisten jüngeren Unsterblichen. Der Meister, Robert und ich sind die Einzigen, deren Befehl du dich beugen musst.«

Amber sah mich skeptisch an und hielt weiter die Hand auf.

Ich seufzte, zog die Kette von meinem Hals und ließ den Schlüssel in ihre Rechte gleiten.

Sie merkte, dass ich nervös war. »Ich kriege das hin, Julius, ganz bestimmt. Und ich werde es nie, nie wieder zulassen, dass es sich gegen dich wendet, verstanden?«

Um mich abzulenken, ging ich zu meiner Truhe und nahm mein Schwert heraus. Ich würde es bei der Ratsversammlung nicht brauchen, doch jeder erwartete, den Henker mit seiner Waffe zu sehen. Und wenn Gordon unter den Bann fiel, dann würden die Kläger noch heute Abend auf einen Angriff drängen, und das bedeutete Blut, viel Blut.

Ich hörte, wie Amber den Schlüssel im Schloss des Holzkästchens drehte. Jeder Zahn setzte eine andere, winzige Mechanik in Gang.

Es schien als habe die Waffe die ganze Zeit über wie ein kleines, gemeines Tier in der Dunkelheit gewartet, denn sobald Amber den Deckel hob, überrollte mich die Macht des Messers. Erschrocken sog ich die Luft ein, wich einige Schritte zurück und wandte den Blick ab.

Meine Sorge war unbegründet. Amber gelang es tatsächlich fast sofort, die Kontrolle zu gewinnen. Zurück blieb ein leichtes Unwohlsein. Als ich wieder hinsah, war das Messer außer Sicht, und Amber trug einen Ledermantel, den ich vorher noch nicht gesehen hatte. Das feine Material schmiegte sich an ihren Körper und ließ sie größer wirken. Sie sah traumhaft aus.

»Gehen wir«, sagte ich mit Blick auf die Uhr.

Amber schaltete das Licht aus und öffnete die Tür. Dann fiel ihr Blick auf mein Schwert, das für sie wie ein geschwungener schwarzer Holzstock aussehen musste. »Was ist das?«, fragte sie neugierig.

Statt langer Erklärungen ließ ich mit einer schnellen Bewegung die Klinge hervorspringen.

Amber wich erschrocken zur Seite. »Langsam glaube ich, was sie über dich erzählen«, sagte sie unsicher, und das Messer pochte in nervösem Gleichklang mit ihrem Herz.

Ich schob die Klinge wieder in den Schaft zurück und befestigte das Schwert an meinem Gürtel. »Was erzählt man sich denn?«

Sie zögerte und schüttelte den Kopf. Eigentlich hatte sie recht. Ich wollte die Worte gar nicht aus ihrem Mund hören.

Henker und Mörder gehörten noch zu den harmloseren Begriffen. Verräter nannten sie mich, Schlächter. Kurzerhand schob ich Amber aus dem Zimmer und schloss die Tür ab.

»Warte mal.«

Amber blieb mitten auf der Treppe stehen und drehte sich

zu mir um. Ich fasste ihr Silberkreuz mit spitzen Fingern und schob es unter ihr Shirt. »Sei vorsichtig damit. Die Alten sehen das nicht gern.«

»Curtis auch?«, fragte sie erstaunt.

»Ja, er besonders«, lächelte ich. »Außerdem gefällst du mir so besser.«

Ich fasste den Kragen ihres Mantels mit beiden Händen, zog sie zu mir und küsste ihren Hals, beide Seiten, direkt über den großen Adern.

Amber stieß mich spielerisch zurück. »Christina hat gesagt, ich soll dir auf die Finger klopfen.«

»Es ist mir egal, was Christina sagt.«

KAPITEL 35

Wir eilten die Treppe hinauf. Oben wurden wir bereits erwartet.

Amber ging zu ihrer neuen Freundin. Ich folgte ihr unwillig. Brandons dunkle Augen ruhten auf meiner Dienerin, doch ich wusste, dass die Magie seines Blickes sie jetzt nicht mehr so einfach fesseln konnte. Das dritte Siegel schützte vor dem Einfluss jüngerer Vampire.

»Wir würden gerne mal das Messer sehen«, flüsterte Christina neugierig. Amber sah mich fragend an, aber ich schüttelte den Kopf. »Das ist keine Spielerei.«

Christina beließ es dabei und trat neben ihren Geliebten. Besitzergreifend legte Brandon seine große, schlanke Hand auf ihre Schulter.

Sie trug ein breites Türkishalsband, das sich eng an ihren Hals schmiegte. Sicher ein Geschenk von ihm. Brandons

Finger glitten über die Steine und strichen wie selbstverständlich über die zarte Haut darunter. Wenn ich mich konzentrierte, konnte ich unter seinen Fingern sogar den Pulsschlag erkennen.

Brandons Gestik war klar und deutlich: Christina gehörte ihm. Das war in Ordnung, sie trug alle Siegel, sie war sein. Niemand wollte sie ihm streitig machen. Aber Brandon versuchte, mich erneut zu provozieren. Er spielte mit dem Feuer und ahnte nicht, wie nahe er daran war, sich zu verbrennen.

Ich spürte den Sog seiner Magie. Während der Indianer äußerlich ruhig blieb, langte er mit unsichtbaren Fingern nach Amber und versuchte, sie kraft seines Blickes zu bannen.

Christina wurde nervös, sie sah von ihm zu mir, von mir zu ihm.

Ihr gefiel nicht, was ihr Partner da tat, doch Brandon war offensichtlich taub für ihre Warnungen. Amber kämpfte erfolgreich gegen den Einfluss des Vampirs, doch anstatt sich geschlagen zu geben, verstärkte dieser seine Bemühungen noch.

Amber begann zu zittern und ihre Hand bewegte sich langsam zu dem Messer an ihrem Handgelenk. Darauf durfte ich es nicht ankommen lassen.

Die Anspannung lag deutlich in der Luft. Wollte Curtis denn nicht endlich eingreifen? Ich spürte, dass er in der Nähe war, doch er zeigte sich nicht. Alle anderen Vampire beobachteten uns, starrten reglos, wie es nur die Toten konnten.

Amber atmete immer schneller. Auf ihrer Stirn glänzte Schweiß.

Ich berührte ihre Hand. Noch hatte sie das Messer unter Kontrolle, doch es konnte nicht mehr lange gutgehen. Sie zuckte unter meiner Berührung, und ich schloss meine Hand um ihre Rechte.

Brandon grinste breit und fletschte die Zähne.

Das war genug! Seine Arroganz und ständige Provokation war mehr, als ich zu ertragen gewillt war. Er musste endlich kapieren, an welcher Stelle er stand!

»Es reicht, Brandon!« Meine Stimme war nicht viel mehr als ein tiefes Grollen.

Augenblicklich wich die Überheblichkeit aus seinem Gesicht. Seine schwarzen Augen trafen meine, und ich begegnete seinem Blick nicht nur, sondern hielt ihn fest.

Wie ein heißer Strom flutete die Energie aus meinem Körper.

Dava stieß einen spitzen Schrei aus und flüchtete sich hinter Kathryn.

Die Magie raste angestachelt von meinem Zorn. Ich konnte und wollte sie nicht mehr aufhalten. Brandons Körper spannte sich und stemmte sich mit jeder Faser gegen meinen Einfluss. Sein Gesicht war verzerrt und die Kiefermuskeln traten hervor.

Brandon hätte es jederzeit beenden können, indem er sich unterwarf, doch er forderte mich weiter heraus. Ich befreite die Kraft, die ich noch hinter Schloss und Riegel gehalten hatte. Als bräche ein Staudamm, flutete sie meinen Körper, und ab dann gab es kein Halten mehr.

Alles verschwamm, der Raum um uns, die Möbel, die anderen Vampire. Wir waren gefangen in einem wirbelnden Strudel aus Energie. Amber, an meiner Seite, leuchtete hell wie eine Flamme, ebenso Christina.

Brandon kämpfte gegen meinen Sog und nutzte sogar die Energie seiner Dienerin, um sich zu schützen. Wie durch ein Fenster in eine andere Welt sah ich kurz, dass uns die anderen beobachteten, sogar Curtis war hinzugekommen. Doch der Meister griff nicht ein.

Ich nahm es als Zeichen, bündelte meine Kraft und

formte sie zu einer brennenden Lanze, mit der ich Brandons Verteidigungswall durchbrach.

Feuer flutete Gedanken. Brandon litt Höllenqualen. Sein Gesicht war verzerrt, und er bleckte die Zähne. Schweiß rann von seiner Stirn.

Ich hielt das Feuer aufrecht. Konzentrierte mich auf seine verkrampfte Faust, auf die Haut. Meine Gedanken wurden zu Messern, stürmten auf ihn ein und explodierten in heftigen Entladungen.

Brandon schrie gepeinigt auf und stieß Christina von sich, um sie vor dem Schmerz zu schützen. Verzweifelt umklammerte er seine Linke.

Dann war der Spuk vorbei.

Als Brandon wieder aufsah, wich er meinem Blick aus und neigte den Kopf. Er unterwarf sich, endlich.

»Verdammt noch mal, Brandon«, keuchte ich, »musste das denn unbedingt sein?«

Er neigte den Kopf noch tiefer und wich zurück. Er hatte eindeutig genug.

Curtis nickte mir zu, dann ging er an uns vorbei, als sei nichts passiert.

Vier Vampire, darunter Kathryn und Dava, folgten ihm hinaus zu den wartenden Wagen. Steven, Robert, einige Diener und jüngere Vampire blieben im Lafayette und würden später hinzustoßen.

Brandon umklammerte seine Linke und bewegte versuchsweise die Finger. Das Gefühl kehrte anscheinend wieder zurück. Äußerlich war nur ein kleiner Schnitt zu erkennen. Blut war auf den großen Teppich im Eingangsbereich getropft.

Brandon führte die Hand zum Mund und sog die Wunde sauber.

Amber war noch immer zu überrascht, um etwas zu sagen. Sie sah zu mir auf und drückte meine Hand.

»Kannst du fahren?«, fragte ich den Indianer ruhig.

Brandon nickte mit zusammengepressten Lippen.

»Dann komm, gehen wir.«

Er ging an mir vorbei zum Hinterausgang, der zum Parkplatz führte, und lief mit hängenden Schultern voraus. Wir folgten ihm und ließen uns die Tür aufhalten.

Christina blieb in seiner Nähe und beobachtete ihren Geliebten in stummer Verzweiflung.

Wortlos öffnete uns Brandon auch die Autotüren. Ich setzte mich auf den Beifahrersitz und genoss seine Demütigung. Doch Brandon war stark für sein Alter, und Curtis brauchte Vampire wie ihn. Wenn tatsächlich ein Krieg mit Gordon ausbrach, konnten wir uns keine Schwäche leisten.

»Diese Sache sollte nicht zwischen uns stehen, Brandon. Ich will dir nichts Böses«, sagte ich.

Der Indianer drehte den Kopf in meine Richtung, wagte aber nicht, meinem Blick zu begegnen. »Bitte verschone Christina«, antwortete er und seine Worte klangen seltsam zerrissen. Er hatte wirklich Angst.

Seine Reaktion machte mich wütend. Was glaubte er, wer ich war? Erwartete er, dass ich ihn quälte, leiden ließ? Er hatte seine Lektion gelernt, oder nicht?

»Brandon, sieh mich an.«

»Bitte, nein.« Ungeweinte Tränen erstickten seine Stimme. Der Indianer musste Schlimmes erlebt haben, wenn er mich derart fürchtete.

Irgendwo in mir erwachte etwas Böses, Lauerndes, und ergriff die Initiative. Plötzlich wollte ich ihm weh tun. Ich wollte wissen, was er fürchtete, ich wollte ihn demütigen, ihn mit Füßen treten, bis er nie, nie wieder wagte, gegen mich aufzubegehren.

Meine Hand schnellte vor und schloss sich um seinen Kiefer. Ich zwang seinen Kopf herum, bis er mich ansehen musste. Brandon kniff die Augen zusammen wie ein ängstliches Kind, und sein kleiner Protest stachelte mich weiter an.

»Julius, was hast du vor?«, fragte Christina, Empörung und Angst in ihren Worten. »Du hast doch gewonnen, lass ihn in Ruhe.«

»Ich sage, wann es genug ist«, fauchte ich.

Christina duckte sich wie unter einem Schlag und wagte nicht noch einmal, sich einzumischen.

Ich wandte mich wieder dem Indianer zu. »Sieh mich an, Brandon. Ich sage es zum letzten Mal.«

Als er immer noch nicht gehorchte, entfesselte er damit einen Sturm. Mit einem einzigen Schlag entlud sich meine Magie und raste durch meine Hand in seinen Kopf. Brandon schrie und riss die Augen auf.

Es waren schwarze Löcher, die Pupillen riesenhaft erweitert.

Ich tauchte ein und stieß mit roher Gewalt tiefer und tiefer in sein Bewusstsein vor. Die letzten Barrieren fielen.

Ich brach in seinen Geist ein und durchwühlte die Erinnerungen aus hundert Jahren unsterblichem Leben. Wie ein fernes Echo drangen leise Schmerzenslaute an mein Ohr, doch ich achtete nicht darauf.

Bald sah ich Brandons Ängste vor mir, und eine war furchtbarer als die andere. Dämonen der Vergangenheit. Ich zerrte sie erbarmungslos ans Licht. Ich begann mit seiner Kindheit und sah Brandon als kleinen Jungen, der mit seinem gewalttätigen, alkoholkranken Vater in einem schäbigen Blockhaus wohnte. Prügel bis aufs Blut, jahrelang, bis er floh und ausgerechnet einem Vampir in die Arme lief.

Er war ein unsterbliches Monster, das ihn quälte und ausnutzte.

Ich hatte schnell genug gesehen. Das Grauen stieß mich ab, und ich trieb aus den Tiefen zurück ans Licht.

Mit einem Schlag war ich zurück in dem Pontiac auf dem Hinterhof des Lafayette. Mir war elend. Ich drückte mich in den Sitz und schloss kurz die Augen. Das lederbezogene Polster ächzte. Die Welt drehte sich.

Brandon kämpfte mit den Tränen und verlor. Leise Klagelaute schüttelten seinen Körper. Er war nicht mehr wiederzuerkennen. Die stolze Fassade war dahin.

Was hatte ich nur getan? Ich hatte seinen Willen gebrochen, ihn zerstört, wie es nur Meister taten, wie nur sie es konnten.

Brandons schlimmste Alpträume gehörten jetzt mir. Ich bezweifelte, dass Curtis je so tief geblickt hatte. Mein Hass auf den Indianer verschwand so vollständig, als wäre er nie da gewesen, und machte Mitleid und tiefem Verständnis Platz.

Plötzlich ergab Brandons ganzes Benehmen einen Sinn. Sein arrogantes Gehabe, seine Sinnsuche. Der Perfektionismus, den der Indianer auf sein Äußeres anwendete, war nichts weiter als eine Maske, hinter der er sein zerstörtes Inneres verbarg. Brandons Erinnerungen waren eine schlimme Strafe, schlimmer als das meiste, was ich ihm hätte antun können.

Es war still im Wagen, als hätte die Welt den Atem angehalten.

Die Geräusche der Hauptstraße drangen wie durch einen Filter bis hierher. Ein junges Paar ging an der Parkplatzeinfahrt vorbei und strahlte sein Glück in die Welt.

Wir vier waren in diesem Käfig aus Metall gefangen und gehörten nicht dazu.

Brandon blickte wie mit Glasaugen in die Nacht und war völlig reglos. Die Alpträume seiner Vergangenheit schienen neu erwacht zu sein und hatten ihn fest in ihren Klauen. Ihm war elend.

Ich starrte auf meine Knie, sah dann wieder zu ihm. Der Indianer hatte ein edles Profil, eine schön gewölbte Stirn, die Nase schmal und gerade, volle Lippen, die er jetzt bitter aufeinanderpresste.

Ich streckte meine Hand aus und berührte Brandons Schulter.

Er zuckte zurück. Behutsam fuhr ich mit meinen Fingern durch sein seidiges Haar und ließ ihn an dem Gefühl der Geborgenheit teilhaben, das mich plötzlich erfüllte. Ich wusste selbst nicht genau, was ich da tat, doch es schien richtig zu sein, das einzig Richtige.

Brandons Angst schwand unter meinen Berührungen, seine Erinnerungen wurden zurückgedrängt. Bald atmete er tief und ruhig, als lerne er von Neuem zu leben. Vielleicht war der Schaden, den ich angerichtet hatte, doch nicht so groß. Ich hoffte es von Herzen und ließ mehr und mehr von meiner Energie in ihn fließen.

Meine Finger zeichneten Brandons Wangenknochen nach. Seine Haut war weich und kalt. Diesmal drehte er den Kopf zu mir, ohne zu kämpfen.

Er drückte meine Hand an sein Gesicht und sah mich an.

Erst ganz leise, dann immer drängender spürte ich sein Verlangen, den Hunger. Mein Handgelenk streifte seine Lippen.

Als wären wir Teil einer geheimen Choreographie, sprach ich die magischen Worte. Ich war mir in dem Moment nicht bewusst, was das für Konsequenzen haben würde. »Trink«, sagte ich, »trink und vergiss, was war.«

Brandons große, schlanke Hände schlossen sich um meinen Arm. Er küsste mein Handgelenk wie eine Reliquie.

Auch das letzte Geräusch erstarb, als sich der Indianer schließlich vorbeugte. Die Lippen zogen sich zurück und entblößten lange, scharfe Zähne.

Ein glänzender Vorhang blauschwarzer Haare fiel nach

vorn. Ich spürte, wie Brandon vorsichtig seine Zähne in mein Fleisch drückte. Es war eine flüssige, geübte Bewegung. Der Schmerz blieb aus.

Ich streifte sein Haar zurück, um ihn beim Trinken zu beobachten. In diesem Moment glaubte ich, nie etwas Schöneres gesehen zu haben. Brandons Kehlkopf wippte auf und ab, während mein Blut durch seinen Hals summte.

Ich legte meine Linke in seinen Nacken und fühlte die Muskeln arbeiten.

Der Akt des Trinkens setzte eine Flut von Glücksgefühlen frei, und Brandon teilte sie mit mir.

Mein Handgelenk wurde heiß. Ich konnte seine Fänge in meinem Fleisch spüren, sie bewegten sich mit jedem Schluck. Dann löste er sich langsam von mir. Ein Lächeln blutiger Zähne, ein verklärter Blick. Er hätte mehr haben können, viel mehr.

Die Zunge huschte hervor und leckte das Blut von den Lippen. Der magische Moment war vorbei, ein für alle Mal vorbei. Ich presste zwei Finger auf die Wunde. Vier akkurate Einstiche, wo Brandons Zähne die Haut durchstoßen hatten. Die beiden tiefen hatten jeweils eine Ader getroffen. Perfektion kommt mit der Zeit.

Brandon schenkte mir einen tiefen Blick. »Danke, ... Meister.«

Ich riss die Augen auf. Mit einem Schlag wurde mir klar, was ich getan hatte.

»Fahr, fahr einfach!«, erwiderte ich, und mein Herz begann wie irr zu rasen.

Brandon atmete tief durch, drehte den Zündschlüssel und manövrierte uns vom Parkplatz.

Ich hatte keine Bedenken, dass wir Curtis und die anderen noch rechtzeitig einholen würden. Ein Blick auf die Uhr sagte mir, dass seit dem Einsteigen keine zehn Minuten vergangen waren. Minuten, in denen sich die Welt auf den Kopf gestellt hatte.

Amber lehnte sich vor und berührte mich am Arm. »Julius, was war das gerade? Was hat das alles zu bedeuten?«

Nach und nach wurden mir die Dimensionen dessen bewusst, was ich da angerichtet hatte. Curtis würde nicht glücklich sein. Jetzt war es an mir, Angst zu bekommen, und die hatte ich – schon jetzt. Ich schluckte.

»Ich bin jetzt Brandons Meister«, sagte ich tonlos.

»Das verstehe ich nicht. Ich dachte, Curtis wäre der Meister von euch beiden.«

Ich sah kurz zu Brandon. Der Indianer presste die Lippen aufeinander und versuchte, sich auf den Verkehr zu konzentrieren.

»Julius?« Amber ließ nicht locker, dabei hatte ich selber noch nicht ganz begriffen, was ich gerade getan hatte.

»Jetzt nicht mehr. Curtis ist mein Meister, aber nicht mehr Brandons. Das bin jetzt ich.«

»Aber wie geht das, ich meine … geht das überhaupt?«

Brandon sah sich kurz nach Amber um. »In einem Clan kann es mehrere Meister geben, aber nur ein Clan-Oberhaupt. Wenn die einzelnen Meister Vampire an sich binden oder neue schaffen, sind sie Kopf einer Camarilla, wie bei uns zum Beispiel Kathryn. Das bedeutet, dass ich Julius zu Gehorsam verpflichtet bin, er selbst aber Curtis. So etwas darf jedoch niemals ohne Zustimmung des Oberhaupts geschehen.«

Ich sah Amber an. Sie begann zu verstehen.

»Wird er sehr wütend sein?«

»Ja«, antwortete ich knapp.

»Kannst du es irgendwie rückgängig machen?«

»Nein.«

»Weiß Curtis schon davon?«

»Nein. Ich schirme mich von ihm ab. Das geht aber nicht mehr lange gut.«

»Aber was wird dann geschehen, Julius?«

»Amber, ich, ich ... Gib mir einen Moment, ja?«

Sie drückte meine Hand und schwieg. Ich hatte mich gegen meinen Meister aufgelehnt! Wie hatte ich das tun können!

Wie im Flug ging es über Boulevards und Alleen. Der Motor brummte laut und kraftvoll, während im Wagen bedrücktes Schweigen herrschte. Als sich der Biss an meinem Handgelenk geschlossen hatte, befanden wir uns längst auf dem Freeway Richtung Norden.

Curtis' dunkelblaue Limousine fuhr direkt vor uns. Der Treffpunkt war in Malibu in einer leerstehenden Villa. Den genauen Ort kannten nur die Clanherren. Normalerweise fanden die Ratssitzungen in Fürst Andrassys Villa statt, aber dies war keine normale Sitzung.

Ich schirmte mich noch immer ab. Wie sollte ich Curtis gestehen, was ich getan hatte? Ich hatte sein Vertrauen gebrochen. Er hatte mir so oft angeboten, eine eigene Camarilla zu gründen, und ich hatte es wieder und wieder abgelehnt.

»Vielleicht verzeiht er mir«, sagte ich leise.

Brandon nickte ernst. »Hoffentlich.«

Christina hatte sich nach vorne gelehnt. Ihre Hand lag auf Brandons Brust über seinem Herzen, die andere strich durch sein langes Haar. Sie gab ihm Kraft, die Siegel zwischen ihnen waren weit geöffnet.

Ich sah mich nach Amber um. Scheinwerferlicht erhellte ihre feinen Züge. Sie starrte aus dem Fenster und hing ihren eigenen Gedanken nach.

Wir hatten den Freeway schon vor einer ganzen Weile

verlassen. Jetzt kletterten die Wagen eine gewundene Berg-
straße hinauf. Bäume bildeten einen Tunnel, und wo die
Scheinwerfer sie berührten, schienen die Äste wie Klauen
mythischer Waldgeister nach uns zu greifen.

Hin und wieder blitzten Lichter zwischen dem Laub. Villen reicher Filmstars lagen wie auf die Hügel getupft.

Brandon ließ die Fenster herunter. Kühle Luft strömte
herein und weckte die Lebensgeister.

Der Indianer sah mich fragend an. »Meister?«

Ich zuckte zusammen, die Anrede schien verkehrt, fremd.
»Was ist?«

»Wie agieren wir gleich?«

Ich überlegte fieberhaft. Ich konnte den Schein nicht
wahren, nicht vor dem Rat, dazu war ich zu schwach. Das
ließ nur eine Möglichkeit. »Wir sind jetzt eine Camarilla,
und genauso werden wir auftreten«, antwortete ich gefasst.
»Curtis wird euch nichts tun. Ich bin derjenige, der versagt
hat.«

Die Limousine des Meisters verlangsamte die Fahrt.

Wir bogen um eine Kurve, und plötzlich lag der Ozean
ausgebreitet wie eine schwarze Decke vor uns. Mondlicht
krönte die fernen Wogen mit Silber.

Wir hatten unser Ziel beinahe erreicht. Es war höchste
Zeit, Curtis wissen zu lassen, was ich getan hatte, und vor
dem Augenblick der Wahrheit hatte ich furchtbare Angst.

»*Curtis*«, rief ich, »*Meister, verzeih mir!*« Als ich wusste,
dass ich seine Aufmerksamkeit besaß, ließ ich meine Schilde
fallen, und er sah, was geschehen war.

Ich beobachtete, wie er im Auto vor uns mit der Faust auf
den Sitz schlug, doch der strafende Schmerz, den ich erwartet hatte, blieb aus. Kurz griff seine kalte Kraft nach meinem
Herzen, dann war alles wieder wie zuvor.

»Er weiß es«, sagte Brandon mit zitternder Stimme.

»Ja.«

»*Später*«, hörte ich Curtis sagen. »*Wir zeigen jetzt Stärke und Geschlossenheit.*«

Ich erahnte, dass er den zweifellos großen Zorn und vermutlich auch die Enttäuschung über meinen Verrat in sein Innerstes verbannte. Er würde seine Gefühle vollständig verbergen. Wenn die anderen Clan-Oberhäupter erfuhren, was ich gewagt hatte, würden sie es ihm als Schwäche auslegen.

»Stärke und Geschlossenheit, das ist Curtis' Wille«, wiederholte ich laut und sah, wie sich der Vampir neben mir entspannte. Wenn der Meister keine sofortige Bestrafung vornahm, konnte es so schlimm nicht werden.

Vor einem schmiedeeisernen Tor hielten wir an. Auf beiden Seiten des Eingangs brannten Feuerkörbe. Menschliche Wachleute und ein Vampir kontrollierten die Gäste. Der Unsterbliche beugte sich zum Fenster der Limousine hinab, erkannte Curtis und winkte uns durch.

Brandon schlug das Lenkrad ein, und der Wagen rollte auf einen Kiesparkplatz. Er gehörte zu einer Villa, die majestätisch auf der Hügelkuppe thronte. Halbverwilderte Blumenrabatten rahmten eine Freitreppe ein. Schwere Vorhänge vor den hohen Bogenfenstern schützten die Gäste vor unliebsamen Blicken. Die Türen des Anwesens standen weit offen, im Flur glitzerte ein Kronleuchter im Kerzenschein.

Brandon und ich tauschten einen letzten Blick, dann stiegen wir aus. Schwerer Duft von Lavendel und Rosen tränkte die Luft.

Amber blieb dicht neben mir stehen. Ich verstand ihre Unruhe. Überall in den Schatten hielten schwerbewaffnete Männer Wache, und durch die Siegel fühlte sie meine Angst vor Curtis.

»Komm«, sagte ich leise.

KAPITEL 36

Meine Geliebte folgte mir zu Curtis, der abwartend an seinem Wagen stehengeblieben war. Ohne ein Wort zu sagen, sank ich vor ihm in die Knie und neigte den Kopf zur Seite, so dass meine Kehle ungeschützt vor ihm lag.

In einer blitzschnellen Bewegung umfasste er mein Kinn und riss mich wieder auf die Beine. Ich musste würgen.

Sein Gesicht verriet keinerlei Gefühl. »*Nicht jetzt, Julius!*«

»Ja, Meister«, brachte ich hervor und er ließ von mir ab.

Ich stolperte zurück zu Brandon und Christina. Amber folgte mir und beobachtete mich besorgt.

»Ist alles in Ordnung? War das deine Strafe?«, flüsterte sie.

Ich lachte trocken. »Das war noch gar nichts.«

Curtis nickte mir zu. Die Show konnte beginnen.

»Wir gehen rein«, sagte ich nüchtern und streckte meine Hand nach Amber aus. »Bleib dicht bei mir. Sollten wir getrennt werden, halte dich an Christina und Brandon, sie werden dich und das Messer schützen.«

Brandon nickte loyal, und Amber sah ihn überrascht an.

Mit meiner Dienerin an der Seite und Brandon und Christina im Gefolge schritt ich zum Eingang, wo Curtis bereits auf uns wartete.

Ich fühlte Brandon wie einen Abglanz meines Körpers hinter mir. Er galt jetzt als Vampir von meinem Blut – Curtis hatte ihn niemals trinken lassen.

Ich war jetzt Brandons Meister! Der Gedanke schien unwirklich und doch war es wahr. Verdammt!

Curtis' Blick glitt kalt über unsere kleine Gruppe und bohrte sich direkt bis in meine Seele. In manchen Clans stand auf so ein Vergehen der Tod. Ich bezweifelte, dass Curtis so weit gehen würde, aber meine Strafe würde schlimm genug werden.

»*Ich wollte es nicht!*«, rief ich meinem Meister zu.

Sein Blick blieb eisig, sein Geist verschlossen. Mit einer scharfen Geste befahl er mich an meinen Platz. Ich gehorchte augenblicklich und trat hinter ihn. Kathryn sah mich schadenfroh an.

Liliana und zwei Vampire ihres Clans erwarteten uns am Fuß der Treppe. Man sah ihr an, dass sie auch heute viel geweint hatte.

Curtis bot ihr seinen Arm, und sie schritten gemeinsam die Treppe hinauf. Wir traten durch das Vorzimmer in den Salon. Es sah gespenstisch aus. Die meisten Möbel waren mit Tüchern bedeckt und harrten besserer Zeiten. Ein dünner Staubfilm lag auf Regalen und Tischen. Überall standen Kerzen und warfen ihr unruhiges Licht.

Es war still, viel zu still. Hier und da standen Gäste einzeln oder in kleinen Gruppen, doch sie unterhielten sich nicht. Man beobachtete unsere Ankunft, und die feindseligen Blicke der anderen Unsterblichen jagten mir einen Schauer über den Rücken.

Ich begegnete den Blicken des einen oder anderen Vampirs direkt, aber ich konnte nicht alle zurechtweisen. Mir war klar, dass sie meine neue Camarilla sofort bemerkt hatten. Brandon stank förmlich nach meinem Blut. Christina gehörte als seine Dienerin jetzt ebenfalls zu mir, und Amber kannten sie noch nicht.

Fast meinte ich, ihre Empörung hören zu können. Doch sie schirmten sich zu gut ab. Bislang kannten sie mich nur als Jäger und Curtis' rechte Hand. Lange hatte die Kraft eines Meisters ungenutzt in mir geschlummert. Ich hatte es gewusst, Curtis hatte es gewusst, eigentlich jeder.

Den Meisterstatus konnte man sich nicht erarbeiten. Er war naturgegeben und kam mit dem Alter oder niemals.

Ich hatte meine Stärke nie genutzt, hatte keinen Grund dafür gesehen. Jetzt erschien ich plötzlich nicht nur als Meister, sondern führte neben einem Vampir auch noch zwei Menschen in meiner Camarilla.

Brandon hielt sich schützend neben mir. Seine schwarzen Augen nahmen es mit den jüngeren Vampiren auf und zwangen sie nieder. Die eindrucksvolle Gestalt des Indianers schirmte mich ab, und mit der Herausforderung gewann er langsam seine alte Stärke zurück.

Als Jäger war ich Abneigung gewohnt. Demonstrativ ruhte meine Hand auf dem Schwert, die andere lag um Ambers Hüfte. Ich konnte das Messer durch ihren Körper hindurch wahrnehmen. Es drohte mit roher Gewalt. Mit Sicherheit spürten es die anderen Vampire ebenfalls.

Wir wurden in das ehemalige Speisezimmer gerufen. Dort sollte die Versammlung stattfinden. Dreizehn Stühle verteilten sich um einen riesigen, länglichen Tisch. Nur die Clanherren und der rangnächste Vampir saßen, die anderen mussten stehen.

Ich nahm neben Curtis Platz, Amber blieb neben mir stehen, Brandon und Christina hinter mir.

Curtis hatte Kathryn neben sich, Dava und Manolo im Rücken.

Der Stuhl neben Liliana blieb frei. Er hätte Adrien gebührt.

Auf den anderen nahmen drei Meister und eine Meisterin und ihre Stellvertreter Platz, alle waren mir seit Jahrzehnten vertraut. Sie fällten die Todesurteile, deren Ausführung mir oblag.

Der Fürst betrat den Raum, und aller Augen richteten sich auf ihn.

Victor Andrassy hatte als ältester Vampir von Los Angeles

seit über hundert Jahren den Vorsitz des Rates inne. Breitschultrig und klein, trug er einen perfekt sitzenden schwarzen Anzug. Auf seiner Brust hing eine schwere Goldkette mit Abzeichen und Münzen, in deren Mitte ein goldener Widder baumelte. Der Ungar war Ordensritter vom Goldenen Vlies.

»Willkommen, meine Freunde, Brüder und Schwestern im Blute«, begann er mit der klassischen Formel.

Seine Stimme schmeichelte wie Fell auf nackter Haut und bettete jeden Anwesenden in Wohlgefühl. Wortmagie, Stimmenzauber. Andrassy beherrschte diese Technik bis zur Perfektion.

»Wir haben uns heute aus einem schrecklichen Anlass hier eingefunden. Unsterbliche aus unserer Mitte wurden gefoltert, ermordet. Das Haus Leonhardt und das Haus Mereley führen Klage gegen den Clan Gordon. Hören wir die Kläger.«

Curtis stand auf, begrüßte die anderen und berichtete in nüchternen Worten von dem Angriff auf mich und Amber durch die drei Vampire. Er ließ das Messer in seinem Bericht aus, dennoch ruhten die Blicke der Ratsmitglieder auf Amber. Sie, ein Mensch, hatte es geschafft, einen Unsterblichen zu töten.

Dann schilderte Curtis den Überfall auf meine Gruft und Stevens beinahe tödliche Verwundung. Bei der Erwähnung ihres Bruders Frederik schlug Ambers Herz schneller. Das Messer erwachte.

Einige jüngere Vampire bekamen heftige Angst und stärkten damit unbewusst die Magie der Waffe. Schweißperlen traten auf Ambers Stirn. Sie ballte die Hände zu Fäusten und versuchte, das Messer zur Ruhe zu rufen. Jetzt wurden auch die Meistervampire nervös.

»*Brandon!*«, befahl ich. »*Bring sie raus, schnell. Christina bleibt hier.*«

Brandon legte bestimmend einen Arm um ihre Schulter. Ich sah kurz zu Amber auf. Sie zögerte, fürchtete sich vor Brandon.

»*Geh*«, sagte ich schärfer, als ich beabsichtigt hatte. Sie zuckte unter meinem Befehl zusammen und fügte sich. Der Indianer führte sie aus dem Raum. Christina nahm ohne Zögern Ambers Position an meiner Seite ein.

»Jäger Julius Lawhead.«

Ich erhob mich hastig und verneigte mich vor dem Fürsten. Dann berichtete ich alles, was ich über Frederiks Angriffe, seine rätselhafte Wiedergeburt und seine Verbindung zu Gordon wusste.

Ich berichtete auch von dem Messer, in das wir so große Hoffnungen gesetzt hatten und das wider Erwarten nicht einmal indirekt durch die Siegel von einem Vampir zu steuern war.

Curtis versicherte den Ratsmitgliedern jedoch, dass Amber die richtige Person war, um die Waffe zu führen. Sie würde sie zu unserem Schutz und Nutzen einsetzen.

KAPITEL 37

Brandon eskortierte Amber aus dem Speisesaal. Erst als sich die Türen hinter ihnen geschlossen hatten, ließ er sie los.

Das Messer rief nach ihr mit schriller Stimme. Ambers Rücken brannte an der Stelle, an der der Arm des Vampirs gelegen hatte. Es fehlte nicht viel, und sie hätte die Beherrschung verloren und den Indianer niedergestochen.

Jetzt gewann sie langsam wieder die Kontrolle zurück.

Brandon folgte ihr durch den Salon zur Tür, lautlos wie ein Schatten.

»Musst du mir hinterherschleichen?«

Der Indianer beobachtete sie aus seinen unergründlich dunklen Augen, schwieg und folgte ihr weiter unbeirrt.

Amber blieb am Geländer der Freitreppe stehen und sah hinaus in die Nacht. Der Himmel war klar. In der Ferne lag dunkel das Meer. Die Sterne leuchteten und LA schien weit weg.

Aber die Stadt der Engel war da, gleich dort hinter dem nächsten Hügel, wo die Sterne schwächer schienen und orangefarbener Dunst den Himmel trübte.

Der würzige Duft von wilden Kräutern lag in der Luft und in den Büschen zirpten Zikaden.

In Gedanken versunken hatte Amber Brandon fast völlig vergessen, als dieser plötzlich neben sie trat. Sie zuckte zurück.

»Was willst du?«, fuhr sie ihn an.

»Nur schauen, Amber, nur schauen«, antwortete Brandon vorsichtig und stütze seine Unterarme auf die Brüstung. »Du brauchst keine Angst vor mir zu haben. Ich tu dir nichts.«

Amber war versucht nach dem Messer zu greifen, doch der Vampir regte sich nicht und sah einfach nur hinaus auf das Meer.

»Woher der plötzliche Sinneswandel, Brandon? Alles nur wegen der Sache zwischen dir und Julius?«

Amber wusste, dass sie unfreundlich klang, aber das Messer zerrte an ihrer Kraft und ihren Nerven.

»Auch, ja«, antwortete der Indianer.

»Was ist da passiert?«

»Das soll Julius dir erklären, wenn du es noch immer nicht verstanden hast.« Brandon richtete sich auf und beobachtete zwei Wachmänner, die sich leise miteinander unterhielten. Ihre Zigaretten glommen wie Leuchtkäfer in der Dunkelheit. Dann seufzte er. »Julius hat mir gezeigt, wo ich stehe«, sagte er mit belegter Stimme.

»Ja? Und wo?«

»Unter ihm.« Brandon strich sich das Haar zurück, schluckte und rieb sich unbewusst die Hand.

Amber starrte ihn an. Sie konnte nicht glauben, dass sich dieser stolze Mann, der Julius um einen halben Kopf überragte, einfach so unterworfen hatte.

»Und jetzt?«

»Jetzt liegen Christinas und mein Geschick in seinen Händen – und auch in deinen. Zumindest solange Curtis uns nicht zurückfordert.«

»Ihr Vampire seid nicht besser als ein Rudel Hunde«, sagte Amber verächtlich und spürte tief in sich dennoch ein wenig Stolz keimen. Julius hatte Brandon besiegt, einfach so. Nun musste sie keine Angst mehr vor dem dunklen Vampir haben. Christina hingegen tat ihr leid.

»*Amber!*«

Sie schnellte herum. Julius hatte sie gerufen und sie hätte schwören können, dass er direkt neben ihr stand, doch da war niemand.

Brandon wandte sich um und ging zurück ins Gebäude. Als sie nicht sofort folgte, blieb er stehen und blickte sich nach ihr um. »Kommst du? Julius hat gerufen.«

Amber sah ein letztes Mal zurück auf das Meer, dann folgte sie Brandon widerwillig hinein.

Julius stand bereits in der Tür des Speisesaals und erwartete sie ungeduldig. »Würdest du bitte das Messer auf den Tisch legen?«, bat er und wies mit der Hand auf das dunkle Holz.

Amber zögerte, denn das Messer schrie wütend. Es wollte nicht in die Hände der Vampire fallen. Wenn sie es jetzt hergab, war sie völlig schutzlos.

Julius schien ihre Gedanken zu erraten. »Außer dir kann es niemand in diesem Raum berühren«, sagte er. »Christina schicke ich raus, wenn du willst.«

»Nein, sie kann bleiben.« Amber zog das Messer aus der Halterung an ihrem Arm und legte es zögernd auf den Tisch.

Die Vampire beugten sich neugierig vor. Es war das erste Mal, dass diese Unsterblichen vor Ambers Augen menschliche Regungen zeigten. Sie flüsterten aufgeregt, und die Jüngsten drängten sich ängstlich in die Schatten der Vorhänge.

Die Beschläge des Messers blitzten im Kerzenschein, als erwidere es die Blicke seiner Feinde.

Mit einem Mal stand Fürst Andrassy neben Amber.

Sie erschrak, doch Andrassy beachtete sie nicht. Er streckte seine bleiche Hand nach dem Messer aus und ließ sie wenige Millimeter darüber schweben.

»Das ist eine gefährliche Waffe in der Hand eines unerfahrenen Menschen. Sie könnte schnell zum Unglück für die Clans von Los Angeles werden.«

Amber gelang es nicht, dem Blick des mächtigen Vampirs standzuhalten. Sie wich zurück, bis sie mit Julius zusammenstieß, und drückte sich an ihn.

»Das Messer und seine Adeptin sind in deinen Händen, Jäger Julius Lawhead. Was gedenkst du mit ihnen zu tun?«

»Diese Entscheidung unterliegt meinem Meister und dem Rat. Es wird geschehen, was sie bestimmen.«

»Auch wenn die Entscheidung auf Vernichtung lautet?«

»Auch dann.«

Amber sah Julius irritiert an. Er würde das Messer vernichten? Einfach so?

Julius wirkte, als fühle er sich in seiner eigenen Haut nicht wohl. Er berührte sie am Arm, und sie spürte, dass er ihr Kraft raubte. Er benutzte ihre Bindung, um mächtiger zu erscheinen, als er tatsächlich war. Wie riesige Tore rissen auf einmal die Siegel auf und zerrten ihre Lebensenergie davon. Amber versuchte, sich an das zu erinnern, was Christina ihr beigebracht hatte, und stemmte sich mit aller Kraft dagegen.

Es funktionierte tatsächlich, die Tore schlossen sich langsam, doch Julius' Griff an ihrem Arm wurde härter, schmerzhaft. Amber stöhnte auf.

Christina bemerkte, was geschah, und trat neben sie. »Bleib ruhig«, wisperte sie Amber zu. »Gib ihm, was er verlangt, hilf ihm. Du hast nichts zu befürchten.«

Aller Augen waren auf Fürst Andrassy gerichtet, der sich vor Julius aufgebaut hatte und ihn forschend ansah.

Amber tat, was Christina ihr geraten hatte, und ließ ihr Schutzschild fallen. Im nächsten Moment rissen die Siegel wieder auf und die Energie floh aus ihrem Körper. Sie mischte sich mit der von Julius, und Amber spürte, wie dessen kalte Kraft die Reserven in ihr füllte. Es war tatsächlich kein reines Geben, sondern ein Austausch.

Mit Julius' Energie kamen auch seine Gefühle. Er hatte Angst vor Andrassy. Der Fürst war der älteste und mächtigste Vampir in weitem Umkreis. Doch Amber spürte auch, dass ihr Freund unter allen Umständen Haltung bewahren und sich keine Blöße geben wollte. Sie fühlte instinktiv, dass es jetzt nicht nur um Julius, sondern um sie alle ging. Um Brandon und Christina, und nicht zuletzt um sie selbst.

»Wenn ich sage, dass die Waffe dich zu mächtig macht, Julius Lawhead, dann spreche ich nur aus, was viele denken«, sagte der Fürst und grub seinen Blick in den des Jüngeren.

Amber spürte, wie sie von einem eiskalten Sog erfasst wurde. Er kam durch die Siegel und tastete auch nach ihren Gedanken. Der Meistervampir las Julius!

Die Hand ihres Geliebten klammerte sich um Ambers

Arm. Julius musste den Einbruch in seine Gedanken zulassen, aber es gefiel ihm nicht.

Amber hatte das Gefühl, er würde ihr den Oberarm zerquetschen. Sie biss die Zähne zusammen und hielt die Luft an. Ein Wort, nein eher ein Gedanke huschte durch ihren Verstand: Treue. War es das, wonach der Vampirfürst suchte? Nach ihrer Treue zu Julius und nach seiner zu Curtis?

Sie konnte keinen klaren Gedanken mehr fassen. Instinktiv sehnte sie sich nach der schützenden Kraft des Messers – und dann war sie plötzlich da! Es lag zwar außerhalb ihrer Reichweite auf dem Tisch, aber es reagierte. Es schickte eine heiße Woge gegen ihren Peiniger, gegen Julius und auch den überraschten Andrassy. Der Fürst stolperte einen Schritt zurück und keuchte.

Julius ließ Amber augenblicklich los, als habe er sich verbrannt. Sie taumelte zur Seite.

Andrassy funkelte Julius wütend an und presste eine Hand auf seine Brust, dann gewann er seine Fassung zurück. Die anderen Vampire beobachteten ihn erschrocken. Sie alle hatten die Macht des Messers gespürt und gesehen, dass sie sogar dem stärksten unter ihnen gefährlich werden konnte.

»Du strebst nicht nach Macht, lese ich, und doch erhältst du sie«, fauchte der Fürst. Andrassys Blick streifte Brandon. »Du scharst Unsterbliche um dich, stiehlst sie von deinem Meister.«

Curtis sah betreten zur Seite. Jetzt wussten es alle. Es war ihm nicht gelungen, das beschämende Geheimnis vor dem Rat zu verheimlichen.

»Dieser Jäger hat dich betrogen, Curtis Leonhardt. Bürgst du dennoch für seine Loyalität?«

Curtis erhob sich von seinem Stuhl. »Julius wird die

Strafe erfahren, die ihm gebührt. Er hat gefehlt, aber ich bürge für ihn. Er hat mein volles Vertrauen.«

Seine Stimme war ruhig und frei von Zweifeln.

»Möchtest du seine Verfehlung vor dem Rat anklagen?«, fragte Andrassy, und ein Lächeln umspielte seinen Mund.

Julius' Körper verkrampfte sich vor Angst. Er neigte den Kopf demütig in Curtis' Richtung, doch dieser sah nicht einmal hin. Durch die Siegel erblickte Amber bruchstückhafte Erinnerungen an eine wunderschöne rothaarige Frau, dann Angst, Enge und Blut, sehr viel Blut.

»Ich kümmere mich selbst um meine Probleme«, erwiderte Curtis frostig, und Julius seufzte erleichtert auf. Er bemerkte, dass Amber seinen wunden Punkt entdeckt hatte, und verschloss sich vor ihr.

Andrassy nickte und kehrte an seinen Platz am Kopf der Tafel zurück. Auch Julius setzte sich wieder und war jetzt merklich ruhiger. Amber rieb sich den schmerzenden Arm. Alle Aufmerksamkeit galt jetzt wieder Andrassy.

Der Fürst blickte ernst in die Runde. Es war Zeit für sein Urteil.

»Brüder und Schwestern im Blute, hört meine Entscheidung«, begann er. »Der Meistervampir Gordon und all die, die von seinem Blut sind, und all jene, die ihm folgen, gleich ob Mensch oder Vampir, sind des Todes! Niemand soll verklagt werden, der einen der ihren tötet. Wird Gnade gewährt, so liegt das im Ermessen eines Meisters. Daniel Gordon selbst ist des Todes und hat kein Recht auf Pardon, er ist hiermit vogelfrei. Kein Clan ist verpflichtet, diejenigen von Mereley und Leonhardt in ihrer Vendetta zu unterstützen, aber es ist auch untersagt, Gordon in irgendeiner Weise beizustehen. Wer das tut, fällt ebenfalls unter dieses Urteil.

Das heilige Messer bleibt vorerst in der Obhut des Jägers

Julius Lawhead, bis der Rat anderes entscheidet oder der Jäger aufgrund seines Vergehens gerichtet wird.

Da Adrien Mory aus dem Hause Mereley nicht mehr unter uns weilt, benötigt der Distrikt Los Angeles einen neuen Jäger. Jeder Clan ist verpflichtet, einen Vampir aus seiner Mitte vorzuschlagen, der die Aufgabe bestmöglich erfüllen kann. Bis der Rat zu einer Entscheidung gekommen ist, wird Julius Lawhead sämtliche Urteile vollstrecken.«

Curtis erhob sich und neigte den Kopf vor Andrassy. »Mein Fürst, darf ich das Messer gegen Gordon ins Feld führen?«

»Es ist in deinem Clan, du magst darüber verfügen.«

Liliana Mereley schien erleichtert, doch die anderen Meister sahen einander überrascht an. Dem Fürst entging die Unruhe nicht. Er stand auf und sah in die Runde. »Möchte jemand etwas sagen?«

Niemand sprach, zwei Clanherren wichen sogar seinem Blick aus.

»Dann ist diese Ratssitzung hiermit beendet.« Damit zog der Fürst sich zurück.

Amber kam das alles noch völlig unwirklich vor. Ein Krieg, mitten in LA! Und womöglich würde es kein Mensch mitbekommen, der nicht Verbindung zur geheimen Welt der Vampire hatte.

Curtis tauschte einen Blick mit Liliana, dann klopfte er mit der Hand auf den Tisch. Die Vampire, die zum Teil schon aufgestanden waren, wandten sich erneut ihm zu.

»Meister Daniel Gordon wird noch heute Nacht erfahren, was es heißt, uns anzugreifen! Wir werden seinen Clan zerschlagen! Ihn vernichten! Von euch erbitten wir nur eines«, er sah in die kalten Gesichter der anderen Meister. »Lasst keinen aus seinem Clan in eure Reviere entkommen.«

Eine blonde Meisterin nickte. »Bei meiner Ehre, keiner aus seiner Brut wird lebend mein Territorium durchqueren.«

Die anderen Meister leisteten ähnliche Versprechen, aber mehr Unterstützung gaben sie nicht. Dann löste sich die Versammlung endgültig auf.

KAPITEL 38

Wir verließen die Villa.

Die Mereleys und Leonhardts blieben zurück, während sich der Parkplatz langsam leerte. Ich hielt mich mit meiner kleinen Camarilla etwas abseits von den anderen, unsicher, was von mir erwartet wurde.

Curtis und Liliana standen still wie Statuen. Sie hatten Kontakt zu ihren Dienern aufgenommen, um alle verfügbaren Kämpfer zu alarmieren und nach Downtown in Gordons Revier zu schicken, wo wir mit ihnen zusammentreffen würden.

Ich war Amber dankbar für die Kraft, die sie mir geliehen hatte. Jetzt hielt ich sie im Arm und gab ihr als warmen, wohltuenden Strom zurück, was ich ihr so ruppig genommen hatte.

Endlich sah Curtis zu mir hinüber und musterte uns vier.

»*Julius, komm mit mir*«, befahl er, und meine Angst war mit einem Schlag zurück. Würde er mich entgegen meiner Vermutung doch jetzt richten? Würde er mich am Ende sogar für meinen Verrat töten?

»Curtis ruft mich, Amber. Warte hier mit Brandon und Christina. Komm auf keinen Fall zu mir, ganz gleich, was geschieht.«

Amber sah mich erschrocken an. Ich drückte ihr einen schnellen Kuss auf die Stirn, vielleicht den letzten, und ging zu meinem Meister.

»Folge mir«, sagte Curtis knapp.

Wir gingen ein Stück und blieben dann im Schatten eines efeubewachsenen Torbogens stehen. Curtis' Augen leuchteten in der tintenschwarzen Dunkelheit. Hier war die Nacht so dicht und schwer, dass nicht einmal das Mondlicht herfand.

Nach der kleinen Hölle im Rat erschien mir die Konfrontation mit Curtis wie der drohende Weltuntergang, mit Pauken und Trompeten. Mein Herz schlug zum Zerspringen.

Eine Weile sah er mich nur an, und ich merkte, wie müde er war. Es war eine Müdigkeit nicht von Tagen, sondern Jahrhunderten. Doch dann spürte ich seine Emotionen wie Nadelstiche.

»Du hast mich vor dem Rat blamiert, Julius. Du hast meine Position in Frage gestellt.«

Ich hielt den Blick gesenkt, und mein Körper ächzte unter dem Druck seiner Präsenz. Ich hatte gefehlt, Curtis sollte mich bestrafen. Ich wollte keinen Kampf mit ihm, ich liebte meinen Meister! Getrieben von Schuld, ergriff ich seine Hand, küsste seinen Puls und unterwarf mich seinem Urteil.

Curtis legte mir seine Linke auf die Schulter.

»Ich wollte das nicht, es ist einfach … passiert«, stotterte ich.

»Du wolltest mich wirklich nicht betrügen?«, fragte er erstaunt. »Dann bist du noch törichter, als ich bislang dachte.« Er seufzte. »Was soll nun geschehen, Julius? Du hast dir den denkbar schlechtesten Moment ausgesucht, oder vielleicht auch den besten, denn du weißt, dass ich dich jetzt, da wir mit Gordon in offenem Krieg liegen, nicht entbehren kann. Du bist mein bester Kämpfer.«

Hätte ich es geplant, wäre dies wahrlich der perfekte Zeitpunkt für eine kleine Palastrevolte gewesen.

»Hol Brandon her.«

Ich rief ihn wortlos zu mir. Hoffentlich würde Curtis seinen Zorn nicht an ihm auslassen. »Er hatte keine Wahl«, sagte ich schnell.

»Ich weiß«, antwortete er kalt. »Aber er hat es dir durch seine Provokationen leicht gemacht. Es war fast schon eine Einladung.«

Als Brandon wie ein großer Schatten hinter mich trat, glaubte ich trotz Curtis' harter Worte Güte in den Augen des Meisters zu erkennen.

»Brandon Flying Crow, du hast vor vielen Jahren um Aufnahme in meinen Clan gebeten. Ich habe dir meinen Schutz und mein Vertrauen geschenkt. Ich habe nie etwas von dir gefordert, niemals. Du hast wie ein Schatten unter uns gelebt.«

Ich fühlte Brandons Angst wie meine eigene. Sollten Curtis und ich um ihn kämpfen, war er der Erste, der daran zerbrechen würde. Brandon konnte nicht zu Curtis zurück, nicht, ohne sich mir zu widersetzen. Er saß zwischen den Stühlen. Seine schwarzen Augen flackerten in meine Richtung.

»Ich gebe ihn dir zurück«, hörte ich mich sagen.

Ich wollte dieses ganze Theater nicht, ich brauchte keine Camarilla, wollte kein Meister sein.

Curtis' Eisaugen trafen mich. »Großmütig von dir, Julius, aber leider zu spät.«

Brandon sank in die Knie und drückte seine Stirn gegen Curtis' Handgelenk. Der Geruch seiner Angst hing in der Luft.

Der Meister sah mich an. Jetzt galt es, ihm zu beweisen, dass ich noch immer wusste, wo mein Platz war. Ich senkte den Kopf. Mehr Unterwerfung hatte er von mir in den letzten Jahrzehnten nicht bekommen.

Curtis hätte mir als mein Schöpfer das Herz zerquetschen können, ohne mich auch nur anzurühren, doch es geschah nichts. Seine beklemmende Präsenz verschwand aus meinem Körper, und ich atmete erleichtert auf.

Er nahm meine Rechte und legte sie auf Brandons Kopf, dann küsste er mir die Stirn. Mit der Geste legitimierte er meine Herrschaft über Brandon und überraschte damit nicht nur den Indianer, sondern auch mich.

Curtis' Lippen zitterten. »Ich werde dich bestrafen, Julius, aber ich verzeihe dir. Du wirst das Lafayette so bald wie möglich wieder verlassen. Brandon begleitet dich, ich entbinde ihn seines Eides. Du bist jetzt sein Herr, erweise dich seiner Treue würdig. Und nun geht mir aus den Augen, beide!«

Brandon erhob sich und wartete auf mich.

Wie gerne hätte ich all das ungeschehen gemacht. Ich sah meinen Meister ein letztes Mal an, dann ging ich mit Brandon zurück zu den anderen. Christina stürzte uns entgegen und griff nach meiner Hand.

»Herrgott, bleibt bitte normal«, fauchte ich und schüttelte sie ab. Mir wurde das alles zu viel.

Erst jetzt fiel mir auf, dass Liliana uns beobachtete und es wahrscheinlich schon die ganze Zeit über getan hatte. Ihr Blick wanderte von mir zu Brandon und dann zu Curtis, der noch immer unter dem Torbogen stand. Ich wusste, dass sie es eilig hatte. Sie wollte Rache für Adrien, und das sofort.

Mit wenigen Schritten war sie bei Curtis. Sie sprachen hastig.

Ich legte Amber den Arm um die Schulter, und gemeinsam gingen wir zu Brandons Firebird, dessen mattschwarze Lackierung mit der Nacht verschmolz.

»Was hat Curtis gesagt?«, fragte sie leise.

»Er hat Brandon nachträglich freigegeben und versprochen, mir zu verzeihen.«

»Dann ist alles gut?«

»Nein«, sagte ich bitter. »Er hat auch versprochen, dass er mich für mein Vergehen richten wird, und er ist verdammt wütend. Ich fürchte mich vor dem, was kommen wird.«

Amber drückte sich an mich. »Ich bin für dich da, Julius, was immer auch geschieht.«

Wir fuhren über den Freeway.

Draußen huschten die Lichter der Stadt vorbei. Jedes Licht ein Leben. Einige, die sich mit Unsterblichen eingelassen hatten, würden heute Nacht durch meine Hand sterben. Der Krieger in mir war begierig, Leben zu zerstören und dem, was in den letzten Tagen geschehen war, eine blutige Krone aufzusetzen. Ich ging in mich und versuchte herauszufinden, ob ich Mitleid empfand.

Vielleicht.

Vielleicht auch nicht.

Ich zwang mich im Hier und Jetzt zu verweilen und sah mich mit offenen Augen um. Meine neue kleine Familie war ruhig angesichts der drohenden Gefahr.

Das Blutgeschenk an Brandon hatte ihn mir nähergebracht, ihn, den ich eigentlich kaum gekannt hatte und noch weniger leiden konnte. Unsichtbare Fäden verwoben unser Dasein nun miteinander. Von meinem alten Groll war nichts mehr geblieben.

Ich empfand mit Brandon und las durch ihn auch Christina, badete in fremden Gefühlen. Die Dienerin des Vampirs war aufgeregt wegen der bevorstehenden Bewährungsprobe, die sie als wichtigen Schritt auf ihrem Weg in die Unsterblichkeit sah. Wie ein leuchtendes Band spannte sich die unverbrüchliche Treue zwischen ihr und Brandon, sie war stärker, als jedes Ehegelübde sein konnte.

Fünf Siegel – gemeinsam in die Ewigkeit.

Ein wenig beneidete ich die beiden darum.

Das Licht der entgegenkommenden Fahrzeuge meißelte Brandons Züge in Stein. Seine Gefühle waren ein wildes Durcheinander. Da war neu erwachte Zuneigung zu mir, aber auch Angst. Der Blutbund bestimmte sein Handeln. Jetzt, noch frisch, dominierte er alles andere. Curtis hatte ihm in all den Jahren nicht mehr als den einen Tropfen Blut geschenkt, den es für den Treueschwur brauchte. Ich jedoch hatte ihm eine Ader geöffnet und war damit in seiner Achtung gestiegen.

Ich spürte, dass er froh war, heute Nacht an meiner Seite zu kämpfen. Bei Gott, das konnte er auch sein! Curtis war vielleicht ein guter Kämpfer, nicht aber der Rest des Clans. Und selbst Curtis verstand sich eher auf Auseinandersetzungen durch Geist und Magie als auf das tatsächliche Handwerk.

Der Meister fuhr direkt vor uns. Ich konnte seine Präsenz spüren, aber er sprach nicht mehr mit mir. Sein Geist war wie eine Mauer aus Beton. Das war seine erste Strafe für mich. Er hatte mich nie zuvor derart ausgesperrt.

Ein Gefühl von Verlassenheit machte sich breit. Doch ich war nicht mehr jung und meine Abhängigkeit von ihm kannte Grenzen.

Ich brauche ihn nicht mehr so sehr wie früher!, dachte ich wütend. Ich war jetzt selbst Meister und zog meine Kraft aus der Verbindung mit Brandon und Amber.

»Wir sind bald da, Julius«, sagte der Indianer.

Wir fuhren auf der Manchester Avenue. Sie führte direkt in das Herz von South Central. Gordons Zuflucht konnte nicht mehr weit sein. Unter Fabriken und Lagerhallen verborgen, ruhten die Gebeine einer kleinen Gemeinde von Missionaren. Es waren spanische Priester und bekehrte Indianer. Irgendwo dort verbarg sich Gordons Clan.

Meine Jagdlust erwachte. Ich unterdrückte den Drang, die Zähne zu blecken. Es würde Blut fließen, heute Nacht!

Jetzt erst schien das Monster, das in mir ruhte, es wirklich zu verstehen.

Meine Erregung flutete durch den Wagen. Ich sah, dass Brandons Nasenflügel bebten und seine Hände das Lenkrad kneteten, als wisse er nicht, wohin mit seiner Kraft.

Curtis' Limousine bog in eine Seitenstraße, wo er sich mit dem Rest des Clans treffen würde.

»Wir folgen Liliana«, befahl ich.

Ich spürte Curtis' Zorn, aber wenn er mich aus seinen Gedanken aussperrte und mir nicht sagte, was ich tun sollte, musste er damit rechnen, dass ich eigene Entscheidungen traf.

Liliana bog rechts ab und wir mit ihr.

Christina wies auf eine Tüte, die bei mir im Fußraum lag. »Da sind die Schutzwesten drin, die wir besorgen sollten, Julius.«

Ich reichte ihr und Amber eine. Dann streifte ich mein Hemd ab, zog meine Weste über und ließ sie wieder unter dem Stoff verschwinden. Es musste nicht jeder wissen, dass wir geschützt waren. Auf die Weise hatten wir die Überraschung auf unserer Seite. Die meisten Vampire verabscheuten Technik. Ich habe nie verstanden warum, aber jetzt würde es für uns von Vorteil sein.

In einer kleinen Seitenstraße hielten wir an. Backsteinmauern erstreckten sich zu beiden Seiten, bedeckt von Graffiti. Eine Steinwüste, in der nicht einmal Ratten lebten.

Zwei Vampire, ein Paar, stiegen aus einem Kleinwagen.

Sie gehörten zu Lilianas Clan. Wir gingen zu ihnen hinüber. Liliana und ihre beiden Begleiter waren schon bei ihnen.

»Das sind Carl und Sally«, stellte Liliana vor. »Das ist Amber, Julius' Dienerin.«

Sie reichten einander die Hände. Liliana lachte trocken und sah Amber an. »Jetzt kennt ihr euch, und du wirst dein

Zaubermesser später nicht versehentlich ins Herz einer meiner Vampire rammen.«

Dann glitt der unergründliche Blick der Meisterin von Brandon zu mir, von mir zu Brandon. Liliana versuchte uns zu lesen, die Energie zu erfassen, die uns umfloss.

Ich wollte zurück zum Auto gehen und unsere Waffen holen, als Liliana meine Hand festhielt. Ihre Finger waren zart und schlank, doch ich wusste um die Kraft, die in ihnen steckte, und blieb stehen.

»Was ist?«

»Wenn ich es richtig sehe, Julius, dann bist du jetzt Brandons Meister.«

Ich wich ihrem Blick aus. »Ja, das bin ich wohl.«

»Nichts bist du«, fauchte sie und ließ mich ihre nadelspitzen Zähne sehen. »Du glaubst, dass du es bist, aber du bist gar nichts!«

Brandon hielt inne. Seine Schultern versteiften sich. Er erwartete einen Kampf.

Und dann passierte es! Lilianas Macht überrollte mich. Ich stolperte zurück, doch sie griff nach meiner anderen Hand und zog mich zu sich, bis sich unsere Gesichter fast berührten.

Wollte sie mir Brandon wegnehmen? Wollte sie um ihn kämpfen? Ich war ihr unterlegen, das wusste sie.

»Was willst du?«, presste ich hervor.

»Julius, was ist los?« Amber war hinter mich getreten. Ihre Angst um mich ließ das Messer brennen.

Liliana begann zu zittern, doch sie hielt ihre Magie aufrecht. »Ruf deine Dienerin zurück, sofort!«, forderte sie mit unangenehm hoher Stimme.

»Amber, es ist in Ordnung! Nimm Abstand ... das Messer!«

Die Kraft der Waffe wurde schwächer, und ich erahnte, dass Christina zwischen uns getreten war.

Liliana rief ihre Energie zurück. Ich atmete erleichtert auf.

»Ich hätte ihn dir wegnehmen können, Julius. Brandon ist frei, er muss den Eid leisten. Nimm ihm die Commendatio ab! Noch bindet euch der Bluttausch, aber er hat keine Rechte ohne den Eid. Und ein hundertjähriger Vampir, der ohne Schutz durch die Welt marschiert, ist ein gefundenes Fressen. Kein anderer Meister wird eure halbherzige Bindung akzeptieren, sie werden über ihn herfallen wie die Schakale.«

»Du auch?«, erwiderte ich gereizt.

»Nein, ich nicht, und das weißt du, Julius! Ich will dich nur warnen. Ohne den Eid braucht ein anderer Meister Brandon nur zu demonstrieren, dass er stärker ist als er, und das ist leicht. Ich muss lediglich mit dem Finger schnippen, und er gehört mir! Ich habe im Rat ihre Blicke gesehen, Julius. Und Gordon … wenn er ihn allein erwischt …«

Ich nickte. Sie hatte recht.

»Sobald du Brandon den Eid abgenommen hast, wird es niemand mehr wagen. Man würde nicht nur eine Konfrontation mit dir, sondern auch mit Curtis riskieren, da er dir zu Schutz und Hilfe verpflichtet ist.«

Eigentlich hatte ich das alles gewusst. »Entschuldige, Liliana.«

»Du bist noch so jung, Julius.« Sie zog mich beiseite. »Mach es sofort. Du brauchst drei Zeugen. Meine Vampire und ich sind hier.«

KAPITEL 39

Ich rief Amber an meine Seite, und Liliana trat neben ihre Vampire, die schweigend Aufstellung genommen hatten. Es war dunkel bis auf eine alte Straßenlaterne.

Dieses dreckige Industrieviertel war der letzte Ort, den ich mir für das Ritual der Commendatio wünschte, doch Liliana hatte recht. Wenn ich Brandon tatsächlich unter meinen Schutz nehmen wollte, musste es jetzt und hier geschehen. Ich hatte ihn aus Curtis' Haus geraubt und damit zu Freiwild erklärt. Es lag in meiner Verantwortung, das zu ändern.

Brandon wusste, was zu tun war. Er sank auf die Knie und öffnete sich. Alle Barrieren und Schutzschilde fielen. Was ich im Auto von ihm erzwungen hatte, geschah jetzt aus freiem Willen. Macht strömte aus meinen Poren wie ein kühler Wind, bündelte sich, stieß kraftvoll vor und wehte ungehindert durch ihn hindurch.

Brandon hob seine Hände wie zum Gebet und drehte die Innenseite der Gelenke nach oben. Ich ergriff sie und fühlte seinen Puls unter meinen Fingern stark und gleichmäßig schlagen.

Die Berührung ließ den Energiefluss anschwellen. Die Magie, die mich am Leben hielt, strömte durch seinen Körper, verband sich mit seiner und kehrte zurück.

Als Brandon zu mir aufsah, waren seine Augen schwarz. Der Indianer verbarg nichts vor mir. In diesem Augenblick hätte ich alles haben können, alles, und genau deshalb nahm ich nichts.

Brandons Stimme klang wie aus weiter Ferne. Ich war mir nicht sicher, ob er laut sprach oder nur in meinem Kopf.

»Bei meiner Ehre gelobe ich, Brandon Flying Crow, für mich und die Meine Treue und Gefolgschaft gegenüber meinem Meister Julius Lawhead, seiner Camarilla und all jenen, denen er durch Schwur in Wort und Blut verbunden ist.«

Alles um uns schien zu verschmelzen, Straße und Gebäude zerflossen zu konturlosem Grau. Vampire und Menschen hingegen leuchteten wie Flammen in der Dunkelheit. Die Magie, die wir gerufen hatten, umhüllte uns, und ich sprach die Worte, die die Tradition forderte.

»Gemäß dem Codex des Court de Leon erkenne ich dich, Brandon Flying Crow, als meinen Gefolgsmann an und bestätige dich in deinem Besitz unter meinem Schutz. Vom heutigen Tage an bist du Teil meiner Camarilla.

Bei meiner Ehre und meinem Blut, das ich gegeben, schwöre ich, dich zu schützen und dich bei Ungehorsam zu strafen, wie es in meiner Macht steht und es der Codex verlangt.«

Brandon küsste meine Handgelenke und sah wieder zu mir auf, die Augen erfüllt vom heiligen Feuer der Magie.

»Ich schwöre dir zu folgen, dir zu gehorchen und mich deinem weisen Richtspruch zu stellen, Meister.«

Die Commendatio der Worte war vollbracht, die der Gesten krönte sie.

Brandon stand mit weichen Knien auf und seine Hände glitten aus meinen.

Dann schob er sein Haar zur Seite, neigte den Kopf und entblößte die lange, schlanke Linie seines Halses. Ich musste mich auf Zehenspitzen stellen, um das Ritual förmlich mit einem Kuss auf die Stirn und einem zweiten auf den Puls an seinem Hals zu beenden.

Der Schwur war besiegelt.

Blut und Wort banden uns aneinander, es war mehr, als Curtis und Brandon in all den Jahren geteilt hatten. Amber blinzelte und sah mich aus großen Augen an. Sie hatte die Magie gespürt und rieb sich fröstelnd die Arme.

Brandon ergriff meine Hand und führte sie zu seiner Brust, so dass sie direkt über seinem Herzen zu liegen kam. Es schlug im Rhythmus meines eigenen Herzens. Ein seltsames Gefühl.

Liliana berührte uns an den Schultern. Ich zog meine Hand wie ertappt aus Brandons.

In den Augen der Meisterin schwammen Tränen. »Ich hätte nicht gedacht, dass ihr die alten Formeln kennt«, sagte sie tief bewegt.

»Curtis legt viel Wert auf Traditionen«, erwiderte ich und spürte, wie Brandon sich in ihrer Gegenwart wieder verschloss. Sein Gesicht wurde unlesbar.

Auch Lilianas Miene wurde hart, ihre Rührung war mit einem Wimpernschlag verschwunden. Ich wusste, dass sie wieder an Adrien, ihren ermordeten Gefährten, dachte.

»Es ist Zeit«, sagte sie nur und ging über die Straße, wo ihre Vampire bereits auf sie warteten.

Ich legte Brandon einen Arm um die Schulter und lief mit ihm die wenigen Schritte zu unserem Fahrzeug. Glücksgefühl erfüllte uns, ein Nachhall der geteilten Energie.

Als wir Christina erreichten, sank sie vor mir in die Knie.

Diesmal nahm ich ihre Demutsgeste entgegen, berührte Handgelenke und Kehle mit den Fingerspitzen und zog sie sanft auf die Beine. Ein wenig von meiner Magie huschte über ihre Haut und verwob Christina mit meinem Schutzgelübde. Sie seufzte erleichtert, sah mich kurz an und erhob sich.

Wir waren zurück im Hier und Jetzt, kurz vor dem Kampf gegen Gordons Clan.

Ich war anscheinend der Einzige, der die magische Zwischenwelt noch nicht ganz verlassen hatte. Fasziniert spürte ich den neuen Bindungen nach. Sie machten mich stärker. Der Zuwachs an Energie war ungeheuer. Erst jetzt war ich wirklich Meister!

Doch als Amber zu mir trat, verlosch alles. Wie ein schwarzes Loch verschlang das Messer die Magie.

»Verdammt«, fluchte ich und fasste mir an die Stirn. Die Waffe hatte mich in einem Moment der Unaufmerksamkeit erwischt. Stechende Kopfschmerzen waren die Strafe.

»Was ist denn?«, fragte Amber besorgt.

Ich schüttelte den Kopf, um meinen Geist zu klären, und sah sie an. »Nichts, Liebes. Das Messer macht mir Kopfschmerzen.«

Brandon warf mir einen kurzen Blick zu. Er war gerade dabei, die Kiste zu öffnen, in der sich alles befand, was die Frauen von Tom mitgebracht hatten.

Er reichte mir ein Schulterhalfter mit meiner Pistole, einer Glock 18. Zwei zusätzliche Magazine mit Silbermunition fanden ihren Weg in meine Taschen.

Nachdem ich ausgerüstet war, wies ich Brandon an, meine Zweitpistole gleicher Marke an sich zu nehmen sowie ein Samuraischwert.

»Hast du je gegen einen Clan gekämpft?«, fragte ich ihn.

Brandon verneinte, schob sich das Schwert in den Gürtel und prüfte die Pistole mit routinierten Handgriffen.

»Es ist kein Zweikampf, es geht nicht um Ehre. Es wird dreckig«, sagte ich und sah ihn ernst an. »Gordons Leute sind in der Überzahl. Wir sind wenige, aber stärker. Es heißt also schnell rein, schnell raus und so viele mitnehmen, wie du kannst. Wir gehen zuerst, dann Amber und Christina. Christina kann gut schießen, das Messer wirkt nur aus großer Nähe. Ihr werdet euch gut ergänzen.«

Die Latina nickte Amber aufmunternd zu. »Das kriegen wir schon hin. Ihr ruft uns?«, fragte sie.

»Ja, sobald das Gröbste vorbei ist.« Ich schlug den Kofferraum zu und wandte mich wortlos an den Indianer. »*Du schießt auf jeden Vampir, den du siehst. Erst dann näherst du dich und*

bringst es mit dem Schwert zu Ende. Es ist eine dünne Silberlegie-
rung auf der Klinge, also vermeide, dir in den Finger zu schneiden.«
Brandon bleckte wie zur Bestätigung die Zähne, und
dann war es so weit.

Liliana gab uns ein Zeichen und wir machten uns auf den
Weg. Sobald die Gebäude keinen ausreichenden Sichtschutz
mehr boten, blieben wir stehen. Jetzt hieß es erneut warten,
um auf Curtis' Zeichen loszuschlagen.

»Stehst du das durch?«, flüsterte ich Amber ins Ohr.

Sie nickte mit zusammengepressten Lippen.

»Benutz die Pistole, ja? Verlasse dich nicht auf das Messer.«
Ich wurde zunehmend nervös.

Die nächsten Minuten dehnten sich bis zur Unendlichkeit. Der menschliche Teil meines Ichs verlor mehr und
mehr an Bedeutung. Das Monster in mir strich wütend an
seinem Käfiggitter entlang und wartete darauf, dass sich das
Tor in die Freiheit endlich öffnete. Obwohl ich mich mehr
als satt getrunken hatte, verlangte mein Körper nach Blut.
Heute Nacht stand etwas Besonderes auf dem Speiseplan:
Vampir und Tod.

Erst jetzt bemerkte ich, dass Amber mich anstarrte. Meine
Augen. Ihr Blick sagte alles. Für einen Moment fürchtete sie
mich, fürchtete das, was ich war.

Ich wollte sie beruhigen, doch dann ließ ich meine Hand
auf halbem Weg sinken. Brandon schnellte herum. Auch in
seinen Augen wartete das Monster.

Er hatte es gespürt, genau wie ich.

Es war so weit. Ein scharfer Impuls von Curtis. Kein
Wort, nur ein Gefühl wie ein Stich.

Ich fauchte, konnte es nicht unterdrücken, dann liefen wir
los. Liliana und ihre Vampire trennten sich von uns und verschwanden zwischen den Gebäuden.

Brandon und ich liefen weiter, immer geradeaus, gedeckt

durch eine lange Lagerhalle. Unsere Herzen schlugen im wilden Gleichklang. Vermutlich teilten wir ein Gefühl, das auch Löwen und Wölfe kannten. Ich streckte meine Sinne aus wie Fühler, erspürte Tote unter dem Asphalt der Straße, aber noch keinen Vampir.

Gordon wusste, dass wir kommen würden, er wusste, wie die Entscheidung des Rates ausfallen musste. Mit Sicherheit hatte er Vorkehrungen getroffen.

Vor uns öffnete sich ein weiter Hof, auf der anderen Seite lag eine Fabrikhalle. Dort mussten wir hin.

»Bist du schnell?«, fragte ich Brandon. Ich kannte seine Fähigkeiten nicht. »Wenn nicht, gehe ich erst allein.«

»Sie werden mich nicht treffen, Julius.«

Auch er spürte die menschlichen Diener, die den Platz bewachten. Sie wären dumm, hätten sie keine Feuerwaffen. Noch ehe wir losliefen, zerrissen Schüsse die Stille. Irgendwo weiter rechts wurde ein Gewehr abgefeuert. Liliana oder Curtis hatten den Vorstoß gewagt.

Es ging los. Endlich! Ich rief meine Macht herauf und rannte. Schneller als ein Mensch zu träumen wagte. Kugeln schlugen Funken auf Beton, doch keine davon traf mich. Meine Beine bewegten sich wie ein Uhrwerk, die Umgebung verschwamm, nur der Weg vor mir behielt Schärfe. Ich überquerte den Hof und brach wie eine Naturgewalt durch die Tür der Halle.

Eine wilde, uralte Musik raste durch meinen Kopf.

Jagd. Blut. Tod.

Brandon war dicht hinter mir. In der Halle war es hell, grelle Lampen säumten die Decke. Wie ein scharfer Stich brannte das Licht in meinen Augen.

Für einen Moment war ich fast blind und ging in Deckung. Dann spürte ich den ersten Vampir. Er war ganz in meiner Nähe.

»*Der gehört mir*«, rief ich.

Brandon sprang eine Metalltreppe hinauf. Sie führte in den Raum, aus dessen Fenster die Schüsse gekommen waren. Die Tür wurde aufgestoßen. Drei Männer mit Pistolen und Gewehren stürmten hinaus und eröffneten sofort das Feuer.

Die Waffen halfen ihnen nicht. Zwei Schüsse trafen Brandon an der Brust, prallten aber an der Schutzweste ab. Er fauchte, stürzte sich wie eine Furie auf die Diener und tötete sie mit bloßer Hand. Ich hörte Fleisch reißen, Knochen brechen, Schreie, die plötzlich verstummten. Er brauchte keine Hilfe.

Ich richtete meine Aufmerksamkeit wieder in die Halle. Da, eine Bewegung in den Schatten! Es war der Unsterbliche, den ich schon beim Reinkommen gespürt hatte. Als ich für einen Augenblick einen stattlichen Blonden aus dem Schutz eines Metallträgers treten sah, zögerte ich nicht und feuerte.

Der Schuss hallte von den Wänden, und der Vampir brach in die Knie.

Er zuckte. Die Silberkugel hatte das Herz knapp verfehlt. Während ich die kurze Distanz überwand, sprang die Schwertklinge aus ihrem Bett. Ich verschwendete keine Zeit.

Der Vampir öffnete den Mund zu einem Schrei, doch bevor ein Ton über seine Lippen kam, trennte ich mit sauberem Schlag den Kopf vom Körper. Sofort stieg mir der berauschende Duft von frischem Blut in die Nase.

Ich verweigerte mir den Gedanken an ein Mahl, stieß den Kopf zur Seite und durchsuchte die Kleidung des Toten. In Jacke und Taschen fand ich nichts von Bedeutung. Die Brieftasche, ein Feuerzeug, Kugelschreiber. Er war unbewaffnet gewesen.

Wenn auch die anderen Vampire mit nichts als Fäusten und Zähnen angriffen, würde es einfach werden.

Brandon sprang leichtfüßig von der Empore und kam zu mir. Sein Gesicht war blutverschmiert, es tropfte von seinem Kinn und seine schwarzen Augen glühten wild.

Der Indianer war auf dem Kriegspfad. Ich hatte mich nicht in ihm getäuscht. Er war ein geborener Jäger, wie ich.

Schüsse! Kugeln pfiffen durch die Luft. Brandon fauchte und duckte sich.

Wir standen ohne Deckung, und eh ich michs versah, streifte eine Kugel meinen Arm. Der Schmerz kam prompt und scharf. Ich biss die Zähne zusammen und hatte die Wunde im nächsten Moment vergessen.

Es war kein Silber.

Die Schützen waren Vampire. Ihre Energie brannte kaum heller als die der Menschen. Sie waren extrem jung. Ein steter Windzug, der durch die zerbrochenen Fenster der Halle wehte, trug den Geruch ihrer Angst zu uns.

Brandon witterte, zog sein Schwert und warf die Scheide fort. Er hatte sich trotz des Kugelhagels wieder aufgerichtet und starrte grimmig in die Dunkelheit, dorthin, wo unsere Gegner warteten.

Die Vampire waren zu viert. Sie hielten sich im Schatten alter Container und Kisten. Wir tauschten einen kurzen Blick, dann liefen wir los, ohne jegliche Deckung, direkt auf sie zu. Wir waren zu schnell für die Jungen, viel zu schnell.

Unsere Schwerter pflügten durch unschuldige Gesichter. Eine junge Frau versuchte, sich kletternd in Sicherheit zu bringen. Brandon hielt sie mit einer Hand davon ab, weiter die Kisten zu erklimmen, und ich enthauptete sie in einem Wimpernschlag.

Dann war es vorbei. Es war alles viel zu schnell gegangen.

Der Körper der Frau rutschte zu Boden und begrub den Kopf mit dem entsetzten Gesicht unter sich.

Erstaunt sahen wir auf das Blutbad vor uns. Brandon leckte sich die Lippen und sein Brustkorb pumpte erregt.

Ich lauschte mit all meinen Sinnen. Es waren weder Sterbliche noch Vampire in der Nähe. Ein junger Mann zuckte zu unseren Füßen und wimmerte leise. Ich wusste nicht einmal, wessen Schwert ihn getroffen hatte. Die Schulter unter der zerfetzten Jeansjacke war eine einzige klaffende Wunde. Der Hieb hatte seinen Hals treffen sollen und war fehlgegangen. Brandon hob seine Waffe zum Gnadenstoß.

»Nein! Er gehört mir!«, fauchte ich.

Der Indianer hielt überrascht inne. »Er ist zu jung, er kann die Wunde nicht heilen. Willst du ihm trotzdem Pardon gewähren?«

»Kein Pardon, Brandon«, erwiderte ich.

Ich steckte meine Pistole ein und hob den verletzten Vampir hoch. Er stöhnte vor Schmerzen.

»Das wirst du nicht tun, Julius!« Brandon war entsetzt.

Ich bleckte die Zähne zum Beweis. »Doch, genau das werde ich.«

Ich betäubte mein Opfer als letzte Gnade, dann schlug ich meine Fänge in sein Fleisch und trank. Das adrenalinerhitzte Blut berauschte mich wie eine Droge.

Brandon ließ die Arme sinken und beobachtete mich angewidert.

Ich starrte zurück und schluckte weiter. Ja, ich beging erneut einen Frevel, und? Es war mir egal, was er dachte, dennoch konnte ich seinen anklagenden Blick nicht gut ertragen.

Er war so jung, so dumm, so selbstgerecht. Brandon hatte nie den letzten Herzschlag gekostet. Er war zu spät geboren für die gute alte Zeit. Das fremde Blut rauschte als frenetischer Wirbel durch meinen Körper. Brandon wusste ja nicht, wie das war!

Als hätte er meine Gedanken erraten, stolperte der Indianer zurück und hob abwehrend die Hände. »Nein! Das mache ich nicht!«

Ich löste meine Fänge aus der Kehle des Vampirs und stieß den zuckenden Körper in Brandons Arme. Er hielt den Sterbenden wie etwas Ekelhaftes von sich.

»Töten kannst du, ohne mit der Wimper zu zucken, aber trinken willst du nicht?«, schrie ich. Mit jedem Wort löste sich ein Nebel feiner roter Tropfen von meinen Lippen. »Trink!«, befahl ich. »Trink sein Herz, Brandon!«

Der Indianer ließ das Schwert fallen und starrte mich an. »Bitte, Julius, verlang das nicht von mir!«

»Warum nicht? Ich bin dein Meister!«

»Es ist Unrecht, Tabu.«

»Er stirbt auf die eine oder andere Weise. Trink!« Ich duldete keinen Widerspruch. Diesmal nicht und nie wieder! Wenn er mit mir leben wollte, sollte er sich besser an meine Methoden gewöhnen.

Ich packte ihn im Nacken und drückte seinen Kopf hinunter. Ein Vorgeschmack meiner Magie rauschte durch meinen Arm und gab den Ausschlag. Brandon gehorchte. Unter großem Widerwillen schloss er seinen Mund um die offene Kehle und trank.

»So ist es gut«, lobte ich. »Trink tief und träume.«

Ich wischte mir das Gesicht sauber und mein Zorn verrauchte, als wäre er nie da gewesen.

Fasziniert beobachtete ich Brandon. Er hielt die Augen geschlossen und hatte alles um sich herum vergessen. Im Anblick von Jäger und Beute lag für mich seit jeher eine besondere Schönheit.

Nach wenigen Schlucken setzte das Herz des Verwundeten aus. Brandon hob erschrocken den Kopf. Sein Blick war glasig.

»Weiter, du verpasst das Beste«, sagte ich mit ruhiger Stimme und drückte seinen Kopf wieder hinunter. Zwei tiefe Züge noch, dann verließ die Magie den Körper. Brandon trank sie mit dem letzten Blut, und dann geschah es.

Der Leib des Opfers begann zu zittern, und Brandon bebte mit ihm.

Der Indianer ließ den Körper fallen und starrte mich aus aufgerissenen Augen an. Das war er, der Rausch des letzten Herzschlags!

Ich lächelte und gönnte ihm sein Glücksgefühl.

»Das ist es, was uns früher ausgemacht hat«, sagte ich schwärmerisch. »Wie arm ist das Mahl doch heute, nicht wahr?«

Brandon atmete tief und sah sich in der Halle um wie ein Blinder, dem man gerade das Augenlicht geschenkt hatte. Ich wusste, was er sah, was er fühlte, und ließ ihm Zeit.

Es gab keinen Grund zu hetzen. Wir waren noch immer allein. Vom Boden stieg der warme Geruch von Blut auf, der sich mit der bitteren Schwere zerrissener Eingeweide vermischte.

Ich nahm Brandons Schwert, enthauptete die blutleeren Vampire und reichte ihm die Waffe.

»Bist du okay?«, fragte ich.

Brandon nickte mit riesigen Pupillen. Ich war mir sicher, dass er keinen Gedanken mehr an Reue verschwendete.

»Jetzt verstehst du, warum der Codex verbietet, den letzten Herzschlag zu trinken. Man kann süchtig danach werden. Ich erwarte, dass du deinen Durst unter Kontrolle hast.«

Brandon nickte und stand noch immer ganz unter dem Eindruck des neuen Gefühls. Es war ein lichter Rausch. Das aufregende Leben selbst.

Es gab einen Grund für das Tabu: Wer sich nicht beherrschen konnte, begann seinesgleichen zu jagen. Brandon war alt genug, so glaubte ich.

Ich fühlte, wie das neue Blut durch seinen Körper rauschte und ihn stärker werden ließ.

»Du brauchst dich nicht dafür zu schämen. Alle Alten werden es heute Nacht tun; Curtis, Liliana, Kathryn, alle Vampire, die vor der Reformation geboren wurden. Das Verbot gilt für die Jungen. Diese Vendetta ist ein rauschendes Fest. Nimm dir, was du willst, und wenn dich dein Gewissen plagt, stell dir vor, dass die Toten in dir weiterleben. In ihrem Blut steckt Gordons Macht, und wir haben Krieg.«

Brandon nickte wieder. »Und Gordon?«, fragte er.

»Bis zum letzten Tropfen, das glaube mir. Ich hoffe, wir finden ihn zuerst! Und jetzt weiter!«

KAPITEL 40

Amber und Christina hatten sich an der Backsteinmauer der alten Lagerhalle entlang bis in Sichtweite der Fabrik vorgewagt. Die anfängliche Aufregung war einem nagenden Gefühl der Ungewissheit gewichen.

Der letzte Schuss war schon vor einer ganzen Weile verhallt. Jetzt war es still, so schrecklich still. Die einzigen Geräusche stammten von den Nachtfaltern, die wieder und wieder gegen eine der wenigen funktionierenden Laternen in der Straße stießen, und dem fernen Brummen der Freeways.

Es war der Herzschlag der Stadt, ihr Atem, ihr Leben.

Amber liebte und hasste die Stadt, wie sie auch Julius liebte und fürchtete. Nein, ihn liebte sie mehr, auch wenn er dort drin war und tötete.

Der Vampir hatte ihren Alltag so radikal auf den Kopf gestellt und beherrschte ihre Gedanken so selbstverständlich und vollständig, dass sie sich ein Leben ohne ihn nicht mehr vorstellen konnte.

Sie verschränkt die Arme und wandte sich Christina zu, die neben ihr an der Mauer lehnte.

»Was ist?«, fragte die Latina.

»Nichts.«

Christina lugte um die Ecke.

Noch immer nichts. Die Fabrik schien verlassen. Eine einsame Laterne beleuchtete den weiten Hof, aus dessen zerrissenem Beton dürres Gras wuchs.

Auf einmal verklärte sich Christinas Blick, und sie ließ sich gegen die Mauer sinken. Ihr Atem ging schwer, während sie sich über die Arme rieb, um die plötzliche Gänsehaut zu vertreiben.

»Was ist denn?«, fragte Amber besorgt.

»Spürst du das nicht? Ich glaube, die beiden sind in einem totalen Blutrausch.«

Amber verzog angewidert das Gesicht. Sie wollte sich nicht vorstellen, was gerade in der alten Fabrik geschah, doch dann kamen die Bilder.

Als hätte der bloße Gedanke an Julius die Siegel geöffnet, schaute sie plötzlich durch die Augen des Vampirs. Amber kniff die Lider zu, doch die Bilder waren in ihrem Kopf und der Film lief unerbittlich weiter.

Sie sah Brandon. Das Gesicht des Indianers war blutverschmiert. Er presste einen zerfetzten Körper an seine Brust und labte sich am Blut des zuckenden Wesens.

Amber fühlte Julius' Herz rasen, als sei es ihr eigenes.

Archaische Trommeln, berauschend, euphorisch. Ein irrer Rhythmus trieb Energie wie Feuer durch seinen Körper und ergoss sie durch die Siegel auch in ihren. Amber wollte diese Kraft nicht. Sie wollte nicht die Lust empfinden, die Julius erlebte, wenn er tötete oder wenn er Brandon dabei zusah, wie dieser fremdes Leben vernichtete.

Julius lachte aus vollem Herzen, tief, kehlig und unsagbar fremd.

Dann bemerkte er sie. »*Amber*!«

Amber wusste sofort, dass der Vampir nicht wollte, dass sie ihn beobachtete. Zornig schloss er seine Augen und verjagte sie mit einem kalten Sturm aus seinem Geist.

Die Siegel schlugen zu.

Amber rang nach Atem. Sie taumelte zur Seite, stützte sich mit einer Hand an der Mauer ab und übergab sich. Sie glaubte, Blut zu riechen. Echos verzweifelter Schreie klangen in ihren Ohren.

Amber würgte, und als ihr Magen leer war, würgte sie noch weiter. Die ätzende Flüssigkeit brannte in Hals und Nase, doch die Bilder wollten einfach nicht verschwinden. Die Welt drehte sich.

»Durchatmen, ganz ruhig, ich bin ja bei dir.« Christina strich ihr über den Rücken.

Amber schwankte noch immer. Es fühlte sich an, als gehörten ihre Beine nicht mehr zu ihr. Sie stand kurz vor einer Ohnmacht. »Es … es war schrecklich«, stotterte sie.

Christina strich ihr weiter über den Rücken. »Es war ein Missgeschick. Er wollte sicher nicht, dass du es siehst. Ihr habt beide noch keine Erfahrung mit den Siegeln.«

»Oh, mein Kopf«, stöhnte Amber. Ihr Hinterkopf fühlte sich an, als habe jemand ein eiskaltes Tuch zwischen Gehirn und Schädel gestopft. Sie glaubte, keinen einzigen Schritt gehen zu können.

Doch dann war plötzlich Julius in ihrem Kopf. Seine Präsenz fegte ihre Übelkeit davon wie ein reinigender Sturm. Amber fühlte sich mit einem Mal großartig, geradezu unbesiegbar. Es gab nur noch einen Gedanken, nur noch ein Wollen: zu ihm!

»Ja, wir kommen«, flüsterte sie.

Wie von selbst setzten sich ihre Beine in Bewegung und trugen sie aus der Deckung hinaus ins Freie.

Christina riss sie an der Schulter zurück. »Amber, bist du wahnsinnig geworden?!«

»Er ruft uns!«

»Natürlich, das war ja nicht zu überhören. Aber sei vorsichtig und bleib immer dicht hinter mir. Mach einfach das Gleiche wie ich. Und jetzt los!«

Christina zog ihre Pistole und lief geduckt ins Freie.

Amber kopierte ihre Bewegungen so gut sie konnte und hielt sich dicht hinter ihr. Die Waffe in ihrer Hand war kalt und schwer und fremd. Während sie über den Hof rannte, wunderte sie sich, wie ruhig sie war. Wo war die Angst geblieben?

Hatte Julius sie ihr genommen?

Niemand versuchte die Frauen aufzuhalten. Alle Verteidiger schienen tot zu sein, und sie erreichten die Halle unbehelligt. Christina presste sich mit dem Rücken gegen das Wellblech, lugte durch das Tor und war im nächsten Moment darin verschwunden. Amber folgte ihr.

»Sieh nicht nach rechts«, warnte Christina. Doch genau diese Worte ließen Ambers Kopf herumschnellen.

»Oh mein Gott!«

Der Anblick war entsetzlich. Eine Treppe führte nach oben. Blut floss durch die Gitter der Metallstufen und tropfte laut auf den Betonboden. Das kalte Licht der Deckenstrahler ließ die Flüssigkeit in grellem Purpur leuchten. Auf den Stufen und der Empore lagen die gekrümmten Leichen dreier Männer. Ihre Gliedmaßen waren verrenkt und zerbrochen, als seien sie mit einem Zug zusammengestoßen.

»Es war Brandon, nicht dein Julius«, sagte Christina mit rauer Stimme.

»Los, weiter.«

—◆—

Wir hetzten einen Gang hinunter. An der Decke über uns hingen dicke Stahlrohre, manche so tief, dass man den Kopf einziehen musste.

Schwerer Geruch von Heizöl lag in der Luft.

Wir waren in den Katakomben unter der alten Fabrik. Immer wieder zweigten Türen und Gänge ab. Jedes Mal spürte ich nach feindlichen Vampiren. Es war schwer. Der Boden war voller Gräber, und die Toten lenkten mich ab. Menschen aufzuspüren war einfacher, ihre Energie leuchtete hell wie Kerzenschein.

Und da waren sie! Leben verloschen nicht weit von uns. Schreie fanden ihr Echo in den Gängen. Vereinzelt fielen Schüsse.

Und ich spürte Vampire!

Eine schneidende Frauenstimme gab einen Befehl. Liliana! Es waren die Mereley, und die Geräusche ließen keinen Zweifel daran, dass die Vampire die Order ihrer Herrin ausführten. Sie töteten, der ganze Clan war in einem Blutrausch!

Brandon und ich folgten den Schreien, die einer nach dem anderen erstarben.

Der Gang wurde wohnlicher, je weiter wir vordrangen. Der Putz war vor einer Weile gelb überstrichen worden, Poster zierten die Wände. Es roch nach Menschen, die hier aßen, schliefen, lebten.

Wir passierten eine Küche, dann Wohnräume. Aus dem Augenwinkel nahm ich umgestürzte Möbel wahr, zerschlagenes Geschirr. In der Luft hing der saure Geruch von Todesangst. Unsere Schritte trugen uns weiter, und ich begann zu ahnen, was wir gleich sehen würden. Die Schreie wurden lauter, spitz und hysterisch.

Es gab erste Blutspritzer an den Wänden, manche an der Decke.

Der Boden war mit Teppich ausgelegt, und das Gewebe quietschte nass unter unseren Schuhen. Die verschlungenen Muster wurden von dunklen Flecken unterbrochen.

Anscheinend waren die Diener von Liliana und den Ihren überrascht worden. Sie hatten sich kämpfend zurückgezogen und irgendwo verschanzt. Offensichtlich in einem Raum, aus dem es für sie jetzt kein Entrinnen mehr gab.

Die Vampire führten Andrassys Urteil aus: die vollständige Vernichtung des Clans.

Ein weiterer Flur öffnete sich vor uns. Hier war der Blutgeruch dick wie Sirup.

Auf dem Boden saß Carl, einer von Lilianas Vampiren. Er presste beide Hände auf den Unterleib. Wir blieben stehen. Carl sah auf und bleckte die Zähne zu einem rot triefenden Grinsen. »Ihr kommt schon fast zu spät«, krächzte er.

»Schlimm?«, fragte ich.

»Nein, kein Silber.«

Die Menschen hatten ihm mehrere Kugeln in den Bauch gejagt, doch seine Wunden heilten bereits. Der Vampir hob langsam seinen Arm und wies auf eine Tür. Brandon und ich stiegen über seine Beine hinweg und blieben entsetzt stehen.

Vor uns lag ein großer Aufenthaltsraum. Da waren Sofas, eine Bar, Billardtische – und überall tote und sterbende Menschen. Es sah aus, als hätte jeder von Gordons unfertigen Vampiren einen eigenen Diener besessen.

Sally hatte zwei von Gordons Geschöpfen in eine Ecke getrieben. Sie hielt in jeder Hand ein Kurzschwert und fauchte wie eine Wildkatze. Die Vampire hatten jeden Widerstand aufgegeben. Ihre hilflosen Blicke zuckten zu Brandon und mir. Falls sie schrien, hörte ich es nicht.

Die Meisterin fauchte einen Befehl, und Sallys Klingen fuhren mit Leichtigkeit durch Luft und Fleisch. Liliana hatte sich bereits zu uns umgedreht, noch bevor die Körper mit einem dumpfen Geräusch zu Boden gestürzt waren.

»Wir gehen erst, wenn sich nichts mehr regt«, sagte sie kalt.

Die Clanherrin der Mereley stand breitbeinig inmitten eines Massakers. Ihre langen Haare waren verklebt von Blut. Ihre Hände, mit denen sie Körper wie Spielzeug zerfetzt hatte, zuckten.

Dutzende Männer- und Frauenleichen lagen auf dem Boden, über Stühlen und Tischen. Die Wände waren blutbespritzt und es stand in Pfützen auf dem honigfarbenen Holzboden. Hier und da zuckten zerrissene Gliedmaßen.

Ich war froh, dass Amber das hier nicht sah. Selbst ich war überrascht. Dieses Blutbad übertraf sogar das in Paris.

Liliana schwebte zu mir, überirdisch schön und grausam. Sie zog mich in die Arme und gab mir einen leidenschaftlichen Kuss. Für einen Augenblick gab ich mich hin, biss ihre Lippen, leckte das Blut von ihrem Kinn. All die verschwendete Lebensenergie in dem Raum ritt mich wie ein lustvoller Rausch.

Liliana biss zurück, krallte ihre Hand in meine Schulter und bohrte ihre spitzen Nägel in mein Fleisch. Ich stieß sie spielerisch von mir. Unsere Affäre war seit Jahren Geschichte, mir lag nichts daran, sie wieder aufleben zu lassen.

Die Meisterin lachte schrill. Sie hatte ihre Trauer um Adrien in Rache ertränkt.

»Dieser Frederik ist nicht hier«, zischte sie dann.

Ihre drei Vampire liefen wie Todesengel durch den Raum und brachten die letzten Diener zum Schweigen. Noch konnte ich das Ausmaß dieses Schlachtens nicht fassen, doch die Ausdünstungen von Angst und Tod erregten mich. Das Raubtier in mir regierte.

»Wo ist Curtis?«, fragte ich und versuchte meine Erregung wegzuatmen. Ein, aus, ein, aus, wie ein Uhrwerk.

»Nicht weit«, antwortete sie. »Spürst du ihn nicht?«

»Nein. Er schirmt sich ab.«

Sie strich mir über den Arm. »Armer Junge.«

Hatte ich so verzweifelt geklungen, oder machte sie sich über mich lustig?

Brandon stand neben mir. Groß, schweigend und wunderschön in seinem Zorn. Sein Anblick erfüllte mich mit Stolz. Dieses wundervolle Wesen gehörte jetzt mir.

Liliana folgte meinem Blick. Sie hatte schon immer mehrere Liebhaber zugleich gehabt, das wusste ich aus eigener Erfahrung. Adrien und sie hatten Jahrhunderte zusammen verbracht, aber treu waren sie einander nur im Herzen gewesen. Anscheinend suchte Liliana nach jemandem, der ihr die Trauer erleichterte. Mit einem plötzlichen Aufblitzen ihrer Augen trat sie zu Brandon und strich über seine blutverschmierte Brust. Der Indianer zog ihre Hand weg und küsste sie. Seine Geste war nichts anderes als eine freundliche Absage.

»Du lässt dich nicht umstimmen? Nicht einmal von mir?«

Brandon musterte sie. Die Unsterbliche war schön, schöner vielleicht sogar als seine Christina, und Liliana wusste um ihre Wirkung. Ich merkte, dass Brandon schwankte.

»Nein«, sagte er dennoch. Ich hörte die Sehnsucht in seiner Stimme, aber seine Treue zu Christina war stärker.

Liliana wandte sich zu mir um, ließ ihre Hände jedoch wieder über Brandons Körper gleiten.

»Julius, kannst du?«

Was für ein absurder Gedanke! Aber sicher, jetzt, in meiner neuen Position, hätte ich Brandon zu ihrem Liebhaber befehlen können.

Er sah mich hilflos an. Ich legte eine Hand auf seinen Arm und zog ihn aus Lilianas Reichweite. »Nein, niemals.«

Die wasserblauen Augen der Meisterin fixierten mich erstaunt. »Aber wir hatten doch auch eine schöne Zeit, du und ich. Mein Herz ist groß genug für euch beide. Gib ihn mir, Julius!«

»Nein, Liliana. Was glaubst du, wer ich bin?«

»So ein gütiger Meister«, spottete sie und ging an uns vorbei. Ihre Vampire folgten ihr hinaus in den Gang. Sie würdigten uns keines Blickes.

Die Meisterin erteilte den Befehl, dass der Jüngste ihres Clans mit dem verwundeten Carl zum Auto zurückkehren sollte. Brandon und ich würden ihre Plätze einnehmen.

Wir ließen den Ort des Schlachtens hinter uns und folgten ihr, tiefer in das Herz von Gordons Zuflucht, tiefer ins Unheil und mitten hinein in die Falle, die er uns gestellt hatte.

KAPITEL 41

Gordon verzog die Lippen zu einem schmalen Grinsen, während er über den Lauf seines Gewehres blickte. Alles verlief genau nach Plan.

Die Kämpfer der beiden angreifenden Clans hatten sich in viele kleine Gruppen aufgespalten und attackierten seine Zuflucht von allen Seiten zugleich. Sie rannten offene Türen ein und wurden von Gordons schwächlichen Vampiren immer weiter hineingelockt. Er hatte lange an diesem Labyrinth gefeilt.

Alle Wege führten hinein, aber keiner hinaus.

Die gewaltigen Hallen waren erfüllt von Schüssen und Schreien und dem wunderbaren Geruch von vergossenem Blut.

Sein Diener Nate wartete mit den stärksten Vampiren auf sein Zeichen, doch noch war es nicht so weit.

Ein junger Vampir von Gordons Blut rannte so schnell er konnte einen Gang hinunter. Er fühlte seinen Meister und sah hilfesuchend auf. Gordon stand zwölf Meter über ihm auf einem Laufgang und duckte sich in den Schatten alter Eisenträger. Der panische Blick ließ ihn kalt. Was bedeutete ihm schon dieser junge Vampir, an dessen Namen er sich nicht einmal erinnerte.

Die Verfolger kamen, und sie erhielten seine ganze Aufmerksamkeit. Die große Halle verstärkte die Echos der Schritte wie eine Kathedrale. Drei Vampire, der Geruch verriet den Clan: Leonhardt.

Eine Frau zielte und schoss. Gordons Vampir fiel mit schrillem Kreischen, zuckte, und der Meister wusste um seinen Tod, noch ehe der Körper aufgehört hatte, sich zu bewegen. Ein leiser Fluch kam über die Lippen des engelsgleichen Unsterblichen. Weder Curtis noch sein verdammter Jäger waren in dieser Gruppe.

Gordon hob das Gewehr, zielte sorgfältig und drückte ab. Der Kopf der Vampirin wurde zurückgerissen, ein roter Nebel verließ ihre Stirn, und sie fiel wie ein Stein.

Die beiden überlebenden Leonhardt gingen in Deckung und eröffneten das Feuer auf die Stelle, wo sie den Schützen vermuteten, doch Gordon war bereits fort. Er lief zum Herzen des Labyrinths, dorthin, wo bald zwei Clans vernichtet werden würden.

◆—

Ein kurz aufwallendes Verlustgefühl, Bitterkeit. Brandons Kopf ruckte herum, ich starrte ihn an, während wir Liliana im Laufschritt folgten. »Wer?«, fragte Brandon erschüttert.

Ich schluckte. »Eivi.« Unser erster Verlust. Gordon hatte schon so viele der Seinen eingebüßt, und wir trafen noch immer auf neue.

Gordon hatte sich weit von den alten Pfaden entfernt. So weit, wie sich niemand hatte vorstellen können. Bauernopfer, das war es, worauf wir bislang getroffen waren. Bauernopfer eines Königs, der es nie darauf abgesehen hatte, die Macht mit seinem Volk zu teilen.

Spätestens als ein großkalibriges Silbergeschoss einem von Lilianas Vampiren das Herz zerfetzte, mussten wir erkennen, dass jetzt nach anderen Regeln gespielt wurde.

Wir waren in einer großen Halle, als es geschah. Sie war dunkel und bis auf ein paar alte Maschinen leer und ohne Deckung.

Der Schuss hallte von den Wänden. Die Kugel verließ den Körper des Vampirs vor mir in einem Purpurnebel und prallte von meiner Weste ab. Der Unglückliche wurde wie von einer gewaltigen Faust gegen mich geschleudert.

Er hatte nicht einmal geschrien. Das Silber musste sein Herz pulverisiert haben. Tod. Aus. Liliana brach in die Knie, presste die Hände auf ihre Brust und schrie entsetzlich.

Im nächsten Augenblick verwandelte sich die Fabrikhalle in ein höllisches Inferno. Der Lärm der Schüsse war ohrenbetäubend. Mündungsfeuer blitzte von den Laufgängen wie Dämonenaugen.

Ich fasste Liliana am Arm und zerrte sie zu einer Maschine, deren Ausleger wie die Arme eines Riesen in die Luft ragten.

Gestank von Schmieröl und Dreck. Ein Kugelhagel ging

auf uns nieder, schlug Funken am Metall, zerfetzte den Betonboden zu Staub und Splittern.

Liliana lag in meinen Armen, presste die Hand über ihr Herz und versuchte, den Schmerz zu überwinden. Der tote Vampir war ihr Geschöpf gewesen, und ein Teil von ihr starb mit ihm. Ich strich ihr über das rabenschwarze Haar und wiegte sie hin und her wie ein Baby.

Schließlich löste sich Liliana von mir, rutschte zu ihrer Vampirin Sally und schmiegte sich an sie.

Brandon war unter die Maschine gekrochen und erwiderte das Feuer.

Ich suchte nach einem guten Standort, als plötzlich ein roter Punkt auf meiner Brust auftauchte. Die Wucht des Aufpralls schleuderte mich nach hinten und presste alle Luft aus meiner Lunge.

»Scheiße!«, fluchte ich, sobald ich wieder atmen konnte. »Wir müssen hier weg, die knallen uns ab wie die Karnickel!«

Aber wohin? Wohin nur? Ich sah mich um. Es gab viel freie Fläche in alle Richtungen. Die Schützen auf den Laufgängen weit über uns hatten perfekte Sicht, und sie benutzten Silbermunition. Wenn Gordon wollte, konnte er uns hier in Schach halten, bis die Sonne aufging. Vielleicht war genau das sein Plan. Sobald das Licht unsere Bewegungen lähmte, würden uns seine Diener einfach abstechen können. So weit durfte es nicht kommen.

Ich musste nachdenken und kroch tiefer unter das schützende Metall, bis ich vor den roten Laserpunkten in Sicherheit war.

Brandon schoss und traf. Ein junger Vampir kippte von der Empore und schlug mit einem dumpfen Knall auf den Beton zehn Meter darunter.

Ich ließ die Hälfte von meiner Silbermunition über den

Boden zu ihm gleiten. Er war offensichtlich ein guter Schütze und in einer besseren Position als ich.

In diesem Moment hörte ich Schritte. Sie waren federleicht.

Es waren mindestens sechs Personen, Vampire, und sie rannten. Curtis, es war Curtis! Und er lief genau in die Falle.

»*Nein*«, rief ich tonlos, »*kommt nicht näher!*« Doch der Meister hatte mich ausgesperrt.

»Curtis, verschwinde!«, schrie ich, diesmal laut.

Mein Ruf wurde von einer Gewehrsalve beantwortet, und dann waren sie auch schon da. Am anderen Ende der Halle. Robert riss seinen Herrn in die Deckung eines Rolltors.

Dava kreischte und fiel im Kugelhagel. Der Schütze hatte ihr Herz verfehlt, und jetzt kroch die junge Vampirin wimmernd über den Boden. Ein weiterer Schuss traf ihr Bein. Sie schrie jämmerlich und blieb liegen. Ich sah Kathryn aus der Deckung treten. Sie wollte ihre Vampirin retten. Ich gab ihr Feuerschutz, verschwendete drei meiner Kugeln für Dava, ausgerechnet für sie.

Kathryn zog sie zu sich in Sicherheit.

Jetzt saßen wir alle in der Falle, großartig. Ich sah dorthin, wo ich meinen Meister vermutete. »*Curtis, verdammt, hör auf mit der Maskerade!*«

»*Ich höre dich laut und deutlich, Julius*«, erwiderte er gereizt.

Er würde es sich nie eingestehen, dass es ein Fehler gewesen war, meine Stimme zu blockieren. Jetzt war unsere Verbindung wieder da, und ich atmete leichter.

Kugeln prallten hin und wieder gegen das Metall über uns. Gordons Vampire hatten das Feuer fast gänzlich eingestellt, aber sie zielten jetzt besser.

Ich konnte sie nicht sehen. Ihre Deckung auf der Balustrade war perfekt. Doch was, wenn ich einen herausholen konnte? Geistige Manipulation war schon immer meine Stärke gewesen. Ich wies Brandon an, sich auf die Empore auf der rechten Seite zu konzentrieren, dann begann ich das zu tun, was ich Fischen nannte.

Ich war mir mittlerweile relativ sicher, dass Gordon es nicht für nötig gehalten hatte, seine Kinder vor den Einflüssen anderer Unsterblicher zu schützen. Und richtig: Ich fand eine junge Frau. Vor wenigen Wochen erst war sie in die Nacht geboren worden.

Die Pistole in ihrer Hand führte sie sicher. In ihrem sterblichen Leben war sie Polizistin gewesen. Neben ihr stand ihr Freund, auch er war verwandelt worden. Ich sah kurz durch seine Augen, über den Lauf seiner Waffe hinab zu der Maschine, unter der wir uns versteckten. Der Geist des jungen Mannes war nur lose mit Gordon verbunden, die Frau war frei von Einfluss. Vielleicht würde ich sogar beide schaffen. Ich konzentrierte mich.

Es war fast zu einfach. Ich brach wie ein Sturm in ihren Geist, riss Gedanken und Gefühle in einen chaotischen Strudel und lenkte ihre Beine wie an Marionettenfäden.

Zwei Schüsse zerrissen die Stille. Ich öffnete die Augen und sah die beiden Vampire von der Empore kippen. Sie waren bereits tot, bevor sie auf dem Betonboden aufschlugen. Zwei weniger.

Brandon blickte sich nach mir um, grinste breit und lud die Pistole nach.

Ich sah die Gefahr, wollte ihn warnen, doch dann krachte der Schuss.

Brandon ließ die Waffe fallen und unterdrückte einen Schrei. Ich griff mir erstaunt an den Arm. Sein Schmerz war auch meiner, wenngleich viel schwächer. Silber. Verdammtes Silber!

Brandon presste eine Hand auf den Oberarm. Die Kugel

hatte das Fleisch durchschlagen und war wieder ausgetreten, ohne größeren Schaden anzurichten. Eilig löste ich das Tuch von meinem Hals, kroch zu ihm und band seinen Arm ab.

Brandon biss die Zähne zusammen und hob die Pistole auf.

Wenn es uns gelingen würde, weitere Vampire aus der Deckung zu ziehen, hatten wir eine reelle Chance, hier lebend rauszukommen.

Ich fühlte, wie die Magie in der Halle anschwoll. Curtis, Kathryn und Liliana folgten meinem Beispiel und fischten nach dem Bewusstsein der unsichtbaren Schützen. Erstaunt beobachtete ich das absurde Schauspiel, das Liliana lieferte, als sie einen jungen Unsterblichen aus der Deckung zerrte und ihn zwang, sich die eigene Pistole auf die Brust zu setzen.

Als der Schuss fiel, applaudierte jemand. Kathryn oder Manolo vielleicht.

In Lilianas blauen Augen war nur Raum für Eiseskälte. Sie hatte erst Adrien verloren und jetzt ihren zweitältesten Vampir. Sie maß die Toten mit zweierlei Maß, und ihre Gier nach Rache war noch lange nicht gestillt.

Plötzlich explodierte ein wortloser Schrei in meinem Kopf. »*Julius! Hilfe!*«

Amber! Es war Amber! Sie war in Gefahr.

Wie ein Sog rissen mich die Siegel in ihren Körper. Ich schloss die Augen und sah nur noch durch ihre. Christina und sie waren eingekeilt zwischen Containern, an denen auch wir vorbeigekommen waren.

Die hohen Behälter versperrten ihnen die Sicht, und die Frauen feuerten verzweifelt auf unsichtbare Feinde. Erst klickte Ambers Pistole leer, dann auch Christinas.

Sie hatten schreckliche Angst. Brandon riss mich am Arm, und ich löste mich aus der Bindung. »Wir müssen hier weg, Julius, wir müssen zu ihnen!«

»Ja«, sagte ich und kannte nur noch ein Ziel.

Hoffentlich kamen wir nicht zu spät. Ich kroch bis zum äußersten Rand der Deckung, wo die Arme der Maschine gerade noch Schutz boten.

»Nein, Julius«, zischte Liliana. »Sie bringen dich um!«

»Wenn du etwas dagegen hast, gib uns Feuerschutz!« Ich warf ihr meine Pistole zu. Brandon gab seine Sally.

Dann brach die Hölle los.

Ich rannte so schnell ich konnte und hielt die Augen fest auf die Tür gerichtet, die wie ein schwarzes Versprechen in der Wand klaffte. Kugeln schlugen gegen meine Schutzweste, eine streifte meine Schulter, eine andere mein Bein. Der Schmerz konnte mich nicht aufhalten, nur der Tod konnte das.

Wir erreichten tatsächlich die Tür und tauchten in den rettenden Gang. Brandon blutete wie ich aus mehreren Streifschüssen, doch er hielt sich aufrecht und lief in unverminderter Geschwindigkeit neben mir her.

»*Julius! Komm zurück!*«, befahl Curtis, doch ich wollte ihn nicht hören.

Ich verwendete keinen Gedanken daran, was mein erneuter Ungehorsam bewirken konnte.

Wir rannten.

Blut klebte die Hose an mein Bein und lief von meiner Schulter. Doch es gab keine Zeit für Schmerzen. Ich fühlte, dass Amber das Messer benutzte und einen Vampir tötete. Es war nicht mehr weit, doch merkwürdigerweise wurde die Bindung zu meiner Dienerin plötzlich schwächer.

Schüsse erklangen, dumpf, fern.

Brandon schrie auf und überholte mich. Etwas musste mit Christina geschehen sein!

Wir liefen durch endlose Gänge. Dreckige Wände schluckten das flackernde Licht.

Amber verlor an Kraft. Sie kämpfte, doch sie wurde müde. Ich schickte ihr meine Energie, doch aus irgendeinem Grund schlossen sich die Siegel langsam, und meine Kraft erreichte sie nicht.

Sie starb nicht, das wusste ich, aber etwas Schreckliches geschah. Nur was? *»Halte durch, wir sind gleich da!«*

Brandon schrie Christinas Namen, schrie und wurde langsamer. Sie schien seine Kraft aufzuzehren. Ich fasste ihn am Arm und zog ihn weiter, dann erreichten wir endlich das Containerlager. Es war ein einziges Labyrinth.

Da waren Schritte. Sie erklangen irgendwo vor uns, doch wo war Amber?

Ich konnte sie jetzt gar nicht mehr spüren, hatte sie verloren! Unsere Verbindung war abgeschnitten!

Brandon stolperte durch die Gänge. Ich folgte ihm wie betäubt, anscheinend wusste er, wo wir hinmussten. Ich hatte mit einem Mal die Orientierung verloren, alles fühlte sich dumpf und taub an.

Wir waren jetzt mitten im Labyrinth. Blutspritzer tupften die weißen Container.

Auf dem Boden lagen die schwarzen Überreste eines Vampirs. Er war zur Beute des Messers geworden. Wir sprangen über die Leiche eines erschossenen Dieners hinweg, hetzten weiter.

Immer wieder taten sich neue Gänge auf.

Plötzlich schrie Brandon erschrocken auf. Er stürzte erst vorwärts und blieb dann wie angewurzelt stehen. Seine breiten Schultern versperrten mir die Sicht. Zwar erkannte ich nicht, wer da vor uns lag, aber ich konnte Christina riechen. Die Luft war getränkt mit ihrem Blut.

Brandon brach in die Knie.

Christina, oder das, was sie von ihr gelassen hatten, lag mit verrenkten Gliedern auf dem Boden. Ihr Körper war voller Bisse, sogar das Gesicht hatten sie nicht verschont. Schnitte zogen sich über ihre Arme und in ihrer Schulter steckte eine Kugel.

Ich war zu entsetzt, um zu sprechen. Aber ich hätte ohnehin nicht gewusst, was ich sagen sollte. Es war ein Wunder, dass sie überhaupt noch lebte.

Brandons Schmerz brannte beinahe unerträglich in meinem Körper.

Der Indianer schluchzte, während er das zerstörte Gesicht seiner Geliebten berührte. Er ließ seine Kraft in sie fließen, um sie dem Tod zu entreißen. Wenn das so weiterging, würde er bald sogar zu schwach sein, um alleine aufzustehen.

Ich stand wie erstarrt daneben. Amber war fort, ich spürte sie nicht!

Fassungslos starrte ich ins Leere, suchte, rief – nichts.

Da war Curtis' Stimme. Ich konzentrierte mich. »*Gordon ist verschwunden, wir ziehen uns zurück*«, sagte er.

Er hatte recht. Wir mussten hier weg. Ich spürte ebenfalls, dass die Hallen jetzt verlassen waren. Kein Mensch, kein Vampir, keine Amber. Aber wo war sie? Wir mussten sie finden.

Ich sah mich panisch um, rannte ein Stück in dem Gang zurück, dann aus einem Tor hinaus in einen Hof. Nichts. Was war nur geschehen? Was hatten sie mit ihr gemacht?

Es war sinnlos, das riesige Gelände abzusuchen. Sie war längst nicht mehr hier.

Die Einzige, die vielleicht Antwort darauf wusste, war Christina, und die starb gerade in der Containerhalle. Das durfte nicht geschehen! Ich musste wissen, wo Amber war!

Ich lief zurück.

In der Dienerin steckte noch weniger Leben als zuvor. Ihr Geist war fort und damit bestand keine Chance für mich, zu erfahren, was ich wissen musste. Jetzt konnte nur noch einer helfen: Curtis.

»Wir müssen hier weg!«, sagte ich und zog Brandon auf die Beine. Er schwankte, suchte mit seinen blutverschmierten Händen nach Halt und rutschte an der Wand des Containers ab. Er war verloren in seinem Schmerz. Ich konnte ihm nicht ins Gesicht sehen, sondern versuchte krampfhaft, Ruhe zu bewahren.

Wenn die Welt aus den Fugen geriet, waren es die kleinen Dinge, die mich auf dem Pfad hielten.

Brandon brauchte mich jetzt, Christina brauchte mich ebenso. Sie musste durchkommen, auch damit ich Amber finden konnte. Ich war Brandons Meister, ich musste ihn schützen, ihn und die Seine, wie ich es gelobt hatte.

»Hilf uns, Julius, bitte. Hilf uns!«

»Wir bringen sie heim«, antwortete ich ruhig, hockte mich hin und zog Christina vorsichtig in meine Arme. Ihre Haut wurde bereits kalt und ihr Atem ging flach, war kaum hörbar. Ihr Kopf kippte nach hinten, als ich aufstand. Es sah nicht gut für sie aus.

Brandon lief voraus.

Während ich sie trug, ließ ich meine Energie in ihren Körper strömen, doch sie verließ sie fast genauso schnell wieder. Es war hoffnungslos. Christina würde uns beide aufzehren und doch sterben, ich konnte den Tod in ihr bereits riechen.

Als wir die große Halle erreichten, rannten wir zum Ausgang, ohne einen Blick auf all die Toten zu werfen.

Ich zwängte mich mit Christina durch die Tür. Ihre Beine baumelten leblos herab.

Draußen wehte uns kühler Wind entgegen. Der Himmel hatte seine tiefe Schwärze bereits eingebüßt. Die Sterne verblassten und der Morgen war nicht mehr weit.

Am Auto legte ich Christina in Brandons Arme. Er setzte sich mit ihr auf die Rückbank. Wieder schenkte er ihr Energie. Viel besaß er jetzt nicht mehr.

Wir mussten es einfach schaffen!

Curtis hatte ihr die Unsterblichkeit versprochen. Wenngleich er sie erst in einiger Zeit verwandeln wollte, so galt doch sein Wort.

Ich fuhr wie der Teufel und nahm eine Ampel nach der anderen bei Rot. Die Fahrt kam mir endlos vor. Immer die gleichen Häuserfronten, Gitter vor dreckigen Scheiben, Graffiti, tote Palmen, das alles im Nachtgelb der Großstadt.

Wütend umklammerte ich das Lenkrad, nahm eine weitere Kurve mit quietschenden Reifen, schaltete höher und raste den Santa Monica Boulevard hinunter. Christinas Ohnmacht war so tief, dass ich bezweifelte, dass sie je wieder daraus erwachen würde. Brandon hielt den Kopf gesenkt und weinte stumm.

Ich brachte kein Wort über die Lippen. Ich konnte jetzt nichts sagen, ich konnte es einfach nicht.

Draußen hämmerte der Motor des Firebird. Im Wagen war es schrecklich still und stickig. Die Luft roch nach Tod. Ich bremste, riss das Lenkrad herum und der Wagen rutschte auf den Parkplatz hinter dem Lafayette.

Curtis war bereits zurück. Seine Limousine stand auf dem angestammten Platz neben der Tür.

»Nein, nein, nein!«, wimmerte Brandon plötzlich, dann presste er seinen Mund auf den seiner Dienerin. Christinas Atem hatte ausgesetzt.

KAPITEL 42

Ich stieg aus dem Wagen, riss die Hintertür auf und wusste selbst nicht, was ich tat. Im nächsten Moment war ich erfüllt von brennender Magie.

»Brandon, hilf mir, lass mich ein!«

Seine Schilde fielen. Ich tobte durch seinen Geist, fand die Siegel, stürzte weiter zu Christina und presste meine Magie in ihren Körper. Sie bäumte sich auf, und plötzlich atmete sie wieder.

Ich kippte geschwächt zurück und konnte mich gerade noch an der Autotür festhalten. Brandon starrte mich an, als sähe er mich zum ersten Mal, dann taumelte er mit seiner sterbenden Geliebten in den Armen zur Hintertür.

Er wiederholte Christinas Namen, erst leise, dann immer lauter, wie ein Mantra. Als wir das Entree betraten, schrie er seine Verzweiflung heraus, brüllte wie ein verwundetes Tier.

Er schleppte Christina in den Versammlungsraum und hinterließ dabei eine Blutspur. Ich folgte ihm wie betäubt.

Amber war fort! Brandon hielt seine sterbende Dienerin in den Armen, aber Amber war fort, wie von der Erde getilgt. Ich streckte meine Sinne, doch mein Meister hatte sich wieder abgeschirmt. Das konnte er nicht machen. Nicht jetzt! Christina brauchte ihn. Wir brauchten ihn!

»Curtis! Hörst du mich, verdammt!«, schrie ich und lief ins Entree. »Curtis! Bitte! Christina stirbt!«

Brandon bettete seine Geliebte auf den großen Tisch aus Wurzelholz.

Sie lag da wie eine Tote.

»Curtis muss sie verwandeln, Julius, er hat es versprochen«, wimmerte er und versuchte mit fahrigen Bewegungen, ihre unzähligen Wunden zu verbinden.

Er selbst war mittlerweile zu schwach, um die Verwandlung erfolgreich durchzuführen. Er hatte ihr all seine Kraft gegeben und konnte sich kaum noch auf den Beinen halten. Jemand anders musste es tun.

»Curtis!«, schrie ich wieder. Ich hatte das Gefühl, meine ganze Welt bräche zusammen.

Mein Meister versteckte sich hinter seinem Schutzwall und Amber war weg, einfach weg, als hätte sich ein Schlund aufgetan und sie vom Erdboden vertilgt.

Endlich kam Curtis. Er hinkte und stützte sich schwer auf Robert. Bei seinem Anblick wurde mir das Herz leichter und ich gab mich der Hoffnung hin, dass er meine Welt richten würde. Doch das war ein Trugschluss.

»Was wollt ihr?«, fauchte er.

Brandon lief zu ihm und kniete nieder. »Du musst sie verwandeln, Curtis, bitte! Christina stirbt, meine Christina stirbt!«

Curtis stieß Brandon von sich, so dass dieser der Länge nach hinstürzte.

»Du hast es versprochen«, wimmerte der Indianer und näherte sich Curtis erneut auf Knien.

Ich konnte es kaum mit ansehen. Niemand sollte sich derart erniedrigen müssen.

»Curtis, bitte«, drängte ich, doch ich wurde ignoriert.

Ich fühlte, wie der Meistervampir seine Energie bündelte, dann stieß er den Indianer mit einem unsichtbaren Faustschlag von sich. Brandon krümmte sich auf dem Boden zusammen.

»Frag deinen neuen Herrn, Brandon Flying Crow. Ich kenne dich nicht mehr!«

Ungläubig sah ich dem Meister hinterher, der, ohne mich auch nur anzusehen, den Raum verließ.

Brandon umklammerte meinen Fuß und starrte mich aus

seinen schwarzen Augen an. »Bitte«, hauchte er. Nur ein Wort. »Bitte.«

Ich trat an den Tisch und blickte in Christinas bleiches Antlitz. Ich hatte mir geschworen, niemals Vampire zu schaffen. Doch was hatte ich nicht alles geschworen? Christina starb, weil sie Amber verteidigt hatte, und sie wusste als Einzige, was mit meiner Geliebten geschehen war. Christina musste leben.

Brandon kam mit letzter Kraft auf die Beine.

Christinas Blut rann über den Tisch und tropfte auf den Boden. Tropf, tropf. Es war wie eine tickende Uhr, ein Countdown.

Sie starb.

»Bitte, Julius, … Meister.«

Brandon brauchte nichts mehr zu sagen. Ich wusste, was ich zu tun hatte.

Ich durfte ihm seine Bitte nicht ausschlagen, durfte es nicht! Wer war ich, zu entscheiden, dass er seine Liebe verlieren musste? Ich war nicht wie Curtis.

»Halte ihren Kopf, Brandon, das macht es ihr leichter.«

»Du verwandelst sie?«

Der Vampir konnte sein Glück kaum fassen. Liebevoll strich er Christinas blutverklebtes Haar zurück und entblößte ihren Hals für mich. Ich zögerte kurz und dachte an die Nacht in meiner Gruft auf dem Hollywood Forever, als ich gegen ihren Willen von ihr getrunken hatte. Eine halbe Ewigkeit war das her. Ich schüttelte die dunklen Bilder ab, dann biss ich zu.

Das Blut rann nur zäh durch meine Kehle, ich hatte bereits mehr als genug getrunken in dieser Nacht und musste mich regelrecht zwingen zu schlucken. Aber Christinas Körper barg ohnehin nicht mehr viel.

Brandon wisperte leise Koseworte. Ich trank und dachte bei jedem Schluck an Amber.

Die Sonne würde bald aufgehen. Selbst wenn Christina

nach der Verwandlung ansprechbar sein sollte und wusste, was mit Amber geschehen war, konnte ich nicht zu meiner Geliebten. Es wurde Tag, und ich konnte nichts für sie tun!

Ein Tauziehen zwischen mir und Christinas Herzen begann. Wir kämpften um das letzte bisschen Blut, das letzte Quäntchen Leben.

Sonst liebe ich diesen Wettstreit. Jetzt war es blanke Notwendigkeit. Christinas Herz klopfte dumpf und dröhnend bis in meinen Hals, dann blieb es stehen, schlug ein letztes Mal, und war dann endgültig still. Ich richtete mich auf und trat zurück.

Die Sterbende kam mit einem Schlag zu Bewusstsein, öffnete ihre Augen und begann zu zittern.

Brandon saß hinter ihr auf dem Tisch und wiegte sie verzweifelt in den Armen. Er teilte ihren Schmerz. Seine Geliebte rang mit offenem Mund nach Atem. Luft pfiff durch ihre Kehle. Sie starrte zu Brandon hinauf.

»Sie stirbt«, sagte ich rau und wischte mir die roten Tropfen vom Kinn. »Gleich ist es vorbei.«

Doch ich sollte mich irren. Christina kämpfte quälend lange. Vielleicht lag es an Brandons Siegeln, vielleicht an der Energie, die wir ihrem Körper geliehen hatten. Christinas Hände krallten sich in sein blauschwarzes Haar und rissen ganze Strähnen aus. Brandon war von dem Schauspiel des Todes zu entsetzt, um Trost zu spenden. Stattdessen starrte er sie mit schreckgeweiteten Augen an. In diesen Momenten wurden die Siegel aus seinem Herzen gerissen, und ich konnte nur ahnen, wie furchtbar das war.

Ich wollte nicht daran denken, wie ich leiden würde, müsste ich Amber beim Sterben zusehen.

Christina riss den Mund auf. Sie krümmte sich auf die Seite wie ein Fötus, die Arme an den Körper gepresst, die Hände zu Fäusten geballt.

Dann, endlich, wich auch der letzte Atem aus der Lunge, und ihr Leiden hatte ein Ende.

Jetzt musste alles sehr schnell gehen. Ich drehte sie in Brandons Armen auf den Rücken, er stützte ihren Kopf mit der Rechten, dann riss ich mir mit einem Eckzahn das Handgelenk auf und ließ mein Blut zwischen ihre Lippen rinnen.

Brandon starrte wie hypnotisiert auf Christinas Mund. Ihre aufgerissenen Augen verloren bereits den Glanz. Es geschah nichts!

Eine halbe Unendlichkeit lang nichts!

Was hatte ich falsch gemacht? Ich massierte meinen Arm, beschleunigte meinen Herzschlag, das Blut sollte schneller fließen und mit ihm die Kraft, die uns animierte. Die rote Flüssigkeit füllte ihren Mund inzwischen zur Gänze und rann wieder hinaus.

»Trink, trink doch endlich, Christina«, flehte Brandon.

Ich fühlte, wie die Magie des Blutes ihre Seele umspann und sie langsam in den Körper zurückzerrte. Ein Zittern lief durch Christinas noch menschlichen Leib, dann endlich schluckte sie. Ich drückte mein Handgelenk gegen ihre Lippen und fühlte, wie die Magie vollends erwachte.

»Christina, Christina, komm zurück!«, beschwor ich sie mit ruhiger Stimme und legte all mein Wollen in die wenigen Worte.

Totenmagie umkreiste mich, wurde stärker und stärker. Plötzlich wurde sie mir mit einem Schlag von dem erwachenden Nachtgeschöpf entrissen. Mehr Energie stieg in mir auf und floss jetzt als stetiger Strom in das neue Wesen. Es war berauschend und beängstigend zugleich, und es tat weh. Geburtsschmerz.

Christina riss an jeder Faser meines Seins und zehrte mich auf, doch es war noch nicht genug. Wenn ich der Welt schon eine neue Bluttrinkerin schenken musste, dann sollte sie mächtig sein und schön in ihrer tödlichen Pracht.

»Bei meinem Blut rufe ich dich, Christina!«

Sie riss die Augen auf und starrte mich an. Ihre Hände krallten sich um meinen Arm und sie trank immer gieriger, sog mich leer, biss zu mit ihren menschlichen Zähnen.

»Dem Grab entrissen durch mein Wort, dem Tod entrissen durch mein Blut. Erwache in die Nacht, Christina Reyes, Tochter im Blute. Erwache und gehorche, denn ich, Julius Lawhead, bin dein Schöpfer und Meister«, vollendete ich die Erweckungsformel.

Christina trank mit all ihrer neu erwachenden Kraft.

Als ich ihren Hunger nicht länger ertragen konnte, entzog ich ihr meinen Arm und sank auf einen Stuhl. Die Prozedur hatte mich völlig erschöpft.

Christina rang nach Atem wie eine Ertrinkende. Ihr einziger Blick galt mir, der Quelle des Blutes, ihrem Schöpfer. Nach und nach wurden ihre Augen tiefschwarz wie Brandons und die Pupillen waren kaum noch zu sehen.

Der Indianer streichelte sie mechanisch und konnte sein Glück kaum fassen. Langsam kehrte meine Kraft zurück, und ich kam wackelig auf die Beine. Obwohl ich sie nicht sehen konnte, spürte ich die Macht der Dämmerung in jedem Winkel meines Körpers.

»Die Sonne geht bald auf, wir müssen sie hinunterbringen«, ermahnte ich Brandon.

In seinem Blick lag pure Dankbarkeit.

Überwältigt von meinen eigenen Gefühlen, ließ ich zu, dass er mich umarmte, und lag einen Augenblick geborgen an seiner starken Schulter.

Ich würde nie wieder alleine sein, wurde mir klar. Ich hatte einen Bruder und jetzt auch eine Schwester von meinem Blut, denen ich gut sein würde.

Meine Camarilla. Plötzlich war ich unendlich erleichtert.

Ich küsste Brandons Stirn, dann Christinas, die mit ihren neuen Raubtieraugen die Welt bestaunte, zu schwach noch, um sich zu bewegen.

»Christina«, flüsterte ich und nutzte dabei zugleich die Kraft der stummen Kommunikation, »*erinnere dich, was ist mit Amber geschehen?*«

Christinas Blick zuckte zu mir, doch ihr Geist war erfüllt von Magie. Im Moment wusste sie anscheinend nicht einmal mehr, wer Amber war.

Ich erhaschte Gedanken an ein helles Licht, das sich ihr erst genähert hatte und dann, als ich ihrem Körper mein Blut einflößte, weiter und weiter in die Ferne rückte. Die Totenmagie hatte ihre Seele eingefangen, bevor sie davongeflogen war.

Enttäuscht ließ ich von ihr ab. Ich musste bis morgen warten. Der heraufziehende Tag würde ihren Verstand klären. Es war kaum noch Zeit, bevor die Sonne aufging.

Wir mussten jetzt endgültig gehen. Brandon hob Christina vom Tisch, und erst jetzt bemerkten wir Curtis, der sich gegen den Türrahmen lehnte und uns anscheinend schon seit einer Weile beobachtete.

Seine Augen funkelten eisig. Ich konnte seine Gefühle nicht lesen.

Er hatte sich massiv abgeschirmt, starrte uns einfach nur an, und seine Augen sprühten kaltes Feuer.

Der Meistervampir hatte alles Menschliche abgestreift wie eine nutzlose Hülle. Seine Haut war bläulich und durchscheinend wie Milchglas.

Brandons Furcht überrollte mich. Ich war jetzt sein Meister, und er suchte Schutz bei mir. Ich fühlte die Präsenz des Indianers in meinem Rücken. Er blieb hinter mir stehen und drückte Christina an sich.

Komme was wolle, wir mussten an Curtis vorbei, um in die Schlafkammern zu gelangen. Entschlossen ging ich auf ihn zu und schickte eine wortlose Botschaft der Unterwerfung.

Er war mein Meister, ich würde nie mit der Hierarchie brechen.

Ich bat um Schutz für mich und die Meinen, wie er ihn mir vor all den Jahren geschworen hatte. Curtis musste sich an das Gelübde der Commendatio halten, auch wenn es ihm missfiel.

Der Meistervampir starrte mich wütend an, auf meinen geneigten Kopf, die entblößten Handgelenke. Nichts an meinem Verhalten war unkorrekt.

Er musste die Demutsgesten akzeptieren. Schließlich gab er widerwillig die Tür frei und ließ uns passieren.

»Danke, Curtis«, sagte ich leise und blieb vor ihm stehen, bis Brandon Christina an ihm vorbei in das Entree getragen hatte. Erst dann wagte ich, ihnen zu folgen.

Ich hatte in den Augen meines Meisters ein Versprechen roher Gewalt gesehen, und mich schauderte bei dem Gedanken an morgen. Jetzt zeigte mir Curtis sein neutrales Statuengesicht, das er immer dann zur Schau trug, wenn er wirklich wütend war. Und zum ersten Mal ahnte ich, wie sehr ich ihn enttäuscht hatte.

Brandon wartete auf mich. Ich deutete gegen Curtis eine Verbeugung an und schloss nach einem letzten Blick in das Gesicht meines Meisters zu ihnen auf.

Sobald wir den ersten Fuß auf die Treppe setzten, fiel die Spannung von uns ab. Wir eilten hinab und verloren kein einziges Wort über das, was geschehen war.

In Brandons Kammer betteten wir Christina in seinen Sarg, und sie fiel sofort in einen tiefen Erschöpfungsschlaf. Als die Sonne den Horizont berührte und die Lähmung einsetzte, war sie längst im Reich der Träume. Brandon schloss den Sarg, sobald er sicher war, dass Christina nicht mehr aufwachen würde, dann suchte er sich einige Decken zusammen und bereitete sich auf dem Boden neben dem Sarg ein Lager.

Wenig später lag ich allein in meiner Kammer.

In den letzten Minuten, die mir noch geblieben waren, hatte ich geduscht und das ganze ekelhafte, tote Blut von meinem Körper gewaschen.

Frische Verbände lagen auf den Wunden. Sie pochten heftig gegen den Stoff. Jetzt, da ich Ruhe hatte, taten sie plötzlich viel mehr weh.

Ich hatte mehrere Streifschüsse erlitten und mir starke Prellungen und wohl auch die eine oder andere Verstauchung zugezogen. Die Wunde an meinem Arm, wo eine Stahlkugel das Fleisch durchschlagen hatte, war fast nicht mehr zu sehen. Das viele Vampirblut, das ich getrunken hatte, beschleunigte die Heilung.

Ich hatte es gerade noch rechtzeitig in den Sarg geschafft, bevor die Sonne auch mich zur Ruhe zwang. Nun lag ich in meinen seidenen Decken und starrte zu dem altmodischen Eisenbett hinüber, in dem Amber und ich einander geliebt hatten. Auf die Lampe, die sie mir am Vorabend angelassen hatte.

Während das Licht viele Meter über mir die Welt erhellte, kroch der Tod als kalter Herrscher meine Beine hinauf und tastete mit seinen spitzen Fingern nach meinem Herzen. Fast sehnte ich mich danach, endlich nichts mehr zu wissen und endlich nichts mehr zu spüren.

Meine Welt war ohne Amber mit einem Schlag leer geworden und hatte für mich ihren Zauber verloren. Ich war allein, ohne meine Geliebte. Allein, ohne ein Gefühl für sie.

Mit letzter Kraft schlug ich den Sarg zu, betätigte die Verriegelung und floh den Tag mit dem Geräusch einrastender Schlösser.

KAPITEL 43

Daniel Gordon saß in einem Sessel neben seinem Sarg und wartete begierig auf seinen Diener. Er war in der Villa, die er schon lange als Rückzugsort vorgesehen hatte.

Die Zuflucht in South Central hatte ausgedient. Und das nicht nur, weil sein Clan von fast einhundert auf nur noch eine Handvoll Unsterblicher zusammengeschrumpft war. All die vielen Jungen, die in den vergangenen Jahren geschaffen worden waren, hatten ihren Zweck erfüllt und ihre Seelen nun endgültig aufgegeben.

Gordon beklagte sie nicht, wenngleich in seinem Herz ein dumpfer Schmerz wohnte, der von all den Verlusten herrührte. Sein Labyrinth hatte nicht funktioniert. Er hatte nicht daran gedacht, seine Vampire vor Magie zu schützen, das war das Einzige, was er sich vorwarf. Die Meister und der Jäger waren entkommen, aber er hatte trotzdem, wonach er so sehr verlangte.

Gordon nahm Verbindung zu seinem Diener auf. Gleich darauf hörte er dessen Schritte auf der Treppe. Er hatte sich für diese Begegnung so gut gewappnet wie er konnte, zwei junge Vampire eingetauscht, um von dem Voodoohexer erneut ein Amulett zu bekommen. Diesmal lag es um seinen eigenen Hals. Die Kraft des Zaubers war stark, und doch galt es noch die Probe aufs Exempel zu machen.

Nate stieß die Tür auf und verbeugte sich tief. In seinen

Händen hielt er eine längliche Bleikiste. Gordon öffnete sie ohne zu zögern und griff hinein.

—

Am Abend erwachte ich mit dem Gefühl nagender Einsamkeit.

Am liebsten wäre ich aufgesprungen und zu Christina gelaufen, um ihr die entscheidenden Fragen zu stellen. Doch das war sinnlos. Die neugeborene Vampirin würde noch eine ganze Weile schlafen, und es gab nichts, was sie der lähmenden Wirkung des Tages entreißen konnte. Ich musste mich in Geduld üben.

Außer Curtis war noch niemand wach, und der Meister würde mich nicht empfangen. Wenn ich ehrlich war, wollte ich ihm auch nicht begegnen.

Ich hatte Angst vor ihm.

Also blieb ich liegen und wartete.

Hatte ich mich je so alleine gefühlt, bevor ich einen Menschen mit den Siegeln gezeichnet hatte? Die Antwort war nein. Es war, als fehlte ein wichtiger Teil von mir, als hätte mir jemand etwas aus meinem Körper gestohlen und mich mit einem seltsamen Gefühl der Leere zurückgelassen. Ich öffnete meine Siegel weit, so weit, wie ich konnte, und traf nur auf eine dumpfe, wattige Wand.

Kalt war es und unendlich leer. Ich hatte mich so sehr daran gewöhnt, dass wieder etwas Warmes, Lebendiges zu mir gehörte, fast, als wäre ich selber zur Sterblichkeit zurückgekehrt. Oft hatten Schatten von Ambers Empfindungen die Tore durchquert, Glück und Angst gleichermaßen, vor allem aber Wärme.

Jetzt hatte ich nur noch meine eigene Grabeskälte, sie und die Totenmagie, die mich zu dem machte, was ich war, und ich begann, mich wieder zu hassen. Nie wieder wollte ich mit mir und der Zeit alleine sein!

Lieber wollte ich tot sein, endgültig tot.

Ich lag in meinem Sarg und starrte mit aufgerissenen Augen in die Schwärze meines Gefängnisses. Ich hätte längst aufstehen können, doch ich tat es nicht. Mein Herz hatte seinen ersten Schlag getan, und ich hatte es willentlich wieder angehalten. Ich wollte mich elend fühlen, und eine reglose Leiche in einem Sarg zu sein passte ganz ausgezeichnet zu meiner Stimmung.

Ich verfluchte mich dafür, je zugestimmt zu haben, eine fremde Sterbliche mit den Siegeln zu zeichnen. Wäre das doch alles nur nicht passiert! Ich hatte das Leben gekostet, und jetzt hatte man mich wieder davon ausgeschlossen wie einen räudigen Köter, den man mit einem Tritt vor die Tür beförderte.

Und da lag ich nun und heulte über mein eigenes Elend. Ich wollte Curtis die Schuld daran geben, doch so funktionierte es nicht. Er hatte Amber zu meiner Dienerin befohlen, das war richtig, doch das Schicksal hatte bestimmt, dass wir uns ineinander verliebten.

Je mehr ich darüber nachdachte, desto klarer wurde mir, dass ich diese Erfahrung auf keinen Fall missen wollte. Ob es mir gefiel oder nicht: Für mich hatte die Ewigkeit ihren Wert verloren, wenn ich sie nicht mit Amber teilen konnte.

Mein Herz hatte mir meine Entscheidung abgenommen. In der heutigen Zeit mochte es merkwürdig erscheinen, sich derart schnell an einen Menschen zu binden, doch ich stammte aus einer anderen Epoche, und ich glaubte an das Schicksal. Wenn es noch eine Chance für meine Geliebte und mich gab, oder auch nur für sie, dann würde ich jeden noch so steilen Weg gehen.

Amber war nicht tot, das spürte ich, und damit war es möglich, sie zu retten. Zumindest musste ich es versuchen. Noch einmal tastete ich nach den Siegeln über meinem Herzen. Die Tore waren noch immer taub, doch ich fühlte frisch und neu die Bindungen zu Brandon und Christina, Blutsbande.

Ich war jetzt Quelle meiner eigenen Blutlinie. Diese Erkenntnis rückte alles in ein neues Licht. So alleine war ich gar nicht mehr. Energisch erweckte ich aufs Neue mein Herz, und mit dem Blut floss auch wieder mehr Kraft durch meinen Leib.

Ich hatte lange genug in der Dunkelheit gelegen und geschmollt. Meine Finger suchten zwischen den Falten der Seide nach dem Mechanismus, der den Sarg öffnete, fanden ihn, und schon hob sich der Deckel mit einem leisen Seufzen.

Ich würde nicht eher ruhen, bis ich Amber gefunden hatte. Nur so konnte ich wieder glücklich werden und mich meinem neuen Leben und meinem neuen Rang stellen. Ich musste zu Christina, jetzt gleich!

Wenig später begegnete ich Robert im Flur. Er blieb stehen und sah mich an. Sein Blick war nicht feindselig, eher unschlüssig.

»Wie geht es Curtis?«, fragte ich leise, als fürchtete ich, dass der Meister mich hören könne.

»Er ist angeschossen worden. Die Kugel war aus Silber, aber er wird in zwei Tagen genesen, höchstens drei. Da sind andere Dinge, die ihn mehr schmerzen.«

Ich nickte, er musste nicht konkreter werden. Ich war das Problem, ich und die Toten. »Es tut mir leid, Robert, du weißt gar nicht, wie leid es mir tut. Aber ich kann nichts mehr daran ändern.«

»Manolo und Eivi sind tot, Kathryns Dienerin Janette ebenso, Dava lebt.«

Der Clan war merklich geschrumpft. Manolo hatte ich nie wirklich gut gekannt, Eivi hatte ich gemocht, um Kathryns Dienerin tat es mir nicht leid.

Robert musterte mich und den blutgetränkten Verband an meiner Schulter. »Das sieht übel aus, Julius. Du solltest es nähen.«

»Ja, ja, später.«

»Ich kann euch nicht helfen. Curtis hat es untersagt.« Robert wurde plötzlich nervös und sein Blick begann zu wandern.

Vielleicht wunderte sich der Meister, wo sein Diener blieb, und rief nach ihm. Robert senkte den Blick, damit Curtis mich nicht durch seine Augen sah.

»Ich habe alles, was ihr braucht, vor Brandons Kammer gelegt«, sagte er hastig und eilte ohne ein weiteres Wort an mir vorbei.

Ich rief ihm meinen Dank hinterher und lief die Treppe hinauf. Die Quartiere der jüngeren Vampire lagen auf halber Höhe zwischen den Schlafkammern von Curtis, Kathryn und mir und dem Erdgeschoss des Kinos. Die Gänge waren nur roh behauen und wurden an manchen Stellen von Balken abgestützt.

Von den Wänden leuchteten grelle Lampen. Einst hatte sich jemand die Mühe gemacht, auch hier Bilder aufzuhängen. Mittlerweile hatte Feuchtigkeit das Papier verrotten lassen. Es roch nach Schimmel und Moder. Das einzige Wort, das mir dazu einfiel, war trostlos.

Ganz am Ende des Ganges lag Brandons Kammer. In einem Anfall von Misstrauen hatte ich am Morgen von Brandon den Zweitschlüssel verlangt. Ich schob ihn in das Schloss. Es war gut geölt und sprang geräuschlos auf.

Fast hätte ich das Tablett übersehen. Robert hatte es tatsächlich in einer kleinen Nische neben der Tür abgestellt. Ich entdeckte Verbandszeug, Salben und Pflaster.

In dem Raum war alles still. Sie schliefen noch.

Der Indianer lag unter einigen grob gewebten Decken neben seinem Sarg. Seine schwarzen Haare waren stumpf und blutverklebt. Die langgliedrigen Hände hatte er auf seiner Brust über einem ehemals blauen, jetzt dunkelbraun verdreckten Oberhemd gefaltet.

Es gab noch kein Zeichen des Erwachens, und so sah ich mich in seinem kleinen Reich um, stillte meine Neugier und versuchte zugleich, meine Angst um Amber zu verdrängen.

Gestern hatte ich sein Zimmer zum ersten Mal betreten, als wir Christina herbrachten, aber ich hatte ihm keine Beachtung geschenkt.

Die Wände waren mit indianischen Teppichen behängt. Navajo, wenn mich mein Gedächtnis nicht täuschte, braun mit strengen geometrischen Mustern in Rot und Schwarz, aber das war auch der Stamm, dem Brandons Vater angehört hatte, und somit nicht schwer zu erraten.

Es war wohnlich, wenngleich der Erdgeruch der unverputzten Wände alles durchdrang.

Der Sarg, der in einer Ecke stand, war schlicht, vielleicht Walnussholz, vielleicht gebeizte Eiche. Direkt darüber hing eine ausgestopfte Krähe von der Decke und verbreitete den warmen Geruch von altem Tod und Holzwolle.

Ich drehte mich um meine eigene Achse und nahm alle Eindrücke in mich auf. Es gab ein schwer beladenes Bücherregal, Felle und Kissen in einer Ecke, aber kein Bett für Christina. Sie hatte immer oben geschlafen, bei den anderen Dienern. Diese Zeiten waren jetzt endgültig vorbei.

Ich fühlte eine nie gekannte Liebe zu den beiden schlafenden Geschöpfen. War es das, was ein Meistervampir empfand?

Ich kniete mich neben Brandon und ließ neugierig meine Hand über Oberkörper und Arme des Vampirs gleiten. Auch sein Fleisch war hart wie Holz und die Finger gekrümmt mit blassen Nägeln, doch ich spürte keinen Abscheu mehr. Nicht für ihn und auch nicht für Christina.

Ich öffnete den Sarg, um auch sie zu betrachten.

Ihr ganzer Körper war blutverkrustet, doch ihre Wunden hatten sich geschlossen. Zwischen den leicht geöffneten Lippen blitzten spitze weiße Zähne, die Abzeichen ihres neuen Ranges. Raubtier, Vampir, Bluttrinker. Ihre Haut sah weich aus und fühlte sich auch so an. Junge Vampire blieben auch im Schlaf noch eine Weile menschlich.

Ein Hauch Magie ergriff mich.

Brandons Seele war bereit, in den Körper zurückzukehren, und ließ den Leib in Erwartung zittern.

Ich setzte mich im Schneidersitz neben ihn und erinnerte mich, dass auch Curtis mir oft beim Aufwachen zugesehen hatte. Jetzt verstand ich warum. Es lag Magie und Schönheit in der Verwandlung. Meine Hand strich über Brandons hohe, glatte Stirn.

Kalte Energie prickelte elektrisierend durch meine Fingerspitzen.

Brandon schlug die Augen auf und war im ersten Moment überrascht, mich zu sehen. Er stöhnte und bleckte die Zähne. Der Schmerz des ersten Herzschlages quälte ihn. Ich nahm seine Hand in meine und rieb seine steifen Finger, bis sie warm und geschmeidig wurden. Brandons Blick zuckte zum Sarg.

»Ja, sie ist noch da«, flüsterte ich, »und es geht ihr gut.«

Der Indianer schloss die Augen, lächelte und drückte dankbar meine Hand.

Wenig später saßen wir gemeinsam neben dem Sarg und warteten auf Christinas Erwachen. Brandon hatte geduscht. Er trug eine schwarze Wildlederhose. Aus seinem feuchten Haar tropfte Wasser und rann über seinen nackten Oberkörper.

Ich nähte Brandons Streifschuss am Arm. Ich war nie gut darin gewesen, doch er ertrug meine ungeschickten Stiche mit stoischer Ruhe.

»Ich habe gar keinen Hunger«, sagte er auf einmal erstaunt.

»Das macht das Vampirblut«, antwortete ich. »Vielleicht musst du auch morgen noch nicht jagen.«

Brandon rieb sich nachdenklich über den flachen, muskulösen Bauch.

Ich war froh, dass er die kriecherische Demut abgelegt hatte.

»Was wird jetzt mit uns geschehen?«, fragte er unsicher und sah mich aus seinen Kohleaugen an.

»Ich will eigentlich zurück auf den Hollywood Forever, aber ich fürchte, mein Mausoleum ist zu klein für uns drei, und viel größere gibt es dort nicht. Ich werde wohl ein Haus kaufen müssen, aber ich habe mir darüber noch keine Gedanken gemacht. Zuerst muss ich Amber finden.«

»Wir helfen dir«, sagte er entschlossen.

Ich verband seinen Arm. »Ihr werdet nichts dergleichen tun.«

»Aber Julius, du kannst ...«

»Müssen wir das ausdiskutieren?«, fuhr ich ihn an, schärfer als beabsichtigt.

Brandon senkte den Blick und gehorchte. Es gab keinen Widerspruch mehr. Daran musste ich mich erst noch gewöhnen.

»Wenn mir etwas zustößt, sucht ihr euch einen neuen Clan, Brandon. Oder bitte Curtis darum, euch wieder aufzunehmen, wenn dir das lieb ist. Mein Rat wäre, nach San Francisco zu gehen. Die Meisterin Ester ist eine gute Herrin. Sie wäre meine Wahl, sollte Curtis etwas zustoßen.«

»Ester«, wiederholte Brandon leise.

Beinahe hätten wir Christinas Erwachen verpasst. Als der Funke in ihr aufglomm, stand ich auf und trat zurück.

Dieser Moment gehörte ihr und Brandon, und sie sollten

ihn für sich alleine haben. Brandon beugte sich über seine Geliebte. Ich ging ans andere Ende des Zimmers, wandte ihnen den Rücken zu und ließ meinen Blick über die Bücher in dem Regal gleiten. Ich entdeckte Berichte über Ausgrabungen alter Indianersiedlungen, Reader von der Universität, wenige Romane.

Christinas Aufschrei lenkte mich ab, sie rang verzweifelt nach Luft, während ihr Herz die ersten schmerzhaften Schläge tat.

»Es ist gleich vorbei, es ist gleich vorbei«, wiederholte Brandon.

Ich hörte die Kissen rascheln und drehte mich um. Christina hatte sich aufgesetzt und starrte mit großen Augen in die Welt. Als Erstes hob sie ihre Linke und betastete ihre spitzen Eckzähne. Ich musste über diese Geste lächeln.

Jetzt hatte sie mich auch gesehen und strahlte mich an.

»Willkommen in der Nacht«, sagte ich feierlich und trat näher.

Christinas Lächeln wurde noch breiter. Getrocknetes Blut fiel in Krümeln von ihren Wangen. Für einen Sterblichen musste sie zum Fürchten aussehen. Für mich war sie wunderschön.

Ihr Blick wanderte von Brandon zu mir, von mir zu Brandon, und sie strahlte wie ein Kind.

Sie wollte sich erheben, doch dann traf sie der Hunger mit voller Wucht. Sie zuckte zusammen, presste eine Hand auf ihren Bauch und schrie verzweifelt. Der heftige Schmerz riss sie von den Beinen. Brandon fing ihren Fall ab und hob sie aus dem Sarg.

Christina zitterte in seinen Armen und krümmte sich wie ein Junkie auf Entzug.

»Halt aus. Wir gehen gleich jagen«, versuchte Brandon sie zu beruhigen und drückte Küsse auf ihre Stirn.

Nein, so lange konnte ich nicht warten. »Erst muss ich wissen, was gestern geschehen ist.«

Christina sah mich an und bleckte die Zähne wie ein tollwütiger Hund. Ihre geröteten Augen zuckten umher und fanden nichts, was ihr helfen konnte.

»Chris kann doch jetzt keine Fragen beantworten, Julius, bitte. Sieh sie dir doch an!« Brandon drückte seine Freundin verzweifelt an sich, als hätte seine Nähe ihr Leid lindern können. Doch ihr konnte nur eines helfen: Blut.

Christina verlor die Nerven und schrie, ihre Zähne bissen in die Luft.

Dies war der Augenblick, in dem sich das Schicksal eines neu erwachten Vampirs entschied. Diejenigen, die gegen die Bestie namens Hunger verloren, endeten früher oder später unter meinem Schwert.

Christina begann wie wild um sich zu treten, und Brandon hatte Mühe, sie zu halten, ohne ihr weh zu tun. »Das geht nicht mehr lange gut. Sie muss jagen!«, rief er verzweifelt.

»Nein.« Meine Entscheidung war klar.

»Sie leidet! Bitte, Julius.«

»Nein, zuerst will ich Antworten«, beharrte ich. »Gib du ihr, was sie verlangt.«

Christina erstarrte mitten in der Bewegung. Sie wurde ruhiger und starrte Brandon mit gieriger Verzweiflung an. Dass er sie an seinen nackten Oberkörper drückte, verbesserte die Lage nicht. Christina reckte sich mit aufgerissenem Mund nach seinem Hals.

Brandon war ihr Verhalten unheimlich. Er stellte sie auf ihre Füße und hielt sie mit ausgestreckten Armen auf Abstand. Das war nicht die Christina, die er kannte. Dieses blutrünstige Wesen war jemand ganz anderes.

In diesem Moment fürchtete ich, dass ihr Verstand die

Umwandlung nicht unbeschadet überstanden hatte, und Brandon schien die Sorge zu teilen.

Ein tiefes Grollen stieg aus Christinas Kehle auf, und sie fletschte die Zähne.

Das war der Punkt, an dem ich eingreifen musste. Wenn Christina Brandon jetzt angriff, anstatt das Blut als Geschenk von ihm zu erhalten, dann war dies der erste Schritt zu ihrer Vernichtung.

Beherzt fasste ich Christinas Arme und drehte sie ihr mit einer schnellen Bewegung auf den Rücken. Sie versuchte sich loszumachen, schrie wütend auf und fauchte. Brandon war froh, von ihr fortzukommen.

Die junge Unsterbliche wand sich, doch sie konnte nichts gegen meine Kraft unternehmen. Ich hätte ihr ohne Anstrengung die Arme brechen können. Christina gab ihren Widerstand auf und zischte wie eine wütende Schlange.

Ich versuchte, ihr Bewusstsein zu erreichen, doch es war ein einziges Durcheinander. Ihre Augen rollten wild in den Höhlen – in diesem Zustand war es unmöglich, Kontakt herzustellen.

Ich konzentrierte mich, während Christina erneut zu toben begann, und dann stieß ich Magie in sie hinein. Mühelos brach ich ihre Schilde und griff mit unsichtbarer Hand nach ihrem Herzen.

Sie schrie wie am Spieß.

Ich wusste aus eigener Erfahrung, wie weh das tat, doch manchmal half nur Schmerz. Ich legte meine Wange an ihren Kopf. »Still«, flüsterte ich, »still, mein Kind.«

Christina erstarrte, nur ihre geröteten Augen flackerten noch umher. Ich löste meine Hände, hielt aber weiterhin ihr Herz umfangen und trat vor sie.

Sie zitterte am ganzen Körper.

»Sieh mich an, Christina«, befahl ich mit ruhiger Stimme.

Jetzt gaben auch ihre Augen auf. Sobald ich ihre volle Aufmerksamkeit hatte, lockerte ich den tödlichen Griff, aber meine Magie war noch immer da, lag als Drohung direkt über ihrem Herzen. Christina presste beide Hände auf die Brust und starrte mich an, als sähe sie mich zum ersten Mal.

Vampirmeister regierten mit Wort und Gewalt. Jetzt hatte ich es auch getan.

»Wer bin ich?«, fragte ich ruhig.

Christina krampfte die Hände über der schmerzenden Brust und witterte mit bebenden Nasenflügeln, dann leuchtete plötzlich Erkenntnis auf ihrem Gesicht auf.

»Die Quelle, Meister Julius Lawhead«, stieß sie hervor.

Es waren die ersten Worte, die sie seit ihrer Erweckung sprach, und es waren die richtigen.

Mir fiel ein Stein vom Herzen. Ich spürte, wie ihre Gedanken nach und nach zur Ruhe kamen.

Erleichtert gab ich ihr Herz frei.

»Ich erwarte, dass du deinen Hunger kontrollierst, Christina. Du weißt alles über uns, du hast Jahre mit uns gelebt. Ich habe dir viel von mir gegeben, und du bist stark genug. Stelle dich deiner Gier.«

»Es tut nur so weh«, sagte sie gequält. »Es zerreißt mich. Warum hat mir niemand gesagt, dass es so weh tun würde?«

»Es wird besser mit der Zeit«, versuchte ich sie zu trösten und trat zurück.

KAPITEL 44

Christina stand wie ein Häufchen Elend in der Mitte des Raums. Sie zittert, eine Träne rollte über ihre Wange.

Ihr Atem ging schnell und keuchend, doch nach und nach wurde er ruhiger, tiefer. Sie war geübt in der Meditation, das wusste ich. Für sie würde es leichter sein, ihren Hunger zu kontrollieren, als für die meisten.

Sie ließ mich nicht aus den Augen.

Ich ging zu Brandon, der seine ehemalige Dienerin noch immer misstrauisch beobachtete.

»*Wird sie wieder?*«, fragte er tonlos.

»*Ja, ich denke, die Verwandlung ist gelungen.*«

Christina straffte den Rücken, ballte die Fäuste und schloss kurz die Augen, dann nickte sie mir zu. Es war beeindruckend, wie schnell sie sich gefangen hatte.

»Komm zu mir«, forderte ich sie auf und streckte die Rechte nach ihr aus. Sie setzte ihre Schritte langsam und steif, dann sank sie vor mir in die Knie und presste ihre Stirn gegen meine Hand. »Verzeih mir, Meister.«

»Natürlich, mein Kind«, erwiderte ich lächelnd und strich ihr über das Haar. Den Eid würde ich ihr später abnehmen, entschied ich, Neugeborene waren nicht in Gefahr, geraubt zu werden.

Jetzt sollte sie erst einmal erhalten, wonach sie so sehr verlangte. »Komm her, Brandon, es ist so weit.«

Der Indianer leistete meinem Befehl nur ungern Folge, doch er kam, ohne zu zögern.

»Du wirst nur so viel nehmen, bis der Schmerz aufhört. Verstanden, Chris?«, ermahnte ich die junge Unsterbliche und war mir zugleich fast hundertprozentig sicher, dass ich sie gewaltsam von ihrem ersten Opfer würde trennen müssen.

»Ja, ja«, hauchte sie, die Stimme heiser vor Gier. Sie hatte nur noch Augen für Brandons Unterarme. Da sie noch immer kniete, waren sie die nächste Blutquelle, die sie vor sich hatte. Als der Indianer keine Anstalten machte, sie trinken zu lassen, ergriff ich kurzentschlossen seine linke Hand und hielt Christina seinen Puls hin.

Sie brauchte keine weitere Aufforderung, sondern riss Brandons Arm mit beiden Händen an sich.

»Scheiße«, fluchte der Indianer und keuchte, als sie ihre Fänge mit voller Wucht in seine Adern rammte und gierig zu trinken begann, die Lippen so fest auf die Haut gepresst, dass kein einziger Tropfen verlorenging.

Christina schluckte laut und wiegte ihren Körper vor und zurück. Sie war wie in Trance, aber sie durfte sich jetzt nicht verlieren.

»Christina!«, warnte ich. Ich spürte, dass sie kämpfte, doch noch war es nicht genug, noch war die Gier zu groß. Brandon sah mich unsicher an.

»Gib ihr noch ein wenig. Du hast gestern so viel unsterbliches Blut getrunken, dass du dich schnell wieder erholst.«

Ich ließ Christina noch wenige Schlucke trinken, dann forderte ich sie erneut auf abzulassen.

Sie hielt die Augen geschlossen und schien mich weder zu sehen noch zu hören. Sie brauchte Hilfe, wie ich es geahnt hatte. Ich trat hinter sie und legte ihr eine Hand auf die Stirn und die andere auf die Kehle.

Brandon sah mich erschrocken an. »Tu ihr nicht weh, bitte.«

»Das werde ich nicht. Ich habe in den letzten zweihundert Jahren schon viele Neugeborene geführt, auch wenn sie nicht von meinem Blut waren.«

Ich ließ kalte Energie in Christinas Körper fließen. Nach und nach verstärkte ich den Druck meiner Hände. Als die Vampirin kaum noch schlucken konnte, schlug sie die Augen auf.

»Lass los, Christina!«, befahl ich noch einmal ruhig.

Unter großer Willensanstrengung zog sie ihre Zähne aus der Wunde. Sie leckte die letzten Tropfen auf, Brandons Haut schloss sich unter ihren Lippen, und ich ließ sie endgültig los.

Sie küsste sein Handgelenk, die Adern auf seinen Unterarmen, die Finger. »Danke, danke«, wisperte sie zwischen den Liebkosungen.

Brandons Blick wurde weich. Er zog sie auf die Beine und sah sie prüfend an. Christina schmiegte sich an ihn und hauchte weitere Worte des Dankes. Schließlich legte er seine Arme um ihre schmalen Schultern und seufzte aus tiefstem Herzen.

Ich war glücklich, die beiden so zu sehen. Selbst wenn Chris mir nicht helfen konnte, Amber zu finden, wäre es noch immer die richtige Entscheidung gewesen, die Latina zu verwandeln, statt sie sterben zu lassen. Christinas dunkle Augen sahen mich über Brandons Arme hinweg an, und sie streckte eine Hand nach mir aus.

Ich ergriff sie.

»Danke, Julius.«

Die Zeit lief mir davon. Ich ließ Christinas Hand fahren, trat zurück und lehnte mich gegen die Wand.

»Christina, was ist gestern passiert? Wo ist Amber?«, fragte ich unvermittelt.

Sie sah mich erschrocken an. Die Erinnerung an den schrecklichen Kampf kam mit einem Schlag zurück, und ihre Unterlippe begann zu zittern. »Sie haben sie mitgenommen, sie und das Messer«, antwortete sie unsicher.

»Christina, ich möchte es durch deine Augen sehen. Ich verspreche, ich werde nur diese eine Erinnerung anschauen.«

Sie nickte ernst. »Wenn es dein Wunsch ist, Meister.«

Ich streckte ihr eine Hand hin. »Dann komm.«

Wir setzten uns auf ein Bärenfell, das Brandon mit einigen Decken und Kissen als gemütlicher Winkel diente.

Christina atmete tief durch.

»Bereit?«, fragte ich.

»Ja«, presste sie hervor. Ich nahm ihre Hände in meine und sandte ihr ein wenig Wärme. Nach und nach fiel die Spannung von ihr ab und das Herz schlug einen ruhigeren Takt. Dann war es so weit, und ich tauchte in ihre Augen.

Christina ließ augenblicklich alle Mauern fallen. Geschickt leitete sie mich auf einen Pfad und legte eine Spur aus dem Namen meiner Geliebten. Ich verließ mich auf sie, schloss meine Augen und tauchte tiefer.

Plötzlich befand ich mich wieder in der Containerhalle. Es war bestechend real.

Der Geruch nach Staub und altem Öl war genauso präsent wie der leise Klang der Schritte auf Beton. Christina ging voran. Die Pistole mit beiden Händen haltend, drückte sie sich mit dem Rücken an die Außenwand eines Containers. Amber war direkt neben ihr. Sogar jetzt, in der Erinnerung, konnte ich das Messer spüren.

Wie dumm waren wir gewesen. Gordon hatte schon zweimal versucht, die Waffe zu bekommen. Amber war direkt in seine Falle gelaufen, ebenso wie ich, wie wir alle.

Wir hatten erst ein unsinniges Clantreffen einberufen und uns beraten müssen, während Gordon die Zeit dafür nutzen konnte, seine Fallen aufzustellen.

Amber und Christina waren gefangen in einem Labyrinth aus zweieinhalb Meter hohen Blechkisten. Etwas bewegte sich fast lautlos auf den Containern. Sie sahen panisch nach oben. Vampire!

Jetzt waren auch die Schritte von Dienern zu hören.

Sie rannten los und erreichten den Freiraum in der Mitte, wo wir Christina später gefunden hatten. Von überallher kamen die Angreifer, und plötzlich stand ein alter Unsterblicher vor ihnen. Ich kannte ihn. Es war Tristan, Gordons rechte Hand.

Christina riss die Pistole hoch und feuerte, doch er war bereits wieder verschwunden.

Und dann brach die Hölle über sie herein. Christina wurde angeschossen, Vampire drangen mit Messern auf sie ein. Meine Freundin erschoss einen der Angreifer, bevor zwei Vampire von den Containern auf sie herabsprangen und sie mit ihnen zu Boden ging. Amber rammte einem das Messer in die Brust. Er kreischte entsetzlich, dann verfärbte sich sein Fleisch tintenschwarz, und er löste sich auf.

Doch was war mit ihr? Amber riss sich eine Spritze aus dem Arm!

Der zweite Vampir war geflohen. Christina baute sich schützend vor ihr auf, doch meine Geliebte begann zu schwanken und brach nach wenigen Augenblicken ohnmächtig zusammen.

Sie hatten sie betäubt! Natürlich. Deshalb hatte ich sie nicht spüren können. Es war eine ebenso einfache wie erleichternde Erklärung.

Christina kämpfte wie eine Löwin, doch sie stand auf verlorenem Posten. Jetzt, da Amber am Boden lag, setzten die Angreifer auch Pistolen ein. Tristan tauchte erneut auf und schoss.

Die zweite Kugel traf, doch Christina war zäh und noch lange nicht bereit aufzugeben. Sie wusste, dass Gordons Leute sie töten wollten. Christina hatte keine andere

Chance, als sich lange genug zu verteidigen, bis Brandon und ich zu ihrer Verstärkung kamen.

Doch es war zu spät.

Die Vampire drangen auf sie ein, bissen sie und zogen sich wieder zurück, sobald sie Bekanntschaft mit Christinas Silberklinge schlossen. Bald blutete sie aus unzähligen Wunden und wurde immer schwächer. Schließlich wurde sie von vier Vampiren gleichzeitig zu Boden gedrückt, und sie begannen zu trinken. Christinas letzter Blick galt Amber.

Der alte Vampir Tristan hob meine Geliebte auf. Ein Mann, der anscheinend sein Diener war, trug das Messer davon. Auf Tristans Befehl ließen die Vampire von Christina ab und folgten ihm hinaus. Dann wurde die Latina ohnmächtig.

Ich zog mich zurück und rieb mir die Augen. Christina sah mich mitfühlend an. Die Erinnerung hatte ihre Arme mit Gänsehaut überzogen. Sie berührte meine Hand. »Wir finden sie.«

»*Ich* finde sie«, erwiderte ich. »Brandon geht jetzt mit dir hinaus und lehrt dich jagen. Ich muss nachdenken.«

Ich lauschte ihren Schritten, bis sie verklangen.

Es blieben einzig die Geräusche, die in den alten Gemäuern lebten. Unhörbar für sterbliche Ohren, ein geheimer Pulsschlag. Die Stille schwoll zu lautem Rauschen.

Ich war allein, so schrecklich allein. Mein Blick wanderte rastlos durch den Raum. Der Abgrund, den ich so lange verschlossen geglaubt hatte, war zurück und drohte mich in die Tiefe zu ziehen.

Bis zu diesem Zeitpunkt hatte ich nicht gewusst, wie viel von meinem Dasein von Curtis abhing, wie stark unsere Verbindung war. Erst jetzt, da er sie zerschnitten hatte, erkannte ich, was fehlte. Ich hatte meine Wurzeln verloren, meinen Halt.

Als schwebte ich in einem Raum aus Beton, kalt, leer, haltlos. Ich sehnte mich nach einer schützenden Mauer in meinem Rücken, nach festem Boden unter den Füßen, nach einem Weg, dem ich folgen konnte.

Amber hätte mich retten können, doch sie war fort.

Ich krallte meine Finger in den Stoff meines Hemdes, hörte die dünne rote Seide ächzen und löste meinen Griff, bevor sie riss.

Wie in Trance kam ich auf die Beine.

Ich wollte nicht alleine sein. Ich musste zu Curtis. Nur er konnte mir helfen, Amber zu finden. Gordon hatte sie verschleppt und nur ein Vampir, der ähnlich mächtig war, würde in der Lage sein, ihn aufzuspüren. Ich setzte meine ganze Hoffnung in meinen Meister und eilte die lange Treppe hinauf.

Ich durchquerte das Entree mit blinden Augen und bemerkte kaum, dass Robert versuchte, mir den Weg zu versperren.

Er legte mir eine Hand auf die Brust, doch ich stieß ihn mit reiner Willenskraft fort.

»Nicht, Julius, du darfst nicht! Tu dir das nicht an.«

Warum soll ich den Versammlungsraum nicht betreten dürfen?, dachte ich träge, stieß die schwere Flügeltür auf und blieb wie angewurzelt stehen.

Curtis saß auf einem Stuhl. Steven kniete vor ihm und trank von der Hand des Meisters. Ich schloss fassungslos die Augen, doch auch im Geiste sah ich die Energie wie einen Lichtstrom fließen, von Curtis zu Steven.

Der Junge hatte bereits so viel getrunken, dass es ihm trotz der schweren Verletzung, die Frederik ihm beigebracht hatte, wieder richtig gut ging.

Der Meister hatte mich verstoßen.

Vom Ersten nach ihm war ich zum Ausgestoßenen geworden, und anscheinend hatte Curtis schnell Ersatz für mich gefunden. Ausgerechnet in dem Jüngsten des Clans, ausgerechnet in Steven, den ich von allen am liebsten mochte. Was sollte dieses Theater?

Was wollte er beweisen?

Wenn Curtis beabsichtigte, mir weh zu tun, so hatte er sein Ziel erreicht.

Ich wollte gehen, doch meine Beine waren auf einmal wie festgefroren. Mein Schöpfer hielt mich in seinem Bann, ohne mich auch nur anzusehen.

Ich war verzweifelt, wagte aber nicht, mir gegen seinen Willen den Weg zu erkämpfen.

Steven trank unerträglich laut. Die Brust des jungen Vampirs hob und senkte sich mit jedem Schluck. Es war ekelhaft!

Curtis hob seinen Kopf und sah mich aus Eisaugen an. Wie ein blauer Sog zerrten sie an mir, rissen an mir, an meinem Herzen und meiner Seele.

Ich wollte nicht, dass der Meister mich las. Wollte es nicht!

Doch ich durfte mich nicht widersetzten. Nichts als ein Test, redete ich mir ein, ein Test meiner Loyalität.

Curtis' Macht traf mich explosionsartig und überrollte mich wie eine Lawine, während Steven unbesorgt weitertrank.

Tausend Messer schälten meine Haut. Ich glaubte zu schreien und wusste nicht, ob überhaupt ein Laut meine Lippen verließ.

Curtis stand auf. Sein Gesicht war zur Maske erstarrt. Die Haut leuchtete wie Alabaster. Er hatte nichts Menschliches mehr an sich. Ein Vampir, der sein sterbliches Dasein abgestreift hatte wie einen alten Handschuh.

Er stieß Steven achtlos von sich, und der junge Vampir rollte sich auf dem Boden zusammen wie ein Hund. Sein

Mund war blutverschmiert. Er leckte sich die Lippen, schenkte mir einen schuldbewussten Blick und blieb liegen.

Plötzlich stand Curtis vor mir, und ich starrte ihn an, musterte die hauchdünnen Falten an seinen Augen und die schärferen, die seine Wangen wie feine Porzellanrisse zeichnen. Wie oft hatte ich in den vergangenen Jahrhunderten in dieses Gesicht gesehen.

Ich wunderte mich, wie ein Antlitz, das so leer war, so viele unterschiedliche Gefühle in mir hervorrufen konnte, Hoffnung, Liebe, Angst.

Er war mein Meister, mein Schöpfer. Seine Nähe glich einem Feuer in eisiger Winternacht. Ich wollte ihm nahe sein, ihn berühren, mich in seine Wärme betten und darin einwickeln wie in eine Decke. Nur in seinem Licht konnte ich die ewige Nacht überstehen. Das Bedürfnis, in seiner Nähe sein zu dürfen und sein Wohlwollen zu haben, wurde unendlich stark.

Ich wusste, dass er meine Gefühle manipulierte oder zumindest die Blutsbande bemühte, die uns seit Jahrhunderten aneinanderketteten, doch ich konnte in diesem Moment nicht anders empfinden.

»Julius«, sagte er mit seidenweicher Stimme, doch ich wusste um die unausgesprochene Drohung. Er hatte alle Bedeutung in nur ein Wort gelegt, in meinen Namen. Da waren Enttäuschung, Schmerz, Liebe und vor allem ein Versprechen: Strafe.

Angst kroch mir das Rückgrat hinauf. Curtis würde mir weh tun. Ich hatte in den vergangenen zweihundert Jahren genügend Erfahrungen gesammelt, um Übles zu ahnen.

»Meister«, entgegnete ich heiser und fürchtete ihn mit jeder Faser meines Körpers. Ich fürchtete und liebte ihn wie einen grausamen Vater. Wenn er mir doch nur verzeihen können würde!

Was hätte ich in diesem Moment nicht alles für ein einziges freundliches Wort gegeben. Verzweifelt harrte ich dessen, was da kommen mochte.

Magie rauschte über meine Haut. Das anfangs noch angenehme Kribbeln wurde mit wachsender Intensität unangenehmer.

Der Meister bündelte seine Macht mühelos, als sei es eine Nebensächlichkeit. Als eine Woge eiskalter Energie durch meinen Körper brandete, brach ich hilflos in die Knie. Ich versuchte es zu unterdrücken, aber ich wimmerte wie ein verletztes Kind.

Meine Zähne knirschten gefährlich, als ich sie aufeinanderzwang, um nicht zu schreien.

Ein weiterer Hieb traf mich und zerrte an meinem Herzen.

Der neue Schmerz übertraf den vorherigen um ein Maß, wie ich es mir nicht hatte vorstellen können. Für einen Augenblick vergaß ich alles. Ich wand mich auf dem Boden. Tränen rannen über meine Wangen. Dann verließ Curtis' Macht meinen Körper wieder und hinterließ eine Spur der Verwüstung.

Meine Seele lag in Trümmern.

Ich starrte auf Curtis' polierte Lederschuhe. Sie waren das Zentrum meiner geschrumpften Welt. Die Maserung des Holzbodens drehte sich wie ein Strudel um diesen schwarzen Mittelpunkt.

Ich glaubte, mich nie wieder bewegen zu können, doch dann, nach einer scheinbar endlosen Zeit, schrumpfte der Schmerz auf ein erträgliches Maß. Ich richtete mich auf und presste die Stirn gegen das Handgelenk meines Schöpfers. Seine Haut war kalt, und er bewegte sich nicht.

Mein Meister sollte mich berühren und heilen, was er zerstört hatte, doch eine Antwort auf mein stummes Flehen blieb aus.

Dann zuckte seine Hand, Curtis zögerte. Für einen Augenblick konnte ich seinen Schmerz und seine Enttäuschung lesen, dann waren seine Schilde wieder oben. Keine Gefühle mehr, perfekte Leere, abweisend wie eine Trennwand aus Glas.

Curtis' Finger krochen über mein Gesicht. Sie verschmierten meine Tränen, fuhren die Konturen meiner Züge nach. Er hob mein Kinn, und ich sah hoffnungsvoll zu ihm auf.

Aus den Augen des Meisters war die Kälte gewichen und hatte Gleichgültigkeit Platz gemacht.

Seine Finger strichen über die große Ader an meinem Hals. Ich drückte den Kopf gegen seinen Oberschenkel und schlang die Arme um seine Beine.

Er durfte mich jetzt nicht von sich stoßen, ich brauchte ihn, er musste mir Halt geben!

Curtis seufzte. Seine Energie prickelte wie ein warmer Wind über meinen Rücken.

»Vergib mir«, hauchte ich, »ich brauche dich. Mach mit mir, was du willst, nur verstoße mich nicht!«

Curtis zog mich auf die Füße. Ich schwankte, meine Beine gehorchten mir nicht, doch Curtis' starke Arme hielten mich, während er mich forschend ansah. »Du bist noch immer der gleiche dumme Junge wie vor zweihundert Jahren, Julius.«

Ich nickte. Sollte er sagen, was er wollte.

»Hättest du doch nur gefragt«, sagte er sanft. »Ich hätte alles mit dir geteilt. Hättest du um Brandon gebeten, um Christina, jeden anderen, ich hätte sie dir geschenkt.« Seine warme Stimme. »Aber du hast einfach genommen, hast gestohlen, mich vor den anderen Ratsmitgliedern bloßgestellt, und jetzt erwartest du Güte von mir? Verzeihung?«

Seine Finger liebkosten mein Haar, meine Kehle, wä

rend ich darauf wartete, dass er meinen Untergang verkündete.

»Gordon droht uns mit dem Messer. Er fordert deinen Kopf, Julius. Ich bin versucht, ihm zu geben, was er verlangt.«

Ich starrte ihn an, starrte in seine Augen, die jetzt wieder eisig waren.

»Dann gehe ich. Aber bitte nimm Brandon und Christina wieder auf, sie können nichts dafür«, presste ich hervor.

Curtis' Lippen kräuselten sich, er unterdrückte ein Lächeln.

»So sehr liebst du sie bereits? Und das, obwohl Brandon und du euch spinnefeind wart? Du erstaunst mich, Julius.«

»Er ist jetzt mein Blut, Curtis.«

»Ja, das ist er.« Curtis lächelte bitter. Seine Hände hatten ihre Reise eingestellt und lagen ruhig auf meinen Schultern.

»Ich werde die beiden nicht von dir zurückfordern, und ich werde dich auch nicht an Gordon ausliefern. Aber es ist noch nicht vorbei, Julius. Du hast mich enttäuscht, und du hast die Freiheiten und Privilegien missbraucht, die ich dir gegeben habe.« Er starrte mich an. »Es ist noch lange nicht vorbei.«

»Es tut mir …«

Curtis legte mir zwei Finger auf die Lippen. »Ich weiß, dass es dir leid tut, mein Sohn. Ich denke, ich werde dir verzeihen können, aber es wird dauern.«

Seine Daumen lagen plötzlich auf den Schlagadern meiner Kehle, und mein Puls hämmerte laut und wütend gegen den Druck.

Ich sah ihn überrascht an. Mein Glücksgefühl war mit einem Schlag vergangen. Ich wusste, dass Curtis in der vergangenen Nacht so viel unsterbliches Blut getrunken hatte, dass es für Tage reichte.

Curtis bleckte die Zähne, packte mich im Nacken wie ei-

nen ungezogenen Hund und gab mir einen Stoß. Ich taumelte in Richtung der alten roten Sofas, die im hinteren
Winkel des Raumes auf ihren Löwenfüßen kauerten.

Der Hinweis war deutlich und eine Aufforderung, der ich
nichts entgegenzusetzen hatte. Mit hängenden Schultern
ging ich weiter.

Curtis folgte mir mit federleichten Schritten. Seine Präsenz in meinem Rücken war fühlbar wie eine dunkle Drohung.

Ich ließ mich auf das Sofa sinken. Die alten Federn knarrten unter dem abgewetzten Samt.

Steven, der die ganze Zeit über auf dem Boden verharrt
hatte, nutzte die Gelegenheit und schlich mit unsicheren
Schritten hinaus.

Die Flügeltür knarrte, dann war ich mit Curtis allein.

Mein Herz dröhnte.

Curtis hieß mich vor dem Sofa zu knien, mit dem Rücken
zu ihm. Jede Geste, jede Haltung ein Zeichen meiner Demut. Ich hatte Angst. Er würde mir die ganze Kraft aus dem
Leib saugen, bis ich nicht mehr war als ein zuckender Leichnam. Mein unsterbliches Leben und meine Magie hatte ich
von meinem Meister bekommen, und er würde sie mir jetzt
wieder nehmen. Die Symbolik war so simpel wie grausam.

Mit zitternden Fingern entblößte ich meinen Nacken für
ihn. Er griff in mein Haar und riss meinen Kopf brutal nach
hinten.

Sein Atem streifte meine Haut, dann bohrten sich seine
Fänge wie glühende Messer in mein Fleisch. Er trank
schnell, tief und brutal.

Der Sog brannte in meinem Körper und zerrte an meinem Herzen. Mein Leben raste zu ihm, als gelte es, mich
wie ein sinkendes Schiff zu verlassen. Der Meister trank
mein Blut, meine Lebensenergie, meine Magie.

Genug, genug!, wollte ich schreien, doch mein Mund war versiegelt. Stattdessen kratzten meine Finger über den glatten Holzboden, bis die Nägel brachen.

Minuten wurden zu Stunden. Mein Herz drohte zu schlagen aufzuhören und mein Geist versank in einem schwarzen Abgrund. Dann ließ er endlich von mir ab. Ich kippte nach vorne wie ein gefällter Baum. Ein dumpfer Knall zeugte davon, dass mein Gesicht auf den Boden geschlagen war; ich spürte längst nichts mehr.

»Du bist mein, Julius, vergiss das nie, nie wieder.« Curtis' Worte wehten durch meinen Kopf. Mit letzter Kraft reckte ich eine Hand nach ihm, doch der Meister hatte sich bereits abgewandt. Seine Schritte wurden leiser, dann fiel die Tür hinter ihm ins Schloss.

Mir war kalt, unendlich kalt. Ich rollte mich zusammen und umklammerte meine zitternden Beine wie ein sterbendes Tier. Ich war so schwach, dass ich nicht einmal mehr sehen konnte. Blind in meinem ausgelaugten Körper gefangen, trieb ich in die Bewusstlosigkeit.

Allein, ganz allein.

KAPITEL 45

Amber schlug die Augen auf.

Nach und nach klärte sich ihre Sicht. Ihr Körper fühlte sich an, als sei er in Watte gepackt. Sie lag auf dem Boden.

Grobe Decken nahmen dem Beton seine Härte. Die Wände waren weiß gekachelt, eine Leuchtstoffröhre flackerte in einem psychotischen Rhythmus. Das Licht schmerzte in den Augen.

Amber hob eine Hand, um es abzuschirmen, und wunderte sich, dass sie nicht gefesselt war. Die Erinnerung an den Kampf kehrte zurück.

Wo war Christina?

Tot wahrscheinlich, wurde ihr plötzlich klar. Sie versuchte, die in ihr aufsteigenden Tränen herunterzuschlucken, doch der Schmerz blieb wie ein Stein in ihrer Kehle stecken.

Anscheinend hatte man sie betäubt und verschleppt. Das Messer war fort. In ihrer Schulter ertastete Amber den Einstich der Spritze, umrahmt von einem Bluterguss. Der Vampir hatte ihr die Nadel mit aller Wucht ins Fleisch gerammt, doch wenn sie ihre Erinnerungen nicht trogen, hatte sie sich mit dem Messer revanchiert.

Das Letzte, woran sie sich erinnerte, waren Julius' Worte in ihrem Kopf: *Halte durch, wir sind gleich da!*

Sie hatte nicht durchgehalten, oder er war nicht gekommen.

Langsam machte das seltsam leichte Wattegefühl in ihrem Körper schwerer Müdigkeit Platz. Sie setzte sich auf, doch ihr Kopf schien die Bewegung nur mit einiger Verzögerung mitzumachen. Als Nachwirkung des Betäubungsmittels hämmerte ein dumpfes Dröhnen gegen ihre Schädeldecke, und ihr war übel.

Amber stützte sich an der Wand ab, stand vorsichtig auf und sah an sich hinab. Ihre Knie waren weich wie Butter.

Mit ungelenken Schritten lief sie zu der massiven Metalltür, dem einzigen Ausgang. Ihre Hand schloss sich um die Klinke.

Abgeschlossen. Natürlich war abgeschlossen.

Amber durchmaß den kleinen Raum mit vier Schritten. Angst schnürte ihr die Luft ab. Sie kämpfte sie nieder und ballte die Fäuste. Einen klaren Kopf zu behalten war jetzt das Wichtigste.

Jemand würde sie retten. Julius würde kommen und sie befreien. Julius!

Erst jetzt wurde ihr klar, dass sie ihn nicht fühlen konnte. Die Verbindung war zerschnitten.

Neue Panik machte sich breit. Was, wenn sie ihn auch gefasst hatten? Wenn er tot war?

Amber schlug an die Tür und schrie. »Julius, Julius, kannst du mich hören?!«

Vielleicht ist er ganz in der Nähe, versuchte sie sich einzureden, gleich im nächsten Raum, gefangen wie ich.

Sie presste ihr Ohr an die Tür. Richtig, da waren Schritte! Amber trommelte mit beiden Fäusten gegen das Metall. »Julius, ich bin hier!«

Die Schritte kamen näher. Amber hörte ein Schlüsselbund klirren, das Schloss öffnete sich und die Tür wurde aufgestoßen. Amber wich zurück, doch der Vampir, der im nächsten Moment eintrat, bewegte sich mit übermenschlicher Geschwindigkeit. Amber schrie, dann schlug der Angreifer die Zähne in ihre Schulter. Sie kämpfte gegen den Schmerz an, gegen den Ekel, gegen die knochenharten Hände des Unsterblichen, der sie mit erbarmungslosem Griff umklammerte.

Schließlich ließ der Vampir von ihr ab und spuckte ihr das eigene Blut ins Gesicht. Amber wischte sich die Augen und spürte nur noch, wie ihr der Mann eine neue Spritze in den Arm rammte. Dann sank sie wieder in die Welt aus Watte.

»Julius«, dachte sie, *»warum lässt du mich hier sterben?«*

—

Ich erwachte mit zitternden Gliedern.

Das Ziehen und Spannen in meinem ausgelaugten Körper war so schlimm, dass ich glaubte, mich nie wieder ausstrecken zu können.

Die Schwärze war konturlosen Schemen gewichen. Ich konnte wieder verschwommen sehen, doch was ich sah, war schrecklich. Meine Hände waren nur noch Haut und Knochen und die Nägel stachen bläulich hervor. Mein Herz schlug nicht mehr, sondern lag als kalter, verdorrter Klumpen in meiner Brust.

Amber. Hatte ich nicht eben ihre Gegenwart gespürt, ihre Angst, ihre Einsamkeit? Nein, das konnte nicht sein. Sie war fort, Gordon hatte sie geraubt.

Von weitem trieben Stimmen an mein Ohr.

Ich erkannte Robert. Der Diener klang besorgt, erwähnte meinen Namen, aber den Sinn der Unterhaltung konnte ich nicht verstehen. Sollten sie mich doch hier liegenlassen, mir war alles egal.

»Dort ist er«, sagte Robert.

Lange Beine in einer schwarzen Wildlederhose rannten auf mich zu. Brandon, es war Brandon.

Ich versuchte zu sprechen, doch es ging nicht.

»Julius! Kannst du mich hören?« Der Indianer rüttelte an meiner Schulter.

»*Bring mich hier weg*«, flehte ich wortlos.

Brandon zögerte nicht. Er hob mich auf, als wöge ich nichts, und hielt mich wie ein Kind in seinen Armen.

Wie letzte Nacht Christina, so trug er jetzt mich durch den Flur und hinunter in die tieferen Geschosse.

Der Vampir roch nach frischem, gutem Blut. Der Duft strömte aus seiner Haut und lag in seinem Atem.

Christina war auch da und strich mir liebevoll über den Kopf.

Brandon brachte mich in meine Kammer.

»Was hat er dir nur angetan?«, murmelte er und setzte sich mit mir hin. Vorsichtig löste er meine gekrümmten Finger aus seiner Kleidung.

»Lasst mich nicht allein, lasst mich nicht allein«, wimmerte ich, während Brandon mich langsam aus seinen Armen schob.

Als er mich schließlich auf das Bett legte, hatte sich meine Sicht so weit geklärt, dass ich wie ein Betrunkener durch einen Tunnel mit unscharfen Rändern sah. Mein Herz erwachte mit einem heftigen Schlag. Ich schrie und krümmte mich wieder zusammen.

Meine Hände krallten sich in die alte gestärkte Leinenbettwäsche.

Christina saß auf meinem Sarg und sah mich erschrocken an.

»Was können wir nur machen, Brandon?«, fragte sie unsicher. Dann stand sie auf und trat neben ihren Freund.

Er kniete noch immer neben dem Bett und musterte mich besorgt. »Curtis hat ihm alle Energie genommen. Mein alter Meister hat das auch gerne getan, wenn er wütend war.«

»Wir müssen ihm doch irgendwie helfen können!« Christinas Stimme klang, als schwebe sie langsam nach oben, oder war ich es, der fiel?

Ich presste die brennenden Augenlider zusammen und versank in Dunkelheit. Das Bett schien sich über mir zu schließen wie schwarzer Moorboden und saugte mich in die Tiefe. Ich sank in eine neue Ohnmacht. Doch plötzlich wurde mein Fall gestoppt.

»Julius, nicht. Bleib bei uns, hörst du?« Brandons Atem auf meiner Haut. Seine Hand strich über meinen Kopf und zog mich zurück ins Licht.

»Was hast du vor?« Christinas Stimme klang unsicher. Was ihr Partner tat, gefiel ihr anscheinend überhaupt nicht.

»Es gibt nur eines, was ihm wirklich helfen kann, Chris.«

Er hatte sich über mich gebeugt. Brandons Haut war noch warm von seinem letzten Mahl, und unter der dünnen

Oberfläche pulsierte das Leben in einer betörenden Melodie. Ich ahnte, erhoffte, was er mir anbieten würde.

Er stützte meinen Oberkörper und zog meinen Kopf näher. »Trink von mir, Julius! Du musst trinken.«

Mein Mund öffnete sich, die Zähne streiften seine Haut,
aber zum Beißen fehlte mir die Kraft.

Brandon seufzte. Er suchte nach etwas an seinem Gürtel,
dann hielt er plötzlich ein Taschenmesser in der Hand.

In meiner getrübten Wahrnehmung erschien die Klinge
wie aus dem Nichts. Begierig sah ich zu, wie er nach der richtigen Stelle suchte und dann in einer flinken Bewegung zu-
stach. Rubinrote Flüssigkeit quoll hervor und füllte die Luft
mit köstlichem Duft.

Ich hörte Christina ein paar entrüstete Worte murmeln,
doch Brandon hielt mir sein Handgelenk hin, und ich leckte
die ersten Tropfen von der Wunde.

Die kostbare Flüssigkeit glühte wie brennendes Kupfer in
meiner Kehle und gab mir das, was fehlte, um aus mir wieder
einen funktionierenden Vampir zu machen. Ich biss zu.

»Verdammt!«, fluchte Brandon und schlug mit der Linken auf das Bett. Die Zähne tief in ihm verankert, trank ich
mich wieder gesund.

Bald hatte ich wieder Kontrolle über meine Bewegungen.
Trotz meines unerträglichen Hungers war ich mir meiner
selbst bewusst genug, um rechtzeitig abzulassen.

Ich fiel zurück in die Laken und genoss einen Energie-
rausch, wie ich ihn seit langem nicht mehr erlebt hatte.

Nach und nach kehrten meine Lebensgeister zurück.

Christina und Brandon saßen nebeneinander auf meinem
Sarg und beobachteten mich. Ich drehte mich zu ihnen und
fühlte mich uralt und müde.

»Danke, Brandon«, krächzte ich, »das war großzügig von
dir.«

»Du bist mein Meister«, antwortete er scheu.

Wie ich sie so zusammen sah, kehrte die Sehnsucht nach meiner Freundin zurück, und je mehr ich Ambers Bild heraufbeschwor, desto klarer wurde mir, dass ich sie gesehen hatte. Für kurze Zeit hatte unsere Verbindung wieder bestanden. Oben im Versammlungsraum, als ich völlig geschwächt war.

Also lebte sie noch. Sie lebte und hatte nach meiner Hilfe gerufen.

»Vorhin habe ich Amber gefühlt. Sie lebt.«

Christinas Blick hellte sich auf. »Wo, wie …«

»Ich weiß es nicht genau, aber sie war da. Für einen kurzen Moment haben die Siegel wieder funktioniert. Sie hat nach mir gerufen.«

Ich schwang die Beine vom Bett und setzte mich auf. Kurzer Schwindel erfasste mich, und ich rieb mir die Schläfen. »Ich muss etwas tun. Ich muss sie da rausholen.«

»Wo raus? Wo ist sie?«

»Ich weiß es nicht. Sie ist eingesperrt.«

»Du solltest liegenbleiben, Julius, du bist zu schwach.« Brandon sprang auf, um mir zu helfen. Ärgerlich schlug ich seine Hand fort, doch als ich aufstand, musste ich mir eingestehen, dass ich ihn brauchte, und stützte mich auf seine Schulter. »Ich muss dringend mit Curtis reden«, sagte ich, und mein Entschluss wunderte mich selbst.

Christina sah mich entsetzt an. »Das darfst du nicht! Er wird es wieder tun.«

»Ich muss es versuchen.«

Ich fürchtete mich vor einer erneuten Begegnung mit Curtis, aber meine Sorge um Amber war stärker. Ich wusste, dass sie meinem Meister nichts bedeutete, und dieser Umstand war der schlimmste.

Ich gab ihm willentlich die härteste Strafe an die Hand,

die ich mir vorstellen konnte. Aber selbst er konnte nicht so grausam sein und die Vorfälle von Paris wiederholen wollen, daran klammerte ich mich.

Brandon und Christina folgten mir schweigend.

Ich war ihnen dankbar für ihre Begleitung. Meine Schritte waren bleiern, jede Bewegung zerrte an den Muskeln.

Curtis war in seinem Raum hinter der Bühne, und der Weg dorthin kam mir endlos vor. Doch mit jedem Meter, den wir näher kamen, spürte ich seine Gegenwart stärker, und seine Macht zog mich zu sich. Er wusste, dass ich kam. Dennoch schickte ich Brandon vor, um ihn um Einlass zu bitten.

Der Indianer hielt mir die Tür auf.

Ich trat ein, ging bis zur Mitte des weiten Raumes und blieb stehen. Meine Nerven lagen blank. Die Eisenträger standen wie Gardesoldaten an der Wand, und Seile und Gewichte zeichneten ein Spinnennetz aus Schatten auf den Holzboden.

Curtis erhob sich von seinem Sessel hinter dem Schreibtisch und kam auf mich zu.

Er hatte sich umgezogen. Vielleicht hatte sein Hemd Blutspritzer abbekommen, vielleicht wollte er auch nicht mehr an meine Strafe erinnert werden. Jetzt trug er eine schwarze Jeans und einen eleganten dunkelgrauen Pullover, der die gleiche Farbe hatte wie sein kurzes Haar. Seine hellblauen Augen leuchteten. Er faltete seine sehnigen Hände hinter dem Rücken und musterte mich.

Ich neigte demütig den Kopf zur Seite. Meinen Hals für den Stärkeren.

Curtis streifte meine Schulter mit der Hand, schlich um mich herum wie eine lauernde Katze und blieb schließlich in einigem Abstand vor mir stehen.

Brandon und Christina ignorierte er.

»Du bist mit deiner ganzen Camarilla gekommen, Julius Lawhead?«, fragte er kalt. »Warum ehrst du mich wieder mit deiner Anwesenheit? Ich dachte, unser letztes Treffen hätte dich … ausgelaugt.« Er verzog den Mund zu einem falschen Lächeln.

»Es geht um Amber«, sagte ich.

»Deine Dienerin ist tot.«

Ich vergaß mich und erwiderte heftig: »Du weißt genau, dass das nicht stimmt, Curtis!«

»Bezichtigst du mich der Lüge, Julius? Hast du nichts gelernt?«

Ich spürte seinen Zorn wie ein drohendes Unwetter heraufziehen und schwieg. Es war besser, Curtis nicht weiter zu reizen. Als er mir den Rücken zukehrte und seine Schritte zum Schreibtisch lenkte, versuchte ich meiner Stimme einen ruhigeren Klang zu geben. Wenn ich jetzt die Beherrschung verlor, war alles aus.

»Ich hätte ihren Tod gespürt«, sagte ich vorsichtig.

»Bist du dir da sicher? Du spürst nicht, dass sie lebt.«

»Aber ich weiß es«, beschwor ich ihn. »So wie ich weiß, dass es dich gibt, auch wenn du mich hasst, auch wenn du mich aus deinen Gedanken ausschließt und mich zur Stille verdammst. Curtis, ich weiß es!«

»Ich hasse dich nicht, Julius, warum sagst du so etwas?«

Curtis wich meinem Blick aus und wanderte ruhelos durch den Raum. Seine Nähe jagte mir Schauer über den Rücken. Plötzlich stand er vor mir.

Curtis sah mir tief in die Augen, doch er versuchte weder, mich zu lesen noch mir Angst zu machen. Es war der traurige Blick eines normalen Menschen, und Curtis' Menschlichkeit war es, die ich wirklich fürchtete. »Vergiss sie«, sagte er weich. »Bitte.«

»Verlange das nicht von mir. Alles, nur das nicht.«

»Würdest du dich meinem Befehl widersetzen?«

Ja, wurde mir klar. Es nutzte nichts, die Antwort vor ihm zu verbergen, er würde es wittern, wenn ich log. »Ja, ich würde es versuchen«, sagte ich daher mit belegter Stimme und versuchte, seinem Blick standzuhalten.

Christina trat unsicher einen Schritt vor. »Amber kann das nicht wollen, Julius, sie …«

»Schweig, Christina!«, fuhr ich sie an, und ihr Mund schloss sich sofort.

»Curtis, bitte. Du weißt, wo sie ist. Ich kenne deine Fähigkeiten, du kannst sie fühlen, auch wenn sie bewusstlos ist.«

»Und wenn es so wäre, was soll ich deiner Meinung nach tun? Das Blatt hat sich gewendet, Gordon hat das Messer.«

Curtis biss sich auf die Lippe. So unsicher hatte ich ihn selten gesehen. Er hatte wirklich Angst um mich.

»Ich will nicht, dass du gehst, Julius. Ich will dich nicht verlieren«, sagte er plötzlich. »Deine Dienerin und das Messer sind schon verloren. Gordon hasst dich. Wenn er dich in die Hand bekommt, wird er …«

Ich sah Curtis an. Natürlich war mir die ganze Zeit über klar gewesen, was es bedeutete, die Höhle des Löwen betreten zu wollen. Aber jetzt, da er es aussprach, wurde es mir mit aller Konsequenz bewusst. Gordon würde mich töten, mit Sicherheit. Ich schluckte meine Angst herunter.

»Ich biete mich im Tausch gegen Amber an, sag ihm das.«

Curtis blickte mich an wie ein waidwundes Tier, dann änderte sich die Farbe seiner Augen und wurde heller und kälter. Angriff war sein letzter Ausweg. Wenn er mich nicht überreden konnte, half vielleicht eine Drohung. Der Meister starrte mich an und wies dabei mit der Hand in eine Ecke des Raumes, der die Schatten zu pechschwarzer Tinte verdichtete.

Ich wusste, was sich dort befand, und ich fürchtete auch nur den Gedanken daran. Angst ließ meine Knie weich werden.

»Ich könnte dich dort einsperren, Julius. Du würdest nirgendwo hingehen.«

»Nein, nicht das!«, sagte ich leise.

»Ich bin nicht bereit, meinen restlichen Clan zu opfern, um einer sentimentalen Regung von dir nachzukommen! Herrgott, ich bin nicht bereit, dich irgendwelchen unsinnigen Gefühlen zu opfern!«, schrie er. »Sie ist ein Mensch, sterblich, ein Nichts! Staub und Schatten im Angesicht der Zeit! Und du willst deine Ewigkeit für sie hergeben? Dein unsterbliches Leben?!«

»Geht, lasst uns allein.« Ich schickte Christina und Brandon hinaus.

Sobald sich die Tür hinter ihnen geschlossen hatte, streckte ich einen Arm nach meinem Meister aus und hielt ihn in seiner ruhelosen Wanderung auf. »Bitte, Curtis! Du weißt, wo sie sich verstecken. Du kannst Gordon fühlen. Ich hole dir auch das Messer zurück.«

»Ich will das verdammte Messer nicht. Nicht zu diesem Preis. Und tu nicht so, als wüsstest du das nicht!«

Ich sah in den dunklen Winkel, wo mein Alptraum lauerte.

Der mattschwarze Sarg stand auf einem kleinen Podest. Sechs verzierte Silberriegel reihten sich am Deckel, die Ketten dazwischen hingen wie Blumengirlanden in symmetrischen Bögen herab. Er war der Alptraum jedes Unsterblichen und der Grund dafür, warum ich mich jeden einzelnen Morgen davor fürchtete, meinen Sarg zu schließen. »Du kannst mich einsperren, wenn ich wieder da bin«, sagte ich mit zitternder Stimme. »Nur hilf mir jetzt, verdammt!«

»Wenn du das überlebst, zahlst du mit Dunkelheit und Hunger, das garantiere ich dir, Junge!«, fauchte Curtis.

»Also hilfst du mir?«

Curtis drehte mir den Rücken zu und verschränkte die Arme. Hilflos wartete ich ab, wie seine Entscheidung ausfallen würde.

Immer wieder wurde mein Blick von dem dunklen, schweren Sarg angezogen. Er konnte jeden noch so starken Vampir halten, war dieser erst einmal darin gefangen.

Es war Jahre her, dass Curtis dieses drakonische Strafwerkzeug zum letzten Mal benutzt hatte. Dennoch hatten ihn die meisten Clanmitglieder bereits von innen gesehen. Tage- oder wochenlang. Ich glaube, ich war der Einzige von uns, der es je mehrere Monate in einem solchen Ungetüm hatte aushalten müssen. Paris war anderthalb Jahrhunderte her. Der Sarg damals war aus Stein gewesen. Selbst in tausend Jahren würde ich es nicht vergessen.

Mich fröstelte, und ich zwang mich, woanders hinzuschauen.

Curtis' breite Schultern versprachen kaum Hoffnung. Er war so reglos wie eine Wachsfigur. Schließlich, als ich kurz davor stand nachzufragen, erwachte er aus seiner Starre.

»Ich sage Gordon, dass ich dich morgen zu ihm schicke. Fertig werden müssen sie selbst mit dir.« Seine Stimme hörte sich seltsam an.

Ich glaubte, er weinte. Ich hatte ihn noch nie weinen gehört.

»Curtis, ich …«

Der Meister sah mich mit verstörend offenem Blick an.

»Ich kann dir deine Bestimmung nicht abnehmen«, sagte er bitter. »Ich würde dich gerne schützen, aber ich kann es nicht. Entweder ich breche dich, oder ich lasse dich ziehen. Ich entscheide mich für das Übel, das du dir selbst erwählt hast. Verlieren werde ich dich auf die eine oder andere Weise.«

»Ich werde wiederkommen, Curtis«, versprach ich und

wusste doch im gleichen Moment, dass mir die Vernichtung so gut wie sicher war.

Curtis' Lippen bebten. Er wich meinem Blick aus und stützte sich auf seinen Schreibtisch. »Zweihundert Jahre! Zweihundert Jahre, und du wirfst sie einfach weg!«

Seit ich Brandon und Christina beim Erwachen zugesehen hatte, ahnte ich, was ein Meister empfand. Aber nach zweihundert Jahren?

»Geh jetzt, Julius«, presste Curtis hervor, ohne sich umzudrehen. »Ich sage dir, wenn es so weit ist. Nun geh, bevor etwas geschieht, was wir beide nicht wollen!«

Ich wusste, er meinte den Sarg.

Mit einem letzten Blick auf seinen bebenden Rücken verließ ich den Raum. Das hatte ich nicht gewollt.

KAPITEL 46

Gestank. Süß, modrig und so dick, dass er wie Schleim in der Kehle klebte.

Amber wurde endlich wieder wach. Sie riss die Augen auf, doch es blieb schwarz, und auch der Gestank war noch da. Sie würgte und unterdrückte einen Brechreiz.

Jemand war bei ihr im Raum, aber es war kein Vampir. Julius' Blut hätte ihr verraten, wenn ein Unsterblicher in der Nähe gewesen wäre. Jemand hatte Amber gefesselt und auf einen Stuhl gesetzt. Es war dunkel, weil man ihr die Augen verbunden hatte.

Schritte.

Schwere Schritte, erst hinter ihr, dann blieb die Person vor ihr stehen.

Sie hörte Stoff, der sich bewegte, und dann war der Gestank überwältigend. Amber beugte sich gerade noch rechtzeitig zur Seite und erbrach einen dünnen Schwall. Sie rang nach Luft, doch jeder Atemzug brachte neuen Gestank.

»Das ist aber keine nette Begrüßung«, schnarrte die Stimme. Sie klang, als fehlten wichtige Teile, die eigentlich zum Sprechen nötig waren.

Amber richtete sich stocksteif auf. Vielleicht half es, wenn sie den Rücken an die Stuhllehne presste. Die eckigen Hölzer drückten ins Fleisch und lenkten von dem unsichtbaren Grauen vor ihr ab.

»Wer ist da?«, fragte sie und war überrascht, dass sie nicht stotterte.

»Erkennst du denn deinen Bruder nicht mehr?«

»Frederik?« Jetzt war es mit der erzwungenen Ruhe vorbei, und Ambers Stimme zitterte mit ihrem Körper um die Wette. »Das kann nicht sein. Bitte, nein!«

»Freust du dich denn nicht, dass ich hier bin?«

»Das bist nicht du!«, schrie Amber und wusste gleichzeitig, dass es genau das war, was vor ihr stand. Die Leiche ihres Bruders, ein Untoter, und er lachte, voll und kehlig, wie er es als Mensch nie getan hatte. Der Ton jagte ihr Schauer über den Rücken.

»Wenn du wirklich mein Bruder bist, dann hilf mir hier raus und nimm mir die verdammte Augenbinde ab!«

Amber bereute ihre Worte augenblicklich. Sie wollte Frederik nicht sehen, und um alles in der Welt wollte sie nicht, dass seine toten Hände sie berührten.

Zu spät.

Modrige Finger machten sich an ihrem Hinterkopf zu schaffen. Sie hielt die Luft an, doch der Gestank war zu heftig. Amber schluckte bittere Galle. Dann rutschte das Tuch von ihren Augen und sie war sprachlos vor Entsetzen.

Zuerst blendete sie das grelle Neonlicht der Deckenlampe, doch ihre Augen gewöhnten sich viel zu schnell daran, und aus einem bloßen Schemen wurde eine Person.

Vor ihr stand tatsächlich Frederik, oder zumindest das, was von ihm nach fast einem Monat noch übrig war. Im Mausoleum, als er Julius und Steven angegriffen hatte, hatte sie ihn nur als Schatten gesehen.

Der Frederik, der jetzt vor ihr stand, hatte aschgraue Haut, die mit Schwellungen und schwärzlichen Leichenflecken übersät war. Erstaunlich lebendige Augen schauten aus verdorrten Höhlen, die Gesichtshaut spannte sich wächsern über den Schädelknochen.

»Gefällt dir, was du siehst?«, fragte Frederik, grinste und streckte die Hand nach ihr aus. Amber schrie, bis der Untote einen Schritt zurücktrat.

»Das bist nicht du! Frederik ist an dem Tag gestorben, als er aus dem Fenster gefallen ist. Du bist ein Sklave von Gordon.«

»Und du? Bist du etwa nicht Julius Lawheads Hure?«

Amber presste wütend die Lippen aufeinander.

»Du steigst mit dem Tod ins Bett, ich kann es riechen, ich kann sein Blut in deinen Adern riechen, Schwester! Es stinkt. Untotes, stinkendes Gift. Am liebsten würde ich es dir rausschneiden!«

»Was habt ihr mit mir vor? Ihr habt das Messer doch schon.«

»Weißt du das wirklich nicht?« Frederik lachte laut. »Hat dir das dein Vampirfreund nicht gesagt, flüstert er dir nicht in den Kopf, nein?«

»Was habt ihr vor?!«

»Gordon hat noch eine Rechnung mit ihm offen. Er wird ihn umbringen, für jeden seiner Vampire einmal. Und du wirst ihn ans Messer liefern.«

»Niemals!«, fauchte Amber. So langsam kehrte ihre Fassung zurück.

»Aber es ist schon beschlossen. Dein feiner Ritter kommt, um dich zu befreien. Sein Leben für deines. Ist das nicht romantisch?« Frederik rieb sich aufgeregt die knotigen, verfärbten Finger.

»Nein, das darf er nicht.« Ambers Stimme war beinahe tonlos vor Schreck.

»Nicht weinen, Schwesterlein, er hat es verdient. Und wenn er tot ist, kann auch ich endlich gehen.«

»Sein Tod ist der Preis für deine Ruhe?«, fragte sie erschüttert.

Frederiks Spinnenfinger tasteten über das Amulett an seinem Hals, und plötzlich glaubte Amber, einen Hauch dessen zu erkennen, was ihren Bruder einst ausgemacht hatte. War seine Seele etwa in diesem verwesenden Körper gefangen?

War der Tod ihres Geliebten der Preis für die unsterbliche Seele ihres Bruders? Sie wollte diesen Gedanken nicht zu Ende denken.

»Ich muss gehen, Schwesterlein.« Der Untote strich ihr über die Wange und hinterließ eine feuchte Spur auf ihrer Haut. »Gordon wird gleich kommen, und ihr habt euch bestimmt viel zu erzählen.«

Sobald Frederik den Raum verlassen und die Tür abgeschlossen hatte, versuchte Amber die ekelhafte, stinkende Flüssigkeit loszuwerden, die an ihrem Gesicht haftete. Sie wischte immer wieder mit ihrer Schulter über die Wange, bis ihre Haut brannte. Der Geruch blieb.

Amber wünschte sich nichts sehnlicher als eine heiße Dusche, stellte sich vor, stundenlang unter dem Wasserstrahl zu stehen, Dreck und Gedanken davonzuspülen, um als neuer Mensch wiedergeboren zu werden.

Die Realität ließ sich nicht vertreiben. Das grelle Licht

der Neonlampe brannte sich auch durch ihre geschlossenen Augenlider.

Und dann, plötzlich, spürte sie Julius' Ruf.

—◆—

Ich lag auf Ambers Bett, und ihr Duft umfing mich wie eine schützende Decke. Die kleine Tischlampe warf einen kreisrunden Lichtkegel, alles andere lag im Schatten.

Auf dem Podest wartete mein Sarg. Es war bald Zeit für mich.

Mein Blick strich die Lilien entlang, die eine kunstfertige Hand auf die himmelblaue Wandfarbe gemalt hatte. Wenn ich meine Augen zu Schlitzen schloss, konnte ich mich des Eindrucks nicht erwehren, dass sie sich bewegten.

Nach der Unterredung mit Curtis musste ich wieder zu Kräften kommen, wollte ich es mit einem halben Clan aufnehmen, und dazu brauchte ich Blut.

Brandon hatte mich hinausbegleitet und mein erstes Opfer für mich betäubt, die anderen schaffte ich allein.

Jetzt lag ich auf dem Bett und wartete auf den Morgen.

Dann spürte ich Amber. Mit ihrer Anwesenheit wehte ein Geruch alten Todes zu mir. Ich kannte den Gestank. Er war die Grundmelodie der Alpträume, die mein Schlaf mir sang, seit dem Tag, als Frederik in meine Gruft eingebrochen war. Der Tag, den ich niemals wieder vergessen würde. Frederik, das Monster. Er hatte meine Amber in seiner Gewalt.

Ich streckte meine Gedanken nach ihr aus und fand sie.

Die Freude, die ich empfand, überrollte ihre Sinne. Ich badete ihre Seele in Glück, wollte, dass es ihr gutging, egal was war. Ich streichelte sie mit unsichtbaren Fingern, schickte ihr meine Kraft.

»*Julius, hör auf mit der Hexerei*«, sagte sie klar und deutlich.

Ich seufzte und nahm mich zurück.

»*Du darfst nicht herkommen, sie wollen dich umbringen!*«, beschwor sie mich.

Ich lachte bitter. »*Natürlich wollen sie das, Liebes.*« Und ging nicht weiter darauf ein. »*Darf ich durch deine Augen schauen? Ich möchte sehen, wo du bist.*«

Sie erlaubte es, und nach wenigen Augenblicken hatte ich alles gesehen. Den weißgekachelten Raum, die Metalltür, das grelle Deckenlicht.

»*Haben sie dir weh getan?*«, fragte ich und tastete zugleich ihren Körper ab. Ich fand den Vampirbiss, doch der Unsterbliche hatte fast kein Blut genommen.

»*Es geht, Julius. Ich bin nur so schrecklich müde. Sie betäuben mich immer wieder.*«

»*Du musst nicht mehr lange aushalten, heute Abend kommst du frei. Gordon hat das Messer und bekommt damit womöglich einen Waffenstillstand. Ihm fehlt nur noch Rache zu seinem Glück. Sobald er mich hat, wird er Ruhe geben. Es wird Jahrzehnte dauern, bis er einen neuen Krieg gegen die Clans wagt.*«

Amber fingerte nervös an ihren Fesseln. Ich fühlte, wie neuerliche Angst ihren Rücken hinaufkroch und sie erstarren ließ.

»*Was ist?*«

»*Da kommt jemand.*«

»*Ich liebe dich, Amber!*«

Ein Schlüssel klapperte im Schloss.

Amber hielt den Atem an und starrte plötzlich in das Gesicht eines Engels. Goldene Locken fielen in perfekten Wellen über seine Schultern. Augen, so grün, dass sie jede Katze eifersüchtig gemacht hätten. Gordon war der schönste Vampir, den ich je gesehen hatte.

Mit seinem Lächeln strömte eine tödliche Energie in den Raum und vertrieb mich mühelos aus Ambers Gedanken.

Ich war wieder zurück in meiner Kammer im Lafayette.

Gordon hatte Curtis sein Wort gegeben, Amber unverletzt gehen zu lassen. So schrecklich mir der Gedanke war, sie in seiner Nähe zu wissen, Amber war jetzt sicher.

Die Sonne ging auf, und mit ihr kam die Angst. Mit schweren Gliedern setzte ich mich auf und überwand den kurzen Weg zum Sarg.

Die rote Seide umschmeichelte mich. Die Decke war ein Zugeständnis an meine vergangene Menschlichkeit. Sie hatte keinen Sinn, wärmte mich nicht.

Mit einem Seufzer flüchtete die letzte Luft aus meiner Lunge, dann war ich endgültig still und schloss die Augen.

Als der Abend heraufdämmerte, kehrte mein Geist in den Körper zurück.

Ich spürte Curtis' Anwesenheit, lange bevor ich die Augen öffnen konnte. Sein Zorn lag tief vergraben.

Er hatte den Sarg geöffnet und betrachtete mich, als sähe er mich zum letzten Mal. War er sich tatsächlich so sicher, dass ich die Begegnung mit Gordon nicht überleben konnte?

Es gab keinen anderen Weg für mich. Wenn ich Amber im Stich ließ, würde ich des Lebens nicht mehr froh. Das kam einem Selbstmord gleich.

Curtis' Magie prasselte wie warmer Sommerregen über meine Brust. Mein Körper bäumte sich unter dem ersten Herzschlag, ich erwartete den Schmerz, doch er kam nicht. Mein Meister hatte ihn mir genommen.

Ich schlug die Augen auf und lächelte ihn erleichtert an. Curtis lächelte zurück, doch es erreichte seine Augen nicht.

Seine sehnigen Hände spielten mit einer kleinen Elfenbeinschatulle. Ich hatte sie in den vergangenen Jahrhunderten schon oft gesehen. Das Material war von einem warmen Gelb, dunkle Risse durchzogen die Schnitzereien wie Falten in alter Haut.

Die Heilige Mutter Gottes war auf dem Deckel eingraviert, und an den Seiten reihten sich Märtyrerinnen unter kleinen Spitzbögen. Die Kreuze waren vorsichtig aus der Schnitzerei entfernt worden, ohne den Rest zu beschädigen.

Curtis' Blick war in die Ferne gerichtet. Vor seinem inneren Auge lief ein Film ab, der zu seinem längst vergangenen, menschlichen Leben gehörte.

Ich blieb liegen und beobachtete seine Finger, die ruhelos um Marias Heiligenschein kreisten. Nach einer Weile blinzelte Curtis, und sein Blick kehrte zu mir zurück.

In seinen Augen schwammen Erinnerungen.

»Guten Abend, Meister«, sagte ich mit belegter Stimme.

»Guten Abend, Julius.«

Ich schüttelte die letzte Müdigkeit ab und stand auf. Noch immer konnte ich nicht ganz fassen, dass ich ohne Schmerzen aufgewacht war. Ich rieb mir über die Brust. »Danke.«

»Gern geschehen.«

Curtis stand auf und tat einige unschlüssige Schritte durch den Raum. »In einer Stunde bringt Robert dich zu Gordon. Es gibt einen Treffpunkt in Downtown. Hältst du noch immer an deinem Vorhaben fest?«

Ich nickte. Ja, mein Beschluss hatte sich nicht geändert.

Ich wusch mir Gesicht und Oberkörper mit eiskaltem Wasser und jagte den Schlaf auch aus der letzten Pore.

Curtis half mir, mich vorzubereiten. Er legte mir die Messerscheiden an und schloss die Riemen an meinen Unterarmen.

Als er fertig war, streifte ich mir ein dunkelrotes Hemd mit breitem Kragen über. Silberne Manschetten schlossen die Ärmel, die so weit waren, dass ich meine Messer problemlos ziehen konnte. Eine weitere Silberklinge fand ihren Platz an meinem Unterschenkel, verborgen unter Stiefel und Hose.

»Ich denke nicht, dass sie dich die Waffen behalten lassen.«

Ich sah Curtis in seine grauen Augen. »Ich bringe die Sache zu Ende, so oder so.«

»Gordon ist genauso alt wie ich, Julius. Du kannst nicht gegen ihn bestehen.«

»Auch Meistervampire sterben mit einer Silberkugel im Herzen.«

»Ich hoffe es für dich, Julius, ich hoffe, du bekommst die Chance dazu. Du hast Gordon noch nicht im Zorn erlebt, ich dagegen schon.«

Er hielt mir plötzlich das kleine Kästchen hin und öffnete es, so dass der Deckel seine Augen vor dem Inhalt abschirmte.

Aus einem samtenen Bett blitzte mich ein antikes Goldkreuz an. An den vier Enden waren blutrote Rubine eingefasst, in der Mitte ein klarer Bergkristall. Der Anblick des Kreuzes rief in mir nicht mehr als ein ungutes Bauchgefühl hervor.

»Es gehörte meiner Mutter Bridget«, sagte Curtis. »Ich kann es nicht ansehen. Trage es, wenn du es aushältst, und bring es mir wieder. Es mag dein einzig wirksamer Schutz gegen Gordon sein.«

Mit spitzen Fingern hob ich das Kreuz an der Kette heraus.

Es leuchtete aus eigener Kraft.

Curtis wandte den Blick ab. Ich wusste, wie viel es ihn kostete, die Augen nicht mit der Hand zu bedecken. Ich legte mir die Kette um den Hals, ließ das Schmuckstück unter den Kragen gleiten und strich den Stoff darüber glatt. Das Gold wurde auf meiner Haut augenblicklich warm. Nach einigen Stunden würde es so heiß sein, dass es eine kleine Verbrennung hervorrief, doch das war zu ertragen, wenn es mich schützen konnte.

»Danke. Ich werde es hüten wie einen Schatz.«

»Versteh mich nicht falsch, ich will noch immer nicht, dass du gehst«, sagte mein Meister. In seiner tiefen Stimme klang eine Drohung mit.

»Dunkelheit und Hunger«, sagte ich mit stockendem Atem. Der Gedanke an den Sarg, die klaustrophobische Enge und den unerträglichen Durst schnürte mir die Kehle zu. Ich schluckte und wich seinem Blick aus.

»Ich komme wieder und werde mich deinem Urteil fügen.«

»Nimm Abschied von den Deinen, Julius. Ich gebe ihnen Schutz, solange du fort bist.«

»Und Amber?«

»Deine Dienerin kann tun und lassen, was sie will. Solltest du nicht zurückkehren, werde ich jede Verbindung zu ihr lösen und ihre Erinnerungen an unsere Art aus ihrem Verstand tilgen. Unter ihresgleichen ist sie besser aufgehoben.«

»Danke, danke für alles.« Und dann sagte ich es plötzlich. »Vater.«

Curtis erstarrte und wich mir aus. »Geh, bevor ich es mir anders überlege. Geh!«, sagte er bitter und öffnete die Tür.

Ich trat an ihm vorbei in den Gang. Plötzlich hatte ich es eilig, fortzukommen.

Meine Verbindung zu Amber war wieder unterbrochen. Jetzt, da ich wusste, dass sie sie betäubten, war dieser Zustand weniger fürchterlich. Das Leder meiner Hose quietschte leise, während ich mehrere Stufen auf einmal nahm. Curtis glitt hinter mir wie ein Schatten die Treppe hinauf.

Im Entree warteten Brandon, Christina und einige andere. Robert unterhielt sich flüsternd mit dem Indianer. Sobald die Männer meiner ansichtig wurden, verstummten sie. Sie hatten wohl über mich gesprochen. Brandon fingerte unsicher an einer Halskette, in deren Mitte einer seiner geliebten Türkise prangte.

Mein Blick streifte Steven, der sich in einer Ecke neben dem alten Kartenhäuschen herumdrückte. Er war Curtis' neues Schoßtier. Ich hatte ihm nichts mehr zu sagen.

Die Anspannung war dicht, als laufe man durch eine unsichtbare, zähe Masse.

Ich küsste Brandon und Christina zum Abschied auf die Stirn und vermied zugleich, ihnen in die Augen zu sehen.

Robert nickte mir zu. Es war so weit. Er ging voraus und öffnete die Tür.

Der warme Geruch der Straße umfing mich, dann stieg ich zu Robert in die Klimaanlagensterilität des Wagens. Lämpchen blinkten, während er den Zündschlüssel drehte. Ich schnallte mich an und sah nicht zurück.

Curtis' Blick brannte plötzlich in meinem Rücken.

Geh nicht!, schien er zu rufen, geh nicht! Er zog mit all der Kraft an mir, die in über zweihundert Jahren zwischen uns gewachsen war. Seine Energie schnürte mein Herz zusammen, zerrte an jeder Faser meines Körpers.

»Fahr endlich, Robert!«, presste ich hervor und drückte mich tief in den Sitz. Warum konnten mich Leder und Polster jetzt nicht einfach verschlucken und alles war vorbei?

Robert beschleunigte und Curtis' Sog riss ab.

Mit aufjaulendem Motor schossen wir die Straße hinunter, und ich sackte zusammen. Robert sah mich besorgt an und ging vom Gas.

Ich starrte aus dem Fenster. Lichter, Bäume, Menschen.

Meine Hände kneteten den Sitz. Nur nicht nachdenken, beschwor ich mich, alles, nur das nicht. Ich lenkte mich damit ab, jedes Reklameschild zu lesen, an dem wir vorbeifuhren.

»Ich hoffe, sie ist es wert«, sagte Robert irgendwann und starrte auf die Rücklichter des Kombis vor uns.

Schweigend musterte ich meinen Sitznachbarn im Auf und Ab der Blinker. Orange und grau, Roberts Gesicht wechselte die Farbe im Takt.

»Der Meister hat dir im Grunde schon verziehen, aber du musst verstehen, dass du ihn enttäuscht hast. In ein paar Jahren wäre alles vergeben und vergessen.«

»Warum sagst du mir das?«

»Du solltest es wissen, für den Fall, dass du ...«

»Dass ich sterbe?«

»Ja.«

KAPITEL 47

Wir erreichten Downtown erschreckend schnell. Abgerissene Plakate flatterten umher, Graffiti, wohin man sah, verwahrloste Gestalten drückten sich in den Schatten herum. Fast erwartete ich brennende Tonnen zu sehen, doch dafür war es viel zu warm.

Meine Schultern verkrampften sich, als wir in die enge Schlucht zwischen zwei Warenhäusern einbogen. Ich konnte Gordon bereits fühlen. Seine Kraft flutete ungebremst durch die nächtliche Welt, und er machte keinen Hehl daraus, dass er sich freute.

Sein Plan ging auf. Ich kam zu ihm, und er würde seine lang ersehnte Rache bekommen.

Die Scheinwerferkegel zweier Autos erleuchteten den weiten Parkplatz wie eine antike Arena. Vier Männer standen davor. Das Licht in ihrem Rücken ließ sie wie Scherenschnitte erscheinen.

Unter den Rädern unseres Wagens spritzte der Schotter.

Ich hatte nur noch Augen für den Schlankesten der Männer.

Ein Strahlenkranz aus goldenen Haaren umrahmte sein Gesicht. Gordons Schönheit war legendär, und doch überraschte sie mich immer wieder.

Wie ein Gemälde, das man lange nicht gesehen hat. Und genauso sah er aus, wie das Porträt eines Engels. Der Künstler hatte die Schönheit perfekt eingefangen und doch das Wichtigste vergessen: der Figur Leben einzuhauchen.

Wir hielten in zehn Metern Abstand. Robert stellte den Motor ab und fasste mich am Arm. Seine Augen hatten sich verändert, es waren die von Curtis.

Ich senkte den Blick, denn plötzlich war mein Mut geschwunden.

»Geh nicht, Junge!«

»Ich muss.«

»Warum, Julius?«

»Für Marie, für mich, für Amber.«

Robert, in dessen Körper Curtis geschlüpft war, nickte langsam. »Ich hätte deinen Treuebruch nie vor dem Rat in Paris anklagen dürfen. Es war ein Fehler, Julius, aber es ist einhundertfünfzig Jahre her!«

»Nicht für mich, Curtis! Und jetzt lass mich gehen.«

Er löste den Griff von meinem Unterarm, und dann war Robert wieder Robert.

Ich straffte meine Schultern und stieg aus.

Gordons Energie riss mich beinahe von den Beinen.

Ich ließ mich nicht provozieren, sondern schirmte mich ab, versuchte nicht zu zeigen, welchen Eindruck seine kleine Demonstration bei mir hinterlassen hatte. »Spar dir deine Kraft für später, Gordon!«

Er lachte sein Engelslachen, und es rauschte wie ein warmer Wind über meine Haut.

»Ich bin hier, Gordon, wo ist meine Dienerin?«, rief ich und trat mit ausgebreiteten Armen nach vorn. Die Blicke der Vampire richteten sich augenblicklich auf die Pistolen, die im Gürtel meiner Hose steckten.

Was hatten sie erwartet? Dass ich unbewaffnet kam?

Gordons Diener Nate öffnete die Hintertür eines Wagens und zog Amber heraus.

Mein Herz tat einen Satz. Sie war wach, doch warum konnte ich sie nicht spüren? Was hatte Gordon ihr angetan? Ambers Schritte waren schwer und unbeholfen. War sie immer noch betäubt?

Der Diener hielt meine Geliebte wie einen menschlichen Schild vor sich. Er wusste, dass er damit auch seinen Herrn schützte. Solange Meister oder Diener unverletzt waren, starb keiner von beiden, zumindest nicht durch einen Schuss.

»Amber!«

Ihr leerer Blick streifte mich, dann starrte sie wieder in Gordons Engelsgesicht. Es war, als kenne sie mich nicht mehr. Etwas stimmte da nicht.

»Wenn du sie haben willst, Lawhead, dann wirf deine Waffen fort.«

Ohne zu zögern ließ ich die Pistolen zu Boden fallen und löste das Schwert von meinem Gürtel.

»Deine Henkerswaffe nicht, die behalte ich als Souvenir.«

Tristan, der grauhaarige Vampir an Gordons Seite, trat auf mich zu, nahm das Schwert aus meiner Hand und tastete mich nachlässig nach Waffen ab.

Er fand keines der Messer, aber meine letzte auffällig platzierte Pistole. Meine Aussichten wurden besser. Ich hatte ohnehin nicht erwartet, dass ich eine Schusswaffe einschmuggeln konnte, aber fünf Messer waren mehr, als ich mir in meinen kühnsten Träumen vorgestellt hatte.

»Bringen wir es hinter uns«, sagte Robert. Er sah an mir

vorbei, wollte nicht, dass sein Blick Geheimnisse verriet. Er wusste, dass ich noch immer bis an die Zähne bewaffnet war.

»Du willst dein Leben wirklich gegen das deiner Dienerin tauschen?«, fragte Gordon.

»Ja«, entgegnete ich und war stolz, dass meine Stimme entschlossen klang und keine Angst verriet.

»Das ist lächerlich.«

Er trat zu Amber und drehte ihren Kopf hin und her, als musterte er ein Stück Fleisch. »Sie trägt nur drei der fünf Siegel. Ihr Tod hat keinerlei Wirkung auf dich. Ich kann nichts Besonderes an ihr erkennen. Warum willst du das tun? Würdest du dein Leben für jeden Menschen geben? Sind dir die Sterblichen so kostbar?«

Ich schwieg und wartete ab.

»Du sollst deinen Willen haben, Julius Lawhead.«

»Und du bekommst deine Rache.«

Nate führte Amber im Bogen an mir vorbei zu Robert, und ich ging mit erhobenen Händen und leerem Blick hinüber. Alles in mir war tot, mein schlafendes Herz würde mich nicht verraten. Gordon musterte mich von der Seite. Er konnte sein Glück noch immer nicht fassen.

»Die Hände auf den Rücken«, sagte er kalt.

Das gefiel mir gar nicht. »Ich komme so mit. Du hast mein Ehrenwort, Gordon.«

»Dein Wort interessiert mich nicht.«

Amber war bei Robert angekommen. Gordons Diener wartete darauf, dass ich mich fesseln ließ. Noch waren sie nicht sicher, ob ich wirklich kooperierte.

Aber ich hatte keine andere Wahl, wenn ich das Leben meiner Geliebten retten wollte. Seufzend tat ich, wie mir geheißen.

Die Handschellen schlossen sich eng um meine Gelenke. Sofort spürte ich ein leises magisches Prickeln auf der Haut.

Es war Silber. Natürlich. Normale Handschellen hätte ich sprengen können, aber gegen Silber konnte ich nicht mehr ausrichten als ein Sterblicher gegen Stahl. Ich würde mich nicht befreien können.

Sie hakten eine Kette in die Handschellen ein. Tristan legte sie Gordon in die Hand, und dieser zerrte mich zu sich wie einen ungezogenen Hund.

Ich stolperte rückwärts und hatte doch nur Augen für Amber.

Gordon trat mir in die Kniekehlen. Meine Beine gaben nach, dann kam der Schmerz.

Ihre Freiheit, mein Leben für ihre Freiheit, wiederholte ich in Gedanken und starrte zu Amber hinüber. Ihr Haar glänzte rotgolden, selbst jetzt, in der Nacht, als alle Farben zu Grau verblassten.

Robert versuchte mit ihr zu sprechen, doch anscheinend blieb ihm Amber die Antwort schuldig.

»Was hast du ihr angetan?«, schrie ich und starrte zu Gordon hinauf.

Er lächelte breit und boshaft. »Sie ist unverletzt, oder? Das war die Bedingung.«

»Amber? Amber, sieh mich an!«

Sie drehte ihren Kopf, aber sie sah nicht mich an, sondern Gordon.

»Sag etwas«, flehte ich. »Irgendetwas!«

Plötzlich schien sie zum Leben zu erwachen. »Es geht mir gut«, antwortete sie. Die Stimme war monoton, frei von Höhen und Tiefen. Waren das die Nachwirkungen des Betäubungsmittels? Hauptsache, sie war frei und in Sicherheit.

»Sind die Bedingungen erfüllt?«, fragte Gordon lauernd.

Robert legte schützend einen Arm um Ambers Schulter. »Ja, das sind sie.«

»Dann habe ich keine Feindschaft mehr mit Curtis Leonhardt und seinem Clan«, verkündete Gordon, als sei er in der Position, Bedingungen für den Frieden zu stellen.

Gordons Diener kehrte auf unsere Seite zurück.

Meine Geliebte hielt sich mit letzter Kraft auf den Beinen.

Ich richtete meinen Blick auf Gordon. In meiner demütigenden Haltung konnte ich nicht anders, als zu ihm aufzusehen, und ich hasste es.

Der Meistervampir beobachtete Robert und Amber. Ein zufriedenes Lächeln umspielte seine Lippen.

»Ich habe dein Wort, dass du sie gehen lässt und ihr kein Leid antust?«, fragte ich.

Sein Grinsen wurde breiter, bis ich einen guten Blick auf seine Reißzähne hatte. »Mein Wort, Julius Lawhead, mein Wort. Deine Kleine kann gehen, wohin sie will«, höhnte er, dann legte er mir seine Linke auf die Schulter und grub seine Finger in meine Muskeln.

Der Schmerz kam so plötzlich, dass ich zusammensackte. Ich fing mich und versuchte jegliche Empfindung aus meiner Miene zu verbannen. Er sollte seinen Triumph nicht bekommen, noch nicht. Gordon riss an der Kette und ich musste mich vorbeugen, damit er mir nicht die Arme ausrenkte. Als mein Gesicht den Schotter berührte, drehte ich den Kopf zur Seite.

»Fahr los, Robert! Fahr!«

Er zögerte, wollte mich nach all den gemeinsamen Jahren nicht einfach so zurücklassen. Wie konnte er sein Gesicht vor Curtis wahren, wenn er mich einfach so hatte sterben lassen?

»Verschwindet, bring sie nach Hause!«, rief ich noch einmal, und diesmal nickte er.

»Verlass dich auf mich, Julius, ich bringe sie nach Hause.« Seine Stimme zitterte, und seinen Blick sollte ich nie vergessen. Er hatte mich aufgegeben. Mein Tod war ihm Gewissheit, nur das Wann und Wie stand noch aus.

Der Ausdruck seiner Augen machte mir in diesem Moment mehr Angst als Gordon mit seinen Rachegelüsten.

»Steh auf«, befahl dieser.

Ich erhob mich in einer flüssigen Bewegung, die mich alle Konzentration kostete. So einfach konnte er mich nicht brechen.

Robert wandte den Blick ab, als sie mich zum Auto zerrten und hineinstießen.

Ich fiel mit dem Gesicht voran auf die Rückbank, setzte mich auf und sah Robert und Amber davonfahren. Meine Liebe war frei, jetzt konnte geschehen, was geschehen musste.

Vor all den Jahren in Paris hatte ich Marie getötet, jetzt würde ich Abbitte leisten und einen Teil meiner Schuld tilgen.

Die Messerscheiden an meinen Armen drückten in die Muskeln und mit den Handschellen konnte ich nur weit nach vorne gebeugt sitzen.

Gordon stieg auf den Beifahrersitz. Sein Haar umfloss seine Schultern golden, als er sich lächelnd zu mir umdrehte.

Ich wandte mich demonstrativ ab und starrte aus dem Fenster.

Auf dem leeren Parkplatz war die Nacht schwarz und schwer.

Der Wagen fuhr an, und ich wurde in den Sitz gedrückt. Die Kette klirrte leise, als ich versuchte, das Gleichgewicht zu halten.

»Hast du es bequem, Lawhead?«

Ich reagierte nicht, sondern starrte weiter aus dem Fenster. Sie hatten es nicht einmal für nötig gehalten, mir die Augen zu verbinden.

Draußen raste die Welt vorbei.

Ich las die Straßenschilder. Jeder Name wurde zu einer

Kostbarkeit, denn im Licht des Todes bekam alles einen neuen Wert. Die Konturen wurden schärfer. Plakate und Bänke, Geschäfte, Menschen, selbst die hässlichsten Dinge waren auf einmal so schön, dass es weh tat.

Sah ich all das zum letzten Mal?

»Ja, nimm nur Abschied.«

»Lass den Scheiß, Gordon«, fauchte ich und trieb ihn mit wenig Mühe aus meinen Gedanken. Es war leicht, zu leicht. Plötzlich krallte er seine Finger um mein Kinn. Ich hatte seine Hand nicht kommen sehen. Er drückte mir die Schlagadern ab und zwang mich dazu, ihn anzusehen.

Ein Sog riss mich in seine Augen. Energie, gewachsen in Jahrhunderten, rauschte durch mein Fleisch und bahnte sich Wege, wo es keine gab.

Ich schwitzte Blut und Wasser.

Jemand stöhnte. War ich das?

»Wenn ich dich lesen will, dann werde ich es tun, Lawhead, hast du verstanden? Du gehörst jetzt mir. Mir!«

Gordon lächelte. Seine Stimme entsprang irgendwo in meinem Kopf, direkt hinter den Augäpfeln. Jedes seiner Worte brannte wie ein glühendes Messer. Ich fühlte, wie mir etwas die Wangen hinunterlief. Blut oder Tränen, oder beides.

»Schrei ruhig, wenn es weh tut«, flüsterte er mit samtener Liebenswürdigkeit. »Vielleicht höre ich dann auf.«

Ich wollte nicht, doch dann schrie ich. Mit dem ersten Schrei brach ein Damm, und ich konnte nicht mehr aufhören, bis meine Lunge brannte und das Feuer aus meinem Kopf verschwunden war.

Ich fiel zur Seite und keuchte meine Verzweiflung in die Sitzpolster.

Mit jedem Atemzug kehrte langsam ein wenig mehr von meiner Fassung zurück.

Gordon hatte die ganze Zeit über entspannt gegen den Sitz gelehnt und nicht einmal geschwitzt, während ich mich in meiner Pein gewunden hatte.

Er drehte eine seiner blonden Locken zwischen den Fingern, als sei ihm langweilig. »Ich kann mit dir machen was ich will, hast du das jetzt verstanden, Jäger?«

Ich begegnete seinem Blick. »Ja. Ja, habe ich.«

Alles verschwamm zu tanzenden Schemen. Mit plötzlicher Gewissheit wusste ich, dass ich sterben würde. Nicht hier und jetzt, vielleicht auch nicht heute Nacht, das wäre zu einfach gewesen, doch Gordon würde mich töten, aus Rache an mir, aus Rache an Curtis, den er hasste, solange ich denken konnte. Ich würde sterben.

Das Einzige, was mir übrigblieb, war so viel Schaden anzurichten wie möglich, so viele seiner Vampire mit mir in den Tod zu nehmen, wie ich konnte. Vielleicht waren seine Tage dann ebenfalls gezählt.

Ich wusste längst nicht mehr, wohin wir fuhren.

In einer Kurve kippte ich zur Seite und blieb liegen. Mir war egal, wohin sie mich brachten. Mein Gesicht rieb über den rauen Sitzbezug. Dies und das Brummen des Motors hielten mich wach.

Irgendwann erreichten wir unser Ziel, und die Autos kamen zum Stehen.

KAPITEL 48

Jemand öffnete die Wagentür.

Ich reagierte nicht schnell genug, wurde an den Haaren hinausgerissen und schlug mit den Knien auf die gepflasterte Einfahrt. Der scharfe Schmerz vertrieb augenblicklich den Nebel, der mein Bewusstsein getrübt hatte.

»Auf die Beine mit dir!«, schrie Tristan und riss an der Kette.

Ich versuchte ruhig zu bleiben und erhob mich. Alles drehte sich. Ich wusste nicht, was Gordon mit meinem Kopf angestellt hatte, aber es wirkte noch nach.

Wir standen vor einem weiten Garten. Eine grelle Lampe meißelte Büsche und Bäume aus Licht.

Gordon ging an mir vorbei den Weg hinauf. Seine Macht streifte mich und ließ mich taumeln. Blinzelnd folgte ich meinen Peinigern zu einer schneeweißen Villa. Alte Bäume strichen mit ihren Ästen über das Dach.

Die Konturen wurden sanfter, je weiter wir uns von der Lichtquelle entfernten, und aus den Schatten schmolzen zahllose Facetten von Grün.

Wir waren auf keinen Fall mehr in Downtown. Bel Air? Malibu vielleicht? Nein, überlegte ich, Malibu riecht nach Meer. Wo waren wir hier? Wie lange war ich bewusstlos gewesen?

Hinter schwankenden Pappeln konnte ich weitere Villen ausmachen. In ihren Fenstern brannte Licht, hier und da flimmerten Fernseher. Rasensprenger zischten. Es roch nach frisch gemähtem Gras.

»Bringt ihn in den Keller, Tristan«, hörte ich Gordon sagen. »Ich kümmere mich später um ihn.«

Während der Meistervampir einige hölzerne Stufen hinaufging und zwischen weißen Säulen im feudalen Eingang des Anwesens verschwand, zerrten mich der grauhaarige Tristan und ein anderer Unsterblicher zum Keller.

Der Zugang zum Untergeschoss lag auf der rechten Seite. Es war eine massive Stahltür, die durch sorgfältig gestutzte Büsche vor neugierigen Blicken verborgen wurde. Die Auswahl dieser Villa war kein Zufall, sie musste schon lange im Besitz eines Vampirs sein.

Während sich meine Bewacher um das Schloss kümmerten, machte sich Angst in meinem Herzen breit.

Diesmal, so spürte ich, war das Gefühl gekommen, um zu bleiben.

Ich atmete tief ein und legte den Kopf in den Nacken. Es gab sogar Sterne heute Nacht. Noch einmal versuchte ich alles aufzunehmen, jedes Detail um mich herum festzuhalten. Das Zirpen der Grillen, den wispernden Flug der Fledermäuse und den betörenden Duft der Lilien, die blassblau in den Rabatten leuchteten.

Die Energie der Nacht durchströmte meinen Körper wie ein kühler Wind.

Dann schwang die Tür auf und mein Abschiednehmen war zu Ende.

Der junge Vampir trat vor und betätigte einen Lichtschalter. Halogenlampen blitzen auf und erleuchteten einen langen Gang, der eher einem Flur glich als einem Kellerraum. Tristan verlor keine Zeit. Er riss mich an der Kette vorwärts. Ich stolperte mit einem Fluch auf den Lippen hinterher.

»Zahm wie ein Lämmchen«, höhnte der Jüngere und gab mir einen Stoß in den Rücken. »Hat der Meister dich schon gebrochen? Ist der Henker von LA so schwach?«

Ich biss mir vor Wut auf die Lippen und folgte Tristan gehorsam wie ein Hund an der Leine. Wenn ich mich jetzt provozieren ließ, verspielte ich auch meine letzte Chance auf Flucht.

Ich prägte mir alles genau ein und hielt nach Schlafkammern Ausschau.

Stahltüren durchbrachen in immer gleichen Abständen die weiße Wand. Weder Spinnweben gab es hier noch Staub in den Winkeln. Alles war klinisch rein.

Der junge Vampir ging hinter mir und stieß mich erneut.

Er genoss seine Überlegenheit. Ohne die Fesseln hätte ich ihn mit einem einzigen Schlag töten können. Für ihn brauchte ich nicht einmal ein Messer. Aber jetzt war Julius Lawhead, der gefürchtete Jäger, in seiner Hand, und er würde keine Gelegenheit auslassen, seine Position auszunutzen.

Wir erreichten einen Raum mit massiven Bruchsteinwänden. Niemand hatte sich hier die Mühe gemacht, die Mauern zu verputzen oder gar zu streichen. Der Boden bestand aus gestampftem Lehm und roch nach Erde.

Ich spürte nur wenige Tote. Das hier war kein Friedhof, dieses Haus hatte ein anderes tödliches Geheimnis: Mordopfer, verscharrt im Keller.

Doch was mir wirklich Sorgen bereitete, war die Wand. Dort glänzten Ketten, neu, wie gerade erst angebracht. Niemand musste mir sagen, dass im Eisen Silber war.

Dies war der Folterkeller eines Meistervampirs. An einer anderen Wand stand eine lange Kiste mit massiven Schlössern. Was hätte ich jetzt dafür gegeben, dort hineingesperrt zu werden.

Hunger und Dunkelheit waren nichts gegen das, was mich erwartete. Wenn ich erst einmal in Ketten lag, würde es kein Entkommen mehr geben.

Es musste jetzt passieren, oder ich war verdammt.

Tristan zerrte mich vorwärts, näher an die Ketten heran. Der jüngere Vampir kramte die Schlüssel für die Handschellen hervor.

Tristan betrachtete mich argwöhnisch. Er wusste genauso gut wie ich, dass dies meine letzte Chance auf Flucht war.

Ich versuchte meine Augen leer aussehen zu lassen, als seien sie noch immer getrübt von Gordons Macht.

Tristan stieß mich zurück. Ich ließ ihn, taumelte, bis ich die Mauer im Rücken hatte und genau zwischen den Ketten zu stehen kam.

Wie eine leblose Puppe ließ ich mich von ihm festhalten.

Tristan schloss seine Rechte um meine Kehle, mit der Linken hielt er meine Handschellen.

Ich beobachtete ihn durch halb geschlossene Augenlider. Er war vielleicht hundert Jahre älter als ich, doch seine Macht war nicht die eines Meisters, er war entweder nicht dazu geboren, oder Gordon hatte ihn ewig klein gehalten. Ich hatte die Kraft vieler Feinde getrunken, und ich wusste, dass ich ihm überlegen war. Die Blutsbande mit Brandon und Christina hatten mir das kleine bisschen mehr an Kraft gegeben, dass nötig war, um diese Sache durchzuziehen.

»Schließ auf, ich halte ihn«, befahl Tristan dem jüngeren Vampir.

»Sicher?«

»Ja, sicher.«

Mein Körper bebte wie ein Jagdhund an der Leine, als wüsste jeder einzelne Muskel, dass es um die Existenz ging. Ich zwang mich zur Ruhe.

Tristan glaubte, das Zittern wäre Ausdruck meiner Schwäche. Er hätte mich niemals so unterschätzen dürfen.

Ich lehnte mit der Schulter an der Wand. Tristan stand neben mir im Raum, und mein Puls trommelte wütend gegen den eisernen Griff seiner Hand. Er würgte mich und würde mir die Kehle herausreißen, wenn ich mich rührte.

Der andere stand hinter mir. Wo genau, konnte ich nur erahnen. Er nestelte mit dem Schlüssel an den Handschellen herum. Seine Bewegungen waren fahrig.

Ich konnte seine Angst riechen. Recht hatte er, sollte er mich nur fürchten!

»Jetzt mach schon, Alex«, maulte Tristan. »Das kann doch nicht so schwer sein.«

Mit einem Klack gaben die Handschellen nach. Noch nicht, beschwor ich mich, noch nicht.

Der junge Vampir namens Alex ergriff meine Linke und zog den Arm zur Wand. In dem Moment, als die Ketten meine Haut streiften, war es so weit.

Ich spannte die Muskeln an und riss mich aus Alex' Griff los.

Wie groß war sein Schrecken, als ich mit einem Mal zum Leben erwachte.

Wie von alleine fand meine Hand zu seiner Kehle und packte zu. Er keuchte kurz, dann brach sein überraschter Schrei ab, und er hatte keine Luft mehr.

Gleichzeitig presste ich mein Kinn auf die Brust und schlug mit der Rechten Tristans Hand von meinem Hals. Dann kam Alex' Ende.

Meine Finger gruben tief. Ich zerfetzte seine Halsschlagadern.

Blut spritzte in Tristans Augen. Er schrie erschrocken auf und fasste sich an die eigene Kehle. Das Glück war auf meiner Seite. Der sterbende Vampir war von seinem Blut gewesen, und jetzt teilte Tristan dessen Schmerz.

Ich tauchte unter einem schlecht gezielten Hieb hinweg, kam hinter ihm wieder hoch und riss in einer einzigen Bewegung die Messer aus den Armscheiden.

»Verdammt, wie hast du das gemacht?«, fauchte er und schnellte zu mir herum.

Ich lachte befreit. »Übung!«

Auf dem Boden verreckte sein Nachkomme. Alex' Beine traten ins Leere. Seine Augen erblickten schon das Jenseits, während seine Hände noch versuchten, das Blut am Fließen zu hindern.

»Komm schon, bringen wir es hinter uns«, rief ich und schlug die Messer klirrend gegeneinander. Tristan ging in Angriffsposition. Er hatte eine Kampfsportausbildung, das sah man sofort.

Ich setzte alle Energie in Geschwindigkeit und schoss vor. Die Messer teilten die Luft. Tristan sprang zur Seite und mein erster Hieb ging fehl. Er konterte, doch auch ich wich aus.

»Du verdammter Bastard«, keuchte er, »glaubst du wirklich, dass du so einfach entkommst?«

»Nein, das nicht, aber du wirst sterben, Tristan.«

Er fauchte und griff in einer Schnelligkeit an, die ich ihm nicht zugetraut hatte. Sein Schlag schleuderte mich mit großer Wucht auf den Boden, und ich blieb einen Augenblick benommen liegen. Doch auch ich hatte Spuren hinterlassen.

Tristan blutete aus einem tiefen Schnitt am Arm. Die zweite Klinge hatte die Kehle verfehlt und stattdessen seine Wange aufgeschlitzt.

»Na? Tut es weh?«, höhnte ich und kam mit einem Sprung auf die Beine. Geduckt wie ein Raubtier erwartete ich seinen nächsten Angriff, und der kam prompt.

Doch ich wollte Tristan überraschen und schleuderte ihm meine Energie entgegen. Sie traf wie ein Faustschlag. Tristan strauchelte und fiel mehr vorwärts, als dass er lief. Er hatte mit allem gerechnet, nur nicht mit Magie.

Meine Messer gruben sich bis zum Heft in seinen Bauch. Warm, fast heiß strömte sein Blut über meine Hände. Ich drehte die Klingen und stieß sie aufwärts, um mehr Schaden anzurichten.

Tristan brüllte wie ein Stier und verankerte beide Arme hinter meinem Rücken. Als sich seine Zähne in meinen Hals gruben, schrie auch ich.

Meine Arme waren eingeklemmt. Er hielt mich so dicht an sich gepresst, dass ich auch meine Beine nicht mehr richtig einsetzen konnte.

Die Möglichkeiten waren begrenzt. Ich verbiss mich ebenfalls in seinem Hals, trank sein heißes Blut, zerfetzte, zerstörte. Er zuckte zurück. Sofort ließ ich ein Messer los, umfasste den Griff des anderen mit beiden Händen und stieß es mit aller Kraft höher.

Tristan taumelte und schrie seine Qual in mein Fleisch, doch er ließ nicht los. Die Klinge stieß gegen Knochen, es mussten die Rippen sein. Tristans Zähne zerrten an mir wie ein wütender Köter an einem Stück Fleisch. Muskeln rissen, und ich schrie auf.

Während ich meinem Schmerz Luft machte, rammte ich das Messer tiefer und tiefer in seinen Brustkorb. Er röchelte, und als ich die Lunge durchpflügt hatte, war ich plötzlich frei.

Der Rhythmus seines Herzens donnerte verzweifelt gegen den Stahl. Tristan hatte ausgekämpft. Er stand vor mir und hatte die Hände sinken lassen.

Verwunderung mischte sich in seinen Blick, dann neigte er seinen Kopf und bot mir die unversehrte Seite seines Halses dar.

Erwartete er wirklich Schonung von mir? Das war so absurd, dass ich trocken auflachte.

Mein Gegner hob erschrocken den Kopf. Blut rann aus seinem Mund, meines, aber mehr noch sein eigenes. »Bitte, Gnade«, würgte er, als hätte ich den Sinn der ritualisierten Geste nicht verstanden.

Die Luft war getränkt von Blut und dem säuerlichen Geruch nach Eingeweiden.

»Kein Pardon. Es endet jetzt«, knurrte ich.

Tristan nickte. Er würde nicht mehr kämpfen und auch nicht um sein Leben betteln. Gefasst schloss er die Augen und erwartete einen schnellen Tod.

Ich legte die Linke um seinen Nacken, fasste das glitschige Messer fester und rammte es mit einem letzten Stoß in sein Herz. Der Trommelschlag endete abrupt.

Als Tristan zu Boden fiel, ging die Tür auf.

Ich fuhr herum und hielt noch immer das Messer in meiner Hand. Zu meinen Füßen lag Tristans verrenkter Körper in einem See aus Blut.

Gordons Diener Nate richtete eine Pistole auf mich. Ich stand völlig ohne Deckung. Bei meinem Anblick öffnete der Mann überrascht den Mund, dann krachten zwei Schüsse.

Er hatte nicht einmal geblinzelt.

Ich brach zusammen und brüllte mir die Seele aus dem Leib. Beide Beine, er hatte mir in die Knie geschossen! Ich hörte meine eigene Stimme nicht, so laut waren die Schüsse in dem kleinen Raum gewesen. Meine Ohren waren taub, und die dumpfe Stille wurde nur von einem hohen Pfeifen durchbrochen.

Ich wälzte mich schreiend auf dem Boden und umklammerte meine Oberschenkel. Das Messer war mir längst aus den Händen gefallen.

Nate trat es zur Seite.

»Verfluchter Dreckskerl«, schrie er mit Blick auf die toten Vampire. »Gordon!«

Noch immer hielt er die Waffe mit beiden Händen und zielte vage in meine Richtung. Als er sah, dass von mir keine Gegenwehr mehr zu erwarten war, trat er nach meinem Gesicht.

Ich riss viel zu spät die Arme hoch. Die Schuhspitze traf mich an der Stirn. Die Arme über den Kopf gekrümmt erwartete ich weitere Tritte, doch Nate wandte sich zur Tür.

Verschwommen nahm ich wahr, dass andere Vampire hereinkamen, darunter Gordon.

Eine dunkelhaarige Frau riss mir die Stiefel von den Beinen, während zwei andere mich festhielten. Diesmal durchsuchten sie mich gründlich und fanden auch meine letzten Messer.

Gordon blieb in der Tür stehen und beobachtete das Spektakel.

Ich biss und schlug wie rasend um mich. Aber jetzt war ich kein ernstzunehmender Gegner mehr. Sie schleiften mich zu den Ketten. Ein Eisen nach dem anderen schloss sich um meine Gelenke. Die Ketten waren kurz und für einen stehenden Gefangenen gedacht.

Doch Nate hatte mir die Beine zerschossen. Ich konnte nicht stehen!

Ich weinte und flehte wie ein Kind, doch Gordons Vampire lachten nur. Zuletzt hielten zwei meinen Kopf zurück, während die Dunkelhaarige einen engen eisernen Ring um meinen Hals legte.

Ich hatte meinen Widerstand aufgegeben. Die Vampire traten und schlugen mich, doch dies war nichts gegen den Schmerz in meinen Beinen.

»Da hast du ihn«, sagte die Unsterbliche und schlich zu ihrem Meister.

Ich schluckte meine Tränen hinunter und versuchte, wieder Herr meiner Angst zu werden.

»Lasst mich mit ihm allein!«, befahl Gordon barsch.

Das war nicht gut, gar nicht gut!

Sobald die Vampire fort waren, stieß Gordon die Tür ins Schloss. Binnen eines Wimpernschlags war er bei mir. Seine leuchtend grünen Augen suchten die meinen zu fassen, doch mein Blick war unstet.

»Hast du es also doch noch geschafft und Tristan und Alex ermordet?« Er kniete sich vor mich und schlug mir mit der flachen Hand ins Gesicht.

Einer meiner Eckzähne bohrte sich in die Wange. Ich spuckte Gordon Blut und Speichel vor die Brust. Es gab nichts mehr zu verlieren.

»Glaub nicht, dass du mich provozieren kannst, Lawhead. Du wirst langsam sterben, wie ich es dir versprochen habe.«

»Es war einen Versuch wert«, erwiderte ich heiser.

»Du wirst dir wünschen, mich niemals kennengelernt zu haben.«

»Das wünsche ich mir jetzt schon, Gordon. Aber weißt du, was mich glücklich macht?«

Er beugte sich vor und stützte sich mit beiden Händen auf meine zerschossenen Beine. Ich schrie und riss an meinen Ketten.

»Schrei nur.« Er starrte mich an und wartete. »Ich höre, Lawhead. Was macht dich glücklich?«

Gordon verstärkte den Druck weiter und die Muskeln in seinen Armen spannten sich. Ich brachte nur noch leises Japsen heraus. Sein Kopf war meinem so nahe, dass ich die Wärme seiner Haut erahnen konnte. Er hatte vor kurzem getrunken.

Ich sammelte meine letzte Kraft, um die Worte zu formen, die mir auf der Zunge brannten. »Der Rat hat den Bann über dich gelegt, Gordon«, keuchte ich. »Mein Tod ändert nichts. Sie werden dich jagen und töten. Irgendwann kriecht ein einfacher Sterblicher in deine Kammer und rammt dir einen guten, altmodischen Pflock ins Herz, und dagegen kannst du nichts, aber auch gar nichts tun.«

Gordon schrie wütend auf und schlug mir auf die Beine. Der Schmerz war so heftig, dass mir schwarz vor Augen wurde. Sobald ich wieder sehen konnte, zerrte mich Gordons Blick fort. Er riss alle Schutzbarrieren ein und stürzte wie ein Unwetter durch meine Gedanken, doch das Einzige, was er fand, war meine Pein.

Ich schleuderte sie ihm entgegen, bündelte den Schmerz in den Beinen und meiner zerrissenen Schulter und benutzte ihn wie eine Waffe.

Gordon brüllte und taumelte zurück.

Ich lachte laut und hysterisch und war kurz davor durchzudrehen. »Du weißt, dass das die Wahrheit ist, du weißt es!«

Gordon stürmte hinaus.

»Deine kleine Rebellion ist gescheitert, sie werden dich vernichten!«

Meine Worte gingen in heiserem Husten unter. Die Tür schlug zu und ich war allein.

KAPITEL 49

Stunden verstrichen, und nach und nach ging es mir besser.

Nate hatte zum Glück normale Munition benutzt. Wahrscheinlich fürchtete Gordon, dass sein Diener mich versehentlich erschoss. Niemand durfte den Meister um seine kostbare Rache betrügen.

Mein Körper spuckte die Kugeln aus, während er langsam heilte.

Mit verschwommenem Blick beobachtete ich, wie die Leichen fortgeschafft wurden. Die jungen Vampire des Clans hielten sich von mir fern.

Sie sprachen weder miteinander noch mit mir, ja, sie sahen nicht einmal in meine Richtung. Anscheinend hatte ihnen mein Befreiungsversuch einen gehörigen Schrecken eingejagt.

Bis jetzt hatte ich immer die gleichen vier jungen Vampire gesehen. Konnte es wirklich sein, dass der Kampf in der Lagerhalle fast den ganzen Clan ausgerottet hatte?

Bald war ich wieder allein und starrte vor mich hin. Das Blut meiner Gegner versickerte im Lehmboden, war erst purpur, dann bordeauxrot und wurde schließlich braun. Jetzt, kurz vor Morgengrauen, war es alt und der Geruch saß wie ein dicker, träger Todesengel an meiner Seite.

Die Ketten zerrten meine Arme nach oben, und der eiserne Halsreifen schnürte mir die Kehle zu. Stehen wäre sicher einfacher gewesen, doch das konnte ich nicht, noch nicht.

Während ich dalag und dem lebendigen Schlagen meines Herzens lauschte, fühlte ich plötzlich wieder das kleine Goldkreuz auf meiner Brust. Nach den vielen Stunden in Kontakt mit der Haut war es heiß geworden, doch noch tat es nicht weh.

Meine letzte Rettung.

Der Morgen kam und brachte die Gewissheit, dass ich noch mindestens zehn weitere Stunden auf meinen Tod warten musste. Warum hatte es nicht heute Nacht enden können?

Ich fühlte die anderen Vampire mehr, als dass ich sie hörte. Sie kamen herunter in den Keller und gingen zu ihren Schlafplätzen. Ich stellte mir vor, wie sie nach und nach in ihre Särge krochen. Zwei würden leer bleiben. Gordon ging als Letzter, denn er war der Älteste.

Schon vor einer Weile hatte ich erst das Gefühl für Christina, dann auch für Brandon verloren, doch Curtis war noch da, war noch wach.

Ich wusste ihn dort im Lafayette, so sicher wie ein Meer, das unsichtbar hinter Klippen rauschte. Er war da. Sie alle, all jene, mit denen ich die Magie des Blutes geteilt hatte, würden meinen Tod spüren.

Es war ein tröstlicher Gedanke, am Ende nicht allein sein zu müssen.

Meine Beine wurden schwer und schwerer in den Fesseln, dann taub. Die Sonne fraß das Leben aus meinem Leib.

Ich klammerte mich an jeden Herzschlag und zählte den Rhythmus wie einen Countdown. Panik flammte auf. Warum bekam ich keinen Sarg?

Der Raum, in dem ich lag, war riesig und leer. Ich war völlig schutzlos. An der Wand stand die Truhe mit den schweren Schlössern. Verheißungsvoll, dunkel, das perfekte Versteck.

Ich starrte auf meine Beine, die ich längst nicht mehr spüren konnte. Für mich lag keinerlei Trost darin, dass der Tag auch meinen Schmerz verschlingen würde.

Dann gab ich mich der Verzweiflung hin. Ich riss an den Ketten und schrie um Hilfe, bis sich auch meine Arme in Taubheit auflösten. Für mich gab es keinen Sarg!

Durch einen fernen Schacht fiel ein schwacher Lichtschein. Als er die Farbe reifer Pfirsiche annahm, blieb mein Herz stehen, und ich schloss die Augen.

Brandon rief mich in seinen Träumen. Wir hatten noch nie auf diese Weise kommuniziert. Als er mich fand, trieb meine Seele irgendwo in dem hellen Nichts, in das sie immer ging, wenn der Tag sie vom Körper trennte.

»Meister, hörst du mich? Hörst du mich?«, rief er immer wieder.

Die Macht der Eide glomm auf und machte es mir unmöglich, ihn zu ignorieren.

»Ja, Brandon«, dachte ich, und sobald mein Geist seinen Namen geformt hatte, rastete irgendetwas ein, wie Schloss und Schlüssel, und ich hört ihn nicht nur, sondern fühlte ihn auch. Nicht seinen Körper, wie bei meiner Dienerin, sondern seine Seele, die Essenz dessen, was ihn ausmachte.

Ein weiteres Element unserer neuen Verbindung war in Kraft getreten. Ein Bund, der enden würde, bevor ich je die Chance bekam, mich als Meister zu beweisen.

»Wie geht es dir?«, fragte er vorsichtig.

»Nicht gut, meine Beine sind zerschossen, aber ich konnte seinen Ältesten töten, bevor sie mich endgültig angekettet haben.«

Als ich das Wort »angekettet« dachte, brannte Angst

durch Brandons Seele. Es hatte etwas mit seiner eigenen Vergangenheit zu tun. Er fing sich zu schnell, um Details preiszugeben. »*Wo bist du? Wie sieht es da aus, kannst du dich an die Fahrt erinnern, an Einzelheiten?*«

»*Nein, Brandon.*« Ich wusste, warum er fragte, doch so leicht ließ er sich nicht stoppen.

»*Wir können dich finden. Gordon hat nicht so viele Möglichkeiten, wir ...*«

»*Brandon! Er hat das Messer. Niemand kommt dagegen an. Du wirst nichts versuchen, es ist mein letztes Wort!*«

»*Du kannst dich doch nicht einfach abschlachten lassen!*«

»*Erzähl mir von Amber, von Curtis*«, bat ich, um mir jede Hoffnung auf Rettung zu verbieten.

Brandon fasste sich. »*Robert hat deine Freundin zu ihrer Mutter gebracht. Sie ist noch dort, aber wir haben nichts mehr von ihr gehört. Sie hat die ganze Fahrt über geschlafen. Curtis ist nach deiner Abreise sofort in seine Gemächer gegangen. Seit du fort bist, wagt keiner mehr, ihn anzusprechen, nur Robert ist bei ihm gewesen.*«

»*Und Christina? Brandon, du musst auf sie aufpassen. Lehre sie alles, lehre sie gut. Sie ist die einzige Unsterbliche, die ich je geschaffen habe. Wenn Gordon mit mir fertig ist, wird sie das Einzige sein, was von mir bleibt, das einzig Gute, was ich nach zweihundert Jahren hinterlasse ...*«

Dieses Gespräch musste enden, jetzt! Ich riss verzweifelt meine Schilde hoch. »*Vielleicht sehen wir uns in einem anderen Leben.*«

»*Julius, nicht!*« Er wurde aus meinem Bewusstsein katapultiert.

Jedes weitere Wort, jeder Gedanke an die Qualen, die mir noch bevorstanden, war unerträglich.

Curtis schwieg. Hin und wieder spürte ich, dass er an mich dachte, aber die meiste Zeit über schirmte er sich ab.

Ich wusste, dass ich ihn rufen konnte, wenn ich ihn am nötigsten brauchte, wie vor wenigen Tagen, als Frederik mich gequält hatte. Curtis' unsichtbare Gegenwart ließ mich dem Tod gefasst entgegensehen.

Amber konnte ich noch immer nicht spüren, und das war auch besser so. Vielleicht war es Gordon irgendwie gelungen, die Wirkung der Siegel aufzuheben.

Was er auch getan hatte, es hatte mich taub gemacht für sie und sie für mich.

Als die Sonne im Meer versank, öffnete ich meine Augen. Wie durch die Fenster einer Ruine blickte ich aus meinem schlafenden Körper ins Freie.

Das Licht in meinem Gefängnis brannte hell.

Eine dicke Motte flatterte um die Lampe. Jedes Mal, wenn ihre Flügel die Birne streiften, löste sich glitzernder Staub. Und mit jeder Berührung verlor sie etwas mehr von ihrer Fähigkeit zu fliegen. Es war ein grausamer Anblick.

Während mein Körper wieder zum Leben erwachte, wurde der Nachtfalter immer langsamer, verbrannte sich Fühler und Beine. Jedes Mal taumelte er weiter, verschwand kurz in der Dunkelheit und kehrte dann wieder zurück. Ein Tod aus Licht, nicht unbedingt der schlechteste.

Wenn Gordon mir die Wahl ließe, würde ich ein Ende durch Feuer vorziehen?

Irgendwo in einem der anderen Kellerräume erwachte der geschrumpfte Clan. Die Vampire unterhielten sich flüsternd.

Vorsichtig zog ich meine Beine an, stützte mich gegen die Wand und erhob mich. Es tat weh, aber es war okay.

In den Fesseln zu stehen, war wesentlich erträglicher.

Der Falter taumelte endgültig zu Boden und blieb ermattet liegen.

Plötzlich ließ mich ein Geräusch aufhorchen. Ein Wagen kam die Einfahrt herauf.

Ich erkannte ihn sofort. Es war der alte Ford, Frederiks Auto, das jetzt seiner Schwester gehörte. Mein Herz begann zu rasen. Was tat sie hier?

Ich konzentrierte mich auf die Kraft der Siegel, die in meinem Inneren schlummerte. Eine Antwort blieb aus. Ich griff ins Leere, da war nichts.

Ein Schlüssel drehte sich im Schloss und riss mich ins Hier und Jetzt zurück. Gestank breitete sich aus. Er war süß und beißend, der Geruch von Verwesung.

Frederik. Er musste es gewesen sein, der gerade mit dem Auto gekommen war, tröstete ich mich.

Die Tür schwang auf und da war er, in Begleitung von Nate und der dunkelhaarigen Vampirin.

»Hallo, Julius«, begrüßte mich Gordons Diener mit einem bösartigen Grinsen auf den Lippen. »Tun die Beine noch weh?«

»Sollten sie?«, gab ich zurück.

Frederik blieb neben der Tür stehen. Sein Zustand hatte sich extrem verschlechtert, seit ich ihn das letzte Mal gesehen hatte. Er hatte sich einige breite Stoffstreifen um die Mitte gebunden. Einstmals weiß, waren sie nun von einer bräunlichen Brühe durchtränkt. Außerdem trug der Untote dreckstarrende Jeans und ein offenes rotgrünes Karohemd, das seine fahle Gesichtsfarbe noch unwirklicher erscheinen ließ.

Die dunkelhaarige Unsterbliche war schlicht gekleidet in Bluejeans und rotem Shirt. Sie stand unsicher an Nates Seite und hielt einige Karabinerhaken in der Hand. Ihre schlanken, blassen Finger spielten mit einem Verschluss, der mit metallischem Klicken auf und zu sprang.

»Ich denke, du wirst keine Probleme machen«, sagte Nate

und ließ den Blick zu dem wartenden Untoten streifen. »Wir könnten sonst auch Frederik bitten, dich festzuhalten.«

Der Untote streckte seine Arme in meine Richtung und bewegte seine Finger. Sie bestanden größtenteils aus Knochen und Sehnen, die Haut war an manchen Stellen offen.

Ich schauderte. »Das wird nicht nötig sein.«

Nate grinste zufrieden, bemerkte die Motte, die sich auf dem Lehmboden regte, und zertrat sie unter seinen schäbigen Cowboystiefeln.

»Fangt an«, kommandierte Gordons Diener. Frederik trat einige Schritte vor, um dem Befehl etwas mehr Gewicht zu verleihen.

Die Unsterbliche kam zu mir. Ihre grauen Augen wanderten unstet zu meinen. Der Geruch ihrer Angst sprach Bände.

»Er beißt nicht, Ann!«, sagte Nate ungeduldig, nahm meinen linken Arm und zog ihn zu den Ringen, die in der Wand eingelassen waren. Ich ließ es mit mir geschehen.

Ann klickte den Karabinerhaken ein und verband auf diese Weise die Metallfessel an meinem Handgelenk direkt mit dem Ring in der Wand. Wunderbar! Das Gleiche geschah mit dem anderen Arm, und ich hing an der Mauer wie Jesus. Dann schob Ann meine Beine fast zärtlich auseinander und verkürzte auch hier die Ketten.

War das Mitleid in ihren Augen? Unschlüssig blickte sie auf den letzten Haken in der Hand.

Wir wussten beide, wofür der war.

»Na los. Mein Wort, dir passiert nichts«, sagte ich. Bei Gott, jetzt ermunterte ich sie sogar!

Sie lächelte kläglich. Doch was hätte ich tun sollen? Wenn ich in ihre Hand biss oder ihren Arm, kam ich davon nicht frei. Wäre ihre Kehle in Reichweite gewesen, hätte ich sie vielleicht mit in den Tod gerissen, nur um Gordon einen weiteren Vampir zu nehmen.

»Ann. Du sollst ihn nicht anstarren, sondern …«

»Ich mach ja schon.« Sie trat näher. Ihre Hand streifte meinen Nacken, während sie mein Haar zur Seite schob und die Fessel an der Wand festmachte. Unter Nates starrem Blick nahm sie rasch Abstand.

Ich drehte meinen Hals im Metallring und bewegte spielerisch die Finger. »Großartig, jetzt kann die Party losgehen.«

»Freu dich nicht zu früh, Julius. Dir wird dein großes Maul schon noch vergehen. Gordon hat eine ganz besondere Überraschung für dich.«

Ich bleckte die Zähne und zischte – mir war danach.

Ann sah mich traurig an und folgte Nate und Frederik hinaus. Diesmal ließen sie die Tür offen. Was sollte ich auch tun?

Der Blick der Vampirin! Sie wusste, was geschehen würde!

Ich hatte keine Zeit für Mutmaßungen, denn Gordon näherte sich.

Ich fühlte seine Energie wie einen heranbrausenden Sturm. Der Meistervampir blieb in der Tür stehen und lächelte sein Todesengellächeln. Zufrieden und selbstgerecht. Er trug einen dunkelbraunen Anzug aus feinem Cord, sein Haar fiel frei auf die Schultern und über den Kragen eines weißen Hemds.

In meiner Lage war es schwer, Würde zu bewahren. Ich starrte auf seine Stirn, um nicht in diese schrecklichen Augen sehen zu müssen, und drückte den Rücken durch.

»Diesen Anblick habe ich mir schon seit Jahren gewünscht«, sagte er und stemmte elegant die Hände in die Hüften.

»Wieso? Stehst du auf Fesselspiele, Gordon?«, entgegnete ich wütend.

»Oh, sind wir heute Abend wieder scharfzüngig.«

Er kam zu mir und legte eine Hand auf meinen Oberkörper. Sein Gesicht näherte sich witternd meiner Kehle. Ich rührte mich nicht, was ihn zu enttäuschen schien. Zähne kratzten über den Puls an meinem Hals.

»Hungrig?«, fragte ich trocken und wusste zugleich, dass er heute noch nicht getrunken hatte.

Gordon zischte und ließ von mir ab. »Spannen wir dich nicht länger auf die Folter«, lachte er, als hätte er einen besonders gelungenen Witz gemacht. »Keine Angst, ich werde nicht Hand an dich legen, Julius, das wird jemand anderes für mich tun. Komm herein«, rief Gordon und gab seiner Stimme eine dramatische Färbung.

Leise Schritte kündigten die Überraschung an, und dann stand sie plötzlich da: Amber!

Ich stammelte ihren Namen und konnte meinen Blick nicht von ihr wenden.

Doch das war nicht sie. Alles, was Amber ausgemacht hatte, war verschwunden, und eine andere Kraft füllte ihren Körper aus wie eine leere Hülle. Die Person, die da vor mir stand, war ganz in Schwarz gekleidet, Jeans und Shirt, wie ich sie schon oft gesehen hatte, doch Ambers wunderschöne grüne Augen hatten den Glanz verloren und starrten ins Leere.

»Was hat du mit ihr gemacht?«, brüllte ich.

Gordon grinste breit, ging zu meiner Freundin und legte einen Arm um ihre Schulter. Amber ließ es wie eine leblose Puppe mit sich geschehen. Sie blinzelte nicht einmal.

»Ich habe getan, was du nicht vollbracht hast, Julius. Dein kleines Spielzeug gehört jetzt mir. Nicht wahr, Amber?«

Wie auf Knopfdruck erwachten ihre Augen zum Leben und sahen ihn an. »Ja, Meister.«

Ich riss an meinen Ketten. »Amber, sieh mich an! Sieh mich an! Erkennst du mich denn nicht mehr?«

»Doch, Julius«, sagte sie leise, »ich kenne dich.«

»Dann … Was machst du hier? Warum bist du zurückgekommen?«

Sie trat näher und blieb direkt vor mir stehen.

Ich suchte in ihrem Gesicht nach einer Regung, nach irgendetwas, das mir verriet, dass dieser Auftritt Teil eines größeren Plans war. Eines Plans, mich zu retten.

»Ich habe erkannt, dass ich dich nicht liebe, Julius.«

»Das ist nicht wahr! Du weißt, dass es nicht wahr ist!«

Mein Herz krampfte sich zusammen, ihre Worte waren mein Schierlingsbecher. Ich wusste, dass dies alles Gordons Blendwerk war, doch es schien so real, tat so weh!

»Du hast mich benutzt, Julius. Die ganze Zeit wolltest du nur das Messer. Du hast mein Blut getrunken und du hast mich verletzt.«

»Nein! Das ist eine Lüge, Amber, eine Lüge!«

Ich war verzweifelt und verlor zu Gordons Freude meine hart errungene Fassung.

Amber streichelte mein Haar, fuhr mit den Fingern die Konturen meiner Wangenknochen nach, strich über mein Gesicht.

Ich schloss die Augen und fühlte nur noch ihre Hände, die über meine verkrampften Muskeln glitten. Der Duft ihrer Haut und ihrer Haare war auch jetzt noch betörend.

»Oh Gott, was tust du?«, wisperte ich und versuchte, ihren Blick zu fangen. »Amber, warum?«

Sie schmiegte ihr Gesicht in meine linke Hand, die von dem Eisenring an fast jeder Bewegung gehindert wurde. Meine Fingerspitzen tasteten sehnsüchtig über ihre Wange, ihre Brauen.

Amber stellte sich auf die Zehenspitzen, und ich spürte ihren Atem an meinem Hals. »Was ich mache?«, hauchte sie. »Ich nehme Abschied von deinem schönen Körper, Julius,

denn in einigen Stunden wirst selbst du ihn nicht mehr wie-
dererkennen.«

Sie flüsterte die Drohung in mein Ohr wie eine Liebes-
erklärung. Dann stieß sie sich plötzlich ab und stand wieder
an Gordons Seite, den Blick kalt und fern.

Das ist nicht sie, das ist nicht meine Amber, wiederholte
ich wieder und wieder.

»Nun, wie gefällt dir die kleine Vorführung bis jetzt?«,
fragte Gordon und bleckte grinsend die Zähne.

»Du hast unsere Abmachung gebrochen«, fauchte ich.
»Du hattest mir dein verdammtes Wort gegeben!«

»Die Bedingung war Ambers Unversehrtheit, und unversehrt, das ist sie. Ich habe sie nach Hause gehen lassen, und
sie ist freiwillig zurückgekehrt.«

»Du weißt, dass das nicht stimmt, Gordon.«

»Frag sie.« Er wies mit einer großzügigen Geste in Ambers Richtung.

»Das brauche ich nicht, wenn deine Gedanken ihre Worte
vergiften.«

»Dann haben wir ja alles geklärt.« Gordon sah sich zur
Tür um, als erwarte er jemanden.

Ich spürte, wie er seine Kraft nutzte und Verbindung zu
einem seiner Clanmitglieder aufnahm.

Ich hatte mich selten so hilflos gefühlt. Rastlos bewegte
ich die Finger.

Die Fesseln zerrten meine Arme auseinander und die un-
gewohnte Haltung ließ die Muskeln taub werden. Mit jeder
Bewegung schabte mein Hinterkopf über die Wand. Krümel
lösten sich aus dem rauen Sandstein und fielen auf meine
Haut. Ich schwitzte, obwohl es in dem Keller kühl war.

Wie aus dem Nichts tauchte Ann auf und mit ihr ein va-
ges Gefühl von Panik. Sobald ich die Vampirin sah, wusste
ich, was in der kleinen Bleikiste war, die sie trug.

Amber wandte sich um, als werde sie magisch davon angezogen.

»Du hast gedacht, es könnte nicht viel schlimmer kommen, was, Julius? Ich muss dich enttäuschen. Es geht noch viel, viel schlimmer.«

Amber öffnete die Bleikiste.

Als der Deckel angehoben wurde und die Magie ungehindert herausströmte, zuckte Ann zusammen. Das Gesicht der jungen Unsterblichen verkrampfte sich, als sie des Messers ansichtig wurde. Es ging beinahe über ihre Kräfte.

Mit einer perversen Faszination beobachtete ich, wie Amber die Macht der gesegneten Waffe in sich aufsog und sie zu ihrer eigenen machte. Die Magie zirkelte bald als ruhiger Fluss durch ihren Körper und bündelte sich in der Klinge. Amber und das Messer waren eins geworden. Eine perfekte Symbiose.

Ann starrte Gordon mit dem Blick eines geprügelten Tieres an. Ihre Hände mit der Kiste zitterten. Es bedurfte nur einer lapidaren Geste ihres Meisters, und sie floh aus dem Raum.

»Wir fangen schön langsam an«, sagte Gordon böse und gab meiner Geliebten ein Zeichen.

Sofort strahlte Energie aus dem Messer und zuckte wie ein Peitschenschlag über meine Haut. Ich stöhnte und biss mir auf die Lippen.

Weitere Energieschläge folgten, doch ich zwang die Zähne aufeinander. Kein Schrei, nicht ein einziger.

»Amber, er möchte mehr!«, dirigierte Gordon prompt.

Sie kam auf mich zu.

Das Messer spie erneut unsichtbare Energiefäden in meine Richtung. Sie waren stärker als die Peitschenhiebe zuvor, und ich war mir plötzlich nicht mehr sicher, wie lange ich noch tapfer sein wollte und konnte.

Verzweifelt warf ich meinen Kopf hin und her und knirschte mit den Zähnen, während die Höllenmagie über meine Haut fuhr. Zuerst waren es Tausende Nadelspitzen, dann Messer, zum Schluss glühende Kohlen. Ich schlug meinen Kopf gegen die Wand, doch ich konnte dem Schmerz nicht entkommen. Ich brannte, alles brannte.

Wo mich das Eisen einschnürte, riss ich mir in meinem sinnlosen Kampf die Haut auf. Es blutete und mit dem Blut verließ mich auch ein Teil meiner Kraft. Ich schrie aus vollem Hals, und sofort kroch das Feuer in meine Kehle, meine Lungen, mein Herz.

Amber stand jetzt direkt vor mir. Ich riss an meinen Fesseln, war besinnungslos vor Schmerzen und Angst, und die Pein steigerte sich immer weiter, immer weiter und erreichte Höhen, die ich nicht für möglich gehalten hatte.

Meine ehemalige Geliebte starrte mich aus kalten grünen Augen an und ließ die Holzklinge über meine Arme gleiten.

Merkte sie denn nichts?

Merkte sie denn wirklich nicht, was geschah?

Ich schrie wieder, bis ich von meinen eigenen Schreien taub wurde.

Der Schmerz war unerträglich, und es gab nichts, womit ich ihm entkommen konnte. Ich hätte alles gestanden, meine Mutter und Gott verflucht, den Teufel angebetet, alles. Doch niemand verlangte so etwas von mir.

Das Einzige, was Gordon von mir wollte, war, mich leiden zu sehen.

»Oh Gott, erbarme dich!«, flehte ich.

Gordon lachte und lachte, während Amber das Messer über mein Herz legte.

Als ich glaubte, nichts mehr ertragen zu können, hörten die Schmerzen plötzlich auf.

KAPITEL 50

Ich öffnete meine verweinten Augen und sah, dass Amber zurückgetreten war. Wie ein Soldat stand sie dort, kerzengerade, die Hände mit dem Messer hinter dem Rücken verschränkt.

Gordon war bei mir und leckte das Blut in langen, genießerischen Zügen von meinen aufgerissenen Handgelenken.

Es war unglaublich, aber mein Körper, der noch vor einem Augenblick in Flammen gestanden hatte, war völlig unversehrt. Einzig an Hand- und Fußgelenken, wo ich in meiner Verzweiflung gegen die Ketten gekämpft hatte, zeigten sich offene Stellen.

Gordon widmete sich meinem anderen Handgelenk. »Ich kann deine Angst und deinen Schmerz schmecken, Lawhead. Es ist wunderbar.«

Ich legte den Kopf zur Seite und bot ihm meine Kehle. »Trink dich satt und dann bring es zu Ende. Bitte! Ich flehe dich an!«

Gordon sah auf und lächelte mit geröteten Zähnen. »Warum sollte unser Spiel schon heute enden, Julius? Warum, wenn es immer und immer weitergehen kann?«

Dass sich dies noch Tage oder gar Wochen hinziehen sollte, ging über meine Vorstellungskraft. »Du bist ein verdammtes Schwein, Gordon, ein perverses Monster!«

»Sind wir das nicht alle?«, lachte er und leckte sich die blutigen Lippen.

»Jetzt ist Amber wieder an der Reihe.«

Diesmal schrie ich schon, bevor mich das Messer berührte.

Ich rief nach Curtis, nach meinem Schöpfer, nach Gott, nach dem Teufel.

Curtis erhörte mich. Als mein Körper verbrannte, war er

plötzlich da. Ich fühlte seine Energie nahen wie einen kalten Strudel.

Gordon fluchte und versuchte, Curtis abzuwehren.

Das Messer stellte seine Wanderung ein. Amber blieb mit hängenden Armen stehen und erwartete neue Befehle.

Gordon schrie wütend auf. Er konnte Curtis' Kraft nichts anhaben. Kurzerhand brach er meine Folter ab und kommandierte Amber hinaus.

Ich blieb zurück mit dem rettenden Gefühl, nicht alleine zu sein.

Beinahe glaubte ich Curtis' Hände zu spüren, kalt waren sie, kalt und weich. Sie trieben das Feuer aus meinem Leib, bis ich in einem See aus Eis zu schwimmen glaubte.

»Bring es zu Ende«, weinte ich und zitterte am ganzen Leib. »Mach, dass sie nicht wiederkommen!«

»*Ich kann dich nicht erlösen*«, flüsterte Curtis mit sanfter Stimme, und seine Worte schwebten körperlos im Raum. »*Ich habe dich erschaffen, aber du bist zu alt, zu weit weg. Dich zu töten liegt nicht in meiner Macht.*«

Tränen rannen über meine Wangen. Ich hatte mich vollkommen aufgegeben.

Mein Meister spürte es. »*Es tut mir so leid, Julius.*«

»Wenn du es könntest, würdest du es tun?«

»*Wenn ich es könnte, ja. Wenn du mich darum bitten würdest.*«

»Oh Gott, Curtis, es tut so weh!«

»*Ich werde bei dir sein, sobald du mich rufst.*«

»Verlass mich nicht, bitte«, wimmerte ich, aber Curtis' Geist verließ mich dennoch.

Obwohl es wahrscheinlich erst kurz vor Mitternacht war, hatte ich jedes Zeitgefühl verloren. Ich fiel in einen matten Erschöpfungsschlaf, doch die Ruhe währte nicht lange.

Gordon kehrte zurück und mit ihm Amber und das Messer. Sie ließen mich leiden, wenige Minuten, die unter der Folter zu Ewigkeiten wuchsen.

Dann erfüllte Curtis' Präsenz den Raum, und sie verschwanden wieder.

Dieses Spiel wiederholte sich, bis der Morgen nahte.

Als der Lichtschacht silberne Muster auf den Boden malte, betrat Ann die Kammer.

Ich war kaum noch bei Bewusstsein, deshalb wurde mir auch erst sehr spät klar, was sie tat. Ein kühles Tuch lag in meinem Nacken. Sie hatte mir das Gesicht gewaschen und kaltes Wasser über meinen brennenden Körper gegossen.

»Was soll das?«, krächzte ich, die Stimme heiser vom Schreien.

Sie sah mich nicht an, sondern drückte geschäftig das Tuch aus, dann starrte sie auf ihre schlanken Hände. »Gordon will, dass du noch lange durchhältst.«

Sie ließ den ausgewrungenen Lappen in den Eimer fallen und rieb sich unsicher über ihren Arm. Plötzlich presste sie mir das Handgelenk auf den Mund. »Trink!«

Ich drehte meinen Kopf zur Seite. »Niemals!«

»Bitte, du musst!« Sie hielt mir wieder den Arm hin.

Ich drehte erneut den Kopf zur Seite und erstickte meinen Durst, der sich zu rühren begann.

Sie senkte den Arm und sah mich zum ersten Mal an. Da steckte so viel Angst in ihren grauen Augen, wie ich es selten gesehen hatte.

»Er wird mich bestrafen«, flüsterte sie. »Bitte, trink von mir.«

Ich zögerte einen Moment lang, dann nickte ich. »Okay.«

Ich biss zu und nahm genau einen Schluck, damit sich ihr feiner Geruch mit meinem mischte. Ann presste die Lippen zusammen. Sie hatte keinen Sterbenslaut verloren, als ich zubiss. Jetzt zog ich meine Zähne wieder heraus, und sie sah mich überrascht an.

»Das ist es doch, was er wollte«, erklärte ich.

Sie starrte in meine Augen, dann auf ihren Arm. Unter einem kräftigen roten Rinnsal zeichnete sich dort eine deutliche Bissspur ab, genug, um Gordon in dem Glauben zu wiegen, dass ich mich an ihrem Blut gestärkt hatte.

»Danke«, erwiderte Ann und leckte sich den Arm sauber.

»Kannst du aus eigener Kraft stehen?«

»Ich kann es versuchen.«

Ich war schwach, aber meine Beine trugen mich. Als Ann sah, dass es funktionierte, machte sie sich daran, die Karabinerhaken zu entfernen.

Erst meine Beine und den Hals, zum Schluss löste sie auch meine Handgelenke aus der starren Haltung. Meine Arme fühlten sich an, als würden sie schweben. Kurz gab ich mich diesem seltsam befreienden Gefühl hin, in Ketten zu liegen und doch fliegen zu können.

Draußen wisperte der kommende Tag sein Lied. Vögel sangen, als sei dies ihr letzter Morgen. Der Wind rauschte durch Blätter und Palmwedel, und ein Hauch davon wehte durch den Schacht bis in den Keller und trug wunderbare Düfte mit sich. Düfte von Dingen, die ich nie wiedersehen würde.

»Bring mir etwas von da draußen, Ann. Ein Blatt, eine Feder, irgendetwas.«

Sie starrte mich an, als hätte ich etwas Ungeheuerliches gesagt. Verwirrt öffnete sie den Mund und schloss ihn wieder. Ihre Hand flatterte über meine Wange, die Berührung war kaum spürbar.

»Du tust mir leid, aber ich kann nichts für dich tun. Gar nichts.«

Ann steckte die Karabinerhaken in ihre Hosentasche, nahm den Wassereimer und ging hinaus.

Die Tür wurde abgeschlossen.

Sobald ich alleine war, rutschte ich die Wand hinunter.

Ich krümmte mich zusammen, soweit es die Ketten zuließen. Mit angezogenen Beinen erwartete ich den Morgen. Es war wohl das erste Mal, dass ich mich nicht vor dem Aufgang der Sonne fürchtete. Mein Herz blieb stehen, und ich entfloh der grausamen Welt für die kurze Dauer eines Tages.

Der nächste Abend kam unweigerlich. Die Prozedur war die gleiche wie am Vortag. Sobald alle wach waren, kam Ann, um mich auf die Folter vorzubereiten. Wie am Abend zuvor wurde sie von Nate begleitet.

Die Vampirin sah mich nicht an, während sie mich festkettete.

Dann ließen sie mich wieder allein, und ich zählte die Sekunden, bis der Alptraum von Neuem begann. Allzu schnell erklang das Geräusch von Schritten, und dann standen sie da, meine Nemesis: Gordon, Amber und das Messer.

Die Nacht verging wie die vorige.

Die Schmerzen trieben mich an den Rand des Wahnsinns, Curtis kam und erlöste mich, Gordon zog sich zurück, und sobald mich mein Meister nicht mehr schützte, begann die Folter erneut.

Das ging drei Mal so, dann war ich derart geschwächt, dass mich nichts mehr ins Bewusstsein zurückholte. Das Messer hatte mich ausgesaugt, die Schmerzen den Körper an die Grenzen der Leidensfähigkeit gebracht.

Ich trieb in einem Zustand zwischen völliger Erschöpfung und Ohnmacht dahin.

Irgendwann kam Ann, um mich aus meiner starren Körperhaltung zu befreien. Gordon hatte offenbar die Hoffnung verloren, dass ich in dieser Nacht noch einmal so weit zu Bewusstsein kommen würde, dass sich eine Fortsetzung der Quälerei lohnte.

Anstatt in die Knie zu sinken, kippte ich einfach nach

vorn, als sie die Karabinerhaken löste. Alles wurde schwarz. Ich stürzte in einen tiefen Abgrund, auf dessen Boden Alpträume lauerten.

—•—

Julius war direkt nebenan. Amber wusste es und starrte dennoch hilflos auf die Wand.

Ihr Körper gehorchte ihr schon seit einer Weile nicht mehr. Er saß auf der Pritsche in dem Zimmer, das ihr seit zwei Tagen als Unterkunft diente, und rührte sich nicht.

Selbst wenn Gordon nicht zugegen war, beherrschte er ihren Geist so vollständig, dass es ihr nicht möglich war, mit Julius Kontakt aufzunehmen oder auch nur eigene Worte zu formen.

Der Meistervampir hatte totale Kontrolle über sie und das, was von ihr noch übrig war, zur Beobachterin eines perversen Schauspiels werden lassen.

Er quälte Julius mit ihr, und sie musste zusehen, es ging nicht anders.

Ihre eigenen Hände führten die Waffe. Ihre eigene Stimme verhöhnte ihren Geliebten, der unter der Folter unbeschreiblich litt und dessen Körper doch keinen Schaden nahm.

Julius hatte um den Tod gebettelt und das nicht nur einmal. Er hatte sie angefleht, und sie hätte es sogar getan, hätte ihn getötet, um ihm weiteres Leid zu ersparen, doch selbst dazu war sie nicht fähig.

Zwischenzeitlich hatte Amber sich gefragt, ob sie wie Frederik zu einem Untoten geworden war, aber im Gegensatz zu ihm verfiel ihr Körper nicht. Außerdem hatte sie Gordon damit prahlen hören, dass er sie nach Julius' Tod verwandeln wollte. Dann musste sie noch am Leben sein, aber eigentlich hätte sie den Tod vorgezogen.

Gordon war es gelungen, unter der Macht des Messers

hinwegzutauchen. Er hatte sich mit einem Zauber maskiert, der ihn als Menschen tarnte. Dabei half ihm ein Amulett, das er mit seinem eigenen Blut speiste. Es stammte aus der Hand des gleichen Hexers, der auch Frederik zum Untoten gemacht hatte.

»*Schlaf, Amber!*« Der Befehl durchfuhr sie wie ein Stromschlag.

Gordon lief an ihrem Zimmer vorbei und sah nicht einmal hinein.

Der Körper, der ihr eigener war und ihr dennoch nicht gehorchte, kroch auf die Matratze, legte sich hin und deckte sich zu. Dann schlossen sich ihre Augen.

So muss es einem Vampir gehen, wenn der Tag hereinbricht, dachte Amber und hoffte, dass ihre nächste Nacht niemals kommen würde.

KAPITEL 51

Mein Geist kämpfte sich durch Todesängste aus Feuer.

Sie waren derart real, dass ich mein eigenes Fleisch brennen fühlte. Aber so grauenhaft die Träume auch waren, merkte ich doch, dass etwas an ihnen falsch war.

Der Geruch! Es war der Geruch, der nicht passte.

Jemand trat in den Raum. Zu laut für einen Vampir, zu leise für einen Menschen.

Mit einem leisen metallischen Klack fiel die Tür ins Schloss. Wie eine Woge flutete der Gestank verrottenden Fleisches in den Raum, und ich war plötzlich hellwach. Frederik war zurück.

Der Untote stieß mich an.

Ich drehte den Kopf zur Seite, doch auch die kühle Feuchte der Wand konnte den Gestank nicht abhalten.

Geh doch, geh einfach oder bring es zu Ende, dachte ich und hätte mich am liebsten in mir selbst verkrochen.

Wieder bohrte Frederik seinen klebrigen Finger in meine Schulter.

»Julius Lawhead! Hey, Blutsauger, hörst du mich?«

Der freundliche Tonfall überraschte mich mehr als die Tatsache, dass er alleine gekommen war. Ich öffnete die Augen, doch es dauerte eine Weile, bis die Schemen verschwanden und sich meine Sicht klärte.

Der Hintergrund gewann an Schärfe, die Tür, jeder einzelne Backstein, doch das Gesicht des Untoten blieb eine graue Masse. Seine Haut war auf dem besten Weg sich aufzulösen.

Frederik war mir viel zu nah. Er beobachtete mich wie eine Maus in der Falle und stieß mich erneut mit seiner ekelhaften Hand an. »He, Vampir, bist du wach?«

»Ja, ja, bin ich.« Meine Stimme klang seltsam, sie war rau vom vielen Schreien. Ich studierte das vermodernde Gesicht meines Gegenübers.

»Was willst du?«

»Scht, leise«, zischte er und sah sich hektisch um. Vor lauter Ekel hatte ich die Veränderung, die seit meiner letzten Begegnung mit Frederik vorgegangen war, erst jetzt bemerkt.

Er verrottete schneller, doch aus irgendeinem Grund war wieder Leben in seinen Augen! Es glomm wie eine kleine Kerze in der Dunkelheit.

Hastig, als fürchte er, sich die Finger zu verbrennen, strich der Untote über das seltsame Amulett auf seiner Brust.

»Der Meister hat meine Schwester«, flüsterte er und beugte sich weit vor.

»Ich weiß, das ist nichts Neues«, antwortete ich und lehnte meinen Hinterkopf gegen die kühle Wand. Am liebsten wäre ich hineingekrochen, nur fort von diesem stinkenden Ding.

»Er will sie zu einer von ihnen machen. Erst soll sie dich mit dem Messer umbringen, dann verwandelt er sie, und ich komme nie wieder frei.«

»So wird es wohl sein«, seufzte ich gleichgültig.

Er sollte verschwinden. Ich wollte die letzten Stunden meines Lebens einfach nur alleine sein.

Unter Frederiks Füßen hatte sich eine Pfütze gebildet. Mit Faszination und Grauen beobachtete ich zwei Maden, die darin zuckten.

»Er darf meine Schwester nicht bekommen, er darf ihr das nicht antun! Du magst sie, das weiß ich jetzt. Du musst es verhindern!«

»Herrgott, was willst du von mir?«, schrie ich und riss an meinen Ketten. »Lass mich allein, lass mich sterben! Lasst mich doch endlich sterben«, wiederholte ich, bis mein Schreien zu einem Wimmern wurde.

Frederiks Nähe war unerträglich, das alles war unerträglich.

»Er bringt mich um! Hörst du? Ich kann nichts tun, gar nichts!«

Frederik presste mir eine Hand auf den Mund. Ich erstarrte.

»Leise jetzt, Vampir!«, zischte der Untote.

Das war mehr, als ich aushalten konnte. Mein ganzer Körper krampfte sich zusammen. Frederik riss die Hand weg, doch es war zu spät. Ich erbrach einen Schwall bittere Magensäure.

Der Untote betrachtete mich aus zerschmolzenen Augenhöhlen, und auch wenn ich es nicht für möglich gehalten hätte, so erkannte ich plötzlich, wie traurig er war. Er sah an sich herab, an seinem zerstörten, ekelhaften Körper. »Ich könnte dir helfen, Lawhead«, sagte er kleinlaut.

»Du willst mir helfen? Ausgerechnet du?«

»Ja. Ich bin schuld, dass Amber hier hineingezogen wurde. Glaube nicht, dass ich euch Blutsauger weniger hasse als früher. Aber du würdest Amber das nicht antun, das weiß ich jetzt, und ich weiß, wie sehr dich der Meister fürchtet. Dieser schreckliche Hexer, der mich zurückgeholt hat, hat ihm prophezeit, dass du sein Tod sein würdest. Wenn er recht hat, dann kannst du Gordon aufhalten.«

»Woher soll ich wissen, dass du die Wahrheit sagst?«

Frederik wies auf das Amulett an seinem Hals. »Das hier hat mich zurückgebracht, das hier gibt dem Meister Macht über mich. Aber es wirkt nicht mehr richtig.«

»Warum?«

»Meine Aufgabe ist erfüllt. Magie hält sich an Regeln. Ich sollte so lange zurückkehren, bis ich das Messer gefunden und dich gefangen habe, das war Teil des Spruchs. Jetzt bist du hier, aber ich bin es auch noch.«

»Gordon hat seinen Teil der Abmachung nicht gehalten? Ist es das?«

»Er will mich in dieser Form behalten, bis mein Körper sich endgültig aufgelöst hat. Er sagt, es sei meine Strafe dafür, dass ich seine Vampire vernichtet habe.«

Frederik hustete und schlug sich mit der Faust auf die Brust, bis er einige Maden und Schleim ausspuckte.

»Mistviecher«, fluchte er, und ich musste auf einmal lachen. Die Situation war zu absurd, um wahr zu sein.

»Also sind wir beide aus dem gleichen Grund hier?«, höhnte ich.

Er fand es nicht witzig. »Kannst du meine Schwester retten, Vampir?«

Ich hob meine Hände zu einer Geste der Hilflosigkeit. Die schweren Ketten klirrten und sprachen für sich. Blut, altes und frisches, verklebte Eisen und Handgelenke.

»Schau mich doch an!« Dann nickte ich. »Möglicherweise könnte ich es. Aber ich brauche den Schlüssel zu den Fesseln und meine Waffen.«

»Du sollst alles bekommen, was du verlangst, alles, wenn du nur Amber rettest.« Frederik stand auf.

»Wo willst du hin?«, rief ich.

Seine Miene verzerrte sich zu einem Grinsen, das um den Zusammenhalt seiner Gesichtshaut fürchten ließ, dann war er auch schon fort. Nur sein Gestank waberte noch mit beinahe körperlicher Intensität durch den Raum.

Bis vor wenigen Minuten hatte ich mich aufgegeben. Jetzt war die Hoffnung zurück. Wenn es diesem Scheusal gelang, mich zu befreien, wollte ich alles vergessen, was er mir angetan hatte, alles.

Ich stand auf. Die Beine protestierten unter meinem Gewicht.

Dann kam das Warten. Minuten krochen wie Stunden dahin. Ich strengte mich an zu hören, was im Haus vorging, doch selbst mein feines Gehör war nicht gut genug, um die anderen Vampire zu belauschen.

Mit neuem Interesse betrachtete ich den schmalen Schacht, der aus meinem Gefängnis nach draußen führte. Leider war er zu eng, um hindurchzukriechen.

Eine kaum merkliche Brise wehte herein und streichelte meine Haut. Die Berührung war angenehm, und die Nachtluft brachte Leben und Hoffnung. Sie wisperte Versprechen kommender Jahre in mein Ohr, hatte Wiesen und Bäume gestreift, war den weiten Weg über den Ozean gekommen.

Ich wollte leben, verdammt! Leben!

Seit meiner Verwandlung vor fast zweihundert Jahren hatte ich mich nicht mehr so nach dem Leben gesehnt.

Ich ballte meine Fäuste und riss an den verdammten Ketten. Wie oft hatte ich mir in den vergangenen Jahrhunderten den Tod gewünscht, hätte ihn dankbar und mit offenen Armen empfangen. Nie wieder, schwor ich mir, nie wieder würde ich mich solchen Gedanken hingeben!

»Komm schon, Frederik, mach endlich«, sagte ich, und dann hörte ich ihn auch schon.

Da waren Stimmen auf der Treppe, Schritte auf den Betonstufen. Zwei Männer. Ich erkannte Frederik, die Stimme des anderen kannte ich ebenfalls. Nate, es war Gordons Diener Nate.

»Und er ist wirklich nicht mehr wachzubekommen?«, fragte dieser gerade.

»Er hängt dort wie tot«, antwortete Frederik, lauter als eigentlich nötig.

Ich wusste nicht, was er vorhatte, aber er lockte den Diener des Meisters hierher. Seine lauten Worte hatten keinen Zweifel daran gelassen, was er von mir erwartete. Ich hängte mich in die Ketten. Meine Arme protestierten, doch das war jetzt egal.

Als die Tür quietschend aufschwang, ließ ich mein Herz mit einem scharfen Stechen verstummen.

Nate blieb vor mir stehen. »Das wird Gordon gar nicht gefallen.«

»Vielleicht war das Messer zu viel für ihn. Ich hatte euch gewarnt«, meinte Frederik.

Nate trat mir gegen das Knie. Ich zuckte nicht einmal. Er durfte jetzt nur nicht in meine Augen sehen. Sie waren hell, das fühlte ich. Die Farbe wäre ein deutliches Zeichen dafür gewesen, dass ich meine Kräfte sammelte, anstatt bewusstlos zu sein. Doch so schlau war Nate nicht.

Stattdessen legte er eine Hand auf meine Brust und fühlte nach meinem Herzschlag.

»Nichts.«

Ich roch, dass Frederik näherkam. Jetzt oder nie. Ich

packte Nates Hand, die noch immer auf meiner Brust lag, und gleichzeitig erwachte mein Herz wieder zum Leben.

Der Diener focht gegen meinen Griff, doch ehe er schreien konnte, lag Frederiks Hand auf seinem Mund.

»Beiß zu, Vampir, los!«, rief der Untote.

Ich schlug meine Zähne in den Puls. Gordons Diener focht verzweifelt, doch schließlich sank er ohnmächtig in meine Arme.

Frederik eilte zur Tür, um abzuschließen.

Mit jedem Schluck kehrte ein Stück von meiner Kraft zurück. Gordons Energie strömte wie Feuer durch meine Adern. Ich hielt Nate bald mit Leichtigkeit, während Frederik seine Taschen durchsuchte, den Schlüssel zu meinen Fesseln fand und sie aufschloss.

Dann hallte plötzlich ein Schrei durch das Haus.

Gordon spürte, was geschah! Instinktiv sandte sein unsterblicher Körper Kraft zu seinem Diener, die ich wiederum in großen Zügen aus dessen Adern trank.

»Sie kommen!«, rief Frederik.

Unwillig ließ ich den leblosen Körper fallen und schüttelte die Ketten ab.

Schritte hasteten die Treppe hinunter. Die Stahltür würde den Vampiren nicht lange standhalten. Wir saßen in der Falle!

Ein lauter Knall. Die Tür erzitterte und über der Klinke zeichnete sich eine deutliche Beule ab.

Frederik hatte die ganze Zeit über zu mir und Nate gestarrt. Jetzt erwachte er aus seiner Starre und reichte mir die beiden Messer, die ich bei meiner Ankunft an den Unterarmen getragen hatte und die Tristan ins Jenseits befördert hatten.

Es war gut, sie wieder in meinen Händen zu halten.

Gordons Energie drängte wie eine Feuerwand in den

Raum. Ich schrie auf unter dem Druck und erwartete Höllenpein. Doch der Impuls war harmlos. Überrascht stellte ich fest, dass mich Nates Blut gegen die Macht seines Meisters schützte.

Der Diener rollte sich auf den Bauch. Die Wunde, die ich ihm gerissen hatte, schloss sich fast so schnell wie bei einem Vampir.

Unablässig erzitterte die Tür unter den Schlägen.

Gordon kreischte verzweifelt den Namen seines Dieners, und plötzlich wusste ich, was zu tun war. Ich war mit einem Satz bei Nate und drehte ihn auf den Rücken. Die Lust auf Rache ließ mich ruhig werden. Aus meinen Augen strahlte der Tod.

Ich zeigte Nate die langen Klingen in meinen Händen. Selbst wenn ich heute Nacht umkommen sollte, so würde ich Gordon doch das Wichtigste nehmen, was er besaß.

Ich kniete mich auf Nates Brust. Seine Gegenwehr erstarb. Er wusste, dass es kein Entkommen geben würde. Jemand musste für das zahlen, was sie mir angetan hatten, was Gordon mir angetan hatte.

Die Spitze des Messers kratzte über die Bartstoppeln auf Nates Wange.

»Gnade«, formten Nates Lippen, und zugleich hörte ich Gordons Stimme in meinem Kopf dieselben Worte sagen. Der Diener schloss seine Augen.

Ich starrte ihn an, wollte, dass er meinen Blick erwiderte. Als er sie das nächste Mal öffnete, sah mir sein Herr daraus entgegen.

Der Meistervampir versuchte, mich zu lesen und Herrschaft über meinen Geist zu gewinnen.

Für einen Augenblick war ich unvorsichtig. Die Messer richteten sich gegen meine eigene Brust und meine Hände zitterten vor Anstrengung.

»Lawhead, was machst du da?«, schrie Frederik. »Sie sind gleich durch!«

Ein weiterer Schlag erschütterte die Tür.

Ich zuckte zusammen und die Verbindung brach. Für einen Augenblick wusste ich nicht, was ich hier tat, warum ich auf dem Mann kniete, die Messer auf halbem Weg zwischen ihm und mir.

»Julius Lawhead, sieh mich an«, kommandierte Nate mit einer Stimme, die nicht ihm gehörte.

Ich klammerte mich an die Messer und widerstand.

»Das ist für Amber, Gordon«, zischte ich, »dein Diener für sie!«

Nate wand sich in Todesangst. Ich ließ ein Messer fallen und drückte ihn mit der frei gewordenen Linken zu Boden. Gordon hatte den Geist seines Dieners wieder verlassen und aus den menschlichen Augen schrie mir blankes Entsetzen entgegen.

Draußen machte Gordon seiner Verzweiflung Luft. Er brüllte und schien die Stahltür mit blanken Händen einreißen zu wollen. Er würde seinen Diener nicht retten können, selbst wenn die Tür jetzt nachgab, nichts und niemand würde mich noch aufhalten können.

Ruhig suchte ich die richtige Stelle zwischen den Rippen, fand sie und setzte das Messer an.

»Gordon, Gordon, Hilfe, hilf mir!«, brüllte Nate.

Frederik sah sich zu mir um und erkannte mit Schrecken, was ich vorhatte.

»Nein!«, schrie er. Doch es war zu spät. Ich musste nicht einmal hinsehen. Mit einer flüssigen Bewegung senkte ich die Klinge in Nates Körper und durchbohrte das Herz.

Er bäumte sich auf, sein Mund öffnete sich zu einem stummen Schrei und schloss sich wieder, der Tod fraß jedes Geräusch.

Draußen schrie Gordon, doch hier drin war plötzlich alles still.

Nates anklagender Blick brach, und mit seinem Leben verschwand auch die Angst aus seinen Augen.

»Wie konntest du nur, er war ein Mensch!«, brüllte Frederik.

»Nate war kein Mensch, er war Gordons Diener, seit fast zweihundert Jahren. Er sollte längst tot und begraben sein!«

Frederik starrte mich an.

»Sie haben aufgehört«, sagte er dann und wies mit den Augen in Richtung Tür.

»Sie haben ihre Kraft geteilt. Mit Nate habe ich einen Teil von Gordon getötet, aber vorbei ist es noch lange nicht, Frederik.«

»Ich bring dich um, Julius!«, schrie Gordon plötzlich.

Die Tür erzitterte. Sie hatten etwas Schweres gefunden, womit sie sie aufbrechen wollten.

Ich sah unschlüssig auf Nates lebloses Körper hinab, dann zog ich das Messer aus seiner Brust. Irgendetwas lauerte noch in der Tiefe dieses Körpers. Etwas, das ganz langsam erwachen und zurückkehren würde.

Ich stand auf.

»Wo ist mein Schwert, Frederik?«

Der Untote sah mich überrascht an. »Ich weiß es nicht«, antwortete er nach kurzem Zögern. Er log.

Ich ging einige Schritte auf ihn zu und streckte die Hand aus.

Frederik starrte mich unschlüssig an, dann griff er unter seine dunkle Lederjacke und reichte mir meine Waffe.

»Wann wolltest du es mir geben?«, fragte ich, riss ihm das Schwert aus der Hand und hätte es beinahe vor Schreck fallen lassen. Eine ekelhafte Flüssigkeit bedeckte den Ebenholzgriff. Ich ließ die Klinge herausspringen, enthauptete

Nate in einer einzigen Bewegung und trat den Kopf zur Seite.

Der Stahl hatte den Boden nicht einmal berührt.

Jetzt würde er auf keinen Fall wiederkommen. Ich wusste nicht, wie gut sich Diener von Meistervampiren regenerierten, doch Gordons Flüche sagten mir, dass ich das Richtige getan hatte.

Ich stand auf und spürte ein wohlbekanntes Brennen auf meiner Brust. Curtis' Kreuz!

In diesem Moment brach die Tür aus den Angeln und krachte auf den Boden. Ich sprang zur Seite. Schüsse zischten ins Leere. Der Lärm war ohrenbetäubend.

Frederiks Körper zitterte wie unter Strom, als Dutzende Kugeln in ihn einschlugen.

Ich riss das Kreuz hervor. Hell wie ein wütender Stern glomm es auf meiner Brust. Das heilige Licht brannte in meinen Augen, doch mehr nicht. Gordon jedoch schrie verzweifelt und bedeckte sein Gesicht mit beiden Armen. Er wich zurück, als wäre er zu nah ans Feuer geraten.

Die vier jüngeren Vampire waren völlig unbeeindruckt. Einer stürzte sich auf den Untoten, die anderen auf mich. Sie waren kein echtes Hindernis.

Ich führte das Schwert in der Rechten und ein Messer in der Linken. Dem ersten Angreifer pflanzte ich das Messer ins Herz. Er ging sofort zu Boden und zog mich mit sich. Ich fing mich ab und blieb auf den Knien.

Ann, die dunkelhaarige Unsterbliche, die vielleicht nicht mehr als fünfzig Jahre zählte, schoss mir in den Rücken, aber sie hatte schlecht gezielt.

Trotzdem war der Schmerz heftig und ließ mich für einen Augenblick alles andere vergessen.

Ann nutzte die Gelegenheit, um mir das Kreuz vom Hals zu reißen, doch bevor sie die Pistole gegen meinen Kopf drücken konnte, riss ich das Schwert nach oben, schlitzte ihre Brust auf und schwang es herum, um sie mit dem nächsten Hieb zu enthaupten.

Blitzschnell kippte sie ihren Kopf zur Seite und entblößte damit den Hals.

Ich stoppte meinen Hieb Millimeter vor ihrer Haut. Sie hatte um Gnade gebeten.

»Gewährt!«, zischte ich.

Sie fiel auf die Knie und warf die Pistole von sich. Wenige Schritte von mir entfernt rammte Frederik dem letzten Vampir gerade eines meiner Silbermesser wie einen Holzpflock in die Brust.

Es war vorbei. Die erste Schlacht war geschlagen. Nun bestand Gordons Clan nur noch aus ihm selbst. Doch der Meister war fort. Geflohen vor der Kraft des Kreuzes.

Ich stand auf, wischte mir mit dem Ärmel das Gesicht sauber und hielt meine blutende Seite. Die Kugel war unterhalb der Rippen wieder ausgetreten, ohne viel Schaden anzurichten.

Frederik kam auf die Beine. Sein ohnehin schon angeschlagener Körper war von den Schüssen beinahe zerfetzt worden. Es war gerade noch genug übrig, um ihn aufrecht zu halten.

In den Augen des Untoten brannte blanker Hass und die Freude am Töten. Er spuckte auf die toten Vampire, trat sie. Als sich keiner mehr regte, untersuchte er kurz seinen zerschossenen Leib.

»Gordon ist abgehauen«, knurrte er enttäuscht. Dann wurde er Ann gewahr, die sich schwankend auf den Knien hielt. Blut rann in Strömen aus der klaffenden Wunde auf ihrer Brust.

»Worauf wartest du? Töte sie!«

»Sie hat um Gnade gebeten.«

»Nicht bei mir.« Frederik fasste das Silbermesser, das er in der Hand hielt, fester und ging entschlossen auf sie zu. Ich versperrte ihm den Weg.

»Wage es nicht. Ich bin Meister und ich gewähre Gnade, wie es der Hohe Rat erlassen hat. Du hast mir nicht zu befehlen, Frederik.«

Er zögerte und sah unsicher von ihr zu mir.

Ich wandte mich der Unsterblichen zu. »Kannst du gehen?«

Sie nickte.

»Dein Name?«

»Ann Gilfillian«, sagte sie unter großer Anstrengung.

»Dann verschwinde von hier, Ann Gilfillian. Bitte die Leonhardt um Aufnahme. Geh!«

Sie rappelte sich auf, gab mir das Kreuz zurück, das sie mir abgenommen hatte und schleppte sich mit schweren Schritten hinaus. Frederik starrte ihr wütend hinterher.

»Gordon wird nicht auf uns warten. Schnappen wir uns den Mistkerl!«

Frederik nickte. »Dann komm, Blutsauger.«

Schweigend folgte ich ihm aus meinem Verließ.

KAPITEL 52

Frederik eilte die Treppen hinauf. Er kannte sich hier aus.

Die Tür zur Eingangshalle stand weit offen. Ein riesiger Kristallleuchter klirrte im schwachen Wind. Er drang durch geöffnete Fenster herein, bauschte milchweiße Vorhänge und trug Ambers lieblichen Duft mit sich.

Wir blieben stehen und orientierten uns.

Hier und da standen wuchtige Möbel. Eine riesige Sitzgruppe im englischen Landhausstil dominierte das Wohnzimmer auf der anderen Seite des Flurs. Altrosa Blumenmuster und klobige Füße. Wenn ich erwartet hatte, dass Gordon über all die Jahrhunderte Geschmack entwickelt hatte, so täuschte ich mich.

Frederik bedeutete mir, ihm leise zu folgen. Er schob sich an einer Wand entlang und hinterließ braune, stinkende Flecken auf der Tapete.

Der geölte Parkettboden knarrte unter unseren Füßen, aber niemand schien es zu hören.

Als wir das Wohnzimmer betraten, wurde der Duft von Ambers Parfum intensiver. Er schnürte mir die Kehle zu.

Der Raum war leer, machte aber einen L-förmigen Knick. Auf dem Esstisch brannten Kerzen. Wachs rann über die Silberleuchter und tropfte auf das dunkle Holz. Irgendwo musste es einen Kamin geben, Holz knackte leise.

Frederik spähte um die Ecke.

»Dort sind sie«, flüsterte er.

Ich fasste mein Schwert fester. Wenn ich es auch nicht sah, so konnte ich die Gegenwart des Messers jetzt doch deutlich spüren.

»Zeig dich, Jäger, oder hat dich dein Mut so schnell verlassen?«, höhnte Gordon.

Ich atmete tief durch, steckte eines meiner Messer in den Gürtel und behielt das Schwert in der Hand, dann trat ich mit festen Schritten ins Zimmer. Frederik folgte mir.

Amber stand mit dem Rücken zum Kamin, schön und schrecklich wie eine Rachegöttin. Sie war ganz in Schwarz gekleidet, enge Jeans, Stiefel und ein ärmelloses Top, das den Ansatz ihrer Brüste erahnen ließ. Ihr rotes Haar fiel frei über die Schultern. Auf ihrem weißen Hals prangte ein frischer Biss.

Gordon hatte von ihr getrunken! Er stand neben ihr und leckte sich die Lippen.

Das hölzerne Messer in ihrer Hand gab ihm neue Zuversicht. Gordon lächelte breit und bleckte blutige Zähne. »Sie schmeckt gut, deine Dienerin.«

Wie viel kostete es den Meistervampir wohl, trotz der Waffe Ambers Gedanken zu kontrollieren? Ich hatte es nicht geschafft.

»Amber, komm her, komm zu deinem Bruder!«

Frederik wagte sich gefährlich weit vor und streckte eine seiner verdorrten Hände nach ihr aus.

Ambers Augen flackerten zu ihm. Sie sprühten grünes Feuer, als wäre sie bereits zu einer von uns geworden. Anscheinend erkannte sie nicht einmal ihren eigenen Bruder.

Ich sah, wie ihre Rechte das Messer fester packte und fühlte, wie die heilige Waffe brennende Fäden aus Energie nach mir ausstreckte.

Sie würden mich einfangen wie ein Spinnennetz. Meine Angst wuchs zu Panik und lähmte meine Gedanken. Instinktiv umfasste ich Curtis' Kreuz mit der Linken.

Die Berührung mit dem warmen Metall tat erstaunlich gut, aber es erhitzte sich rasch.

»Töte den Vampir, Amber!«, schrie Gordon plötzlich. Die Kraft des Meisters war mit einem Schlag zurückgekehrt.

Ich Idiot hatte mit meiner Hand das Kreuz bedeckt!

Amber streckte das Messer vor und lief hölzern wie eine Marionette auf mich zu.

Die Waffe zog mich an wie das Licht eine Motte, und genau wie das Insekt, so würde auch ich bei der Berührung verbrennen.

»Halte sie auf, Frederik!«

»Schwesterchen«, sagte er und stellte sich ihr in den Weg. Amber und mich trennten nicht mehr als ein, zwei

Schritte. Frederik konnte nichts ausrichten. Die Kraft des Messers floss mühelos um ihn herum und bündelte sich auf meiner Haut. Magie raste wie ein Flächenbrand durch meinen Körper.

Frederik versuchte halbherzig seine Schwester festzuhalten, und Gordon lachte wie ein Wahnsinniger.

Ich machte meinen Schmerzen und meiner Wut in einem Schrei Luft und schleuderte mit der letzten Konzentration, die ich noch aufbringen konnte, mein Messer.

Es war ein schlechter Wurf, doch Gordon hatte ihn nicht erwartet. Die Klinge bohrte sich mit einem dumpfen Geräusch in seine Schulter.

Der Meistervampir taumelte rückwärts und fing sich mit einer Hand am Kamin ab. Flammen leckten nach seinen Beinen, während er das Messer herausriss.

Seine Macht über Amber ließ kurz nach.

Ich zögerte keinen Augenblick und stieß sie zur Seite. Das Messer ritzte meinen Arm. Der Schmerz ließ mich taumeln. Ich verlor das Schwert und stürzte mich mit bloßen Händen auf Gordon.

Er begrüßte mich mit einem raubtierhaften Fauchen. Unsere Körper krachten zusammen. Die Wucht des Aufpralls sandte uns beide zu Boden.

Gordons Engelsgesicht war zu einer Fratze verzerrt. Ich rammte ihm meine Linke immer wieder gegen den Hals. Mein rechter Arm, der vom Messer getroffen worden war, war bis zur Schulter hinauf taub und hing nutzlos an meiner Seite.

Doch auch der Meistervampir kämpfte nicht mehr mit ganzer Kraft. Er war verwundet und hatte viel Energie aufgebraucht. Das Kreuz blendete ihn. Seine Nähe bedeutete für ihn körperlichen Schmerz. Wo es ihn berührte, qualmte seine Haut, und er kreischte.

Wir wälzten uns auf dem Boden. Gordon hatte sich in

meinem gelähmten Arm verbissen und versuchte zugleich, seine Hand in meine Kehle zu krallen, doch das Kreuz kam ihm dabei immer wieder in den Weg.

Ich presste mein Kinn gegen die Brust, um mich zu schützen, und schlug weiter auf ihn ein.

Der Boden wurde glitschig von dem Blut, das unablässig aus Gordons Schulter floss. Er wurde schwächer und schwächer. Seine Schläge kamen längst nicht mehr so gezielt wie am Anfang.

Ich rammte Gordon meine Faust ins Gesicht. Die Augen hielt er ohnehin geschlossen, denn mein Kreuz leuchtete hell wie ein Stern.

Flammen leckten über unsere Beine, doch in diesem Augenblick kannte ich nur noch eins: Gordon zu vernichten. Meine Finger fanden die Wunde in der Schulter, und ich bohrte sie tief in sein Fleisch. Gordon schrie auf und löste seine Fänge aus meinem Arm. Ich schlug mit der Linken gegen seinen Kiefer, hörte Knochen brechen, rollte mich auf ihn und setzte zum finalen Streich an.

»Du hättest dich niemals mit mir anlegen sollen, Gordon«, fauchte ich.

Ein letzter Blick auf seine zusammengekniffenen Augen, dann schlug ich meine Zähne in seine Kehle und trank.

Sein Blut war mächtiger als alles, was ich bis dahin gekostet hatte.

Der scharfe Geruch verbrannter Kleidung stieg in meine Nase, doch ich war einzig darauf bedacht zu trinken, zu trinken und Gordons schwächer werdende Befreiungsversuche zu unterbinden.

Aus dem Augenwinkel sah ich Amber stürzen.

»Nein, Frederik, das darfst du nicht tun!«, hörte ich sie schreien.

Im Moment waren sie mir beide völlig gleichgültig.

Energie rauschte wie ein wahnsinniges Leuchten durch meinen Körper. Ich fühlte mich, als sei ich aus Licht geboren. Magie war überall und wuchs weiter. Je näher Gordon dem Tod kam, desto tiefer trank ich.

Plötzlich brach ich zusammen. Mein Körper zuckte.

Dann erst kam der Schmerz. Ich wälzte mich auf den Rücken und blieb liegen. Mit letzter Kraft hob ich den Kopf und sah an mir hinab. In meiner Brust klafften zwei Löcher.

Frederik stand über mir und hielt eine Pistole in der Hand. »Jetzt vernichte ich euch beide«, triumphierte er.

Ich brachte keinen Ton heraus.

Gordon lag neben mir und zitterte am ganzen Leib. Seine Hose brannte und wohl auch sein linker Fuß.

Amber war verwundet und hatte offensichtlich Schwierigkeiten aufzustehen.

Frederiks schleimiges Gesicht war eine Maske aus Hass. Statt noch einmal auf mich zu schießen, warf er die Pistole achtlos fort. Er griff mit beiden Händen nach einem Stuhl und hob ihn an der Lehne über den Kopf.

Das Möbelstück krachte gegen den Kamin. Holzsplitter regneten auf uns herab.

Ich fischte mit meiner Linken erfolglos nach meinem Messer.

Frederik hielt ein Stuhlbein in der Hand.

Im Licht des Kaminfeuers glänzte die scharfe Bruchkante, und es war niemand da, um ihn aufzuhalten.

Gordons Augen weiteten sich, als der Untote den groben Pflock auf seine Brust setzte und zu pressen begann. Knochen knackten, als er sich mit seinem ganzen Körpergewicht darauf lehnte und das Holz in quälender Langsamkeit den Brustkorb des Vampirs durchstieß. Diesmal traf Frederik das Herz. Gordon bäumte sich auf, dann war es aus, endgültig aus.

Verzweifelt langte ich noch einmal nach meinem Messer, doch es war einfach zu weit weg!

Irgendwo schrie Amber, und was sie schrie, war mein Name.

Was wollte sie von mir? Neben mir saß Frederik rittlings auf Gordon und bewegte den provisorischen Pflock in der Brust des toten Vampirs, als wolle er Teig umrühren.

Für einen Moment war er beschäftigt, doch bald würde ihm wieder einfallen, dass es mich auch noch gab. Die beiden silbernen Pistolenkugeln hatten mich fast völlig bewegungsunfähig gemacht.

»Julius, hilf mir!«, rief Amber noch einmal, und mit einem Schlag erwachten die Siegel zu voller Wirkung. Gordon war tot, und damit war meine Geliebte wieder frei!

Also war mein Opfer nicht umsonst gewesen.

Meine Gedanken begannen davonzudriften. Der Blutverlust forderte seinen Tribut.

»Julius!« Wieder Amber. Dann begriff ich endlich und sammelte meine letzte Kraft. Ich hoffte, dass ich das Richtige tat, und schleuderte die Energie durch die Siegel in den Körper meiner Dienerin.

Von jetzt an war ich nicht mehr Teil der Show.

Reglos sah ich zu, wie Frederik den Pflock aus Gordons Herz riss und sich mir zuwendete.

Zugleich fühlte ich Amber, und wie eine verschwommene Vision sah ich mich plötzlich selbst durch ihre Augen. Ich spürte eine wohlbekannte Waffe in ihrer Hand, mein Schwert.

»Frederik, tu es nicht«, echote ihre Stimme in meinem Kopf.

Der Untote kniete auf meinen Beinen und hatte den Pflock hoch erhoben.

Er hielt mitten in der Bewegung inne, sah sich aber nicht um.

Gordons Blut tropfte von dem Holz auf meine Brust.

»Warum sollte ich es nicht tun, Schwesterchen?«

Amber rang nach Atem. »Weil ich ihn liebe.«

Seine Muskeln spannten sich. Als seine Arme herunter-
sausten, schlug Amber zu.

Das Schwert durchtrennte Frederiks Hals, und die Wucht
trug den Kopf in die Flammen. Es war dennoch zu spät. Die
Hände des Untoten führten die angefangene Bewegung aus
und der Schmerz katapultierte mich zurück in meinen Körper.

Das Stuhlbein stak in meiner Brust. Der Leib des Untoten war auf mich gesunken, und seine zuckenden Hände
umklammerten noch immer das Stück Holz.

Mein Schwert fiel klirrend auf den Boden. Amber hatte
es losgelassen.

Ich starrte auf das Stuhlbein. Amber stieß Frederiks Körper von mir, fiel neben mir auf die Knie und weinte.

Ihre Lippen bewegten sich, doch ich konnte nichts verstehen.

Ich spürte nichts mehr und auf meinen Ohren lag ein selt-
samer, kalter Druck, der alle Geräusche verschluckte.

Mein Blick erstarrte zu einem Tunnel umgeben von
Licht.

Ambers meergrüne Augen waren plötzlich über mir, und
es war nichts als Liebe in ihnen. Ihre Lippen bewegten sich
noch immer. Plötzlich kam ihre Hand ins Bild, ihre Hand
und das Messer.

Hatte ich mich doch getäuscht, hatte ich mich wieder geirrt?

Amber schrie etwas, dann bewegte sie ihren Arm. Sie
warf! Sie warf das verdammte Messer ins Feuer!

Die Flammen leckten aus dem Kamin, als wollten sie vor
der magischen Waffe fliehen.

Amber legte beide Hände an meine Wangen und küsste mich auf Mund und Stirn.

»Die Siegel, ich kann dich nicht hören«, brachte ich mit letzter Kraft hervor.

»Ich liebe dich, verzeih mir, verzeih mir! Oh Gott, verzeih mir!«

Tränen tropften aus ihren Augen und benetzten meine Haut.

Dann verschwand sie aus meinem Blickfeld und im nächsten Moment wurde alles schwarz.

KAPITEL 53

Als ich das erste Mal wieder zu mir kam, schaute ich gegen eine himmelblaue Zimmerdecke.

Ich hatte sie schon einmal gesehen, mir fiel nur nicht ein wo.

Aus dem Augenwinkel nahm ich eine Bewegung wahr.

Ein Gesicht schob sich ins Bild. Schwarzbraune Locken und fast ebenso dunkle Augen. Blutrot geschminkte Lippen verzogen sich zu einem warmen Lächeln und entblößten spitze Reißzähne. Ein Name huschte durch meinen Kopf. Christina.

»Hey«, krächzte ich.

»Meister!«

Christina sprang auf. »Bleib wach, ich sag den anderen Bescheid«, rief sie und war schon auf und davon.

Wie viele Tage wohl vergangen waren? Ich lag auf dem altmodischen Metallbett in meiner Kammer im Lafayette. Auf meinem Sarg standen ein Koffer und ein Laptop, Ambers Sachen. Es sah ganz so aus, als sei sie zu mir gezogen.

Schritte erklangen auf der Treppe.

Als Erstes erblickte ich Curtis. Er blieb an meinem Krankenlager stehen und sah mich einfach nur an. Seine blauen Augen strahlten. Dann setzte er sich vorsichtig auf die Bettkante, nahm meine Hand in seine und drückte sie.

Ich erwiderte seine Geste schwach. »Ich bin zurück, Vater.«

»Endlich.«

»Du bist ein Höllenhund, Julius«, brummte Brandon, der wie ein dunkler Schatten hinter Curtis stand und eine Strähne seines Haars zwischen den Fingern drehte. Anscheinend waren alle wohlauf, doch wo war Amber?

»Sie ist noch nicht von der Arbeit zurück«, beantwortete Curtis meine unausgesprochene Frage. »Deine Dienerin hat die ganze letzte Woche bei dir ausgeharrt und dich gepflegt.«

»Eine Woche?«, fragte ich erstaunt.

»Heute ist der achte Tag. Du hattest drei Schusswunden, Bisse, und …«

»Und nicht zu vergessen das Stuhlbein!«, ergänzte Brandon grinsend und erntete dafür einen kalten Blick von Curtis.

»Der Stich des Messers war das Schlimmste. Ich habe lange gezweifelt, ob du durchkommst. Dein Arm war schwarz geworden …«

Was? Hatten sie ihn amputiert?! Ich stützte mich auf und sah an mir hinab. Da lag er, der Arm war noch dran. Aber die schnelle Bewegung hatte die Schmerzen zurückgebracht.

»Verdammt!«, fluchte ich und ließ mich vorsichtig zurück in die Kissen sinken. »Was ist denn eigentlich passiert?«

»Amber hat aus der Villa angerufen«, erklärte Christina und trat an das Fußende des Bettes, so dass ich sie ohne Anstrengung sehen konnte. »Als wir eintrafen, schlugen schon die ersten Flammen aus den Fenstern. Deine Dienerin hatte dich auf einem Teppich bis zur Tür gezogen. Sie sagte, dass kein Vampir des Clans mehr leben würde und sie das Messer verbrannt hätte.«

»Stimmt das?«, hakte Curtis nach.

Ich erinnerte mich an Ambers Lippen, die sich bewegten, ohne dass ich ihre Worte hörte, und an die Bewegung, mit der sie das Messer in den Kamin warf. »Ja, sie hat es zerstört.«

»Vielleicht ist es besser so.«

»Bestimmt. Aber eine Unsterbliche lebt«, ergänzte ich.

Curtis nickte. »Ann Gilfillian, ich weiß. Sie sagte, du hättest ihr Gnade gewährt und sie zu mir geschickt. Sie ist vor drei Tagen gekommen.«

»Dann hast du sie aufgenommen?«

Curtis strich über meine Hand. Sein Blick ging in die Ferne. Wie hatte ich den Anblick seiner klaren, hellen Augen vermisst.

»Die Leonhardt sind wenige geworden. Sie wird also vorerst hierbleiben. Ob ich sie aufnehme, entscheide ich später.«

Ein Ziehen ging durch meine Brust und es war keineswegs unangenehm. Unwillkürlich musste ich lächeln. Christina strahlte zurück, doch sie wusste, dass meine Freude nicht ihr galt.

Ich fühlte Ambers Schritte über die Stufen fliegen.

Curtis stand auf und legte Brandon eine Hand auf die Schulter. »Kommt, lassen wir die beiden alleine.«

In dem Moment, als die Vampire durch die Tür hinausgingen, stürmte Amber an ihnen vorbei ins Zimmer.

Meine Geliebte blickte mich einfach nur an. Ich sog meinerseits jeden Zentimeter von ihr in mich auf, als sähe ich sie zum ersten Mal.

Die Tasche rutschte ihr von der Schulter und fiel unbeachtet zu Boden.

Amber trug den leichten Ledermantel und ein bordeauxrotes Shirt, eine Farbe, die mir trotz der roten Haare ausnehmend gut an ihr gefiel.

Sie lächelte, doch plötzlich schwand die Freude aus ihren Augen. Sie drehte sich weg und fuhr sich seufzend durchs Haar, in dem wieder Goldflitter klebten.

»Was ist?«, fragte ich und streckte die Hand nach ihr aus.

In ihren Augen schwammen Tränen. »Ich weiß, was ich getan habe, Julius, ich erinnere mich an alles.«

Ich starrte sie an. »Komm, bitte.«

Sie tat einen zögerlichen Schritt auf mich zu und legte ihre Hand in die meine. Tränen tropften auf die blütenweiße Bettwäsche. Ich verschränkte meine Finger mit ihren.

Mein Kopf war voller Erinnerungen. Bilder von Folter, Gefangenschaft und einem Schmerz, der schlimmer war als jedes Feuer, jedes Sonnenlicht.

An diese Erinnerungen war Amber unweigerlich gekettet. Ihr Gesicht war es, das hinter dem Messer stand, ihre kalten, grünen Augen, als das Feuer meinen Leib verbrannte.

Ich zitterte plötzlich und zuckte zurück, als sei das Messer wiedergekehrt.

Amber ging neben dem Bett in die Knie, hielt meine Hand und presste den Kopf dagegen.

»Weine nicht«, sagte ich leise.

»Er hat mich gelenkt, Julius. Ich weiß nicht, wie er das gemacht hat. Als habe er mein Bewusstsein zur Seite geschoben und die Steuerung übernommen. Ich konnte nur noch zusehen, wirklich, du musst mir glauben!«

»Ich glaube dir ja.«

Ich entzog ihr meine Hand und strich durch ihr seidenweiches Haar, wieder und wieder. Sie hörte nicht auf zu weinen.

»Amber, sieh mich bitte an.«

Ich schob den Zeigefinger unter ihr Kinn. Sie hob den Kopf. Die zarte Haut ihrer Augenlider war geschwollen,

Schminke rann ihr die Wangen hinunter. Ich wischte das graue Wasser fort.

»Du lebst, und ich bin auch noch da. Das ist mehr, als ich zu träumen gewagt hatte, also hör auf zu weinen und komm endlich zu mir.«

Sie lächelte zaghaft, stand auf und wusch sich das Gesicht. Dann streifte sie Jacke und Schuhe ab und kroch zu mir ins Bett. Sie lehnte sich vorsichtig gegen meine Schulter. Ich vergrub mein Gesicht in Ambers Haar, bis sie sich streckte und den Kopf in den Nacken legte.

Unsere Münder berührten einander, als sei es das erste Mal, zaghaft, fast scheu. Doch dann erinnerten sich unsere Körper wieder, und bald schon teilte Ambers Zungenspitze mit wachsendem Verlangen meine Lippen. Ich achtete nicht auf den brennenden Schmerz in meiner Brust und zog sie mit dem gesunden Arm an mich.

Plötzlich war mein Mund voller Kupfer. Amber hatte sich an meinen Zähnen die Zunge aufgeschnitten. Es war pure Absicht gewesen, aber heute wollte ich nicht protestieren.

Hungrig trank ich das heiße Blut und badete sie und mich in dem Rausch, den ihre Lebensenergie in mir auslöste. Amber stöhnte und wir küssten uns noch lange und leidenschaftlich. Meine Lippen brannten von der geteilten Magie, und in diesem Moment war ich endlich wieder glücklich.

Ich brauchte noch einige Wochen, um mich wieder vollständig zu erholen.

Sobald ich wieder gesund war, begann ich nach einem neuen Heim für uns zu suchen. Hollywood Forever war noch immer mein liebster Ort.

Meine Familie war wohlhabend gewesen, und über die Jahrhunderte hatte ich ebenfalls ein kleines Vermögen angehäuft.

Von einem Teil des Geldes kaufte ich ein Haus, das an den Friedhof grenzte. Der Umbau der Kellerräume und der von mir geplante Tunnel mit Schlafkammern bis unter den Friedhof würden einige Zeit in Anspruch nehmen. Genügend Zeit, um mich meiner Angst zu stellen.

So kam der Tag, an dem ich Amber die Wahrheit sagen musste.

Sie war gerade von der Arbeit zurückgekehrt, hatte ein Kinoprogramm mitgebracht und sich nach Theatervorführungen erkundigt.

Aufgeregt flitzte sie durch unsere kleine Kammer, bis ich sie an den Schultern festhielt und an mich zog.

»Du wirst eine Weile auf mich verzichten müssen«, begann ich.

Sie sah mich irritiert an. Als sie den Ernst in meinen Augen erkannte, schluckte sie ernüchtert. »Was ist passiert?«

»Mach dir keine Sorgen«, versuchte ich sie zu beruhigen. »Ich werde nur für eine Weile nicht so in deiner Nähe sein können wie jetzt.«

»Was soll das heißen?« Sie stemmte ihre Hände in die Hüften.

»Du weißt, dass ich mich durch die Sache mit Brandon gegen meinen Meister aufgelehnt habe. Curtis hat gedroht mich zu bestrafen, für den Raub seines Vampirs und dafür, dass ich mich in Gordons Hand gegeben habe. Bevor ich aufgebrochen bin, habe ich ihm etwas versprochen. Sollte ich den Rettungsversuch überleben, würde ich mich seinem Urteil stellen. Dunkelheit und Hunger erwarten mich.«

»Dunkelheit und Hunger? Was soll das bedeuten?«, fragte sie irritiert.

Ich schluckte. Meine Angst floss durch die Siegel und übertrug sich auf sie. »Das heißt, er sperrt mich in einen Sarg.«

»Für wie lange?«

»Tage, Wochen, mehr. Ich weiß es nicht.«

Sie starrte mich an. Tränen schwammen in ihren Augen. »Und jetzt, wo du gerade wieder gesund bist, hat er es dir befohlen?«

»Nein, das hat er nicht. Er hat es seit meiner Rückkehr nicht mehr erwähnt.«

»Dann geh nicht!«

»Ich stehe zu meinem Wort.«

Sie drehte mir den Rücken zu und schwieg.

Ich berührte sie an der Schulter, doch sie zuckte weg. Ihr Verhalten tat mir weh. »Bitte lass mich nicht so gehen, Amber. Ich will eine schöne Erinnerung an dich.«

Ich betrachtete sie noch einen Augenblick, ihre schlanke Figur mit genau den richtigen Rundungen und ihr welliges Haar, das ein gutes Stück über ihre Schultern fiel. Dann ging ich.

»Julius?«

Ich drehte mich in der Tür um.

Amber stand mit hängenden Armen im Zimmer.

Binnen eines Wimpernschlags war ich bei ihr und presste sie an mich. Wir hielten uns in den Armen, und die Zeit schien ohne uns zu verstreichen.

»Verlass mich jetzt nicht, Julius«, flüsterte Amber gegen meine Brust. »Was soll ich denn machen ohne dich?«

Dann schluckte meine Geliebte ihre Tränen hinunter und sah mich gefasst an. »Du hast keine Wahl, stimmts?«

Ich schüttelte den Kopf. »Ich liebe dich, Amber.«

Wir küssten einander mit wachsender Verzweiflung, und ich versuchte, dieses Gefühl irgendwie für die lange Zeit der Einsamkeit und Dunkelheit zu bewahren. Es war unmöglich, und so schob ich sie nach einer Weile schwer atmend von mir. Es war Zeit zu gehen.

KAPITEL 54

Der Weg zu Curtis' Räumen kam mir endlos vor. Wir begegneten Robert auf der Treppe, doch ich grüßte nicht einmal, so sehr musste ich mich konzentrieren, um nicht davonzulaufen vor meiner eigenen Courage.

Amber hielt die ganze Zeit über meine Hand. Vor der Tür sammelte ich mich und klopfte.

Wortlos bat uns Curtis in sein Reich unter der alten Kinobühne. Mein Herz raste und wollte einfach nicht langsamer werden.

Der Meister saß an seinem riesigen Schreibtisch und tippte etwas in den Computer. Er handelte noch immer mit Kunst, wie früher.

Das kalte blaue Licht des Bildschirms war neben einigen Kerzen die einzige Lichtquelle und meißelte seine strengen Züge zu einer Skulptur aus Hell und Dunkel.

Ich ließ Ambers Hand los und trat vor Curtis.

»Ich bin gekommen, um dir etwas wiederzubringen«, sagte ich und legte das Kruzifix seiner Mutter, das ich wohlweislich in ein kleines Stück Stoff gewickelt hatte, neben das Notebook auf den Tisch.

Curtis sah auf, lehnte sich in seinem Stuhl zurück und verschränkte seine sehnigen Arme vor der Brust.

Als ich die nächsten Worte formte, konnte ich meinen Herzschlag auf der Zunge spüren. »Und ich bin gekommen, um meine Strafe zu empfangen.«

Curtis starrte mich an, dann nickte er.

»Gut, dann komm.«

Er erhob sich und wies mir den Weg zum Sarg. Als er stehenblieb, tat ich es auch. »Du hast mir noch etwas zu sagen, denke ich.«

Ich nickte. Wir hatten das Ritual lange vor uns herge-
schoben.

Für die Bitte um die Anerkennung meines Ranges sah der
Codex keine festen Worte vor, nur Gesten. Ich sank vor meinem Meister in die Knie.

»Nun, Julius, ich höre.« Er sah gütig zu mir hinab.

Ich küsste seinen Puls und begann. »Mein Herr und
Schöpfer, lange ist es her, dass du mir das zweite Leben geschenkt hast. Von deinen Worten habe ich gelernt, unter deiner starken Hand bin ich gewachsen. Dir zu Ehren und den
Leonhardt zum Schutz will ich meine Kraft einsetzen. Meister ist der Titel, den ich begehre.« Ich drückte meine Stirn auf
den Boden und setzte seinen Fuß in meinen Nacken.

Ich erniedrigte mich, wie es in alter Zeit schon Tausende
vor ihren Herren getan hatten. Curtis' Fuß lag leicht auf
meinem Hals. In diesem Moment war ich der unterste der
Diener und es oblag meinem Schöpfer, mich in einen höhe-
ren Stand zu erheben oder ihn mir zu verwehren.

Ich drückte meine Wange auf den Parkettboden und verharrte still.

Die Zeit schien sich endlos zu dehnen, während ich voller
Herzklopfen darauf wartete, dass Curtis antwortete.

»*Öffne die Siegel, Julius, Amber ist ein Teil von dir.*«

Ich gehorchte, und sofort empfing Amber meine Gefühle
und Hoffnungen. Sie sank in die Knie und neigte ehr-
furchtsvoll den Kopf.

Endlich hob der Meister seinen Fuß aus meinem Nacken,
und ich fühlte mich mit einem Mal fast schwerelos.

»Erhebe dich als Meister, Julius Lawhead«, sagte Curtis
feierlich.

Seine Schilde fielen, Magie flutete meinen Körper und
riss mich in einem frenetischen Wirbel hinauf zu ihm. Ich
stand in einer einzigen, katzenhaften Bewegung auf und

taumelte. Curtis legte mir stützend die Hände auf die Schultern.

Seine Augen sogen meinen Blick auf und hielten mich. In diesem Moment konnte ich mir vorstellen, wie er damals ausgesehen hatte, was für ein Herrscher er gewesen war, in seinem sterblichen Leben.

Mit größter Freude erneuerte ich meine Versprechen. »Bei meinem Leben, das du mir geschenkt hast, und dem Blut, das wir teilen, bekräftige ich meine Treue.«

Curtis nahm meine Worte wohlwollend auf. »Ich erkenne dich als Meister von meinem Blut, Julius Lawhead. Schutz und Treue für dich und die Deinen.«

Er küsste mich auf die Wange anstatt auf den Puls meiner Kehle. Ein Zeichen für meine neue Stellung und dafür, dass Curtis keinen Anspruch auf mein Blut mehr hatte. Ich konnte es ihm schenken, doch er durfte mich nicht mehr dazu zwingen.

»Endlich erkennst du, wer du bist. Ich bin stolz auf dich, mein Sohn.«

Jetzt kam der schwere Teil. Ich schluckte, und die Angst war plötzlich wieder da. Mit einem gewaltsamen Schlag verschloss ich die Siegel und sah aus dem Augenwinkel, wie sich meine Freundin erschrocken an die Brust fasste.

»Ich unterwerfe mich deinem weisen Richtspruch, bereit, dein Urteil zu empfangen«, schloss ich die Formel.

»Und ich verspreche dir, fair zu richten.« Wir sahen uns eine Weile an, und ich erahnte, wie schwer es Curtis fiel. Dann riss er sich von meinen Augen los und öffnete den Sarg.

Ich starrte gebannt in meinen Alptraum.

Festes Holz, dunkelgrüner Samt, Seide. Die Wände waren frisch gepolstert, doch das Holz war getränkt mit der Angst Dutzender Vampire.

Ich unterdrückte meine Furcht, streifte meine Schuhe ab und stieg hinein. So weit, so gut.

Die Polster gaben unter meinen Füßen nach. Sie waren weich genug, um Ewigkeiten darin zu verbringen. Kalter Schweiß trat auf meine Stirn.

Hinsetzen, hinlegen!, wiederholte ich, doch mein Körper verweigerte den Dienst. Stattdessen begannen meine Zähne wild aufeinanderzuschlagen. Ich verschränkte die Hände vor der Brust wie ein trotziges Kind. »Ich … ich kann nicht!«

»Du kannst sehr wohl, Julius. Du bist stark und du bist Herr deiner Angst.« Curtis' Stimme war klar und tief. Sie beruhigte, auch wenn er seine Macht nicht einsetzte.

Meine Zähne hörten auf zu klappern, doch ich konnte mich noch immer nicht überwinden. Mein Blick ging immer wieder zu Amber, die die Hände verzweifelt um einen Metallträger krallte und kurz davor war, zu mir zu laufen. Curtis folgte meinen Augen.

»Lass uns allein, Amber, du machst es ihm noch schwerer.«

Sie rührte sich nicht. »*Schick sie fort, Julius, es tut euch beiden nicht gut.*«

Ich sammelte mich. »Amber, geh. Bitte!«

Mit geschlossenen Augen wartete ich ab, bis ihre Schritte verhallten und die Tür hinter ihr ins Schloss fiel.

Curtis legte eine Hand in meinen Nacken.

»Wehr dich jetzt nicht, mein Sohn.«

Das war leichter gesagt als getan. Er drückte mich mit sanfter Gewalt hinunter, stärker und stärker, bis meine Gelenke schließlich nachgaben und ich kniete. Verzweiflung keimte in mir, und ich unterdrückte das Verlangen zu kämpfen, rang nach Atem wie ein Ertrinkender und brauchte doch keine Luft. Curtis beugte sich über mich und sah mich an, dann legte er seine Linke über mein Herz, die Rechte um meine Schultern und presste mich in die Kissen.

Tränen rannen über meine Wangen, als mein Kopf endgültig die Unterlage berührte.

Curtis mied meinen Blick, während er meine Beine, eins nach dem anderen, ausstreckte. Ich ließ es einfach mit mir geschehen.

Als ich zum ersten Mal in den Sarg gesperrt worden war, waren noch vier Vampire nötig gewesen, um mich zu halten. Schließlich hatten sie einen Leuchter auf meinem Schädel zertrümmert. Als ich dann Stunden später erwacht war, war es bereits zu spät gewesen.

Der Sarg war warm und eng.

Curtis hockte sich neben mich und legte einen Finger auf meine Lippen.

»Scht!«

Ich verstummte, hatte vorher gar nicht bemerkt, dass ich leise, wimmernde Töne von mir gab.

Nun war ich ruhig. Meine Gedanken jedoch, sie rasten. Es war nicht einmal Mitternacht, warum hatte ich nicht bis kurz vor Sonnenaufgang gewartet? Warum war ich jetzt schon gekommen?

Doch diese Überlegungen nutzten nichts.

»Jede Prüfung macht dich stärker, Julius. Du bist jetzt selber Meister. In der kommenden Zeit wirst du lernen, was das wirklich bedeutet.«

Curtis strich mir in einer letzten liebevollen Geste das Haar aus der Stirn.

»Wie lange?«, fragte ich.

»Es ist besser, wenn du es nicht weißt.«

Jetzt war die Panik da. Ich war kurz davor, aufzuspringen und davonzurennen.

»Mach endlich den verdammten Deckel zu!«, schrie ich verzweifelt. »Bitte!«

Der dumpfe Knall riss alle Geräusche fort. Meine Welt

war plötzlich schwarz, nicht dunkel, sondern schwarz. Die völlige Abwesenheit von Licht und Farbe.

Ich versuchte ruhig zu bleiben, während meine blinden Augen nach Konturen tasteten.

Draußen schob Curtis die Riegel vor, einen nach dem anderen, es waren sechs. Bei dem vierten flatterten meine Hände ziellos über die gepolsterten Wände.

Es war eng! Schrecklich eng!

Der fünfte Riegel schabte an seinen Platz.

Ich hörte die Außenwelt wie durch einen Vorhang aus Watte.

Der letzte Riegel saß, und Curtis flüsterte in meinem Kopf, ich solle ruhig bleiben. Mein Herz drohte zu zerspringen, und in meiner Unvernunft glaubte ich zu ersticken.

Ich fühlte Curtis' Schritte mehr, als dass ich sie hörte. Er ging um den Sarg herum.

Dann begann der letzte Akt. Er zog eine Kette durch die sechs Ringe, damit die Riegel nicht aufsprangen. Silber, es war schon wieder Silber!

Ein Schrei verließ meine Kehle, und sobald der erste hinaus war, konnte ich nicht mehr aufhören. Ich brüllte meine Angst in die Seide, trommelte mit meinen Fäusten gegen die Wände und schrie und schrie und schrie.

—◆—

Als Julius zu schreien begann, glaubte Amber, es keinen Moment länger ertragen zu können. Sie kauerte auf dem Boden neben der Tür zu Curtis' Räumen und hämmerte mit den Fäusten auf die Steinfliesen. Irgendwann erklangen leise Schritte, und die Tür wurde geöffnet.

Amber war sofort auf den Beinen. Sie wollte, musste zu Julius, doch Curtis vertrat ihr den Weg.

Mühelos hielt sie der Meistervampir an den Schultern fest, während Amber mit der Kraft der Verzweiflung gegen ihn ankämpfte, dann zog er sie plötzlich in seine Arme.

Amber war so überrascht, als sie gegen diesen kalten Körper gedrückt wurde, dass sie ihre Gegenwehr aufgab. Die warme, tröstende Magie, die der Meistervampir mit einem Mal ausströmte, tat ihr Übriges.

»Du kannst da jetzt nicht rein!«, sagte er sanft.

»Bitte! Er hat doch solche Angst, Curtis. Bitte!«, stieß sie unter Tränen hervor und hörte immer noch die verzweifelten Schreie ihres Geliebten.

»Nein, Amber. Er kommt sonst nicht zur Ruhe. Er wird sich verletzen.«

Langsam gewann sie ihre Fassung zurück. Sie erkannte, dass es auch dem Meistervampir nicht leicht fiel, was er Julius, der für ihn wie ein Sohn geworden war, antun musste.

Amber sah auf.

Curtis sah sie lange regungslos an, dann nickte er wie zu sich selbst. »Versprich mir nur, dass du nicht versuchst, ihn zu befreien. Hilf ihm seine Lage zu akzeptieren, denn sie ist nicht zu ändern.«

»Ich ... ich verspreche es.«

Ungläubig sah Amber auf die sich öffnende Tür. Noch vor einigen Augenblicken wäre sie wohl gerannt, nun ging sie mit erzwungener Ruhe zu dem kettenverhangenen Sarg und sank daneben in die Knie.

Julius' Schreie brachen abrupt ab, doch da waren immer noch Geräusche. Er sagte leise ihren Namen, seine Hände schienen von innen über den Sarg zu kratzen, Stoff riss.

Amber musste schlucken. »Julius, beruhige dich. Ich bin hier«, flüsterte sie. »Ich bleibe bei dir, für immer.«

Auch die Kratzgeräusche verschwanden.

»Lass mich nicht allein!« Der Sarg dämpfte Julius Stimme. Durch die Angst klang sie fremd.

»Du bist niemals allein. Wir haben die Siegel, wir sind immer verbunden. Solange ich hier draußen bin, bist auch du frei, Julius. Sieh durch meine Augen, fühle mit meinem Körper.«

Für einen Moment war der Vampir ganz still.

Amber legte Hände und Wange an das glattpolierte Holz und meinte ihren Liebsten darin atmen hören zu können.

»*Ich liebe dich*«, flüsterte er mitten in ihr Herz hinein und sie wusste, dass sie warten würde. Warten, so lange seine Gefangenschaft auch immer dauerte.

DANKSAGUNG

Mein besonderer Dank gilt in Deutschland:

Růžena Pax, Mutter, Freundin und wunderbar kritische Erstleserin, Rafaela Pax, eine Schwester, wie man sie sich nur wünschen kann, meiner Familie, meiner großartigen Agentin Nina Arrowsmith, den Lektorinnen Sarah Heidelberger und Annekatrin Heuer, ohne euch wäre das Buch nicht so gut geworden. Meinen Freunden Melanie Panz und Timo Sauer für zahllose Gespräche und Spaziergänge, Solveig Möllenberg, Thomas Steinbach, Benjamin Poll, Michael Widemann, schön, dass es euch gibt. Dem Komponisten David Kery für die Musik zum Buch und die Freundschaft, Schauspieler Armin Riahi, der »echte« Julius, danke für die Initialzündung und die schönen Stunden. Dem Archäologen Ulrich »Ocki« Ocklenburg, bester Chef der Welt, Gizmo, wunderbares Pferd und Freund, meinen Katzen Siri und Maurice, für all das, was nur Katzen können.

In Los Angeles:

Dem Regisseur Brandon Lopez, bester Freund jenseits des Ozeans, Reisegefährte, Seelenverwandter, dem Lopez-Clan: Fred, Kathleen, Brianna, Tarren, Martha, Victor, Ali, Grandpa French, meine Zweitfamilie in Übersee. Tokala Clifford und Jay Tavare für den kleinen Blick in eine andere Kultur. Hollywood und der Stadt der Engel, zweites Zuhause und nie versiegende Inspirationsquelle.